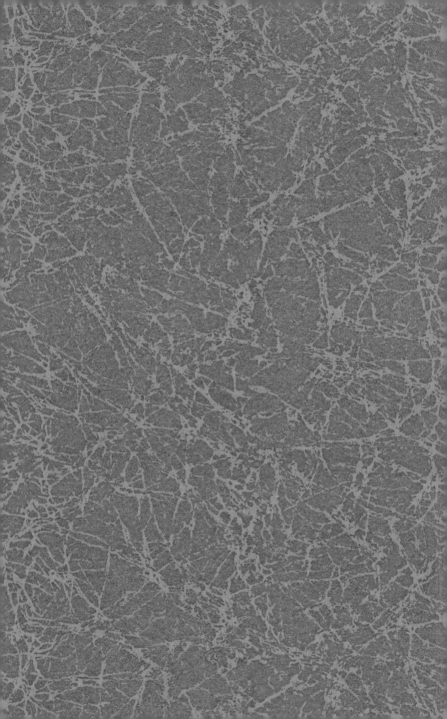

レディ・ジョーカー

上

Lady Joker by Kaoru Takamura

髙村 薫

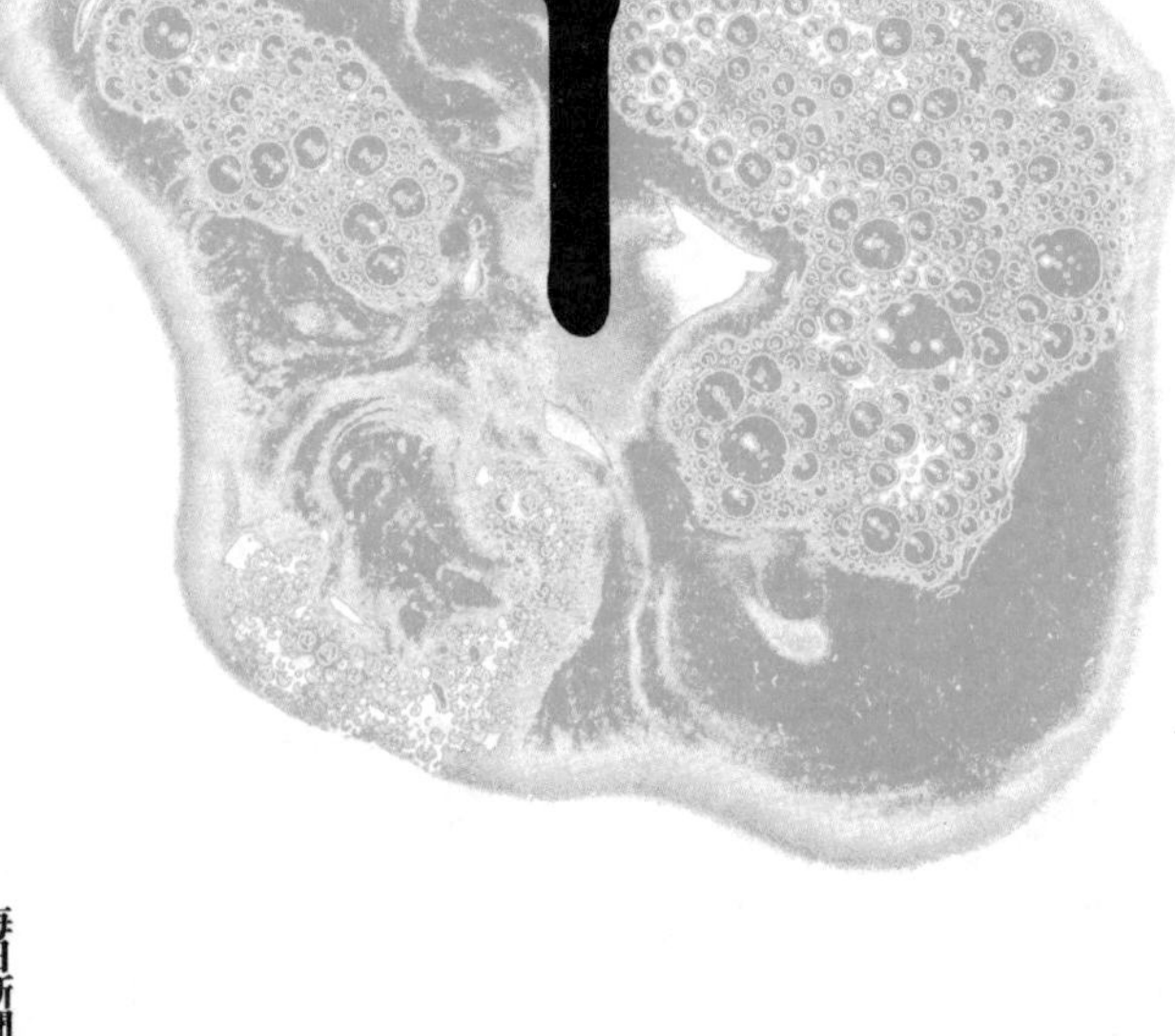

毎日新聞社

レディ・ジョーカー　上巻／目次

装幀　多田和博
扉画　西口司郎

《主な登場人物》

岡村清二　元日之出麦酒社員。

物井清三　薬局店主。岡村清二の弟。
半田修平　品川署のち蒲田署刑事課強行係。巡査部長。物井の競馬仲間。
高　克己　信用金庫職員。物井の競馬仲間。
布川淳一　トラック運転手。物井の競馬仲間。
松戸陽吉　通称ヨウちゃん。旋盤工。物井の競馬仲間。
レディ　布川淳一の娘。

城山恭介　日之出麦酒代表取締役社長。
倉田誠吾　同　ビール事業本部長兼取締役副社長。
白井誠一　同　事業開発本部長兼取締役副社長。
杉原武郎　同　ビール事業本部副本部長兼取締役。城山恭介の義弟。
野崎孝子　日之出麦酒社長秘書。

秦野浩之　歯科医。
秦野美津子　その妻。物井清三の娘。
秦野孝之　その息子。
杉原佳子　秦野孝之の交際相手。杉原武郎の娘。

西村真一　広域暴力団誠和会系企業舎弟。総会屋。
田丸善三　総会屋グループ岡田経友会顧問。
菊池武史　投資顧問会社(株)ジーエスシー代表。元東邦新聞大阪社会部記者。

久保晴久　東邦新聞東京社会部警視庁捜査一課担当記者。
根来史彰　同　遊軍長。
菅野哲夫　同　警視庁キャップ。

神崎秀嗣　警視庁捜査一課長。
平瀬　悟　同　第一特殊犯捜査二係。警部補。
合田雄一郎　同　第三強行犯捜査七係　のち大森署刑事課強行係。警部補。
安西憲明　大森署刑事課知能係。警部補。
加納祐介　東京地検特捜部検事。合田雄一郎の義兄。

レディ・ジョーカー　上巻

一九四七年——怪文書

『議事録（補）

一、去ル六月十日、當社神奈川工場宛ニ郵送サレタ手紙一通ヲ總務擔當《たんとう》者ガ開封シ一讀シタ處《ところ》、論旨不可解ニシテ意圖《いと》不明ナルモ、當社ノ名譽ニ關ハル事實無根ノ記述ガ有ルト判明シタ件、當取締役會議ニテ當該ノ手紙ノ取扱ヒヲ檢討シタ結果、特ニ對應《たいおう》ノ必要ナシトノ結論ニ達シタ。

一、手紙ニ言及サレタ「共產黨員」ハ、念ノ爲品川署ニ問ヒ合ハセタ處、該當スル人物ナシトノ回答ヲ得タ旨、桑田總務部長ノ報告有リ。

一、手紙ノ廢棄ハ、桑田ガ是ヲ行フ事トスル。

以上。

（記録　濱田）』

昭和二十二年八月一日
於東京本社品川假社屋會議室

＊

『日之出麥酒株式會社神奈川工場　各位殿

小生、不肖岡村清二は、去る二月末日を以て日之出神奈川工場を退職した四十名の一人であります。今日なほ思ふこといろ〳〵あり、現在病床にて起居もまゝならぬ身につき、一筆したゝめる次第です。

初めに、既に會社を去つた者がかうして一筆啓上するに及んだ經緯と眞意を明らかにしておかなければなりません。

過日小生は、或る人物から、日之出勞組神奈川支部が病氣療養を理由に小生に退職を促したのは表向きのことであり、實は警察の指導があつたのだと云ふやうな話を聞きました。曰く「岡村は昨年十二月十五日、元同僚一名と共に東京は芝の某所に居たから、かう云ふ分子は早く辭《や》めさせた方がいゝ」と云ふ話であつたさうです。是を小生に話したのは、盲腸を患ひ外科病室に入院して來た男で、名を河野英治と云ひ、共産黨員を自稱《じしょう》して居りましたが、小生には眞僞は分かりません。

思ふに小生は今確かに病氣なのですから、假にさういふことがなかつたとしても、早晩退職する日は來てゐたでせう。從つて「昨年十二月十五日云々」の一件が小生の人生に及ぼす影響はもはやないのですが、其の一方で、かうして言及された「元同僚一名」が誰であつたかと思ふとき、小生は深い戸惑ひと戰慄を覺えます。「元同僚一名」卽ち野口勝一は、昭和十七年に神奈川工場を退職しましたが、同じ退職でも、野口の場合は云ひ表すことも困難な失意や憤怒を伴ふものであつたこと、其の前後に幾許かの事情があつたことを小生は知つてゐます。

かうしていさゝか抽象的な言葉を竝《なら》べてゐるのは、小生が野口の胸中を充分に理解してゐるとは云へないからですが、今日ふと、彼と小生が或る意味で多くのものを共有してゐると云ふことに思ひ至りました。一つは人間であること、一つは政治的動物ではないこと、一つは絶對的に貧しいことです。實に其のことを云ひたい爲に是を書くのです。野口がさうしろと云つた譯《わけ》ではありません。たゞ此の世に生まれた意味を今以て理解しかねてゐる一人の人間が、この先成佛《じょうぶつ》せんが爲に書くのです。

此處《ここ》で、斯く云ふ小生が、何處に生まれ、どのやうに育ち、現在に至つたかを簡單に記しておきます。故郷の記憶は最近、小生の身體《しんたい》を搖さぶるやうに立ち上がつて來るのですが、出て來る言葉は思ひとは裏腹に乏しく、澹々《たんたん》となります。

狂亂《きようらん》を來さぬやう、理性が未然に塞ぎ止めるのかも知れません。

小生は大正四年、青森縣戸來《へらい》村に生まれました。生家は同村田茂代地區で畑五反を小作する他、立分けで地主から牝馬一頭を借り受けて飼育し、生計を立てゝ居りました。其だけでは一家八人が食ひつなぐのは難しい爲、父母は炭燒きを手《て》傳《つだ》ふ燒き子もしてゐましたが、地區の北川目木炭實行組合には入つて居りませんでした。小生の家には、炭用の雜木を買ひ取る金がなかつたことや、伐採の人手を雇ふ餘裕もなかつたことに因ります。

周知の通り、東北はほゞ三年周期で凶作に見舞はれて居りますが、特に昭和六年、九年、十年と大凶作が續き、小生の生家も子供四人のうち、兄は就學せず、次男の小生は就學前に八戸市の海產問屋岡村商會へ養子に出、妹は川代尋常小學校へ半分も通はぬまゝ、十四で川崎の富士紡績に就職しました。又、弟は左目が少し不自由だつたのですが、十二で八戸市の金本鑄造《ちゆうぞう》所へ奉公に出ました。尤も、小生の生家にはもともと水田はなかつたのですから、凶作であつてもなくても、狀況に格別の變化《へんか》があつたとは思はれません。

尙、兄は昭和十二年に應召。第一〇八師團に編成されて、十四年五月にノモンハンで戰死しました。赤紙が來たとき、生家は二年續きの子馬の死產で窮乏して居りましたが、兄は自分が歸る迄馬を手放さないでくれと家族に云ひ殘して、發つて行つたと云ふことです。かうして傳聞で語るしかないのは勿論、小生が既に餘所の人間であつたからです。

小生は幼少の頃から體軀《たいく》貧相にして、餘り活發な子供ではありませんでしたが、岡村家では跡繼ぎとして大層大事にされました。しかし、人生はさう旨く行かないもので、養母岡村郁子が昭和四年に急逝した後、養父彌一郎は再婚し、直ぐに長男が生まれて小生の居場所は無くなつたのです。とは云へ、お蔭で小生は迷ふことなく好きだつた學業に專念することを許され、八戸中學から二高、東北帝大理學部に進學し、仙臺《せんだい》で暮らす間にさらに生家の貧窮は遠いものになつたのでした。

此のやうに書くと、小生の半生はむしろ惠まれてゐたことになりますが、其は二つの意味で違ひます。一つは小生の身體が貧窮を覺えてをり、商家の生活圏はつひに自分の身體に沁み込むことはなかつたこと。一つは、戸來村であれ八戸市であれ、小生の眼にはやませの吹きつける冷涼とした土地の一景でしかないと云ふことです。八戸は、小生が應召の爲に一時歸省した昭和十七年には、高舘の飛行場建設工事に行く人々が蟻の行進のやうに馬淵川の架橋に連なつて居り、河岸では日東化學や日本砂鐵の工場が晝夜《ちゅうや》黑煙を擧げ、鮫港や湊川の造船所は突貫工事の槌音を立てて、至る處騷然として居りましたけれども、さう云ふ八戸も昔の長閑に潮臭い八戸も、初めから小生のものではなかつたのです。かと云つて村の記憶も一旦は小生の身體から奪はれましたが、今かうして戻つて來るのは、生家の臭ひや物音しかなく、其等が今、小生の腸を絞り上げて來ます。さう云ふ今も、少し前から、小生の喉には牝馬の尻の臭ひが詰まつてゐます。土間の藁に混じつた糞や、月のものの臭ひです。

補足しておきますと、小生の故郷の邊《あた》りでは人間と馬は同じ屋根の下に居るもので、疊はなく、大抵土間に藁か莚を敷いてゐるのです。かうした家をくず屋と云ひます。

ところで戶來村と云ふ所は、十和田の山々から發する無數の澤が消えたり集まつたりして川筋を作り、水田もなくはありません。晴れた日には八甲田の稜線が見えるなだらかな山地は牧草豐かで、大黑森一帶には明治の頃から陸軍の軍馬補充部の牧草地が廣がつてゐました。小生の生家も、祖父の代に數回《すうかい》、五戶の馬競りで軍馬に調達された馬を出したことがあるさうです。馬產地であつただけでなく、酪農組合もあり、小生の記憶では昭和の早い時期に組合直營の牛乳處理所があつたと思ひます。さらに、村は青森縣一の木炭產地であり、本八戶驛には專用貨物ホームがあつて、傍には延々と木炭倉庫が連なつてゐました。小生は今も時々炭俵を運ぶ貨車の音を夢に聞き、惡寒を覺えて目が覺めます。

小生は物音や臭ひに敏感です。醫者は其をノイローゼだと云ひますが、生家にあつた物音や臭ひから何處へ逃げられると云ふのでせう。息をすると、土間にこもつた諸々の臭ひは、ざら〳〵する菰にやませの冷氣がまとはりつくように鼻毛にまとはりつき、息を殺すと、身體の毛穴と云ふ毛穴から沁み込んできました。どの臭ひもそれ〴〵、ひう〳〵、ぴし〳〵、ごう〴〵音を立てゝ身體中で渦を巻き、やがてからつぽの胃袋に落ち込んで、やつと默るのです。

さうして何千夜と云ふもの、風に叩かれる板壁の外は雹《ひょう》か霙《みぞれ》かと、人も馬も息を止めるやうにして耳をすませ、父母は默りこくつて炭俵を編み續け、子供は明日も明後日も、穗の實らない青立ちの稻の青臭さでむせかへる畦道に出て兵隊さんごつこをし、老いた牝馬は土間のすみでじつと頭を垂れ、祖父母は煤けた顏を伏せ、圍爐《いろ》裏《り》の燠火が細りゆくのを見てゐるのです。是は、未來と云ふ觀念を持たない牛馬の生活です。

小生はかうしてたゞ、此の身體を震はしてゐる物音や臭ひを正確に云ひ表さうと思ふだけですが、言葉を重ねても重ねても何時も、何も產まず何も變はらない生家の時間の前で敗退してしまひます。小生は、南部地方の山塊ほどに搖るがない、絕對的な靜寂と不毛の時間を相手にしてゐるのです。

現在へ飛びませう。「元同僚一名」野口勝一と小生が、共に人間であると云ふことが本題でした。野口と小生がどのやうに似てゐるかは、實證《じっしょう》的に說明するやうなものではありませんが、共に日之出の社員であつたことを踏まへれば、まづ小生にとつて神奈川工場が何であつたかを書くのがいゝかも知れません。さうすれば、自づと「昨年十二月十五日云々」へと話は繫がつて行くからです。

さて、現在の小生は今風に云へば、頭のてつぺんから足の爪先まで《勞働者》と云ふことになるでせう。其を認めるに吝《やぶさ》かではありませんが、小生は生來世事に疏く、何時も學業一邊倒、研究一邊倒の狹量な人間でありました。戰中は報國盡忠《じんちゆう》の意欲に乏しい非國民と云はれ、應召すると、「二乙は彈除けになつて來い」と云はれ、南洋では多くの同胞と變はらぬ艱難辛苦を味はひ、辛うじて生き延び祖國に歸つて來たと云ふのに、民主々義に於ける基本的人權確立とは何のことやら大して興味もなく、日々生活に困窮してゐるからと云つて、マア、食ふだけの賃金さへあればと思ふ程度の輩でありました。

其のやうな次第ですから、小生は昨年來の各所の勞働爭議も傍觀し、去る二・一ゼネストに於ても、つひに全國六百萬勞働者の一人にすらなることもなかつたのです。ここで云ひたいのはまづ、小生が如何なる政治的信條も社會的意見も持たぬ凡庸な一市民であつたことと、それ故に、もしかしたら鬪ふべき抑壓《よくあつ》の現狀に無知であつただけで、知らぬ間に反動主義の片棒を擔《かつ》いでゐた一人であつたのかも知れないと云ふことであります。但し後者の類の悔恨は、かの野口勝一には無縁です。

尤も、日之出麥酒が他所と違つて戰前からおほむね從業員を大切にし、研究室はもとより製造現場から社員食堂まで明るく自由な氣風であつたことは、小生も重々知つて居ります。東北帝大の恩師米澤憲二郎先生から、海軍燃料廠《しよう》、內務省衛生局、陸軍軍醫學校、日本窒素肥料、合同酒精、日之出麥酒などの就職先を紹介して戴いたとき、餘り迷ふことなく日之出に決めたのは、本社人事部や製造部の第一印象が良く、酵母研究所の設備も立派で、勤務時間にも餘裕があり、是ならば生涯勤めるに不足なしと思つたからです。勿論、小生が入社した昭和十二年當時は既に麥酒釀造業は重要產業に指定されてゐたのですから、其なりの重責は自覺して居りました。

小生が入社してから應召で出征する迄の五年間は、小生などが申す迄もなく、日本の全ての產業が戰時下の特別な忍耐と努力を強ひられた時代でありました。麥酒に於ては、たしか入社二年目に生產量が最高に達した後は、統制で減產に轉《てん》じて行きましたが、徵用や出征で從業員が減つて行く中、銃後の勤勞秩序維持だけでなく、あくまで美味い麥酒を作らうぢやないかと云ふ會社の姿勢が貫かれてゐたのは、社員にとつて大變仕合はせなことでした。原料統制でしたから、現實にはもはや充分な品質を望むことは出來ませんでしたが、街のビヤホールや食堂で配給品の日之出ビールを美味さうに飲む人を見るたびに、日之出麥酒に勤めてゐてよかつたと思ひました。日之出は、社員にさう思はせる會社であつたと云ふことです。

小生が出征したのは昭和十七年ですから、それ以降のさらなる國內の窮迫は知りません。統制品になつて製品から日之出の商標が消えたことも、神奈川工場の空襲も知ることなく、南洋の島でしば〳〵神奈川工場の煮沸釜や醱酵貯酒タンクの夢を見ながら、一日も早い歸國だけを願ひつゝ現實を紛らすことが出來た小生は、むしろ仕合はせ者であつたのかも知れません。

二十年十一月に横濱港に復員して來たとき、小生は燒け野原の市内に我が眼を疑ひながら眞つ先に工場へ向かひました。獨身の上、關東に親戚もない身では、實際ほかに訪ねて行く所もなかつたのです。保土ヶ谷の高臺《たかだい》に、懷かしい工場の全景が見えてきたときの氣持ちは、此處に旨く書くことは出來ません。戰地での三年が地獄であつたことを、其のときやつと己の骸軀《がいく》が認めたと云ふか、生きてゐる實感に頭が追ひつかないと云ふか、安堵と云ふよりは或る種の虚脱感であつたと思ひますが、身體中がこな〳〵になるやうな感じで、倒れさうになりました。

此の樣に書くと、たか〳〵日之出には五年ばかり居たゞけぢやないかと思はれるでせうが、あの戰爭から生きて歸つて來たばかりの若輩者が、この國で己の據《よ》り所とする場は日之出しかないと感じたとしても不思議はありません。據り所は家族であつても故鄕であつても良いやうなものですが、養子の小生には何もなかつたのです。否、小生だけでなく日之出から出征したすべての社員にとつて當時、古巣の工場が唯一の據り所であつたことを小生は斷言出來ます。會社とはさうしたものです。野口勝一とて、もし工場を辭めてゐなければ然り。たとへ彼が、實際にはたつた二年しか工場に居なかつた元社員だつたとしてもです。

保土ヶ谷の高臺を仰いで、小生は泣きました。近づいてみると、立つてゐると思つた工場の建屋は屋根が燒け落ちて居り、設備はほとんど壞れ、倉庫と研究棟は瓦礫の山、從業員アパートは跡形もなく、辛うじて食堂の一部が殘つてゐると云ふ有り樣でした。それでも、小生には失意は餘りなく、思はず工場に向かつて手を合はせたものでした。それぐらい嬉しかつたのだと思つて下さい。殘つた食堂の入口の机にノートが置いてあり、復員者は日付と氏名と連絡先を書いて待機するやうにと云ふ貼り紙がありました。もう百名ぐらいの名前が書いてあり、其處には小生の知つている同僚の名前もいくつかありました。復員者への一時金支給、靴下や綿布や電球などの社員への配付、無料診療や生活相談、尋ね人と云つたお知らせもあつたと思ひます。あのとき、あの机の前で、家族に迎へられたやうだ、俺は歸つて來たのだと足が震へたのは、小生だけではなかつた筈です。

あれから暫く、工場の敷地の三分の一は畑地に化け、燒け出された社員等がバラックを建てて生活してゐると云ふ狀況の中で、會社側は速やかに工場の再建計畫を提示し、未だ何も作つてゐないのに、遲配を重ねつゝも基本給も支給してくれたのですから、餘所と比べるまでもなく日之出の社員が惠まれてゐたのは間違ひありません。勿論、昨今のばかばかしいインフレでは二百圓や三百圓で食へるかと云ふ思ひがなかつたと云へば噓になりますが、一先づ冷靜になつて、麥酒産業は全國の特約店や一般小賣店の生活をも背負つてゐる事を思へば、それは贅澤

ませう。しかし、ここで小生はさうした議論をするつもりはありません。収のための國策産業で、寡占專賣に近いのだから氣樂なものだと云ふことも出來者の社會的武器だと云ふしかない餘所から見れば、所詮麥酒は相變はらず酒稅徵外であるにしても、一方的な馘首を通告する經營者に對して、ストライキを勞働ほか本社役員まで出席しての、終始和やかなものでした。國鐵《こくてつ》の人員整理等は法を併せて日之出勞働組合が結成されましたが、初會合での勞使懇談は、工場長の

　そして、奇しくも生産再開直後の五月に、神奈川・京都・仙臺・岡山の四工場るばかりで、狂ふか死ぬかであつたらうと思ひます。

らしい空洞を埋めるものもなく、歩くのも億劫なほどの脱力感や無力感に襲はれことではないでせうか。尤も、さうでもしてゐなければ、此の身體にあいてゐるてゐたのか細かく思ひ出せないのは、其だけ夢魔に憑かれるやうに働いたと云ふ前のことなのに、あの再建の爲の半年間に小生が何を食ひ、何を纏ひ、何を考へンの一部が動き出したと云ふのは、驚異的なことであつたと思ひます。たつた一年ひ培養に盡力しました。振りかへるに、二十一年春には早くも假工場で製造ライ營業社員は特約店へ日參し、微力ながら小生も、仙臺工場の保存酵母を分けて貰一日も早い操業再開に向けて、保全の技術者は壞れた設備を何とか應急修理し、

　そして、會社側の努力に應へようと、社員もまた努力を惜しみませんでした。と云ふものでせう。

強ひて云へば、同業他社に於てもほゞ同時期に組合が結成されたものゝ、日之出も含めて、かの二月一日に至るまでも實質的な闘爭を何もしてゐなかつたのは何故かと云ふことです。恐らく闘爭の必要がなかつたと云ふよりは、むしろさうした組合が、GHQの指導に基づいて民主的企業經營の體裁を整へるべく、會社側からの働きかけに因つて、形ばかりの結成に至つたものであつたからでせう。そして社員の方にも、「日之出あつての社員」と云ふ考へが沁みついてゐたのです。是はもう、新型の産業報國會と云へませうか。

さて、少しづゝ本題に近づいて來ます。巷に溢れる爭議を尻目に、神奈川工場は昨年春以來、操業一部再開で活氣を呈して居りました。しかしそれは、小生を含めた現場の人間の眼にさう見えただけのことであつたやうです。實際、統制が續いてゐる上に早急な需要回復の見込みもない麦酒をどれほど生産出來ると云ふのか、子供でも分かることです。毎月發表される當月生産量の數字を見て居れば、いづれ設備と人員の過剰が生じることは明白でした。しかし又、現場は、非需要期の十月から翌年三月迄を乗り切れば、何とかなるだらうと考へてゐましたし、昨年九月には會社と組合の間で其のやうな話があつたとも聞いて居りました。ところが、ご承知の通り、十一月になると突如、退職者の臨時募集が始まつたのです。首キリとは云はず、合理化とも云はず、《退職ノ薦メ》とは笑つてしまひます。

此處で、過剰な人件費で會社を潰して神奈川工場二百七十名全員が路頭に迷ふか、人員整理で殘りの社員を救ふか、二つに一つだと云ふ論法の正否を問ふても仕方ありません。社員としては、會社側と組合が經營の現狀を鑑み、眞劍に話し合ひを重ねて合意したと云ふ辯《べん》を信ずるだけです。さらに云へば、是が創業五十年の日之出の傳統だらうと云ふことです。日之出に爭議はあり得ないのです。

《退職ノ薦メ》は組合主導で行はれ、隨時個人面接が續きました。各々家庭の事情があつたり、何となく居づらくなつたり、病氣であつたりと云ふ具合で、最終的には今年二月末迄に、合計四十名が金一封を手に肅々と工場を去つたのは周知の如くです。一部には憤懣の聲もありましたが、近々第二次、第三次の人員整理があると云ふ噂があつたので、どうせ行き詰まるなら、少しでも條件の良いうちに見切りをつけようと云ふのが大半であつたと思ひます。小生も、外地でマラリヤを患ひ體力がなくなつてゐたことに加へて、醫者からノイローゼと診斷されてゐた事情もあり、餘り迷惑はかけられないと決心しました。しかし、さうした穩當な人員整理の一方で、同じ日之出社員でありながら、對等の待遇を受くることなく解雇された數名がゐたことを、小生は今日迄知らなかつたのです。

かの自稱共產黨員に聞いた處では、昨年十月、京都工場に於て三名の社員が、勞組の方針に反して、產別主導の統一鬪爭參加、三・一物價《ぶっか》體系打破などを要求する集會を煽動したさうで、社員約款違反を理由に年末に解雇されたと云ふことです。然るに小生が當時、京都で某かの爭議があつたと聞いた覺えがないのは、三名の行爲がさゝやかなものであつたか、未遂であつたかと云ふことだと思ふのですが、其にしても何故、其のやうな解雇があり、社員は何も知らず、勞組も又小波一つ立たなかつたのでせう。

かうして振りかへると、日之出社員の矜持や團結とは、いつたい何であつたのだらうと改めて我が手を見たことでした。「日之出あつての社員」と云ふ思ひは、詰まる處、會社の歯車となつて廻り續けることを悦び、小異を排して會社と云ふ傘の下で繁榮の夢を見、己の貧しさを忘れることなのでせうか。何故と云つて、一人一人の日本人が依然貧しいことに、變はりはないからです。さう思ふとき、小生は否應なくあの野口勝一のことを思ひ出します。

此處で少し説明しておきますと、小生と野口は、工場で其程親しかつた譯ではありません。覺えてゐるのは、野口が昭和十五年春に神奈川工場車輛部へ整備工として入つて來たとき、懐に匕首でも入れてゐるやうな、チョット素敵な眼をしてゐたことです。しかし、小生が車輛部の知り合ひに「大變な奴が來たね」と云ふと、知り合ひは「滅多なことを云はぬ方がいゝよ。徹底糾彈されるから」と聲を顰めました。東北出身の小生は、部落の人間に逢ふのは初めてでした。

車輛部の車庫は小生の居た研究棟の裏にある爲、野口とはよく會ひました。野口が何時も研究棟の裏の燒却爐の灰で芋を燒いて食ふので、此處には藥品も混じつてゐるから危ないよと小生が云ふと、彼は「腹の消毒になつていゝ」とひつそり笑ふのです。何を云つても聞かないし、强情で扱ひにくいが、氣は優しい男でした。

野口は餘り自分のことを話しませんでしたが、餘所で聞いた處では、埼玉縣の田舍で生まれて村でたゞ一人尋常高等小學校を出た後に上京、東京は荒川の鐵工所で奉公してゐた時に、神奈川工場の故笹原幸夫前工場長と出會ひ、日之出に來ないかと云はれたさうです。是についてはしかし、野口の出身村近郊に日之出新工場建設用地を取得する件で、田畑を奪はれることになる地元小作民との融和を圖《はか》る爲の雇用であつたと云ふ話も聞いてゐます。日之出は、當地に工場が完成した曉には同村から數名を雇用する約束をし、當時野口の他三名が其に先驅けて日之出の各工場へ入つたと云ふことです。

序に申せば、其の用地買收計畫が昭和十六年頃に延期されたのは小生も知つて居りますが、先の自稱共產黨員が云ふには、日之出は十八年に計畫を白紙撤回し、現在は別の土地の購入を既に決めてゐるとのことでした。尙、十五年に野口と同期に入社したと云ふ三名は、先に爭議煽動を理由に京都工場を解雇された三名です。

さて昭和十七年春、突然、故笹原工場長が工場を去られたのは一身上の都合と云ふことでしたが、發表のあつた日の午後、普段無口な野口が一言二言、「俺を雇つたことが會社で問題になつてゐるのだ」と云ふ話をしてゐました。五日後、彼はふらりと小生の研究棟へやつて來て、故鄕へ歸るので退職願を出してきた、荷物も既にチッキにした、と云ひます。相變はらず頑迷一徹な顔つきでしたが、何處か思ひつめたやうな眼だと思つてゐたら、彼は「日之出のビールを飲みたいなあ。もう何時飲めるか分からないから」などと云ひ、またひつそり笑ひました。

其處で小生は彼を工場へ連れて行き、貯藏タンクからコップ一杯注いで渡してやると、彼は美味さうに其を飲み干し、禮《れい》を云つて出て行つたのです。前日、彼に赤紙が來てゐたのだと云ふことを聞いたのは、其から何日も經つてからでした。

出征前に何故退職屆を出していつたのか、是にも小生の知らない事情があるのでせうが、小生はたゞ、野口がさん〴〵思ひ惱んだ末に、何か思ふ處あつて決めたのだらうと云ふこと、其でも最後に日之出のビールが飲みたいと云ふほど日之出に執着があつたのだらうと云ふことを考へるだけです。彼もまた、小生等と同樣、日之出といふ會社でほんの短い間、繁榮の夢を見ようとした一人に過ぎません。あゝ此處で、小生も壯行會で振る舞はれたビールの味を思ひ出しました。

さて、問題の「昨年十二月十五日」の話をしませう。その日、小生は東京の病院へ行つて居りました。濱松町驛で電車を降りたとき、何處かで見た顔がゐると思つたら、向かうから「岡村さん」と聲がかかりました。其が野口勝一です。聞けば、今日から東京で大事な集會があるから、急ぎ上京して來たのだと云ひます。四年半ぶりに出會つた野口は、五體滿足でしたが、かなり青白く見えました。

かうして時代がすつかり變はると、世間では人間の振る舞ひも表情も變はつて、何だか日本人の聲が大きくなつたやうに思へる今日ですが、野口は以前と餘り變はらない、石かと思ふ靜けさでベンチに坐つてゐました。否、たゞほんの少し時代に遅れて來たと云ふか、戸惑つてゐると云ふか、まるで復員したばかりの兵隊のやうにほんのり頬を赤らめ、半ば興奮し、半ば放心してゐたと云ふのが正しいでせうか。

　彼は二月に復員し、今は縣の募集で北海道の三菱美唄鑛業《こうぎょう》へ行つてゐるのだと云ふことでした。「東京も冷えるね。近頃の炭鑛は飯だけはまあ〳〵出るから體力はついてゐる筈だが、どうも頭の方がすつきりしなくていけない。全國大會があるんで仲間が金を出し合つて、旅費やら何やら工面してくれて、かうして俺が支部代表で來てゐるんだが」と、彼は小さく笑ひました。云ふ迄もなく、全國大會とは部落解放全國委員會第二回大會のことですが、小生が此處で傳《つた》へたいと思ふのは、大會の話ではなく野口の話です。基本的人權だの民主々義だのゝ話ではなく、生きる意味とは何かと云ふ話です。

　プラットホームのベンチで、彼は外套の襟を立てゝ子供のやうに首をすくめ、薄ぼんやりとした微笑みを湛へて、ゆつくり小さな聲で話しました。

「俺は卑しい歴史の中にゐる。さう云ふことをつく〴〵考へたのは、赤紙が來て、いつそ逃げようかと迷つたときだ。親兄弟にしてみれば、人並みに戰争へ行つてくれなければ世間體が立たないと云ふ處だつたらうが、其だけは俺は出來ない、他のことなら何でもするが皇軍の兵隊にだけは絶對にならないと俺が云つたら、お袋はたうとう憲兵を呼ぶと云ひ出すし、親父は死んで村の人間に詫びると云ふし、親戚の連中ときたら竹槍持つて怒鳴り込んで來やがつた。其を見て、いつたい俺たちと云ふのは何處まで卑しいのだらうと思つたのだ。此のご時世に、お上の爲に鐵砲を擔ぐぐらゐのことをしないと人間ぢやないと云ふのは、たゞ村八分で是以上ひどい目に遭ふのが怖いからだらうに、誰もかれも怯えた犬みたいに吠え狂つて、共食ひだ。日々働いて食つて寢るだけの營みの中に、飢ゑる記憶が沁みついてゐるのが卑しい。冷靜になれないのが卑しい。其の意味では日本中が卑しいのだと俺は思ふ。とは云つても、俺が逃げたら村八分で飢ゑ死ぬのは親兄弟だから、結局戰爭には行つたが、何が慘めと云つて、貧しい者が貧しい國へ攻めていくほど慘めなものはないよ。其を一番よく分かつてゐるはずの自分が、殺さなければ殺されると云ふんで、必死に殺したのだから、人間と云ふのはやり切れない。かう云ふと岡村さんは異議があるかも知れないが、戰爭が終つて生き殘つた俺たちは皆、卑しい罪業を負つて生き續けるやう天から指名された者だと思ふ。

しかし、俺は卑しい歴史の中にゐるが、多分、初めて微かに光が差して來た時代も今、見てゐるやうな氣がする。俺は實を云ふと、何かしら希望が湧いてきて仕方がないんだ。ほんの靄《もや》のやうな明るさだが、こんな氣持ちは初めてだ。新しい時代は待つものではなくて、自分たちが創るものだと思へば、吉田茂も屁の河童だ。解放委の幹部はあれこれ云ふが、俺は民主々義革命とか云ふものより、今此處でたゞ生きてゐることが、むず〳〵するほど嬉しいと云ふか、怖いと云ふか……。かうして岡村さんとこんな話してゐるのが嬉しい。この身體に沁みついた泥が、たとへ幻想でも、洗ひ流されていくやうな清々しさだ。思ふんだが、幾百年も寒さでねじくれてきた稻が、或るときすく〳〵伸び始める日と云ふのがあるんなら、今がきつとさうだらう。個人的には、俺は實つて頭を垂れる稻より、實つても直立してゐる麥になりたいと思ふがね」

野口は終始訥々とそんな話をし、待ち合はせてゐた知り合ひと立ち去りましたが、最後に「あゝさう云へば、日之出のビールは美味かつたな」と云ひ殘して行きました。「あの琥珀色は見てゐるだけでうつとりするし、パチパチ彈ける炭酸ガスはまるで音樂だ。思ふに、美しいもの、美味いもの、心地よいものと云ふのは人間を卑しさから救ふものらしい。さう云ふことを、俺はあのビールから學んだ。惡いが、日之出と云ふ會社から學んだのではないよ」と。

しかし、野口はさうは云ひましたが、小生は彼が日之出で短い夢を見た社員の一人であつたことを疑ひません。

さて、野口の云つた《微かに光が差して來た時代》は、本當に來てゐるのでせうか。小生の眼に何も見えないだけなのか、或いは此處で立ち盡《つ》くしてゐる小生だけが取り殘されたのか。頰を染め、身を震はして新しい時代を語つた野口は、いつたい何處からあのやうな生命の力を得たのでせう。小生がかうして漠とした空洞を抱へて放心し續けてゐるときに、彼は何處から曰く卑しい歴史を己の身に引き受ける力を得、如何にしてあのやうに生きる悅びをふつ〳〵と滾《たぎ》らせて歩み出すことが出來たのでせう。

或いは《微かに光が差して來た時代》は彼の一時の妄想で、今は既に醒めてゐるのか。或いは、彼はたゞ己の爲に希望を語つただけなのか、いづれとも小生には分かりません。

しかし思ふに、野口勝一と云ふ男は一人の日本人であり、今小生の病室を掃除してゐる小母さんも、廊下で何やら大聲でわめいてゐる子供も、今窓の下を歩いて行く女給風情の女も、病室の小生も、皆均しく日本人であり、默々と營みを續ける蟻の一匹であり、かうした各々の歩みが國の姿となるのです。或る處には「光が差して來た」と云ふ男が居り、或る處には會社を去つてなほ繰り言を垂れてゐる男が居り、民主々義者に衣替へした元翼贊政治家の亡靈が居り、民主革命を唱へつつ何やら内部鬪爭に忙しい民主々義者が居り、足元を見れば惡鬼に憑かれた闇屋や泥棒が居り、眼光鋭い失業者や浮浪兒が居り、聲高な勞働者が居り、膨大な物資を隱匿してゐる企業家が居り、或いは田舍には米や芋をため込む農民が居り、没落の足音を聞いてゐる地主が居り、初めから失ふものもない貧農が居り、さうしたすべての蟻の營みを合はせた日本の姿は、活き活きしてゐる一方で何處か悄然として、なほ混沌としてゐます。

さう遠くない日に、日本人が昔のやうに麥酒を樂しむ時は戻つて來るでせうが、其の時小生は何處で何を見てゐるのか、野口勝一のひゞ割れた黑い爪はどうなつてゐるのか、戸來の村はどんな姿をしてゐるのか、今の小生には何一つ思ひ浮かべることは出來ません。其の時、日之出ラガービールの商標を眺めて、小生が何を思ふか、この二月に退職した四十名が何を思ふか、野口勝一や京都工場を解雇された部落出身者三名が何を思ふかは、神のみぞ知るです。

昭和二十二年六月

岡村清二拜』

第一章　一九九〇年——男たち

1

二十日ぶりの府中は雨だった。午後から雨脚が強くなり、9レースの始まるころには、それまでゴール付近に出ていた傘の群れも、次々に散り始めた。こういう日には、スタンドに押し込められた十数万の人いきれは、絞ればしずくが垂れるような湿り方になる。

二階スタンドにこもったその低いざわめきの下から、ときどき、破れた送風管から空気が漏れるような喘ぎ声が一つ、挙がっていた。一人の女児が、ベンチの上で上体をよじらせ、ねじり上げるように首を突き出し、振りながら、喉を振り絞っているのだった。やがて、女児の喉からは空気混じりの激しい濁音が漏れ、それは間もなく「あぁ、おぉ」という不鮮明な母音しかない言葉に変わった。女児は、「スタート」と言ったのだ。

女児の右隣で、保護者の男が顔を上げた。男はうつろに重たげな目をしばたたき、「静かにしろ」と一言応えたが、女児の方は口許を歪ませ、頭を上下に大きく振って気持ちが通じた悦びを表し、嗄れた嬌声を立てた。

女児の腰には紐が一本ついており、ベンチに括りつけてあった。女児はすでに十二歳を越えているが、首や上体の据わりが悪く、紐で括っておかなければベンチから転がり落ちるので、そうしてあるのだ。女児は、その日はさらにすえた血の臭いも立てており、身動きするたびに異臭が周囲に漏れ出していた。しかし、それには気づいていないのか、首をぐらつかせて唸り続ける女児の傍らで、保護者の男は、もう一眠りするためにまた頭を垂れた。

そういえば傘をどこへ置いたのか。ふと思い出して新聞から外した目をベンチの足元へ移したら、老眼鏡をずらし損ね、物井清三はぼやけたコンクリートの上から、隣の女児のズックに踏みつけられていた自分のこうもり傘を拾い上げた。傘の布には、濡れそぼった新聞紙が一枚、張りついていた。紙面に見えた『芳醇百年。日之出のラガー』という広告をちょっと見つめ、手で払い落とす。

隣で女児が足を踏みならし、「スタート、スタート」と喉を絞り出していた。三歳馬混合の9レースのスタートだ。気のせいだと思いつつ、女児が漂わせている血の臭いを嗅ぎながら、物井は買わずに見送ったレースの立ち上がりを仰ぎ見た。無意識に首を回し、顔の右半分をコースの方へ向ける。子供のころ事故に遭った左目は、成人したころにはほぼ視力を失い、六十半ばを過ぎた今は完全な暗黒だった。

天候のせいでコースはすでに薄暗く、向こう正面から発走した馬たちの姿は、騎手もろとも時化た沖合の海へ泳ぎ出していくかのように見えた。十一月の芝はまだ青みを留めているが、雨の色なのか、空の色なのか、馬場ともに墨色にくすみ、馬たちが駆ける芝コースの手前のダートコースは、泥で泡立つ黒い帯だった。スタンド正面の大型スクリーンに映し出される実況画面に、そのダートの地肌が映っていた。

物井がダートを見たのは、何枚か買うつもりにしている次の10レースが、そのダートを走るからだった。いつものことだが、馬たちの蹄の重さを想像すると、わけもなくむず痒さに襲われ、臓腑のどこかがぴくんと跳ねた。今さらながら、尻に鞭を入れられ、頸に静脈を浮き立たせて泥を蹴る馬を、物井は不思議に思うのだ。大地の危うさや粘りを感じながら己の四肢の重量を知る一歩一歩は、結局のところ、隠微な興奮を馬に催させるものなのだろうと物井は考えてみる。そういうふうに生まれついているのでなければ、ただ殴られて走る生きものなどいるはずがない。

そんなことを考えている間に、芝・一四〇〇のレースは、逃げ馬と先行馬が団子になってゴール前直線に入ってきたかと思うと、一番人気のインターミラージュが後方から追い込んできて、スタンドは一瞬轟然と沸いた。しかし、先行馬がゴールへ逃げ込むと同時に怒号の山はため息に変わり、それもすぐにスタンドの屋根を叩く雨音に呑み込まれて退いてしまった。

物井は、膝に置いていた新聞の10レースの紙面を畳み、二階席の正面に見える電光掲示板で、慰みに9レースの着順を確かめた。先月十四日に新馬で勝ったのを見たエバースマイルの成績は二・五馬身差の四着で、こんなものかと思いつつ、まだ三歳馬だからと独り言が出た。とくに気に入った馬だというのではなく、その十四日の次の日に、二十二になる外孫が首都高で事故を起こして亡くなったので、ちらりと思い出しただけだった。そのときまた、大粒の雨がばらばらと馬場を叩き始め、物井はそちらの方に気を取られた。彼方に見えるダートコースの地肌に、さらに水溜まりが広がっていた。次のレースは泥田を走るようなものだ。

パドックで出走馬の調子をじかに見なければ、10レースの馬は決められなかった。ダートに慣れた馬が集まっているが、不良馬場での実績がある馬はいない。目立って体重に増減のある馬もいない。似たり寄ったりの馬力の勝負なら、なおさら直前の馬の雰囲気を見なければ、決め手がない。考えるまでもなくそう結論を出したが、それも実際のところは分からなかった。答えは、馬しか知らない。

パドックへ出ようかと思ううちに、ゴール前のスクリーンに11レースの出走馬の計量結果が並んでしまった。11レースを買うかどうか決めていなかったが、一応、新聞の欄外に馬体重を書き留めるために、物井はその場でさらに一分ほどの時間を費やした。それから、しばらく忘れていた右隣のベンチに首を振り向けると、そこでぐらぐら揺れていた女児の頭が、いきなりぐるりと回りながら傾いてきた。女児は、斜視ぎみの目で物井を捉えるやいなや、「あぁ、あぁ」と唸った。

女児は「風」と言ったのか、馬場へ目をやると、芝を覆う雨の幕がいつの間にか激しく斜めに吹き流れていた。まるで墨色のカーテンを引いたようだ。

「ああ、ほんとうだ、風だなあ」

物井は女児の言葉に適当に応え、六年ごしの馴染みになっているその小さい頭を手で押しやった。また血の臭いが立った。牝馬の月のものの臭い、と無意識に思う。

さしたる理由もない苛立ちに押しやられながら、物井は女児の頭ごしに保護者の男の方に「布川さん。次、買うかい？」と声をかけた。

名を呼ばれた男はずっと垂れ続けていた頭を上げ、朝から居るのにほとんど見ていない自分の新聞に目を落とし、首を横に振って応えた。「道悪の一六〇〇か。要らない」

「インターエリモが出る。格上げ初戦だ」

「エリモは固すぎら。物井さん好みだな。俺は要らない」

布川は、日に一度は律儀に投げてよこす薄い笑みを見せ、固辞した。この男はほとんどメインレースしか買わず、それもひどく無難に一、二番人気を軸に流しで買う程度だから、儲かりもしない代わりに大きく金を失うこともない。特定の馬に入れ込む気配もないし、だいいちろくに新聞の馬柱も見ていない。毎日曜日、ゴール前二階席の決まった場所に娘を連れて座っているのは明らかに、自分の楽しみというよりは、馬が好きな娘のためだが、しかし、娘のお守りといっても、男親ならせいぜいこの程度だろう。いったん娘をベンチに座らせた後の布川は、ほとんど居眠りをしているか、ぼんやりしているかだった。

布川はまだ若い。せいぜい三十過ぎだというのは、周囲と比較するまでもなくその肌の艶が物語っていた。六年前、六尺を優に越える上背を屈めてベンチに座り込んでいる男の姿を初めて見たとき、物井はとっさに、乏しい知識の中からロダンの彫刻を思い出したものだ。以前は自衛隊習志野駐屯地の第一空挺団にいたと本人の口から聞いたときも、この体格ならとすんなり納得した。ちょっと陰気な目はしているが、この若さで障害児の親だというのも大変なことだと物井は月並みな想像をし、男のいかにも生硬で不器用な物言いや、ときどき不機嫌そうに歪む表情の正直さに、一種の好感や親近感も持ってきた。ただし、親近感と言っても、自分も片目が不自由で、口下手で、不器用な方だという以外に、具体的な共通項もない話だった。

障害児の娘に金が要るらしく、ここ何年かは、布川は大手運輸会社の路線便のトラックを運転している。週六日、ひたすら東京と関西を十トントラックで往復する生活だ。

「エリモはダートで走るから」

自分のためにそう言い訳をして、物井はパドックへ出るためにベンチを空けた。階段を下り、一階馬券売場の並ぶ通路まで出たところで、さっき確かめたばかりの傘を忘れてきたのに気づいたが、足が止まるほどのことではなかった。日常生活の物忘れは日々、痛みのない歯周病のように進行しているが、ある日ぽろりと歯が抜けるまでには、まだ腐るほどの時間がある。

パドックを目の前にして、また一人、ゴミの吹き溜まりになった通路の柱の根元に座り込んでいる男が目に入り、今度は急いでいた足がちょっと止まった。男は、二十代半ばのぎこちなく若い体軀を前屈みにして胡座をかき、両手に広げた新聞を顔にくっつくほど近づけていた。出くわすときはいつも同じ場所で出くわすが、男は大抵そういう恰好で新聞を睨んでいる。

「ヨウちゃん」と物井が呼ぶと、男は、新聞から顔を上げて目だけで応え、また新聞に顔を落とした。

男は名を松戸陽吉といい、物井の家の近所にある町工場で働いている。孫の葬式があった日には、どこで聞いたのか、三千円の香典を事務封筒に入れて持ってきた。競馬の方は、布川と同じく毎日曜日の常連だが、こちらは前日の土曜に発売される競馬専門紙や夕刊紙を三紙も四紙も買い込んで、六畳一間のアパートでひと晩じゅう馬柱と格闘して朝を迎える手合いだ。そうして、さらにレース直前まで顔面から十センチのところで新聞を睨み続けてレース展開の予想をし、結局何がなんだか分からなくなって、こめかみに青筋が立ってくる。毎度その繰り返しだった。

物井は、垂れたままのその頭にちょっと話しかけた。

「次、買うの？」

「今日は11レース一本。金ないから」

「どれ、買うんだ」

「ダイアナ……かな。分からない」

松戸は黒く汚した爪で神経質に新聞を折り直し、紙面のどこかに先の丸くなった赤えんぴつを入れて「ダイアナだな」と独り言を吐き、その先は「③が来るか、④が来るか……」という呟きになった。

その傍らから、今まで肩を並べて座り込んでいた男が一人、ふいと腰を上げてどこかへ歩き出していった。三十そこそこの、どうということはない風貌の男だったが、首から下の派手な縦縞のジャケットや、紫色のワイシャツ、踵を踏みつぶした白のローファーなどに思わず目が行った。すると松戸の目も一緒に動いて、「知り合い」という一言が返ってきた。

「誰？」

「うちの工場に来てる信金の奴」

「へえ」

「在日朝鮮人。日曜はいつも、キレてる」

いきなりそんな言葉を吐いて松戸は軽く歯をむき、声を立てずに笑い、肩を揺すった。

物井はそのとき、松戸のぶつ切れの言葉をしっかり聞き取り損ねたが、自分の耳が遠かったことにして、聞き返す手間は省いた。所詮相手は孫ほどの歳で、物の考え方から箸の上げ下ろしまで、物井にはすべてが何とはなしに違和感を催させるものでしかなかった。十五日に亡くなった孫もそうだった。ともかく物井の目には、立ち去っていった男がちょっとその筋のように見えたのだが、そんな印象がどこから来たのかも分からなかった。

「ダイアナは穴かも知れないな」と物井は話を元に戻した。松戸は「中穴だ。大穴じゃあない」と生真面目に訂正を入れたが、もうその顔は新聞に埋まっていた。

「明日でもうちへおいで。寿司、食いに行こう」そう声をかけ、物井はその場を離れた。

道草で遅くなったために、パドックの周りはすでに傘の放列だった。雨中へ踏み出し、人垣の隙間からパドックを覗いたが、見えないと分かって諦め、馬券売場の周辺にいくつかあるモニター画面で馬を見ることにした。短い時間にかなり濡れそぼってスタンドの建物へ戻り、ごったがえす通路で画面の下に立つ。一頭ずつしか映らない画面は、今は騎手を乗せた④番の馬が歩いていた。ずっと九〇〇万クラスを走っている六歳の差し馬だが、近ごろ目に見えて末脚の切れがなくなってきているのを、馬自身が知っているような重たげな足取りだった。続いて⑤番の馬。四歳にして老成してしまったような聡明な表情で、引かれた手綱に抗って何か言いたげにくいっと歯を剝く。続いて⑥番。

雨脚は退かず、馬たちの上に降り注ぐ雨粒が一つ一つ目に見えるほどだった。全身毛で覆われているため、濡れたら自重だけでも負担になる馬たちの鈍い気分が伝染して、物井は少しレースへの集中力を失い始めた。

そろそろ景気づけが要るな、と思った。こういうときは、開き直って初めに決めていた馬に五千円ばかり単勝でつぎ込み、勝てばよし。負けたら次レースに性根を入れるだけだ。物井は昔から馬券そのものへの執着は少ない方で、だからこそ三十年以上もだらだらと興味や金が続いているのだとも言えた。「次はエリモだ」と独りごちて、物井は見るつもりのなかった本馬場の返し馬を見るために、混雑する通路を移動した。雨天で馬場前の広場に出られない男たちがすでにスタンドの出口に人垣を作っており、首を伸ばしてかろうじて視界を確保する。そこでパドックから移動してきた馬が出揃うのを待ち、遠目にしか見えない馬たちの、どこか生きものでないような四肢の動きを眺めて十分以上過ごした後、結局底力の勝負だと思ったところで時計を見た。

出走まで十五分しかなかった。知り合いに何枚か頼まれていた馬券もあったので、物井は馬券売場へ急いだ。さっきの柱の下には、どこへ行ったのか、もう松戸のヨウちゃんの姿はない。売場の窓口前も、人の頭しか見えない押し合いへし合いの行列だった。そこで押されたり押し返したりして十分ほど並んでいる間に、習慣のなせる業で〈よし、エリモだ〉と少しずつ気合が入ってきて、窓口に手が届くと、千円札五枚をつっこんで自然に「単勝、②番！」と声が出た。出てきた馬券をひっつかみ、すかさず千円札三枚を別につっこんで、「1、2。1、5。2、5！」と怒鳴る。こちらは知り合いの分だった。買った馬券を手に通路へ出たら、頭の上で出走二分前の締切りのベルが鳴り出し、数十の窓口がいっせいに閉まる音が響いた。

ゲートインのファンファーレを耳に二階スタンドへ急ぐ途中、あの布川が片手に娘の脇腹を抱え、片手に折り畳みの車椅子を抱えて階段を駆け降りてくるのにぶつかった。布川は一言「ズボン、汚してやがる」と呟き、小わきの女児を自分の顎で指し示した。

物井は目だけ落とし、女児の青いズボンの股座の辺りにシミが広がっているのを見た。ああと思い、またどこかで牝馬の尻を思い出して困惑した。

「初めて?」

「そう思う。……いや、分からん」

「今日は嫁さんは……」

「買物。もう帰ってると思うが」

男二人が不器用に声を低くする傍らで、女児は「あ、あ、あぁ」と何事か唸り続け、手足を振り、首をぐらぐらさせていた。機嫌が悪い。布川は、しばしどこかへ意識が飛んだかのようにぼんやりそれを見下ろし、続いて一瞬、激しく苛立った表情を走らせてこめかみの青筋を震わした。しかし、見る間にそれらの表情も流れ落ちると、「レディだ」というぶっきらぼうな一言がぽつんと噴き出した。

月のものがあったのなら、女児はたしかに今日からレディだ。物は言いようだと呆れつつ、物井は同意の相槌を返したが、適当な言葉も見つからなかった。

「11レース、買っておくが」と物井は言った。布川は、間髪を入れず「何とかレディに、単勝で一万」と応えた。物井は、また少し返事に戸惑った。

「レディと付くやつは二頭いるよ」

「じゃあ、五千円ずつ」

「複勝にしとけ」

「余計なお世話だ」

布川は、娘を抱えた不自由な手で財布から一万円札を抜いてよこした。そうして、この六年で初めて辞去の挨拶もせず、娘と車椅子を小わきに、そのまま通路の人ごみに紛れて見えなくなった。物井の方は急いで階段を上がり、通路までぎっしり詰まった人垣に割り込んで首を伸ばした。顔の右半分を馬場へ向ける。向こう正面から発走した10レースの八頭が、雨の海へ躍り出していく。

ダートの黒い帯が伸びていた。横一線の馬群は、砂山を崩すようにじりじりと前後にずれつつ、ほとんど頸一つの差で競り合いながら見る間に3コーナーへ差しかかる。水煙の彼方で騎手の色とりどりの帽子が重なり、揺れる。2枠エリモの黒は、少し出遅れたか。ゴール前のスクリーンを、三つほどに分かれ始めた馬群が駆け抜ける。蹄の地響きが近づいてくる。エリモはまだ最後尾だ。

二頭が先行したまま、鼻一つ頸一つ遅れて残り六頭が4コーナーを回り、ゴール前直線五百メートルに入ってきた。スタンドのどこからか湧き出した歓声が、大波を打って膨らむ。八頭は今はぐしゃぐしゃに前後し、大外からインターエリモがまくってくる。エリモがぐんぐん伸びてくる。抜け出るか、抜け出るかと物井の首も伸びる。そうして見る間に先頭のキタサンラインが逃げきり、半馬身差でセントスクイズが続き、さらに半馬身差でエリモが突っ込んだ。十数万人の歓声と怒号が沸騰し、はずれ馬券がいっせいに散って、10レースは終わった。

連複は1―5で決まった。物井が知り合いのために買った一枚が当たったが、オッズからみて、儲けはコーヒー一杯分というところだった。エリモは先頭は切れなかったが、今見せた末脚にはこれからも賭ける価値は十分にあると思った。普段なら、エリモが伸びてきた辺りで喉から噴き出したはずの「よーし！」という一声が出てこなかったのは、孫の死がやはり気分に水を差しているということか。二十日ぶりの人ごみに呑まれた身体も頭も、まだ本調子を取り戻していなかった。

物井は、11レースに備えてパドックへ駆けつけるのをやめ、速やかに人が散り始めたスタンドで一服つけた。布川の父娘が座っていた最前列のベンチは、今は空いていた。そこに自分の忘れた傘が一本置いてあり、誰かが捨てた新聞が散って、吹き込む雨に叩かれていた。その傘を取ると、今度ははずれ馬券が一枚、布に張りついてきた。それを手で払い落としながら、ふと、『芳醇百年。日之出のラガー』という文言一つが額に浮かんだ。

はてどこで見たのだろうと思ったが、思い出せなかった。芳醇百年。日之出のラガー。テレビのコマーシャルでは、明治か大正の古びたビヤホールの写真をバックにウィンナーワルツが流れ、そこに金文字で『芳醇百年』と出る。夏の盛りには、隅田川の花火を映して、『日本の夏。日之出のラガー』だった。

孫の葬式以来、物忘れの激しい頭の血管に小さい異物が入って、何かの拍子にごろごろするような感じだったのは、これだなと物井は思った。孫の孝之は、事故を起こす直前に日之出の二次面接を終えて、来年春の採用通知を待つばかりだったのだ。そう娘夫婦から聞いたのは、葬式の席だった。

一人娘を嫁がせた、というより娘が勝手に飛んでいった先は世田谷の若い歯科医で、息子が生まれたときに赤ん坊を見せに来たほかは、娘夫婦は実家には一度も足を向けなかった。物井が孫に会ったのは、小さいころに何度か上野動物園と豊島園へ連れていったときだけで、あとは、やれ慶應幼稚舎へ入った、麻布中学へ入った、東大へ入ったと娘が電話をかけてくるたびに祝いを送ってきただけだ。そろそろ卒業だなとは思っていたが、その先のことまでは物井の関心の外だった。日之出ビールと聞いても、昔から〈大きな会社〉というぐらいのイメージしかない。物井自身、ビールはほとんど飲みもしない。

　そうか、日之出か。孝之が生きていたら、来年春には日之出に入っていたのかとあらためて思ってみたが、何年も声すら聞いていなかった孫の顔と同じく、想像することは何もなかった。物井の身内にも、戦前に日之出に入ったのがいたのだが、物井が生まれる前に他家へ養子に行ってしまった人間の話だった。

　しかし、そうではあっても、自分より若い者が死ぬというのは、ともかく寂しいことだった。孫が死んでからというもの、何かしら神経がざわついて落ちつかず、しきりに昔のことを思い出したり、今さら思いわずらうほどの中身も残っていない余生のことを考えたりで、気がつくと放心していることも多くなった。五年前に女房が亡くなったときは、自分も今より五年若かったせいか、こんな感じではなかった。

　一服した後、物井は人に頼まれた11レースの馬券を買いにいき、またしばらく馬券売場の人波に呑まれて我を忘れた。今日は本調子でないと諦めて自分は賭けなかったが、他人の馬券を手にした後にはそそくさとスタンドへ戻って、11レースを走る牝馬十四頭の返し馬を見た。この三十数年、メインレースを見届けずに帰ったことは一度もない。その習慣がもう臓腑のリズムを作っているだけだった。馬柱の表を睨みながら、それぞれのペースで本馬場を行き来する馬たちの四肢に目をやる。休養明けのアヤノロマンは、どうだろう。ヨウちゃんが賭けたスイートダイアナは、二百メートルほど疾走してぶるんと全身を振るった姿がいい。こいつは走るかも知れない。布川が初めてやけで買ったレディたちは、一頭は顎を上げて走るのを見たが、一頭は見失った。

　そろそろゲートインだと思いつつ、コースの向こう正面を仰いだとき、また一人知り合いが現れ、「こんちは」と短く声をかけてきた。男は缶入りウーロン茶一本を手に、すでに満杯のベンチ脇の通路にしゃがみ込んだ。何のことはない、頼まれて馬券を買ってやった本人だった。

男は半田といい、品川署かどこかの刑事をやっている。休みが不規則な上に仕事は夜も昼もないらしく、最近はほとんど競馬場に姿を見せることはない。その代わりに、物井が経営している薬局に夜遅くドリンク剤を買いに来て、ついでに馬券を頼んでいくのだが、物井は男の住まいは知らなかった。布川と同じく、もう六、七年の付き合いになる。

「仕事は」と物井が尋ねると、半田は最後の返し馬の方へ首を伸ばしながら、「ちょっと近くまで来たから」とまた短く応えた。上背と肩幅のある大柄な身体にダスターコートとビジネスシューズという風体は、日曜日のスタンドでは見るからに場違いだったが、本人は気にもしていない。仕事で何かヒットでもあったのか、その広い肩がちょっと躍っていた。半田もまだ若い。

物井は、さっき当たった10レースの1—5の一枚と、もうすぐ始まる11レースの連複馬券三枚を渡した。半田は雨に霞む馬場に休みなく目を走らせながら、「どうも」と手だけ出し、それを受け取った。そういえば、半田が賭けているのもスイートダイアナだ。

「いつもの、あの親子は……」何を思い出したのか、半田は布川の父娘が半時間ほど前まで座っていた最前列のベンチを顎でしゃくった。

「元自衛隊と娘？　娘が今日、レディになって。さっき帰った」

「レディって何」

「月のものがあったらしい」

「へえ……」

刑事の石頭にはピンと来なかったらしく、半田は間の抜けた相槌を返して、手にしていたウーロン茶を一口啜った。日之出の、金色の鳳凰の商標がついた缶だった。そして、その缶を投げ捨てるともう、半田の目は馬場へ一直線だった。

向こう正面のゲートに馬たちが集まり始めた。物井も、ジャンパーの襟をかき寄せて首を伸ばした。雨は止まず、強くなったり弱くなったりする風に吹き流れて、広大な馬場の上に薄墨色の渦を描き続けていた。ゲートが開くのを待つ数秒の間に、スタンドにたまった馬券が風雨に吹き飛ばされて空を覆う白い斑点になった。物井はさらに首を伸ばして彼方を仰ぐ。

物井の目の中で、薄緑の芝コースは一瞬、ぼたん雪にかすむ草地に変わったかと思うと、そこを生まれ故郷の八戸線の鉄路が走り、木炭や木材を積んだ貨物列車が地響きを残して通り過ぎていった。線路脇は見渡す限りの草地と、砂鉄の色をした真っ黒な海岸線で、列車が消えたあとにはぼたん雪のほかには何もない。その鉄路の先にかすむ港には、煤塵を上げる鋳造所のトタン屋根がある。造船所や鉄工所がある。魚市場の大屋根がある。イカ釣り漁船がいる。彼方の沖がかりには大連航路の貨物船がいる。そうして目を凝らす端から、およそ半世紀も昔の雪景色はまた芝コースと入れ替わり、しぶきの中を十四頭の馬が疾走していた。

「来るぞ、来る!」

物井の膝を叩いて、半田が飛び上がった。4コーナーを回った馬群の最後尾から追い込んでくるのがいる。あれはアヤノロマンか。物井の腰も浮いた。スイートダイアナが逃げる。アヤノロマンが追う。「行け――っ!」と半田が叫び出す。物井も何か声が出る。その瞬間、物井も半田も、スタンドいっぱいの十数万の有象無象の中だった。

2

秦野浩之は耳をそばだてた。電話が鳴っていた。以前なら治療中には気づきもしなかった物音が、最近は頻繁に耳に入ってくる。待合室の子供がスリッパをぱたぱた鳴らしている。続いて、男の咳払い。

根管形成のためにリーマーを通そうとしている下顎大臼歯は、二根に分かれたそれぞれの根尖部の湾曲がひどかった。リーマーの刃が根管壁にひっかかる感触が、指先をじりじりさせる。ひっかかっているのはここ、か。器具を、刃の形状の異なるK―ファイルに取り替えて根管に通し、出っ張っている部分を探りながら、極細のドリルを上下させる。出っ張りを削るにつれて、微かにファイルの通りは緩くなる。

また電話が鳴り出す。受付の女が受話器を取って呼出し音はすぐに消え、代わりに電話に応対する女の低い呟きになった。先月、二十二になる息子が急死して一週間休診し、その後診療を再開してもう二週間になるが、五百人を超える患者の診察スケジュールはまだ元に戻らず、一日じゅう予約の電話は鳴りっ放しだ。

親指と人さし指の腹でつまんだ小さなファイルを上下させながら、ドリルの刃を押し進めていく。根尖部先端の歯髄切断位置まで、あと〇・一ミリか〇・二ミリ、と指先が感じたそのとき、その指先に続くファイルの先で、パチンと乾いた音が弾けた。口を開けている患者が小さくギャッと叫んだ。

ドリルの先端が根尖部のセメント質を破折したか、根管壁を突き破ったか。秦野には分かっていた。そのとき、慰みにレントゲン写真を手に取り、頭上のハロゲン灯に翳してみたのはただのポーズで、そうして一瞬の戸惑いを紛らしただけだった。何ミリ、どこへ穴を開けるかは、初めにちゃんと検討したし、切削器具のストッパーも調整したし、根管の位置も分かっている。

「痛ぁい……」と患者の女は顔をしかめ、甘え声を出した。

「もう少し辛抱して」

秦野は硬くも柔らかくもない調子で短く応じ、患者の口を開け直させた。秦野は四十七になるが、二十年来テニスで鍛えた体型が変わらないのと同じように、患者への対応も開業当時と寸分も違わなかった。その印象は、いわば穏やかな無機質さだ。顔半分を覆ったマスクの上から覗いている目は、患者の顔すらほとんど見ることはなく、カルテと口腔の現物の間だけを、機敏に行き来する。ついこの間一人息子を亡くしたことも、マスクから覗く顔には何も出ていなかった。

秦野は患者の口腔に目を凝らした。抜髄しなければならない大臼歯には、エアタービンできれいに削った髄室の穴が開いていた。歯科医業二十年の切削の技術には自信があり、実際、開拡の大きさに問題はなかった。それでは、リーマーを通すための根管口の開け方が足らずに穿孔の角度がずれたのか、それともただの作業長の計算ミスか。そう思いながら、ちらりと手元の器具台に目がいくと、たった今使っていたNo.40のファイルがそこにあった。初めに作業長を調整したときに、垂直に固定したはずのストッパーが、斜めにずれて歪んでいるのが見えた。

その一瞬、ぞっとしたのかしなかったのか、それもあいまいなまま、秦野はすぐに目を逸らせた。誰かに見られたかと思ったが、向かいにいる助手の女は、患者の口にバキュームの管を入れたまま、よそ見をしていた。もう一人の助手は、器具の消毒の手を休めて、自分の爪の手入れだった。秦野はストッパーの歪んだファイルをくずかごに投げ捨て、新たな一本を手に取り直す。

根管の穴は、新たに通し直すだけだった。セメント質が砕けたのなら、しばらく痛むだろうが、炎症を起こさない限り放っておくしかない。根管壁に穴を開けたのなら、充塡のときに気を付けるだけのことだ。以前なら直ちに湧いてきただろう自責の念はどこへ行ったのかと自分の腹を訝りながら、秦野はファイリングを再開し、また少し指先の感触に集中した。

待合室で幼児が泣いていた。また男の咳払い。電話。やっとNo.40を通し、次にサイズを上げてNo.30のファイルで根管を広げにかかったところで、受付の女の顔が衝立の向こうから覗いた。何か不満があるときの顔つきで、「お電話」と、女は言った。

「誰?」

「西村さんという方」

「番号、聞いておいて」

「待ちますって」

「いいから、番号を聞いておきなさい」

受付の女は顔を引っ込めた。秦野は器具をリーマーに取り替え、歯髄の切断にかかる。リーマーを引き抜いては赤黒い根管内容物がこびりついてくる刃をガーゼで拭い、またねじ込み、引き抜く。

正確に、機械的に動き続ける手指とは別に、秦野は今もまた、息子の死からこのかた、額の奥に充満したまま動かない靄にちょっと気を取られていた。もはや何が失意で何が疑念なのか、一つ一つの境目もないひと塊の靄だったが、今やほんの小さな振動でも爆発しそうな感じだった。そういえば、西村というのは誰だろう。

脱脂綿を薄く巻き付けたリーマーにFCを浸して、根管の掃除と殺菌を終えた。助手に「練って」と声をかけておき、仮封用のガッタパーチャを根管口から入れ、続いて「セメント」と助手に言ったら、すぐには出てこなかった。練ってと言っておいたのに。秦野は手を突き出して三秒待ち、ガラス板に載って出てきたZOEセメントを髄室に詰めて押さえ、その手でハロゲン灯を消した。

「ちょっと様子を見ます。仮封だから、嚙むとき気をつけて。痛むようだったら電話して下さい」患者にそう声をかけながら、秦野はもう水道で手を洗っていた。考えたのは、根管形成をやり直したために二分ほどロスをしたことだけだった。手を拭き、すぐにカルテの記入をしながら、また衝立の向こうから顔を出した受付の女と目が合った。

「先生、お電話」

「切り換えて」

カルテだけ二十秒で書き終えて席を立ったときには、もう次の患者が診察台に着いていた。衝立の向こうの待合室が満員になっているのを見ながら、秦野は更衣室兼休憩室になっている小部屋に入り、ドアを閉めた。

《秦野先生？　西村と言います》受話器から聞こえてきた男の声は、そう言った。
「どちらの西村さん？」
《カイドウの関係のもんです》
　そのとき秦野の耳にひっかかったのは、〈カイドウ〉の一語より、〈もんです〉という物言いの、ちょっとしたけだるい響きだった。少々年季の入ったやくざの声色。しかしすぐに、そうともいえないと思い直した。四歳まで住んでいた神戸の下町では、生家の近くにあった交番の巡査が、似たような重く間延びした抑揚で喋っていた。
「それで」
《先般、日之出ビールの人事部宛てに手紙が一通届きまして。差出人は解同の東京都連となっていたが、当の都連の方は心当たりがないそうです》
　これは誰だ、どこからそんな話を摑んだのだ、何の脅しだとぼんやり頭を巡らせながら、秦野は聞いていた。電話の主の言っている意味は分かっていたが、息子の急死からこのかた、身の周りの物事すべてが現実味を失っているせいで、事態の判断などおぼつかなかった。たしかに先日、部落解放同盟の名を騙って日之出ビールに手紙を出したのは自分だが、そういう手紙をほんとうに書いたという実感すら、すでにない。
「それで」
《先生。信用毀損業務妨害罪というのがあるんです》
「分かりました。用件を言って下さい」
《日之出については、都連も以前に何度か改善要求を出したことがあるから、あそこがどういう会社かは知ってます。だから、先生のお気持ちは分からないでもないが、その手紙のおかげで、都連の方がかなり迷惑している次第でして。その辺の事情を理解していただくためにも、ちょっとお目にかかりたいんですが》
「文書では済みませんか」
《先生ご自身の問題でもあるでしょうが。形式で片づけていい話ではないと思いますが》
「大きな声を出さない。ビラを貼らない。その二点を約束するなら、お会いしてもいい」
《そうした誤解を含めて、話し合いは無駄にはならんと思います》
「診察があるんで、今夜九時過ぎに自宅の方へ来て下さい」
《では後ほど》
　受話器を置いてから、「解同がどうした」と秦野は独りごち、自分の喉からそんな一言が漏れたことも意識しないまま、全身に刺さる鈍痛に身震いした。しかし秦野は、自分の身体がそうして反応したこともやはり意識の外へ追い出した。ただの習慣で、鏡に映した自分の白衣に血痕や薬剤のシミが付着していないか確かめ、襟をつまんで直す。

あれは有形偽造と言うのかな。関係のない団体を名乗って日之出ビールに質問状を送ったのはこの俺だし、自分の蒔いた種は自分で刈り取るしかない。そのためにいくらか金を出すのもやむを得ない。鏡の前でそうした事務的な判断を下したとき、秦野の意識はこの三週間そうであったのと同じ、色の抜け落ちた世界を漂っていて、確実なものは、額の奥に居すわっている靄の、ちりちりするような異物感だけだった。

そうして秦野が、私用の電話のために診療を中断したのは、ほんの二分ほどだった。診療室へ戻り、自動的に手を洗い、患者の顔を見ることもなく「お待たせしてすみません」と声をかけて、素早くカルテに目を走らせた。『fistel』と書きなぐってある。感染根管の瘻孔の洗浄。二回目、か。

「痛み、どうです?」と尋ねながら、秦野は開かせた口腔を覗き込み、仮封材のストッピングを外しにかかった。電話のことはもう頭になく、代わりに病院の遺体安置所に横たわっていた息子の頭が、額の裏に張りついて動かなくなった。頭といっても、ぐしゃぐしゃの肉塊一つだ。

最後の患者が帰った午後八時過ぎ、秦野は自分の手で医院の鍵をかけ、同じマンションの五階にある自宅に戻った。葬式の後、妻は大磯の別荘に行ってしまっていた。着替えを取りに戻ってくることはあるが、自分のものだけ泥棒のように持ち出していき、片付けもしていかない。男の一人所帯で手の付けようのないほど散らかってしまった真っ暗な部屋で、秦野はまず、新聞の山を踏んづけた。続いてクッションか何かを踏み、手さぐりでやっとスタンド一つを点けた。

気が向けば外へ食事に行くが、その日は秦野はもう動かなかった。習慣で手だけ洗った後、ウィスキー一本とグラス一個を手にソファに座り込んだ。夕方ごろから額の裏に張りついた息子の顔は、膿瘍のように膨らんだり縮んだりしながら血管を圧迫していた。この三週間、何を考えても膿をかき混ぜるだけで出口がなかったが、それでも毎夜気がつくと、いったい何が起こったのかと今一度の詮索を始めて、時間を忘れている。そうして膿み続ける靄をかき分けるだけの夜がまた、始まるのだ。

十月十五日の深夜十一時過ぎ、警察からかかってきた一本の電話は、事務的な早口で息子の交通事故を告げた。「お亡くなりになりました」という一言に実感もないまま、妻と一緒に三田の済生会中央病院へ駆けつけたら、「ご遺体は、奥さんにはご覧に入れない方がいいでしょう」と救急隊員に耳打ちされた。息子は、首都高速一号羽田線の浜崎橋インターの合流地点付近で、時速百キロで側壁にぶつかったということだった。大破した車のフロントガラスに突っ込んで潰れていたという息子の頭は、ただの赤黒い色をした肉塊で、黒い毛髪がいくらか見えたことで、かろうじてそれが人間の頭だったと分かった。そういう姿だったから、それが息子の孝之だという実感はやはりなく、とにかく死んだのだということは、理性で納得するしかなかった。

そして、理性はまず、息子が百キロもスピードを出して夜遅くに羽田線を走っていたのはなぜかと訝ったのだ。スピード違反をしたら取り上げるという約束で三年前に買ってやった小さなゴルフに、息子は機嫌よく乗っていたが、週末毎に車で遠出するような車好きではなかった。当時、息子は卒論の準備のためにずっと薬学部の研究室に泊まり込んでいて、夏前からゴルフはマンションの駐車場に入ったままだった。日之出ビールの入社試験のために数回家に戻ってきたときも、ゴルフにはエンジンを掛けた程度だった。

その息子が駐車場からゴルフを持ち出したのは十月十日夕方のことで、日之出ビールの二次面接をその日に終えていったん帰宅した後、研究室へ戻るからと言って息子は家を出ていった。秦野自身は八日から口腔外科学会で京都へ行っていたので、それは十日夜に帰宅したときに妻から聞いた話だ。秦野は結局、その十日前後には息子の顔を見る機会はなく、最後に会ったのは十月四日木曜日、日之出の一次面接のために息子が家に戻っていた日だった。

四日に会ったとき、息子は普段通りの穏やかな顔をしていた。その夜家族で食卓を囲んだときに「面接はどうだった」と尋ねると、息子は「企業は大学より活気がある」と快活に言い、日之出に入ったら、最近成長著しい医薬事業部の研究所で免疫の研究を続けたい、などと話した。大学院へ行かずに企業へ就職する理由については、「大学は人間関係が難しいところだから」と鷹揚に笑っていたが、秦野はその弁は言葉通りには聞かなかった。親の目で見る限り、学業や健康や容姿といったあらゆる面で劣等感とは無縁だった息子は、人間関係にはむしろ鈍感かつ無関心な方だったからだ。だから、日之出ビール一社だけ受けたことについては、それなりに積極的な理由があるのだろうと秦野は考えたのだった。しかしそのとき、具体的な理由までは探ろうとはしなかった。

十六日の通夜の席で、製薬化学科ゼミの友人の口から、思ってもみなかった話が出た。息子は風邪を引いたと研究室に電話を入れて、十一日から出席していなかったらしい。息子は十日夕方に家を出ていったきり、家には帰っていない。十日前後の息子の素振りについて、妻に聞いても、絶対に何もなかったという。秦野も妻も耳を疑い、狼狽して、おかげで翌日の葬式はうわのそらだった。

十七日に葬式を終えた後、秦野は、食卓の上に放置されていた郵便物の中から日之出ビールの封筒一通を見つけた。十三日の消印で十五日月曜日に配達されたそれは、奇妙に薄っぺらかった。開封すると、紙一枚に『不採用と決定させていただきましたので云々』とあった。これには目を疑った。大学の懇ろな推薦状付き、成績優秀、思想偏向ゼロの理科系とあれば、採用不可など普通はあり得ない。翌日、推薦状を書いた担当教授に会いに行くと、教授は困惑した表情で、十二日金曜日にその件で、日之出から丁重な断りの電話があったと応えた。曰く筆記試験は満点に近く、一次面接も問題はなかったが、息子は二次面接の途中で、気分が悪いと言って退席したまま戻って来なかった、ということだった。

日之出の弁を信じたものか否か。気分が悪かった、と息子はほんとうに言ったのか。退席して戻って来なかったというのは事実か。仮にその通りだったのだとしたら、息子が嘘をついたのであり、嘘をついて途中退席した原因があったはずだ。その原因は息子にあるのか、日之出にあるのか。常識で考えれば、息子側の原因を疑うしかなかった。

おそらく、十月四日の一次面接の日から十月十日の二次面接の間に、あるいは十日その日に、息子には何かがあったのだ。

秦野は息子のゼミの仲間に片っ端から電話をかけ、自宅の電話の記録を調べ、小遣いの出し入れをしていた預金通帳を調べ、息子の机や押入れを探し回って、私信やノート、持物などを徹底的にひっくり返した。金銭の支出といえば、六月に海釣りに使うリールを一つ買い、七月に研究室のコンパで五千円支出し、八月と九月はコピー代に約八千円使った領収書、二万六千円分の書籍代の領収書などが残っていた。十月十日までは、実験やゼミの欠席はなし。私信は、筆まめな高校時代の同級生からの年賀状がほんの数枚のみ。ノートはすべて講義録で、落書き一つなかった。念のため、息子が使っていたパソコン通信の記録も調べてみたが、息子は研究室のコンピューターにアクセスしていただけで、メールの交換やチャットはしていなかった。

では、あと何が残っているか。秦野はちらりとガールフレンドの問題を考えてみた。息子は親には何も言わなかったが、駒場の教養学部にいたころに数人の女学生と交際していたらしく、その中の一人とは、今年の夏ごろまで続いていたという話を、ゼミの友人から聞いた。交際といっても、研究室に泊まり込む生活で頻繁にデートをしていた様子はなく、ときたま学内を一緒に歩いているのを見かけた、という程度の話だ。

親として、息子は女性関係には淡泊な方だったという確信はあるが、相手も一人前の成人男子であった以上、真相など分かるはずはない。そもそもガールフレンドと言えるような女性がほんとうにいたのかどうか、それ自体も不明だった。葬式の会葬者の記帳簿をひっくり返しても、それらしい女性の名前はなかった。

そうして秦野は袋小路に入り込み、死の数日前から息子に何かが起こっていたという疑念は、そのまま頭の芯に居すわった。息子は何一つ痕跡を残していないが、親にも友人にも言えない何かを抱えていたのだとすると、その何かは、息子の身辺のどこで起こったのか。大学、家、学友、釣り仲間、一つ一つ消していくと、二十二歳の息子が持っていた小さな社会のうちで、最後に日之出ビールが残った。息子自身がなにがしかの積極的な理由で入社を希望しておきながら、二次面接を途中で退席したという企業一つが。

考えてみれば、死の四日前から研究室を休んでいたというが、教授の推薦状付きで受けた会社の面接を放り出したとあっては、研究室にも行きにくかったことだろう。欠席の理由はそれで納得はいくが、問題はやはり日之出に返ってくる。

日之出ビールという企業一つを前に、秦野は長い間考えがまとまらなかった。日本で上位二十指に入る一兆円企業で、新入社員の選考方法ごときに問題があるはずがない。息子に面接を途中放棄させるような会社側の不手際があったとは考えられない。そう理性は言い続けたが、その理性の下で、秦野自身が長年蓋をしてきた膿瘍が一つ、忽然と疼き出した。そして、そこからじわりと膿が滲み出したかと思うと、秦野は〈差別だな〉と考えていたのだ。秦野の本籍地は、たしかに四歳まで、神戸市内の被差別部落が多い地区にあり、父親はそこの出身者だった。そんなことが今どき取り沙汰される世の中ではなく、新入社員の選考で親の素性まで問われることなどあり得ないのは百も承知の上で、いったん思い至ったが最後、秦野の頭はその一点の周りを回り始めた。

すでに四十年以上縁のなかった世界は、向こうからこっちへやって来たのではなく、自分が呼び戻したものだった。実感などこれっぽちもないまま、腹の底の澱の不快な臭いを嗅ぎ、具体的な痛みのないまま、それでも〈差別だな〉と考える。自分には何の確信も必然もない、あいまいな義憤をひねり出しては納得する、その繰り返しだ。

論理に飛躍があるのは分かっていた。納得のいかない一つの事実は息子の事実であって自分のものではないにもかかわらず、自分の腹に沈殿している澱をかき回しているのだということも、分かっていた。息子の突然の死をどうしても受け入れられない、情けない親が一人ここにいて、失意に耐えるより、失意を発散する捌け口を探し出しただけなのだ。そう自覚しながら、秦野は日之出ビール宛てに、第一回目の手紙を送ったのだった。

手紙には、あまり深い意図もなく、万年筆でほんの数行、『御社における不肖の息子秦野孝之の新入社員選考経緯について、納得の行かない点があり、息子を亡くした親として日々苦悩しております』と書いた。

十日後、日之出の人事部から、選考は厳正に行われたと確信しております云々という事務的な返事が届いた。考えてみれば、企業がそれ以上の返答をよこすはずがない。一旦は弁護士を立てようと考えたが、これは私情の問題だと思い直し、憤怒に任せて日之出宛てに二度目の手紙を書いた。

今度は、自分の名を名乗るのを止めて、部落解放同盟の東京都連を騙り、前回とは違う市販の便箋と封筒を使って、ワープロで打った。文面など、適当なものだった。それを品川局管内のポストに入れたのは十一月二日だったが、そこで、ウィスキーを呷る手はちょっと止まった。

手紙を投函したのは二日。それが日之出に着くのは三日。今日は五日。日之出の人事部担当者は、受け取った手紙を開封し、内容を判断し、しかるべき上の指示を仰いで処理の仕方を決めた上で、解同に連絡を取ることになるが、三日は祭日で企業は休み。五日月曜日の今日、出社した担当者が処理をしたにしても、相手先への対応は文書のはずで、それは仮に即日出されたとしても、相手がそれを受け取り、心当たりがないと判断するのは明日になる。あるいは日之出は、しかるべきパイプを通して、関係者に直接電話を入れたのだろうか。

夕方に解同を名乗る人間から一言あったということは、おそらく後者だったのだろう。そう考え直して、日付については秦野はそれ以上の詮索をやめた。解同という一語が、今どきの企業にとってどれほどの意味を持っているのか、それからして秦野にはほんとうのところは分からなかった。

ウィスキーを注ぎ足したところで、玄関のインターホンが鳴った。ああ、来たのだなと思い、重い腰を上げたら、足が少しふらついた。

訪問者は男二人だった。

「西村です。先ほどはお電話で失礼しました」とひとまず口を開いた男は、色の浅黒い五十前後の風貌で、目鼻だちのはっきりしないのっぺりした顔の中心線より少しずれた右顎に、直径十ミリほどのホクロがあった。身なりよりも何よりも、秦野の目に最初に入ったのはそのホクロで、それが強い印象になった。もう一人は、風采の上がらない陰鬱な目をした四十男だった。どちらも、一目で吊るしと分かる質素なスーツ姿で、強い整髪料の臭いを立て、短すぎるスラックスの裾から無造作にアルマーニとグッチの高級紳士靴を覗かせていた。そのちぐはぐが何を意味しているのかはしかし、秦野には判断する頭はなかった。

「お手間は取らせません」

西村を名乗る男がそう言うのを聞きながら、秦野は、喋るときに眼球がほとんど動かない、その特異な無表情に見入り、これはどういう人種だろうとぼんやり考えたが、やはり分からなかった。男二人は、散らかった部屋に目をやるでもなくソファに腰を下ろすと、それぞれ名刺をテーブルに置き、指一本で秦野の方へ滑らせた。どちらも『部落解放同盟東京都連合会執行委員』の肩書だった。

「生業の方は」秦野がそう尋ねると、西村は口許だけ緩めて「さすがに先生はよくご存じだ」と言い、もう一枚名刺を出してきた。『(株)ルック　代表取締役社長』とあった。

「何の会社です」

「婦人靴の製造と卸をやってます。先生も、お生まれが神戸なら、ご存じでしょう。あちらが本場ですから」

秦野は、西村が膝に置いている手の華奢な指先を見る。幼児の記憶から神戸の町工場にいた人たちの手を思い浮かべ、西村が三和土に脱いだアルマーニを思い浮かべ、〈違う〉と思ったが、口にはしなかった。西村は製造業の人間ではないが、秦野の皮膚に今ごろ鈍く甦ってくる、ある種の肌触りはあった。これだ、この感覚だとすぐに分かるものが。被差別部落や在日韓国・朝鮮人であることや貧困などのさまざまな理由で、肌になにがしかの自意識の針が生えている、西村もそうした一人には違いなかった。

「ご用件は」

「息子さんが亡くなられたそうで、まずはご愁傷様です。先生のお気持ちは、十分お察ししているつもりです」

「ご用件を手短にお願いしたい。そちらに迷惑をかけたということなら、払うべきものは払います」

少し間を置いて、西村は「ライオンの毛皮を被っても、キツネはキツネですよ」と言い、続けていきなり「ところで先生のご母堂様は、お元気のご様子で」と話は飛んだ。

「それがどうしたんです」

「近ごろはベッド数が百以下の病院はどこも経営が苦しいようだが、逆に個人医院は地元の信望さえ厚ければ堅調のようですな。鎌倉のご母堂様の医院も繁盛してらっしゃる」

「そちらに何の関係があるんです」

「ひとまず、ライオンの皮は取って話をしましょうや。先生は、ご自分とご母堂様が昭和二十二年に、神戸を離れられた経緯をお忘れになっちゃあいけない。だから階級闘争をしろとは言いませんが」

相手が言わんとしているのは、まったく個人的な話だった。戦時中、鎌倉の裕福な医者一家の次女だった母が、遠い神戸の市立中央病院の女医に赴任した後、そこで出会った患者の男と恋仲になったことを西村は言っているのだった。母が惚れ込んだ男は神戸製鋼に徴用で来ていた臨時工で、和製ヴァレンティノもどきの男前だったが、被差別部落の集中する地区の出身者だったことや、戦時中だったこともあって、籍を入れないまま、秦野が生まれた。終戦後、やっと籍を入れたが、男の方は当時の民主主義運動の高揚の中で熱心な部落解放運動家になり、一方、鼻っ柱ばかり強いお嬢さん育ちの母はといえば、無知ほど罪深いものはない見本で、連日解放委の集会に誘われたり、ビラを貼られたりして早々に音を上げた。結局、結婚は五年も続かず、母は片手にトランク一つ、片手に小さい息子を抱えてぎゅうぎゅう詰めの東海道線の夜行に乗り、鎌倉に逃げ帰ったのだが、その鈍行列車の混雑は、かすかに秦野の記憶にあった。

「関係ない」と秦野は一言応えた。

「先生が忘れても、世間はどこからかいろいろなことを探し出すもんです。今回の日之出の件も、多分そういうことだと思いますな。先生にはお気の毒だが、こういうものがあるんですよ」

西村は、懐から取り出した何かの紙の束を手に、それを軽く振ってみせた。B5判で二、三十枚はありそうな厚みだったが、それはひとまず男の手に留まり、秦野の方へはやって来なかった。

「先生、奥さんの方のご実家とお付き合いは」

「ほとんどない。それがどうしました」

「岡村清二という名前、ご記憶にありますか」

「ない」

「奥さんの伯父に当たる人物ですが」

「妻の実家の姓は物井だ」

「物井清二が、養子に出て岡村になったんです。名前ぐらい、お聞きになったことは？」

「ない。物井の方とはほとんど付き合ってないから」

「奇遇とはこういうもんでしょうが、岡村清二も昔、日之出の研究所にいたらしい。東北帝大を出た優秀な人だったようですな。昭和十二年に日之出に入って、昭和二十二年に退職したんですが、退職の直後に日之出に宛てた手紙が残ってまして。それが、これ」

「日之出に宛てられた手紙をなぜ、お宅が持ってるんです」

「出所については、まあ、四十三年前に日之出が紛失したとでも言っておきましょう。ところで、肝心の中身ですが」西村は、手にした紙の束をゆっくり振って見せた。「何と言いますか……、岡村本人は他意はなかったんでしょうが、会社側から見れば、捨て置けない内容でして。読みようによっては、中傷とも脅迫とも取れる」

聞いたこともない妻の親族の何者か。半世紀前も昔に日之出にいて、日之出に脅迫文を送った何者か。ウィスキーで緩んだ秦野の額の裏で、新たな異物がぷかぷか浮いていた。

「岡村さんは手紙の中で、会社の同僚四名について触れている。その四名は全員、被差別部落出身者です。うち一名は依願退職で、三名は不当解雇だったんですが、その三名については当時の解放委が調査をして、日之出に抗議もした記録があるんで、岡村さんはでたらめは書いてません。だからどうだという文面ではないが、いずれにしても日之出は痛い腹を探られたのを教訓に、以後、とくにこの手の問題には敏感になったというわけです」

目の前の西村の素性には、少々ひっかかる点があったが、差別という深いトンネルの出口で、まだ一部に残されている柵を楯にして物を言う人々は、たしかにいた。仮に柵が取り払われたら、今度は見えない柵を楯にする。柵の外には無知無策と無責任しかないが、内側には、人間の尊厳や平等を唱える口の下に深い怨恨の根が生えている。柵を作る側に事の理解が足らず、柵を楯にする側に妄執が消えない限り、この不毛な応酬は続くのだろうが、それをこうして聞かされている者は、どれほどの忍耐を持てばいいのか。しかも、誰のための忍耐で、いつまで続くのか。

秦野はウィスキーを注ぎ足し、次第に熱を持ってくる頭を鎮めた。西村の気のない間延びした口調は、実際のところ、少し奇異な感じはした。最初に感じた肌触りはそのままだが、糾弾の物言いも時代とともに変わったのか、それともただ西村がそうなのか。たしかに日之出の差別体質の話をしているのだが、真の焦点は未だに不明だった。

「ところで、日之出は今、社外に一つ微妙な懸案を抱えておりましてね。今日の日経は読まれましたか」

西村の連れの男が、スーツの懐からコピー用紙を二枚取り出し、テーブルに置いた。どちらも経済面のベタ記事で、一つは『中日相銀、決済承認銀行へ』とあり、一つは『小倉運輸、経営陣交代へ』と見出しにあった。

「小倉運輸は名前ぐらいご存じでしょう、陸運の大手だから。中日相銀は小倉グループの主力銀行。風が吹けば桶屋が儲かる式で、この二つの記事はつながっていて、さらに日之出もつながっているというわけで」

秦野は、何も理解出来ないまま、ちらりと記事に目を通した。相銀の方は、日銀考査で経営内容に不明瞭な点がいくつも見つかっているらしい。融資残高八五〇〇億のうち、二八〇〇億円分が担保不足で、さらに迂回融資や不動産融資総量規制を避ける分散融資の疑いもあって、大蔵検査が続いている、とあった。一方、小倉運輸の方は、株の運用で五〇〇億の損失を出して当期赤字決算になる可能性が強くなったため、責任を取って経営陣の交代が行われるらしい。それだけ読んで、秦野はコピーを放り出した。

「まず相銀の方ですが。ここは預金総額が一兆円ほどの図体です。私らの情報では融資総額の半分以上、すなわち五〇〇〇億は焦げつくのが分かっているが、相銀にとっての大問題は、大株主の都銀数行が中日の百店舗を狙って手ぐすね引いてるという点です。年が明けたら、吸収合併の発表がありますよ、きっと。そうなるよう、都銀大手と大蔵省が仕組んだんだから」

「それがどうしたんです」

「まあ、聞きなさい。小倉運輸の方は、記事にある株の失敗は、表向きの話です。ほんとうは、ある仕手グループが市場に出回っている小倉株の大半を買い占めて、小倉と主力銀行の中日相銀に対して、買い占めた株の買取りを要求しているんだ。要は、小倉も相銀も、要求を拒めない弱みを握られてるってことですが、たとえば、相銀が小倉開発という小倉運輸の子会社に、土地購入の名目で融資した一二〇億という金がありましてね。うち三〇億ばかり、永田町へ消えたという話です。ともかく、小倉を追い込んでいる仕手グループに資金を融資したノンバンクは、中日相銀に触手を伸ばしている当の某都銀大手の系列、という構図でして」

「本題を言ってほしい」

「これが本題です。年明けには相銀を吸収した某都銀が小倉の救済に乗り出してきます。そのときは、現在は小倉の特定株主である日之出流通からも、小倉へ役員が入ってくる。そういうふうにシナリオが出来てるんです。日之出流通は、もちろん日之出の子会社。某都銀大手は、日之出のメインバンク。分かりますか、こういう話は」

「私はただの歯医者だ」

「簡単に言いますと、小倉の件は、誰かが一言チクッたら、捜査当局の内偵が入る。そういう話です。大阪在住のジャーナリストが一人、すでに探り回っているという話もある。経済事件の立件は難しいし、政治家が絡んでいるから、その先は知りませんが……。そうそう、そのジャーナリストはこの手紙に登場してますよ。さっき言ったでしょう。昔、日之出を不当解雇された三名の一人が、それ。手紙に、名前は挙がってませんが」

「そんなことは私にも息子にも関係ない」

「そんなことは、と思いますか。日之出の今の経営陣は、指定校制度を外したぐらいだし、外国人や身障者の採用も積極的にやっているから、表向きはたしかに開けた企業になってまさあな。しかし、それと息子さんの問題は別。小倉問題で神経質になっているこの時期に、加えてこの手紙では……」

西村は、手にした分厚い紙の束を秦野の目の前で揺すって見せた。秦野にとってはしかし、会ったこともない何者かの手紙だという以外に名前を聞いたこともなく、どこかの運輸会社や銀行の話に至ってはさらに、感想の一つも持ち合わせてはいなかった。

「しかし、息子はまったく関係ないんだ」

「岡村清二に言うんですな。この手紙を見て、頭を抱えない人事担当者はいませんよ」

「その手紙の件で、日之出の担当者が息子に何か言ったんですか……」

「そんなことは知りませんがね。これはむしろ、先生のお立場でお考えになったらいい話でしょう。日之出が息子さんにどういう応対をしたにしろ、この手紙は間違いなく日之出に宛てられたものなんですから、四十三年前のものだろうが何だろうが、日之出がそんなものは知らない、と言っても通用しない。……私の言う意味、お分かりですか？」

「いえ」

秦野が首を横に振ると、西村は初めて口許をわずかに歪ませ、薄笑いを浮かべたが、目はやはり動かなかった。「先生みたいな育ちのいい人は、逆立ちしても企業には太刀打ち出来ませんや。日之出宛てに二通も中途半端な手紙をお送りになる前に、性根を入れ換えた方がいい」ときた。

「お宅は、一通目の手紙をどこで見た……」

「それはちょっと言えません」

「二通目の件では、日之出の担当者がお宅に電話を入れたんですか」

「まあ、その辺は適当に推察して下さい。ともかく、企業というのは、自らを防衛する権利がありますから。こういう岡村清二のような人物の親族とあれば、傍系だろうが何だろうが、こんな時期に、まず採りませんな。万に一つの可能性であっても、先生の息子さんは岡村清二の跡継ぎになるかも知れない。企業はそんなリスクは背負いません。この手紙をお読みになれば分かるが、岡村さんはこの中で、明らかに日之出という会社を批判してるんですから。しかも、渦中の小倉運輸を探っているジャーナリストに、偶然にせよ触れている。これはもう、アウトだ」

「お宅、日之出の弁護をしてるのか」

「何をおっしゃる。あなたの批判が見当違いの方向へ向かわないよう、教えて差し上げてるだけじゃないですか。これ以上、解同を騙られては迷惑だし」

「正しい方向というのがあるんなら、それを教えてほしい」

「さっきも申し上げた通り、息子さんが日之出の二次面接を途中退席なすった理由については、私らとしてはまあ、そんなところだろうと思っただけのことです。そこで、この手紙」

西村は初めて、手にしていた紙の束をテーブルに置き、秦野の方へ押しやった。

「コピーですが、差し上げます。この類の手紙には、日之出は今、間違いなく敏感に反応します。ま、お好きになすって下さい。ただし、出所は口外無用でお願いしますよ」そう言うが早いか、西村とその連れのだんまり男はソファから腰を上げていた。

「これ、いくらです……」

秦野がそう声をかけると、西村の石の目は一瞬、これまでとは違った色を見せて秦野の方へ動き、「何言ってるんだ、あんたは」というけだるい声がその喉から漏れた。夕方電話をかけてきたときの、物言いの片鱗がちらりと走った。年季の入ったやくざ。

「なんなら、この場で一〇〇〇万でも二〇〇〇万でも、小切手切ってもらいましょうか」

「タダ、ですか」

「二度も言わせなさんな。それより、先生はお金持ちなんだから、株ぐらいおやりでしょう。もし日之出の株をお持ちなら、近いうちに売り抜けることですな。下がるから」


男二人が去った後、秦野はテーブルに残された厚い紙の束を見た。コピー用紙そのものは新しいが、元の原稿は青焼きの複写を繰り返したもののようで、しかも元の手紙は鉛筆書きだったのか、かすんだり滲んだりした字は目を近づけなければ読み取れないほどだった。冒頭に『日之出麦酒株式會社神奈川工場　各位殿』とあった。

ぱらぱらと紙をめくってみた。線の細い几帳面な文字で埋まった便箋らしき紙が一枚、二枚、十枚、二十枚、三十一枚。最後の三十一枚目に、昭和二十二年六月の日付と、岡村清二拝の署名。

岡村清二。小耳にすらはさんだこともなかった他人の名前一つを、またしばし反芻した後、秦野はいったん手紙を放り出して、電話の受話器をひっ摑んだ。大磯の別荘の電話番号にかけると、五回も呼出し音が続いて、やっとつながった。どうせかかってくる相手は決まっているといわんばかりの、ぶっきらぼうな妻の声が《はい》と応えた。

「ぼくだ。君、岡村清二という人を知ってるか」

《誰ですって?》

「岡村清二。君のお父さんの兄弟に当たる人だ」

《うちの姓は物井です。ばか言わないで》

早々に切れてしまった電話には、心も動かなかった。受話器を置くと、秦野は自分の書斎から漢和辞典を持ち出した。そうして、あらためてソファに座り込んだ秦野は、カルテの束を繰るように手紙を一枚ずつ事務的にめくり始めた。旧字の読みが不確かなものは辞書を引き、漢字の横にきちんとルビをふった。

手紙の主は『小生、不肖岡村清二は……』と筆を起こし、会社を退職した者が当の会社に一筆書き送るに至った経緯を述べていた。戦前に何かの事情でやはり日之出を退職した野口某という人物がおり、その野口との関係で警察と会社に睨まれたというのは、解放委の活動家を父に持った秦野には、それだけでぴんと来る話だった。

次いで岡村は、自分の出自について語り、青森県八戸市の近郊にあるらしい村の地勢や、昭和の初めの生活様態、家族構成や兄弟の消息を明らかにしていた。文面によると、岡村は四人兄弟の次男で、上に兄一人、下に妹と弟がいたらしい。長男は戦死したとあるから、十二歳で八戸の鋳造所に奉公に出た左目の不自由な弟というのが、妻の父親の物井清三だった。読みながら秦野は、三週間前に息子の葬式の席で顔を合わせた当人の顔を思い浮かべたが、これまでほとんど付き合いのなかったことに加えて、葬式では秦野の方がうわのそらだったために、目鼻だちもはっきりしないぼやけた顔一つになった。

手紙によると、岡村とやらは裕福な商家の養子となった後、順調に東北帝大を卒業し、日之出神奈川工場の研究所に入り、人並みに応召して戦地へ行き、復員してきた。終戦直後の生活の中で、岡村はたよりなげに控えめに、自分を〈労働者〉と呼んでいる。労働者という実感がどのようなものかは秦野には分からない話だったが、手紙の時代には〈労働者〉は資本家と対峙する者として位置づけられていたこと、岡村が自分を顧みて、自分は違うようだと感じていたことは理解出来た。岡村はむしろ、手紙の時代より十数年経った昭和三十年代半ば以降の、労使協調の時代に迎えられるべき会社人間のはしりだったのか。昭和二十二年の二・一ゼネストで、労働運動の大盛況を前に、無知無能な岡村がしきりに困惑していた様子が伝わってくる。

その二・一ゼネストは、秦野もわずかに記憶にあった。その前年の冬ごろから、白鉢巻きをした父が連日、解放委の集会や戸別訪問に出かけていき、別人のような鋭い大声を張り上げていたのだった。

岡村は戦前、神奈川工場で野口という名の一人の被差別部落出身者に出会い、驚くべき無邪気さでその男との交流を綴っていた。そして、その何ということのない付き合いの端々から、岡村は差別の存在を知ったようだが、知ったといっても、それはほとんど善良な戸惑いの域を脱していない。終戦直後、日之出の京都工場で三名の被差別部落出身者が解雇された件について伝聞で疑問を提示している件においても、あの西村が言ったような批判の意識はまったく窺えない。

岡村は常に彼らの問題を自分と同じ〈日之出の社員〉として論じている。解同なら、その論旨の前提に疑問を感じていないところに、岡村の認識の限界があると言うだろうが、手紙の主はそんなことは考えも及ぶまい。昭和二十一年暮れのある日、久しぶりに野口に巡り逢った岡村は、野口が漂わせている生命力の輝きに打たれたと書いている。人間が生きる姿そのものに感じ入るところがあったらしい岡村は、翻って己の足元を見つめ、何やらひっそりと悲観しているのだ。

この岡村某は、要するに、ある日退職勧奨を受けて日之出を去ったものの、日之出への未練が断ち切れない優柔不断な元社員であり、それ以上でも以下でもなかった。生家の貧窮も、会社も、戦争も、病気も、すべて個人的体験としてとらえ、その頭は決して、社会や歴史の中へその体験を置いてみたりはしない。手紙を読む者には見える悲惨の仕組みが、書いた本人にはぼんやりとしか見えていない。そして、岡村はそれでも一つの時代に生きていた数千万の日本人の一人であり、おそらくその何分の一かの公約数だろうと納得したとき、秦野はこの見ず知らずの人物が、いろいろな点で、自分自身のしごく身近にいることを知り、あらためて驚いた。

昭和二十一年暮れに岡村が野口と再会したという東京の浜松町駅には、芝のどこかで開催された解放委の全国大会のために、秦野の父も同じ日に行っていたはずだ。父は、野口某と岡村が話をしたという駅のベンチの近くを通ったかも知れない。父は、野口某と顔を合わせていた可能性すらある。またたとえば、母の鎌倉の実家には保土ヶ谷に親戚がおり、秦野は神戸から鎌倉に戻った後、ときどきそこへ遊びに行ったのだが、岡村清二が去った後に再建された日之出神奈川工場の姿が、今ようやく瞼に戻ってきた。

詰まるところ、これは、この自分とひどく似た男の話なのだと秦野は思い至った。実に似ていた。半世紀の隔たりはあるが、一人の男が貧困を知りながら、一切の歴史的社会的意見を持たなかったことも。日之出への未練が断ち切れないまま、己の健康や将来への諸々の不安に押し流されて、意図不明の手紙を日之出に送ったりした、この無様も。

貴方は、いったいどんな顔をした男だろう。手紙の字から察するに、腺病質の物憂げな感じか。声の大きい者が勝ちだった終戦直後の日本で、貴方はきっと、戸惑いながらそっと後ろに退いて、己の内面と対話するしか時間を潰すすべのない病人だったのだな。この私は、貴方が戸惑った新しい日本で、黙って社会的地位を手に入れたので、これまではことさら自問する必要もなかったが、いざ息子をなくしてみると、やったことは貴方と同じだ。人間であること、政治的動物ではないこと、かつて貧しかったこと、それでもなお、何一つ分かっていないこと。この三週間というもの、世界がまったく平板になって色が抜けてしまったこと。すべて、貴方そっくりだ。

秦野はいったん手紙の束を置き、それを裏返した。頭を白紙にし、この数時間の間に新たに入ってきた情報を、一つ一つ反芻してみた。

まず、四十三年前に日之出に宛てられた手紙が、青焼きの複写を繰り返されて何者かの手に残っているという事実。会社が外に流出させるはずのない手紙の、この存在は、なにがしかの不正な目的や犯罪行為を意味していないはずがない。

次に、手紙に触れられている野口某や不当解雇者三名の件は、今現在、実質的な意味を持っているのか否か。解同の関係者を名乗る西村の弁の通り、もし三名のうちの一名が、現在日之出にとって好ましからざる人物だというのなら、手紙の内容は今生きていることになる。

次に、日之出はほんとうにこの手紙を理由に、息子の採用をためらったのか否か。西村は、四十三年前の手紙一つをもって日之出に強請をかけろと暗に助言していったが、結局、息子と日之出の間に何があったのかは、依然不明なのだ。

次に、あの西村は、秦野が日之出に宛てた二通の手紙や、息子が二次面接を途中退席したという話を、どこで誰に聞いたのか。そして、当の西村と連れの男の正体もまた不明だ。

都連幹部の名刺はもっていたが、口ぶりのすみからすみまで奇異で、わざわざやって来たのに解同としての主張は一つも出なかった。あんな解同の関係者はいない。同和団体を騙って物を言う連中はたしかにいるが、それでもない。では、いったい何者か。どこの誰が、何をしに来たのか。

秦野は五分ほど考え続けたが、結局どんな結論にも辿り着かなかった。所詮、大学と学会と歯科医師会とテニスしか知らない秦野には、あれこれ検討するのに五分もあれば十分で、行き詰まった先にはもう何もなかった。所在なさに引き戻されるように、秦野はもう一度手紙の束を眺め、岡村清二のその後はどうなったのだろう、と思った。おおかた何も変わらず何も見つからず、無為無策のまま月日に呑み込まれたか。

そうだ、岡村さん。貴方は今、いくつだ。今、どこにいる。

秦野は腰を上げ、その辺にあるはずの電話帳を探し出した。この二十数年、自分の方からは一度もかけたことのない電話番号一つを調べ、受話器を取り上げて電話をかけ始めてからやっと、ちらりと時計を見た。午前零時三分前だった。こんな時間かとためらったときには、すでに呼出し音は鳴り出していて、それはすぐに途切れた。

《はい、物井です》と眠たげなかすれた声が聞こえた。

「遅くにすみません。秦野です」と言うと、受話器の向こうの声は《ああ……今夜は冷えますな》と、戸惑いも隠さず不器用に応えた。その声の後ろで、テレビの音らしい呟き声が立っていた。

物井清三は、身内と言っても葬式があるまではほとんど付き合いのなかった電話の相手の顔を、急いで思い浮かべているに違いなかった。こんな言葉でいいのかなと自問するように、慎重に《少しはその……落ちつきましたか》と続けて尋ねてきた。

「おかげさまで」と秦野は応える。「起きてらしたんですか」

《はあ。まあ、歳を取ると、テレビ見ながら寝てたりで、いい加減なもんで》

「遅くに大変申し訳ない。ちょっとぶしつけなことをお尋ねしますが、岡村清二という人は、お義父さんのお兄さんですか」

まず、《はあ》という短い当惑の一語が返ってきた。《八戸の岡村商会にいた岡村清二なら、そうですが……》

今度は秦野が言葉に詰まった。「いえ、その……歯科医師会の懇親会で、戦中の軍隊の話をする年配の先生たちもおられまして。そこで戦友に岡村清二というものがいたという話が出て、どうも聞いていると、ひょっとしたら……」

《へえ……、そうですか。で、岡村が何か》

「家内に聞いたら、そんな人は知らないと言うもんで」

《ああ、娘には話したことはないかも知れません。なにせ、ぼくが生まれる前に余所へ養子に行った人なんで、ぼく自身、ほとんど知らないもんだから。八戸で、数回会ったことはありますが、もう五十年以上前の話だし、顔もちょっと……》

「へえ、そうでしたか。年配の先生の話では、今ごろどうしているかなあ、ということだったので」

《あれは昭和二十七、八年だったと思うが、戸来の実家を預かってるぼくの姉夫婦が、亡くなったそうだと言っていました》

「そうですか……。まあ、息子を亡くしますと、寂しいというか何というか。会ったこともない親族の話でも、何となく気になって。それだけです」

少し間があり、とろとろとした鈍い相手の声が返ってきた。《あなたはお若いんだから。まだ何かで埋め合わせる時間はありますよ》

「お義父さん、競馬はやっておられますか」

《はは……》と、戸惑い気味の照れ笑いが聞こえた。《うん、まあ。馬見てたら、いやなことも忘れるし。いやいや、下らん時間潰しです》

「機会があったら、馬券の買い方でも教えて下さい。どうも、夜分失礼しました。風邪をお引きにならないように」

《そちらこそ》

おざなりの会話を交わした電話を切ったとき、秦野は一瞬、奇妙な感覚にとらわれた。岡村清二と同じ腹から生まれた物井清三の、夜に相応しいひっそりした声は、まるで岡村本人の声だったような、そんな気がしたのだった。

それから秦野は、三十一枚の手紙の束を手に、居間を離れて息子が使っていた部屋に入った。夏前まで息子がいた八畳間は、殺風景なほどろくなものがなかった。壁面に作り付けた本棚は専門書とわずかな釣り雑誌しかなく、彩りに乏しい。ポスター一枚貼るでなく、何日か前に秦野が押入れをひっくり返したときも、ビニ本一冊出てこなかった。真面目過ぎ、呑気過ぎ、世間知らずに過ぎ、それでも親にも言えない何かを隠していた二十二歳の学生の部屋だった。あらためて眺めてみれば、こういうふうだから逆に、何か隠していたのだなとも思った。

秦野は、パソコンの置かれた息子のデスクに座り、引出しから、ウォークマンと、封を切っていない新しいカセットテープ一本を取り出した。以前は、海外の研究者を交えた学会では、秦野も研究発表をテープに録音したりしていたが、近ごろは、最新情報はインターネットで代用するようになった。久しぶりのカセットレコーダーと小型マイクを前に、これでよかったかな、と数回接続を確かめた。

それから、手紙の束をデスクに置き、めくりやすいように一枚ずつ紙の端を折り、ずらせて並べた。カーテンの外の物音に耳をすませると、三百メートル南を走っている小田急線はすでに終電の時刻を過ぎ、駅前繁華街の喧騒もとうの昔に絶えていた。ときおり成城通りの方から車の排気音が響いてくるが、四方の住宅は静寂で、カーテン越しの窓の明かりだけが息を殺すように灯っていた。

秦野は、ウォークマンに新しいテープを入れ、小型マイクを手元に置き直してから、手紙の束の一枚目を見た。『日之出麥酒株式會社神奈川工場　各位殿』。この冒頭の前に、一言入れるべきか、否か。秦野は少し迷ったが、誰に何を説明してやる必要があるものかと思い直した。

秦野はウォークマンの録音スイッチを入れ、二秒空けて、「日之出麦酒株式会社神奈川工場、各位殿」と手紙を読み始めた。いや、読んだのではなく、岡村清二に代わって語り出したつもりだった。

「小生、不肖岡村清二は、去る二月末日を以て日之出神奈川工場を退職した四十名の一人であります。今日なお思うことといろいろあり……」

岡村というのは多分、口下手で訥々としか話せない男だったに違いない。その男が四十三年後の世界に甦ろうとしているのだから、いくらか戸惑い気味の声色でゆっくり、ゆっくり語った。

「……『元同僚一名』即ち野口勝一は、昭和十七年に神奈川工場を退職しましたが、同じ退職でも、野口の場合は言い表すことも困難な失意や憤怒を伴うものであったこと……、其の前後に幾許かの事情があったことを小生は知っています……」

秦野は一切の抑揚をつけず、休みなく読経のように読み上げ、ほとんど六十分テープの両面を使い切って、最後の日付と名前を読み終えた。テープを二重にした茶封筒に入れて封をし、切手を貼った。品川区北品川四丁目の日之出本社人事部の住所は、ワープロでタックシールに印字したものを貼り、自分の氏名住所は書かずにおいた。

それだけの作業をすませた後、コピー用紙三十一枚はそっくりゴミ袋につっこみ、ソファに戻った秦野は、息子の残したユーミンのCDをかけて、午前三時まで飲み続けた。

翌六日の早朝、三時間ほど寝て起き出すと、秦野は封筒を手に自分のベンツを飛ばして東大井の品川局まで走り、前回と同じポストに投函した。その後、午前八時半には医院を開けて、九時には普段通り診療を始めたが、昼ごろにはもう、テープの件は自分ではない何者かの出来事だと感じ始め、気がつくと、昨日と同じ靄はやはり、額の裏に居すわっていた。

3

山王の自宅から北品川の日之出本社までは、真っ直ぐ向かえば二十分とかからない距離だが、城山恭介は常務の時代から、運転手にはその倍の時間をかけて、毎朝違う道をぐるぐる回っていくよう指示していた。一つは、家で読みきれなかった新聞の残りに目を通す時間を確保するためであり、一つは、普段通ることのない路地や店舗の佇まい、看板、通勤の往来などを眺めるためだった。

日之出ビールに入って三十一年。その三分の二を営業の第一線で過ごした性根は、六月に新社長に就任した今も、基本的には変わっていなかった。いや、能力的に性格的に、変えようがないことを城山は知っていた。性根といっても実に淡泊なものだが、その淡泊さもまた、変えようがないのだ。

たとえば、ビールはほかの酒類と違って、時代の感性や市民の生活感覚を一番敏感に反映するが、十分なマーケティングを重ねて送り出す新商品が当たるか当たらないかの、自分なりの直感を、一人の日之出社員として最後まで持っていたいと城山は思っていた。もはや、一つの商品の出来に対する自分の直感など、口に出す立場ではなく、責任者以下大勢の知恵や感性を認めるのが仕事だが、それでもなお、そんなふうに現場の目線にちまちまと執着しているあたりの器の小ささは、実に身の丈相応だというべきだった。

しかし、そうした朝の徘徊は、ほかの役員はもちろん、一般社員に知られると妙なプレッシャーをかけることになりはしないかという気遣いから、誰にも言ったことはなかった。十一月十二日月曜日の朝、城山は普段通り、十分ほどかけて日経の会社人事の欄に目を通した後は、八潮パークタウンの中をうろうろしている社用車の中から団地の朝の風情を眺め、ちょっと窓を開けて潮風を嗅いだ。まだ十五分あるから、今日はゼームス坂を通っていきましょうかと尋ねる運転手に、そうだねと応え、海岸通りへ入った車に運ばれながら車窓の外へ目を流し続ける。一週間見ないと、小さな変化は必ずどこかにあり、自然に目に入ってくる。

しかしその間、城山の頭はかたときも空っぽになってはいなかった。その日一日の用件をざっと頭に並べ、急ぎの案件を確認し、冬商戦の半ばで迎える期末決算の数字を案じ、すでに出ている来期の指標を反芻し、近々に動き出さなければならない中長期を睨んだ課題のいくつかを思い出し、次いで取締役会の総意をまとめるための根回しの順番や、切り口を思案する。その日は、とりあえず来月の決算を控えた十一月の数字と十月次の中間財務諸表の数字が頭の大半を占領しており、そこに諸々の懸案がちらちらとさし込み続けた。春に発売を開始した新商品『日之出スープレム』が、十月ですでに初年度三千万ケースの目標をクリアした大ヒットになっているので、少し気は楽だったが。

それにしても、懸案は多かった。ビールの国内総需要はここ数年好調な伸びだが、四半世紀もの間、市場の半分を占有し続けてきた日之出ラガービールの緩やかな低落傾向は、もはや時代の流れになった。昨年度、日之出はついにシェア五〇パーセントを割る歴史的敗北を経験し、経営陣も一新した。そうして、同業他社の相次ぐ新商品開発の攻勢に呑まれる形で、二年前から日之出もラガーに偏り過ぎた商品構成を見直し、多様化戦略へ転換したが、日之出が最後の忍耐をかなぐり捨てたことで結局、各社、シェア確保のための新商品乱発と宣伝費の増大という、悪循環の消耗戦の泥沼に入ってしまったのだ。この状況に、当分変化は望めない。

そもそも、巨大な装置産業であるビール事業の利幅は極端に薄い上に、高率の酒税のせいで海外との競争も難しい。多角化はどこもやっているが、医薬事業が順調な日之出でも、ビール事業が総売上に占める割合は未だに九六パーセントを超えており、容易ではない。加えて、日米構造協議で系列批判の外圧が強まっていくのは確実な中、いつまでも現在のような海外ブランドの輸入やライセンス生産でお茶を濁していられないときが来るのは目に見えていて、攻勢一手の海外メーカーとの新たな業務提携の方法に、一定の目処を立てておくのは、城山の任期の間の最大の責務だった。

現に、十年前から日之出が総代理店契約を結んでいる世界最大手のビールメーカー、ライムライトが今、合弁会社設立の意向を内密に打診してきている。これは微妙な話で、よほど慎重に条件を詰めないと、日之出の膨張と市場の寡占化を目の仇にする公取委に叩かれて、自社に不利な条件を呑まされる可能性がある。仮に合弁が成立しても、将来的には高率の酒税にがんじがらめの国内製品が食われる恐れもある。全国六百の特約店ルートの開放も、先々を見越せばどうしても自壊につながる。かといって、少しでも話を後退させて他社に話をもっていかれては、立つ瀬がない。ライムライトの動きは極秘の話だが、公取委の動きを見ながら、国税庁への根回しの時期をいつごろにしたものか。

国内では、どうしても急がなければならないビールの缶化率の向上のために、建設を急いでいる名古屋新工場の用地買収が、地価高騰でなかなか進まない件。ほかにも、去年の酒類販売業免許取扱要領の一部改正にともなう免許緩和で、これから勢いを増していくのは間違いない酒類ディスカウンターの存在。これは、ビール百年の歴史とともに築いてきた各社特約店網の破壊へ、早晩つながっていく。販売ルートの再編問題は、これこそ大きい。

そうそう、物流の方では、日之出流通と小倉グループとの関係をどうするかという一件があった。小倉株の買増しについて、個人的には、銀行の真意を今一度よくよく確かめたいところだが、取締役会の総意はどうなるか。

「そろそろ、よろしいですか」と運転手が尋ねてきた。

「はい、どうぞ」と城山は応える。

いつも正確に時間を計っている運転手は、車を定刻に北品川四丁目八ツ山通り南側の本社前に近づけていた。三年前に完成した新社屋は、四十階建ての堅牢な総御影石張りで、当初は二〇年代ニューヨークの成り金趣味だと、建築雑誌にこき下ろされた代物だった。一、二階は屈指の音響設備を備えた日之出オペラホールになっており、最上階は外食事業部直営の日之出スカイビヤレストラン。残り三十七階分に、本社の各事業部と子会社のうちの十二社が入っている。

午前八時十五分、城山はひとりでその玄関をくぐった。役員の秘書の出迎えは社長就任と同時に取り止めたので、カバンも自分で持ち運ぶ。無駄な時間と経費を削減する合理化はまず上から、ということで、取締役会に諮った上での了解事項だった。ほかにも、全国十五支社四十支店十二工場を含む八千人の全社員が、社内では「さん」付けで呼び合うことも決めた。別に何を気取ったわけでもなく、ただ合理化と組織の活性のためだったが、役員の一部には城山体制への積極的な布陣の一歩だという見方もあるのを、城山は知っていた。しかし、その程度の話は聞こえないふりをしてとぼけていなければ、何一つ前へ進まない。

玄関ホールからエレベーターホールを経て三十階にある社長室へ辿り着くまで、城山は社員に出くわすたびに、機械的に十数回「おはよう」を繰り返した。社内のどこにいようと、昔から、社員全部を足して頭数で割った風体だと言われてきたその姿は、髪が灰色と化した今も変わらず、まったく目立たない。常務時代、社内を歩いていて、すれ違った社員に「あの人、誰」と囁かれたのは一度や二度ではないし、営業をやっていた若いころは、得意先に顔を覚えてもらえずに苦労した。

日之出の〈顔〉になった今、さすがに「あの人、誰」は聞こえなくなったが、経団連でも商工会議所でも、基本的状況は同じだった。要するに、顔のない営業マシンが営々と働いて、いつの間にか、そのまま経営のトップに上りつめる時代になったのだ。大正ロマンティシズムの洗礼を受けなかった昭和二桁生まれの経営者が誕生してくる時代の先鋒を、城山恭介は担いでいるのだった。経済誌の巻頭を写真入りで飾る企業人の代表でもなく、経営哲学の手本でもない。ただ、端的に日之出の全株主と全社員の利益を守る責任を負っており、顔はないが周到な実務能力とそこそこの統率力を備えて企業を率いている経営マシンだ、と城山は自認していた。実際、この自分は、それ以上の何者かにはなれないのだということも。

社長室へ入ると、城山はそこでもまた、手前の控室のデスクから腰を上げた秘書の女性に「おはよう」と声をかけ、やっと奥の自分の執務室のドアを開けた。

すかさず後を追ってきた秘書が「スケジュールの確認をしてよろしいですか」と言う。城山がデスクにカバンを置き、腰を下ろすのを待って、秘書は手元に一覧表を差し出してくる。秘書は名を野崎孝子といい、秘書室にもう二十年以上勤めているベテランだ。何をどうすれば効率的かを身体が知っているような女性で、城山から要求することはほとんど何もない。美人とは言えないが、低めの落ちついた声がいい。

「九時の朝食会は、お出になりますか？　日米財界人会議へのお車は九時四十分。遅れないで下さい。原稿は今、ご覧になりますか」

「車の中で」

「それでは、私が書類一式揃えて玄関でお待ちしてますから。それから、二時半の朝日新聞の取材は写真撮影を含めて二十分。質問事項は……」野崎女史は、箇条書き三項目を記した別紙を差し出すが、今ごろ言われても城山の頭に入らないのを承知の上で、「直前に私が確認いたしますので」と周到に付け加えた。

「今日は三時からの社内巡回はなし。事業開発本部で、名古屋新工場建設準備室のブリーフィングがありますので、そちらに出席して下さい。同席の役員はそこに書いてある通りです。四時十五分に、民守党の酒田先生から電話が入りますんで、これだけはよろしく」

ワープロ打ちの一覧表には、ただ『S氏。謝礼の電話』とある。パーティ券の件だ。

「はい、承知しました」と城山は応える。

「で、五時からは日之出文化賞の授賞式」

手元に、新たな薄い冊子が置かれた。十年前に設立された日之出文化財団の一事業で、美術と音楽部門がある。すっかり忘れていたことを内心恥じながら、城山は「はい」とだけ応えた。

「受賞者の作品と履歴はその冊子の中に」

「車の中で目を通します」

「四時半には玄関に降りて下さい。お車を回しておきます。で、お帰りが七時……」

そんなふうにして、朝一番のスケジュール確認に三分前後。次いで、宣伝行事や広告の有無、支社や工場での業務上の重要事項の有無などの確認に三分。

最後に、毎週月曜日に届くビール事業本部、医薬事業本部、事業開発本部などの各業務報告書と、経理部から上がってきた十月次の中間財務諸表の束、食品新聞や食品産業新聞などの業界紙の切り抜きファイルをデスクに置くと、野崎女史は続いて水差しとグラスを城山のデスクに運び、八時三十分にはすみやかに姿を消した。

城山は時計を見た。九時の始業まで半時間弱。毎朝のその半時間の積み重ねが、城山のささやかな矜持だった。各報告書と中間財務諸表の四つを同時に開いてデスクに並べ、一緒に目を走らせ始める。数字は毎日毎日見ていなければ、勘が働かない。会計処理の細かな点をつつくつもりはなく、経営会議でも自分の口からは一切数字に触れることはないが、会社が毎日進んでいる道が順当なものか、歩みに異変はないか、広範囲に数字を見ておれば、諸々の判断を下す際の決断力の一助にはなる。

さて、まずは《日之出スープレム》の先週の実績、五十二万ケース。クリスマス需要に向けて、週七十万ケースの販売ペースへ回復の見込み、と報告書にはあった。期末までの受注ベースで累計三千五百万ケース超。これで、来期七千万ケースの目標は、堅実な数字になる。しかし、商品構成の八割を占めるラガーの方が累計で前期を下回るとなれば、今期売上はやはり、対前年比でマイナスを出すか出さないかの瀬戸際か。

次いで各支社毎の実績、各工場の生産量と在庫の数字をざっと見る。

続いて、他社の競合商品の動き。業界二位の毎日ビールが冬戦略で今月発売を開始した《冬ドライ》の好調を分析した事業本部の弁。『商品開発の面で特記すべきは、発想の転換。販売面では、料飲店向け販促強化、関東圏集中販促、リベートのアップ等々』と続いている。《冬ドライ》の低アルコール化についてのコメントがない。城山はそれをチェックし、目は商品開発の報告の方へ飛ぶ。そういえば、来期の開発コンセプトは健康ブームを先取りした低アルコール化で行く、という話はどうなってる……。

ページを繰り始めたところで、突然デスクの上のインターコムから野崎女史の声が聞こえた。『白井副社長と人事の塚本部長がお見えです』

城山は時計を見た。八時三十五分。「どうぞ」とインターコムに応え、どうせもうすぐ朝食会で会うのに何の用だと思いながら、デスクに広げた書類を閉じて重ねたところで、ドアが開いた。

「朝っぱらから、申し訳ない」と断って入ってきた白井誠一副社長の声色はまず、普段通り味も素っ気もない調子だった。その後ろから、粛々と肩をすぼめてついてきた人事部長の方は、白井とは逆に、「ちょっとご心配をおかけするやも知れない事態となりまして」と、深々と頭を下げた。

内々の話か。城山はひとまず時間のかかる話か否かと考え、「まあ、どうぞおかけなさい」と二人に椅子をすすめた。どのみち二十五分しかない。

「さて、何でしょう」と切り出すと、「怪文書ならぬ怪テープが届きまして」と白井はあっさり言ってのけた。

事情を説明した塚本によれば、十月の入社選考の二次面接を身体の不調を訴えて途中退席した東大生がおり、そのまま帰宅してしまったために不採用にしたら、その後、その学生の父親から二回にわたって人事部宛てに選考経過に疑義を唱える手紙が来たという。聞けば、父親は世田谷で歯科医院を経営する歯科医で、兵庫県の被差別部落出身者らしい。父親は、日之出の選考過程で何らかの差別があったと思い込んでいるようで、一回目は人事部が返事を出し、二回目は相手が解同を騙ってきたのでそのまま放置したら、今度は意味不明のカセットテープ一本が送られてきたということだった。

実をいえば、城山は「カイドウ」という言葉を判じるのに三秒ぐらいかかったのだった。さらに、話の要旨を理解するのに一分ほどの時間がかかり、次いで何かの間違いではないのかという疑念が湧き、仮に事実であったとしても、なぜそんな事案が自分のところまで上がってくるのかという控えめな疑問に、最後は落ちついた。

「これがテープを起こしたものです」と塚本が差し出してきたA4判の紙の束の一枚目には、いきなり『日之出麦酒株式会社神奈川工場　各位殿』とあった。城山は慰みに数十枚の紙をざっとめくり、最後のページの『昭和二十二年六月』という日付を見てぎょっとし、慌てて一枚目から斜めに目を走らせた。

「そこに登場する岡村清二は、神奈川工場の方で調べたところ、たしかに昭和二十二年に日之出を退職しているようです」と、塚本の声は続いた。その端で、城山の目は用紙の文面から、素早くいくつかの単語を拾い出した。

〈八戸〉や〈戸来〉という東北の地名。〈部落の人間〉〈組合〉〈争議〉〈二・一ゼネスト〉〈解雇〉といった言葉。そして〈部落解放全国委員会第二回大会〉。なるほど昔はこういう名称だったなと思い出したが、それだけだった。テープを起こしたという何枚もの用紙の、最後の数行に目を通し直したが、送り主の意図はまったく摑みかねた。

「これだけですか」

「はい、そうです。いやがらせかとは思いますが、なにぶん入社選考が絡んでいる以上、会社の体面に関わる問題でもありますので、ここは、警察に届けるか無視するかの判断を含めて、人事の一存では対処しきれないと考えまして。一応ご報告した次第です」そう言いつつ、塚本は所在なげに手をもんだ。

「ところで、岡村某が神奈川工場に宛てた手紙というのは、あるのですか」

「昭和二十二年のことなど、神奈川工場の方ではもう調べようがないということで、そういう手紙がほんとうにあったのかなかったのかは、ちょっと……」

「問題の学生の父親は、二回目の手紙では解同を騙ったと言いましたか？　で、このテープの差出人は名乗っているのですか」

「いいえ。ただ、郵便のタックシールや消印が同じですので、同一人物かと。その岡村清二は、調べたところ、問題の学生の遠縁に当たるようです」

「ほう……」

城山はあいまいな相槌を返したが、一方ではようやく、事態に絡みついた様々な筋道や憶測が脳裏にちらつき始めてもいた。そもそも、この手の問題の処理を担当するはずの総務は何をしているのか。しかも、総務にしろ人事にしろ、白井は担当役員ではないではないか。そう思いながら白井へ目をやると、白井の方は初めから百も承知の上だといった何食わぬ顔をしていた。

「経緯は分かりました」と城山はあらためて塚本に告げた。「追ってこちらの判断を伝えます。テープの件は口外しないよう、部内の手配をよろしく」

「では、そういたします」

塚本は、とんだ厄日だと言わんばかりの憂鬱な表情で先に席を立ち、一礼して部屋を出ていった。その後ろ姿を見送って、城山はふと、自分が入社した昭和三十四年にはすでに、塚本は人事部の机に座っていたのだということを思い出した。入社当時、人事部の机に背筋を伸ばして座っていた折り目正しい社員たちのうち、塚本だけを覚えている理由は分からないが、結果的に塚本は人事部長まで上り詰めて、今日がある。会社に骨を埋めて骨の髄まで事務屋となり、企業の無数の柱の一本を忠実に支え続けて、来年辺り、定年を迎えるはずだ。

一方、白井誠一の方は名実ともに役員であり、十把一からげで〈阿吽の呼吸〉と言われた保守的な日之出経営陣の伝統に終止符を打ち、日之出を変えてきた男だった。風体こそ城山と五十歩百歩で目立たないが、三十五人いる取締役のうち、将来を見抜く慧眼と実行力にかけては右に出る者はいない。日之出がシェア六〇パーセントを保持していた十年前にすでに、白井はビール事業の非効率と将来性のなさ、外国製品との競合の難しさを唱え、以来、将来を見越した多角化の長期計画を立てて日之出の地盤改良の基礎を作ってきた結果、現在は事業開発本部長兼取締役副社長として日之出の経営陣の一翼を担っている。単純な利潤追求でも散文的理念でもなく、企業活動をシステムの総体としてマクロに評価する白井の考え方は、ある意味では経営マシンの最たるものと言えるが、同じ経営マシンであっても白井は、城山が本質的に持ち合わせていないものを持っており、そのことに城山は常々震撼させられる、というのが正直なところだった。アメリカと欧州での生活が長かった白井の真骨頂は、意思とその主張の仕方の強烈さだ。

そんなことを、またちらりと城山が考えたのは、デスクの両サイドにある大きな窓から望める市街風景へ、ちょっと目が流れたからだった。地上三十階からの眺望は、地上の建物の雑多な凹凸が平板に均されたようにのたりと広がり、小さくうごめく車や人はふと、工場の自動化ラインを流れていく製品のように見えたりする。城山はときどき窓から眼下を眺め、企業を統括する経営者の目とはおおむねこんなものかなと思うことがあるのだが、白井の目にはさしずめ、この地上三十階の風景はすみずみまでもっとも効率よく機能すべきラインそのものに映っているに違いなかった。そこにあるものはシステムであって、人間でも物でもない。

翻って、城山自身は、日々重かったり軽かったりするこの自分の身体を動かして、二十年以上この手で物を売ってきたという感覚がまだいくらかあるせいか、私情を言えば、白井とは少し感覚的にも合わないのだった。

ところで、日之出には現在、もう一人、城山のあとを継いでビール事業本部長兼副社長に昇格した倉田という男がおり、こちらは多角化を進める白井に対して、ビールが総売上の九六パーセントを今もなお超えている現実を支えている。しかし、日々ビールを売って一兆二〇〇〇億の売上をまとめ上げる男がいるから、白井も手腕を揮えるというのは、絵に描いた道理であって、白井と倉田がともに副社長となった新体制では、企業戦略の考え方についての両者の温度差が、以前にもまして取締役会を白井派と倉田派に分けているのが現実だった。

要約すれば、長期的展望と当面の思惑の差ということになるが、その差は二年前、ラガーの不調を受けて、商品の多様化戦略を取るか否かの選択を迫られたときに、顕著になった。他社の攻勢に対抗して年に数回も新商品を乱発する競争を始めたら、生産ラインの組み替えに伴う膨大なコスト増、生産管理や販売管理のコスト増、宣伝販促費の膨張など、自分で自分の首を絞める泥沼になる。ビール業界全体の消耗を招くことにもなるから、商品のむやみな多様化には賛成出来ないというのが白井の主張だったが、その正論の基礎には、すでに十二工場を抱える日之出全体のシステムに対する経営効率の評価があった。

一方、城山と倉田のビール事業本部側は、そうなったら最後に残るのは基礎体力のある日之出だからやると言ったが、そこには日之出ブランドへの自負と、絶対に落とすことの出来ない目先の数字があった。どちらも一面で正しく、且つ一面でしか正しくない不毛な激突だったが、最後は、現会長の裁断で、中を取って是々非々でいこうという線で落ちついたのだった。新商品は出すときには出す、出す必要のないときには出さない、と。

あれから間もなく、ラガーの沈下が予想以上に進み、当面ビール事業の強化を余儀なくされた取締役会の総意で、ビール事業本部長の城山が社長に昇格したが、一方で、多角化がますます急がれている事実に変わりはない。長年日之出ビールの本体を支えてきた城山・倉田のラインは、いわば背水の陣であり、城山の頭にはもちろん、誰よりもビール事業の抜本的な改革についての認識はある。それを、今の時点では人に吐露しないだけのことだった。種々の感情的行き違いや、多数派工作や根回しが日常の取締役会では、物を言うのに、タイミングの見極めというものが要る。

実際、白井が朝の忙しい時間にこうして城山の前に姿を現したのは、当然根回しの腹があるからで、それはおおかた倉田のなにがしかの一手を牽制するためには違いないのだが、心情的に倉田に近いのは当たり前の城山のところへ、こうして出向いてきた白井の思惑を、ひとまず推し量ることに城山は時間を割いたつもりだった。

その白井は、何やら訳の分からない話をもってきた塚本部長が辞去するとすぐ、これからが本題だというふうに軽く身を乗り出してきた。そら来たと思いながら、城山の方はちらりと時計を見た。八時四十三分。

　そもそも、塚本のさっきの説明には納得のいかない点があったことを城山は思い返し、「二つばかり伺いたいのですが」と先に切り出した。

「まず、貴方は今回、どういう経緯で、担当外の件に関わっておられるのでしょう」

「なに。あの塚本がここ数日青い顔をしていたから、たまたま事情を聞いたらそういうことだった。入社選考のトラブルで怪文書や怪テープが届きましたとは、さすがに言いづらかったということです」と、白井は構えることもなくさらりと応えた。「……そうそう、塚本は大事なことを言い忘れています。その秦野という学生だが、先月の十五日に交通事故で死亡したそうで。スピードの出し過ぎだったそうだが、父親もそれで、理性を失ったと考えられないこともない」

　城山が一瞬、返す言葉を探すうちに、白井は「何とも気の毒な話ではあるが、交通事故となれば、わが社の関知するところではないと言わざるを得ません」と言い添えた。

「よもや、相手方から疑われるような事実はなかったと信じてよろしいのですか」と、城山は尋ねた。「二次面接にはぼくも出席していたのだから、それは保証出来る」という返事だった。

「しかし、二次面接まで来た学生を、どんな理由があるにしろ採用しないというのは、一大事です。合否の判定会で、どういうことが話し合われたのか、その点をお伺いしたい」

「決定自体は、各部長と役員を含めた多数決だし、不透明な点はなかった。それはぼくが知っています」

「では、なぜ」

「秦野という学生ですが、十日の面接のとき、顔色が悪かったし、少しうわのそらな感じだったので、様子がおかしいとは思っていました。途中で具合が悪いと言って席を外したら、そのまま帰ってしまったのは事実だし、十一日の判定会では、これではどうしようもないという意見が過半数でした。しかし、一部には推薦状付きの学生を不採用にするには慎重な意見もあったし、ぼく自身もそちらの方だったから、面接の後、本人と何とか連絡を付けろと再三、人事の方へ言ったんですが……」

「それで」

「さっき塚本に聞いたら、本人の家にも大学にも連絡していない。大学へは、不採用の断りを十二日に入れただけだと言う。どういうことだと塚本を問い詰めたら、人事の方へ倉田君から、この学生はもういいからという指示があったということなので、倉田本人に事情を聞いてみましたら、実は……」そこで白井はいったん息をつぎ、おもむろに「発端は、杉原のお嬢さんの問題でした」と続けた。

「杉原武郎、ですか」

「そうです」

杉原武郎は、今年六月の人事で、ビール事業本部副本部長兼取締役に昇格した男だった。城山の実妹が二十五年前に杉原と結婚しており、その娘といえば城山の姪に当たる。城山は即座に事の次第が呑み込めず、驚きが形になるのに少し時間がかかった。杉原も当然、城山・倉田ラインの役員ではある。

城山の当惑をよそに、白井の事務的な声は続いた。白井というのはフグだ、と城山はよく思う。本人は、何があっても自家中毒を起こすことはなく、理路整然と言うべきことを言ってくるが、しばしば周りの人間が毒にあたる。

「城山さん。ここでは事実だけを話します。姪ごさんは、東大でその秦野という学生と交際していて、卒業したら結婚したいというような話を父親にしたそうです。娘にそう言われたら、親としてはまあ、相手の家庭を調べるぐらいのことはするでしょう。結果は、相手の父親の戸籍が問題になって、杉原は娘にだめだと言った……。これは先日、倉田が杉原本人から聞き出した話だそうです」

そこまで聞いて、城山にはやっと軽い動悸のようなものがやって来たが、実感というほどのものはやはり持てなかった。この三十一年、会社の仕事も話題も一切個人生活へ持ち込んだことのなかった頭が、初めて経験する鈍い混乱だった。

妹には盆に会ったが、姪の顔を見たのは正月が最後だった。姪は成人式に作ってもらったという振袖を着ており、そこそこの娘になったと感服したのも束の間、姪は「伯父さま、お年玉」と両手を差し出してぺこっと頭を下げた。東大生だろうが何だろうが、城山の目にはまだほんの小娘だった。そういえば、秋口に杉原の口から、姪は大学院へ進学するか留学するかどちらかだと聞いたのではなかったか。そんなことを漠然と思い出しながら、城山は冷静に話の一つ一つを胸のうちで検証した。

杉原が娘に交際相手の話をしたのは、いつなのか。

そのとき、被差別部落云々の話はしたのか。そして、娘はそれを交際相手の秦野に話したのか否か。話したとしたら、いつか。そうしたことが判明しなければ、十月十日の二次面接で秦野という学生が途中退席したこととの因果関係は分からない。

白井は、城山のしばしの沈黙をよそに言葉を継いだ。

「城山さん。ぼくは、秦野が二次面接を中座したことについては、それがどんな理由であるにしろ、日之出は関知しないということでいいのではないかと思っている。会社としての失態は、少なくとも選考に関してはなかったのだから、それ以上言及する必要はないでしょう」

「ちょっと確認しますが、二次面接には杉原はいたのか、いなかったのか」

「彼はいなかった。面接の場で、杉原と当の学生が顔を合わせたのなら話はややこしくなるが、会ってはいないのだから、個人的に何があったにしても、会社には関係ないところで起こったことだとみなすべきです」

「ではなぜ、倉田は人事の方へ釘を刺したりしたんです」

「総会屋がらみ」と白井は簡潔に一言応えた。

疑念が一つ晴れ、城山の腹にすとんと落ちた。

「話が漏れたと……」

「そのようですね。秦野が面接会場から消えてしまったんで、人事の方もばたばたしていたから」

「彼らの具体的な動きは」

「二次面接の当日の夜に倉田の自宅に、名前を名乗らない不審な電話が一本入ったということです。電話の主は、ある人物の名前を挙げて、その人物が秦野の遠縁に当たる岡村清二という男と関係があると告げたそうで」

城山は、怪テープを起こしたという用紙の冒頭にある『岡村清二』の名を見る。

「ある人物の名前は」

「戸田義則。テープの中にその名前は挙がっていないが、人物には触れている。昭和二十一年に争議煽動を理由に、うちの京都工場を解雇されている男です。調べたら、今はジャーナリストをやっていて、中日相銀の周辺を探っているようですが」

城山の頭の中で、話の脈絡は一応つながった。秦野という学生の二次面接ボイコットの話を聞き及んだ何者かが、それなりに異常な事態だと察知し、素早く秦野の素性を探り回って、傍系の岡村清二の名をどこからか掴み、ついでに岡村と戸田某の古い関係を調べ上げて、これは使えると判断したのだろう。

「ともかく、倉田が人事の方へ釘を刺した理由は、面倒を避けたい一心だと思うが、これは通すべき筋からいって、いささかよろしくない」と、白井はまず一つ結論を出した。筋を通すために、こうして周囲に一本一本ピンを刺して、道を確保していくのが白井のやり方だった。今も、人事への采配の一件で倉田の羽根にまずピンを刺し、縁戚関係にある杉原と姪の話を持ち出して、この自分の羽根をピンで留めたつもりかな、と城山はちらりと思った。

とはいえ、おそらくそんなつもりはないのだろうフグ本人は、豊かな白髪の頭をちょっと掻き、その手で城山のデスクをぱんと軽く叩くと、椅子の背から身を起こした。白井がこうして居住まいを正すたびに、思わず背筋が伸びると言う社員は多い。

「ところで城山さん。仮にテープはいたずらでも、裏で仕掛けた人間がいるなら、これはちょっと対処が必要な問題だとぼくは思っている」

何分か前、塚本の話を聞きながら城山の脳裏に閃いた雑多な筋道と、白井が言わんとしていることは、おそらく同じだった。城山は、聞き流していい話ではないと察し、その時点で個人的な思いの方は、慎重に自分の腹に収めた。

時計を見る。八時五十分。「話して下さい」と城山は短く促した。

「岡田経友会が動いてます」と白井は言った。予想通りだった。

岡田経友会という組織があるのだった。総会屋、仕手筋、街金、金融ブローカーなどを抱える企業グループで、実体は広域暴力団誠和会の企業舎弟だと警視庁の幹部から聞いているが、その表玄関には大物右翼が鎮座しており、その玄関に出入りする多数の政治家がおり、政治家たちの後ろには都銀や証券の金融資本と官庁が連なっている。日之出総務部の総会屋担当と役員の間では、たんに《岡田》と隠語で呼んでいる。

今現在、日之出の関連会社の小倉運輸と、その主力銀行である中日相銀の双方が、融資絡みの問題を抱えているという話、その裏に岡田経友会の手が複雑に伸びているという話は、城山も内々に聞いており、城山はまず、その関係だな、と理解した。

小倉や中日の件は、日之出は直接の関係はないが、《岡田》が絡んでいる以上、何らかの間接的なつながりがないとは言えない。しかも、この世界は土台、右手で握手をしながら左手で脅すような芸当がまかり通る世界だから、《岡田》が長年の信義を逆手に取って、日之出に対して新たな攻勢に出ることも、あり得ない話ではない。「岡田経友会が動いている」という白井の一言は、そういう事情の一切を含んでいた。もっとも、長年の《岡田》との関係を仕切ってきたのは倉田であり、白井がこういう形で進言に及ぶ筋合いの話ではないことにも、変わりはなかった。

「で、どう動いているのですか」

「中日相銀も小倉グループも、いずれ捜査の手が入るのは避けられません。それを見越した《岡田》が、予防線を張ってきているのです」

　そうは言うが、これはまず、どこまで確実なウラのある話だろうか。城山は慎重に相槌を控えた。

「《岡田》も焦っているということです。切り崩すにはいい時期です」と白井は畳みかけ、かねてからそれとなく仄めかしてきた持論にも触れた。

「鈴木会長にも同じことを進言しましたが、小倉運輸への経営参加は、事態の推移をもう少し見極めてからにすべきです。このまま話を進めたら、世間には〈日之出は盗品を買い取った〉と言われる。《岡田》にさらにつけこまれる」

「ええ」

「うちの今一番の重要課題はライムライトです。担当役員として言うが、公取委に弱みを握られるのが、ぼくは一番怖い。彼らは、うちに圧力をかけるために、ライムライトとの合弁話をリークする可能性がある。逆に《岡田》もリークするかも知れない。今、うちは針の山の迷路を歩いているようなものだということに、貴方も異存はないでしょう」

「ええ」

「《岡田》が日之出にとって、悪性腫瘍だということにも異存はありますまい。物事の清算には時期というものがある。今回は、まったく関係のないところで《岡田》が尻尾を出してくれた。その岡村某の手紙らしいもの。それが学生の親の手でうちに送られた経緯辺りまでは、警察の手を入れてもいいのではありませんか」

「え？」

「テープの送り主、秦野浩之とかいう歯科医の名は出さずに、警察に被害届を出す方向で考えたい。二通目の手紙も一緒に」

「……そうですね」

　城山は時計を見る。針は九時五分前を指していた。

時間切れだった。

「貴方の話は分かりました。そういうことなら、倉田の意見を聞いてみます」

「なるべく早くに結論を出して下さい。テープが届いてから、もう五日経ってるので」

「承知しました。しかし、私としては、秦野という学生に悪いことをしたという気持ちもあるし、この上、息子を亡くした親まで警察沙汰にするのは、どんな理由をつけても信義にもとるという気がします。だいいち、うちは被害を受けてない」

「被害を受けてからでは遅い。実を言うと、ぼくは何かしらいやな予感がして……」白井はそんなことを言い、腰を上げた。

「予感とはまた……」

「根のない予感などない。祈りを知らない者に啓示は訪れないのと同じです」

　城山がクリスチャンで、自分は無宗教であることを、白井はときどき引き合いに出すのだが、そういうとき白井はまるで観念の議論に疲れた青年のような表情になる。しかし、もう応えているひまはなく、城山も席を立った。三十階の窓の外で、晩秋の薄い日差しを浴びた朝の市街が弱々しい光を放っていた。

「そういえば、テープの件を知っている役員は、誰と誰ですか」

「貴方と、ぼくと、倉田君」と白井は応えた。本来、話が通るべき総務担当と人事担当の役員は、蚊帳の外ということだった。なるほど、白井は人事部の塚本にもピンを刺したのだなと思った。

　商品を一ケースでも多く売ることだけが使命だった営業マシンの城山も、年季が入るにつれて企業活動の裏表をそれなりに見てきたが、そうした日常の外側にひっそり張りついている瘤の存在をひしひしと実感するようになったのは、やはり取締役になってからだった。ビール会社は、ビールだけ作って売っておればすむものではない。それはどこの企業も同じで、日之出だけが特殊なのではない。

　八二年の商法改正の後、一般に企業の取る道は二つあった。一つは総会屋との関係を断つ道、一つは巧妙に形を変えて関係を継続する道だが、日之出はほかの多くの企業と同じく後者を取った。それは、面倒を回避したというような次元の話ではなく、商法以前のこの国のシステムともいうべき慣習を、企業だけで変えられるものではないという現実を前にした選択だった。

ほかの企業も同じだろう。

ただし日之出の場合、岡田経友会に対するさまざまな支出は、総務部長の段階で決裁出来るような金額を超えており、暗黙の了解で扱いを倉田に一任してきた状況は、たしかに自慢出来るようなものだったとは言えない。長年のうちには、いったい何がどこまで妥当なのか、役員の誰も判断出来なくなってきているのは事実で、そんな中、白井は六年前の役員就任と同時に、一年でも早く清算すべきだと言い出して、ほかの役員たちを総毛立たせたのだった。そのとき倉田は、「私が責任を持ってやっていることに、軽々に口を出さないでもらいたい」と沈着に応えたが、その顔は青ざめて見えるほど激怒していた。

事の背景には、旧財閥時代から引きずってきた政財界や右翼との深い人脈がある。現実面では、物流を外して成り立たないビール事業の性質上、日之出は陸運の子会社を十社抱えているが、その辺りから少しずつ病原菌は入ってきた。ほかにも、全国に保有している膨大な不動産の周りに、同じく菌は巣くっている。すべて経済活動の範囲内にそうした菌は寄生しているために、最後は金融資本との関係になって、そうそう白井の言うように簡単に清算出来る話ではない。喜んで支出する金ではないが、トラブルを撒かれて会社が被る被害を秤にかけなければ、企業の利益は守れない。

その上でなお、そうした地下茎との関係が、長い目で見て日之出の利益にならないという白井の意見は正論なのだった。白井はただ単純に清算しろと言っているのではない。関係断絶のためには周到な準備と計算を尽くす必要があると説き、この六年、事あるごとに機会を狙って、取締役会の根回しと総意づくりのために地道に動いてきた歴史は、城山も承知していた。

城山自身も、時代が変わるという予感はある。好景気はいずれ天井が来る。土地も株もそのうち反落する。大量消費の金満の時代が終わった後に来る次の時代を、一言で予想すれば、おそらく《小市民的潔癖》だというのが城山の勘だった。節約、小型化、簡素、個人主義などのキーワードでくくられるだろう市民の心理は、物質的豊かさを諦めて精神的充実へ向かい、社会に〈潔癖〉さを求めてくる。潔癖な時代には、政界や銀行や企業の体質もそれに合わせて問われることになる。企業が、利潤追求より先に、社会的義務や倫理性を問われる時代は、たしかにもうそこまで来ている。

翻って自社を眺めると、自己資本率四七パーセントを誇る日之出の経営体質は、圧倒的に堅いが、この超優良企業の堅さがどうも〈潔癖〉イメージとは一致しないのが、日之出の現実だ。国税庁をはじめ各監督官庁との強い一体感、流通と販売の系列、大手銀行と保険会社が名を連ねる特定株主、どれをとってもイメージは市民生活から遠い。そこへもってきて、《岡田》のような闇の社会との関係が公になったりしたら、日之出百年のブランド・イメージは一気に瓦解する。

　たしかに《岡田》は何とかしなければならないのだ。そうして城山は、朝っぱらからまた一つ懸案を増やしたが、白井と一緒に役員用会議室の一つに入った時点では、とりあえずその日一日の始まりに相応しい朝の顔を、居合わせた役員たちに披露し、また数回「おはようございます」を繰り返すことになった。

　毎月第二月曜の朝に開かれる役員朝食会は、もう二十年以上続いている。本社にいる二十人の役員と子会社の社長・副社長が寄り合うことになっているが、それぞれ用事があったり多忙だったりで、集まるのはたいてい二十八人前後で推移している。到着した順番に席に着くので、毎回隣り合う相手が変わり、話し相手が変わり、話題が変わる。そうして、三千円そこそこの出前の松花堂弁当を食いながら、当たり障りのない情報交換をするだけの場だ。誰が作ったのか、深刻な話題は出さない、という規則もある。

　城山が席に着いたとき、座には久しぶりに日之出飲料の社長の姿があり、先週から新しくなった健康飲料のCMをえさに、「あの踊りながら通り過ぎる怪物は、なんとも不気味だねえ」「あれ、土星人だそうで」「え？　そうなの」「なるほど、それでスカートをはいてるのか」「え？　スカートなんですか、あれは」と他愛ない声が上がっていた。

「ねえ、城山さん。あのレモンサワーのCM、不気味でしょうが」といきなり誰かから声をかけられて、城山は「ええ、まあ……」と適当に応えた。その一方で、目で杉原武郎の姿がないことを確認する。これまで、たいてい毎月出席していたのに、今日はいないというのはやはり、娘の件で上司の倉田に何か言われたのかと、ちらりと考えた。

「しかし、今やあれがばか受けなんですから。最近の若者が面白がるのは、どうも清潔感のある〈不気味〉らしい。毎日広告の連中がそう言うんだが」と飲料の石塚社長が言う。それを受けて、「じゃあ、うちの『芳醇百年』の金文字とウィンナーワルツは正調すぎますか……。あれも毎日広告ですが」とぶつぶつ言う声は倉田誠吾だった。

倉田は、城山や白井と正反対の偉丈夫だが、体軀と反比例した静けさ、口数の少なさは、役員の中でも際立っている。城山や白井以上に顔がなく、実績だけがある。しかし倉田の場合は、顔がないというより、消しているといった方が当たっているだろう。ビール事業本部を支えているその実体は、精巧なジャイロスコープ付きの魚雷だが、先月の社内報に載った戯画では、ぬうぼうとした牛に描かれていた。ちなみに城山はペンギン、白井はキツツキだった。

倉田は副社長に就任した今でも、全部の支社支店のあらゆる数字を刻々と見ており、販売網の末端まで頭に入れて毎週の数字を読み、マーケティングの資料と突き合わせている。一カ月黙って見守り、二カ月目には支社なり支店なりに自分で電話をかけるので、午前中は倉田の電話はたいていふさがっている。午後からは社にはおらず、週五日、ほとんどどこかの支社や工場や特約店へ足を運んでいる。まだ営業課長だった時代に、役員の誰かが「倉田は魚雷だな」と言ったのだが、そのときは、数字の下に潜っていて顔が見えないという意味だった。

そして、そうした実務的な外貌のどこかに、この十年間は、《岡田》のような相手との付き合いをきれいに埋め込んできた。当時の総務部長と担当役員が無能で、どういう経緯だったのか、副社長の方から「君、やってよ」と一言いわれたらしいが、上司の城山もしばらくは知らなかったし、本人に聞いても口が堅いので何も言わない。六年前に白井がつつき出すまで、《岡田》の話は取締役会のタブーだったが、そのタブーをひとりで背負っている忍耐や憤懣は、猫背ぎみのその背中にちょっと窺える程度だ。

座の会話は途切れず、倉田の一言を受けて、今は日之出ラガーの『芳醇百年』のCMがえじきになっていた。広報担当の役員が「あそこまで一見、正調でやれるのは、日之出のラガーだからだが、ブランド・イメージを逆手に取って、あのウィンナーワルツのCMはぎりぎりのところで遊んでるんだ。きわどいですよ、あれは」と言う。「あのCMはたしかに、上品な悪ふざけだね」という声があり、「いっそ、ビールを〈不気味〉で売るというのはどうかな」と笑い声が立つ。

「この間、ぼくは電通の常務と会ってね。彼が太鼓判を押してたよ。日之出の今の宣伝感覚は、最前線を走ってるって」と石塚の話は続いた。それは城山も同感だった。ラガーの圧倒的なシェアに安住するのを止めた時点で、日之出は、多様化路線に合わせて重厚や伝統の堅いイメージを払拭するために、宣伝戦略を全面的に若い社員に任せた。それが早々に実を結び始めているのだ。なにしろ城山をペンギン、白井をキツツキに茶化してしまう連中だ。

「うれしいことじゃないですか」と城山が言うと、「そうだ」「実にね」という相槌が相次いだ。そして、「ところで、今年のうちの文化賞は盛況だったそうだね」とまた話はほかへ流れていく。

「今日は杉原は？」城山はちらりと倉田に尋ねてみた。「大阪支社へ出張」という短い返事があり、その場はそれだけだった。別の役員が、「そういえば、大阪は《スープレム》の伸びがいいねえ」と言い出し、「関西は、アルコール度が高めの方がいいようだな、やっぱり」「東京が低アルコール化しても、関西が同調するのは数年遅れると思う」といった話になった。「地域限定商品というのも、これから考えていく必要がある」と言う声は倉田だった。

「そういえば城山さん。今日の日米財界人会議には、CIAのスパイがいるって」と別の役員から声が飛んでくる。「どこかの企業から金をもらってる、ということはないでしょう」と城山は苦笑いで受け流す。「しばらくは自動車に矢面に立ってもらうしかない」という白井の声がそれに続く。しかし、ライムライトとの水面下の微妙な交渉が始まろうとしているときだという認識が誰にもあり、話題は速やかに適当なところで立ち消えた。

そうして朝一番の朝食会は軽く半時間ほどで終わり、城山は普段は平らげる松花堂弁当を半分残して、席を立った。九時四十分には、玄関で秘書の野崎女史がカバンを抱えて待っているのを頭に置きながら、何かし残したような居心地の悪さに駆られ、会議室を出た足はちょっと逡巡した。

すると、多分相手も機会を待っていたのだろう、倉田誠吾がさりげなく肩を並べてきて、「秦野という学生とその親の件ですが」と切り出した。「白井さんから、お聞きになりましたか」

城山はうなずいた。

倉田とはビール事業本部で四半世紀、一緒にビールを売りに売った仲だから、それこそ阿吽の呼吸で、互いの歩幅まで知り尽くしていた。倉田は魚雷と言われてはいるが、その無言の呼吸には、実は相当に振幅があること、感情の突沸を防ぐために自分の口を閉じているのだということも、城山は分かっているつもりだった。共に役員になってからは、逆に少しずつ距離を置くようになってはいたが、その場はエレベーターホールまでの、ほんの数十歩の間の短いやり取りになった。

「杉原と姪ごさんの話は、ご心配には及びません。身上調査の件は、今のところ外には漏れていませんし、会社にはもちろん関係ないことです」

倉田の声はぼそぼそしていて無表情だと言われるが、城山の耳には、その下に覗いている感情の一つ一つが手に取るように分かった。しかし、倉田が激しく苛立っているのは分かるが、その苛立ちが何に向かっているのか、具体的な対象は、いつも分からないのだ。

「それに、《岡田》もその件は摑んでない。彼らは二次面接のトラブルを嗅ぎつけて、秦野の親族を調べ上げて、たまたまどこかで入手した遠縁の手紙の中から、使える材料を探し出しただけで」

「例のジャーナリストですか」

「ええ。ところで今回は、《岡田》が出した尻尾を、ちょっと叩いておきますから」

城山は一瞬、聞き間違いかと思った。倉田が白井と同じことを言い出したからではない。倉田は倉田のルートで、懸命に《岡田》と接触し、《岡田》の手持ちの情報を探り、その真意を確かめた上で、攻撃を仕掛けると言っているのだった。右手で握手をして左手で争うのが常識の世界だとはいえ、《岡田》との関係保持に腐心してきた本人がそう言い出すというのは、白井の正論とはまた別の、深刻な意味を持っていた。

「小倉と相銀の方は、そんなに危ないということですか」

「ひょっとしたら、Sがひっかかるかも知れない。そういう情報があります」

S。今日午後、パーティ券の謝礼で電話を入れてくる代議士の酒田の顔が、即座に城山の瞼に浮かんだが、与党最大の実力者に捜査の手が伸びるという事態を、具体的に想像することは出来なかった。いや、小倉の子会社、小倉開発が手がけた土地購入は、金の流れに要注意という情報はすでに入っており、あるいは疑獄事件に発展することもあるのかも知れないと、ぼんやり思い直してみたが、城山の頭の中ではやはり実感がなかった。むしろ、そんな可能性もあるのなら、それこそ早い時期に、《岡田》との関係清算に乗り出さなければ、日之出が大変なことになるという、これもぼんやりした焦燥感に一瞬揺さぶられ、動揺した。

しかし、そうしたしばしの想像も懸念も、あるいは《岡田》との関係清算への一歩も、その時点ではまだほんとうに漠としていたし、今日明日の話だとは到底思えなかった。

倉田は「白井さんの正論が通る時代が来たということです」と軽く呟いたが、自分の足元に向かって言ったのか、その声色は城山の耳にはあいまいに届いた。倉田は続いて、具体的な対処に触れた。「総務の方から、形ばかり警察に告訴状を出させます。こちらからは《岡田》にも歯科医にも触れない形で」

そうした対処以前の事情や経緯は、すべて倉田の腹の中だ。それが、今は少し歯がゆく城山には感じられた。

「倉田さん。いずれは取締役会全体で取り組むべき話だ。みんなが事の次第を腹に入れておく必要が出てきたときは、速やかに報告を頼みます」

「時期をみてそうします。しかし今は、決算が先です」そう言って、やっと倉田の顔は上がった。その顔に、エレベーターホールのガラス窓から入る日差しが当たった。倉田の目に映る地上三十階の景色は、白井や城山のそれとはまた違っている。

「そういえば、ビールの方。最低限前年の数字はクリアしてほしい」と城山が言うと、倉田は即座に「あと〇・一パーセント。二十七万ケース」と応えた。

「ラガーがもう少し伸びればね」

「この二週間の数字は、不本意です。全支社に来月の目標数値を立て直させて、全体で何とかプラス二十七万を確保するよう、はっぱかけますから」

その日はとくに多忙というほどでもなかったが、ホテルオークラで開かれた日之出文化賞の授賞式を終え、レセプションに少し顔を出して社に戻ったのは、午後七時半過ぎだった。「ごくろうさま」と野崎女史を帰らせ、一人になって、デスクに並んだ伝言や用件のメモ、郵便物をたしかめてから、朝見ることの出来なかった業務報告書や中間財務諸表の束を広げた。

その後、毎日つけている日誌を書き始めたのが午後八時半。

一行目に『AM8：35　白井、塚本来訪。人事部内の情報伝達経路に問題はないか』と書いたところで、城山の手は止まった。朝から気になっていた個人的な事柄が、胸に上ってきた。一日も終わりに近づいて、城山はようやくそれを手元にたぐり寄せることを自分に許し、少し考え込み、電話に手を伸ばした。

呼出し音は四回鳴って途切れ、《杉原でございます》という娘の声が聞こえた。

「佳子ちゃん？」

《あら、伯父さま。会社ですか？》

「ああ。しばらくだね。元気にしてる？」

《卒論が進まなくて》といった返事があった。以前なら《ええ、元気よ！　伯父さま、お食事おごって》ときゃんきゃん言い出したはずの姪だった。

「お父さんは帰ってる？」

《ええ、今代わります》

「その前に、ちょっと君と話がしたいんだが……。秦野君という友だちがいただろう？　気の毒に亡くなったそうだが、君は彼が日之出の入社試験を受けていたのは知ってる？」

　一秒置いて返ってきた《いいえ……》には、嘘ではない驚きが窺えた。

「先月の十日のことだが、秦野君は二次面接を最後まで受けなかったんで、会社の人事の方で少し問題になったんだが。君は秦野君に最後に会ったのはいつ？」

　今度は二秒ほど間があり、《十月九日》と返事はあった。二次面接の前日だ。「立ち入ったことを聞いて悪いが、どこで会ったの？」とさらに尋ねる。

《大学で》と応えた姪の声は急に沈み、泣き声になりかけたところで《私の部屋へ電話を切り換えるから、ちょっと待って下さる？》と言うやいなや保留の音楽に代わった。城山は、電話をかけたことを半分後悔し始めながら待った。しばらくして姪は、《私、会社に何かご迷惑をおかけしました……？》と小さな声で尋ねてきた。

「いや、そんな話ではないから。それで、九日には秦野君とどんな話をしたの？」

《私、家出るから一緒に暮らしてって……》

「また、どうして」

《父と母がバカだから》

「そんな言い方では分からない」

《大学は周りがうるさいところだから、交際はずっと隠してました。夏休みに初めて親に話したら、うちの親は興信所で彼の家のことを調べて、向こうのお父さまが被差別部落の出身だから結婚は諦めてくれと言うんです。私、今どきこんなバカなことを言う親はもう要らないと思った。それでずっと考えて、貯金下ろしてアパート探して。九日の日に彼に会って……。私、彼が日之出を受けてるなんて、知りませんでした。私には院に行くって言ってたのに……》

「……で、秦野君は何て言ったの？」

《私が家を出ると言ったからびっくりして……、なん

でそんな話になったのかと問いただすから、私、どう説明したらいいのか分からなくて……》

姪は、十月九日のその日、秦野に経緯を話す過程で、結局、被差別部落の話を口にしたということだった。それを聞いて城山は一瞬絶句し、次いで、思わず怒鳴り声を上げるところだった。姪は悪気はないが、あまりに思慮が足りない。これが自分の娘だったら張り倒しているところだった。妹も杉原も、なんという教育をしてきたのだと思った。

城山が黙り込んだためか、姪は敏感に《私、会社に何かご迷惑をおかけしたの……？》と重ねて涙声で尋ねてきた。

「いや。会社ではなくて、君は秦野君の立場に立った物言いをしなければならなかったのは、分かるね？　君の親はバカだが、君も思慮が足りなかった」

受話器から漏れてくる姪のすすり泣きを聞きながら、こんなことを今さら言って何になるのか、筋を通してどうなるのか、この始末をどうするのかと城山は煩悶した。

「聞くが、秦野君のお葬式には行ったの？」

姪は突然ヒステリーを起こして叫び出した。《どうして行けるんですか！　向こうのご両親は私のことを全然ご存じないのよ、私、お詫びのしようがないでしょう！》

「佳子ちゃん。よく聞きなさい。秦野君の交通事故は、君の責任ではない。君が殺したのではないのだよ、いいね？　その上で、今回は息子さんを亡くした相手の親御さんの気持ちを第一に考えて、君はしなければならないことがある。親もしなければならないことがある。君がひとりで悩んで解決出来る問題ではないのだよ。私からお父さんに話すから、ちょっと電話を代わって」

保留音を聞きながら待つ間、佳子本人はもちろん、杉原の夫婦も、この一カ月、いったいどんな気持ちで過ごしてきたのだろうと思った。これといった問題もなく一男一女をすでに独立させ、夫婦二人の単調平穏な生活になって久しい城山には、実際のところは漠然とした気の重さでしかなかったが、ともかく身内のことだけに、これまで経験したことのない居心地の悪さだった。とくに、今朝の朝食会に姿を見せなかった杉原武郎のことを思うと、まずは、さぞかし仕事に身が入らなかったり、眠れなかったりしたことだろうと同情もしたが、順当に出世コースを歩んできたはずの男の、この信じがたい不見識については、同じサラリーマンとして、もう少しほかにやり方はなかったのかと、無性に腹立たしさがつのった。

《杉原です》という沈鬱な声が聞こえた。

「秦野という学生のこと。今、佳子ちゃんから一部始終は聞いた。明日中に時間を作って、佳子ちゃんも一緒に、先方のご霊前にお参りしなさい」

《その件ですが、倉田さんから……》

「これは会社は関係ない。杉原の家の問題だ。貴方の信義の問題だ」

《私もそうしたかった。しかし倉田さんには倉田さんの事情があるでしょう！　一切関係ないことにしてくれと言われて、私はどうすればいいんですか》

「会社は関係ない。貴方の家の問題だ。会社のことは私が責任を持つし、倉田が言っている意味も分かってる。私から倉田に言うから、貴方は一家の長としてやるべきことをやりなさい。先方は歯医者さんだから、昼の休診時間か、診察が終わった時間に行くように。いいですね？」

少し間を置いて杉原は《岡田経友会ですか……》と尋ねてきたので、城山は「それと貴方の家の問題とは別だ」と繰り返さなければならなかった。そう言ってしまってから、何の権利があって自分はこんなふうに他人の家庭問題に口を出しているのかと当惑した。要するに、杉原の家の問題だと言いつつ、半分はたしかに会社の問題なのだ。どうすればいいんですかと喉を振り絞った杉原とて、同じ苦渋の中にいる。

「貴方も子供じゃないんだから、先方への挨拶のしかたぐらい自分で考えてほしい。被差別部落の件は、誤解を重ねるからあえて出さなくてもいいと私は思うが、それは君が決めることだ。私が言うことではないが、家族のことを第一に考えて、貴方の責任で先方への礼を尽くしてほしい。義兄として頼みます」

そう言いながら、城山は自分の卑劣な論理を反芻し、その一方でそういう論理を並べる自分を冷静に眺めつつ、ああ俺はこういう人間なのだなと考えていた。被差別部落の件を口にしない方がいいというのは、自分ならそうするということだったが、そうした判断の根には、《岡田》の卑劣な手や世間の誤解を避けなければならないという会社の理屈がある。その矛盾した言い分を、杉原はもちろん察したに違いない。《明日、先方に伺います。これで私たち夫婦と娘の心も少しは晴れます》と精一杯の皮肉を言い、杉原は電話を切った。

自分のデスクの、目と鼻の先に広がる夜景を眺めながら、城山は受話器を置いた。朝、秩序だった工場のラインを思い浮かべた市街の広がりは、今は茫漠とした灯火の海だった。

城山はしばしの間、自分が今、思いもよらなかった人生の不確かさに直面しているような思いにとらわれ、放心した。ほとんど、気分の域を出ない漠とした心もとなさだったが、それは言い換えれば、身内の小さな失言一つが、間接的にせよ一人の学生の死を招き、こうして企業をわずかでも揺るがしている事実を無意識のうちに眼前から遠退けた結果だった。姪が秦野という学生に何を言ったかを知ったとき、城山は同時に、その事実を意識の中心から退けたのだ。もしそうしないでいたら、この頭が何を考えていたかと思いを巡らせる思考の回路も、同時に退けた。そうして至ったのが、人生の不確かさという、あいまいしごくな感慨一つだった。

城山は一方で、姪の一言が引き起こしたこの不幸な事態に、出口はあるのかと考えもした。いずれ時間が解決するだろうか。世間の雑事に紛れてしまうだろうか。いや、一人息子を死なせた親の気持ちも、杉原親子の気持ちも、そんなふうに収まるものだろうか、等々。しかし、そうして考えること自体、出口のない行為だと気づくのに時間はかからなかった。

城山は、人生の不確かさというところへ戻ると、とりあえず個人の胸のうちにそれらの物思いを収めた。その後、もう一度受話器を取り上げて、ビール事業本部の本部長室を呼び出した。

「城山です。三分、時間をくれますか。今からそちらへ行きますから」

《こちらから出向きますが》と倉田が言う。

「いや、行きます」

城山は、緩めていたネクタイだけ締め直して、社長室を出た。一階下の二十九階へエレベーターで降りると、エレベーターホールに倉田が立っていた。急いで出迎えに出てきたのはいいが、たった今まで自分のデスクで報告書に埋まっていたに違いないその恰好は、ネクタイも緩み、顔色もくすみ、シャツの袖を捲り上げた惨憺たるものだった。もっとも、社員が知らないだけで、夜の倉田はいつもこうなのだ。

倉田はいつも通り、一瞬のうちに城山の表情を窺い、「部屋へ来られますか？　敵の新商品が冷えてますよ」と周到に和やかな表情を作った。

「いやいや、飲んではいられない」とうわのそらで応えながら、城山は目の前の部下やこの会社に対して、今さらのように負い目を感じ、卑屈な気分になった。

「倉田さん。事情が事情ですから、貴方にはやはり言っておくべきでしょう。例の秦野という学生の件ですが、姪に問いただしたら、面接の前の日に、姪が秦野に出自が云々という話をしていたことが分かりました。何とも、申し上げようがない……」

「いや。姪ごさんの件はこの際関係ありません。《岡田》につけ入るすきを与えた私が、悪かったのです」

「いや。これは杉原の家の問題でもあるから、私は彼に親として先方へ挨拶に行くように言いました。その点を是非了解してほしい。頼みます」

城山は頭を下げ、倉田は手で軽くそれを制した。

「その件は承知いたしました。しかし、偽名の手紙やテープの件は、こちらで対処させて下さい。《岡田》が手を出したという証拠を一つでも押さえておきたい。警察の方で、手紙の入手経路と被疑者が特定された時点で告訴状は引っ込めます」

「分かりました。話はそれだけです。夜分、お邪魔しました」

「いえ、こちらこそ。足をお運びいただいてすみません」

倉田は、城山のために自分の手を伸ばしてエレベーターの昇降ボタンを押した、そのときだった。手を伸ばしたと同時に一瞬近づいてきた倉田の身体から、ぷんと何かの臭いが立ったのだった。城山の鼻は無意識にうごめいたが、ウィスキーの臭いだと気づいたときには、エレベーターのドアが開いていた。

城山はエレベーターに乗り、ドア口の外に立って一礼する倉田を見つめた。何か言葉を探したが、そのままドアは閉まり、倉田の姿は消えてしまった。

4

新馬場駅で電車を降りたとき、何か踏んだな、と半田修平は思ったのだった。靴を脱いで確かめるのをはしょってそのまま品川署まで歩き、階段を数段上りかけたら、ついにざくっと右足の親指に激痛が来た。半田は壁際に寄って右足の靴を脱ぎ、裏返した。

薄くなったゴム底には、一片のガラス片が突き刺さっていた。それを二秒眺めて、半田はまず、新しい靴一足を買うのに一万円の出費だと考えた。次いで血のシミが出来た靴下の指先を見、プラス五百円、と追加して、ひとりにやりとした。近ごろ、やけ気味で気が大きくなっている、と自分を診断してみる。これを機にいっそグッチとかバリーとかを買ってやるかと真面目に考えながら、半田は片足立ちのまま、深く入り込んだガラス片を指先で抜き取りにかかった。

その間に、下から上がってくる軽い靴音があり、すれ違いざまに「失礼」というひと声が降ってきた。半田は目だけ上げて、階段を駆け上っていく男の足元の真っ白なスニーカーを見た。

捜査本部に出てきている本庁の若い警部補だった。名は、合田といったか。何ということもないスーツとダスターコートの恰好はともかく、いかにも軽くて履き心地のよさそうな白いスニーカー一足が、半田の目の中でちかちかした。急にグッチもバリーも色あせて、半田はちょっと戸惑った。いったい、スニーカーを履いてスーツを着るというのはたんなる無神経か、よっぽど自分に自信があるのか。どっちにしても好かんなと思ったとたん、背筋にぶるっと来た。

半田は、やっと引き抜いたガラス片を投げ捨てて靴を履き、二本の足で立ち直した。と同時に顔が上がったら、今しがた上がっていったスニーカー男が、二階の踊り場に立ってこちらを見下ろしていた。しばし真空に落ち込んだような相手の無色の目は、半田の判断を拒絶して、ほんの一秒ほど頭上にあった。そして、すっと逸れていったかと思うと、男は姿を消してしまった。

一瞬の出来事で、頭は結局事態に追いつかず、半田はそのまま残りの階段へ踏み出した。そうした日常のリズムが寸断された一瞬の溝に、半田はいつもある夢想をたぐり寄せるのだ。そうでもしなければ、溝は瞬時に深い地割れを作り、自分を破壊しかねない憤激の奔流になる。それを未然に防ぐために、いつの間にか身につけた自己防御の夢想の中身は、ある日自分が捜査幹部の寝首をかいて一本取る、というものだ。

捜査会議でおもむろに挙手する。官僚面をした本庁の天狗どもを前に、決定的物証を突きつけて「ホシは○○です」と言う。とたんに場は騒然となり、泡を食った幹部連中がひそひそやり出す。その瞬間の、目の眩むような快感は、きっと恍惚のあまり小便を漏らすほどのものだろう。

想像するだに隠微でぞっとするが、そのおぞましい快感を夢見て、警視庁四万人の警察官は憤死寸前の鬱屈を生きているのだと半田は思い、最後のオチをつけて自分を納得させるのだ。

ただそれだけの他愛ない夢想を一日に何度も巡らせ

るのだが、今もまた、半田はちらりとそのいつもの夢想に浸ると同時に、頭は重い興奮が渦を巻き始めた。ちょうど洗濯物をいっぱい詰め込んだ洗濯槽が、重たげにぐるんぐるんと回り出す、あの感じだった。しかし、月初めからのこの二週間ほどは、まったくその夢想に根拠がないわけでもなかった。捜査本部に内緒で行確してきた灰色の人物が数人いるのだ。まだ物証はないが、一つでも目処がつけば、本庁の奴らの鼻をへしおる日も夢とは限らない。

そんなことを考えながら、半田は午前八時十分前に、捜査本部の置かれている二階会議室のドアの前に辿り着いたが、ドアを開ける前に、後ろから追ってきた刑事課の同僚から、突然「課長が三階へ来るよう言ってる」と告げられた。

虫の知らせというほどのものではなかったが、半田は不機嫌が加速するのを感じた。ガラス片で傷ついた右足が、急にじくじく痛み出した。三階へ上がる階段の途中でまた靴を脱ぎ、右足の親指を見る。指で触り、黒地の靴下が血でじっとり湿っているのを確かめる。そんなことをしている間に、〈ああ、あれか〉という思いがゆっくりやって来て、額の裏で点滅した。そうか、捜査逸脱の話だな。そう思い至ったとたん、突然断崖に追い詰められた動転の代わりに、例の夢想がまた、代償のように押し寄せてきた。

八月初め、東品川の学校裏にある公園の植え込みから頭を殴られた男の死体が出てきて、今日でちょうど百日目になる。被害者は、現場から一キロほど離れた南品川一丁目にある特養老人ホームの七十六歳の徘徊老人で、八月十日の午前十時ごろ、公園に遊びに来た子供が発見した。通報を受けて、現場からは遠くない品川署から、刑事課強行犯捜査の係として、半田も現場へ駆けつけたが、遺体は死後半日ぐらい経過しており、盆前の暑い時期だったので強い死斑が出ていた。

現場付近は、事業所と古い住宅が密集した地域で、一方通行の路地が入り組んでいる。夜は人通りはほとんどないため目撃者がなく、遺体の発見場所の敷石からは有効な靴痕跡は採れず、凶器はなし。被害者の衣服には争った跡もなく、犯人のものと思われる遺留品もなかった。

被害者の頭は右耳介部の上に、作用面積の比較的大きい鈍器で殴られたと見られる裂創があった。被害者に抵抗した様子がないことから、まず顔見知りの犯行が疑われたが、半田は現場を見たとき、即座に〈バットかゴルフクラブの素振り〉と思ったのだった。半田はゴルフはしないが、ストレス解消のために近所の公園でよくバットや竹刀の素振りをする。常に周りに人がいないのを確かめてから振るが、ときには子供が飛び出してきてひやりとすることもある。第六感は、そんなところから来たのだろう。

　現場の詳しい検証の結果、現場の敷石から検出された血痕や皮膚片や衣服の繊維片などから、被害者は頭を殴られ、両手で右耳介部を押さえ、斜めにはじき飛ばされて横向けに倒れた後、そのまま一メートルほど引きずられて植え込みに横たえられたことが分かった。また、重量のある鈍器で強打されたと見られる側頭骨は陥没骨折を起こしており、頭皮の創口からは、カーボン樹脂の微量の塗膜片が出た。被害者の身長と、骨折作用面の角度からみて、凶器は斜め下方から振り上げられたゴルフクラブ、重量のあるカーボンヘッドの一、二、三番ウッド辺りと推定され、塗料から二、三のメーカーも絞り込まれた。半田の勘は当たったのだ。

　暑い盛りの捜査になり、半田も所轄から捜査本部に駆り出されて、連日地どりで歩き回った。憶測の前に、まずブツが出なければ捜査は一歩も進まない。

　初動捜査の早い段階で、被害者には一銭の貯金も借金もないことが分かり、動機としての痴情も考えにくい年齢なので、捜査は順当に、怨恨の線と行きずりの線の二つに絞られた。被害者の徘徊のコースは不定で、前日の九日に老人ホームの方から家出人捜索願の届けは出ていたが、被害者が施設からいなくなった時刻もはっきりしない。施設周辺に目撃者は数人いたが、時刻も場所もばらばらで、それをつなぐと、被害者は夕方ごろまで半径五百メートルの範囲をうろうろしていたらしいことが分かっただけだった。

　さらに、被害者の鑑の範囲はきわめて狭く、施設に友人もなく、施設の外との手紙のやり取りもない。長男と次男の家族はどちらも、もう何年も施設には足も向けていない。家族には動機がなく、犯行があったと推定される日時の前後の行動はすべて判明している。そうした状況の中で、被害者に確たる怨恨をもち、一撃で頭骨を陥没させるようなゴルフクラブを携帯して被害者を襲った犯人像というのは、現実には考えにくいことだった。

　一方、何者かがたまたま公園内でドライバーの素振りをしていたという説の方はまず、そうした長尺物を持って現場付近にいた者の有無、普段から公園で素振りをしている者の有無から始まる話だ。これは、現場に通じる道路沿いに少しずつ半径を広げながら、何千という事業所や世帯を一軒一軒つぶしていく作業になる。

情報は、朝晩の捜査会議の場で少しずつ上がってきた。しかし、その内容は「どこそこの某が事務所のロッカーに一番ウッドを一本所持。事件当日は当直勤務」といった程度だ。それ以上の情報はそれぞれの腹の中にあるから、そんな報告を何百聞いても、何も見えては来ないように出来ている。おかげで、捜査の中心がどの辺りにあるのか、末端の捜査員はろくに展望しておらず、ネタの出ない地どりの区画を割り当てられた半田の組には、隠すようなネタさえなく、そういう状態が彼岸過ぎまで続いた。

実際、半田の組の担当区域は、現場を中心に半径二キロ圏を六分割したうちの東側の一区画で、大半は芝浦運河をはさんだ東品川の埋立地と、さらに対岸の品川埠頭の南半分だった。

埠頭の方は、コンテナ置場と火力発電所と原油タンクしかない。東品川の埋立地は、倉庫会社が三つ、商事会社の倉庫が一棟、東洋水産と漁業連合組合のビルが一棟ずつ、都営住宅が三棟、あとは建設中の施設と空き地と天王洲野球場。トラックしか通らない道路を日がな一日ぶらぶら行ったり来たりし、クズかごを覗き、たまに通る乗用車は全部ナンバーを控え、都営住宅の全部の住人の顔を覚え、ゴルフクラブの素振りをする住人十数人を割り出したが、それだけだった。それでも、毎朝毎夕、捜査会議で何か目ぼしい話が出てこないかと、思わず耳をすませ続けたのは刑事の性だ。

半田が、埋立地の地どりから逸脱する決心をしたのは、十月初めのことだった。ある日曜日、半田は、割当て区域の都営住宅前の空き地で、顔見知りになった住人の一人が喜色満面でドライバーを振っているのを見た。「新品ですか、いいですね」と声をかけ、やれシャフトの硬度がどう、ロフトの角度がどうといった講釈をたっぷり聞かされている間に、半田は突然〈質屋だ〉と閃いた。犯人は凶器になったクラブを処分したはずだが、ドライバーならもともと値が張るし、もしそれが十万円もする代物なら、処分先はゴミ置場ではなく、質屋の可能性もある、と。

半田は、相棒の木村という巡査部長をたきつけ、地元品川から質屋回りに取りかかった。これといった当てはなく、ただ埋立地の野球場で昼寝をしているよりはマシだという程度の話だった。刑事をやっておれば、贓品捜しの質屋回りは日常のことだから、顔の利く業者もなくはない。初めはほとんど時間潰しだったが、十月半ば、以前勤務していた目黒署管内の質屋で、危うく本庁の刑事二人と遭遇しそうになり、なるほどこれが本命かと知った後は、脱線にも気合が入った。これまで名前の挙がったゴルフクラブの持主を一人一人洗い直し、質屋通いに念を入れ、ついには現場近くの事業所や団地に勤め先や住まいのある数人を選んで、行確に入った。

そうして月が替わり、尾行の対象をさらに絞って二週間。それまでは毎週土日にはゴルフの打ちっ放しに通っていたのに、夏ごろからぱったりやめたらしい府中市在住の男。事件からしばらく経って勤め先を辞め、今は別の会社に就職している都営東品川第4アパートの男。事件後の早い時期に、ゴルフクラブをフルセットそっくり買い換えたらしい自営業者の男、などが今は半田の手帳に残っている。

そして今日、十一月十七日土曜日。地どりから逸脱したのがばれたのだな、と半田はあらためてぼんやり考えてみた。いずればれるのは分かっている脱線を決心したとき、自分が後先のことをどう考えていたのか、もう記憶になかった。多分、何も考えていなかったのかも知れない。

また、この時点でばれたということは、端的に誰かにサされたということだったが、そのこと自体にも実感はなかった。出し抜こうとした自分の足を、まんまとすくった奴がいるということ。この自分がやられたということ。まだ芽も出ないうちにほじくり出され、叩き潰されたということ。この自分が敗北したということ。そんなことはすべて、そうと認めたとたんに自分が粉砕されるような、彼方の出来事だった。

始業前の刑事課の部屋には、知能犯捜査と盗犯捜査の係が数人と、記録や鑑識の連中がいた。公立学校の職員室の風情から、事務机の上の書類や簿冊と花瓶などの彩りを取り去り、代わりにねずみ色のフィルターをかけて、しんと底冷えのする沈黙を流し込んだら、所轄署の刑事部屋が出来上がる。

釜石の製鉄所の社宅で生まれ育った半田は、東京の大学を出たとき、明るい光の入る場所なら勤め先はどこでもいいと思った。民間の会社をいくつか受けたが、技術系だったのでいずれも勤務先は工場になることが分かり、それならまだ警察の方がましかと考えて警官になった。なってみて分かったのは、白々しく明るいのは桜田門の本庁だけで、ほかはたいがい、キノコが生えるかと思うほど薄暗く、湿っているということだ。

朝だというのにブラインドを下ろしてある窓際の課長席に、三好という名の警視が座っていた。傍らには課長代理の警部が立っており、どちらも死んだ貝が固く口を閉じたような生気のない陰鬱な目をしていた。課長代理は、入ってきた半田に向かって、食堂で客がボーイを呼ぶように手招きをし、半田は呼ばれるままに机の前に立った。

「今日から、二階の本部には出なくてよろしい」と課長代理は言った。「理由は分かってるな?」

その場は半田なりに考えに考え、ひとまず「分かりません」と応えた。とたんに、死んだ貝の口に、「このばか者!」と一喝された。その声はスチールの事務机やロッカーに響いてはね返り、息を殺してそ知らぬ顔をしている同僚たちの頭の上を流れて、半田の背中に戻ってきた。

「この六週間、君がどこで何をやってたのかは分かってる。よそのシマを荒らして自分の職務をおろそかにしたことに、異議はあるか」と今度は刑事課長が言う。続けて「釈明の余地のない逸脱行為だ!」と、課長代理が代わりに怒鳴り、一緒に唾が飛んできた。

釈明の余地がないのではなく、釈明という行為が警察では許されないだけだった。上から黒だと言われたら、下は「はい」と言い、白だと言われても「はい」と言うのが警察だ、と半田は腹の中で考えた。そうして、形ばかりの「はい」を一つ吐くたびに、自分の尊厳が一つ破壊される。それにもすでに慣れかけてはいるが、近ごろは自分の知らないもう一つの人格が、自分の中に出来上がりつつあるのを半田は感じていた。

半田は頭を垂れたまま、叱責を浴びているもう一人の自分を傍観することで、当座の激情を抑え込むことに成功した。

「二度とやるな」と三好課長の一言があった。

「はい。申し訳ありませんでした」と半田は一礼した。

「君は今日から、高橋係長の指揮下で別の事案を担当するように」

「はい」

「以上」

半田はまた一礼した。三好課長は席を立ち、捜査会議に出るために部屋を出ていった。その背に、忍従の二字が、少し朽ちかけた看板のようにぶら下がっているのを半田は見収めた。捜査会議では、三好は署長もろとも黒板前の幹部席のお飾りに過ぎず、本庁から出向いてきている強行犯捜査の一係長の前でじっと沈黙しているだけだ。

課長が消えると、今日から指揮下に入れと言われた知能犯捜査の高橋係長から、すぐに一声飛んできた。

「半田。下で待ってろ。すぐ行くから」

「事案は……」

「信用毀損業務妨害」

信用何とかの用語の意味もぴんと来なかった。〈強行の刑事もこれで終わりか〉と思っただけで、半田は一礼して部屋を出た。

しかし廊下へ出ると、半田は生来のしつこさで、なおも自分が地どりの担当区域から脱線した理由を考え続けた。ある日質屋を思いついたのは、きっかけに過ぎない。その前からずっと、溜まりに溜まっていたものがあったのだと思った。

捜査が始まって間もなく、捜査本部は実は、ホシは事件現場の公園には徒歩で出入りしたと推定したのだった。公園周辺の路地には車を止める場所はないからだ。ホシは現場近くに住まいか勤め先のある人間だとすれば、徒歩でやって来る距離というものがある。せいぜい歩いて五分程度の距離と考えると、その範囲内にある住宅と事業所は限られる。少なくともその線では、半田の受持ちである東側に疑わしい人間のいないことは、早い時点で分かっていたのだ。

たんに可能性を言うなら、ホシがたまに埋立地の広い公園でもスウィングの練習をする人間である可能性はゼロではないが、要するに埋立地を含む現場の東側一帯は、最初から捜査の対象外だったのであり、そこを地どりの区域として割り当てられた半田の組は、最初から無視されていたのだった。

朝晩の会議では、半田の組からはいつも何も報告することがなく、「うちは……」と言いかけると、会議を仕切っている本庁の七係の係長が「はい、次」と、次の報告へ移ってしまうこともしばしばだった。またあるときは、同じ七係の巡査部長の一人が、玄関ですれ違いざまに何を思ったのか「お宅は昼寝が出来るだろう」と半田に向かって吐き捨てた。実際、そのとき半田は不用意な欠伸一つを漏らした直後だった。

すべては、あの何十日もの無為のせいだ。半田はとりあえずそう結論を出したが、その無為が、この先何十年もの無為につながらないという保証はない。当座の悔恨より、半田は自分の足元に広がっている沼の感触を味わい、立っているだけで足が沈んでいくような無力感にとらわれて、これはいつもよりひどいな、と思った。いつもならやって来るはずのあの夢想さえ、もはやどこかで死んでしまったかのようだった。

そうして半田は階段を降り始めたが、ちょうどそのとき、二階の踊り場には会議室から出てきた捜査員たちの姿があった。会議はいつもの通り、ほんの数分で終わったのだろう。それぞれの割当て地区へ散っていく二人ずつの組が、散り散りに階段を降りていくところだった。昨日まで組んでいた同僚の木村の頭も見えた。

半田は、その集団と一緒にならないよう、階段の途中で自分の足を止め、集団が先に出ていってしまうのを待った。その間、ふと眼下の踊り場から下へ降りていく一人の男の頭が見え、その足元の白いスニーカーが見えたのは、きっと何かの運命だったに違いない。

突然、自分でも抑えられない勢いで何かが噴き出したかと思うと、半田は階段を駆け降り、二階の踊り場からさらに数段下って、片手を伸ばした。合田とかいう警部補の肩を摑み、「おい」と声をかけると、相手は振り向いた。

「おい、あんた。さっき、俺を見ただろう。あれは何だ。何で俺を見た……！」

警部補は、歳はせいぜい三十ぐらいだろう、爬虫類のひんやりした冷たさを湛えた切れ長の目を、半田の顔面に据えた。それから、やっと相手の発した声が聞こえたとでもいうのか、半田の手を払って「音がしたので」と一言いった。

自分の靴に刺さったガラス片一つ。それを投げ捨てた小さな音一つ。いったいこの世界の落差は何なのだと半田は困惑し、だめ押しの一撃を食らったような目まいを覚えた。今や目の前の警部補がたしかに自分を見たという確信は消え、自分が何をやっているのかも分からないまま、一瞬のうちに増幅した生理的興奮に押し流された。

「それがどうした。何で俺を見た！」その自分の声も、自分の手も、知らぬ間に飛び出した。半田は警部補に摑みかかり、直後に署の同僚らに引き剝がされて、「ばかやろう」の一喝とともに押し退けられた。当の警部補は、眉をちらりとひそめただけで速やかに踵を返し、降りていってしまった。

それを見送った数秒の間、自分がいったい何に苛立ったのかも思い出せないまま、半田はただ、自分の足元の沼がさらにずしりと沈んだのを感じた。自分の足だけが地球にのめり込んでいる、と思った。

誰もいなくなった階段ホールに、自分の荒立った息だけが残った。靴の中で、血のしみた靴下と指がぬるぬるした。もう一度靴を脱ぎかけたら、上から書類カバンを手にした高橋係長が降りてきて、半田は足を下ろした。

「おい、これから解同の都連本部へ行って、それから成城の歯医者だ。これが事案の告訴状。告訴人は日之出ビール」

係長の事務的な一声で、半田は否応なく職務に引き戻され、突き出された紙一枚の書面を受け取った。過日、偽名の手紙一通と差出人不詳のカセットテープ一本を送り付けられたらしい日之出ビールが、信用を傷つけられ業務を妨害されたとして、差出人の適正な処罰を求めている。その書面から、『部落解放同盟東京都連合会』の一語を拾い上げる間、半田の足元の沼はさらにじりじりと沈み続けた。自分の周りだけ、世界が朝とも思えない暗さに翳っているような気がした。

「被差別部落、ですか……」

「なに、エセ同和の話だ。おい、先にコーヒーを一杯飲んでいこう。テープを起こしたものを見せるから」

「歯医者というのは……」

「テープを送った犯人。一応、本人の話だけ任意で聞いておけという署長命令だ」

何ひとつ頭に入らないまま、半田は「了解」と応えた。田舎町の司法書士か公証役場の事務員といった風情の高橋係長の後について、午前八時十五分に署の玄関を出た。

半田には、警察で鍛えられ、焼きを入れられたもう一人の人格がいる。そいつが耳のそばで〈このままですますものか〉と罵声を上げ続けていた。その声を聞きながら、半田自身は、池に垂れた浮きがぴくりとも動かないのをじっと眺めているような、忍耐の半日を過ごすことになった。

実際、午前中に喫茶店で目を通すように言われたテープ起こしの手紙文は、字面しか目に入らなかったし、解同の事務所では、応対に出てきた専従の職員の、いかにも迷惑げな口ぶりだけが耳に残った。そもそも告訴状の内容からして、昭和二十二年に自社の神奈川工場に宛てられた手紙が、録音テープという形で見知らぬ相手から送られてきたというのに、日之出側には、自社宛ての手紙が紛失したとか、盗用されたといった認識がない。片や被疑者は、支離滅裂な手紙やテープを日之出に送ることで、何の利益も受けそうにない。半田には、互いに相手を間違えてものを言っているとしか思えない事案だった。

聞けば、日之出にはもう一通、歯科医が署名入りで出した手紙が届いており、署では告訴状を受けて、任意で提出されたその手紙と、偽名の手紙やテープの指紋を照合し、それらが合致したので三件とも歯科医の所業だと断定したらしいが、強行犯や盗犯ばかり扱ってきた半田には、いくら任意でも、動機もはっきりしないこの程度の話でなぜ動けるのか、理解も出来なかった。

この俺の感度計がばかになったか、世界が狂っているかどっちかだと思いながら、半田は午後一時には、高橋係長とともに成城七丁目の住宅街にいた。成城学園グラウンドに近い高級マンションの一棟の前に立って、いかにも空き巣が涎を垂らしそうな瀟洒なルーフテラス付きの建物を見上げたとき、半田の頭には〈億、だな〉という思いが一つやって来ただけだ。

歯科医院は、建物の一階部分が張り出してブティックが二つ三つ入っている並びにあり、意外に古風で飾りのない『秦野歯科医院』という表札と玄関のガラス戸には、とくに目を引くものもなかった。《午後の診療は二時より》という札のかかったその玄関を見ながら、係長は近くの公衆電話から電話を入れ、「自宅で会うそうだ」ということで、エレベーターで五階の自宅へ上がった。

秦野という人物を見た半田の第一印象は、一言で言えば標本箱の中の蝶だった。姿形は優美だが、もはや静物で、触ると壊れる。実際、脂気のない深窓の令息がそのまま中年になったような無頓着さと、知能指数だけで出来ているような無機質さと、かなりこみ入った思考回路を窺わせる陰気さなどが合わさった外貌は、しんと静寂で、さらに、息子を亡くしたせいだけでもなさそうな、空疎さも感じられた。眼球の動きに、ちょっと普通でない落ちつきのなさもあった。

しかも、生活が崩壊しているのは明らかで、三十畳もあろうかという豪勢な居間は、脱ぎ散らかした衣類がその辺にひっかかっており、長い間外気も入れていないらしい黴臭さと、すえたアルコールの臭気が充満していた。その居間の中央にあるソファに腰を下ろした秦野は、開口一番「私の間違いでした」と言った。

秦野がまず自分から話したところによれば、日之出ビールの入社試験を受けた息子に、会社側から何らかの差別的働きかけがあったのではないかという自分の疑いは間違いであり、付き合っていた学友との結婚を、まだ早いと相手の両親に反対されたショックで、心身不安定になったというのが真相のようだ、ということだった。秦野は人ごとのように理路整然と話し、そこにはまったく感情の振幅も見られなかった。

「それでは、先方の親御さんがお参りに来られたことで、先生のお気持ちも一応落ちつかれたということですか」

高橋係長はそう促したが、秦野はそれには返事をしなかった。続いて係長は、日之出側から信用毀損業務妨害で告訴状が出ている事情を説明し、形式通り、これは任意の捜査なので話したくないことは話さなくてよい旨を告げた。相手の方は、終始、聞こえているのかいないのかも分からない顔だった。

係長の方は、その歯科医に向かって、事務的に聞くべきことを聞き始めた。まず、テープの内容について、昭和二十二年に岡村清二という人物が日之出神奈川工場に宛てた手紙を、テープに吹き込んだのか否か。その手紙は本来、秦野の手元にあるべきものではないが、どこから入手したのか。

秦野は、十一月五日夜に訪ねてきた男二人に手紙を貰った、という話をした。うち一人は解同の都連執行委員の西村某を名乗ったが、そのとき受け取った名刺は捨てたので、名前は正確に覚えていないという。

「西村の特徴を教えていただけますか」

「身長は百六十五センチぐらい。中肉中背。年齢は五十歳前後。色黒。細い指をしている。右顎に直径十ミリのホクロ」

秦野は機械のように特徴を並べ、係長はそれを手帳に書き取った。

「で、西村の用向きは」

「私が二度目の手紙で解同を騙ったので、事情を聞きに来たのです。息子が日之出の入社選考で不採用になった件で、西村は日之出には日之出の事情があるといった話をし、これが役に立つだろうと言って、手紙のコピーを置いていきました」

「日之出の事情というのは」

「小倉運輸とかいう会社の経営状態と主力銀行の話。私は理解出来ないと答えた」

「銀行は、ひょっとして中日相銀ですか」

「そうだったと思います」

「具体的には、どんな話でしたか」

「不良債権とか、迂回融資とか。正確には覚えてない」

「そういう話のどこが、日之出の入社選考に関係している、と西村は言ったのですか」

「小倉運輸の問題を調べているジャーナリストに、手

「その手紙をちょっと見せていただきたいのですが」

「いいえ」

「手紙について、西村は対価を要求しましたか」

「いいえ。尋ねたが答えなかった」

「ところで、西村は手紙の出所は話しましたか」

「被差別部落については、あることないこと、知らないところで知らないうちに話が一人歩きするのは珍しくないので、別に」

「しかし、見ず知らずの人間が、解同を騙って、息子さんの話をいきなり持ってきたのでしょう。不審に思われませんでしたか」

「分かりません」

「では、偽の肩書を名乗って、経済の話をする人物を、何者だと思われたのですか」

「いいえ」

「ところで、先生は、相手を解同だと信じて聞いておられたのですか」

半田はただ所在なかった。

係長の手は忙しく手帳の上を走り続けた。その隣で、名の一人だとか」

に日之出の京都工場を解雇された被差別部落出身者三紙の中で岡村清二が触れているらしい。昭和二十一年

した」

「テープに吹き込んだ後、六日の朝、ゴミに出しま
そんなやり取りの後、係長の質問は、秦野が日之出宛てにテープを送った目的に移った。秦野は、四十三年前に岡村清二という男が書いたという手紙を精読するうちに、なにがしかのシンパシーを覚え、岡村に代わって、日之出に何事か伝えてやろうと思ったという。そこには息子に絡めた理由はなく、日之出という一企業に対する漠とした嫌悪のほかには何もなかったという、分かったような分からないような話だった。

「テープを送ったことについて、今はどう考えておられますか」

「無駄なことをしたと思います」

「反省のお気持ちは」

「もう二度としません。息子について日之出に落ち度があったとしても、もう問う気はありません」

何の滞りもなく、速やかに話はそこまで辿り着き、高橋係長はぽんと自分の膝を叩いた。

「それでは、今お話しいただいた線で、任意で供述調書を作成したいので、明日品川署へ出向いていただけますか。その上で、日之出側に告訴取消しの意思の有

無を確認しますので」

「自分のしたことの責任は取ります」

「いやいや、そんな話にはなりません。手続き上、調書は作成しますが、任意ですから署名捺印はご随意になすって結構です。ただ、例の西村某が訪問した経緯は、調書の形で残しておかれた方がいいと思いますので」

そう言った係長のそばで、半田はちらりと〈なぜだ〉と思ったが、当の秦野はとくに何も尋ね返さず、「明日、伺います」と応えただけだった。

それでは、と係長は腰を上げ、半田も従った。秦野はもう反応がなく、見送りに立つ様子もなかったので半田たちは勝手に辞去したが、玄関ドアを開けたとたん、そこに立っていた女と鉢合わせになった。女は「どなた」と鋭い一声を発した。

半田が戸惑う端で、係長は手短に「品川署の者ですが、秦野先生の奥さんでらっしゃいますか」と尋ね返した。女は血相を変えて「何か……」と立ちすくんだ。

「主人が何か……」

「いえ、ちょっと先生に話を伺いに参っただけです。ご心配なく」

その係長の言葉が終わるか終わらないうちに、女は玄関ドアに激突するかと思う勢いで、中に消えてしまった。

エレベーターで下に降りる間、係長は思い出したように「スーツがヴァレンチノ・ガラヴァーニで七〇万、ケリーバッグが八〇万……」などと呟いた。半田の方はちらりと水面をかき混ぜられたような思いで、今しがた遇ったばかりの女の姿を思い返したが、四十代にしては容色に衰えもない派手な目鼻だちと、美容院でセットしたばかりのような髪形しか印象になかった。上から下までシックな黒系統でまとめていたと思ったが、ブランドまでは半田には分からなかった。

「ところで、調書まで取る必要があるんですか」と半田が尋ねると、係長は怪訝な目をよこして「君、ひょっとして西村真一を知らんのか……」と言い出した。

「名前、分かってるんですか」

「当たり前だ。顎に直径一センチのホクロのある西村といえば、この世界には一人しかおらん。在日朝鮮人二世で、本名はキム・ホヨル。十年前から総会屋のリストに載ってるぞ」

知能犯捜査の狙いは、これか。半田の頭の池に、やっと小さい波紋が一つ生まれたが、浮きが動くほどの波にはならなかった。「すみません」とだけ応えた。

係長は、こんなバカを相手にしているとは知らなかったというふうに、急に白けた表情になって先に歩き出した。半田はのそりと後ろに続いた。

「これからどこへ……」

「街金筋。西村の情報を仕入れる。いいか。西村というのは、解同なんかまったく関係ない。日之出も関係ない。その男が解同を騙って、見ず知らずの歯医者のところへ、入手経路の分からん日之出の内部資料をただで置いてきたというんだぞ。これが臭わなくてどうする」

「はい」

明日からずっとこれか。

どんよりした住宅街の空を仰いだとたん、長年の習慣で、また新たな夢想が一つ、すっと半田の胸に滑り込んだ。退職願と書いた封筒をある日いきなり上司の机に置くという、ただそれだけの夢想だったが、それは大した快感にもならず、すぐに力なく消え去った。退職願が一大事になるための条件は、今の半田には何ひとつ揃っていなかった。それを手にした上司が驚き、署が驚き、本庁が驚き、何とか撤回させなければと青ざめるようなネタはなく、この自分の退職を恐れる者、惜しむ者も、いるわけではなかった。

暗くなるまで、高橋係長のお供で主に新宿の街金数社を回り、金融ブローカー数人の事務所を回った後、署に戻って、係長から西村真一の鑑と手口の説明を受け、明日十八日の秦野浩之の聴取のポイントを、ひとつずつ確認させられた。西村は今、広域暴力団誠和会系のいくつかの企業舎弟の使い走りをしていること。誠和会は岡田経友会という強力な地下金融のグループを抱えており、西村がどこかでその岡田グループとつながっていないかどうか、それが問題なのだということ、等々。要は、日之出の告訴状は降ってわいた格好の口実だったのだと、半田は最後に納得した。

午後九時前にやっと署を出たとき、殺しの捜査本部のある二階の窓に皓々と明かりが灯っているのを見たが、やって来た憤怒はいくらか鈍いものだった。新馬場駅まで歩く間、行く手斜め前方の北品川の夜空には、日之出ビールやソニーの本社ビルの光の夜景がそびえていた。いつ見ても、地上に落ちてきた恒星かと思う美しさだった。

半田は燦然と輝く高層ビル群を仰ぎ見た。どこも、所詮は一円でも多い売上を上げるために靴の底を減らしている社員の総体だとはいえ、自分に身近なものは何ひとつないような気がし、また一つなにがしかの疎外感を持って、半田は目を逸らす。

駅まで歩く間、背中に張りついているもう一人の自分が〈そのうち辞めてやる〉と虚勢を張っていた。半田は鼻白みながら、〈そう言い続けて何年だ〉と思った。己の尊厳や自信はせいぜい夢想の中で挽回して、明日も明後日もとにかく働くしかないのが現実だった。いい加減飽き飽きしているとは言っても、警備会社に再就職して、どこかの工事現場で交通整理をやっている自分を想像すると、ほとんど憤死しそうになるというのが、現実だった。

半田はまだ混雑の続く電車に乗り、吊り革を握って黙然と立ち続け、糀谷駅で下車した。パチンコ屋のネオンだけがぴかぴか光っているちっぽけな駅前商店街から環八通りへ出、羽田方向へ歩き出した。ものの一分も歩くと、事業所と古い町家しかない道路沿いはがらんとし始め、つい誘われるような明かりもなくなる。家路を急ぐ勤め人はみな、海風に追われるように急ぎ足で路地へ消えていき、半田も、小さい踏切のある角で萩中二丁目の路地へ入った。

自宅は、萩中公園東側の萩中第二アパート二号棟で、そこまではすぐに辿り着いたが、半田は路地に立ってほんの数秒、逡巡した。五階建ての三階の窓には、明かりがついていた。九時ごろには帰宅したはずの妻が、今ごろは洗濯機を回しながら、自分と亭主の遅い夕飯のために、勤め先のイトーヨーカ堂で買ってきた物菜のパックを破っている。刺し身の盛り合わせと、青菜の煮浸し。きんぴらごぼう。自宅では飲まないと決めているので、冷蔵庫には缶ビール一缶もない。半田はそのときただ、ビール一杯を思い浮かべて立ち止まり、そのままアパートの前を通り過ぎることに決めた。

午後十時ごろまで、あと三、四十分の寄り道をするつもりで、半田は羽田方向へ続く路地へ出た。数分で産業道路へ出、それを越えると羽田と呼ばれる地区になる。昼間は空港へ入る車両の排気ガスしかなく、夜は隣の空港の灯火は届かず、密集した町家の屋根がひっそり重なりあう上を、高速一号線の高架が貫いている。その高架をはさんで道路沿いには小さい商店街がある。日暮れどきにはどこも閉まってしまうが、蕎麦屋が一軒、大衆中華の店が一軒、酒屋が一軒といった具合に、ぽつぽつ明かりが残っていた。

半田はまず、高架の手前にある酒屋の自販機で缶ビール一缶を買った。その場でプルトップの栓を開け、凍るほど冷たいビールを一口啜った。斜め向かいにある薬局は、まだ開いていた。ネオンの付いていない看板は夜陰の下で見えないが、明かりをつけたままカーテンを引いてあるガラス戸に《物井薬局》とあった。

道端でもう一口ビールを呷る間に、その薬局のガラス戸が開き、中から男が一人出てきた。見ると、競馬仲間の元自衛官で、その夜は頭に幅十センチほどの包帯を巻いた恰好だった。向こうも半田を見、面倒臭そうに足を止めて「このざまだ」と挨拶代わりの一声を出した。

「事故か……」と半田が尋ねると、布川淳一は「昨日、東名で」と応えた。「前走ってた一〇トントレーラーが、いきなり車線はみ出してきやがって。ブレーキ踏んだとたんに、玉突き十台だ。俺のトラック、めちゃめちゃ」

「ケガがその程度でよかった」

半田がそう言うと、二秒間を置いて、布川淳一は「死に損なった」と自分の足元の地面に吐き捨てた。

死に損なった、か。なるほど、障害児を持った親は、そんなことも考えるのかと半田は思ってみたが、実感もなく、立ち入る気もしない話だった。

「馬券？」

「ああ」

「じゃあ、お先に」

明日の日曜日、府中へ行くのかどうかも互いに尋ねなかった。半田も人と口をきく気分ではなかったし、布川もそうだったのだろう。布川は道端に止めてあった自家用のワゴン車に乗り込んだ。今まで気づかなかったが、ワゴン車の暗い荷台の中で人の腕が二本、音もなく泳いでいた。布川の障害児の娘が、荷台にひっくり返って暴れているのだ。エンジンが掛かるやいなや、プロのドライバーの手にかかったワゴン車は魔物のような速やかさで滑り出し、産業道路へ消えてしまった。

半田は、缶ビールを手に薬局の表にある呼び鈴を押し、ガラス戸を開けて中に首を入れた。昼間外に出してある安売りの洗剤やトイレットペーパーの陳列棚が、夜は中に引き込んであり、二坪ほどの広さの店内は、中に入るのも難しいほど狭くなっている。その奥ののれんから、店主の物井が顔を出した。半田だと分かると、「今夜は早いね」と言いつつ出てきて、洗剤の陳列棚をぐいと押し退けた。「そら、入って」

先月、物井は孫を亡くしたということだが、もともと表情が乏しく口数も少ない人物で、ひどく落ち込んでいるような様子は傍目には窺えなかった。いつもひっそりとして、おとなしげな外貌だが、夜はサングラスをかけておらず、白濁して動かない左目が少し奇怪な感じがする。

薬局には、昼間は中年の女の薬剤師が来ており、その間物井はご隠居よろしくその辺を出歩いて、〈老人いこいの家〉で将棋をさしたりし、スーパーで買物をして夕方戻ってくると、一人で適当に何か作って食べ、テレビを見ながら店番をし、十一時ごろに店を閉めて寝るらしい。そして、日曜は競馬。そういう生活をしている男だというのは、この六年ほど半田が薬局に通ううちに、少しずつ知ったことだった。店へ来ると、ときどき鍋を焦げつかせた臭いがすることもあった。

「ついさっき、布川が来てね。事故で頭ケガして」と物井は話しかけてきた。

「外で会った」半田は応えた。「何か、思い詰めてるな、あれは」

「いろいろ大変らしい。会社に始末書を出したり、警察に呼び出されたりで」

「ああ」

「ともかく、休養になるんなら、この際事故も悪くない。そう言ったんだけど」

そんな短いやり取りをしながら、物井は老眼鏡をかけて、店のレジの引出しから先週の十一日日曜日の当たり馬券二枚を出し、「はい、これ」とていねいにカウンターに並べた。半田は「どうも」と受け取った。物井に頼んで買ってもらった二レースがどちらも当たったのだ。配当がいくらだったのか確かめもしなかったが、一杯やるぐらいの金が戻ってきたということだった。

半田は缶ビールを一口呷った。

「明日のレースは？」と物井は尋ねてきた。

「新聞を買うひまもなかったし」

「新聞ならあるよ。見るかい？」

「いや。明日はパスだ」

もう一口呷ったときだった。物井の後ろののれんの向こうを女が一人横切り、半田は一瞬缶ビールを傾ける手を止めた。黒のスーツとストッキングのふくらはぎの線。首から上はのれんの陰。あのスーツは、昼間あの歯科医の自宅で見たヴァレンチノ何とかだ、と思った。半田の目線に気づいたのか、物井も振り返り、「娘がちょっと帰ってて」と呟いた。

何てこった、というところだった。亡くした孫というのが、よりにもよって物井の娘とあの歯科医の息子だったとは。しかし、元から競馬だけの付き合いである物井の個人生活に、半田は立ち入る気はなかったし、捜査中の歯科医の話に触れることも出来なかった。

なぜか、また一つ疎外されたような気分になり、半田は「へえ……」と適当な返事をして、缶ビールの残りを空けた。風が強くなったのか、路地に面したガラス戸がガタガタ鳴っていた。

「来週のジャパンカップは、新聞を買っておいてあげるから」と物井は言った。

「オグリキャップ、出るかな」

「出るといいね。出たら、オグリだ」

「物井さんは、明日は行くの」

「ほかにすることもないし」

「……じゃあ。空き缶、すみません」

半田は空き缶をカウンターに置き、「おやすみ」を言って店を出た。ガラス戸の中で、物井がまた陳列棚を元に戻す音がした。

半田はもう一缶、酒屋の自販機でビールを買った。産業道路の交差点を前に、プルトップを開け、一口呷った。交差点を渡ってまっすぐ路地を行けば萩中のアパートだったが、足は動かず、そのまま道端で飲み続けた。目前には、山本車輌工業の工場の壁が一つ。無人の産業道路沿いは、トタン塀やコンクリート塀と、街灯の放列だった。

その昔、いったい俺は何を望んでいたのだろう、と半田は思う。明るい光の差す事務机に座ること。そこそこ安定した給料を得て、まっとうな人生を送ることだけだったのではないか。情けないほど平凡な希望一つを胸に警察に入った男が、今はどうだ……。

飲み残した缶を車道へ投げ捨てると、それはたちまちトラックのタイヤに音もなく踏みつぶされた。ああ、あれが今の俺だと思ったとたん、〈そのうち奴らの鼻を明かしてやる〉ともう一人の自分が呻いた。

5

物井清三は、半田が置いていった缶ビールの空き缶の《日之出スープレム》の商標を見つめた。それを掌の中で握り潰して屑かごに捨て、のれんをくぐって居宅の居間に戻った。

待ち構えていたように、「競馬ばっかり……!」という娘の美津子の声が飛んできた。一つ一つの子音が、鉤にひっかかるような鋭い語調で、それが物井の耳をざわつかせた。昔から亡くなった母親そっくりの性根のきつい娘だったが、それでも子供のころはこんな喋り方はしなかったと思う。

話の途中で相次いだ客に苛立っているのだろうが、畳に座ったらスカートに折り皺が出来るというので、美津子は半時間このかた、柱を背に突っ立ったままだった。母親の芳枝も大正生まれにしてはスタイルのいいハイカラな女だったが、そうして立っている美津子は、物井にはもはや、よその人にしか見えなかった。思えば、自分の腕の中にいると思えたのは幼稚園時代だけで、小学校に上がるころには急速におませになって芳枝の小型版と化し、十代になるともう芳枝の双子で、女子大に入ったときには、完全に物井の手の届かない別世界にいた。大学生のころ、派手な服装で男友だちと出かけるのを注意したら、「嫉かないでよ」と一蹴され、女房には「美津子は上昇志向なのよ。あんたとは違って」と言われたものだ。

物井は、実際、自分の物の考え方や生活感が時代に合わないのだろうと戸惑い、萎縮しつつ、上昇志向の女二人を眺めるだけの甲斐性のない存在だった。娘は、大学を出て大手保険会社に入り、一年も経たないうちに結婚すると言い出したが、相手は歯科医だというので、それならばしかるべき式の準備をと思ったら、籍だけ入れて、明日にでも相手のマンションに移るからと言う。結局、後日、相手方の親族を招いて都内のホテルで一席もうけ、それだけで一切の話が終わってしまったのだった。

歯科医というのはよほど裕福なのに違いない。それを物井が実感したのは、たまに会う娘の身辺からだった。エステティック・サロンとかスポーツジムとかに通って身体を磨き上げ、三日に一度は美容院でセットをし、実家へ立ち寄るのにオートクチュールの一〇〇万円もするスーツを着てくる。喪中でさえなければ、普段はこの上にまだ、大きさがトラ豆ほどもあるダイヤの装身具を着けていたりする。どのみち孫の不幸でもなければ滅多に来ることもなかったのだが、葬式以来、何かと用事があってそういう恰好で現れるたびに、物井は目のやり場に困り、居心地の悪さでつい顔が下を向くのだった。

上昇志向とやらの正体が、結局いい生活をし、贅沢なものを身に着けることだったのなら、それは父親が与えてやれなかったものだということにほかならない。まるで当てつけのような贅沢品を見せられて、物井は自分の人生のすべてを否定されたような気がしないでもなかった。

昭和二十二年、東北の八戸にあった鋳造所を解雇されて東京へ出てきた後、一年半は上野界隈でバタ屋のリヤカーを引き、やっと大田区西糀谷の町工場の旋盤工になって、工場のすみで寝起きした生活。しばらく後に四歳の連れ子を抱えた芳枝と成り行きで結婚し、お金がない、お金がないとぼやかれながら、何とか六十まで工場でつましく鋼を削り続けた生活。娘を女子大へやるというのは、旋盤工の給料では相当無理をしなければならず、毎晩残業し、ピースを一日ひと箱、日曜日には百円馬券を二、三枚買うだけの小遣いで我慢した生活。そのころは、自分が死んだら保険金が入るなと、本気で考えたものだ。五十のときに西六郷にあった家を売り、貯金をはたいて芳枝の遠縁がやっていた薬局を買い取ったが、これが借金の担保に取られていた代物で、ほとんど詐欺にあったも同然だった。それでも親戚相手に文句も言えず、必死に借金を返してきた生活。それら全部が、娘の目にどんなふうに映っていたのだろうかと思う。

今さらあらためて意識することでもなかったが、美津子は芳枝の連れ子で、物井の血は引いていなかった。芳枝と籍を入れた後、生活に追われてしばらくは二人目の子供を作る余裕がなく、少し余裕が出来たときには、芳枝はもう四十五を越えていて、出産は無理だと医者に言われたのだった。

生きるのが上手だとは決して思わないが、自分なりに働いた結果の人生を、自分では少しは慈しむ気持ちはあった。それを、外の世界の幸運や才覚と比べられたら、物井には返す言葉もなく、自分の小さい自信や自己満足すら消えてしまうのだ。美津子も、息子を亡くしたばかりだから気が立っているのだろうと慮ってもなお、長い間の習慣で物井の頭はやはり下を向き、娘の顔を見ようと思っても見る気がしない。歳を取るというのは、忍耐がなくなることだ。

そうして物井は、こそこそとコタツに入り直し、冷めた湯飲みのお茶を啜って、きゅっと背を丸めた。「聞いてるの！」と頭の上から美津子の鋭い声が降ってきた。「聞いてるよ」と物井は口だけ動かした。

半時間前に美津子が突然やって来て、いきなりし始めたのは、亭主の秦野のところへ警察が来たという話だった。孫の孝之は生前、日之出ビールを不合格になっており、納得がいかないということで、秦野は保護者として日之出宛てに糾弾めいた手紙を何通か送ったらしい。それがもとで、日之出は告訴状を警察に出し、刑事事件になりかけているのだという。

何があったにしろ、会社宛てに嫌がらせの手紙を送るというのは常識外れもいいところで、あの律儀そうな秦野がほんとうにそんなことをしたのなら、そこには何か無理からぬ事情があったのだろうと物井は思ったが、聞けば、ややこしい話はまだほかにもあった。つい先日分かったということだが、孫には結婚を約束した相手がいて、それが急に先方の親の反対で破談になったらしい。そのショックで孝之は交通事故を起こしたのではないか、先方は口にはしなかったが、破談の理由はおおかた秦野の戸籍ではないか、と美津子は言うのだ。そして、そこからいきなり飛躍して、今は「父さんが無責任だったからよ」という話になっている。

「それで……無責任というのは」

「私、この一カ月、さんざん考えました。たしかにすべて、秦野が悪いのよ。自分の戸籍を隠していたのは確信犯よ。妻も子供もまったく知らなくて、ある日突然こんな目に遭うのは、秦野がきちんとするべき説明をしなかったからだわ。でも、元はといえば、娘が誰かと結婚すると言ったとき、相手の家のことを調べるのが親の常識でしょう。父さんは何もしなかった。違いますか」

「戸籍なんか別に……」

「何が〈別に〉ですか！　世間の常識よ！」

「しかし君は、秦野さんが好きで結婚したんだろうが……」

「だから、親が無責任だと言うのよ！　若気のいたりで娘が結婚すると言ったら、とりあえず相手の家を調べるのが親の義務でしょう！」

「そんな義務は、この世にはない」

「東北の田舎にはないんでしょうけど、東京にはあります！　たしかに、私がバカでした。ハンサムでお金持ちの歯医者で、母方の実家は鎌倉のお医者さまで。山ほど名門出のガールフレンドがいたのに、あの秦野がなぜ私なんかと結婚したのか、気がつかなかった私がバカでした。父さんに私の悔しさが分かる？」

男と女の立場を逆にした話なら、似たような物言いを、自分も芳枝の口からいやというほど聞かされた、と物井は思う。高等女学校出の芳枝が新婚半年目で出征を見送った前夫は、早稲田の文学部を出た文芸誌の編集者で、戦死を報せる葉書一枚で、芳枝は生まれたばかりの美津子を抱えて未亡人になった。終戦を迎えて、生活のために新宿で女給をしていたときに物井と知り合い結婚したのは、幼い娘を抱えて、然るべき伴侶など望むべくもなかったからだと、事あるごとに芳枝は口にした。世が世ならば、誰が好き好んで、片目の不自由な町工場の工員と所帯など持つものか、と。

「父さんに私の悔しさが分かる？　一生懸命に孝之を育ててきて。私にはもったいないほどの、素晴らしい子に育ってくれて。これからというときに、父親の戸籍よ！」

「ちょっと待ちなさい……」

「私だって、戸籍なんかどうこう言いたくないわよ！　でも、私が何も知らなかったから、孝之に何も教えてやれなかったのよ。孝之だって、ちゃんと親が教育さえしていれば、相手方から何を言われても、それなりの対処はしたはずよ。隠していた秦野が悪いのよ。戸籍を隠すような男との結婚を止めなかった父さんの責任よ！」

美津子は声を震わせてすすり泣きを始め、その様子を、物井はいやでも見ないわけにはいかなかった。美津子は美津子なりに苦しみ、相談する相手もなく、結局は親に憤懣をぶつけているのだということは、物井とて分かっていた。何百万の装いをしていようと、柱を背に突っ立ったまま泣いているのは、一応自分の娘だった。

「座ったらどうだ……」と物井は声をかけたが、とたんに美津子は「父さん！」と声を荒らげた。「分かるでしょう。私、騙されたのよ！」

「もう二十年以上も夫婦でやってきたのに、騙したとか騙されたとか言って、どうなる……。夫婦で力を合わせて、何とかやっていくしかないだろう……」

「それが出来たら、ここへ来てやしないわよ！　秦野は狂ってるのよ！　ほんとうに頭がおかしいの、目が変なの！」

美津子はなぜこんな、耳に刺さるような声でものを言うのか。親でもいやになると思いながら、物井は月初めの深夜に、いきなり電話をかけてきた秦野の声をぼんやり思い出した。息子を亡くして、ちょっと気もそぞろといった感じの声だったが、声色から窺えるような異変はなかった。

美津子の声はさらに甲高くなった。「秦野は明日、品川署へ行くんですって。調書取られて、その後どうなるのか知らないけれど、あの人だってもう社会生命はお終いなのよ。それなのに、あの人、全然反応がないの。目が変なのよ。ほんとうよ、あの人は私より孝之がすべてだったんだから……！」

「警察のことは、そんなに心配は要らんと思うが……」

「何言ってるのよ！　警察に呼ばれるような医者に診てもらおうと思う患者が、どこにいるのよ。噂はそこらじゅうに広まるのよ！」

「まだ何も決まったわけじゃないし……」

「人ごとみたいに言わないでよ。父さんにも関係のある話でしょう！」

関係のある話。その意味を反芻するのに、いくらか時間がかかった。まったく関係ないとは言えないが、どうでもいいほど小さい影響しかない、と物井は思った。

テレビの上に古い写真立てがあり、そこに色褪せた家族の写真が一枚入っている。昭和二十四年、勤めていた工場の近くに六畳一間を借りて、芳枝と所帯を持ったときの記念の一枚だ。美津子は四歳の可愛い盛りで、新しい父親に手を引かれている。美人の妻と娘をいっぺんに手に入れた二十四歳の男は、いかにも田舎者らしい緊張した表情で胸を張っている。その写真を額に入れて飾ったのは物井で、それから四十一年、空気のようにいつも茶の間にあった。女二人がどう思っていたのかは知らないが、物井自身は人生のいろいろな場面で、その写真一枚を眺めてきたという思いがあった。今もまた、物井はコタツからそれを眺めた。

自分がもし、今の十倍ほど気の強い短気な男だったら、女房と娘を殺して、自分も死んでいたかも知れない。写真を眺めてはそう思い、思うだけで気がすんで、働き続けてきたのだったなと物井は振り返った。

芳枝との縁は、戦後間もない時期に、多くの男女が生きていくためにとりあえず一つ屋根の下にもぐり込まざるを得なかった、無数のいい加減な結婚の一つだった。しかしそれも、金さえあれば、互いにもっと静かに生きてこられたに違いない。物井が今悔やむのは、ただ、金がないばかりに穏やかな精神的充足を知らなかった自分の人生だった。

思えば、生来身にしみついた生活の不安がいつもつきまとい、現実に金に詰まると、その不安は先鋭な恐怖の針になって襲ってきた。東京へ出てきて以来、生きるだけで精一杯だった自分の周りで、社会は何やら恐ろしい速度で変わっていき、いっこうに増えない自分の収入を前に、いつも少しずつ周りから取り残されていく気がした。家庭の中にも寄る辺はなく、口を開いたら甲斐性なしと言う芳枝を前に、心底安らいだという経験をしたことがない。歳とともに、不安や焦燥などの生臭い感情は錆びついたが、それで自分の精神が落ちついたのかというと、それも違う。芳枝が亡くなって五年、表面上は起伏のない静かな生活になったが、それを充足と呼ぶには六十五年の人生の正負のバランスが、狂い過ぎているような気はした。

すでにもう別の人生を歩んでいる娘のことを、物井は、昔のようには案じることが出来ない自分を感じていた。今はもう、娘より、自分自身の残りの人生を惜しむ気持ちの方が明らかに大きいのだ。

老いた父親の腹のうちなど知るはずもない美津子は、甲高い声で続けた。「私、悔しいのよ。あの人は、私とは仕方なく結婚したんだから、贅沢させておけば、自分の義務は済んだと思ってる人よ。私のことなんか、一度だって認めたことはなかった。どうせ私は成り上がりだから。それはいやというほど分かってたけれど、孝之が生まれたら、育てなきゃならないでしょう。私、ずっと耐えてきたのよ、二十三年も！」

「そんなことを今ごろ言われても、父さんにはどうしようもない……」

「どうせそうでしょうよ。昔から何ひとつ責任を持とうとしなかった人ですものね」そう言って、美津子はハンカチで鼻をかみ、セットしてある髪を片手でなで上げて、「私、別れるから」といきなり語調を変えた。「秦野だって二十三年も、さぞかし不本意な結婚生活だったんでしょうから」

「別れて、生活はどうするんだ……」

「秦野からは財産の半分をもらいます。大磯の別荘は私の名義だし。売り払って、好きにするわ。誰にも迷惑はかけません」

「そんなことを言うんじゃない……」

そこで、チリリンと店の方の呼び鈴が鳴った。

「ほら、また競馬仲間よ」と吐き捨てて、美津子は足元に置いていたハンドバッグを拾った。「私、明日から二、三日旅行へ行きますから、もし警察が何か言ってきたら、いないと言っといて」

「美津子、ちょっと……」

物井はコタツから這い出して追いかけたが、美津子はさっと勝手口から出ていってしまい、裏木戸が壊れそうな勢いで閉まる音がした。

店の方から「物井さあん」と呼ぶ声は競馬仲間ではなく、近所の住人だった。物井が店へ顔を出すと、薬局の並びにある牛乳販売店の主人が、洗剤の陳列棚ごしに「夜遅くに悪いねえ、孫が歯が痛いって言いだして」と声をかけてきた。

「虫歯、腫れてるのかい？」物井は重い口を開いて、いつも通りの受け答えをした。

「とにかく、泣いて泣いて」

「お宅に脱脂綿はある？　塗り薬あげっから、付けてみて。それで治らなきゃ、膿んでるってことだ。歯医者へ行かないと」

物井は塗り薬を出してやり、「助かるよ」と言いつつ商店主は金を払って出ていった。「お大事に」とそれを見送って、風で鳴り続けるガラス戸を閉めると、狭い店の中に美津子が残していった香水の微香が匂った。感情を乱したその声も、まだその辺に響いているような気がした。

先立つものさえあったら、自分とてとうの昔にひとりになっていた、と物井は虚しく思ってみた。思い出すのもいやな、失意の数々がぽつぽつ脳裏に翻った。たとえば、娘の成人式に振袖を揃えてやらなければならなかったときのことだった。その年に限って工場が不況でボーナスが出ず、大慌てで信金を回って、やっと工面した十万円で振袖と帯を買ったら、安物だったせいか物井の目にも見栄えがせず、娘は結局ワンピースで式に行ったのだった。その振袖は、一度も袖を通されないまま、やがて質屋行きになった。そのときの振袖の、黄色い蝶の柄は今でも覚えていた。

娘が小学生だったころ、遠足の当日にたまたま芳枝が感冒で寝込んでいて、夜勤明けの物井が四苦八苦して弁当を作ったことがある。しかし、せっかく作った弁当を食卓の上に置いたまま、娘は出ていった。物井はそのとき必死で理由を探したが、最後に、弁当を包んだ布巾が機械油臭いのを発見したときは、ひとりで嗤うしかなかった。

そういえば、自分は一度も父兄参観の日どりを知らされたことがなく、行ったこともなかったなと思い出したところで、物井は店じまいのために陳列棚をぐいと動かした。六十五になった人間が、昔の思い出を無為に掘り出すのは残された時間の浪費だった。それでもあれやこれやと甦ってくるのが老年なら、振り払う努力こそ必要だった。秦野も美津子もいったい何を考えているのか、夫婦生活をこれからどうするのか、この自分が案じなければならない義理がどこにある。

物井は、店の外へ出てシャッターを下ろし始めた。その間に、産業道路の方から入ってきた乗用車が一台、薬局の前で止まるやいなや運転席の窓から「物井のにっちゃん！」とだみ声が上がった。

実に、いろんな人間が入れかわり立ちかわりやってくる夜だ。戦車かと思う大きなベンツから「寝るには早いべ」と陽気な声を張り上げて降り立った男は、半世紀も昔に物井が働いていた八戸の金本鋳造所の、社長の息子だった。当時、物井を「にっちゃん、にっちゃん」と呼んでなついていた小学生の洟垂れ小僧が、実家の倒産で苦労した後に上京して三十年。今や千葉の市原の方で鉄工所を経営する立派な中小企業の親爺になって、ときどき親しげに物井を訪ねてくるのだった。

現れるときにはたいてい酒が入っている金本義也は、色艶のいい真っ赤な顔をほころばせてひょいと高級洋酒の化粧箱を物井に押しつけ、「昨日までマニラに行っててさ。今日はもっと早くここへ来ようと思ったら、つい飲んじまって」と笑った。

「さてはまた、あっちで悪い遊びしてきたな」

「ま、そう言うな。得意先の接待もあるし」

物井は、ベンツの後ろの座席に乗っている男二人の姿をちらりと見た。金偏の関係か、金本がその筋の企業舎弟と交流があるらしいのは以前から分かっていたが、物井はその夜も一応「よくないよ」と一言釘を刺した。相手は「あんつこだぁね（心配ない）」と郷里の言葉でとぼけて見せただけだった。昔の、気の弱いおとなしい子供の面影はどこにもない五十男の姿に、物井は今はもう、戸惑うことの方が多い。

「じゃあ、また寄るから。にっちゃんも風邪引かねえようにな」

そう言って、金本は機嫌よく車に引き返していった。走り出す車の車窓から、その筋の見知らぬ男の目が、物井の方をちらりと見ていった。顎に大きなホクロがある、陰気な顔だった。

物井は、貰い物の洋酒を抱えてちょっと思案し、それを自転車のカゴに入れた。娘がやって来たために予定が狂ったが、初めからちょっと訪ねなければと思っていた先に、やっと出かける時間が出来たのだった。

その相手は、薬局から自転車で十分ほどの距離にある東糀谷の町工場の、従業員アパートに住んでいる競馬仲間の一人だが、先週の日曜日は府中に姿を見せず、普段なら、ときどきぶらりと薬局へ来るのにそれもなく、月初めの四日以来もう二週間姿を見ていなかった。友人知人の類はほとんどない男だから、生きているのなら、今ごろは明日のレースに備えて競馬専門紙に頭を突っ込んでいるはずだった。

物井は残りのシャッターを下ろして鍵をかけ、半纏をはおったままの恰好で、自転車を産業道路へ漕ぎ出した。

人けのない産業道路沿いの歩道をゆっくり漕いで、歩道橋を二つ通り過ぎると、南糀谷のバス停の先で東側の路地へ入る。産業道路をはさんだ一帯は、物井が昭和二十三年にやって来たころは、埃っぽい道路脇に立ち並ぶ電柱がずっと遠くまで見え、かすかに潮香の漂ってくる空き地と畑と板塀の民家の間にぽつぽつと町工場のバラックが建って、旋盤やグラインダーの音を賑々しく響かせていたものだった。それから間もなく、多摩川や海老取川沿いから大きな工場が建ち始め、奥へ行くほど順に規模の小さくなる町工場が建て込んで、入り組んだ路地に駄菓子屋と町工場が軒を並べているような街になった。高度成長期に、バラックは小さい事業所のビルに代わり、民家は安普請の建売住宅に代わり、空き地にはマンションが建つようになったが、物井の鼻孔に入ってくる空気の臭いはあまり変わらない。夜、排気ガスや埃が減ると、道路や建屋の壁から滲み出すように臭ってくるのは油や錆の臭いだ。

このところの好景気で、東糀谷五丁目の比較的規模の大きい工場の建屋の窓にはまだ明かりがあった。小さい工場は、路地に面した入口の扉の下から漏れる明かりと工作機械の音で、まだ動いているところはそれと分かる。物井はまず、路地の一本を入ったところにあるモルタル二階建てのアパートの、二階の窓の一つを見上げ、明かりがないのを確かめて、隣の工場の建屋の前に自転車を止めた。『オオタ製作所』と書かれた入口の引き戸の下からわずかな明かりが漏れていたが、機械の音はなかった。「いるかい?」と声をかけて引き戸を開けると、作業場の奥から、松戸のヨウちゃんが顔を振り向けた。

オオタ製作所は、大田区に八千ある町工場の中では中ぐらいの規模で、社員十人を抱えてプラスチック製品用の精密金型を作っている。百坪ほどの細長い建屋に、最新型のNC旋盤二台、ナライ付き旋盤二台、万能フライス盤二台、立テフライス盤一台、ボール盤二台、スロッタ一台が揃っており、宇宙ロケット用の部品からオモチャまで、ありとあらゆるプラスチック製品の金型を、黒鋼の塊一つから、千分の一ミリの精度で削り出している。旋盤一台で、あるいはフライス盤一台に割り出し台を付けて、自動車用のカム切削からシャフト類のミゾ切削、歯切りまで何でもやっていた物井の時代とは、生産効率も、扱う製品の範囲も様変わりだ。入口を入ったところに置いてあった仕掛り品の金型は、物井が見ても、何の型なのか見当のつかない代物だった。

　作業場は仄暗く、奥の作業机の上に一つ灯っている裸電球の下に、ヨウちゃんは座っていた。散らかった机の上に、色とりどりの清涼飲料の缶を並べ、その端に競馬専門紙が広げてあった。「冷えるね」と声をかけると、ヨウちゃんは顔だけ振り向け、何も言わずに自分の手元に目を落とした。右手にマイクロメーター。左手にハンダ一本。

　ヨウちゃんは、マイクロメーターでハンダの径を測ると、右手を机の上の工具用の引出しに伸ばして、ボール盤用のドリルを探し始めた。何をしているのかと思う一方、物井は、ハンダを机に置いたヨウちゃんの左手に目を奪われた。分厚い包帯で巻かれた人さし指と中指の二本が、短かった。第一関節の辺りから先がないのだ。びっくりした物井は、思わずその左手を摑んだ。ヨウちゃんは表情もなく、「事故」とだけ言った。

「いつ……」

「八日」

「旋盤……？」

「ううん。同僚が金型運んでて。そいつが手を滑らせて、落ちてきたのが俺の手の上」そう言いながらヨウちゃんがひょいと顎をしゃくった棚には、大きさが一抱えはある何かの金型が置いてあった。あれが手指の上に落ちてきたのかと、物井は絶句した。

「病院ですぐにレントゲン撮ったら、骨が砕けてて。手術する前に指が腫れだして、紫色になって」と、ヨウちゃんはこともなげに言った。

「指、動くのか……」

「一応」

「金型を落とした奴は……」

「辞めた」

「警察に届けなかったのか……」

「ああ。労災も下りるし。三本残ってたら、仕事は出来る」

　ヨウちゃんというのは、普段からこういう喋り方しかしない男だった。生理も感情も面の皮の下にもぐりこんでいて、他人に分かるような形で外に出てくることはない。七年前に高卒でこの工場に入ってきたときから、相貌もほとんど変わらない。一日中、日の当たらない工場にいるせいで青白い顔は、それでもさすがに頰の肉が落ち、また数段尖って、顎の線などは十七、八の子供のように華奢だった。それが今は、薄暗い電灯の下でほんの少し弱々しく見えた。

「ひょっとして社長に事故のことは内々にしてくれと言われたのか」と、物井は重ねて尋ねてみた。

ヨウちゃんは顔も上げなかった。「俺がいいって言ったんだ」

「どうして」

「別に」

ヨウちゃんは、さっきから何をしているのか、棚の引出しにサイズ別に並んでいるドリルの刃を指でひっかき回しながら、「一・四のやつ、ない？」と言う。

「普通のキリ？」物井は老眼鏡をずらせて自分の手を引出しに伸ばし、径一・四ミリの刃が入った小さいプラスチックケースを探し出して、渡してやった。ヨウちゃんはそのケースから、縫い針ほど細いネジレキリ一本を取り出し、くるりと椅子を回して、後ろにある小型ボール盤の主軸穴にそれをはめた。それから、作業机に並んでいたジュースのアルミ缶を一つ取り、それを逆さにしてボール盤の丸テーブルに置く。

「缶ジュースの底に穴開けて、どうするんだ」と物井は声をかけたが、ひとまず返事はなかった。ヨウちゃんは手送りでドリルの先端を缶の底に合わせ、ハンドルを下ろした。アルミの粉がかすかに飛び散って、一秒で穴が開き、そこからオレンジジュースがとろりと溢れ出した。

ヨウちゃんは、穴の開いた缶ジュースを作業机に移動させ、溢れたジュースを真っ黒な手拭いで拭った。それを置いて、今度はハンダの先を手ヤスリで削り始める。見ておれば、一応、相手が何をするつもりなのかは分かった。尖らせたハンダの先を今開けた穴に突っ込んで、穴を塞ぐ気だろう。

「明日の馬柱見てたんだけど、指が痛くてじっとしてられないんだ……」ハンダの先を削りながら、ヨウちゃんは呟いた。「そういえば切り取った俺の指先、手術のあとで貰うつもりだったのに、捨てられちまった。俺の一部なのに、生ゴミに出されたのかと思うと、何となくやりきれない」

もし、切り取った指を貰っていたら、どうする気だったのだろう。「そうだなあ」と応えてはみたが、物井には、他人のせいで自分の指をなくした失意を、ヨウちゃんがどんなふうに自分の腹に収めているのか、見当がつかなかった。

物井は作業場の隅にある洗面台から、ガラスコップ二つを取り、作業机に置いた。貰いものの洋酒の化粧箱を開けて、スコッチらしい凝った形のボトルを取り出し、コップ二つに少しずつ注いだ。ヨウちゃんは、ニッパーでつまんだハンダの先を、缶ジュースに開けた穴に突っ込もうとしながら、眉根に皺を寄せていた。

「穴が小さすぎる」と物井は声をかけた。「ハンダの径はいくつよ」

「一・六」

「じゃあ、穴の方は一・五だ」物井は、工具の引出しから径一・五ミリのキリの入ったケースを探し、ヨウちゃんの手元に置いてやった。その間に、ヨウちゃんは物井が注いだウィスキーのコップを一口啜り、「美味いな……」と囁いて、初めてニッと笑った。

物井にはストレートのウィスキーはきつ過ぎ、一口舐めたら、思わず顔が歪んだ。それを見ていたのか、ヨウちゃんは黙って席を立つと、洗面台からコップ一杯の水を運んできてくれた。ついでに、どこからか電気ストーブも持ってきて、物井の足元に置いた。物井はウィスキーに水を足し、ふうと一息入れた。電気ストーブで、足元も温かくなった。

その間に、ヨウちゃんは一・五ミリのキリで缶の穴を広げて、またハンダの先を突っ込みにかかった。今度はうまく入ったようで、手拭いで拭い直したハンダの栓の周囲に、すかさず瞬間接着剤を塗り付けた。それから余ったハンダをハサミで切り捨てると、缶の底から盛り上がっているハンダの頭をヤスリでへつり、さらにペーパーをかけて、「ほら」と出来上がった缶底を物井に見せた。

表面に出来たほんのかすかな凹凸を薄いパテで補修し、その上からアルミ缶と同じ塗料を塗ったら、まず素人目には分からない程度には仕上げられるな、というのが物井の感想だった。いや、開けた穴を塞ぐのが目的なら、きれいに穴を削ってしまうボール盤ではなく、ケガキ針でも突き刺して、わずかでも穴の縁に幅をもたせた方が、蓋をするハンダとの接着面が大きくなる。自分ならそうする、とは思った。

「ところでそれ、どうする気だ……」

「ジュースに砂でも入れて、病院の看護婦に飲ませてやる。俺の指を捨てた仕返しだ」

「缶ジュースの御歳暮ののし紙に、『指を返せ』と書いて、送りつける方がましだ」物井がそう言うと、ヨウちゃんは小さく笑い、何も言わなかった。

「それより、指は。まだ痛むのかい」

「少し」

ヨウちゃんはアルミ缶を置いて、広げてあった競馬専門紙を手元にひっぱった。その拍子に、新聞の下から何かの薄い冊子が机から滑り落ち、拾ってみたら『PC—98シリーズ』というカラー刷りのパンフレットだった。

「ヨウちゃん、パソコン買うの」

「安いのがあったら。これからは競馬の予想もパソコンでやる時代になるって、高が言うから」

「コウ?」

「高克己。信金の奴」

「あの派手なスーツの……」

「普段はふつうだ。頭の中身は複雑だけど」

「へえ」

「出来ることなら毎日、違う人間をやりたいんだって。月曜はサラリーマン、火曜は自営業、水曜はワル、木曜は日本人、金曜は在日朝鮮人」


ヨウちゃんは大して興味もなさそうにそんなことを言い、新聞の上にだらしなく両肘をついて、頭を垂れた。物井もまた、信金の某について推し量ることは何もなかった。月初めに府中で見かけた男の派手な身なりにしても、具体的にどうだという訳ではなかった。たんに、身のこなしや眼差しなどの全体の印象で、その筋のように見えたというだけのことだ。

「よく話すのかい?」と尋ねると、ヨウちゃんは新聞から顔を埋めたまま、「ときどき」と応えた。明日十八日の10、11レースの馬柱は、すでに赤えんぴつの書込みでぐしゃぐしゃだった。11レースはGIIで、芝二五〇〇のハンデ戦だ。覗き込んだら、ヨウちゃんの二重丸は、斤量五二キロと軽いフォロロマーノに付いていた。

「穴狙いだなあ、ヨウちゃんは」

「追い切りのタイムいいしよ。先行して逃げきって欲しいんだ、こいつには……」

「ロマーノは、ちょっと疲れが出そうな感じだ。ここはやっぱり本命のジュネーブシンボリが抜け出して、それを追うのがどれか、ってとこだと思うが……」

「物井さん、シンボリ?」

「ここは一発勝負でセントビッド。天皇賞、よかったし」

「ああ、こいつ、差してきそうな気がするんだ……」ヨウちゃんの赤えんぴつは、セントピッドの上に初めから付いていた一重丸の上をぐりぐりとなぞり、「半分過ぎた辺りで、六番、七番、八番手ぐらいに付けてるかどうかだな……」と、独り言は続いた。

すでに午前零時近く、少し瞼が重くなってきた物井の耳に、ヨウちゃんのぶつぶつ言う声が遠くなったり近くなったりした。馬柱を見始めたら朝までの、体力のある若者相手の深夜の時間は、いつもそんなふうだった。物井もしかし、今ごろ布団に入っても、夜明け前には目が覚め、トイレに立ったりして、その後はなかなか寝つけず、昼ごろになって逆に欠伸が出たりする。どうせなら、もう少し遅くまで起きていて、朝までぐっすり寝た方が健康にはいいのだった。

工場のトタン屋根の上を吹き抜ける晩秋の海風は、鋭く高い音を立てていた。物井の耳には、その音は羽田空港の向こうに広がる海の、波頭の色や形を具体的に運んでくるものだった。一方、足元の電気ストーブの赤く焼けたニクロム線は、垂れた瞼の下で一点の火と入れ代わる。それはやがて大きく膨らんで、炉の中で燃えるコークスの炎になったかと思うと、物井は、半世紀前に自分のいた郷里の鋳造所の姿を夢うつつにまさぐっていた。

そこは、キューポラで銑鉄や鋼屑と鋳物屑を溶かして鋳込み、漁船用のエンジン部品やワイヤードラムを作る工場だった。

建屋は三百坪ほどあり、壁と屋根はトタン葺きで、下は砂地のままの地面だった。キューポラを据える場所だけ高くなっている屋根には、熱を逃がすための隙間があり、そこから火の粉混じりの煤塵と異臭を逃がすようになっている。その屋根の隙間から雨や雪が落ちてくると、建屋の中では二つある五トンキューポラに当たって水蒸気が弾け飛び、送風ファンが唸りを上げる下で、旧式のキューポラはいつも割れるような音を立てて震えながら燃えていた。

そこでの、十二歳の見習い工の仕事の一つは、燃え具合を調整するための追込めコークスを台車に載せて運ぶことだった。十四のころには、指示通りにそのコークスを炉の装入口から放り込む作業に就き、十六になると、自分で火加減を見ることが出来るようになった。キューポラを燃やすのは時間との勝負で、送風量のちょっとした過不足でベッドコークスが燃え過ぎたり、不完全燃焼したりする。コークスと地金の詰め方が悪いとやはり熱効率が下がって、溶湯温度が低くなってしまう。うまく燃えているかどうかは、溶けた鉄が滴下し始めるまで分からない。そして、一五〇〇度の溶湯が淡い黄色の光を放って炉の流出口から垂れ始めると、年長の工員たちが容器に溜めて、地べたに並べた鋳型に次々に流し込んでいくのだ。

鋳物は重く、硅砂で固めた鋳型も重く、鋼屑などの地金も重い。工員たちは皆、上半身に筋肉が付き、手の皮は炭焼き夫より黒く、分厚かった。

鋳造所のあった八戸港は、物井が見習い工になった昭和十二年にはすでに市営魚市場の大屋根や製氷冷凍工場が連なり、数百隻の漁船が並ぶ岸壁の後ろには、造船所や鉄工所や鋳造所が集まって、日がな一日、路地は造船の槌音や旋盤の火花や、魚を運ぶ荷馬車の音、行き交う出稼ぎ漁民の声などがひしめき合っていた。マグロが揚がる朝には殺気立った競りの気配で目が覚め、鰯や秋刀魚の大漁があると、雑魚に群がるウミネコの、潰れた鳴き声でやはり目が覚めた。ほどなく漁港のすぐ隣に砂漠のような二〇〇〇トン岸壁が完成すると、開けっ放しの鋳造所の窓からは、鉱石や穀類を積んだ大型貨物船の接岸する姿が見えるようになり、荷役の人夫たちの大声が聞こえ、岸壁の引込線を行く貨物列車の噴き出す煙と蒸気が、作業場まで流れ込んできた。

キューポラの装入口は二階屋ほどの高さにあり、梯子に乗っていると、窓からはときどき工場の裏の車道を通っていく出征兵士の行列の、見送りの小旗の先だけが倉庫の屋根越しに見えた。昼ごろ決まって窓の外を通っていくのは、鉄工所を回って屑鉄を集める寄せ屋の荷車で、その男はいつも眠たげに「あいやえ、あいや」と喉を鳴らしていた。夕方には裏口に物売りの女が現れ、社長の内儀さんが出ていって、晩飯のおかずに鯨肉や身欠き鰊を買う。その女が来ない日には、おかずは寒大根か玉菜の万年汁と鰯になる。

工場の作業は日が落ちるころには終わるが、その後まだ、毎日のキューポラの補修の仕事があった。そのころ、喧騒の退いた真っ暗な港は海風の巣になり、沖がかりに停泊している大連航路の貨物船の灯火が、夜道の提灯のように揺れ始める。風の渦は、やがてトタン屋根を鳴らして工場まで押し寄せてくる。キューポラの内側の耐火煉瓦にこびりついた酸化物の滓をかき落としながら、静けさがじんと頭の芯に響いて上を見上げると、屋根の隙間から落ちてくるぼたん雪は、工場のすぐ裏手を走る八戸線の鉄路に降り、バス道に降り、バスで一時間ほどかかる山間の村にも降っている雪だった。夏は、屋根の隙間から落ちてくるのは蛾とコガネムシだった。

夏の八戸は、市街の草地も、そこからバス道沿いに山へ広がっていく田畑も、むせるほどの緑一色になる。盆休みに村へ帰る日は、朝、一張羅の白いシャツとズボンと靴下を下ろし、前の日に散髪した丸刈りの頭に麦わら帽子を載せ、内儀さんが持たせてくれたスルメと干物の入った風呂敷包みを手に、工場を出発するのだった。

あれは昭和十六年の夏だったか、村へ帰る途中のバス道で、物井は、村の実家で立分けで飼育していた牝馬の駒子が馬喰に引かれていくのを見た。地主は、年老いて子馬を産めなくなった駒子をとうとう手放したのだ。駒子は物井が生まれた年にやって来て、ずっと一緒に寝起きしてきた馬だった。昭和十二年に兄の清一が出征したとき、自分が帰るまで手放さないでくれと頼んでいったが、そのころから死産や難産が続いていたのだった。バスの車窓からそれを見送る間、急にすきっ腹が震えだすような、身体中がわななくような思いに襲われながら、物井はじっと目を見開き続けた。子馬を産めない牝馬は食用にするしかないが、駒子を肉にして食うのも、肉を売った金を手にするのも自分たち小作農ではないのだと、あらためてぼんやり考えたりもした。そうして思案げに垂れた頭を軽く左右に振り振り、田畑の緑濃いバス道を引かれていった駒子の姿は、未来なんかどこにあるのだろうという唐突な思い一つと結びついて、物井はその後、しばしば思い出したものだ。

戦中、鋳造所は産業報国会の指定工場になって手榴弾の器を作っていたが、敵は栄養失調ですかすかの自分の身体だった。土嚢でも背負っているようなだるさの中、戦況などついぞ知らなかったが、次第に地金や燃料が入りにくくなってくる一方、いつの間にか大型漁船は輸送船団に駆り出されていなくなり、統制で魚市場の競りが絶え、三〇〇〇トン岸壁に入る貨物船が日に日に減っていく港には、代わりに、蕪島の砲台建設に通う女学生たちの長い行列が連なっていた。

昭和二十年の春には、近所に残っていた男たちは皆、八戸守備の混成団に編成されていなくなり、工場には社長の金本と、片目の不自由な物井の二人しか残っていなかった。キューポラは錆つき、仕掛り品の棚も原料置場もからっぽだった。防空演習や勤労奉仕の土木作業だけで過ぎていく一日一日はしかし、一面では、生きることに意味付けが要らない、奇妙に心静かな月日だったかも知れない。八月の盛暑、工場の近くの草地に物井が作っていた畑のカボチャは直径十センチに育ち、その間から点々と顔を出した彼岸花が真っ赤だった。あの年も、その辺りの田んぼの稲の穂に実は入っていなかった。

二十歳で終戦を迎えたとき、物井の目に映った世界の印象は、一口に言えば、一夜にして崩れた城からちりぢりになって這い出した蟻の群れだった。才覚のある蟻はさまざまに機転をきかして肥え太り、気がつくともうその辺にはいなかった。一方、才覚のない蟻には、その日食べるものを手に入れるだけで精一杯の、出口のない日々がそのまま残ったのだ。

実際、終戦から半年経っても一年経っても、銑鉄や鋼屑などの物資は出回らず、工場は動かなかった。社長の金本は戦中に物資を隠すほど気がきく人物ではなかったから、闇で食いつなぐような蓄えもなかった。復員してきた工員たちは一人去り二人去り、二十一年の夏にはまた、社長と物井の二人だけになって、工場にはコークスの燃え滓がバケツ一杯、湯口などの鋳物屑がほんの一山残っているだけ、という状態に逆戻りした。社長が仕事や原料を回してもらうために出歩いている間、物井は内儀さんと二人で畑を作り、港の日雇い仕事にありついたりして、かろうじて自分と金本一家の口を養ったが、そのうち何とかなるだろうという希望は日に日に小さくなり、代わりに、自分も工場も、もうどうにもならないのだという思いが少しずつ根を下ろしていった。

昭和二十二年の晩秋のことだった。社長に呼ばれて事務所に行くと、社長は金庫から大瓶のビール一本を取り出して机に置き、「こったたものでも、飲むべぇ」と言った。統制品ではない、金色の鳳凰が翔ぶ日之出の商標の付いた、ほんものの日之出ビールだった。おおかた、統制になる前にどこかで手に入れ、置いてあったものに違いない。そして、すすめられるままにコップ一杯のその古いビールを啜った後、物井は、工場を処分したいので辞めてくれと告げられたのだった。

十年の奉公がビールの泡と消えたとはいえ、誰の責任でもなく、そういう時代なのだということは物井も分かっていた。社長を問い詰めてみたところで、どうにもならないと諦めて、物井は頭を垂れる以外に、何を言ったわけでもなかった。

しかしその夜、物井の中では、一世一代のとんでもない飛躍が起こった。物井はいつの間にか夜中にキューポラの送風機の重油を抜き取って母屋までバケツで運び、片手には鉄の火かき棒を握っていたのだ。そのときたまたま、古いビールのせいで下していた腹が痛み出して便所に駆け込むことになり、そこでやっと我に返ったが、もし便所に行っていなかったら、金本社長の一家四人を殴り殺して工場に火をつけていたところだった。

どこからやって来たのかも分からない自分の激発に物井はおののき、言葉を失った。自分ではおとなしい人間だと思ってきたが、ほんとうは一つ間違ったら何をするか分からない悪鬼がいたというのは、二十二年の人生をそっくり覆すほどの驚愕になり、ひとまず、昨日までの長い貧窮も空腹も消し飛んでしまった。物井は、俺は恐ろしい男なのだと自分に言い聞かせて震え続け、父母には悪いが、俺は生まれてくるべきではなかったとまで思い、泣いた。

物井はやがて、こんなことは最初で最後だ、もう二度とないと思い直して自分を納得させたが、激情が退いてしまった後にやって来た虚脱感の深さはまたひとしおだった。物井はそのとき、便所の小窓の外で白んでいく空を眺めながら、生まれて初めて自分の人生ということを考えた結果、俺は牛馬かと思った。村の実家の煤けた土間から始まってここに至るまでの、この生活のすべてに沁みていた希望のなさやひもじさを、まとめて思ったのもそのときだった。

早朝に風呂敷包み一つの手荷物をまとめて工場を出たとき、金本一家の末っ子の義也が「にっちゃん！にっちゃん！」と追いかけてきたが、物井はもう返事をしなかった。その日、海辺を走る本八戸線の線路とその脇のバス道は薄く雪を被っており、まだ枯れ切っていない草が茫々と蒼かった。物井はそこを歩きながら、村のバス道を引かれていったあの駒子の後ろ姿と自分を重ね、未来はどこにあるのだろうと自問し続けたのだ。

そうか、あれが日之出ビールだったか……。

はるか昔の味一つが甦ってきたところで、胃袋がぴくりと動き、物井は、我に返った。肘の下でよじれていた新聞を押し退け、また一口、生ぬるいウィスキーを啜った。

そういえば、四十三年前に一度だけ顔を出した悪鬼のことを思い出したのは久しぶりだと思い、今さらと唾棄しながらも一瞬、身震いを新たにして、もう一口啜った。

ヨウちゃんは相変わらず紙面の上、二十センチのところへ頭を垂れていたが、その目は今は馬柱を見ていなかった。紙面の上に置いた左手の、不揃いな五本の指の、さらにその向こうの見えない何かを見ているような、放心とも集中ともつかない目だった。ヨウちゃんはときどき、そうしてぼんやりしていることがあるのだが、何とも無色透明というか、表情のなさもここまで来ると鬼気迫るような感じもなくはなかった。

「ヨウちゃん、どうした」と物井は軽く声をかけた。

「俺さ……、今朝、火をつけてきたんだ」と、これまた何の抑揚もない声でヨウちゃんは応えた。

「どこに」

「俺の手の上に金型を落とした奴の家」

「家に火をつけたのか……」

「ほんとは、外へ呼び出して殴ってやろうと思ったんだけど。それも面倒になってきて」そんなことを呟きながら、ヨウちゃんは目の前にかざした自分の左手を眺めていたが、その目には相変わらず何の色もついていなかった。

「人間の身体なんか、ちょん切れた指は生ゴミだし、死んだら丸ごとガス炉で燃やすんだろ。そんなもの、殴るほどの価値もない」とヨウちゃんは独りごちた。

「価値、って何だ」

「百円とか、千円とか、値札がつくこと」

「だったら、人間の頭にも価値はないってことだ」

物井はそう応じた。ヨウちゃんの頭は、また新聞の上に垂れてしまっていた。聞いていないのかと思ったら、しばらくして「頭の中身を全部かき出して、代わりに砂でも詰められたらいいな。さらさらの真っ白な砂……」という呟きが返ってきた。

施設で育ち、工業高校を出て就職して七年。同年代のサラリーマンより高い給料を取れるようになっている自分の今を、頭に砂を詰めたいとのたまうような男がどう考えているのか、物井には正確なところは理解も出来なかった。若者の言葉でいう《キレている》とは、こういう感じかも知れないが、それにしてもヨウちゃんのキレ方は、ひときわ清冽のような、酷薄のような、危ういような、だった。

そういえば、同じ年代でも、裕福な家庭や両親の愛情や将来の展望に恵まれていた孫の孝之には、何があっても、自分の頭に砂を詰めるというような発想や語彙はやって来なかっただろう。ふと、そんなことを考えながら、あらためて、新聞の上に屈んでいるヨウちゃんの小さい頭に見入った。

「ところでその家だが……、どのぐらい燃えたの」

「玄関の軒先だけ」
「確かだな?」
「ああ」
「ともかく、二度とするんじゃないよ」
物井は無言の若者の肩を軽く撫で、丸椅子から腰を上げた。ヨウちゃんが誰かの家に火をつけたといっても、四十三年前の自分の暴発とはだいぶん中身も意味も違うような気がし、物井としては、二度とするなということしか言えなかった。

寒風しか残っていない産業道路を自転車で戻る間、覚醒した身体のどこからか、故郷の風雪や草の物音はまだ少しずつ噴き出し続けていた。八戸の鋳造所を去った三日後には、物井は実家の父母が工面した米一升をリュックに入れて、青森駅から上野行きの汽車に乗っていたのだった。ヤミ米や芋を懐に入れた乗客で足の踏み場もない汽車に揺られている間、失意や不安はあったが、その一方でふわふわした解放感に浸されていたのを物井は思い出す。十二歳で初めて八戸へ奉公に出た日も、父親に連れられてバスに揺られながら、やはり似たような思いをした。バス道も鉄路も、自分をどこかへ連れ出していく道でさえあれば、その先に何があろうと一向に構わなかったのだ。

しかし、あの日から四十三年。数万杯の飯を食い、数万回の糞を出してきたこの自分は、いったいどこへ抜け出したというのか。それを考え始めるといつも、半世紀以上の月日が一挙に空洞にかえり、身体中を風が吹き抜ける。自分はどこへも抜け出せなかったという控えめな結論は、もう久しく物井の頭にあったが、新しく出直す時間はないところまで来た今、自分が故郷にいたころよりもっと深い虚空に立っていると感じることも、なきにしもあらずだった。

出口のない遠心分離器の中で半世紀も回り続けたら、どんな複雑な液体もばらばらに分かれるだろう。そこから一つ一つ、少しずつこぼれ落ちてくる戸来村の生家の土間、稗畑、炭焼きの煙、皺深い父母の顔、頭を垂れた駒子、寒大根、八戸の鋳造所のもろもろがあり、それらにへばりつくやませの冷たさや草の青臭さがあり、さらにそれらのすべてが入っていた自分の身体一つがあるだけだった。ついぞ未来を知らなかった自分の身体一つの、御しがたい重さを感じながら、物井は羽田の交差点まで辿り着き、商店街の方へ折れた。

そのときだった。薬局の前に単車が止めてあり、顔見知りの派出所の巡査が振り向いて、「ああ、物井さん……」と片手を上げた。「さっき、成城署の方から連絡がありまして。秦野美津子というのは娘さんですね？　娘さんの居所、分かります？　分からなければ、代わりにちょっと来ていただけませんかね」

「娘が何か……」

「いや、ご主人の方が」

「秦野浩之が……」

「小田急線に飛び込んで即死だそうで」

物井は、とっさに誰の顔も思い浮かべることが出来ないまま「はあ」と応え、「分かりました。お勤めご苦労さまです」と頭を下げた。その対応のどこが変だったのか、巡査は拍子抜けしたような怪訝な顔をし、行くべき病院名と、娘への連絡を任せる旨を告げて、「じゃあ……まあ、よろしく」と単車にまたがった。

巡査が走り去ったあとの路地には、斜め向かいの酒屋の自販機の、日之出ビールの商標が光っていた。四十三年前に八戸の鋳造所で見たのと同じ、金色の鳳凰の商標がそこにあるというのは、あらためて不思議な感じがした。未来はやはりなかった、自分はどこへも抜け出せなかった、と物井は思ってみた。

第二章　一九九四年——前夜

1

日曜日の朝、物井は取り込んだ新聞の一面に『小倉グループ、今日にも強制捜査』の見出しを見た。ざっと記事に目を通して新聞を置き、冷蔵庫からネギと油揚げを探し出して味噌汁を作り始めたら、半田修平が電話をかけてきて、《小倉の記事、読んだか？》と言った。

小倉への強制捜査はこれで三度目だった。今回は、八六年から八九年にかけて小倉運輸株を買い占めた仕手グループ《竹光》の代表新井公浩が、小倉運輸の役員に就任した直後の九〇年初め、小倉に対して取得株の買取りを要求した際の恐喝容疑。新井は、小倉に対する別の恐喝容疑で、すでに二年前に逮捕、起訴されている。

記事には『地検特捜部が、再三の強制捜査に踏み切った背景には、九一年の問題発覚当時、《竹光》の取得株買取りに応じた小倉経営陣に対する特別背任容疑での訴追が見送られた経緯があり、すでに同件の時効が成立している現在、一連の小倉疑惑の金の流れを解明するためには新井被告の取調べが不可欠との判断があったと見られる』とあった。記事はさらに、『今回の小倉への強制捜査は、小倉のメインバンクであった旧中日相銀（九一年、東栄銀行に吸収）が経営難に陥っていた九〇年、民守党の大物政治家がその自主再建支援を約束したとされる、いわゆる「Sメモ」疑惑の捜査が進展しない中で行われる。旧中日相銀グループが、九〇年に小倉開発に対してゴルフ場用地買収と開発費名目で融資した一二〇億のうち、三〇億円が出資法違反に問われている事件で逮捕、起訴された旧相銀元常務安田幸一被告、同元監査役坂上辰雄被告の公判の行方にも、微妙な影響を与えるのは避けられない……』と続いていた。

「一応読んだけど」と物井は言い、半田は《何の足しにもならん記事だったな》と、物井の言葉の後を受けた。

巷で小倉・中日相銀疑惑と呼ばれている一連の事件は、本来なら物井にも半田にも無縁の世界になるはずだったが、それなりにこうして関心を払わざるを得ないのは、どちらも秦野浩之がらみの事情だった。

九〇年十一月に秦野浩之が自殺したとき、物井は警察に呼ばれ、いきなり岡村清二とはどういう関係か、岡村はどういう人物か、最後に会ったのはいつか、岡村が昭和二十二年に日之出ビール宛てに書いた手紙を知っているか、などと聞かれてひたすら困惑した。生前、秦野浩之が岡村清二の古い手紙をあるところから入手し、その手紙をテープに吹き込んで日之出に送ったという経緯を知ったのも、そのときだった。この歳になって、心境の変化などもはや起こるものではないと思っていた物井だが、その時点でろくに顔も思い出せなかった実兄、岡村清二の手紙は、物井の胸にちょっと波風を立て、以来、警察で見せてもらったテープ起こしの文面を胸の引出しにしまい込んで、所在なく仏壇の前に座り込むことも多くなった。

その後、四十九日の法事の席で、物井は半田から、秦野が日之出ビール宛てに手紙やテープを送った件の捜査を担当していたのは自分なのだと聞かされた。半田の話では、秦野に岡村清二の手紙を渡したのは総会屋だということだったが、総会屋が四十年以上も昔に日之出ビールに宛てられた手紙を持っていた事情や、それを秦野に渡した事情等々肝心の点については、自分も分からないのだと半田は言った。

半田はさらに、その総会屋が当該の手紙を秦野に渡したとき、初対面の歯科医を相手に、中日相銀と小倉運輸の経営難に言及したらしいという話もした。一連の小倉・中日相銀疑惑についての物井の関心は、そこが原点だった。

一方、当の半田は、なにしろ日之出ビールの告訴を受けて秦野に事情を聴きにいったその日に秦野に死なれて、上からさんざん絞られたというから、疑惑の内容に関心があるというよりも、その辺の釈然としない気分の問題が大きいようだった。普段なら絶対に漏らさないだろう捜査の話を、物井相手に縷々吐露したのも、おおかたはそういうことだ。

ともかくそういう事情で、二人して新聞記事にはとくに目を配ってきたのだが、小倉・中日疑惑と、歯科医と、歯科医に接触した総会屋と、岡村清二と、そして日之出ビールを結ぶような奇怪な線は、一向に見えて来そうになく、物井自身は、そろそろ興味を失い始めているというのが、正直なところだった。

しかし、半田は違う。生来しつこい性格だと自分で言う通り、たった今《何の足しにもならない記事だ》と言ったそばから、《こんなふうに地下で回っている金の話は、あの信金の野郎が詳しいだろうな。あいつ、今日は府中へ来るかな？》と尋ねてきた。

「天皇賞だもの。来るだろう」

《今日は俺も行くよ。天皇賞はビワハヤヒデか、ナリタタイシンだろ？》

半田は、秦野の自殺以来、仕事の成績がぱっとしないようだった。去年蒲田署へ移り、また少し忙しくなったと本人は言っているが、勤務を抜けて府中へ行くというのなら、忙しさもそこそこに違いなかった。

それから半田は、思い出したように《ところで、興信所の方は……》と話題を変えた。物井は「秋川市のホームに、それらしい年寄りがいるという話もあるんだが、どうせまた人違いだろう」と応えた。

去年の盆に八戸へ墓参りに帰ったとき、物井はついでに岡村清二の墓へもお参りをと思い、岡村商会に墓の所在を尋ねたら、清二からの音信は、昭和二十八年ごろに東京からよこしたハガキを最後に途絶えたままだと言われた。八戸に戸籍も残っているということで、物井はそれならばちょっと清二を探してみようかと思ったのだった。そういう次第で、年が明けてから、興信所に頼んだのだが、三カ月経ってもはかばかしい進展はないし、もうあまり期待もしていなかった。

《見つかるといいな》

「うん、まあ」

《じゃあ、府中で》と言って、半田は電話を切った。

その後、すぐに店の呼び鈴が鳴り、外へ出るとゴルフの恰好をした金本義也がベンツを止めて立っており、「にっちゃん、朝鮮人参食って元気つけてくれ」と紙袋を突き出してきた。また韓国で賭博をやってきたのは聞くまでもなく、「一応元気だけどね。ありがとう」と物井はそれを受け取った。ベンツには一緒にゴルフに行く男が一人乗っており、物井の方へ軽く会釈だけよこした。義也が付き合っているやくざの顔はいくつか知っているが、今日はいつ見ても陰気な顔をしている、ホクロ男だった。

そうして義也がゴルフに行ってしまった後、物井はやっと味噌汁と佃煮で朝飯をすませ、休業日の薬局の前をちょっと掃除してから、普段より早い九時前には自宅を出た。

四月二十四日のその日は、競馬の開催地が中山から府中へ移って二日目だった。久しぶりに仲間たちの出足はよく、まだ昼にもならない時刻から、何となくいつもの顔ぶれが二階正面スタンドの一角に揃った。阪神競馬場で春の天皇賞があるため、普段より人出は多めだが、そのほとんどが眼下の序盤戦のレースよりも、手元の競馬新聞へ目を落としており、昼前のスタンドは、一レース毎の歓声もまだまだ小さかった。

　半田は、電話で言ったとおり、姿を見せるやいなや先に来ていた信金の高克己をつかまえて朝刊を突きつけ、「これ、解説してくれ」と言い出した。

　高は、半田の突き出した紙面に横目をくれ、

「捜査もいよいよ行き詰まったってことだ。政治家に流した裏金の証拠なんか、誰が残すもんか」と鼻先の返事をした。「その辺の錬金術の手口を教えろ」と半田が畳みかけると、高は今度は「まず元手だ」と混ぜ返して話には乗ってこず、代わりに布川のレディが「おぉあぁいぃ」と叫び出した。

　娘は相変わらず元気で、上半身をねじり、頭をぐるりぐるりと回して喉を鳴らしていた。その右隣から手を伸ばした布川が、娘の口にちぎったクリームパンを突っ込んだが、それは涎と一緒に吐き出されて、娘の膝の上に落ちた。娘の足元は、パンくずだらけだ。

「ほら、もう要らないって」物井は、娘の左隣から手を出して、布川からクリームパンの袋とタオルを取り上げた。タオルで娘の口許を拭ってやる間、娘はまた「おぉあぁいぃ」と叫んで、嬉しそうにベンチの上でどすんどすんと跳ね、物井の向こう脛を蹴飛ばした。十六になった娘は、背丈は大きくないがそれなりに脂肪がついて、土日に施設から家に戻されてももう女親の手に負える重さではなく、下の世話一つまでが男親の肩にかかってくる。おかげで屈強な布川も近ごろは腰痛で眠れないらしく、大して不平を漏らすわけではないが、男盛りの背は少し小さくなったようにも見えた。その布川は、これ幸いにしばし娘をうっちゃって、広げた自分の新聞の上で欠伸を漏らしていた。

「おぉあぃぃーっ」と娘はまた喉を振り絞った。

「障害？　うん、次は障害だ。どれが走りそうかな……」物井がそう娘に応えてやると、娘は首を歪めて馬場の方へ額を突き出し、〈アレ〉と指し示した。返し馬でゴール前正面を駆けていく馬には⑥番のゼッケンが付いており、新聞で確かめると一番人気のハイビームだった。へえと思い、物井はすぐ後ろの席にいる仲間三人の方へ顔を振り向けた。

「おい、レディが次は⑥だって。誰か、買えよ」

「馬連で⑥—⑪。絶対いけるよ、今日は」

　そう応えたのはヨウちゃんだったが、何のことはない、天皇賞の話だった。新聞の上に頭を落として赤えんぴつを握りしめているヨウちゃんの横から、高が

「物井さん、馬連で⑥─⑪、枠連で⑥─⑧。今日は有り金はたいても、損はしないって」と言い、さらにその横から、半田修平が「元手は、こいつの信金が無担保で融資してくれる」と口をはさむと、高は口許を軽く歪めて「ヘッ」と笑った。その笑い方は、ちょっと独特の雰囲気だ。

高克己が仲間に加わるようになったのは三年前の春先、高騰を続けていた株価と地価がついに反落に転じて間もなくの時期だった。世間は一気に景気後退一色になり、急に金融機関もひまになったのか、高は日曜日毎に競馬場にやって来て、ヨウちゃんと一緒に一階馬券売場の柱の下に座り込むようになった。高がヨウちゃんと気が合った理由はただ、「こいつ、金の話をしないから」ということだった。

高が自分で話したところによると、親の望み通り慶応を出、親の知り合いに請われて信金に就職し、貸付業務一筋でやって来て、毎晩午前零時前に帰宅したことがなかったという生活が十年。全支店中トップの営業成績で走っていた九〇年初め、胃潰瘍で吐血して病院行きになり、二カ月入院して職場に復帰したら、もう元の居場所はなかった。金融機関というのは、そういうところらしい。そうして預金業務に配置転換になり、会員外の一般顧客から月々一万、二万の預金を細々と集めて回る日々になって、「人生が楽になった」と言っているが、そういう話をする高克己は、しごく平凡な勤め人の顔をしているのだ。

その一方で、半田曰く「ホストクラブか、温泉旅館の歌謡ショーだ」という高克己の今日の身なりは、イタリア製のダブルのスーツに、目をむくような黄緑色のネクタイだ。いくらかは、手広くパチンコ店やレジャービルを経営している実家の会社の従業員や、出入りの企業舎弟の面々の手前、堅気ぶっていてはなめられるために、それらしく振る舞っている部分もあるらしいが、しかしそうだとしても、物井には、身に染みついたその筋の臭いのようなものが感じられた。そういうわけで、その筋だという最初のころの印象もまた、やはりそのままなのだった。

とはいえ、それらはみな、日本人に対しては心情的に拒否反応があり、「在日の同胞とは価値観も話も合わない」という高の、それなりに難しいに違いない内面を差し引いての話ではあった。刑事の半田や元自衛官の布川は、相手が在日朝鮮人というだけで、単純に一線を引いているような素振りもあった。

「だったら半田さん、一〇〇万貸してやるから、儲けの三割、バックするか」と、後ろで高の声がした。

「ほかのカモを探すんだな」と半田は吐き捨て、高はまた「ヘッ」と笑い、その二人の隣では、ヨウちゃんが携帯ラジオのイヤホンを耳に入れたまま新聞を睨み続けていた。布川は何回目かの欠伸をかみ殺しながら、三つほど離れた席に陣取っている若い娘のグループの方へ窺うような目を流し、眉間に皺一本を作る。ここ二、三年、競馬も健全な青少年の娯楽になったとでもいうのか、小娘や学生風情の若者がずいぶん増えたが、もう十年も前から競馬場通いのレディの方は、ベンチを揺すっての上機嫌だった。


眼下の馬場は、ダート三二〇〇メートルの障害レースがスタートした。物井たちはそれぞれちょっと頭を上げ、曇天の下のダートを走り出す馬たちを眺める。跳躍する馬と騎手の動きは、遠目に眺めるとクランクシャフトが回るようなぎくしゃくした感じだった。一周目の4コーナー手前で、誰か一人が転落すると、落馬を怖がる娘の喉から悲鳴が飛び出した。

スタンド前を駆け抜けた馬群は、スローペースで二周目の向こう正面を流れていく。⑥番のハイビームが真ん中辺りから伸びてくる。「ほら、来た来た」と物井は娘の背中を叩き、娘は大きく首を回して何か言う。4コーナー手前の最終障害でまた落馬が相次ぎ、さらに二頭減って、最後の直線にかかった十頭の追い込みは、ハイビームが抜け出てゴールインした。

「ほら、⑥番が勝ったよ」と物井は娘に声をかけたが、目の前で落馬を見た娘は下を向いた頭をふらふらさせてぐずり出し、布川が「いい加減にしろ」と低く怒鳴った。


後ろでは、しつこい半田が「そもそも何百億もの金が、どうしてこれだけあっちこっちへ動かせるのか、そこを説明してくれ」と高に話しかけていた。物井は、今度はそちらの方へちょっと耳をすませる。

「金は、回さなきゃ儲からん。回すたびに誰かが潤う。だから回すんだ」という高の声が聞こえた。

「たとえば中日相銀の場合、誰が、どうやって金を回して、誰が潤ったんだ」

「みんなで回して、みんなそれぞれ潤ったのさ。いいか、奴らはまずつけ入る火種を探す。中日相銀は、経営難、粉飾決算、筆頭株主の創業者一族と経営側の内紛、と三拍子揃っていた。次に、出来レースのシナリオを作る。それに乗る奴らに声をかける。計画が出来上がる。あとは実行だ」

「創業者一族が、ある日突然、持株を第三者に売り渡したという、あれだな……」

ああそうだったと、物井も世間で報じられている経緯をちらりと反芻した。創業者一族が田丸善三という政商を仲介に立てて、持株を第三者に売却したことで、銀行が乗っ取られる窮地に立った相銀の経営陣に対して、支援を約束したのが民守党の大物政治家《S》だ、と言われている。

支援の見返りに《S》には金が流れたという話もあり、その裏金作りに利用されたのが、ゴルフ場用地の買収と開発費の名目で、中日相銀グループが小倉開発に対して行った一二〇億の不透明な融資だ、とも言われている。すでに逮捕されている中日相銀の幹部二人の直接の容疑は、その融資に関わるものだ。一二〇億のうち、出資法違反に問われている三〇億は、新聞によれば、系列ノンバンクから小倉開発に融資されており、それが迂回融資や、根抵当権を設定する際の登記の書類の不備などで摘発されたのだ。小倉が購入したゴルフ場用地は、もともと一〇億ほどの価値しかない山林だったということで、結局ゴルフ場は建設されなかった。

そして、もちろん《S》の支援もなかった。創業者一族から株を譲渡された竹村喜八なる第三者は、しばらくして東栄銀行に株を売り渡し、中日相銀はついに九一年、東栄銀行に吸収された。そうして眺めてみると、たしかに高克己の言うように、初めから何者かの筋書き通りの展開だったと見えなくもない。相銀の創業者一族と、持株を譲渡された竹村喜八と、東栄銀行と、政商田丸善三と、政治家が、みんなでつるんで金を回したというのなら、物井には〈へえ〉というところだった。

「竹村喜八に、一族の株を買い取る資金を融資したのは、どこだ」と半田の声は続いていた。

「竹村なんて、田丸善三の盟友だから、岡田経友会の一声で、融資なんかどうにでもなる。それこそ担保なんか関係なしで、金が動くんだぜ」

「そういえば、一族と竹村と東栄と永田町を全部つないでいるのは、田丸善三だろう。奴がシナリオを書いたんだな？」

「田丸なんて、刑事が口に出す名前か」と高はまぜ返し、多分またちょっと、口許を歪ませたのだろう。しかし半田の方は、委細かまわないしつこさで、「ところで、仕手筋が小倉運輸株を買い占めたのも、シナリオのうちなのか」と続けた。

「本筋のシナリオとは別だろうが、どのみち、みんなどこかでつながって、適当に融通しあっているんだ。一口に、小倉運輸株を三千四百万株買い占めたと言っても、半端な買い物じゃないからな。八八年から八九年の株価が一二〇〇円平均として、ざっと四〇〇億。この資金を新井に融資した東進ファイナンスは、東栄系列だ」

「四〇〇億か……」

「それが元手だ。新井は、仕手戦で株価を最高値一九〇〇円近くまでつり上げたところで、買い占めた株を売り抜ける代わりに、いくらか安い価格で、小倉運輸と、メインバンクの中日相銀に買取りを要求した。新聞に六一二億円とあるから、逆算したら、一株一八〇〇円ぐらいの計算になるか……。元手四〇〇億で、実入りが二〇〇億。これが《竹光》のような手合いの商売だ」

「《竹光》の要求はごり押しとしか思えんが、小倉も相銀も、弱みを握られて断れなかったか」

「何が弱みだ。小倉にしろ相銀にしろ、裏の世界に手を出して、うまい汁を吸うときはさんざん吸ったんだ。田丸もそうだ、《竹光》もそうだ。弱みというんなら、みんな相身互いだ。大損しない範囲で、もちつもたれつ、顔を立てたり立てられたり。その上で、嵌めるか嵌められるかの真剣勝負をやってるんだ、奴らは」

「恐喝が真剣勝負か」

「新井のことを言ってるんなら、奴は少々根回しが足りなかったというところだな。今ごろ、田丸あたりが弁護士を通して、拘置所の新井に後始末を迫ってるぜ、きっと」

半田は少し間を置き、「それにしても詳しいな、あんた」と呟いた。高はその一語をどう受け止めたのか、間延びした声で「俺も、似たような空気を吸って育ってきたからな」と応えただけだった。

半田はその場で応える言葉が見つからなかったか、あるいは興味が失せたのか、応答の代わりにベンチの背を新聞で叩きつけ、話はそこまでだった。

馬場の方は、第6レースに出る馬たちがパドックのお披露目をすませて、もう返し馬のために姿を見せ始めていた。いつの間にか正午も過ぎており、さっきは要らないと言っていたのに、また腹が空いたという娘の口に、物井はちぎったパンを運んだ。布川は眠たげな目を馬場へやったまま、娘の方は見もしない。その布川の代わりに、ヨウちゃんがいつものように娘の飲む牛乳を買いに立っていった。ヨウちゃんは、相変わらずの無表情ながら、意外に娘の面倒をよく見るのだ。

春らしい穏やかな曇天の下を行く四歳馬の伸びやかな肢体と、涎を垂らす娘の口許を交互に眺めながら、物井はふと、今しがたの小倉と旧中日相銀の話を思い返して、いったい関係者の中で損をしたのは誰なんだ、と思った。食い荒らされたといっても、旧相銀も小倉も、個々の社員が借金を抱えたわけではなく、職を失ったわけでもない。逮捕された旧相銀の元役員二人にしても、せいぜい貧乏くじを引いたという程度で、本人や家族が路頭に迷うような話ではない。金が回るということは、どこかで借金も回っているはずだが、なにしろ額が大き過ぎる話だから、最後につけを払う個人がいるとも思えない。要は誰も身ぐるみ剝がれた者はいないのだと思い至ると、物井は急に鼻白んだ。

一方でそのとき、半世紀も昔に売られていった牝馬の駒子を唐突に思い出しながら、物井はある思いを巡らせた。高の言う通り、金はたしかに回して儲けるものだろうが、財を成した人々が回しているその金は、元はといえばどこから来たか。郷里の村で炭俵を運んでいた父母の手から、キューポラを燃やしていたこの自分の手から、女工をしていた姉の手から、ビールを作っていた岡村清二の手から、生まれ出た金ではないのか。にもかかわらず、自分たちの手にはいつも、食うのがやっとの金が回ってくるのみで、あとは全部何者かの財になったのだった。それだけでなく、貧窮していた物井の一家から、最後の糧だった駒子を地主が取り上げていったように、空っぽの金本鋳造所の工場に残っていたバケツ一杯の鋳物屑を借金取りが持ち去ったように、持たざる者や才覚のない者からとことん搾り取ることで、財というものは築かれてきたのだ。実に、今ごろ気づいてどうするというところだったが、物井は久々に己の人生にみちみちていた閉塞感を呼び戻すと、さらにどっと鼻白んだ。

戦後半世紀、ついにどこへも抜け出すことが出来なかった蟻一匹の閉塞感は、終戦直後のそれが漠とした闇におののくような感じだったのに比べると、今はむしろ、自分が息をしているこの時空全体が刻々と収縮しているような、まさに時間も空間も残り少なくなっているような、ある種の焦燥感に近いものになっていた。日々のちょっとした意味不明の苛立ち。こうした物思い。あれこれ考えてはいつの間にか陥っている放心等々、何もかもじりじりとして、容赦なくこの自分を苛んでくる感じだった。

物井は、涎を垂らしてクリームパンをくちゃくちゃ噛んでいるレディの口許をタオルで拭った。半分は自動的に手が伸びたが、半分は、涎とパンくずで汚れたシャツの襟元に思わずぞっとしたのが正直なところだった。その隣で、父親の布川は黙然と馬場に目を据えたまま動かず、後ろでは高克己が、今しがたの話とはうって変わって、「今月中に、十万でいいから定期に回してくれよ」と、半田相手につましい営業をしていた。その端から「そら」という一言とともに、ヨウちゃんが、買ってきたばかりのフルーツ牛乳の紙パックを差し出してくる。

それをストローで飲ませてやると、娘は歯を食いしばって機嫌よく「いーっ、いーっ」と笑い声を立てた。家では、虫歯になると治療が大変だという理由で、甘いものを与えられない娘は、日曜日だけの甘いクリームパンと甘いフルーツ牛乳がお気に入りだった。

やっと我に返ったらしい布川の頭が上がり、首を回して娘に目をやったかと思うと、その目はそのまま娘の頭を素通りして後ろの三人の方を見た。

「なあ、高さん。この国でほんとうに金のあるところはどこだ」と、布川はいきなり尋ねた。

「都銀、証券大手、生保、黒字の大企業、宗教法人……かな。また、どうして」

「トラックに乗っている間、どれをカモにするか考えてひまを潰すさ。要は、火種を探せばいいんだろ？」

半分は独り言のように呟いて、布川はまた前を向いてしまった。すかさずそれを、「だったら製造業だ」という高の声が追いかける。

「なんで製造業なんだ」と聞き返したのは半田だった。

「物を作っている企業は、金の何たるかを知ってるからな。リベット一個、ネジ一本の原価計算をするところから、物作りは始まるんだ。製品が出来たら今度は、一個売れて、いくら。粗利が二パーセントとか三パーセントの、血の滲むような世界だ」

「それで」

「金の重みを知ってるから、金を搾り取られたら、一番苦しむ」

「そいつは血も涙もねえな」と半田は嗤った。

どうでもいい雑談を耳にしながら、物井は自分の腹の中にも、製造業一般に対する諸々のわだかまりがあることをちらりと考えた。十二で奉公に出た八戸の鋳造所。半世紀前に岡村清二がおり、今また孫が入社しようとしていた日之出ビール。四半世紀働いた西糀谷のかつての勤め先。どれもが腹の底で今なおくすぶり続けている理由といえば漠然としたものだったし、個々の企業がどうだというのではなかったが、それぞれの時代に、それぞれの企業を眺めていた自分自身の人生が、灰色か鈍色をしていたに違いなかった。

後ろで、ヨウちゃんがふいに「金取って、どうすんのさ」と呟き、黙り込んだ。「製造業か……」と半田の独り言が聞こえ、それも黙り込む。代わりに、ゲートインのファンファーレが鳴り、娘がベンチの上で楽しげに嬌声を上げた。

向こう正面から、若い四歳馬が芝一四〇〇メートルのスタートを切った。どれが抜け出してくるかな、と傍観する一分半足らずの時間、物井はちょっと頭を空白にした。

春の芝を駆けてくる馬の脚は、どれも明るく浮き上がるような感じだった。まるで、横一列の行進が気ままに少しずつずれていくように前後しながら、ほとんど鼻差の一進一退で十一頭は4コーナーを回ってくる。抜け出した先行馬が二頭。その外側から追い上げてくる馬がいる。抜くかな、と目を凝らした瞬間、その脚がつんのめったかと思うと、騎手がふわっと宙に浮き上がり、傾いた。緑の帽子。主を失った馬のゼッケンは⑦だった。

娘が喉を振り絞り、その頭と両腕がぶんぶん回り出した。スタンドから腰を浮かせた観衆の動作が津波になる。ゴールに駆け込んだ馬群に沸き、飛び出してくる担架にどよめき、揺れた。

物井は手元の新聞の馬柱で⑦の騎手の、柴田という名を確かめた。もう二十年以上、物井の競馬場通いと一緒に、馬を駆り続けてきた同郷の青森出身の騎手だった。あまり派手さはなかったが、気骨や情念を感じさせる馬の追い込み方が、物井はちょっと好きだったのだ。いつも出るときは注意していたのに、今日は不覚だったと後悔しながら、物井は担架で運ばれていく騎手をしばし目で追った。

ざわめきの退かないスタンドでは、高が思い出したように「製造業といっても、でかいところがいいな。トヨタ、新日鉄、三菱重工業……」などと並べていた。「俺ならソニーか、日之出だ」と半田が言う。「品川署にいたとき、毎日新馬場の駅から眺めてた。夜は光の城だった」

そういえば、二つの会社の本社ビルの夜景は何度か見たことがあると思い出しながら、物井は、隣でむずかり続けている娘にフルーツ牛乳の残りを飲ませた。牛乳はすでに生ぬるくなりかけており、娘が嚙み潰したストローの先はくしゃくしゃだった。それでも娘は、甘い牛乳をひとくち啜るとちょっと落ちついて、「おいしい」という意味の言葉を吐いた。

その横から、布川が一万円札一枚を突き出してきたのは、それから間もなくのことだった。「ちょっと、昼寝してきていいか？　レディを頼む。二時には戻るから」と布川は一方的に言い、逃げるように席を立って行ってしまった。物井と後ろの三人はそれを見送り、それぞれ顔を見合わせただけで、誰からも言葉は出なかった。

物井はそのとき、いっときでも娘から離れたいと発作的に思ったのだろう布川の後ろ姿に、出口のない鬱々とした気分を感じ取ったのだが、だからどうだと他人が口を出す筋合いの話でもなかった。頭を切り換えて、「車椅子で入れるトイレ、あったかな」と後ろへ声をかけると、ヨウちゃんは「探してくる」と一言いって、身軽に席を立っていった。

ヨウちゃんは五分ほど後に、トイレがあったと言いつつ戻ってきて、「今、ラジオで聞いたけど」と言った。「東栄銀行の山下とかいう常務が今朝、自宅の前で撃たれて死んだってよ」

その直後、今度は半田が即座にベンチから腰を上げていた。緊急配備があるかも知れないということで、半田もそのまま消えてしまった。

2

レギュラーティー一八四ヤードの7番ショートホールは、ティーショットがグリーン手前の池を辛うじて外れて、ひやっとした。飛んでいくボールを見送った直後にスライス気味だと気づいて〈あれれ……〉と思ったのだが、原因を詮索するのは後回しにし、数珠つなぎの後続プレーヤーに「お先に」と照れ笑いを投げかけて、城山恭介は速やかにボールを追って移動した。

毎年、春と秋に千葉の松尾ゴルフ倶楽部で開かれる日之出関東コンペは、大所帯で名高い。まず、関東圏の全特約店のうち、大小を問わず毎回公平に順繰りで順番が回ってくる本店支店営業所の代表五十名。日之出からは、会長、社長、副社長二名、役員四名、ビール事業本部の営業部長、次長のほか、関東圏の五支社二支店の責任者と営業担当部長の計二十四名。子会社と関連会社からは、これも順繰りで割り当てられた十社の代表。総勢八十四名の盛況だった。

同じようなコンペは、北海道、東北、北陸、中部、近畿、中国、四国、九州でも行っており、二十年来、まさに日之出ならではの生産・流通・販売のネットワークの強固さを内外に誇示してきた伝統行事だ。しかし今や、小回りのきかないガリバーの象徴のような感もあり、城山自身は数年のうちには止めたいと考えていたが、山積している種々の懸案と同じく、伝統を覆すのは常に至難の技だった。

城山はその日、イン・アウト各十二組に振り分けられたうちのインの九組になり、一緒になったのは、一人が大手特約店トミオカの社長、一人が同じく大手特約店飯田商会の社長、一人が流通の関連会社佐藤運輸の社長だった。

プレーは午前九時にスタートし、九組の城山が四番手で7番ホールのグリーンにボールを載せたときには、正午を過ぎていた。池の端からのアプローチショットがうまく決まり、ピンの手前二メートルにつけたので、これはパーでいけるかなと思った。カップまでは緩い上りのスロープだ。先にホールアウトした佐藤運輸社長が、「ごゆっくり」と声をかけてきた。

城山のゴルフ歴は三十年になるが、さほど努力もしなかったし、未だに一〇〇を切ったり切らなかったりの腕前では気負いもなかった。パッティングライン上に適当な目標だけ定めて、普段の調子でコツンと当てたら、運良くボールはカップに届いて、グリーンの外から軽く拍手が上がった。

城山はそそくさとグリーンを下り、次のホールのためにクラブを三番ウッドと取り替えて、他の三人と歩き出した。佐藤運輸社長が「雨にはならんでしょうねえ」と曇天を見上げ、城山は「大丈夫でしょう」と応えた。特約店の二人は、城山を傍らに置いて、「一並びに上がるどころか、値崩れする可能性が大きい」「大手スーパーがどのぐらいの値段を付けてくるか……」といった話をしていた。

五月一日付で一斉値上げされる酒類の店頭価格がどうなるか、という話だった。三百五十ミリリットル缶の現行二百二十円のメーカー希望小売価格が、今回二百二十五円に値上げされるのだが、大手スーパーは逆に、現行の値引き率をさらに拡大する値下げ戦略に出ようとしている。スーパーによっては、最低百九十三円からの価格設定になるという情報もある。全国一律だったビールの価格は数年前、酒類ディスカウントストアで崩れ出したが、これまでスーパーでは、缶ビール一缶につき数円の値引きに止まっていたのが、今回は十円以上二十円未満の大幅値引きが始まるのは確実な情勢になっているのだった。城山は二人の話は聞こえていたが軽々に応じるわけにもいかず、聞き流すに留めて、代わりにワングリーンの美しい起伏に目をやった。

松尾のコースは、濃い杉林と、その底に沈むように広がる一つ一つのフェアウェイがひたすら静かで、城山は好きなのだった。どの位置からも、顔を上げると直立する杉木立と空しか見えない。十八あるホールを一つずつ回る間、余計なものが一切ない緑の底で、空に向かってボールを打つ。ボールはまた緑の底へ落下し、またそれを打ち上げる。ただそれだけの静寂な時間を大切にして、城山はボールを追ってきたつもりだが、ビールを売って一兆三〇〇〇億円を売り上げる企業のトップに就いて四年、この一面の緑の中で実は深呼吸一つ、する余裕もなかったのだった。

城山の、三十五年間のビール業界への奉公の中で、今ほど多方面で厳しい時期はなかった。ビールの総需要は、昨年は冷夏の影響もあって、九年ぶりの対前年比マイナスに陥ったが、昨年の需要減はさらに、バブル経済崩壊による三年ごしの景気低迷の中での客単価の低下傾向と、アルコール消費量そのものの頭打ち傾向をも確実にした。一方、酒類の生産と流通販売の土俵に目を転じると、まず、八九年、九三年と、二度にわたる酒類販売業免許等取扱要項等の部分改正や、大店法の規制緩和によって、酒類販売のチャンネルの多様化は大きく加速された。酒類ディスカウントストアの市場拡大の足場は一層固まり、コンビニエンスストアや大手スーパーなどの酒類販売進出がますます促進される条件が整った今、各種チャンネルでの値下げ競争が激しくなり、それが一般酒販店の軒並み売上減に結びついて、ビール業界百年の歴史が築いてきた特約店問屋・二次問屋・酒販店の系列は今、根底から揺らいでいるのだった。

酒販店の一部はフランチャイズ化やコンビニエンスストアへの転業で生き残りを図っているが、そうもいかない小規模小売店はもはや立ち行かなくなっている。問屋もまた、単価の切下げと消費の低迷による絶対的な売上減に見舞われている。値下げによる利幅の減少に対抗して合理化をしようにも、現行の系列制度は酒販店と問屋の双方にとって、経費節減のための一括仕入れや売れ筋商品の絞り込みの妨げになるばかりで、経営の非効率に拍車をかけている。かといって、経営基盤や競争力強化のための中小問屋間の合併、大手への吸収は、同族経営の多い問屋業界の体質では一朝一夕に進むものではない。

一方、コンビニエンスストアや大手スーパーなどの業態は今、高率の酒税のために売っても売っても利益の出ない国産ビールに代わって、海外ビールメーカーと組んで自社ブランド製品を開発しての直販や、総代理店契約を結んでの直販の動きを始めている。五月一日から、国産ビールは三百五十ミリリットル缶が二百二十五円。片や某コンビニエンスストアが直販している輸入ブランドは百八十円。そうした大手量販店と海外メーカーの直取引、それによるビールの価格破壊、多様な販売チャンネルの拡大、そして税率や原料価格の面で圧倒的に有利な海外製品の大量流入といった事態が指し示しているビール業界の未来は、国内ビールメーカーにとっては、百年来の国内の販売流通システムのなし崩しと、そのシステムの元締めである自社の売上減を約束していた。

どのメーカーも今、構造的な事業の改革を迫られているが、リベートのシステムを含む特約店制度の見直し、問屋の再編、小規模酒販店の再編と切捨て、メーカーが負担している膨大な宣伝広告費や、地域別ルートセールスにかかる人件費の見直し、流通の合理化のための陸運業界の再編など、現状では、メーカーにとっても流通販売各層にとっても、五年、十年先の現実でしかない困難な問題ばかりだった。

しかし現実の方は、あと一週間で、片や酒屋や自販機に二百二十五円の缶ビール、片やディスカウントストアやコンビニエンスストア、大手スーパーの店頭に二百円を切る輸入ビールや自社ブランドのビールが並ぶ日がやって来る。二十四缶入りの一ケースでは、千円前後の差になる場合も出てくる。一週間後にこの影響をもろに被るのは、日之出で言えば六百の特約店であり、全国十三万軒の一般酒販店だ。この半年、城山自身も陣頭に立って、靴底がすり減るほど得意先を回っており、実をいうと、芝に立っている足が少し痛いほどだった。

「今年の夏は、猛暑になるという長期予報が出ましたね」と、佐藤運輸の社長が特約店の二人に声をかけていた。

「ええ、こうなりゃ、もうお天気頼みで」と飯田商会の社長が応え、「暑くなって、業務用が伸びてくれないことには」とトミオカの社長が後を続けた。春の商戦の滑り出しは各社ともに今一つの伸びで、お天気頼みは城山も同感だった。他社は今春も新商品を揃えたが、日之出は出していなかった。ラガーとスープレムが堅調な間に、国内の生産ラインの大幅改編をやり、流通を簡素化するための配送ターミナルの再編に手をつける方を優先させたからだが、当面の数字はやはり気になった。

杉林の木立を抜けると、次の8番ミドルホールのティーグラウンド前には、三組が溜まっていた。見れば、ミドルアイアンを握っているのは白井誠一で、アドレスがなかなか決まらない様子だった。8番は狭いフェアウェイがすり鉢状になったドッグレッグで、最初のティーショットに気を遣うところだが、ちょっと見ていると、白井はもぞもぞしながら、普段よりだいぶん時間がかかっていた。

白井のゴルフ歴は城山と似たようなもので、決して下手でもないのだが、プレーの仕方はまったく違う。白井は昔から、己の技量より一段上の攻略図をまず描き、次に実現する方法をあれこれ探すタイプだった。城山はスコアをまとめることを考えるが、白井は難しいコースを狙ってトリプルボギーを十七回叩いても、一回でもパーを決めればいいと言う。どこか、仕事の進め方や経営観にも通じる白井のプレーはしかし、現状では理想と現実の落差が大きく、冷静なのか気分屋なのか分からない珍プレーもときには飛び出して面白いのだった。

白井のクラブがやっとバックスウィングに入り、一応きれいに振り抜かれて、ボールは飛んでいった。城山には見えなかったが、すぐに人垣の間からパチパチと拍手が上がったので、ボールはいい位置に着いたのだろう。

特約店の面々を前にして、白井は素知らぬ顔をしているが、業界の将来を左右することになるライムライト社との合弁話も四年目の大詰めを迎えて連日交渉に当たっており、実に多忙なのだった。今日のゴルフは、ほんとうは体力的にも限界だったはずだが、合弁内容がどう決着するか、事態を注視している新聞や業界の目を逸らせ、同業他社の不安を解消するために、どうしても何食わぬ顔をして恒例のコンペに出てくる必要があったのだ。

ティーショットの順番を待つ間、前後の人々と適当に世間話を交わしながら、城山は、数日中に自分が最終決断をしなければならない合弁問題について、またしばし思いを巡らせた。

九〇年秋、総代理店契約を解消して新たに合弁会社を設立したいというライムライトの意向が示されたとき、先方の狙いが日本市場への本格参入であることを知って、日之出は心底当惑した。ライムライトが提示した合弁の条件は、日之出の出資を一〇パーセントに留めて、代表権・経営権の一切を自社が握り、もっとも大事な販売ルートについては、日之出の特約店系列に限らず自社が自由に選択する、というものだった。しかも、合弁期間は十年。要は、ライムライトの目指す合弁会社は、日之出の系列に収まるのではなく、完全に日本市場の一角を占める独立した競合会社であり、たんに酒類販売免許の規制をクリアするためだけに国内メーカーの名前を借りるといった形だったのだ。

これには、城山をはじめ役員全員が驚き呆れ、最初の一年間は、ライムライトとの関係解消も選択肢に入れて、条件交渉が続いた。過去十年間の日之出の拡販の努力が実って、ライムライト製品の国内販売量は年間七百万ケース、シェア一・三パーセントにまで伸びていたし、その数字を落とすことは日之出にとって当面の大きな損失にはなるが、ライムライトの主張する条件を呑んで合弁会社を設立した暁に被る長期的な被害は、その比ではない。相手に合弁条件を変えさせるか、関係解消で一・三パーセントの数字を落とすか。日之出の取締役会も意見は分かれた。

それでも、交渉も三年を経過した去年の秋には、担当役員の白井の粘り強い駆け引きが実を結び、日之出の出資比率四九パーセント、経営権はライムライトに譲るが、販売ルートは日之出の特約店系列を使うという条件で、十月半ばには合意が成立した。その後、両者は速やかに公取委へ提出するための合弁趣意書の作成に取りかかったのだが、そこで今度は突然公取委の横やりが入った。日米構造協議の進展や、規制緩和と市場開放を内外に公約した連立政権の誕生、その流れをくむ独禁法の運用強化などの情勢を追い風と判断したライムライトが、日之出との合意内容を勝手に反故にして、公取委に駆け込んだのだ。

公取委がもともと、日本国内のビール業界の大手四社による寡占状態や、酒税徴収のために生産・流通・販売までを免許制度で保護されて自由競争が成り立たない状況を独禁法違反と見ており、何かと是正の機会を狙っていたのは、今に始まったことではない。その公取委に対して、ライムライトは当初の条件で日之出との合弁を成立させたいとねじ込んだのだが、それを受けた公取委の指導は異例の執拗さだった。曰く、ライムライトの構想に沿う形で新しい合弁会社を設立することは、国内の寡占状態解消と、本来あるべき自由競争への道を開くものになるだけではない。国内メーカーのどこかが合弁に乗らなければ、ビールは自動車部品、板ガラス、電気通信分野などとともに、日米交渉の標的になる可能性がある、という婉曲な脅しも出た。

公取委の強い姿勢は、要するに、ライムライトの強引な要求を日本のどこかのメーカーが引き受けなければ内外の要請に応えられない情勢であり、しかも、それを引き受ける基礎体力があるメーカーは日之出しかない、ということだった。一方、本来なら酒税確保のために国内メーカーを保護してしかるべき国税庁は、政局の混迷もあって弱腰に終始し、何の指導力も発揮しなかった。しかし、時代の流れを見れば、いずれどこかで起こってくる問題だったのであり、結局は時勢をうまく読んだライムライトが勝ち、守勢に回った日之出が負けたのだとも言える。

万が一にも、年間七〇〇億円のビールを売り上げるコンビニエンスストアとライムライトに手を結ばれては大変だということで、日之出はとりあえず、この一月から再度ライムライトとの交渉のテーブルに着き、何とか少しでも譲歩を引き出そうと、一昨日まで白井は頑張ってきたところだった。仮に先方の条件をそのまま呑んでも、日之出の経営基盤そのものには大きな影響はないが、将来的には自社を含めたビール業界全体への計り知れない打撃になる話だ。いったん先例を作ったが最後、海外の巨大メーカーが次々に似たような攻勢をかけてこないとも限らない。そうなったら、今のところは国内の業界は迎え撃つ手だてがない。

この三カ月、取締役会には、特約店系列を海外メーカーに食い荒らされる道を、業界最大手の日之出が自ら選択するということに、どうしても抵抗があるという声が多かった。しかし、では合弁を拒否出来るのかといえば、出来ると言える者もまた、いなかった。白井本人は、初めから、いずれは通らなければならない道なら、今から整備した方が得策だという意見だったが、城山自身も考えに考えた末、要求を呑む決断をしようとはしていた。

日之出一社については、十年間の合弁期間中、ライムライトのシェア分を売上に上乗せ出来るのだし、十年後にライムライトを独立させて本格的な自由競争が始まる時代には、ビールのシェア低下分をほかの事業部でカバー出来るぐらいの体制を整えていなければ、どのみち日之出の未来はない。また、ライムライトの殴り込みが、問屋や酒販店の重い腰を上げさせ、なかなか進まない合理化を加速させる一助になれば、それも長い目で見ればプラスになる。

あとは、要求の呑み方だった。丸呑みでは、それこそ同業他社にも特約店各社にも顔が立たない。昨夜遅く城山は、最終的な条件を一つ、ライムライト側に提示するよう白井に伝えたところだった。すなわち、合弁後三年間は、国内メーカーの希望小売価格と同価格を維持すること。ひとまず、それだけを応諾するよう迫り、相手の出方を見ること。明日月曜日には、白井はそうしてまた、ライムライトとの交渉のテーブルに着く予定になっている。

多分これで、四年越しのライムライトとの合弁問題は決着が付くことになるだろう。二十七日水曜日に取締役会を招集して最終結論を出し、二十八日に決定内容を公取委とライムライト側に伝え、諸般の手続きを整えた後に、五月半ばには合弁の発表。しかし、企業としてはその前に、特定株主をはじめ、大手特約店、同業他社への事前の事情説明と根回しもしなければならない。世界のビール市場で一〇パーセントのシェアを占め、生産規模では日本の大手四社の合計の一・五倍という巨大企業ライムライトとの合弁は、たとえどんな形であれ、四方八方がひっくり返る事態なのだった。

根回しのための日取りは、連休明けの五月九日月曜日から一週間……。城山が独り、そんな胸算用をしている間に、ティーショットを待つ目前の行列は刻々と短くなり、代わりに後ろに新たな列が連なっていた。

頭上から降ってくる鳥の声が耳に戻り、見上げると薄曇りの空にわずかに日が差してきていた。城山は木々の新芽の匂いの濃い空気を吸い込み、やっと目先のショットはどう狙おうかと考えかけたところで、「今朝の朝刊ですが……」と佐藤運輸の社長が軽く話しかけてきた。その憂鬱そうな声色を聞き分けて、「はあ」と城山は小さく相槌を返した。

朝刊に載った小倉グループへの強制捜査の記事は、日之出内部ではおおむね驚きもなく受け止められたが、関連の運輸会社各社にとっては再三の動揺になっているだろうと、城山も察してはいた。どこも小倉と似たような経営内容だし、バブル時代には陸運部門の採算の低さを補うために財テクに手を出し、多角化で不動産に投資したところも多い。佐藤運輸もその一つだが、一昨年から日之出が役員を入れ、日之出が今進めている流通部門の再編の一環として、佐藤が埼玉・千葉に保有するトラックターミナルと路線便の一部を借り上げ、経営基盤の強化にめどをつけた。一方、小倉については三年前、不祥事が表沙汰になる前に日之出は経営参加を見送っており、そのことで世間からは「日之出はうまくやった」と言われたものだった。

事実、経営参加は形ばかり見送ったが、小倉との業務提携の方は着々と進んでおり、流通網の整備計画には狂いは生じていない。強制捜査一つで小倉が潰れるわけでもなく、すでに経営陣も一新して新体制になった小倉の行く末を危ぶむ要因はどこにもない。日之出は、その意味ではたしかに、うまく実を取ったのだ。

「小倉さんも気の毒に、取引先にいちいちお詫びの書状を送ったり、運転手一人一人に挨拶をさせて……」と佐藤の社長は呟き、城山は「たしかに」とだけ応えて、それ以上の会話を避けた。

後列の方が「おお」とどよめき、続いてため息とざわめきになった。振り向くと、みんな杉木立の向こうに見える7番ホールのグリーンを覗いていた。「惜しい！」「惜しいねえ！」といった声が上がった。

「打ったの、誰」と城山は後ろへ声をかけた。「倉田さん。あと十センチでホールインワン」と誰かの声が飛んでくる。

「ああ、倉田さんなら……」という呟きが周囲から聞こえた。倉田なら、ショートホールでのホールインワンすれすれなど、たしかに驚くほどのことでもなかった。若いころからゴルフは熱心で、営業マン時代はひまがあったら一人で黙々とゴルフ場通いをしていた男だ。さすがに役員になってからは時間も取れなくなって、スコアも落ちているようだが、四十代まで常にシングルプレーヤー、ハンディがゼロの時期もあった。素質と集中力は歳を取っても衰えるものではないのか、今でも飛ばしたら二百七、八十いくし、三、四メートルのパットなら楽に沈めるものだから、コンペのたびに、倉田はハンディなしでもまだ足りないという声が出る。

城山はちょっと杉木立の隙間へ首を伸ばしてみたが、倉田の姿を見ることは出来なかった。今朝クラブハウスで顔を合わせたとき、倉田は、小倉の強制捜査を受けて岡田経友会がとくに新たな動きを見せる気配はない、民守党のSに手が届く可能性はない、と城山に耳打ちしていったが、その口調にはほっとしたというような感じは窺えなかった。それは報告を受けた城山も同じで、地検特捜部の動きがあるたびに、捜査が日之出に波及しはしまいかと恐れ、商法違反で摘発されはしまいかと恐れなければならない当事者の、当然の反応だった。

日之出は一昨年、ついに岡田経友会との関係解消に踏み切り、絵画購入という形で一〇億円の手切れ金を支払って、念書を交わしたのだが、困難な交渉の一切を取り仕切って円満解決に持ち込んだ倉田と、社長としてその決裁をした城山は、万一の場合は《岡田》もろとも一蓮托生の運命だった。もっとも、そうした可能性は限りなくゼロに近いという双方の周到な判断の上で行われた手打ちであったから、城山にはさほど切羽詰まった感覚はなかったが、現場で交渉に当たってきた倉田にはまた別の受け止め方がある。

今朝の、小倉への強制捜査を伝える新聞記事一つに、人知れず腹をざわめかせたに違いない倉田だったが、それでも一応、ホールインワンに近いプレーが出来るのならと、城山はひとまず安堵した。

さあ、次のティーショットは、ドッグレッグのカーブの真ん中辺りを狙って、約一七〇ヤード。この8番ホールでは、ここのところ立て続けにコース両脇の林に引っかけているから、今日こそは。

「じゃあ、お先に」と、一つ前の八組の二番手がティーグラウンドに出ていき、城山の順番まであと二人になった。城山は手袋をはめ直し、手首の準備運動を始めながらふと、8番ホールのティーグラウンドの向こうを仰ぎ見た。

ティーグラウンドを遠回りにして、誰かが走ってくる。東京支社長の藤井か、と目を凝らすうちに、藤井は杉林に入ってきて、8番ホールのティーショットを待つ行列の後方に近づいた。誰に用事があるのかと思ったら、藤井は役員の柴崎という男に何か耳打ちし、今度は柴崎が小走りに走り出して、列の最後尾辺りにいる倉田に耳打ちを繰り返した。

その倉田と目が合った。倉田は、「失礼」と周りに声をかけながら、行列の先端にいる城山のところまでやって来ると、「先ほど、東栄の山下常務が亡くなられたそうです」と言った。

ひそひそ話というほどの声でもなかったので、それは周囲の人々にも聞こえ、たちまちざわめきが広がった。山下某の死はともかく、東栄と取引のあるところは、とっさに弔問や弔電の手配などを考えただろう。片や城山の方は、倉田の険しい目に覗いている何かのサインを見て取った。

何か不都合があったなと察し、とりあえず連れの特約店や佐藤運輸の社長たちに「ちょっと失礼いたします」と声をかけて、プレーの列を離れた。倉田、藤井がついてきた。杉林に入ったところで倉田が横に並び、「田園調布の自宅の前で、何者かに撃たれたということです」と低く呟いた。

城山は耳を疑い、何か聞き返そうと思ったが、とっさに声の方が出なかった。

「総務の方で何度も警察へ確認させましたが、間違いありません。今、総務部長を病院へ走らせましたから」という倉田の、かたくなに冷静を装った口調を耳にしながら、城山はやっと自分の声を取り戻した。

「寺田さんは」

「本店に出ておられます」

寺田は東栄の頭取で、筆頭株主として日之出の取締役会に入っている。今ごろ赤坂の東栄本店でどんな顔をしているだろう。

「東京に残っている役員は誰がいましたっけ。誰か呼び出して、先方との窓口になるよう伝えて下さい。もし可能なら、まず本店の方へ出向くように言って」

「杉原を呼びます」

倉田はすぐに自分専用の携帯電話を取り出して、電話をかけ始めた。8番ホールを終わったらしい白井誠一が、次のホールに使うウッドを手にしたまま、杉林を抜けてこちらへ向かってくる。不愉快そうに眉根にしわを作りながら、白井は「あとの段取り、どうしたものですかね」と声をかけてきた。

「インの方は、あと何組残ってます？」

「二、三組だと思いますが」

「ハーフだけ、先に終えましょう。その後、昼食の前にちょっと役員を集めて……」

「そうですね」と独りごちて、白井はまた元来た道を戻っていった。入れ代わりに、電話を終えた倉田が
「別室を用意させますか？」と尋ねてきたので、城山は「そうして下さい」と応え、「さあ皆さん、プレーに戻って」と倉田や藤井を促した。

そこでまた、「城山君」と声がかかって、城山は足を止めなければならなかった。そろそろハーフを終えてクラブハウスに戻るころだったはずの、会長の鈴木敬三が早足で杉林を歩いてきた。齢六十五の鈴木はちょっと息を切らせており、まず一言「誠和会だ……」と囁いた。城山はあいまいにうなずいたが、イエスともノーとも言うわけにはいかなかった。

「うちの役員全員の安全対策を至急検討するように。頼みますよ」

「はい」と城山はもう一度うなずいた。

「費用など、この際言ってられない」

「はい」

鈴木は社長時代、岡田経友会代表の岡田朋治や顧問の田丸善三、そして民守党の酒田泰一をはじめとした代議士などとのパイプを持っていた本人だった。おおかたは先代から引き継いだ人脈で、実際の汚れ仕事は倉田に任せていたとはいえ、それこそ鈴木しか知らない不透明な話が相当あるに違いない。その辺りを白井誠一に追及され、白井は周到にも、その件で取締役会の多数意見をまとめてしまったために、鈴木は四年前の経営陣交代の際、いささか不本意な形で代表権をもたない会長に退いたのだった。

鈴木も倉田と同じく、具体的な話は決して漏らさないが、岡田経友会とのつながりの中で、その元締めである誠和会とも一度ならず接触はあったに違いない。物言わぬ鈴木の沈鬱な顔を見ると、城山としては歯がゆさと不安の両方を感じ、事態はおそらく、それほど安穏としていられるようなものでもないのだと考えざるを得なかった。

企業と企業のおこぼれを食うハイエナとの長い共存関係が崩れたら、ハイエナが直に企業を襲い始めるのはいわば当然の成り行きだった。ついこの間まで、相手構わず融資を増やし続けた金融機関が、景気後退と同時に一斉に掌を返して三年、追い詰められた取引先の中には相当数の暴力団絡みの企業も含まれている。金が回っている間はいいが、金の切れ目と同時に暴力の牙をむくような相手との共存関係を築いてきた銀行自身が、そのツケを一つ、人命で払わせられたのが今日の事態だと、城山は冷静に考えた。

状況は日之出とて例外ではなく、実はもっと複雑だとも言えた。日之出がかつて《岡田》系総会屋、政治団体などに対して経営コンサルタント会社などをトンネルにして支払ってきた金額は、毎年約九〇〇〇万。一社が支出する金額としては相当に大きかった上に、なにより明らかな商法違反だった。一昨年、《岡田》との関係清算を決意した時期、警察庁は経済四団体に対して総会屋排除の協力要請を強める一方で、商法違反での各企業の摘発を積極的に進める方針に出ていた。日之出も《岡田》も危機感をもち、双方とも、摘発で受ける損害は多大と判断した結果、とりあえず関係解消へ話は進んだのだが、実態は双方が弱みを握っての手打ちだった。《岡田》は日之出の商法違反の事実を握り、日之出は《岡田》系列の各団体と企業との広範な相関関係の情報を握っていたからだ。

ともあれ、そうして日之出は倉田の手腕で何とか切り抜けたが、ほぼ同じ時期、毎日ビールは総会屋への利益供与で摘発を受け、経営陣の交代に追い込まれた上に、株価に影響も出た。そのときの摘発で、警察は結局、暴力団と企業のつながりを示す膨大な関係資料を押収したと言われており、それは《岡田》にも相当な打撃になっているはずだった。毎日ビールの摘発のおかげで日之出にも国税庁の方から査察は入ったが、帳簿や名簿の資料に証拠は一切残していなかったことで、事なきを得たに過ぎない。

　しかし、こうして一段と地下金融を取り巻く状況が厳しくなってくると、《岡田》にしても、どこまでじっと座視しているか。一度は手打ちをした日之出に対しても、何か要求してくるのではないか。その不安は拭いきれなかった。

「警察がだらしないよ……」そう吐き捨てた鈴木の声は、今度は少し震えていた。たしかに、暴対法施行以来、警察は企業へ総会屋排除の圧力をかけてきたが、その結果がこれでは企業としてはやりきれなかった。都銀の常務が白昼射殺されるという事態は、ツケを払うといった次元を超えており、とうてい納得出来るものではなかった。

「山下昭夫とは法学部の同期でね……」

「ああ、そうでしたね……」

「律儀な折り目正しい男だった。ぼくは自分が撃たれたような気がするよ。ひどいね、実にひどい」

　少し感傷的になってきた鈴木の声を聞きながら、城山の方はふと、山王の自宅にいる古女房の顔が脳裏をよぎり、今日から戸締まりに念を入れるよう注意しなければといったことも、ちらりと思い出した。外に出ているときに、家族の顔を思い浮かべるなど、滅多にないことだった。

　8番ホールは、城山の九組の三番手、トミオカの社長がすでにティーグラウンドに立っていた。城山は「ああ、失礼。私の順番ですので」と鈴木に声をかけ、ウッドを手に走り出した。

　そうして城山はプレーに戻ったが、さすがに気が散って、8番と9番はどちらもダブルボギーという結果に終わった。倉田も、9番のミドルホールはボギーを叩いたようだった。

　ハーフを終えた後、日之出側の人間は別室に集まったが、役員も社員も総じて鈍重な表情だった。もともと《岡田》関係は鈴木と倉田が裏で処理してきた話だから、取締役会で概要は報告されてきたとは言っても、大半は他人事に近い意識しか持ち合わせておらず、いくらかは城山自身もそうだった。ましてや支社・支店のレベルでは、事態の把握もおぼつかなかったことだろう。

一方倉田も、人前では相変わらず魚雷の顔をしており、手早く状況の説明をし、東栄の各取引支店への対応を指示しただけだった。今夜にもあるはずの死者の身内の通夜には、鈴木会長と城山が顔を出すことになった。

城山の方からは、明朝の役員会議は一時間早い午前八時から、という指示だけだった。既存の課題のほかに、新たに役員の安全確保の対策を話し合わなければならない。

「では、昼食に行って下さい。特約店各位への説明をよろしくお願いします」

五分足らずで散会し、東京へ戻らなければならない城山と鈴木は、着替えもそこそこに社用車で帰路に着いた。城山は、ふさぎがちな自分自身の気分を鼓舞する必要を感じて、今は試作段階の来春の新商品のことなどを考えようとした。完成すれば第二のラガーになるはずの新商品は、低迷しているビール事業に活を入れるためにも、出来れば初年度五千万ケースの売上を見込みたいところだった。せめてそんなことでも考えて気を紛らしたかったのだが、鈴木と一緒ではそれもままならなかった。

鈴木は車中、「そういえば先週、民守党のパーティでSに会ってね……」と言い出した。「今の連立政権は早晩潰れるだろうから、いざ総選挙の暁にはよろしくと言うんだが。ああいう露骨な口調を聞いたのは、ぼくは初めてだよ」

「パーティ券では足りないというふうな口調でしたか」

「そのようだった。小倉疑惑で取り沙汰されている最中に、どういう了見なのか、まったく真意を測りかねたよ。君も、近々に彼に会う機会があったら、ちょっと注意した方がいい。田丸なんかが割り込んできたら、面倒だ」

「パーティ券以上の付き合いは断りましょう」

「それが出来ればいいんだが」

「少なくとも意思表示はしなければ」

城山は、第二のラガーという一つの希望の隣に、きれいごとでは済まない企業風土への自戒や嫌悪を並べて白々しい気分に陥ったが、そうした自分の本心を慎重に脇に置くぐらいの厚顔は、この四年のうちに身についていた。

3

「物井さぁん、かき氷！」と店の中から、薬剤師の小母さんが呼んでいた。「イチゴとメロン、どっちがいいですかあ！」という大声は、路地に水を撒いている物井の頭の上を飛んでいって、炎天の日差しの中で蒸発した。

「ぼくは要らんから、あんた、食べなさい」

物井はやっとそれだけ返事をし、自分はよしずの下の朝顔を覗き込んだ。今夏は猛暑のせいで直径三センチの花しかつけず、朝早く開いたと思ったら、午前九時に店を開けるころには、もう萎んで頭を垂れている。炎天下で、力なく蔓を伸ばして立っている朝顔を見ると、物井はつい、そろそろ命を終わろうとしているこいつは今、自分の一生に満足しているのだろうかなどと考えて、朝顔相手に、知らぬ間に何やら独りごちているのだった。

百円のかき氷をシャカシャカつつきながら、小母さんが店から顔を出し、「枯れた朝顔なんか見てると、塞ぎの虫がつくわよ」と話しかけてきた。小母さんはあまり暑くならないうちにと、十時前に商店街に買物に行ったついでにかき氷や葛餅を買ってきて、朝からそんなものを食い、昼にはまた素麺を二束ほど平らげる。

「ほら、そんな日向にいると日射病になっちゃう。入って、麦茶でも飲んでて。もうすぐお昼のお素麺、茹でるから」

「今日はお昼は要らんよ。先にお茶漬け食って、秋川へ行くから」

「昨日も行ったのに。この暑さに、物好きねえ」

「あんたも、ぼくの歳になったら分かるよ」

「あたしも還暦が近いけどね。考えたかないわよ、先のことなんか」

小母さんは、口いっぱいに氷をほおばって中へ入ってしまった。店の奥の居間で、つけっ放しのテレビが高校野球の試合を流していた。物井はバケツに残っている水をアスファルトにひっくり返し、そういえばたしかに昨日も秋川には行ったのだなと考えた。

物井は考えることがたくさんあるだけで、塞ぎ込んでいるわけではなかった。片付けたり維持したりしなければならないいくつかの事柄が、とりたてて感情を伴わないまま、自分の人生の中に並んでおり、体力と相談しながら一日を適当に割り振って、一つ一つと向き合っているだけだった。日に数回の打ち水も、朝顔の世話も、昼に素麺を食うのも、秋川の特養老人ホームにいる岡村清二を一日おきに見舞うのも、みな同じリズムで流れていた。

物井は居間に戻って仏壇の前に座り、チンと鉦を叩いて手を合わせ、朝供えた白飯の茶碗を引き揚げた。妻の芳枝、孫の孝之、娘婿の秦野、郷里の祖父母や父母と、なにせ仏さまの数が多いので、みんなまとめて茶碗一杯のお供えで我慢してもらっているが、その中に兄の岡村清二が入っていないというのは、考えてみれば不思議なことだった。もう四十年も前に死んだと聞いていた男が生きており、生きているべき人間たちが亡くなってしまったというのは。

下げたお供えの冷飯に麦茶をかけ、糠漬けの瓜とナスビを出して簡単な昼食を取りながら、物井は二日続きで秋川のホームへ行こうとしている理由を思い返した。

五月初めに清二の生存が確認されてから三カ月経つが、物井は先日来、清二を引き取ることを考えていた。三カ月前に偶然再会しただけの男一人に、元より肉親の情など持ちようもなかったが、一応血のつながった兄だと思うと面倒を見るのは自分の義務だという気もしたし、清二の世話をすることで、自分自身の余生を心穏やかに過ごせるのではないか、といった思いもあった。ひたひたと老いの閉塞感にさらされて苛立っているひまがあったら、とにかく手足を動かして何かをしている方がいいに決まっていたし、要は、清二のためというよりは、自分自身のためだった。もっとも、互いの年齢を思うと二の足を踏んだり、人生の最後だからこそ体力の残っているうちにと思い直したり、今さらという気もしたりで、なかなか腰の上がる話でもなかった。

そうして一日一日延ばすうちに盛夏を迎え、清二の身体は目に見えて弱ってきているが、昨日は、これまで少しずつ吸い口で飲んでいたビールも口にしようとしなかった。持っていったスイカも一口しか食べなかった。もともと寝たきりに近いのだから、食が細ってもどうということもないが、ちょっと昨日の清二の弱り方が気になって、今朝起きてすぐに、今日は行った方がいいかなと思ったのだ。

痴呆症の進んでいる清二を自宅へ引き取るのが、物理的に可能か否か。もし条件さえ整えば自分はほんとうに清二を引き取るのか否か。物井一人が決めることであって、誰に急かされているわけではなかったが、もうあまり時間はないと茶漬けを啜りながら考えた。

物井はボストンバッグに、商店街のセールで買い込んだ夏ものの開襟シャツ、洗濯した下着やタオルなどを詰めた。自分もシャツだけ着替えて日除けの帽子を被ると、夕方に朝顔に水だけやってくれと小母さんに頼み、店の前にあるバス停から蒲田行きの路線バスに乗った。

岡村清二が、秋川市郊外にあるその老人ホームに入ったのは平成二年だということで、そのとき清二は七十五歳だった。興信所の調査で分かった限りでは、昭和二十五年から二十八年まで杉並区の私立高校で代用教員をし、学校の都合でそこを辞めた後は、小さい印刷会社、倉庫会社、食品問屋などを転々として、最後の十年間は墨田区で社員寮の住み込み管理人をしていた。調査が難航したのは、教員を辞めた後の清二が本名を名乗っておらず、住民票も移していなかったからで、おかげで物井が興信所に支払った金は三〇万近いものになった。

清二はずっと病院通いだったらしく、昭和六十年、近所の通報で駆けつけた警察の手で保護されて都立墨東病院に収容されたときには、社員寮の自室の窓から数百冊の本を道路に放り投げていたそうだ。その後、都立松沢病院や東京武蔵野病院を転々とし、福祉事務所の世話でやっと秋川市にある老人ホームに入ったのだが、それから四年。去年辺りまでは、一人で散歩もしていたらしいが、物井が今年五月に会ったときはもうほとんど寝たきり状態で、六人部屋のベッドの一つに転がっていた。物井でも担げそうなほど痩せた小さい男で、少し伸びかけた丸刈りの頭が真っ白だった。皺のせいか、表情のせいか、そのときは、昔八戸で何度か会ったときの顔をもう思い出せず、まったく知らない人物に会ったような気がしたものだ。

初めに「清二さん。物井清三です。戸来の清三です」と呼びかけると、清二は「ああ、はい、はい、清三さんですか、そうですか、清三さんですか」と何度もうなずいて応えた。しかし、その目は物井を見つめてはいたが、動きも表情もなく、戸来村の物井清三をほんとうに見分けたのかどうかは分からなかった。その状況は、今も同じだった。

ホームの職員の説明では、痴呆もしくは仮性痴呆が進んでおり、軽い意識障害や進行麻痺などがあって、かろうじて自分の名前や、今日は何日かといったことホームに足を運ぶようになってから、物井は物言わぬ清二相手に、いろいろな話をした。主に戸来や八戸の思い出話だったが、いざ話し出すと、これまで埋もれていた事細かな事柄が、次から次へと出てきて自分でも際限がないと思うほどだった。物井が金本鋳造所に奉公にあがった年には、清二はすでに日之出に入っていたが、その年の夏、盆休みに帰省した清二が鋳造所へ訪ねてきた。自分の兄だという感じもない、上等なスーツ姿だった清二は、鋳造所の戸口で帽子を脱いで工場長に挨拶をし、「物井清三がいつもお世話になっております」と社交辞令を述べた後、緊張している物井を呼んで、「元気か。困ったことはないか」と話しかけてきた。優しい顔だったが、物言いはいつも少し一方的で、血がつながっているとはいえ、生まれたときから一緒に暮らしたこともない相手への遠慮や、共有するものが何もない戸惑いを、年長者の立場で取り繕おうとしているようにも感じられた。

そのとき清二は、物井に何円か小遣いを渡し、「鋳物はビール工場の装置にも使われているのだよ。物を作るのは尊い仕事だから、君もしっかりやりなさい」というふうな、型通りの言葉を残していった。

岡村商会は後妻が跡継ぎの男子を産んでいたので、就得させている部分もあった。

は分かるが、自分の居る場所や、かつて居た場所、就いていた仕事、生まれた土地、家族の名前などは分からないようだという。しかし、頭の中身がどうであれ、寝巻姿でころんと横たわっている男は、生きものというよりは物に近い静けさで、おむつの臭いのほかには体臭すらなく、性別も、市井の悲哀も消えてしまっていた。同室のほかの老人たちもおおむねそうだったが、中でも清二は、よくまあこれだけ枯れてしまったものだと思うほど、かさかさに乾いて軽く、それは一種、清涼な感じさえした。ああ、ここへ来るのは厭ではないなと物井が最初に思ったのは、何か、そんな静けさのせいだった。

一日おきに訪ねるたびに、物井は「清二さん、戸来の清三です」と語りかけ、清二はそのうち「ああ、清三さん、こんにちは」と応えるようになったが、それだけのことだった。スプーンを差し出すと口を開け、吸い口に移したビールも飲み、シャツとズボンに着替えさせて車椅子で散歩に連れ出すと、おとなしく従う。物井は妻の芳枝を入院させたときも、スプーンを口に運び、おむつを替えたりしたが、清二の世話については、これは父母を看取らなかった代わりだと自分を納得させている部分もあった。

そのせいか清二はあまり八戸へは帰って来ず、その次に会ったのは昭和十七年に応召で帰省してきたときだった。工場の金本社長が噂を聞いてきて、岡村の兄さんが出征だから見送りに行けと言い、物井は作業服のまま本八戸駅へ行ったが、すでに駅は見送りの小旗で埋まっており、物井は人垣ごしに、武運長久のたすきをかけて立っている清二を見たのだった。出征する五、六人の男たちの中でも、一番小さく青白い兄の姿を見つめていると、向こうが物井を見つけて小さく笑いかけてきたので、物井も照れ笑いを返した。あのときは、汽車が行ってしまってから、散会した見送りの人垣の中に戸来の父母の姿を見つけたが、母は人目をはばかるように終始うつむいていた。

物井がそうした話をする間、清二はいつも聞こえているようないないような素振りで、とくに表情が変わることもなかったが、あるとき物井が「日之出ビールを知っているか」と尋ねると、何分もかかって、突然思い出したように「日之出のビールは美味かった」と清二は応えた。昭和二十二年に本人が書き綴ったという手紙を元にした怪テープの中で、清二は何度も『日之出のビールは美味かった』と繰り返していた。まるで、そのときの思いがまた甦ったような、述懐の口調だった。「神奈川工場を覚えてるか」と物井がもう一言尋ねると、その後の返事はなかったが。

物井は、訪ねるたびに日之出の缶ビールを持参し、それを吸い口に移して清二に飲ませてきた。昨日は、ビールの方は飲まなかったが、物井がプルトップを開けて机に置いた缶を、清二は長い間じっと見つめていた。ビールは日之出ラガーで、ラベルには半世紀前と同じ金色の鳳凰が翔んでいる缶だった。あんまり長い間見ているので、物井が「日之出の商標は懐かしいね」と声をかけると、清二はしばらくしてまた、「日之出のビールは美味かった」とだけ呟いた。

五日市線の秋川駅で電車を降り、駅前の店で缶ビールと、清二の好きな水羊羹を買って、物井はバスに乗った。滝山街道を川沿いに十五分ほど登っていくと、丘陵地に広がる西多摩霊園の隣に、老人ホーム緑風苑はある。

物井はバス停から五分ほど坂道を歩き、汗だくになってホームの玄関に辿り着いた。ひとまず汗を拭っていると、事務局の窓口から「あら、いらっしゃい。岡村のおじいちゃん、お昼寝の時間だから、起きてるかなあ……」と女子職員の明るい声が飛んできた。ここでは入所者も訪問者も、年寄りはみな幼稚園児以下の言葉をかけられる。物井はそれに馴染めなかったが、腹立たしい思いとは裏腹に「すみません。お世話になります」という従順な言葉が出、身体は自然に前かがみになった。物井は、二度三度と事務局の方へ頭を下げてからスリッパに履きかえて、寝たきり老人ばかり集められている棟へ向かったが、足は重かった。

午後二時前という時刻は、たしかに入所者の大半が昼寝をしているときで、娯楽の催物や職員や看護婦の巡回もない。殺風景なほど清潔なリノリウムの床を、網戸ごしの外の熱気がゆるゆる流れていき、どこかで風鈴が鳴っていた。部屋のドアはみな開けっ放しだ。その一つを覗いて、物井は首を伸ばした。

六台並んでいるうちの、一番端のベッドに清二はいた。午後のこのぐらいの時刻には西日が射し始めるその場所で、清二は仰向けの頭を枕に載せ、目を見開いていた。「清二さん」と呼びかけるいつもの声が出ないまま、物井はその顔を凝視した。流れている時間が突然止まり、物井ははるか昔、村のバス道を荷車で運ばれていく牛馬の屍を見たときの、その牛馬の顔のいくつかを思い出して放心した。

清二の半開きの口は左右に裂けてねじれるように歪んでおり、天井を睨む目は白目をむき、引きつった頬は頬骨の下で陥没していた。そこにはもう岡村清二はおらず、死んだ牛馬と同じ形相をした屍が一つ、あるだけだった。物井の瞼で、土埃の光るバス道や、草の臭いと蟬の声、荷車の上の屍の、奇怪な眼球などが入り乱れて点滅した。

ひと呼吸置いて物井は、清二を引き取って平穏に余生を暮らすという予定がこれで消えたことを思い、続いて、人の一生とは何だという漠とした自問がよぎった。死ぬときは人間も牛馬も一緒、というのは、芳枝のときにも味わったことだった。芳枝は、こと切れる直前に昏睡から覚めて苦しげな一声を上げ、同じように口を引きつらせ、醜く目をむいたのだ。

緊急呼出し用の赤いボタンを押してから、人が駆けつけてくるまでの間、物井は鳴り続ける風鈴と一緒に、数分も待たされた。同室の老人たちは声も上げず、一人はうちわをゆっくり上下させながら、物井と死人の方を眺めていた。ほかの四人は、それぞれのベッドに転がったまま身じろぎもせず、低い鼾が一つ聞こえた。それから医師や職員が入ってきて、形ばかり瞳孔を調べたり脈を取ったりした後、医師は「もうお年だったから」と言い、職員の女は「静かな最期でよかったわねえ……」と、誰に向かって言っているのか分からない言葉を吐いた。

そのとき物井は、今や軀と化した一人の男を眺めながら、どこから湧いてきたのか分からない言い知れぬ感情の渦の中にいた。目の前の死はたんに、かつて見たいくつもの牛馬の屍や、頭を垂れて馬喰に引かれていった駒子の姿や、芳枝の醜い死に顔などと分かちがたく重なり合っていただけで、個人の悲哀さえ伴ってはいなかったが、突然、その軀の周りに自分自身の人生の全部がざわざわと引き寄せられて、ごうごう、ひゅうひゅうと騒がしく鳴り出したのだ。その中から〈人間なんてこの程度のものだ〉〈これが明日のお前だ〉といった自分の声が聞こえ、そのざわめきがやがて形もなくなると、代わりに降りてきた放心の隣で、物井は今度は〈清二さん、仇を討ってやるぞ〉という別の声を聞いた。物井は無意識にその声に耳をそばだて、半世紀前に一度だけ姿を現した悪鬼の声だと驚いたが、その声を聞いたのも、それを悪鬼だと認めたのも、半世紀前とはだいぶん様子の違う、自分でも意外な冷静さの中でのことだった。

物井は「日之出ビールだ」と独りごち、その自分の声で我に返った。放心のトンネルを抜け出すと、物井の額には、駒子の眼差しが一つと、清二の半世紀に亘る失意の代償を日之出ビールに払わせるというアイデアが一つ、残っていた。物井は、たった今思いついたそのアイデアを眺め直して、少々心外な気分は味わったが、本来ならやって来るべきためらいや疑念などは、自分の中に半世紀ぶりに根を下ろした悪鬼があらかじめ取り除いてしまったに違いなかった。清二の亡骸を職員が拭き清めている間、物井はそんなことを考えて過ごし、おかげでその後も、身内の死に伴う諸々の雑事のわずらわしさの方は、一度も思い出しもしなかった。

物井は、ホームの公衆電話から八戸の岡村商会へ電話を入れたが、代替わりした当主はいかにも当惑げに言葉を濁した。五月に清二の生存を知らせたときも迷惑そうだったので、予想は出来たことだった。当主は結局、「すぐには出向けないので、費用は支払うからそちらでよろしくお願いします」といった返事をよこした。ホームに聞けば、通夜の読経と火葬だけなら費用は都が負担するというふうなことだったので、物井は五文字ぐらいの戒名だけ付けてもらえるよう寺への手配を頼み、葬儀は要らないと伝えた。

夕方には、清二は白装束でお棺に納まって遺体安置室に入った。歪んでいた顔は何とか寝顔に近いものに直され、目も閉じられていたが、見送る者は物井のほかにはなかった。清二に食べさせようと思って買ってきた水羊羹と缶ビールがお供えに化け、ホームが用意した菊と線香の隣に置かれた。どこかの寺から来たお坊さんが持参してきた白木の位牌には、『清青蓮居士』という簡素な戒名が墨書きされていた。それから十五分ほどお経を上げてもらった後、事前にホームの職員から「一文字三万円ぐらいで」と耳打ちされていた通り、秋川駅前の銀行へ走って引き出してきた十五万を紙に包んでお坊さんに渡した。芳枝のときは八文字で四〇万だったから、格安だった。

そうしたひと通りの用事が終わったのは午後七時過ぎで、明朝の火葬のためにまた羽田から出てくるより、物井はそのままホームでお通夜を過ごすことに決めた。小うるさい薬剤師の小母さんに電話を入れたら、いつ亡くなったの、お幾つだったの、式服どうするの、身内なら形だけでも喪中で店閉めなきゃと電話口でがなり立てられ、物井は「じゃあ明日は休んで下さい」と告げて早々に電話を切り、ああ朝顔が枯れてしまうなと思った。

続けて、もう三本電話をかけた。最初は東糀谷のオオタ製作所だった。工場は不況の上に盆前で動いていないはずだが、アパートより涼しいからという理由で、ヨウちゃんはいつも夜中まで一人でそこにいる。案の定電話はつながり、ヨウちゃんが出た。「何してるの」と尋ねると、《テレビ》という返事だった。

「ちょっと高克己に会いたいんだが、連絡をつけてくれるか」と物井は用件を伝えた。ヨウちゃんは何の用かと聞くこともなく、《携帯電話の番号、言うから》と言い、番号を告げた。

「で、お盆はどうするの」

《別に》

「明日の夜、ちょっと寄らせてくれ。何か欲しいもの、ある?」物井がそう尋ねると、ヨウちゃんは即座に《別の脳味噌》と応えた。

続いて、今しがた聞いたばかりの番号に電話をかけてみた。夏の今ごろは、たまの日曜日に都内のウインズで顔を合わすだけの高克己が、今どこで何をしているのか、まったく想像もつかないまま、《はい、興和信金の高です》という相手の声を聞いた。競馬場で聞くのとはだいぶん趣の違う、事務的な硬い声だった。

「薬局の物井ですが」と言うと、高は《いつもお世話になっております》と営業用の声を出し、《何か……》と尋ねてきた。

「高くん。四月に府中で君から聞いた話だが、爺さんはちょっと本気で考えることにした」

《何の話を……》

「大企業から金を搾り取るんだ」

それだけ言って、物井は電話を切った。続いて三本目の電話をかけた。これも携帯電話で相手の所在は分からないが、こちらの方は十中八九、勤務で手が離せないような状況ではないと予想した通り、《半田です》と応えた声には賑やかなパチンコ台の騒音が混じっていた。

「今日、岡村清二が亡くなった。爺さんもいろいろ思うところがあるんだが、ところで半田さん。あんた、日之出ビールから金を搾り取る気はないかい？」

パチンコ台がじゃらじゃら鳴る間から、半田は《ええ？　今、何と言った？》と聞き返してきた。

「四月に府中で、あんたと高克己が話していただろう。あの通りだ。日之出ビールを脅してみないか」

物井がそう繰り返した時点で、半田はようやく返事に間を置き、数秒間、じゃらじゃら、じゃらじゃらと玉の流れ落ちる物音だけになった。それから、《俺、一応は刑事なんだぜ》と半田は返事をした。

「ああ、知ってるよ」

物井はそこで受話器を置いた。思いついたばかりの話だとはいえ、何をするにしても我が身には何の能力もなく、手足となる仲間が必要だというのが、最初に考えたことだった。周囲を見渡して、真っ先に高克己と半田修平の顔が浮かんだのは、二人が企業を脅す話をしていた当人たちだからではなく、そこは物井なりの人を見る目の直感だった。高も半田も、乗るときは確信犯で乗ってくる。性格的にそんなところがある、と物井は見ていた。

物井は自分でも驚くほど事務的に必要な電話をすませた後、遺体安置室に戻って、夕方に駅前で買ってきたカップ酒一本を啜り、タバコを吸った。死んでいる清二を発見した直後の、急激な気分のうつろいはもう跡形もなく、日之出ビールをどうこうと考え始めたといっても、自分自身に何か格別な変化が訪れた様子もなかった。

実際、清二の軀が招き寄せたトンネルをくぐり抜けたら、そこに日之出ビールがあったというのは、物井の中では、飛躍というより、まさに人生の不確かさというやつだった。所詮、裕福な歯科医がある日突然電車に飛び込んでしまうような浮世で、あるいは東北帝大を出た秀才が、誰に看取られることもなく一生を終えるような浮世で、もうすぐ七十になる元旋盤工が、ある日突然、大企業を恐喝することを思いついたというだけのことだった。

清二の仇を討つという、もっともらしい理由付けは今、早くも色あせてしまい、あらためて自分の周りを見渡してみると、金がそこにあるから取るという以外には、何もない。理屈も道理もない。しかし、それこそ自分らしいありようだと物井は思った。いつだったか、片や財を成した者どもがおり、片や営々とその元手を作ってきた者がいるといったこの世の仕組みを考えてみたこともあったが、それでもなお、何に目覚めたわけでもなかった男一人、ただ悪鬼になるのが似合っている、と思った。

「そういえば清二さん。貴方も、労働者の権利などとは言わん人だったなあ。ぼくも、どうもそういう頭はないんですが、牛馬にもなり切れんのです」

お棺にそう声をかけて、物井はもう一本、カップ酒の蓋を開けた。

「自分がどこへ行こうとしているのか、自分でも分かりませんが、まあ行き着いたところがどこであれ、所詮は我が身一つのことですから。自分のためなら、もう神仏も要らんなあ……。そう思っとります、はい」

物井は靴を脱いでソファに座り込み、二本目の冷や酒を飲みにかかった。こうしてお棺に納まってしまった今は、当の清二の顔も遠のき、つい半日前まで清二を引き取ろうかと考えていたこともどこかへ流れ去ると、物井は相変わらずの閉塞感に包まれ、ゆるゆると濁りながら過ぎていく時間の中にいた。いや、腹の中に鎮座した悪鬼のおかげで、ほんの少し腫れ物が熱をもっているような感じはあったかも知れない。

二本目のカップ酒を少し飲み残してまどろみながら、物井は戸来の祖父母や親兄弟の顔を一つ一つ思い出し、アルバムを繰るように瞼に並べた。不思議なことに、岡村清二も含めて、これまではおしなべて薄ぼんやりとしたおとなしげな風貌が揃っていると思っていたのだが、よく見ると、一つ一つそれぞれに強張っていたり、陰鬱であったり、少々険悪であったりで、総じて卑小な有象無象の印象だった。

そしてまた一枚、記憶のページを繰ると、物井の一族に特有の顎の小さい逆三角の顔の中に、ひときわ陰険な目一つを光らせている十七、八歳の清三がいた。その顔は、八戸の鋳造所で撮った記念写真の一枚にあったものだ。物井はそれを凝視し、少し驚きながら、なるほど、あのころすでに悪鬼の片鱗はいたのだと納得した。

翌日、物井は午前中に市の火葬場で清二を荼毘に付し、遺骨を入れた骨壺と位牌を風呂敷に包んで、午後二時過ぎには羽田に戻った。薬局のガラス戸は、小母さんが貼り出した臨時休業の貼り紙の上で、『喪中につき』の文句が麗々しく躍っていた。物井は取りも直さず、萎れた朝顔にバケツ一杯の水をやり、それから骨壺と位牌を仏壇に供えて線香を焚き、鉦を鳴らして手を合わせた。あらためて眺めると、小さな仏壇はもうぎゅうぎゅう詰めで、まるで、一家七人が折り重なって寝ていた戸来の生家の囲炉裏端のようだった。

昨夜あまり寝られなかったので、物井は一時間ほど昼寝をしたが、その後、近所の人たちが、「また誰が亡くなったの」「ちょっとお参りを」と三々五々訪ねて来た。思うところあって、物井はそれなりに普段通りに応対し、ビールと冷や酒のコップ酒を肴に、所詮はひまな年寄りばかりの昔話に花が咲いたが、物井は半分も聞いていなかった。

夕方、近所の寿司屋がお参りに来たついでに、特上のうな重を二折り頼み、ころあいを見計らって自転車で薬局を抜け出したのは、まだ日の落ちきらない午後六時過ぎだった。『盆休み』と貼り出されたオオタ製作所の鉄扉は開け放してあり、奥の作業机のそばに背中を丸めたヨウちゃんはいた。ハンドホーンで手研ぎをしている手元を覗くと、バイトの刃先とチップブレーカーの角の面取りだった。面取りの全長が百分の五ミリぐらいという微細な手仕事だ。バイトの刃こぼれを防ぐために、《時間があったらしておけばいい》と物井が十年も前にヨウちゃんに教えたのだが、現場の仕事に追われる日々、実際には物井自身滅多にやりもしなかった。

ヨウちゃんは顔も上げず「昼に高が来た」と言い、「物井さんをどう思うかって聞くから……」と続けて、小さく肩を揺すった。

「それで、君の返事は」と物井は尋ねたが、ヨウちゃんはとりあえず返事をする気がないのか、あるいはたった今、自分の方から口を開いたことも忘れてしまったのか、油まみれの手で黙々と砥石を動かし続けた。ヨウちゃんは不景気で仕事の減った今でも、一日十二時間以上工場にいて、仕事がなければバイトやフライスを一つ一つ研ぎ上げるものだから、この工場の工具はみな、息苦しいほどにピカピカだ。

「手を洗っておいで。うなぎ、食おう」

「俺、ビール買ってくる」

ヨウちゃんは工場を出ていき、三分ほどで戻ってきて、日之出スープレムの缶ビール三缶とカップ酒二本を作業机に置いた。まだ温かいうな重を同じ机に広げて、物井は酒、ヨウちゃんはビールで乾杯し、食い始めた。開けっ放しの工場の扉の外は、やっと少し熱気の収まった宵の風だった。

それにしても、昨夜の物井の電話を受けて、早速探りを入れに来たらしい高克己は、ヨウちゃんにいったい何をどう話したのか。「高に、この爺さんのことを何と言ったの」と、物井はあらためて尋ねた。ヨウちゃんは飯を口にほうばったまま、一言応えた。

「善人と悪人の間」

「そうかも知れない。君のいう善人って、どんな人間なんだ」

「施設にいた賄いの小母さん、かな」

「へえ……」

「施設を卒業したみんなに、毎年欠かさずハガキをくれていたんだけど、先月、亡くなったみたいだ」

ヨウちゃんは、作業ズボンのポケットから取り出したハガキ一枚を見せた。印刷された喪中の欠礼の通知で、故人の姓は《木村》、享年六十九歳ということだった。自分と同い年の見知らぬ善人について、物井には思い浮かべることは何もなかったが、消印からみて昨日あたりに届いたはずのハガキ一枚を今もポケットに入れているヨウちゃんが、木村という老女の死になにがしかの特別な思いを懐いているらしいことだけは、かろうじて理解した。

ハガキを返して、「実は昨日、爺さんの兄貴にあたる男が亡くなってね。今日、火葬してきたところだ」と物井は言った。案の定、ヨウちゃんはちょっと箸を止め、こちらを見つめてきた。「いや。小さいころに養子に行って、もう顔も覚えていない人だ」と物井は急ぎつけ加えた。

しばらくして、「高のお祖母さんも、子宮癌であと数日らしい」とヨウちゃんは言い、さらに間を置いて、思い出したように「喪中ばっかりだ」と呟いた。そんなふうに聞かされるとたしかに、人がよく死ぬ夏だという気はした。

「……で、高はほかに何か言った？」

「今夜、仕事が終わったら来るって。物井さんに相談があるんだそうだ」

「へえ」

高がほんとうにそう言ったのなら、市井の信金職員ヨウちゃんは、折り箱に残った飯粒を箸で拾いながら、世間話でもするような口調で核心を口にした。

「そんなことを考えてる、というだけだ」

「それにしても、いきなりだ」

「深い意味はないんだ。爺さんの人生が、たまたまそういうところへ来た、というだけで」

「俺、びっくりした……」

しばらく間を置いて、ヨウちゃんは言葉少なにそう言い、作業机の上のテレビをつけた。明るくなったブラウン管から、一オクターブずれたタレントたちの嬌声が飛び出してきた。

ヨウちゃんは目尻も動かさず、笑い転げるタレントたちに見入り、物井は老眼鏡をずらせて、誰が誰だか分からない似たような顔を眺めた。

「これ、ダウンタウン？」

「とんねるず」

「似たようなもんだ」

「物井さん。ほんとうに企業から金取るのか……」

「高と相談して決めるさ」

「もう競馬もやめるの」

「いや。爺さんの生活は何も変わらんよ、多分」

「俺の頭、想像力ねえから」

「企業から金を取るんだろ？　高から聞いた」

「いや」

「競馬に金をつぎ込むとか」

「そうだな、もう墓はあるしな……」

「物井さんは、金があったら何をするんだ」

「爺さんには分からんよ、君の言うことは……」

「金で買えるものといったら、そうだな」

「欲しいのは墓だけか」

人の詮索を受け付けない無表情だった。

ヨウちゃんは返事をした。本気なのか冗談なのか、他を作る。俺、先祖が分からねえから、墓がないし」と

「広い墓地を買って、永代使用料を払って、頑丈な墓

「ところで君、金があったら何をする……？」

それとなく金の話をした。

ちゃんに何か話したのか、否かだ。物井は気になり、

たかだった。いや、その前に、高はいったいこのヨウ

《企業から金を搾り取る》という物井の一言に反応し

いう方が正しかった。問題は、仮面の下のどの面で、

ンに即座に反応したとしても、驚いてはいられないと

面だろうと見てきたのだから、高が物井の出したサイ

しかし一面では、最初から信金はほんの腰掛けか、仮

の反応としては少々早過ぎるかな、と物井は考えた。

想像力がないから、分からないと言いたかったのだろう。ヨウちゃんは折り箱や空き缶を片付けると、テレビをつけっ放しにしたまま、またバイトの手研ぎに戻った。

一方、物井は、企業云々を思いついた際にヨウちゃんの存在が念頭になかったことを考え、当初の思惑には入っていなかった枝葉の問題に、少々気が重くなった。ヨウちゃんに早速話をばらした高も高だが、何かをやるためには、そうした人の口も含めて、片付けなければならない雑事が山ほどあることも、物井は忘れていたのだった。しかし、所詮は善人がやることではないと思えば、人の身辺まで案じてどうする、という気もした。

「ヨウちゃん。これは爺さん個人の話のつもりだったんだが……」

「誰にも言わねえよ」と、砥石の上に垂れた頭の下から返事があった。「それより、高が来たら、話を聞いてもいいか？」

「聞いて、どうする」

「俺も考える」

「人生、潰すぞ」

ヨウちゃんは、聞こえないふりをして応えなかった。

しばらく後、ヨウちゃんは思い出したように、初盆の供物を送るときに、熨斗には何と書くのかと尋ねてきた。《御供》だと教えてやった。

高克己がやって来たのは午後九時過ぎで、仕事帰りだと一目で分かる書類カバン持参のスーツ姿だった。競馬場で見るのとはまったく別人の風体だったが、「暑いな」と一言呟いて、入ってくるなりネクタイを引き剝がしたらもう、いつもの何者か分からない高克己の顔になっていた。

「昨日は、物井さんから電話があったとき、会議中だったもんだから」と、高はまず言い訳をした。それからヨウちゃんに貰った缶ビールを呷り、作業机の引出しから自分でキープしている柿の種の袋を取り出すと、「夏は飯が食えなくて」と言いつつ、一摑み口に放り込んだ。見ていると、いつもこんな生活のようだし、銀座辺りを飲み歩いている気配もなく、普段の夜はパソコンをいじっているか、本を読んでいるかだと自分でも言っている。今夜も、そういう顔をして現れた高だったが、それはつまり、企業から金を取る話を、高は今ここにいる一サラリーマンの頭で聞いたということなのだろうか、と物井はひとまず考えた。

「突然の電話で、さぞかし驚いたと思うんだが」

「別に驚きゃしない。俺たち金貸しが毎日やっていることに比べたら、企業を脅すぐらい」

高は素っ気ない返事をした。その言葉通りの、気だるい表情だった。

「へえ。そんなものかね……」

「どうせ道義もくそもないんなら、ストレートにかっぱらうのが一番だ。収支の勘定もきっちり合うし」

そういえば、以前に何度か高本人の口から、金融機関の金勘定は取り付け騒ぎでも起こって業務停止になるまで、最終的な収支は分からないのだと聞いたことがあった。仮に一億を融資した先が資金繰りにつまって金利の支払いに困ったら、金利分の追加融資をして、融資実績はさらに上積みになる。いよいよ元本の返済が滞ったら、担保物件を差し押さえるが、地価の下落で担保価値が下がってしまった今は、清算する代わりに関連のノンバンクに融資を付けかえる。そうして、一億の貸借関係は分散したり迂回を重ねたりしながら、誰も損失として計上しないまま、どこかがこけるまで回り続けるのだ、と。

金融機関は、金を貸さなければ儲からない。金あまりのころには都銀が信金などに数千億単位の資金を入れ込んでいて、高の勤め先の興和信金でいえば、今でも預金の四割が都銀がらみの預金らしい。見返りに、信金は都銀から紹介された企業に融資をつけてやり、預金を入れた都銀は利息できっちり儲かる。一方信金は、都銀の預金で融資を増やし、実績を積み上げる。そうして、どこの帳簿も貸方借方の計算が合ってるように見えるが、合っているのは数字だけだ、というような話だった。

そういう話をした高は、後ろめたさも人ごとのようで、無責任よりも、社会そのものへの徹底した無関心さが漂っているのを物井は感じたものだ。その無関心は、折々に無味無臭の毒のように高の物言いを覆ってくる。ヨウちゃんが〈キレている〉というのも、その辺の印象に違いないが、物井の目には、日曜日毎に高が漂わせているその筋の空気もまた、酷薄な無関心が多くを占めているように見えた。

実際、高が「驚きゃしない」と言っても、物井も驚きはしなかった。金融機関の不実に真剣に悩んでいるような御仁なら、初めからこんな話を持ちかけるまでもない。

「で、君んとこの興和は、近ごろどうなの」

「都銀が預金を引き揚げ始めてる」

「へえ……」

「それで、穴埋めのために、一般の大口定期を集めてるんだけど。今度うちが付ける金利は、一〇〇〇万円以上の一年ものの定期で四・二パーセントだ。都銀の倍。昨日の営業会議もその話だった。四・二の餌をばらまけって」

「四・二か……」

「公定歩合に調達コスト加えて、今現在、利益が出るぎりぎりの線が二・五、だぜ。それ以上の金利をつけたら、集めれば集めるほど赤字が出るだけだ。それでも集めろってよ」

他人事のようにそんなことを言った後、高は「ビール買ってきて」と千円札二枚をヨウちゃんに渡し、自分はダンヒルのタバコを一本くわえた。初めて会ったときから、高のタバコはダンヒルだ。ライターはカルティエ。物井がそんな外国の名前を覚えたのは、娘の美津子が身につけていた腕時計やハンドバッグからで、初めはカルティエが〈軽い知恵〉と聞こえて首をかしげ、値段を聞いてため息が出たものだった。無関心の皮は被っていても、高もそれなりの給料は取っている以上、今夜のところはとりあえず、預金者へのいくばくかの罪の意識や、仕事内容に対する嫌気などが漫然と重なっているといったところかと、物井は判断した。

「ところで、昨日の電話の件だが……」

「ああ。驚きゃしないとは言ったが、いきなり企業をどうこうと言われてても」

「理由というわけではないが、昨日、七十九になる兄が老人ホームで死んでね」

物井は、岡村清二と自分の関係、清二が日之出ビールにいたこと、戦後の混乱期に日之出から肩たたきにあったこと、それから職を転々として、最後は痴呆で一生を終えたことを簡単に話した。「なに、ついていない人生が一つあったというだけの話だ」と物井は締めくくった。

聞いている間、高は机の上のビールの空き缶を慰みにいじっていたが、思い出したように「堅い企業ほど、人を切り捨てて、使い捨てて生き残ってきたんだから」と事もなげに言い、「そういうところは、しっかり資本を蓄えてる」と付け加えた。

「そうなんだろうね、きっと」

「しかし、物井さんは金に困ってないんだろうに、企業から金取りたいというのは、またどうして」

「この爺さんの、六十九年の人生が行き着いたところの顔の下から、こうしてちらりとその中身が覗くと、吸っているからか、いずれにしろ平凡なサラリーマンからか、あるいは実家の商売がらみでその筋の空気を日々、金融の世界で脅しまがいの実態に触れている想像もつかないと思いながら、物井は聞いていた。

高がどの頭でそんなことを考え、喋っているのか、くってやつだ」

と違って消費者に直結した商売だから、脅しも二倍効「食品や飲料は、株価が比較的動くんだ。機械や金属「悪くない、というと」

を一摑み口に放り込んだ。

それから、「悪くはないな」と一言応え、また柿の種を見つめ、何事か頭の中で計算するような顔になった。「日之出、か……」高は、ちょっと指先のタバコの煙「日之出ビールはどうだろう」

すところだ。無理だとは言わない」

れたら、よほど法外な額でない限り、基本的に金は出「企業というのは、体面と信用に関わるところを突か
ら、考え直すまでだ」

意見を聞きたかったからでね。君が無理だというのな「君に声をかけたのは、企業の財務に詳しい立場から
だとしか言えない」と物井は言葉を選んで応えた。


そこに高克己という得体の知れない男が現れるのだった。

とはいえ、ときどき工場へやって来ては、作業机の上に缶ビールと柿の種を並べて、ヨウちゃんにパソコンを教えてやり、一緒にテレビゲームをやって笑い転げているのも高克己で、今もまた、決して陰険な目を覗かせているわけではなかった。むしろ、何の裏もない子供っぽい無防備さで、だらしなく足を投げ出しながら、いくらかは自分をさらけ出している結果が、これなのだ。

一面は危険で、一面は無害。両面を合わせたらどうなるのか分からない男だと、その夜も物井は考えた。しかし、そもそも企業から金を取るという話自体、成功と失敗が隣り合わせなのだから、危うさでは高克己と五分五分だった。

「なあ、高くん。確実に金が取れるような計画を、君は作る気はあるか」

「計画を作るというのは、実行することだぜ」と高は笑い、真顔に戻ると「その前に、物井さんの真意を聞かせてもらいたいな」と畳みかけてきた。なるほど、まっとうな意見だった。

「君は笑うかも知れんが、爺さんは財を成した連中の

苦しむ顔が見たいだけだ。近ごろ、とくにそう思うようになった。爺さんが生まれたのは青森の小作農の家でね、思い出すといろいろあるんだが……」

　高は黙って聞きながら、その夜初めて物井の目を正面から窺っていた。それから、「別に笑いはしない。俺も在日だからな」とだけ応えた。

　ヨウちゃんが戻ってきて、買ってきたビールと酒を作業机に置いた。自分も話を聞くと言った通り、ヨウちゃんは素知らぬ顔でそのまま作業机の端に座り込み、バイトを研ぐ作業に戻った。高はちらりと目をやっただけで、何も言わなかった。

　物井は、結論を急ぐつもりはなかったので、高の決断を促すのは止めて、話題を逸らした。

「ところで高くんは、金があったら何をしたいんだ」

「俺……？」

　高は新しい缶ビールを傾けていた手を止めて、またちょっと物井の方へ目を振り向けた。物井は高の一重瞼や三白眼をあらためて間近に眺め、そういえばこの三年半、あまりしげしげと見たこともなかったのだと気づいた。しかし、物井を見つめてきた高の目にはとくに表情もなく、奥座敷の襖がちらりと開いてまたすぐに閉じるように、逸れていった。

「俺の実家は、それこそ一千万、二千万の単位で日銭が転がり込んでくるような商売だからさ。俺自身は、金があったら、という発想は持ったことがない」と高は言った。「持ちようがないだろ、金だけは腐るほどあるのに」

「爺さんは、そんな経験ないから分からんよ」

「でも、俺の親は違うぜ。戦後、どぶろくの密造や闇市で一日二十時間働いて金貯めて、事業を興した人たちだから」

「へえ……」

「俺は何となく肌が合わんから、ずっと外で働いてきたんだけど。……いや、自分でもよく分からない」

　自分で触れておきながら、一言では説明しきれないと思ったのか、それとも話す気を失ったのか、高は自分の方から話題を切り上げた。高が何を言おうとしたのか、物井には正確なところは分からなかったが、意識のどこかで高が離れられないでいるらしい民族のわだかまりは、その夜も節々に感じられた。

「実は、俺のお祖母ちゃんが死にかけててさ……」と、高は突然口調を変え、ビールのゲップを漏らしたついでに、ふわあと欠伸をした。大口を開けると、子供のころから親の目が行き届いていたことを明かしている、きれいに整った歯並びが見えた。そんなものが目についたのも、物井自身が働き盛りのころ、子供の口の中まで気をつかっている余裕がなく、おかげで娘の美津子は虫歯だらけになって、ずいぶん恨まれた経験からだった。

「ああ、そうらしいね。ヨウちゃんから聞いたが」

「うちの不動産の大半を持ってるのは、お祖母ちゃんなんだ。会社はそれを借りて、賃料を払っている形になっているんだが、お祖母ちゃんが死んだら、俺の親爺を含めた六人兄弟で遺産を分割することになる。親爺の兄弟全員が会社の経営権を狙ってるから、大変なんだ。いや、ほんとの話」

「へえ」

「これでも一応、金融の現場にいるから、実家の商売とは何かと縁は切れないにしても、俺は総聯にも商工会にも入ってないし、同胞との付き合いはないし。……俺もそろそろ正念場だ。そういうわけで、物井さんの話なんだけど」

話は大きく回り道をして、突然、元へ戻ってきた。物井は、高の言う〈正念場〉と、企業から金を取る話がどう結びつくのか、とっさに理解出来ず、思わず身を乗り出すことになった。

「日之出ビールから金を取る話が、どうかしたか」

「一つ、取引をしよう」

そう言って、高もちょっと身を乗り出してきた。今しがたの欠伸の延長のような、物憂い眼差しだったが、続いてその口から出てきた言葉は、物憂いどころではない、明快なビジネスのそれだった。

「物井さんがほんとうにやるんなら、俺は、確実に金を取れる方法を責任をもって考える。全面的に協力する。その代わり、たとえば日之出ビールを標的にする場合、確実に株価に影響を及ぼすような方法を取る。そういう条件で、どうだ」

「よく分からんのだが……」

「知り合いに日之出株で儲けさせてやりたいんだ。その代わり、物井さんの計画は必ず成功させる。もちろん、株の方は証券会社を通じての売買だ」

「その筋の話、かい?」

「投機筋。親族から親の会社を守るためだ」

そうは言っても、やはりその筋に近いのだろうと物井は感じた。そうでなければ、わざわざこういう形でことわりを入れる必要もない話だった。物井は、当初の自分の計画に余計な色がつくことの是非を考えざるを得ず、とりあえず「うん、考えとくよ」と応えた。

「今の話、他言しないでくれ」

　短い言葉だったが、そう言って一瞬物井を見た高の目には、もうサラリーマンはいなかった。しかしまたすぐに、いつもの調子で「ヨウちゃん、来週、幕張へ行こうな」と声をかけ、ヨウちゃんは作業机から顔も上げずに「ああ」と応えた。

「幕張で何があるの」

「最新のゲームソフトの展示会」

　高は柿の種の袋の口を輪ゴムでくくり、それを作業机の引出しに入れて、「そうだ、あの半田……」と言った。「こうなったら、半田は使えるぜ」

「しかし、一応は刑事だからな」

「だからだ。犯罪をやるのに、刑事を使わない手はない。それに、あいつはくどけば乗ってくる」

「どうしてそう思う」

「第六感。先週もウインズで会ったが、サバの生き腐れみたいだった。何か一発やりたい気分だろうな、あれは」

　上着とカバンを手に腰を上げた高に、物井は念を入れるための一声をかけた。

「この爺さんと何かやることについては、その筋は抜きだ。いいかい？」

「俺は、物井さんたちを泣かせる気はないよ」

　高は憮然と応え、最後は疲れて瞼が落ちそうな三十代の男の顔になって、帰っていった。その後、作業机のかたすみから顔を上げたヨウちゃんが、「高は、その筋とつながってる」と呟いた。

「爺さんもそう思うが……」

「高を信用するか、日之出ビールを諦めるか。物井さん、決めてくれ。物井さんがやるんなら、俺もやる。こんな生活をしていても、退屈で死にそうだ」

　ヨウちゃんは、それ以外にはない簡潔な結論をひとりで早々と出すと、何かの下になっていた競馬専門紙を引っ張り出して、その上に頭を垂れてしまった。


　翌日、半田修平の方から《仕事帰りに寄る》と連絡があった。半田は午後九時前に薬局に現れ、ガラス戸を開けるなり、「あの布川がさ。今朝、署へ電話をかけてきて、女房が布団に火をつけた、どうしようって言うんだ……」と言い出した。

　物井も思わず「ええ？」と勝手に声が出た。

「所轄の築地署へ聞いてみたら、勝どきの日豊運輸の社員寮で、ボヤはたしかにあったらしいんだが、寝タバコだって言うから。布川には、いいから黙ってろって言ってやったよ。代わりに、女房を病院へ連れて行けって」

　半田はほとんどひとりで喋り、店内に押し込んである洗剤やトイレットペーパーの棚を自分で押し退けて、中へ入ってきた。「まあ、お上がりよ」と、物井はともかく声をかけた。

　布川は、すでに春ごろから切羽詰まった様子だったが、障害児を抱えた事情が事情だけに、たかが競馬仲間でしかない物井たちに出来ることは何もなかった。母親が病院通いになったら、レディの面倒はいったい誰がみるんだと一瞬考えてみたが、それも考えるだけ不毛だった。「消防に水をかけられたんなら、後片付けが大変だ」と物井は独りごち、半田は「俺、午後から手伝ってきた」と言った。

「へえ。それはご苦労さんだったね」

「午後は非番だったから」

　居間に上がると、半田はまず仏壇に置かれた白木の位牌や骨壺に目をやり、線香をあげて手を合わせた。それから、岡村清二の最期の様子などを少し聞いた後、

「一昨日は、俺も葬式だったんだ」と半田は言った。

「品川署の高橋という刑事を覚えてるだろう？　あの刑事がよ……」

「ああ、あのときの……」

　秦野浩之が自殺したとき、所轄の成城署に出向いた物井を別室に呼んで、岡村清二の手紙の件をしつこく尋ねた刑事がいた。品川署から来たというその刑事は、秦野が物井にかけてきた最後の電話の件や、物井と清二の関係などを詳しく尋ねたほかに、物井の実家の話や、物井が八戸から上京した後の勤め先や家庭の事情を事細かに聞き出したが、それが高橋だった。歳のころ五十過ぎの、実に目立たない風采の男で、眼光だけは絡みつくような感じだった記憶がある。

　半田が話したところでは、その高橋は九二年に品川署から小岩署の警務へ配転になり、春に癌で入院して、一昨日亡くなったのだということだった。四年前、知能犯専門で長くやってきたベテランが秦野の件で物井に食い下がったのは、岡村の手紙を秦野に渡したという総会屋絡みの事情だったが、高橋はその後もしつこくその筋を追っていたという。それが警察内部の何かの事情で小岩へ飛ばされ、その後は警務の机で事務を執る毎日だったということで、休職中とはいえ現職で亡くなったというのに、葬式はひどく寂しかったという半田の話だった。半田自身は、ほんの短い日数にしろ一応昔の上司だった人だからというので、ときどき

病院へ見舞いにも行っていたらしい。

「一週間前、最後に見舞いに行ったときに、高橋が俺に、金本義也という男の犯歴を取ってくれと言うんだ。……まあ、重病人のうわ言だから、気にするまでもなかったんだが、曰く、金本は総会屋の西村真一とゴルフ仲間で、その金本が物井清三の家に月一回ぐらい寄っている、ということだった」

「金本鉄工所の社長の金本義也……?」

「ああ、その金本だ。物井さん、知り合いか」

「義也は、爺さんが勤めていた八戸の鋳造所の社長の息子だ。よく遊んでやった。もう半世紀前の話だが……」

「今は、どういう付き合いだ」

「昔、爺さんになついてたもんで、今でもときどきうちへ物を持ってくる。洋酒とか朝鮮人参とか」

「高橋は、金本と一緒に西村真一があんたの家に行ってると言ってた」

「西村というのは知らないぞ、爺さんは」

「右の顎に直径一センチのホクロのある男だ。思い出せ」

いつの間にか刑事の口調と目つきになっている半田を眺めながら、物井は何やらばかばかしい気分になったが、「思い出せ」と言われて仕方なく、ときどき金本義也のベンツに乗っているホクロ男の顔を、記憶の中から引きずり出した。

「うん……。ホクロ男なら見たことはある」

「それが西村真一だ。秦野に岡村清二の手紙を渡した男だ。大変な知り合いだぞ、物井さん」

「しかし、爺さんは口をきいたこともないよ」

「四年前、説明しただろう? 歯医者の件で問題になったのは、四十年も昔の岡村清二の手紙を、西村がどこから入手したのか、だ。岡村清二の兄弟で、なおかつ西村と面識がある人間がいたら、当然マークされる。そういうもんだ、世の中は」

半田はそう言って、向かいの酒屋の自販機で買ってきたらしい缶ビールにやっと手をつけ、飲み口のタブを沈めて一口啜った。

物井の方は、思いがけない話を聞かされて、ちょっと異物を呑み込んだような気分になった。金本義也はつい先月も、「にっちゃん、スイカ持ってきたぞ」と陽気な赤ら顔を覗かせていったが、そのときのほんの一、二分の立ち話まで警察に見張られていたんだろうかと思うと、何てこったというところだった。

「しかし、秦野が日之出ビールに送ったテープの件は、捜査は終わったのだろう?」

「ああ。しつこく追及していた人間も死んでしまったしな」

半田は、亡くなった高橋という男の葬儀がよほど腹立たしかったらしい。尋ねもしないのに、町田の小さい寺であったという葬儀の様子や、署から出向いてきた副署長や刑事課の連中の誰からも、故人の生前の仕事を偲ぶ言葉が出なかったことや、出棺を待つ間、まったく高橋に関係のない強盗事件の話に花が咲いていたことなどを話した。斯く言う半田自身、高橋のことはほとんど知らないらしいから、会葬者の一人としての怒りのいくらかは、何かしら個人的な憤懣のすり替えだったかも知れない。

「男の人生なんてつまらんな。こつこつ働いても、出世出来なきゃ、死んでも窓際だ。出世したらしたで、心にもない弔辞で賑々しく見送られなきゃならない。お棺を送り出すとき、俺なら化けて出てやると思った」そんなことを言って、半田は珍しい苦笑いを見せた。

「死ぬときは一人がいいね、たしかに」と物井は応えた。

「だから女の連れ合いは年上がいいって」と、半田はこれも珍しい軽口を叩いた。

「あんたのとこ、姉さん女房か」

「ああ。十歳上。四十五にもなったら、化粧もしなくなる」

半田は、ビールのつまみに物井が出してやった糠漬けのナスビと胡瓜を、「スーパーのやつと味が違う」と言いながら美味そうに食い、物井は焼酎を啜った。

「ところで、金本が訪ねてくるのは不定期か? 夜か昼か、どっちだ? 店の薬剤師や近所の住人に見られてる?」と、半田はさらに質してきた。

物井は、金本の来訪は不定期で、飲んだ帰りの深夜、もしくはゴルフに行く日曜の早朝であること、妻の芳枝が生きていたころに金本は二、三度家に上がり込んで飲んでいったが、ここ十年ほどは金本自身の生活が変わってしまい、いつもベンツで立ち寄るだけであること、会ってもろくに話をするわけでもないことなどを話し、近所に見られているかどうかは知らないと応えた。

「よし、まずは金本を切ってくれ。急に付き合いをやめると不自然だから、徐々にな」

「金本の話は分かった。爺さんが不注意だった」

「一昨日、物井さんが電話で言った件があるから、こういうことを言うんだぜ」

　とくに構えた様子もなく半田はそう言い、二缶目の缶ビールを開けた。ああ、こいつは乗ってくるなと物井は直感し、ゆるやかな高揚を感じながら、自分もコップに焼酎を注ぎ足した。

「ほんの思いつきだが、冗談のつもりはないんだ」と物井は自分の方から切り出した。「爺さんは日之出ビールから金を搾り取る、と決めた。動機はと聞かれたら困るんだが、人生には、何かがふいとやって来るタイミングみたいなものがあるだろう？」

「魔がさした、という説明しか出来ない犯行はたしかにあるが、その場合でも、下地は必ずあるもんだ」

「終戦直後に、勤めていた工場の社長一家を殺しそうになったことがある。それが爺さんの地だ。一応おとなしく生きてきたつもりだが、歳を取るということ自体、何かしら心穏やかでないものだよ」

　半田はふいに肩を揺すって笑い、「警察が一番困るタイプだ。動機がはっきりしないというのは」と言った。

「しかし半田さん、あんたはどうなんだ」

「俺は、妄想癖があるんだ。いやなことがあると、自分を救う妄想をめぐらせて埋め合わせる。ずっとそれをやって来たところへ、物井さんの電話だ」

「何か具体的なきっかけはあったのかい」

「いや。俺も、積もり積もったものとしか言えない。しかし、俺は社会へ出るときに入口を間違ったことだけは確かだ。警察官という職業自体は合ってると思うが、警察という組織が合わないんだ」

　警察という組織の中で積み重なった大小の憤懣の層が、折々に半田の外貌や素振りに現れるのを、物井はこの十年間、それなりに見てきたつもりだった。一つ一つの憤懣は単純でも、数多く重なると、そのうちもつれ合って解きほぐせない複雑な塊になる。半田の場合、そこにはねじれた執着や誇りや功名心なども絡み合っている。しかし、物井自身が育んできたような悪鬼が半田にもいるのかどうかは、物井には分からなかった。一線を越えるときに、己の背を押す何かは、この男の場合何なのだろうと思いながら、物井は今も半田の顔をじっと見つめた。

「そうそう、今朝なんか俺、何してたと思う？　夜勤明けで欠伸してたら、午前六時に課長から電話がかかって、署長とゴルフに行くのに、パターを刑事部屋のロッカーに忘れたから至急届けてくれって言われて。パター一本抱えて狛江まで行ったよ、俺」

「へえ……」

「そいつは、署長と本庁のご機嫌とりしか頭にない課長だが、相手が下司であればあるほど、そいつの前で慇懃にやってやる愉快さってのがある。俺はめいっぱい直立不動をやってやったぜ。はい課長、パターをお届けに上がりました、ってな」と、半田は頭を下げる身振りを加えて言い、嗤った。「だいいち、この俺が何を考えているか、相手が知らないってのが愉快だ」

「へえ……」

「要は、俺の堪忍袋の緒は、人一倍丈夫に出来てるってことだ。だから妄想の出番もある」

なるほど、屈辱を自虐にすり替え、憤懣を妄想にすり替えて事実を受け止めるのがこの男の生き方なのかと思いながら、物井は聞いていた。社会や組織や人間の一挙手一投足が、そのまま背を押すものになり、自虐や妄想の快感が、そのまま日々の糧になるという、その在り方そのものが、十分にねじれている。要は、この男の悪鬼はそういう現れ方をしているのだ。直情径行の自分の悪鬼とはずいぶん違うと思うと、人それぞれの有りように、物井は感慨すら覚えた。

「しかし、日之出ビールをゆするという話は妄想ではないよ」

「現実の犯行は、ごく短い時間で終わってしまう。それよりも、その前後にあれこれ考えて興奮する時間が長いんだ。だからやるんだ、俺は」

「考えるのはただだ」

「この俺が何をやっているか、周りの誰も知らないという快感、物井さんには分からんだろうな。社会の敵が素知らぬ顔で刑事部屋に座っている、という……」

半田はそれこそ妄想を味わうように、口の中でそんな呟きを転がし、ビールと一緒に呑み下した。物井もまた、〈よし〉という思いを呑み下した。

「半田さん。やる、ということだな？」

「ああ」

「迷いはないのかい？」

「ない。ところで、布川を誘ってもいいか。あいつ、家の片付けをしながら、ぶつぶつ独り言を言ってやがるんだ。俺はもう消える、って……」

「へえ……」

「他人がどうこう言うことではないが、どうせ女房子供を捨てて消えるつもりなら、その前に一発やらかしてもいいんじゃないかと思った。布川だって、金が入ったら、少しは気分も変わるかも知れない」

物井自身は、レディを抱えている布川を誘うという発想は元からなかったし、今もどう応えたものかと考えた。金が入ったら、というのは一面の事実かも知れないが、つい先週も水道橋のウインズで機嫌よく頭を振っていたレディの顔を思い出すと何とも言えず、結局、「爺さんには、その辺の判断は出来ない」と核心を迂回した。

「なに、最後は布川が決めたらいいことだ。あいつは、自衛隊で鍛えられたついでに自分の頭でものを考える習慣を取っ払われてるからな。この辺で一度ぐらい、自分の意思ってものをよく考えた方がいいんだ」

いちいち、そうかも知れないと思いながら、物井は布川の茫洋として表情のない横顔を瞼に浮かべた。いつも競馬場で眺めてきたその横顔には、たしかに意思らしい意思が現れたためしはなく、ひたすら辛抱強く黙然と座り続けているばかりだったと思った。

「布川のことは、半田さんに任せるよ」

「俺から話してみる。使えるという意味では、あいつは最高だぞ。だてに自衛隊にいたわけじゃない」

半田は二缶目のビールを空けてしまい、物井は焼酎をすすめた。半田は「一杯だけ」と応えてコップを差し出し、「いただきます」と律儀にことわって口をつけた。

「ところで、爺さんは昨日、高と話したんだが……」

「あいつ、どうだ？　企業を狙うんなら、高の悪知恵を生かさない手はない」

「高は全面的に協力すると言ったが、条件付きだ。半田さんには言うが、彼はどうも、日之出の株価を操って儲けることを考えてるらしい」

物井がそう言うと、半田は「あいつらしいなあ」と軽く笑い出した。「どうせ、知り合いの仕手筋か証券マンと組むんだろう。こっちとは完全に別枠だという条件付きなら、好きにさせるさ。むしろ、動機がはっきりしていて分かりやすいや」

「高は別枠だと言ってるが、その筋がらみだと問題があるだろう」

「仮にそうだとしても、連中は口が堅いから、話が漏れる可能性はない。それに、連中が株をどう売買しようが、絶対に表には漏れてこない話になるよ。それは間違いない」

「あんたがそう言うのなら、爺さんも異議はない」

「ただし、高の親父さんが朝鮮総聯幹部だということを、俺の頭から抜くのは無理だ。高とはビジネスで付き合うだけだ。それは了解してくれ」

「高の方もそのつもりだろう。ところで高が、ヨウちゃんに話してしまって、ヨウちゃんもやると言い出してる。そういうわけで……」

「いつもの競馬仲間が集まっただけか」と半田は首をすくめ、「すげえな。鬼退治に行く桃太郎の話みたいだ」と呟いた。

「やめるなら、今だ」

「なに、悪くはない組み合わせだ。関係者同士の地理的社会的つながりを警察の用語では鑑と言うんだが、俺たちにはその鑑がほとんどない。鑑がないと、捜査する側は犯行グループを辿りにくい」

「これからは、府中やウインズへ全員揃うのもやめないとな」

「そういうことだ。俺と物井さんの住所が近いのも問題だから、俺はこれからこの薬局には近寄らないようにする。物井さんとヨウちゃんの間は、今のままでいいが、高がヨウちゃんの工場へ行くのはやめさせよう」

「ほかには」

「全員、借金の有無を自己申告する」

半田曰く、企業から金を脅し取るには、準備期間を含めて数カ月から一年はかかるので、借金取りに追われている身では無理がくる、ということだった。また、警察はまず金目当ての犯行と見て、市中の金融機関、とくにサラ金業者の顧客から洗い出しを始めるから、一人でも借金を抱えているのなら、話は全部なかったことにしようとも言った。

「それから、いよいよ計画だ」

「絶対に成功させよう」

「ああ。そのつもりだ」

物井からは、これ以上半田に言うことはなかった。互いのコップに焼酎を注ぎ足し、黙って乾杯をした。

「そういえば日之出ビールだが……」と、半田はまたちょっと思い出したように口を開いた。

「日之出と物井さんは、縁があり過ぎると思う。岡村清二の手紙の件、お孫さんの件……。日之出が狙われたら、警察が即座に洗い出す名前の中に、間違いなく物井さんの名前も入ってる」

「爺さんには、日之出ビールしか思いつかない。それに、動くのは若い者に任せて、爺さんはここで朝顔の水やりでもしているし、君たちとは鑑とやらもない。動機もない。警察に事情を聞かれても、爺さんは大丈夫だ」

「その辺はもう一度、考えさせてくれ」と半田は言い、それから「日之出といえば……」と呟きながら、ちょっとテレビの上の家族の写真を眺めたりしていたが、間もなくぽんと自分の膝を叩いて「そうだ」と向き直った。

「話は飛ぶが、お孫さんが戸籍を理由に結婚を断られたとかいう、あの相手の名前は」

「名前？ うーん、何だったかな……」

「物井さん、娘さんに聞いたって言ってた。相手は東大の同級生で……」

「……スギハラ。そうだ、スギハラヨシコ、だった」

「ヨシコの字は？」

「そこまでは知らんが」

半田は取り出した手帳に一行何かを書きつけ、またポケットにしまった。

「孫の交際相手が、どうかしたのか」

「なに、四年前あの高橋とちょっと話したことがあるんだ。お孫さんが亡くなった後で、そのヨシコの親が秦野の家にお参りに来たのだろう？ なぜ葬儀のときに来なかったのだろう、ってな」

「後ろめたい気持ちもあったんだろう」

「どうだかな……。だいいち、いくら結婚を断られてショックを受けたからといって、一人前の大学生が、それだけで大事な面接を途中で退席したというのも、ちょっと理解に苦しむ話だ」

半田はいつの間にかまた、何かの感知器の針が振れたような刑事の目になっていた。

「ひょっとしたら、ひょっとする……。調べて、結果は電話するよ」

それだけ言うと半田は腕時計を覗き、「もうこんな時間か」と独りごちて腰を上げた。共働きの嫁さんが夕飯の用意をして待っているのだとか何とか、うわのそらの言い訳をして、午後十時半に半田は帰っていった。

それからわずか三日後の夜、物井は半田の結果報告を受け取った。雑踏の物音がうるさいどこかの公衆電話から電話を入れてきた半田は《当たり、だ》と言った。
《杉原佳子の父親は杉原武郎という。日之出ビールのビール事業本部副本部長兼取締役だ。その杉原武郎の妻の晴子は、日之出ビール社長城山恭介の実妹。杉原佳子は城山社長の姪になる。……物井さん、聞いてる？》
「聞いてる。秦野が日之出宛てに手紙やテープを送りつけたとき、日之出は、杉原の家庭の醜聞が外に漏れないよう、必死だったということだな」
《そういうことだ。日之出はいける》と半田は言った。《そんな醜聞をネタにする気はないが、日之出は絶対に外に漏らせない傷を負ってるということだ。こっちが黙っていても、日之出は勝手に傷を庇って防御に回る。こんな好条件はまたとない》
「しかし、警察が杉原の娘とうちの孫の経緯を嗅ぎつけたら、どうする」
《その話は、日之出側からは絶対に漏れはしない。仮に警察が嗅ぎつけたら、その時点で警察は捜査の道筋を誤るということだ。……分かるか？　犯行を怨恨の線で辿る限り、出てくる関係者は物井さんと娘さんしかいない。物井さんは、朝顔に水をやって、テレビを見ながら昼寝して、日曜は競馬だ。どこをつついても、何も出てこない》
　公衆電話なのに、半田はテレホンカードの度数が減っていくのを気にする様子もなく、一つ一つの言葉をゆっくり選んでいた。物井に聞かせるというより、自分自身に言い聞かせているような口調だった。
　物井は物井で、それを聞きながら、あらためて日之出という企業一つに対する因縁を、電話口でゆっくり発酵させた。杉原某という日之出の取締役さえいなければ、孫の孝之も秦野浩之も死ぬことはなかっただろう、とか、日之出という企業に誠意のかけらでもあれば、秦野も脅迫まがいの手紙やテープを送りつけたりしなかっただろう、とか。
「日之出はいける、というんだな？」
《ああ。……そういえば、昨日発売の週刊東邦の〈日本の顔〉のグラビアに、城山恭介が載ってるよ。品のいい地味なサマーセーターと、洗いざらしのチノクロスパンツの普段着で。足元が、履き古したリーボックの白いスニーカーでさ、なかなかセンスがいい。撮影場所は小さい神社の境内のようなところだ。どっかで見た風景だと思って、念のために現場へ行ってみたら、思った通りだった。大森の駅前に石段があるだろう？　あれを上がったところにある天祖神社》
「ああ、知ってる。日之出の社長は山王の住人か……。なるほど、高級住宅地だ」
《山王二丁目だ。住所調べて、覗いてきたぜ。立派な家だ。庭が広くて、大きな木が涼しげに繁っていて、ガラスの温室がある。犬はいない》
　半田は一つ一つ思い出すように並べた後に、《こいつは誘拐コースかもな》と呟き、軽く鼻先で笑う気配がした。

誘拐という一語を耳にしながら、物井は漠然と〈身代金だな〉と思ったが、悪鬼の麻酔が効き続けている頭には、当否の判断もやっては来なかった。計画が少しずつ動き出しているという、小さな実感があっただけだ。

《なに、今思いついただけだ。山王の所轄は大森署で、北が大井、品川。南が蒲田。どこも俺のシマだ。緊配の無線も筒抜けになるし……。面白いかも知れない》

半田は何事か思いめぐらせるようにそう言った後、事務口調に戻った。

《ところで昨日、布川と話し合った。感触はいい。今盆休みだから、明日か明後日には物井さんに電話をしてくると思う。ああそれから、例の杉原佳子は九二年に結婚して、糸井という姓にかわっている。ちょっと現況を当たってみるつもりだ》

半田の電話はそこまでだった。

布川淳一からの電話は、翌日の午後にあった。これも公衆電話からで、近くに児童公園があるのか、電話には幼児たちの歓声が混じっていた。

毎年、中央競馬が地方へ行く七月と八月のころ、レディの通っている施設も夏休みで、布川の夫婦は娘の世話に追われるのだった。電話口で布川の声を聞いたとき、物井はまず、ちょうど今ごろの時期だったなと思い出した。

《昨日、うちのあれを重度の施設へ移した》と布川は言った。《そこだと、土日に引き取る必要もないし、家内の具合が悪いんで、俺一人ではもう、どうにもならないもんだから》

そうか。レディは家に帰っていないのか。そう聞くと、レディがちょっと可哀相だという思いと、これで布川も少し楽になるという思いの両方がやって来て、物井は言葉に窮した。「そうか……」と、やっと一言応えた。

布川もまた、長い間を置いた。電話をかけてみたものの、用件の整理がついていなかったのか、次に聞こえてきたのは《暑いな》というぶつ切れの一言だった。いつもそうだが、そうと分かる感情も抑揚もない布川の声は、百ある事柄のうちの一つか二つをやっと伝えてくるだけだ。

「ああ、暑いね」

《ところで、半田さんから聞いた。仲間に入れてほしい》

「理由は何だ」

《理由が要るのか》
「そういうわけではないが、君もいろいろ考えていることがあるだろう」
《人生に踏ん切りをつけたいだけだ》
「何のための踏ん切りだ」
《俺の人生を見たら、分かるだろう》
「君の人生か。腕のいいドライバーで、月に六、七〇万の稼ぎがあって、嫁さんが病気で、娘が障害児だ。それがどうした。そんな人生は世間にごまんとある」
物井は、布川が気分を害して電話を切ってしまうだろうと思ったが、電話は切れなかった。代わりに、全身から噴き出したような、ほとんど悲鳴のような《あぁ……》というため息が聞こえ、また沈黙になった。野球のボールを打つカーンという音、走れ、走れと叫ぶ子供の嬌声が電話の向こうで響いた。
理屈ではなく、幸不幸でもなく、弱い人生が一つあるというだけのことだった。布川は以前から、娘が十八歳未満のうちは施設に預けられるが、それ以降、三十や四十になっていく娘の面倒をどうやって見ていけばいいのか分からないと言っていた。多くの親が現に障害を抱えた子供の面倒を見ているからといって、ほかの誰でもない、当の布川が出来ないと言う以上、出来ないものは出来ないのだ。
半田の言う通り、布川はひょっとしたら蒸発する可能性があり、そのための〈踏ん切り〉かも知れないということは、物井にも察しはついた。だからこそ、物井としては余計に念を押さなければというところだった。自暴自棄でやられては、仲間全員が迷惑をする。
「布川さん。奥さんと温泉でも行っといで。こっちは今日明日の話じゃないから、返事は急がない」
《俺の引いたジョーカーが消えない限り、答えは変わらんと思う》
「ジョーカーというのは、レディのことか……」
《ああ。俺たち夫婦は、千人の赤ん坊に一人か二人混じってるジョーカーを引いたんだ。ほかに言いようがあるか》
障害をもって生まれてきた子供も、時速百キロで首都高の側壁に突っ込んで死ぬ子供も、精神を病んだ岡村清二も、老いて悪鬼と化した自分も、少なくとも親にとっては天から降ってきた運命だという意味でなら、ジョーカーというのは物井にも受け入れられない形容ではなかった。
「レディ・ジョーカー、だね」と物井が言うと、電話の向こうで布川は、たがが外れたような笑い声を噴き出させ、それはしばらく続いて、そのまま電話は切れた。

そして、長電話が終わるのを待ち構えていたように、店の方から薬剤師の小母さんが「スイカ、切りましょか！」と大声を張り上げ、「一切れ、お供え用に！」と物井は怒鳴り返した。間もなく、小母さんはスイカ三切れを載せた盆を手に居間に上がってきて、「よいしょ」と畳に座り込み、「長電話だったわねえ」などと言った。

「耳が遠くなるとね、いちいち聞き返すもんだから」

「あら、物井さん、耳が遠いの？」

「あんたの声は大きいから、ちゃんと聞こえてるよ」

物井はスイカ一切れを仏壇に供えて、チンと鉦を鳴らし、手を合わせた。岡村清二の骨壺も位牌もそのままだが、八戸の岡村商会からは通夜の日以降、何の連絡もない。彼岸まで待って音沙汰がなければ、戸来の実家の墓に納めようと物井は決めた。

物井は、小母さんが商店街のセールで買ってきたスイカの一切れをぺろりと平らげた後、夕方の打ち水をするために腰を上げた。先に店へ立った小母さんは、店先で近所の主婦と五分近くも喋り込んでいて、あらあら、ふっふっと笑っていた。主婦はもう十年来の客だが、買うのはいつも同じ胃薬と総合感冒剤と決まっており、たまにスーパーで買い忘れた喉飴、殺虫剤、蚊取り線香、天花粉、洗剤、トイレットペーパーなども買っていく。

物井薬局の客はおおむね、似たようなものだった。商売の才覚がない店主の下で、薬剤師の小母さんはよく頑張ってくれていて、客にはなるべくリベートの多いメーカーの薬をすすめ、問屋のセールスマンからは商品券やビール券をしっかりせしめ、まとめて金券ショップで換金して「はい、今日の儲けよ。半々ね」と山分けしてくれる。場末の小さな薬局の儲けなど知れているが、薬剤師の給料と諸経費を差し引いても、年間三〇〇万円前後の利益は出ており、年金と合わせたら、六十九歳の男一人が暮らしていくのに何の不自由もないのだった。

主婦は、店に出てきた物井に「あらぁ、この間、喪中の貼り紙出てたから」などと気さくに話しかけてきた。物井は「はあ、私らの年代になるともう、送るばっかりで」と適当に照れ笑いで応え、二度三度下げた頭を亀のようにすくめて、店の外に出た。

よしずの下で、朝顔の萎れた花茎の先の種がふくらみ始めていた。物井は無意識に顔の右半分をそれに向け、右目一つでじっと種を見つめた。あと一週間ぐらいしたら種を取ることを、頭のカレンダーに書き入れながら、ふと、来年またこの青い朝顔が咲くころに、自分はどこで何を考えているだろうか、と物井は思った。大金を手に入れたところで、豪遊も贅沢も、七十になった人間にはどれもこれも無用な上に、一番必要な心の平穏をさらに遠のけて、来年の今ごろ、俺は今よりさらに悪鬼の塊になっている、といったところか。

物井は少し考え込み、少なくとも牛馬の人生はもうないということだと思うと、〈それで十分だ〉と自分に呟いた。

4

彼岸過ぎ、珍しく強行事犯の発生が少なかった時期があり、それを契機に「今しか歯の治療をする機会はないから」と周囲に言い訳をして、半田修平は蒲田駅近くのなじみの歯医者に通い始めた。ちょうど署が改築中で、本羽田の仮庁舎に移転しているために、歯医者通いは勤務先から目の届かないところへ抜け出すいい口実になり、そのころから、半田は行き帰りに時間を捻出して、少しずつ仲間に接触するようになった。

九月末、少し話が具体化してきたころ、半田はそうした歯医者通いの途中にちょっと高克己に会った。外回りの営業に出ている高は、昼間はいつも、いかにも銀行屋と一目で分かる黒カバンと単車とヘルメットの三点セットになる。それが目立つというので、高はバイクをちょっと離れたところに置いてくるのだった。

蒲田駅西側のこみいった商店街にあるコーヒーショップで高に会ったそのとき、話はずばり、相手からいくら取るか、というところから始まった。赤い福神漬の載ったカレーライスを食いながら、高はまず「いくらでも」と言った。「日之出にはいくらでも金はある、どこからでも金は出てくる」

「なるほど。日之出にはいくらでも金はある、どこからでも金は出てくる、か。どうして分かる」

「これを見たら、一目瞭然だ」そう言って、高は手元の週刊誌にはさんであった上場企業の市販の有価証券報告書を、半田の方へ押しやった。オレンジ色の薄い冊子で、《日之出麦酒株式会社》とあった。

「貸借対照表の資産の部の一番上、〈現金及び預金〉

という項目を見てごらん」

「一六三二億……」

「隣に前期の数字があるだろ。比べたら、三〇〇億ぐらい増えてる。一〇〇億単位で出たり入ったり、ということだ。その現預金てのは、期末の十二月三十一日の一瞬の数字だから、一月一日にその額が口座にあるというわけじゃない。日之出ぐらい資産があると、動く金も桁違いだってのが、財務諸表を見ているとよく分かる」

「動く金が大きいから金が取れる、というふうに見るわけか」

「まあ、そういうことだ。たとえば、同じ項目の下の方に〈その他の流動資産〉てのがあるだろう？　〈その他〉だから、いろんな種類の勘定がそこにぶち込んである。短期の貸付金とか立替えとか、交通費や出張費の仮払い、不渡り手形、手付金……。具体的にどういう金なのかは元帳を見なければ分からんが、要するに、外には内容のつかめない金がそこに集まってると思えばいい。それが一七〇億もあるってのは、桁違いだ」

「あんた、どこからでも金は出てくると言ったが、たとえば、どういうところから出てくるんだ」

「そんなことは、日之出が考えたらいい」

「しかし、もしあんたが日之出の財務担当者だったら、どこからどうやって、金を出す？　犯人の要求を呑んで金を出したことが世間や警察に知れたら、信用にかかわる問題だから、絶対に外から分からないように裏金を作る必要がある。さあ、どうする」

「額にもよるが、二億や三億なら、俺なら適当な費目をつけて、今言った仮払いで落とすだろうな。あとの精算は、ほとぼりが冷めてから、少しずつ損金で落とせばいい」

いとも簡単なことだというふうに高は言い、「そうだな、ほかには……」と、有価証券報告書の冊子を自分の手元に引き寄せた。「よくある裏金の巣といえば、固定資産の〈建設仮勘定〉。日之出の今期は五〇〇億ある。でかいだろう？　工場とか建物とかを建てるときに、業者とつるんで、たとえば一〇億水増しした金額を、工事着手金としてこの科目に挙げてしまえば、それでおしまいだ。ほかには、そうだな……」

高の指先は貸借対照表の上を軽く移動し、「これもいいな」と負債の部の真ん中辺りで止まった。「この〈預り金〉という科目も使える。ここはほら、ビール会社ってのは出荷ベースで税金払ってしまうから、決済の前に取引先が倒産したときに備えて、保証金を取るんだが、その保証金なんかを計上する科目だ。で、たとえば、日之出には六十からの子会社関連会社があるだろう？　広告協賛金の名目で、一社ずつ五〇〇〇万ずつ出させたことにしたら、それで三〇億だ。一億ずつなら、六〇億。その金はこの〈預り金〉で処理出来る。帳簿上、何の問題もない。今言ったような方法を合わせて、一〇〇億ぐらいすぐに作れるよ」

　金融の現場にいる男の、金勘定の感覚はこういうものかとあらためて感心しながら、半田は聞いていた。いや、大企業の財務のどんぶり勘定には、もっと感心したというところだった。

「で、半田さん。いくら取りたいんだ。それが先だ」

「いくらと言われてもな……。とりあえず二〇億でどうだ」と半田が応えると、高は「そんなちょっとか」と間の抜けた顔を上げた。

「あのな、高さん。これは犯罪なんだ。取る金は、現金か金塊だ。それが、足がつかないための鉄則だ」

「いつの時代の話をしてるんだ」と、高はもう一度呆れた顔をしてくれた。「金の受渡しなんか、海外の子会社を使ってドルで決裁したら済む話だ。今どき、違法な送金はみんな、その手口でやってる」

「いや、現金だ。物井さんや布川やヨウちゃんのことを考えろ。誰が、海外の口座に振り込まれたドルを使えるというんだ」

　半田がそう言うと、高は道徳観を問われていると思ったのか、「そうだな」と素直に引き下がった。

「よし。現金となると、物理的な限界がある。あんたらのところで使う、あのジュラルミンケース。あれ一個に入る一千万の札束、いくつだ？」

「二十一。たしかに半端な重さじゃないな、あれは」

「とりあえず二〇億でどうだ」と半田は数字を出した。

高は、金額には大して興味もない様子で「ああ」と応え、「それより、金を出させるネタだ」と話題を先へ進めた。

「ネタ？　ネタは企業の生命線に決まってる。ビールの売上が人質だ」

「そいつはいいな」

　高は初めてちらりと嗤い、目も上げずに皿の上でぐちゃぐちゃにしたカレーライスを口に運び続けた。

「売上を減らしてやったら、日之出は一も二もなく、二〇億ぐらい即金で出すぜ。賭けてもいい」と、高はカレーライスをほうばった口で言った。

「ビールの売上なんか、簡単に減らせる。高さん、そうだろ?」

「日本中どこでも誰でも自販機で買えるビールに、青酸でも入れりゃ一発だ」

「誰が青酸なんか入れるものか。俺は、これでも一応刑事だからな」

高は口から飯粒を噴き出す哄笑で応じ、「だったら、塩でも砂糖でもいいさ、結果は同じだ」と言って、食い散らかした皿を脇へ押しやった。

「汚ねえな、拭けよ」と半田は紙ナプキンを投げ、高は肩を揺すって笑い続けながら、テーブルに飛び散った飯粒を払った。

「こんなところで、だいたいあんたの思い通りだろ」と、半田は声をかけた。高はちらりと目を上げたが、すぐに逸らして「ああ」と応えた。ビールに異物が混入されるような事態になれば、株価の低落は間違いないから、信用取引での利益は保証されたようなものだ。そのことは口にはしなかったが、俺は知ってるぞ、と一応伝えたつもりだった。もっとも、それに対して高が返した目は、〈それがどうした〉と嗤っていた。

半田は「コーヒー二つ」とウェートレスに声をかけ、話を本題へ引き戻した。

「ところで攻撃開始の時期だが、売上に響く時期というのは、やっぱり春から夏か」

「そうだな。商戦の本番に入るのは四月。日之出は今年新商品を出していないから、来年春は間違いなく出してくる。膨大な宣伝費をかけて広告を打って、出荷が本格化したときに、スタートするのがいい。それが三月末だ」

「よし、三月末のスタートだ。ところで、売上でいえば、おおよそどのくらいのマイナスで、日之出は音を上げるだろう」

「持ちこたえるという意味なら、仮に一年分の売上が消し飛んでも、これだけの資産があったら潰れはしない。ただし、経営陣の責任問題があるから、もっと少ない数字で悲鳴は上げるだろう」

「では、あんたはまず、日之出の損益分岐点を出してくれ」

「財務諸表に挙がってる数字では、正確な計算は無理だ。大雑把な計算は出来るが」

「それでいい。次に、月毎の平均的な出荷量の資料は手に入るだろう? そこから、月次毎の採算割れのラインを出してくれ。どれだけ出荷が減ったら、どれだけ損をして、どの辺で日之出の経営陣が青ざめるか……。そのシミュレーションを作ってほしい」

「お安い御用だ」と、高は一言で応えた。

運ばれてきたコーヒーは、いつも通りの煮出したような不味さだった。半田にとっては、ほぼ一日おきにこの薄汚れた椅子に腰を下ろし、毎回三百五十円を払って飲んできたコーヒーだった。それを啜りながら、半田はまたちょっと、自虐的な思いを巡らせた。

この、世にも不味い代物を一滴も残さず飲む儀式が、いつの間にか刑事を作り、不味さを不味さとも感じない神経を作ってきて、実に今日もまたこうして飲んでいる。つまり俺は、この味が嫌いではなかったということなのだ、と半田は考えてみた。一日一杯のコーヒーで妄想を育むことも出来た警察での十三年間は、実はそれほど悪いものではなかったのだ、と。にもかかわらず、それを自分で叩き潰そうという男の自虐傾向は、ついに来るところまで来て、もう自分でも抑えられないというのが正直なところだ、と。

そしてこれは、いわばタコが自分の足を食うような終わり方なのだと、半田はさらに冷静に考えた。長年、妄想や快感の温床だった警察を自分で食ってしまったら、その後自分はどこへ行くのか。多分、また同じように、もっと不味いコーヒーを探し出すだけのことだろう。そう思うと、半田は一転して白けきった気分に陥りかけた。

要は、まだ何かが足らないのだ。タコが自分の足を食うのなら、これで死んでもいいと思うほどの、強烈な何かが要る。誘拐も、異物混入ビールもいいが、まだ何かが足らない。半田は火急の用事にせき立てられるように、突然当てもなく〈何か〉を探し始めて、我を忘れた。

布川淳一との接触は、相手が京阪神まで行って戻ってきたところを、日豊運輸のトラックターミナルがある八潮三丁目の野鳥公園で捕まえることが多かった。前に京阪神との路線便を持っている布川は、毎日午後八時前にターミナルを出発し、六時間ほどで大阪に着いた後に、荷物の積み替えの間一時間ほど休憩して、今度は帰路につく。そして、午前十時過ぎに東京へ戻ってくると、それからしばらくして勝どき一丁目にある社員住宅へ自分のワゴン車を運転して戻るのだが、半田が野鳥公園の正門前に立っていると、布川はワゴン車で公園を半周して南側のパーキングに車を回し、そこで半田を拾う。

話はいつも、布川の帰路に合わせて海岸通りを北向きに走る間に手短に片づけるようにしていた。京阪神まで五百五十キロを往復してきた後のトラック運転手は、傍目にも疲れているのが分かるからだった。口を開くのも億劫そうだが、寝る前の最後の仕事だというふうに、布川は眠たげな目をこじあけてじっと半田の話を聞き、短い返事をよこし、余計な話は一切しない。いつか「二〇億だぜ」と半田が告げたときも、鈍い目をよこしただけで何も言わなかった。

十月半ばに布川に会ったとき、布川は半田が頼んでいたものを「これでいいか?」と車の中で手渡した。半田は渡された茶封筒から、サービスサイズのスナップ写真三枚を取り出し、内容を確かめて「上出来だ」と応えた。

日之出の役員の一人、杉原武郎の娘佳子が、今は結婚して糸井という姓に変わり、高輪二丁目の高台にある高級マンションに住んでいる。住所は、大学の同窓会名簿に載っていたし、住所が分かると亭主の氏名が分かり、適当な理由をつけて所轄の交番で生業を聞いたら、医師だということだった。数回、ぶらりと近所へ立ち寄ったついでに見たところでは、佳子はまだおむつの取れない乳児一人の母になっていて、午前中に乳母車を押してマンションを出、魚籃坂を下ったところにあるピーコックへ買物に行く。高輪公園へ乳児を連れていくこともある。布川が、日を変えて三回、レンタカーのヴァンで魚籃坂を走りながら、コンパクトカメラで写してきたのは、その母子のスナップだった。布川は、三十六枚撮りのフィルム一本に、見ても場所の特定出来ない雑多なスナップを混ぜ、港区からは遠く離れたどこかの写真屋でスピード仕上げで現像とプリントをしてきたはずだ。

すれ違いざまに、ヴァンの運転席から撮ったそれは、三枚とも佳子と乳児の顔がはっきり写っていた。乳児をのせた乳母車を押して朝の買物に行く若い女は、まさに裕福と隣り合わせの平穏な面差しをしており、乳児の方はいかにも健康そうに丸々としているが、とくに目を引くようなものは何もないスナップだった。布川は、自分の目で見たはずのその母子について、感想めいた一言も漏らさず、半田も尋ねるのは控えた。

「ところで、布川さん。車は盗めるか」

「盗むのは簡単だが、自由に使い回すんなら、キーが要る」

「キーはヨウちゃんが削る。年が明けたら、都内でもどこでもいいから、駐車場でほこりを被っているヴァンを十台ぐらい目星をつけておいてほしい。色は濃い方がいい。車が決まったら、全部の型式とメーカーを知らせてくれ。その型式のキーの原型を渡すから、それを車のキー穴に差し込んで数回回したものを、こっちに返してほしい。そうしたら、それでヨウちゃんは鍵山を削り出すから」

「差し込んで、回して、鍵山のキズをつけるんだろう？　分かった」

呑み込みが早く、言われたことは確実にこなし、余計なことは一切言わないという面では、布川は実に使いでがあった。自衛隊で身につけた特殊技能や運動能力も、トラックの運転席の肥しにしておくのはもったいなく、いろいろな場面で使わない手はなかった。

「車の次は、道路選びだ。あんた、Nシステムというのを知ってるか？」

「大きな交差点の上についてる、速度監視カメラみたいな形の……」

「ああ、それだ。それのついている交差点とか、高速道路の料金所は分かってるか」

「ああ」

「それを全部外して、首都圏からの逃走路をいくつか検討してほしい。行く先は丹沢、奥秩父、富士周辺、奥日光、どこでもいいが山は深い方がいい。隠れ家とは言わんが、二日ないし三日ぐらい山中で過ごせる場所があれば、なおいい」

「走るのは昼か、夜か」

「深夜」

「季節は」

「来年三月末」

「凍結していない道路を探さなきゃな……」

布川は、日々の仕事と大して差はないといったふうな抑揚のない声で、言葉少なに応えた。布川は、これでも自分から話に乗ってきたのだが、頭の中では依然、蒸発を考えているようなふしもあり、半田にしてみれば、布川のこの無頓着は扱いやすいような、気がかりのような、だった。

「なあ……。あんた、なんで自衛隊に入ったんだ」

「郵便局の壁に自衛官募集のポスターが貼ってあって、何となく。もし自衛隊に入ってなかったら、今ごろ実家の畑で大根干してるかな……」

「あんたの人生は全部、〈何となく〉だろう。何となく自衛隊に入って、何となく結婚して、何となく子供を作って、何となく育ててきて、気がついたらどうにもならないところまで来ていて、初めて自分の頭で物を考えた結果が、蒸発だ。違うか」

何を言っても、抽象的な話になると布川は半分も聞いていないのは分かっていた。案の定、布川は「そうかも知れない」と呟いただけだった。半田は、どかんと一発、気合を入れてやりたいような気分で、「ともかく、〈何となく〉はやめろよ」と念を押した。

「で、嫁さんの具合は」

「寝たり、起きたりだ」

「手が足りないときは言ってくれ。何でもするから」

半田がそう言うと、布川は、横でも縦でもなくあいまいに首を振って応えた。

汐路橋の交差点が近づいてきたところで、半田は布川のヴァンを降りることにした。降りるときに、自分のポーチに入っていたマムシエキス入りの滋養強壮剤を一本、運転席の布川の太股の間に突っ込んでやると、布川は初めて半田の方へ顔を振り向け、何か言いたげな目でわずかに笑ってみせた。


半田には、〈何か〉が足らないという思いが一つ、依然として残ってはいた。それでも、計画を練り上げていく精神的物理的なエンジンは、ほぼ一定の回転数を保って着々と回り続け、十一月半ばの日曜日の午後には、半田は仲間をつかまえるために府中の東京競馬場にいた。

最終レースを残すだけとなった時刻、馬券売場の通路は帰路に着く足、自動払戻機に殺到する足、最後の馬券を買うためにうろうろしている足でごった返していた。半田がいつもの柱のそばに座っていると、やがてどこからかヨウちゃんのスニーカーが現れ、柱を一発蹴飛ばしてから、隣へ座り込んだ。

「いくら負けたんだ」と尋ねると、「五千円」と返事が返ってきた。

「次、買うのか」

「いや、もういい」

ヨウちゃんは最近になって、丸刈りをやめて髪を普通に伸ばし始めたが、おかげで、ますます競馬場の群衆に溶け合う風体になっていた。馬券売場の床にぺたりと座り込んで、下に広げた新聞に目を落としている姿も、以前と変わりはなかった。それでも、ともかくこの男も、自ら「やる」と言った一人だ。動機については「みんながやるから」というだけで、それ以上尋ねても無駄だったが、布川と同じく、今のところ指示したことは過不足なくやっており、半田としてはとくに不安を抱く理由も見当たらないのだった。

半田は、持参してきたティッシュペーパーの包み一つを、ヨウちゃんの掌に載せた。ヨウちゃんは包みを開いて、小指ほどの大きさの薄い鋼板を指先でつまみ、ちょっと目を近づけた。鋼板は先日、布川のワゴン車のキーを元にして、ヨウちゃんが表裏についている凹凸だけを先に削り出したものだった。それを半田が実際にワゴン車のキー穴に差して回し、鋼にシリンダーの鍵山の傷をつけてきたのだ。

「傷、分かるか?」

「分かる」

「それで、試しに鍵山を削ってみろ」

「こんなものなら、半時間もあれば」とヨウちゃんは応え、鋼板をするりと自分のポケットに入れた。日々、誤差が千分の一ミリという精度の金型を削っているヨウちゃんには、車のキーぐらい何ということもないはずだった。

「さて、キーの次は、これ」

半田は、場外の自販機で買ってきた缶ビール一缶を逆さに握り、手の中で素早く缶の裏に押しピンをつき立てて見せた。あいた穴から一瞬、液体がぴゅうと噴き出し、半田はそれを指の腹で押さえた。

「君が物井さんにやって見せたのは、普通のジュースだろ? 炭酸ガスが入ってると、こうなる。この穴をうまく塞ぐことは出来るか」

ヨウちゃんは、径一ミリに満たない穴から絶えまなく泡が滲み出す缶を自分の手に取った。しばし旋盤工の目になって一分ほどそれを眺めた後、「難しいな」と言った。「アルミ缶の厚みは〇・二ミリあるか、ないかだから。炭酸ガスの圧力があったら、塞いだ穴はもたないと思う」

「缶は難しいか……」

「瓶ならいけるよ。瓶の王冠なら」ヨウちゃんは言い、手にしていた缶をクズカゴに投げいれた。

「よし、瓶でいこう。最後に、これ」

半田は行きずりの本屋で買ってきた新書本一冊をヨウちゃんの手に載せ、腰を上げた。ヨウちゃんは背表紙を返す返す眺め、「うそつけ」と独りごちて早速ページを繰り始めたら、もう顔を上げようとはしなかった。『競馬新聞、読み方を変えれば8割当たる』という怪しげな本だった。

晩秋の薄い日差しの翳り始めたパドックを、最終レースに出る馬が手綱を引かれて歩いていた。たてがみを洗う風は冷たさを増し、残り少なくなった見物の人垣は、鈍色の塊と化してざわめきもなかった。それを見下ろす木立の下のベンチに物井清三はいて、所在なげに背を丸め、膝に置いた競馬新聞に目を落としていた。半田はパドックを半周してそのベンチに近づき、隣に腰を下ろした。

「寒くなったね」と物井は話しかけてきた。

「ああ。もうすぐ師走だもんな」

　半田は、懐の手帳にはさんであったスナップ写真一枚を物井の手に載せた。物井は右目一つから五十センチ離して写真をかざし、かつて孫の同級生だった女とその子供の姿を眺めた。感想は一言「ほら、昔の美智子妃殿下に似てる」だった。顔立ちは違うが、上品でおっとりした感じは、似ているといえば似ているかも知れなかった。

　半田は続いてもう一枚、雑誌の切り抜きを渡した。物井はまた五十センチ離して目を細めた。経済誌の経営者探訪といったシリーズ物の小欄で、今月号は日之出ビールの城山恭介社長を取り上げている、その切り抜きだった。これまで出来る限り城山の記事を集めるようにしてきたが、どうやら公私ともにかなり地味な人物らしく、名前が出てくるのは大半が堅い経済記事の中で、私生活はほとんど分からない。その中で、切り抜いたその記事は、珍しく城山の個人生活の一端がちらりと覗いている一件だった。

「へえ……。激務をこなすために健康維持を何より心がけ……、夕食は簡素にすませ、アルコールはビールとウィスキーを少々たしなむ程度……。基本的に酒席は出ても週に一回。毎晩必ず午前零時までには就寝し、朝早く起きて読書をする……か」

「午前零時までに寝るんなら、帰宅時間が午後十一時を越えることはないだろう。これまで俺が十回見張った限りでは、十回とも午後十時前後に帰ってきた。運転手付きの黒のプレジデントで」

「……やっぱり、この御仁でいくのかい？」

「一応、そう思ってる」

　半田は写真と切り抜きを手帳にしまい、「今のところ、順調に行っている」と付け加えた。物井はそれ以上、尋ねてはこなかった。

「みんな、それぞれ金も要るだろう。爺さんの定期が一つ満期になったから、あんたがこれを適当に分けてくれ」と物井は言い、ジャンパーのポケットから取り出した茶封筒を、半田の手に握らせた。半田はそれを自分のジャケットの内ポケットに入れた。指の感触で五〇〇万円ほどだと分かった。

「そのうち八百倍にして返すから、待っててくれ。今は、とりあえずこの金で布川にレンタカー代を払ってやるよ。これから、小道具も少しずつ揃えていくつも

「布川が先日、娘のことをジョーカーを引いたと言ったんだ。そのとき、ふと思いついた名前だ。異論はあるだろうが、人が望まないものをジョーカーと言うんなら、爺さんたちこそジョーカーだろう」

「ジョーカーを引き当てるのが、日之出ビールってことか」

「そういうことだ。それに、レディがいなかったら、こんなふうに皆が知り合うことはなかっただろうし」

そう言われるとたしかに感慨深かった。ついこの間まで日曜日のスタンドで機嫌よく首を振っていたレディの姿を思い出して、半田はうなずいた。

「いいとも。気に入った。レディ・ジョーカーだ」


物井と別れた後、半田は京王線とJRを乗り継いで、大急ぎで午後六時前に蒲田に辿り着いた。その日はイトーヨーカ堂に勤めている妻が早番で、久しぶりに駅の近くの寿司屋で待ち合わせをしていたからだった。東口の階段を駆け降りて、駅前のロータリーへ飛び出したとき、日興証券前の歩道を走ってくる自転車があった。

半田の足は止まり、自転車のペダルを漕ぐスニーカーの足も止まった。実際のところ、半田の目に飛び込

りだ」

「あんたも布川も、嫁さんには十分気をつけろよ。女は勘がいいから」

「その点は大丈夫だ。ヨウちゃんも高もそうだが、俺たち誰ひとり、興奮している奴はいないからな。つくづく変わったグループだぜ」

パドックの馬はすでに馬場へ出ていき、観衆も散ってしまっていた。日はさらに翳り、空気の灰色は濃くなっていく。

「爺さんは少し興奮しているよ……。生活に変わりはないが、気分が少しずつ波立っていくのが分かる。いや、初めから平穏な生活とおさらばするつもりでやったことだから、予定通りというところだ」

ほとんど独り言に近い物井の声は、ときどき、六十九年分の分厚い埃の下から聞こえてくるような遠い響きになる。パドックを眺めるその横顔も、半田自身のおよそ倍の年月の間、営々と使い古して硬くなった皮革のようだった。

「ところで半田さん。グループに名前をつけよう」と物井は言った。「レディ・ジョーカーというのは、どうだろう」

「どういう意味だ……」

んできたのはただ、その白いスニーカーだけだったかも知れない。半田はスニーカーを見、洗いざらしのジーパンの脚を見、黒っぽい色のセーターを見、最後にその上に載っている相手の顔を見た。

相手の男も半田を見ており、同じようにこちらを凝視したが、次の瞬間その口許が緩んだかと思うと、唇が左右に裂け、ぱっと花が咲くように白い歯がこぼれた。

「お名前は半田さん……でしたっけ」と男は先に口を開いた。声の質は昔と同じように低く硬かったが、昔聞いたのとは違って、すかっと抜ける響きがあった。明るいと言ってもいいほどの響きが。

「そちらは合田主任……」

「合田です。その節は品川署でお世話になりました。半田さんは、今はどちらの署に？」

「蒲田です」

「へえ、そうですか。私は二月に大森署に移りまして。じゃあ、お隣ですね」

じゃあ、お隣ですねと言うその口許が、また華やかに弾けた。

そうだ、合田という名前だったと、半田はしっかり思い出した。四年前、品川署に立った殺しの特捜本部に、本庁から出てきた第三強行犯捜査の警部補だったが、しかし、記憶にあるひんやりした爬虫類の顔とは違い、目の前にあるのは、しっとりと艶やかな肌色をして、別世界の明るい笑みをこぼれさせ、短く刈った髪も清々しく端正な、ロボットのような別人だった。半田は、我を忘れてその顔に見入り、自分の目がおかしいのかと、しばし立ちすくんだ。

あらためて眺めると、合田が跨がっているのは私物らしい普通の自転車で、前のカゴに入っているのは、青首大根と菜っ葉が顔を出している京友マートの袋一つと、ヴァイオリンのケースだった。半田がそのケースに目をやると、合田は長閑に照れ笑いをして「いや、お恥ずかしい。今日は休みなんで、ちょっと習い事に」と言った。「ゴルフは金がかかるし、パソコンは手に負えないし、趣味一つ持つのにも四苦八苦です」

趣味。習い事。相手の口から漏れる言葉の一つ一つが、まるで自爆しているような感じだった。どの言葉も、実体もなく白々しく響いては、半田の理解の彼方へ飛び去った。

「ヴァイオリンですか……」

「子供のころ習ってたもんですから。いや、ほんの慰みです。そこの蒲田教会の司祭さんがおやりになるんで、もう一度私もやってみようかと」そんなことをさらりと言いながら、合田は自分の腕時計を覗き、「あ、お時間を取らせましたね、すみません。失礼します」と軽く頭を下げた。ただの習慣で、半田の頭も自動的に「こちらこそ」と下がった。

半田は歩道を漕ぎ去っていく男の後ろ姿を凝視し、そのまま数分も歩道に立ち尽くしていた。いつぞや、品川署の階段で出くわしたときに噴き出した生理の塊や、そのときその周りにあった空気や状況のすべてが一気に立ち戻ってくると、自分がどこにいるのか急に分からなくなったような幻惑にとらわれ、時間が止まってしまったのだった。

喉が絞まるような性急な思いで、〈大森署？〉と半田は自問した。本庁から所轄へ来たということは、昇進したのか。いや、大森署の刑事課長も課長代理も別の男だ。警部補のまま移ってきたのなら、要は左遷か。四年前、肩で風を切って歩いていた本庁の切れ者が、左遷。こいつは愉快だと思ったのも束の間で、それにしてはあの脳天気な面は何だと、半田はさらに自問した。しかし、それもまた半田には想像もつかなかった。

半田はしばし、自分が品川署の階段に立っているような錯覚にとらわれながら、漠とした自問を繰り返した。あいつは何者だ。突然目の前に現れ、大根を自転車のカゴに入れて、ヴァイオリンを弾きに行くと言って消えてしまったあいつは、まるで面を切っていくように、いきなり横っ面を張り飛ばしていくように、一瞬ほくそ笑むように、俺の前をかすめていきやがったのだ。そう思い至ったとき、男が去っていた歩道を走り出していた。半田は待ち合わせの時間も念頭になく、男が去っていた歩道を走り出していた。

蒲田教会は、環八に出て蒲田陸橋を越え、三百メートルほど行ったところを左に入った路地にある。たしかここだったと思いながら、駐車場のある角から細い路地へ駆け込み、さらに走ると、右側に開け放たれた教会の門扉があった。

前庭の正面に、質素な礼拝堂が建っていた。その左隣の、集会所らしい木造平屋のあばら家の前にさっきの自転車が置いてあり、中からヴァイオリンの音が聞こえてきた。

半田は何も考えず、建物に近づいて窓から中を覗いた。電灯一つに照らされた粗末な板張りの部屋の真ん中に譜面台を置いて、合田は窓に背を向けて立っていた。近くの椅子に座っている司祭は、恰幅のいい外国人だった。弓を操る男の右手首と右肘は、謎めいたしなやかさで動いており、左手指もまた生き物かと思う軽やかさで楽器のネックを滑っていた。そして、流れ出してくるのは、署の近くのコーヒーショップでときどきかかっているバッハのソナタなのだった。

半田はまず、生の楽器はこんなによく音が響くのかと驚いた。さらに、店で聴くのとは別もののようなダイナミックな和声に耳を奪われ、魔法のように楽器を操る男の姿に目を奪われ、知らぬ間に鳥肌を立てて、半田は膝を震わしていた。

いったいいくつの音が響き合っているのか、空気という空気がさんざめいているのかと耳をすませながら、ふと我に返ると、ガラス窓一つで隔てられた二つの世界の断絶が、途方もなく深く感じられた。半田は、自分の足元が地割れを起こして滑り落ちていくような虚脱感に襲われながら、その場を離れ、路地を戻った。

環八に出てから、ようやく鈍く動き始めた頭に、少しずつ血が逆流してきた。計画が今のまま進むと、特捜本部が立つのは、日之出ビール本社のある品川ではなく、社長の自宅のある山王二丁目を管内にかかえる大森署になる。あの合田が大森にいるのなら、いずれ顔を合わせることになるのは必至だった。

そうか。俺はいずれ、あの男に苦汁をなめさせることになるのか。あの顔が青ざめるのを見るのか。

よし。ついに〈何か〉が見つかったぞ、と半田は思った。警察という妄想の糧を自分で食い潰してなお余りある〈何か〉が、四年ぶりに顔を合わせた刑事一名だったというのは、予想もしなかった結果だったが、運命とはこういうものだろう。もはや一つ一つは意味をもたなくなっている憎悪や鬱屈の巨大な靄が、たった今自分の前を横切っていった一人の男に向かって急激に収斂し始める中、半田はこれまでにない生々しい気分を味わった。

警察にしろ企業にしろ、個々の顔がないものをいくら苦しめても、得るのは抽象的な自己満足だけだが、苦しむ奴の顔が具体的に見えるというのは、何よりの御馳走だった。間もなく、左遷された先の小さな所轄署の刑事部屋で、いかにも端正な優等生の男が一人、挫折と屈辱と敗北感にまみれてすすり泣くのだ。

今日まで積み上げてきた企業襲撃計画の一つ一つに今、そうして合田某という血肉がつき、肌に張りつくような生身の感覚を伴って息づいているのを感じながら、半田は悶絶した。これだ。この俺が犯罪をやるのは、この感覚を味わいたいからなのだ、と思った。

第三章　一九九五年春——事件

1

三月二十四日金曜日は、管内で発生した強行事犯はなく、一日平穏だった。合田雄一郎は、午後九時過ぎに八潮五丁目アパートの自宅に戻り、すぐにまたヴァイオリンを持って外へ出た。毎日、たとえ半時間でも楽器に触れるというのは、所轄署に移ってからの一年の間に身につけた、生活の小さなメリハリだった。

合田は近くの八潮公園のベンチで、子供のころから何万回も繰り返し弾いてきたマイヤバンクの教則本通りに、何も考えることなく運指の練習を始めた。しかし、その夜は冷え込みが厳しく、半時間ほどで指が凍り、動かなくなった。ヴァイオリンを置いて手をこすり合わせながら、この冷え方だと、山は春先の大雪だ、と思った。

ダスターコートの男が一人、人けもない公園を横切って歩いていく。合田は義兄だろうかと思い、ちょっとそれを目で追った。

東京地検の検事をやっている義兄は、気が向くと、世田谷の官舎に帰るより近い八潮の義弟のアパートにふらりと現れて、泊まっていくのだった。世間話をし、ウィスキーを一、二杯空け、風呂に入って寝るだけで、朝にはまたいなくなる。学生時代、義兄は登山のパートナーだったが、どちらも多忙になった今は山も遠くなり、ここ数年はずっとそんな間柄だった。

公園を横切った男は、別棟の方向へ歩き去った。合田はヴァイオリンをケースにしまって腰を上げた。そういえば、義兄は一昨日寄っていったばかりだと、やっと思い出して、俺は何をぼんやりしているのだろうと、自分を訝った。

合田は午後九時四十五分に団地へ引き返し、洗濯機を回した。次にテレビをつけ、冷蔵庫を開け、しなびた小松菜一束と、賞味期限の過ぎた豆腐をゴミ袋に捨てた後、台秤にのせたグラスにウィスキーを百五十グラム注いで、キッチンの明かりを消した。

東向きの六畳間のベランダの向こうは、高速湾岸線の高架が横たわっており、その向こうは品川操車場の広大な闇が落ち込んでいた。聞こえるのは、埋立地を渡る風の音と首都高の車の走行音と、通路のどこかで開閉する鉄のドアの音、散漫に響いてくる子供の泣き声といったものだ。

　去年の誕生日に義兄がくれたテレビは、ＣＳ放送のアンテナとチューナーが付いていたが、どのチャンネルも視聴料がかかるので、合田はスポーツ専門のチャンネルとＢＢＣの二つしか契約していなかった。何もやる気がないのなら、せめて英語ぐらい忘れないようにしろと義兄が言ったからではなく、ただ退屈に負けてスイッチを入れ、大して興味もない海の向こうのニュースを聞き流し、職場での世間話のために、Ｊリーグの試合を観たりする。

　合田はウィスキーを左手に、畳に座り込んでしばらくぼんやり画面を眺め、右手で文机の上に散らかっている本を数冊引き寄せ、どれを開こうかと少し迷った。グレン・グールド著作集第一巻の『フーガの技法』の章は寝る前の睡眠薬に。『商行為法講義』はまた今度。付き合い上の必要に迫られて買ってみた『あなたも歌えるカラオケ百選』は、一曲も歌えない。続いて目についた日経サイエンスの三月号を引きずり出したら、本の山が総崩れになった。それをうっちゃって、また少しテレビが流しているワールドビジネスレポートに見入り、雑誌の余白に squabble と、耳に入ってきた単語を一つ書きつけた。次いで、崩れ落ちた本の中から辞書を引っ張りだし、単語一つの意味を確認した後、雑誌を開いて『はくちょう座新星Ｖ１９７４の誕生と死』という記事を読み始めたのが、午後十時二十分だった。

　三年前に爆発したＶ１９７４は、天文学史上、誕生と消滅の双方を観測することが出来た唯一の新星で、質量の違う二つの星の連星系の中で発生する新星爆発の理論が、観測によってかなりの部分裏付けられたという。浮世離れした質量と高温と高速の中で起こる核融合の話を読む間、合田の頭は空っぽになり、グラスのウィスキーは三分の一ほど減った。

　所轄署へ異動になったとき、合田は精神的にも物理的にも新しい生活を考えたが、将来に備えて資格を取るといった積極的な勉強には、ついに手が出なかった。代わりに、車を買うつもりで置いてあった金で新しいヴァイオリンを買い、離婚して以来触っていなかった楽器を触り始めたが、所詮はそれも、一日のうちの半時間か一時間を潰すことが出来る余技に過ぎなかった。そして、一日の終わりに近づくと、合田はしばしば、何も考えることがない空白に陥り、気がつくとぼんやりしているのだった。

　今もまた、合田は頭の中に何もないのに気づき、何かないのかと探したあげくに、一昨日会ったばかりの義兄の顔を思い浮かべたが、相変わらず仕事に追われているだけで、とくに急ぎの用件もなさそうだったと思い直すと、それもすぐに遠ざけた。

合田は日経サイエンスを放り出し、またちょっとテレビの画面を眺めた。イギリスの、電力会社の民営化に伴う原発の管理の問題。grid という一語を手近な雑誌の裏に書きつけ、辞書に手を伸ばしたところで、電話が鳴った。

受話器を取り上げるとき、習慣で時刻を確かめた。午後十時五十五分だった。

署の刑事課の当直の声が、《五分ほど前に、家人が帰宅しないという一一〇番があり……》と喋り出すのを耳にしながら、合田はリモコンでテレビを消した。

《派出所から一人走らせましたが、ちょっと様子がおかしいので、現場へ行っていただけますか》

「相方はどうした」

《ついさっき、大森南で強盗があって、そっちの方へ行ってます。よろしいですか、住所を言います。山王二丁目一六番。一戸建て。帰宅していないのは世帯主で、氏名はシロヤマキョウスケ。一一〇番してきたのは、息子のシロヤマミツアキ》

合田は、日経サイエンスの裏に機械的に『二─一六。シロヤマ』と書きつけ、目で靴下を探した。近くに脱ぎ散らかしてあったそれを引っ張りよせて、片手で裸足に被せた。二丁目一六番というのはどの辺りだったか。イトーヨーカ堂の横を上がっていって、突き当たりを右へ入った辺りか。

その間に、受話器の向こうでは別の電話の呼出し音が重なり、《あ、ちょっと》と電話を置いた当直は、三秒待たせて、《本庁の指令台から、状況を把握して報告しろとのことです。シロヤマキョウスケは日之出ビールの社長だそうです》と言ってきた。

そういえばそうだった、と合田は思い出す。管内に住む要人の住所氏名はだいたい把握しているが、山王二丁目の住人には日之出の社長が含まれている。

「了解。十分で着くと思う。連絡は受令機を鳴らすだけにして、無線は使うな。こちらから連絡するまで、とりあえず誰にも何も言うな。すぐ行く」

懐中電灯一つを手に、ダウンジャケットをひっかけてから、合田は洗面所へ走ってリステリンで口をすすぎ、ウィスキーの臭いを消した。部屋の外に置いてある自転車を押してエレベーターに乗り、一階に降りて外へ漕ぎ出したのは、午後十時五十八分だった。

点々と明かりの散る団地内の道路は、海風が唸っており、霙が混じっていた。合田はまず〈寒いな〉と思い、続いて山王二丁目まで第一京浜を下るか池上通りに出るかと思案しながら、やっと〈何かあったかな〉と思った。日之出の社長なら、運転手付きの送迎のはずだから、帰って来ないと家人が一一〇番してくるというのは、黄信号だった。何かあったか。

山王の高台は、袋小路だらけの迷路に守られるようにして緑深い屋敷の敷地が折り重なっていた。深夜には通る車もなく、門を閉ざした塀の並ぶ路地はひたすら暗く、自転車を走らせていると、まるで深海を泳いでいるようだった。二丁目一六番の辺りまで来ると、鉄平石張りの塀を巡らせた敷地の門扉の前に、交番の単車が一台置いてあった。付近は静かで、住人の気配はなかった。

合田はその前で自転車を止め、まず時刻をたしかめた。午後十一時七分。

次に、敷地をざっと外から眺めた。塀の高さは約百六十センチ。二百坪ほどの広さがある敷地は大きな木立が生い茂り、温室のガラス屋根が見えた。その奥に建つ二階建ての古い洋館は、二階に一つ、消し忘れたように白熱灯の明かりが灯り、あとは玄関灯が一つ。木々でさえぎられた一階の窓に明かりが一つ。見渡せば、両隣も向かいも、似たような家並みで、どこも木が茂り過ぎて見通しがきかなかった。

門扉は、幅と高さがともに百八十センチの頑丈な鋳物製で、暗証番号でしか開かない電子錠の鍵がついていた。門扉の飾り格子は細かい唐草模様になっていて、外から手や腕を差し入れる余裕はない。門柱のインターホンの下には、真っ赤な蛍光色も鮮やかなセコムのシールが貼ってある。門扉から玄関までのアプローチは直線で、約十メートル。アプローチの両側は人の背丈ほどに茂った植え込みになっていて、深々と暗かった。

インターホンに手を伸ばそうとしたそのとき、路地に入ってきた乗用車が一台、路肩に止まった。降りてきた男の年恰好と急いた足取りから、合田は息子だなと判断し、「城山光明さんですか」と先に声をかけた。「そうです」という返事を受けて、「大森署の合田です」と名乗り、手帳を見せた。

三十前かと思われる城山光明は、しごく地味なセーターとスラックスの恰好で、表情に乏しいおとなしげな堅い風貌をしていた。「一一〇番なさったのは貴方ですか。ちょっと中で話を伺わせて下さい」合田が声を低くしてそう言うと、光明は肩で息をしながら、口ぶりだけは沈着に「今開けますから」と応え、門扉の電子錠の蓋を開けて四桁の番号を押した。その間に、合田は「ご自宅はどちら」と尋ねた。

「東雪谷の大蔵省寮です。母から、父が帰らないと電話がありまして……」

施錠の解けた門扉を開けて中へ入ると、門扉は後ろで自動的に閉まり、鋳物がぶつかり合う低い物音が響いた。その音が聞こえたのか、玄関ドアが開き、顔見知りの地域課の巡査長が顔を覗かせた。合田は手で〈出てこなくていい〉と巡査長を制し、光明を促して足早に玄関に滑り込んだ。

薄暗い玄関ホールの三和土に巡査長は立っており、上がり框に膝をついて、年配の女性が座り込んでいた。化粧気もなく、質素なカーディガンをはおった骨格の華奢な小さい女性だった。その女性に向かって、真っ先に「母さん、大丈夫か……」と光明は声をかけた。女性はいくらかのんびりした表情で、「ええまあ、私は……」と呟いた。その端で、巡査長は無線のマイクを口に、「合田係長が到着しました、どうぞ」と連絡をしており、ガーガーという雑音ごしに《了解》という通信室の声が返ってきた。

城山の妻らしい女性は、合田に向かって「夜分お騒がせして、申し訳ございません」とゆっくり頭を下げた。「息子が警察に電話をした方がいいと申すものですから……」

「失礼」とそれを遮って、合田は巡査長の方へ目をやった。巡査長は手帳を手に、「今事情を伺ったところでは」と声を低くした。「午後十時半ごろ、会社の倉田という副社長から仕事の電話が入り、奥さんは、主人はまだ帰ってないと返事をなさったそうです。それからすぐに、また倉田副社長から電話があって、運転手に確認したら、運転手は城山社長を乗せて午後九時四十八分に会社を出、間違いなく午後十時五分に自宅前に着いて、しかも社長が門扉をくぐって中に入るのを見届けたということで、いったいどうなってるのだというふうな問い合わせだったそうです。それから奥さんは息子さんに電話をなさり、事情をお聞きになった息子さんが一一〇番をなさったのが午後十時五十分……。私は五十三分に来ました」

報告を聞く間に、腕時計の長針はまた一目盛り進んだ。十一時十分。車が着いたという十時五分から、経過すること六十五分、と合田は頭に刻んだ。

「奥さん、ご主人の年齢、身長、体重、今日の服装を教えて下さい」

「五十八歳です。身長は百七十三。体重は六十三キロぐらいでしょうか、少し痩せております。服装は、濃紺の上下とウールのベスト、靴は黒、コートは持って行きませんでした。ネクタイは、青色と銀色の模様だったと思います……」

合田は手帳にメモを取った。

「ところで、午後十時五分ごろ、門扉の辺りで物音はしませんでしたか」

「いいえ……」

「車が止まった物音は」

「したかも知れませんけれど、家の中におりますと、外の物音はあまり聞こえませんものですから……」

「ここのところ企業幹部を狙った事件が相次いでますから、父は、夜は外に出ないよう母に言ってたんです。セコムも入れて、鍵も全部二重にして……」と光明が補足した。

「社長は毎晩、ご自分で門扉の錠を開けて中に入られるんですか」

「そうです」

「そのとき、セコムは解除されているわけですか」

「そうです。父は帰宅したときに、自分の手で夜間用のスイッチを入れていました」

合田は巡査長へ目を戻した。「倉田という人の連絡先は」

「まだ本社だそうで、夜間直通の番号はここに。さっきから何度も電話が入ってます」

巡査長が差し出した手帳に書きなぐられた八桁の数字に目をやり、合田は「電話をお借りしたいのですが」と、息子の方に告げた。光明はすぐに自分の携帯電話を差し出してきたが、それを断って、階段ホールの脇にある有線の電話に手を伸ばした。

巡査長の手帳の番号にかけると、すぐに相手は出、《倉田です。社長はお帰りになりましたか》と、息を殺すようにして低く囁く声が聞こえた。

「いえ、まだです。こちらは、大森署の合田と申します。ところで、今日は社長のご様子はどうでしたか」

《普段とまったく同じです。私どもは今夜、新商品の発表会がございまして、盛会だったものですから、社長も大変喜んでおりました。九時五十分前に、私は地下駐車場で社長を見送ったばかりなのです》

冷静に言葉を選んでいる物言いの端々に疑心暗鬼が覗き、押し殺した動揺が伝わってきた。この状況で明るい声が出せるはずはないが、それにしても際立って暗い声だと合田は感じた。

「運転手の方、勤続年数はどのぐらいですか」

《もう二十年、ずっとうちの役員の運転手をしています》

「運転手の方の住所氏名、連絡先をお願いします」

《山崎達夫です。連絡先は私には分からないので、追ってお伝えします。ともかく、今すぐ捜索にかかっていただきたい。社長を捜して下さい！》

冷静だった声が、ついに怒鳴り声に変わった。これで普通だった。

「全力を尽くしますので、今から申し上げることをよく聞いて下さい。そちらはまず、警察との窓口を一つ決めて、その人が必ず電話に出るようにして下さい。次に、とりあえず本社の役員全員と支社長クラスの方には、自宅にかかってくる電話に気をつけるようお伝え下さい」

《社長は誘拐されたのですか……》

「今の時点では、何も分かりません。万一、事件の可能性もありますので、盗聴されないよう携帯電話と車載電話は使わないで下さい。では、追って警察から連絡をさせていただきますので、窓口の手配をよろしくお願いします」

合田は先に電話を切り、続けて署の番号へかけた。

「合田です。刑事課へ」と交換に告げる間、頭の芯でいくつかの映像が閃光を放って回り出していた。さっき見たばかりの静まりかえった路地。鉄平石の塀。電子錠のついた門扉。玄関までの十メートルのアプローチと、両脇に生い茂った植え込みの山。

《はい、刑事課です》と当直が応えた。

「合田だ。社長は帰ってこない。社長は、午後十時五分ごろに自宅に社用車で送り届けられ、門扉から中に入ったところまでは運転手が確認してるが、その後行方不明。……そういうことだ。署長に連絡して、刑事課全員に呼集をかけろ。紺野と井沢は直接、こっちへ来るよう言ってくれ。無線、携帯電話は禁止。残りは署で待機。行動は秘匿。次に本庁への連絡は……」

すぐ傍で息をのむ城山光明の目線を感じながら、合田はさらに声を低くして受話器に口を近づけた。「一応、連れ去りの可能性があるから、関係各部署の出動を要請したいと、一課長宛てに伝えること。特殊班、機捜、鑑識、NTT対策、全部だ。本庁が到着するまで、俺はここにいる。それから、この城山宅の電話はあけておきたいから、今から一切ここへは電話はしないこと。連絡は、大森駅前派出所の沢口巡査長宛てに有線ですること。そうだ、坂上さん、その辺の机の上に企業人名鑑があるだろう？　管内に住んでいる日之出の役員がいないか、確認してくれ。あとは本庁の指示待ち。以上質問はあるか？」

《あ、待て！》と当直の坂上は怒鳴り、保留音に変わって五秒待たされた。

《一課の当直からだ。間違いないか、って……》

「間違いない」

　合田は電話を切り、何か言いかけた城山光明に背を向けて、巡査長の方へ「沢口さん、ちょっと外へ……」と声をかけた。巡査長は、玄関ドアについている電子錠のスイッチを回してドアを開け、先に合田を外へ出して、ドアが閉まらないように傘立てをはさんだ。ドアをそうやって少し開けたまま、アプローチに出た。

「あの門扉も、内側からはスイッチ一つで開くんですか……」

「そうです。玄関ドアと同じです。さっき奥さんから伺いました」と巡査長は応えた。

「沢口さん。この辺り、要人が多いから、警らの重点区域になってるでしょう？」

　巡査長相手に手短に質しながら、合田は懐中電灯の明かりをアプローチ両脇の植え込みに当て始めた。木は枝の柔らかいスギ科のコニファーだった。五十センチ間隔に植えられており、地面から円錐状に密生した葉の壁が、懐中電灯の光を浴びて青みがかった銀色に光った。

「そうです。日之出の社長は毎晩、十時前後に帰宅なさるんで、九時四十五分から十時十五分の間は、この付近を中心に巡回してます。社長の車はいつも、交番前の路地を真っ直ぐここまで入ってくるんです」

「今夜、十時前後は貴方、どの辺にいましたか」

「なにせぐるぐる回ってるもんですから。しかし、五分から十分に一回は、この前の道路を見渡せるよう走ってます」

「道順はその日によって変わるんですね」

「そうです。あそこへ行け、ここへ行けと無線も始終入りますし……」

　たしかにそうだった。約五万八千世帯の管内に交番が十一。一つの交番が担当する区域の世帯数は平均五千。盗犯や粗暴犯の発生件数だけを言うなら、山王の夜は概して静かだが、署活系の無線は隣接する区域の事件発生を絶えずがなり立てている。隣の大森北で何かあったら、山王の交番にも警戒の指示は飛んでくるし、そうなると巡回の道順は即変更になる。高額納税者の多い地区だといっても、数千世帯もあれば、やれ家人の帰りが遅い、隣の犬がうるさい、見かけない車が止まっている、といった一一〇番は引きも切らない。

「今夜、十時前後には何か、入りました？」

「あの馬込二丁目の陸橋の下で、バイクの自損事故が一件……」

「そちらの方へ行っておられた」

「そうです。ほんの五分ぐらいの処理でしたが。そのあとすぐ、池上通りの方で違法駐車が一件。それから職質一件やって……」

巡査長の話を耳にしながら、合田はそのとき、ちらりと何かにひっかかったのだが、植え込みを調べながら聞いていたせいか、そのときは、何がどうだというのか、突き詰める頭が働かなかった。

「あとで交番へ寄りますんで、日誌を見せて下さい。で、今夜は結局、社長の車は見かけなかったのですね」

「そうです」

「今夜はたまたま、十時前後には貴方はこの付近にいなかったということですね」

「そうです……」

合田はアプローチの真ん中辺りで足を止めた。足元の敷石に当てた光の中に、コニファーの細かい葉がいくつか散っていた。幅一ミリ、長さ一センチほどの銀青色の葉と一緒に踏みつけられた土くれの塊が、敷石にいくつかこびりついている。門扉からの距離、約五メートル。

左右の植え込みに光を当て直したとき、門扉に向かって右側の植え込みの奥に、何かが見えた。敷石の上に屈み、植え込みの根元の奥へ手を突っ込んで拾い上げたら、直径三センチほどに軽く丸められた紙だった。白手袋の手でそれを開き、懐中電灯を当てると、ボールペン書きの文字が目に飛び込んできた。

合田はそのとき、なぜか突然クシャミが出、巡査長の方は短いうめき声を上げた。定規で引かれた上下左右二センチの文字は、明快に『社長ヲアズカッタ』とあった。

合田は、今しがた紙を拾い上げた植え込みの下を見、植え込み越しに木の生い茂った庭を仰ぎ、塀と門扉を見渡して、外から投げ込まれた可能性は少ないと、それだけをその場で判断した。それからまた、かすかに何かがひっかかったのだが、やはり頭はそれ以上働かなかった。

「……じゃあ、そちらは交番へ戻って、メモを発見したと有線で連絡を入れて下さい。連絡事項があったら、こっちへ知らせに来て。出入りはなるべく静かに」

巡査長は、返事もそこそこに門扉を開けて外へ飛び出していった。合田は、再び自動的に閉まる門扉が大きな音を立てないよう手を添えたが、それでも重い鋳物は鈍い音を響かせた。頭上で、寒風にあおられた木々の枝が鳴るほかは、路地も家々も物音ひとつなかった。

一人になると、合田は巻尺でメモを回収した位置と門扉までの距離などを手早く測り、手帳に書きつけた。自分が検証調書を書くわけではなかったが、犯行現場に一番に臨場した刑事なら当然するだろうことを、したまでだった。しかし、一人でそんな作業をしている間も、久々に冷気の底を這うような感じに包まれ、大変な事件が起こったのだという思いを、刻々新たにさせられた。

時刻は午後十一時二十一分。事件が発生したと思われる時刻から、七十六分が経過。もう緊急配備は無理だった。

合田はメモを手に玄関へ戻り、「庭で発見しました。

すみませんが、手を触れないで下さい」と断って、上がり框に座り込んでいる夫人と息子にくしゃくしゃの紙一枚をかざして見せた。二人はうつろな目をしばたたき、声も出ない様子ですぐに目を逸らした。

「母さん、まだ何も分からないんだから、心配するな……。ぼくは祥子に電話する」

電話に手を伸ばした光明に、合田は「ご家族以外に漏れないようお願いします」と声をかけた。光明は「分かってます」と苛立った返事をして、電話をかけ始めた。

夫人の方はしょんぼり肩を落とし、こんな事態になったら、どんな顔をしたらいいのか分からないというふうに、かすかな微笑みさえ浮かべて、独り言に近い言葉を口にした。

「主人は普段から、何かあったら周囲に迷惑がかかるからと申しまして、安全には気を遣っていた方ですけれども……。周囲にとても気を遣う人なものですから、ご近所をお騒がせするのはいやだと申しまして、会社がせっかく派遣して下すったガードマンも、今年になってお断りしてしまいまして。ほんとうにどうしたらよろしいんでしょう……。来週は株主総会ですのに。今ごろきっとどこかで、会社のことを心配しておりますでしょう。このごろ、新商品の受注が順調だとかで、上機嫌でしたのに。これで総会が無事に終わったらやっと一息つけると、今朝も出がけに申しておりました」

「ご主人は、持病などはお持ちですか」

「いいえ、とくにございません」

「お身体は、丈夫でらっしゃいますか」

「ええ。頑健というほどではございませんけれど」

合田は『持病なし。身体丈夫』と手帳に書き加えた。

十一時三十分。インターホンが鳴り、玄関から顔を出すと、門扉の外にジーパンとスニーカー姿の男二人が立っていた。合田は外へ出て門扉を開け、二人を中へ入れた。

どちらも二十代の若い巡査で、名を井沢、紺野といった。地域課から刑事課へ移ってきて半年にもならない刑事の卵には、頭が真っ白になるような事態に違いなく、どちらの顔も引きつっていた。合田は、一から噛んで砕いて教えるつもりで、若い二人の目を見た。

「いいか。どんな場合にも、被害者の身の安全を何より優先する。そのためには、徹底保秘だ。上の指示なしには、誰に何を聞かれても、何もありません、何も聞いてませんと白を切ること」

「はい」

「機捜が来るまで、君らはとりあえず、通行を止めろ。井沢はあそこのT字路の角、紺野はこっちのT字路の角だ。通行人は住所氏名を確認して、自宅へ帰る人間以外は通すな。車もだ。とくに新聞記者とテレビには気をつけろ。よし、性根入れて行け」

二人が、それぞれ七十メートルほど離れた左右のT字路へ駆け去るのを見送って、合田は音を立てないようにそっと門扉を閉ざした。午後十一時三十二分。

いったん玄関に戻り、まだそこに座り込んでいる夫人と息子に、不審な電話が入っていないことを確認し、「冷えますから、居間でお待ちになって下さい」と声をかけると、とたんに息子の光明は「もう一時間半にもなる！　早く父を捜して下さい……」と呻いて頭を抱えた。

被害者を連れ去った犯人は、捜索の手が及びやすい都内に留まるより、すでに近隣他県へ出てしまっていると合田は推測した。しかし、一刻も早い保護を願う家族の思いとは逆に、警察の捜査では、被害者が無事保護されるまで、都内各署はもちろん、近隣他県への正式な事件手配は行われないのが通例だった。しかも、被害者が被害者だということで、この先、本庁幹部がなお一層慎重になっていくだろうことも、合田には予測がついた。

合田は、今の己の無力と将来の無力を考えながら、自分の足元に目を落とした。所轄の一刑事には、右のものを左へ動かす権限はない。捜査情報は、ほんの一部を知らされたらいい方で、事態がどうなっているのか、明日にはもう分からなくなっているだろう。そう思うと、自分の身体一つが無用な棒切れのように感じられた。

午後十一時三十五分に鳴ったインターホンは、やっと機捜の到着を告げた。インターホンが鳴ると同時に合田は外へ飛び出し、内側から門扉を開けた。

やって来たのは、蒲田分駐所から四人、一機捜の本隊から班長が一人、機動鑑識が四人。全員、捜査メガの入るコードレス・イヤホンを耳に入れ、それぞれ手に膨らんだ紙袋を提げ、あるいは道具箱を抱え、足音もなく敷地内に滑り込んできた。事件判断に手間取ったのか、無線車両の手配が遅れたのか、到着に半時間もかかった理由は不明だった。

最初に入ってきた一人は、合田に目をやるなり「NTTは来たか」と言い、合田は「まだです」と応えた。そう応えてしまってから、分駐所の顔見知りの巡査部長だと気づいたが、殺気だった顔つきの相手は気にも留めていなかった。

二番目に入ってきた隊本部の班長は、分駐所の隊員に「承諾書のサインを先にもらってこい、それからガイシャの写真！」と指示を飛ばしながら、ひょいと合田の方を見た。

「メモが発見された場所は」

「そこです」合田は懐中電灯でアプローチを照らした。班長は敷石の上の光の輪をひと睨みし、すぐに後ろの鑑識に「頼みます」と声をかけると、鑑識の二人はただちにシートを広げて保全の作業に取りかかった。

「で、そのメモは」と班長は手を突き出し、合田は紙一枚を渡した。

班長が無言でメモを覗き込む後ろでは、鑑識が、門扉の内側に外から覗かれないためのシートを手早く張っていた。班長は顔を上げ、「犯人からの電話は入ってませんね？」と念を押してきた。

「入ってません」

「家人の話は聞きましたか」

「はい」合田は自分の手帳から五枚ほどちぎって渡した。班長は懐中電灯の明かりで素早く目を通し、「持病なし。身体丈夫、か。よし」と呟いた。

「あとはこっちでやります。外で立ち番をやってる二名は、こっちが指示するまで残しておいて下さい。署の方は全員待機で頼みます」

班長は、寸暇を惜しむようにそれだけ言い、急ぎ足で玄関へ入っていった。続いて、何番目かに入ってきた分駐所の隊員に「ちょっと」と合田は呼ばれた。

「この門扉、中からはどうやって開けるんですか」

「こうです」と合田は内側のスイッチを回してみせた。

隊員はそれを確認し、「中からは簡単に開くとなると、〈出〉はここか。車がいたはずだな……」と独りごちると、「大村！」と仲間を呼んだ。その場ですぐに地図が開かれ、そこに懐中電灯の明かりが当たった。

「まず、十時五分前後に物音か、車の発進音を聞いた者の有無。それから、不審車両を見た者の有無……」

「この一六番地周辺は袋小路が多いので注意して下さい」合田は、隊員の地図に自分のボールペンで印を入れた。

「了解。よし大村、お前は右。俺は左だ。半時間後にいったんここへ戻ろう。連絡は一〇〇Ａ（携帯無線）で」

分駐所の二人は足早に路地へ出ていき、入れ代わりに新たな顔が二つ、門扉のシートをくぐって入ってきた。合田は、顔も名前も知っている本庁の第一特殊犯捜査二係の主任と巡査部長だったが、相手の方からはとりあえず何の会釈もなかった。

二人はアプローチの鑑識作業に目をやり、屋敷の全景をざっと見渡してから、平瀬悟という名の主任の方が「合田さん？」と声をかけてきた。

「合田です」

「隊本部は」

「来てます」

「今夜は冷えるな……。ガイシャ、コートは着てるって？」

「いえ」

「……そうか」

大企業の社長が連れ去られるという事態を受けた特殊犯捜査の精鋭なエンジンは、まだようやくアイドリングに入ったばかり、といったところだった。事件現場となった敷地内を数回見回した後、その二人も玄関へ消えた。アプローチの上では、鑑識の四人が這い回っており、標識はすでに五つ立っていた。それを見収めて、合田はシートをくぐり、門扉の外へ出た。

置いてあった自転車に跨がりながら、合田はもう一度、真っ黒な樹影におおわれた屋敷を仰ぎ、犯人は最低三人はいるかな、と慰みに想像してみた。二人が塀から侵入してアプローチ脇の植え込みで被害者の帰宅を待ち、素早く被害者を捕捉して門扉から外へ連れ出し、そこへ別の仲間が車を横付けして、被害者を乗せた車は走り去る。そんな犯行の一部始終は容易に想像出来たが、それを現に実行した犯人像の方は、何重にも靄がかかっていた。

入念な下見をした上であっても、いつ現れるか分からない警らの隙をついての犯行が、どうして可能だったのか。偶然うまくいったというのでなければ、犯人には、実行のための数分間に警らが戻って来ないという確信があったことになるが、そんな確信はいったいどこから来たのか。警らの巡査長と話しているときにちらりとひっかかった疑問一つは、まだ合田の頭のすみで疼いていた。

しかし、現実には明日、自分はどこで何をしているだろうと思いながら、合田は自転車を漕ぎ出した。この近辺で地どりをしているかも知れないし、不審車両を洗っているかも知れないし、あるいは特捜本部にさえ加えられることもなく、普段通りに刑事部屋で捜査書類を書いているかも知れない。いずれにしろ、どこかで推移している事態や、犯人と被害者の状況の変化などからは、遠いところにいるのは間違いなかった。

午後十一時四十二分。路地は半時間前と同じように沈黙していた。本庁が記者発表をするまで、いましばらく時間がかかるだろうが、今のところまだ、世間には漏れていないようだった。立ち番をさせている部下二人に、指示があるまで動かないように声をかけてから、合田は現場をあとにして、目と鼻の先にある大森駅前派出所に向かった。路地のいくつかで、暗がりに止められた鑑識や特殊の覆面車両を三台、見た。

＊

東邦新聞社会部のデスク席で、番デスクの田部がビリッと自分専用の日めくりをちぎる音がし、次いでその腕が大きく円弧を描いたかと思うと、ちぎり取られた紙一枚はぴゅうとどこかへ飛んでいった。

午前零時になって日付が変わると、田部はいつもそれをやる。番の机はひときわ大きなデスクトップのワープロが載っているので、少し離れた遊軍席にいる根来史彰に見えたのは、そのＣＲＴの向こうの田部の腕と、飛んでいった紙だけだった。

時計は午前零時一分を指していた。三月二十五日、土曜日だ。

根来も、手元の小さい日めくりを片手で破り捨て、書きかけの原稿に戻った。六回シリーズの『ゴミか、資源か』の明日の掲載分だが、ほんの少し手があいたのを見計らって取りかかったのだった。半時間前に朝刊の十三版は出稿し終わり、残る十四版の最終締切りまで一時間半。編集局は、満員御礼とまでは行かずともそこそこ席は埋まる芝居の、開演前のロビーといったところで、ぽつぽつ出稿前の確認や手直しの指示の声が飛び、出先の記者からの電話があっちで鳴り、こっちで鳴り、していた。しかしどの声も低く、どの言葉も短く、少し離れるともう聞き取れない。

社会部は、番デスクの田部のほか、同じく番のサブデスクが一人、泊まりの記者が四人残っていた。遊軍の方は、長である根来が一人いるだけだ。半時間ほど前まで三人ほど、資料を整理したりしていたが、田部から最終版用の追加取材の指示が入り、灰皿に吸殻の山だけ残して、どこかへ消えてしまった。

一月に起こった阪神大震災のときは、総勢十八人いる遊軍記者はあらかた震災取材班に組み入れられたが、震災直後の混乱も少し落ちついてきたと思ったら、三月に入って、カルト集団による犯罪史上類を見ない毒ガステロと無差別殺人、続けて都内の信用組合二つの経営破綻と大事件が相次いだ。ほかにもいじめを苦に自殺する子供たち、多発する銃器犯罪、都市博覧会、ゴミ問題、都市防災、戦後五十年決議と、遊軍は席が温まるひまもない。こんなに賑やかな年も珍しいが、おかげで春を待たずして、根来は今年もまた〈一人遊軍〉になってしまい、腰に根が生えるかと思うほど遊軍席に座りっ放しで、原稿、原稿、原稿、と追いまくられているのだった。

年がら年中時計を睨みながら、遊軍記者からばらばらに入ってくる原稿を一本にまとめ、手を入れ、書き直して、社会面を埋める軟派の記事を作り、番デスクのデスクワープロに送り込む。その合間に連載物の原稿に手を入れ、ときには予定稿を書き、出稿前になると見出しのチェックをし、特ダネの割り込みがあれば、番デスクの指示で即座に記事の差換えや加筆、訂正をやる。大半は機械的な作業だし、入社二十三年の慣れもあり、こんなものだと身体の方は納得しているが、午前零時を過ぎるころには、四年前に交通事故で傷めた腰椎がずっしり重くなってくる。加えて昨日の朝は、寝なければと思いながらつい本を読んでしまったので、そのツケが回ってきて、根来は今、ワープロの画面を見る目がちょっと辛かった。

「吉田君、このPL法案、消費者の声が多過ぎる」と、デスクワープロの向こうで田部の声がした。「企業の声を入れるか、消費者団体の意見を削るか、どっちにする？」

電話片手の通産省担当の泊まりが「削って下さい」と返事をする。田部の隣では、同じくデスクワープロを前にしたサブデスクの高野が、肩と耳の間にはさんだ電話の受話器を手でふさぎながら「板橋の火事、放火ですって。どうします？」と田部に声をかけ、田部の声は「いいよ、ベタで」と一蹴した。社会部に六人いるデスクの中で、田部は一番言葉が荒い。その声色を聞いている限りでは、今夜は今のところ、最終版から入れるような一級の特ダネはなさそうだった。そう頭のすみに入れて、根来は自分の原稿をぼつぼつ打ち続けた。

統一地方選挙を控えた隣の政治部の方は、少し賑やかで、官邸や平河の記者クラブからの電話が引きも切らず入ってきていた。つい今しがた、その政治部の番デスクが通路一つ隔てた整理部の方へ飛んでいったが、今はそちらの方向から、「ただでさえ盛り上がらん選挙なのに、見出しぐらい一発、青島氏優位、と打って下さいよ！」「一面なんだから、節度ってもんがあるでしょう」とやり合う声が聞こえてくる。

政治部の向こうの外信部は五、六人いるようだが、少し前に「ニューヨークへ電話入れて！」という番デスクの甲高い声が一つ響いた後は、目立った雑音はなかった。その向こうの経済部は、相次ぐ金融不祥事や円高や株価の低迷などのおかげで、近ごろはこの時間帯もまだ記者の出入りがあり、インターネットに接続しっ放しのコンピューターはこの時間、海外市場の数字を流し続けている。

その向こうの地方部、文化部、運動部のデスクが並んでいる辺りは、まだ何人か残っているようだが、デスクワープロやファイルの山の彼方からは、今夜はとくに声は上がってこない。さらにその向こうには、衝立で仕切られた写真部の部屋があり、泊まりのカメラマンが数人いるはずだが、今のところどこかへ飛び出していったような気配はないから、居眠りをしているか、コーヒーでも飲んでいるか。

ざっと千三百平方メートルの広さがある編集局のフロアは、照明は昼間と同じだが、見た目には少し暗く感じられ、そうして百人近い人間がそこここに残っているといっても、賑やかなような静かなような、深夜独特の少し気だるい靄がかかっていた。見渡すと、各部毎に一台か二台置いてあるテレビの画面で、色鮮やかな映像だけが音もなく躍っており、何だか龍宮城の幻のようだった。

自分の目のせいかと、根来が目をこすったところで、田部の声が遊軍席の方へ飛んできた。「根来君、そっちの連載分。図表をカットして、本文五行増やして調整してくれる？　信組の組合員の談話が取れたから、そっちを入れたいんで」

根来は片手を挙げて「ＯＫ」だと応え、手を入れかけていた明日分の原稿をフロッピーに落として、代わりに本日分の原稿を呼び出した。リサイクリング・プロセスの図表をカットしたら、五行七十字以内で、言葉による説明を入れなければならない。『産業廃棄物の生産・排出から最終処分までの過程では、自家処理→再利用→再資源化の順に、処理技術やコストが高くつくものになる』と書き足してみて、行数を数え直していると、「根来さん、電話」と泊まりの厚生省担当から声がかかった。根来は外線電話に手を伸ばしながら、習慣で時計を見た。午前零時五分。

電話の主は、十五年来の付き合いになる世田谷署の刑事課長だった。根来は三十で警視庁詰めをやったが、ネタ元を作るのも苦手なら、付き合いも下手で苦労した。警察という組織にどうしても馴染めず、その分努力もそこそこだった結果だが、時間をかけて気ごころを通じた何人かの刑事たちとは今も、仕事抜きの友だち付き合いが続いている、その一人だった。

《根来さん？　明日のバラ展、行けないかも知れないな》と、相手は言った。

柔道五段の偉丈夫が、十年前から狛江の自宅の庭にバラを植え始め、以来交配で新種のバラを作っては海外の品評会に出している。根来の方はマンション住まいで庭もないが、ふと、花の一つでも愛でる余裕を自分に与えてみようかという出来心に襲われて、明日の午後、神代植物公園でやっているバラ展を覗きに行こうと、約束していたのだ。

「どうしました」と聞き返しながら、根来は、相手の声が自宅の電話のものでないと気づき、この時間に署からかけているのなら、事件かなと、ちらりと考えた。

《山王の方で何かあったみたいだ。ちょっと覗いてみろよ》

「大田区の山王？」

《署活系が変だ》

短い言葉で、電話は切れた。久々に、ネタ元がネタを流してくれた瞬間の緊張が、二秒ほどかけて鳥肌に変わった。昔なら、瞬時に総毛立っていたはずだった。

根来はすぐに警視庁のボックスにつながる直通回線の受話器に手を伸ばした。

「根来です。大田区の山王で何かありました?」

《いや》と、即座に応えた声はキャップの菅野哲夫だった。《こっちは静かだが》

「今、知り合いから電話が入って、署活系が変だと言うんですが」

《無線が変……?　ほかには》

「それだけです」

《山王か。ちょっと夜回りに出ている奴に聞いてみる》

その電話も短く切れた。菅野は公安記者が長かった切れ者で、口数が少ない上に、人が一つのことを考える間に、三つぐらい考えてしまうからか、若手とも同期とも、あまり会話が成立しない。根来自身は不思議に付き合いは長いが、何年付き合っても、どうやって解くのか分からないが正解だけは載っている問題集のようだと、声を聞くたびに感じさせられる。ほんとうは、百人体制の東邦社会部の中で一、二を争う酒豪なのだが、本人は言わないし、知っている者は少ない。そういう男だった。

受話器を置いたとたんに、耳聴い田部デスクから「何かあった?」と声がかかった。根来は「いえ、まだ」とだけ応え、あまり集中も出来ないと思いながら、自分の原稿に戻った。五行加筆した連載の原稿を取りあえず印字し、加筆箇所を赤で囲って、「これ、デスクに」と泊まりの記者の方へ手渡す。菅野に下駄を預けた以上、万事ぬかりなく事が運ぶという安心感はあったが、同時に自分自身の手はあいてしまい、今しがた立ったはずの鳥肌も分からなくなって、根来は少し所在がなかった。

元の原稿に戻って、『都市ゴミの熱利用の……』と書き続けながら、根来は時計を見た。午前零時十分。今ごろ、菅野キャップにポケットベルで呼び出された一課担の記者が、大森署と山王へハイヤーを飛ばしているだろう。十五、六年前、自分がそうして走り回っていたころのことを、根来は一瞬思い出そうとしたが、とっさには何一つ浮かんで来ず、三流記者の脳細胞の末路はこんなものかと思ったりしているうちに、指の方は『熱利用の末路は……』と打っていた。それを消し、『熱利用の現状は……』と打ち直す。

時計は午前零時十三分を回った。デスク席の方で、リンと一つ直通電話の呼出し音が鳴り、すぐにサブの高野の手が受話器を取る。電話は数秒で終わって、高野は隣の田部に何か声をかけた。とたんに、生え際が五センチ後退した田部の頭が初めてデスクワープロの向こうから起き上がったかと思うと、通路一つはさんだ整理部の方へ「一面、社会面、記事を差し換えるかも知れないから！」という一声が飛んだ。

それから田部は、「山王二丁目に覆面のPC。大森署の裏庭に捜査車両が入ってるって」と、社会部に響き渡る声を上げた。即座に「何かあった……？」と泊まりの記者たちの顔が上がる。

「まだ分からん。とにかく、一課長も鑑識課長も公舎へ帰って来てないらしい。二方面の各署は揃って、だんまり。ボックスは放送待ちだ。土井君、山王の住宅地図、用意して。写真部の泊まり、待機してもらっとけ」

そう言いながら、田部の目は壁の大時計へ流れた。根来も時計を見た。零時十六分。締切りまで、延ばしに延ばしても一時間半。何があったにしろ、書けることは多くはなかった。

「根来君、念のために山王二丁目と大森署の近くに前線二つ、目星つけといて」

田部の指示に、根来は片手を挙げて応えた。書きかけの原稿を置いて、機械的に引出しのファイルから、都内全域の新聞販売店五百店舗のリストを取り出した。事件のたびに利用してきたので、もうぼろぼろになっている。それを開きながら、山王の方は、山王交差点の郵便局の隣にある販売店が一つ、すぐに頭に浮かんだが、大森署の方はそれが建っている場所を思い出すのに、少し時間がかかった。

場所は、京浜急行の大森町駅の東側。第一京浜が産業道路と分かれて二股になっている、そのY字路の先端にファミリーレストランのデニーズがあり、そのカラフルな屋根とくっつくように四階建ての小さい庁舎がひっそり建っている。気を付けていなければ見過ごしてしまうようなその庁舎の並びには、民間のマンションや倉庫と、雑多な小さい事業所ビル。署は玄関が第一京浜、裏口が産業道路に面しており、どちらの入口も、前に横たわった陸橋の高架が視界をふさいでいる。そうだ、まるで谷底で、昼間でも日の差さないような場所だったなと、やっと鮮明に思い出しながら、根来はリストから一店を探し出し、電話番号をメモに取った。場所は、署から三百メートル離れた第一京浜沿いだが、双眼鏡を使えば、捜査員の出入りを見張ることの出来る距離だった。

リストを引出しにしまい、根来は気が散って書けないと諦めた原稿をフロッピーに落とした。それから、引出しから最近はもうあまり使わない鉛筆一本を取り出して、肥後守で芯を削り始めた。いつも、何かを待っているときに、根来はそれをやるのだった。デスク席で、田部が直通電話に出ている。「放送、まだ入りません？　他社の動きは？」

二本目の鉛筆を削り始めたとき、何度目かの呼出し音が鳴り、根来は肥後守の手を止めて、壁の時計を確かめた。午前零時十八分。

直通電話の受話器を取った田部は、中腰になっており、デスクワープロ越しに屈んだ頭が光っていた。「あ、そう……。分かった。内容、すぐ知らせて。部長を呼ぶ」とひとりうなずき、受話器を置いたと同時にその上体が伸びたが、言葉が出てきたのは、さらに一呼吸置いてからだった。

「誘拐だ。日之出ビールの社長がやられた……！」

その一声はあまり大きな声ではなかったが、千三百平方メートルのフロアの隅々へ一瞬のうちに届き、そこかしこで一秒か二秒、時間が止まったかのようだった。

続いて、「日之出ビールの社長が誘拐された！　日之出の社長！　誘拐！」という高野サブデスクの絶叫が轟いた。その叫びの終わりの方は、一斉に噴き出したざわめきと、立ち上がる記者たちの動かした椅子の音、社会部めがけて駆け寄ってくる靴音などにかき消された。

「選挙、潰れるな……」と隣の政治部の番デスクが天井を仰ぎ、「日之出ビールか、ビールに間違いないか！」と怒鳴りながら、経済部の番デスクが飛んでくる。「紙面、どうする！　とりあえず何段あける！」と、整理部からも番が走ってくる。「どうせ協定になるだろうが……」という声は、交番の編集局次長だった。

たちまち出来上がった人だかりの中で、田部の早口がとりあえずの現況を手短にまくし立てた。警視庁の広報は各社キャップを集めており、菅野キャップは今、そちらへ行っている。仮協定の申入れがあるのは間違いない感触だと、まずはそれだけだった。誰もが一斉に時計を見た。報道協定が出たら、一切の取材活動が出来なくなる。各社の部長が集まっての本協定締結の話し合いが長引いたとしても、限度はある。協定が正式に発効するまで一時間あるか、二時間あるか。ともかく、取材は時間との競争だった。

百メートル走のスタートを切るように、いったん集まった人垣が散った。「本社に上げられる奴は、全員上げるぞ！」という田部の一声が飛んだ。「土井、原田は、兄弟親戚に日之出の社員がいる奴をまず探せ。根来君は、配置表を頼む。吉田は写真部の泊まり、全員呼んできて。それから日之出の資料、資料室にあるだけ全部取ってこい！　麦酒労連の資料も。新井さん、財界と酒類販売業界の方、頼みます！」

経済部の新井デスクの方から「あ！」というすっとん狂な声が上がった。「あそこ、三月末が株主総会だな……」

「じゃあ、株主の方の取材も！　くれぐれも事件は伏せて、景気とか業界とか、その辺の話で」

根来は、出払っている遊軍記者たちのうち、こちらへ回せる面々を順にポケットベルで呼び出しながら、配置表を作るために、創刊百周年記念のポスター一枚を裏返して遊軍の机の上に広げた。

後ろでは、サブデスクの高野がクラブからの直通電話を受けながら、メモ用紙にボールペンを走らせており、すぐにそれを読み上げる声がフロアに響いた。

「被害者氏名、城山恭介、五十八歳。日之出ビール社長。二十三日午後十時五分ごろ、山王二丁目一六番の自宅に社用車で帰宅した後、門扉を入った辺りで待ち伏せていた何者かに拉致された。前庭の植え込みで、犯人が残したと見られる便箋一枚を丸めたものが発見され、『社長ヲアズカッタ』と書いてあったため、本件を逮捕監禁と判断した。午前零時二十分現在、犯人からの連絡はなし。社長専属運転手の氏名は、山崎達夫、六十歳。勤続二十五年。次回のレクは午前二時。……記者発表は、それだけ！」

根来は直通電話の受話器を取り上げた。半時間前とは打って変わった怒鳴り声が《はい、菅野！》と応えた。

「遊軍から、走らせるところはありますか」

《日之出の役員の方を頼む。どの電話も見事になしのつぶてだ。直接自宅へ行って、戸を叩いてみてくれ》

根来は電話を切り、資料室から駆け戻ってきた吉田に「役員の名前と住所、調べて」と声をかけた。

時計は午前零時半を回った。根来は、ポケットベルに応えて遊軍席に電話を入れてくる記者たちに菅野の指示を伝えながら、片方では田部と一緒に配置表作りに取りかかった。ポスターの裏に、縦横十センチの大きな字で、まず項目を立て、そこへ記者の名前を書き込んでいく。警視庁詰めと、地検・裁判所担当と、方面記者を除いた持駒は、当面約五十。

項目は頭に①統括、②副統括を立て、次に③硬派、④軟派、⑤被害者周辺、⑥日之出本社、⑦日之出役員、⑧日之出社員、⑨日之出関連企業、⑩特約店、⑪同業他社・労連、⑫酒類販売店、⑬国税庁、⑭大森前線本部、⑮山王前線本部、⑯待機班などだった。

社会部長を統括に置き、副統括には副部長。硬派と軟派の原稿差換えチームは、それぞれデスク一名とまとめのキャップに、記者三名ずつを配置する。各取材班と二つの前線本部には、キャップと記者数名。去年、日之出とライムライトの合弁問題を取材した泊まりの吉田努の名は⑩と⑬へ書き込まれ、田部敬一は自ら硬派デスクに、根来自身は軟派のまとめキャップに就いた。

泊まりのカメラマンたちはすでに、被害者宅と品川の日之出本社めがけて飛び出していった。フロアは、電話をかける声、呼出し音、出入りの足音、飛び交う声の渦だった。配置表にマジックを走らせながら、田部はいくらか興奮をかくせない声で「当分、泊まりになるな……」と呟いた。

一、二時間のうちに部長やデスクたちが顔を揃えたら、あとはミーティング、ミーティング、ミーティング。その合間になだれ込んでくる原稿をまとめ、時計とにらめっこで完成稿を作ったと思ったら、時間ぎりぎりまで差換え、書換えに追われる。そうして自分を含めた本社詰めの全員が人間原稿処理機と化す一方、取材に走る一線の記者たちはドッグレースの始まりだった。根来は、ちょっと回転の上がり方が鈍い自分のエンジンに不安を感じながら、寝不足の目をしばたたいた拍子に、またふとバラ展のことを思い出した。ひょっとしたら人生の小さな変化になるかと密かに期待していたきっかけを、これでまたしばらく逃してしまったなと思った。

＊

前夜の一課長公舎の夜回りは、本庁幹部職員の歓送迎会が半蔵門会館で行われていた関係で、午後十一時からの受付と決まっていたのだった。警視庁詰め二年目の久保晴久は、当夜は十一時十分過ぎに目黒の公舎前に着き、民放各社、NHK、朝日、共同に次ぐ九番目の順番になった。それから三々五々他社もやってきて、路地には、携帯ラジオのイヤホンを耳に入れ、黙々と身をひそめて立つ記者たちの列が出来た。

その夜の一課関係の関心事は、各社おおむね、毒ガス製造の殺人予備容疑で逮捕状が出ているカルト教団の指導者の行方や、すでに逮捕されている教団幹部の取調べの進展状況などだった。公式発表が少ない分、各社とも、ひたすら一課長の腹を探ることに終始する日が続いており、久保も他社の持ちネタを気にしながら、毎晩欠かせない胃薬と滋養強壮剤を飲んで、その夜も夜回りに臨んだのだった。そのわりには体重は減らず、学生時代から大柄だったが、社会部記者になってから、不規則な生活のせいでさらに十キロも体重が増え、社内検診では脂肪肝寸前だと言われていた。

小雨が降ったり止んだりで、春先にしてはひどく寒い夜だった。午後十一時二十五分になって、民放の記者たちの中から、「遅いな」という小さな声が上がった。一課長の公用車の到着が予定の時刻より遅れているからだったが、たまに半時間ほど遅れることもあるので、久保はあまり気にしなかった。他社の記者たちも同じ判断をしたに違いなく、その場はそれ以上の声は上がらなかった。

再度「遅いな」という呟きが漏れたとき、それは今度は次々に伝染して「遅いな」「遅いな」と二つ三つ重なった。時刻は午前零時三分になっていた。「何かあったか」「変だな」といった呟きに混じって、どこからか「お隣も帰ってないな」という声が上がった。一課長公舎の隣は鑑識課長の公舎で、下戸の鑑識課長は二次会の付き合いなどで遅くなることはまずない。それが一課長とともに零時を過ぎても戻って来ないとなると、路地に並んだ十数人の記者たちの頭に、何かあったという注意信号が点滅するのに、数秒もかからなかった。

指名手配中のカルト教団信者が見つかったか。新たな事件か。それぞれ疑心暗鬼の目を交わし、ひと呼吸置いたとたん、気の早い何人かは足音もなく路地から姿を消した。久保は、何かあるのならクラブの方から呼出しがかかるはずだと自分に言い聞かせてその場を動かなかったが、一、二分じっとしている間にも、他社に抜かれるのではないかという不安や焦りの針は、ちくちく肌を刺し続けた。その針がいきなりぐさりと刺さって、ポケットベルが鳴り出したのは、零時六分。

液晶表示の番号は、本庁のクラブだった。「何かあった?」「何か抜いてるの」とすぐに他紙から声が飛んできた。久保は「さあ、分からん」と嘘ではない返事を返して、やっと路地を小走りに駆け出した。目黒通りから一本入った路地に置いてきたハイヤーまで五十メートルほど走る間、ジャケットの下で腹の肉がたっぷり揺れ、ワイシャツのボタンが軋んでちぎれそうになった。

車載電話から入れた電話に応えたのは菅野キャップで、年中同じドスの利いた声が《今、山王へ回れる？》と尋ねてきた。山王で何かあるというあいまいな話ではあったが、何かあると聞けば、頭より先に心臓が跳ねる。跳ねた心臓から送り出された血が身体に充満する。「山王へ回って下さい」と運転手に告げて、久保は早速地図を開きながら、未だ形もない何かに期待した。新しい事件が起こり、目先が変わるたびに胸に膨らむのは、自分の前に新しい地平が開けるのではないか、少なくとも今這い回っている場所ではないどこかへ、抜け出せるのではないかという幻だった。

柿の木坂の交差点から環七へ出て、山王までは十二、三分の距離だが、やっと東急池上線の線路を越えたところで、今度はサブキャップから《大森署の裏庭に秘匿車両だそうだ。山王をぐるっと回ってみて》と最初の連絡が入った。一課担の相棒の栗山裕一が、一足早く所轄へ回って知らせてきたのだが、事件の現場は分からないという。

秘匿車両と聞いただけで、新たな地平への久保の期待は、いきなり特ダネの野心とすり替わって火がついた。零時十七分を指している腕時計の針と、ハイヤーの前方に連なる赤いテールランプの列を睨みながら、山王の路地のどこから回るか考えていると、馬込の交差点の手前で二回目の連絡が入った。

《北品川の日之出ビール本社へ回ってくれ！　日之出の社長が誘拐された》と、電話はがなり立てた。

いきなり聞こえてきた日之出ビールの名と、社長誘拐という一報は、久保の頭の中ですぐに反応したわけではなく、当座の具体的な指示内容を、久保は機械的に耳に入れただけだった。すぐに日之出本社へ行って、社員の出入りの様子を確認すること。出来れば、社員か幹部の第一声を取ること。協定締結まで時間がないこと。

誘拐ならば、何を取材しても当面は書けない代わりに、他紙に抜かれることもない、という場違いな安堵が、続いてちらりと頭をよぎった。特ダネの野心は、いつの間にか報道協定解除後の原稿でいかに他紙と差をつけるかという思惑と入れ替わったが、それもほんの一瞬のことで、久保は運転手に行き先の変更を告げるやいなや、はっと気がついて座席から身を乗り出した。山王一帯の高台の黒い樹影が、車窓の外を流れ去る。それを見送りながら、誘拐という実感のない一語に、疑問符が三つも四つも連なった。

午前零時三十五分。日之出の社長が自宅から連れ去られたという簡単、且つ信じがたい内容を三度目の電話で聞いて、ハイヤーを北品川四丁目の日之出本社ビル前に着けたとき、八ツ山通り沿いは空っぽだった。久保はまず、他紙やテレビの姿がないのに驚き、一番乗りと知って、心臓がまた小さく跳ねた。次いで、四十階建ての豪奢な高層ビルを見上げ、ここの主が誘拐されたという事実を頭に刻もうとしたが、それは再度あいまいに終わった。

ビルは、下から四分の三ぐらいの階にわずかに明かりが見えるだけで、真っ暗だった。残り四分の一は低く垂れ込めた靄に覆われており、屋上の四隅についているらしい赤い灯火がその靄の中で、ぼおっと点滅していた。地上へ目を戻すと、歩道から二十メートル後退している建物の入口も明かりはなく、人の気配もなかった。

歩道に面したところに立っている案内標示板には、《日之出オペラホール》《日之出現代美術館》《日之出スカイビヤレストラン》といった金文字と矢印が光っているが、その先に見える一般用入口はシャッターが下り、アプローチは通行止めの柵で遮断されていた。地下駐車場の入口は西側にあったが、そこも、スロープを下った先はシャッターが下りていた。

八ツ山通り沿いに止めたハイヤーへ走って、久保はとりあえずクラブへ電話を入れ、日之出の夜間用の番号へ電話を入れてみてくれと伝えた。電話に出たのは泊まりの二課担当で日之出の電話は本社も東京支社も横浜支社も、すべて《本日の業務は終了いたしました》というテープしか流れないという。今、全国の各支社支店営業所に片っ端から電話を入れているが、どこも同じ。役員宅はすべて留守番電話になっており、どこかに役員や担当者が集まっているのは間違いないが、場所がどこなのか分からないということだった。さらに、各社のキャップが広報課長に呼ばれているとのことで、仮協定の申入れの話になるのは間違いなかった。

時間がないと焦りながら受話器を置いたときには、久保のハイヤーの前後に他社のハイヤーが三々五々連なっていた。時刻は零時四十一分。ビデオカメラ持参の、テレビのクルーも来ている。最初久保がそうしたように、他社の記者たちもどこにも明かりのないビルの周囲を走り回り、諦めて歩道に集まり、次いで顔見知りの読売の記者がこちらへ走ってきたかと思うと、久保のハイヤーの車窓を叩いた。

　久保がドアを開けると、「あんた、一番乗りだろ？　ここ、どこか開いてた？」と、相手は首を突っ込んできた。

「開いてない。だから参ってるんだ。何かいい知恵ある？」久保がそう尋ね返すと、後ろに集まってきていた他社の記者たちが一斉にため息をついた。

　各社とも、日之出側のどこととも連絡が取れていないのは間違いなかった。その上でなお、路上に集まった誰もが、日之出の幹部たちがどこかに集まっているはずだと考え、その場所がどこなのか、頭を忙しく巡らせている狐の目をしていた。

「先が思いやられるな、こいつは……」

　そう誰かが言ったところで、十五メートル離れた路肩に止まっている民放のワゴン車の傍から、クルーの一人が両腕で×印を作って、こちらに合図を送ってきた。時刻は、午前零時四十五分。仮協定が出たのだ。

　久保たちは顔を見合わせ、民放のクルーへOKのサインを送り返した。それから、どこからともなく噴き出た「ちくしょう」や「くそ」と、「じゃあ」という力ない会釈を交わして、それぞれのハイヤーに散った。

車窓から見送った日之出本社ビルは、十分前よりさらに堅固にそびえ立ち、これから先の取材の困難さを見せつけているかのようでもあったが、その一方で、三十階の辺りに灯るわずかの明かりは靄にかすみ、不測の事態に怯えているように弱々しかった。それを見上げながら、久保はこれで三度目ながら、あの城の主が誘拐されたのだ、と自分に言い聞かせてみた。


　久保が桜田門の警視庁に戻ったのは午前一時十八分だった。仮協定の発効を受けて、あちこちから一斉に引き揚げてきた他社の記者数人と、エレベーターで一緒になり、何となく顔を見合わせ、相手の表情を探り合った上で、「どう？」「取れた？」「お宅は？」といった短い挨拶になった。答えはわざわざ聞かずとも、どの顔も、日之出との接触は出来なかったと言っていた。

　九階には記者クラブが三つあり、そのうち、全国紙六紙が入っている『七社会』に東邦のボックスはある。『七社会』はドア口からすでに一杯で、久保は、自社のボックスへ入るのに身体を斜めにして、右往左往する人間をすり抜けなければならなかった。各社、クラブ担当のほか方面記者を全員上げているのだ。東邦のボックスの入口に垂れているカーテンを開けると、まず見慣れない背中にぶつかり、「ごめん、通して」と中へ分け入って自分の机まで数歩進む間に、普段の数倍の量の整髪料とタバコの臭気に吐きそうになった。普段なら、昼間でも机に向かっているのは多くて四人か五人、残りは取材で外にいるか、備えつけの二段ベッドで寝てるかという鰻の寝床の狭いボックスに、方面の記者を含めたフルメンバーの十七、八人が入ったら、足の踏み場もない。そこへ、リン、リンと直通電話の呼出し音が鳴り続け、ファックスから吐き出される用紙は奪い合いで、手から手へ渡っていた。

その人垣の一番奥の席で、菅野キャップが何があっても顔の筋肉ひとつ揺るがない無表情で、片手に外線電話の受話器、片手で胡麻塩の頭に櫛を入れていた。緊急時に限って、ところ構わず櫛を取り出すのが菅野の癖だ。その傍から、「日之出の役員が集まってる場所、紀尾井町の日之出クラブだって」と声をかけてきたのは、サブキャップの香川だった。そう言われてみれば「なるほど」というところで、久保もすぐに紀尾井町のニューオータニの近くにある、古びた石造りの洋館の姿を思い出した。企業が接待に使うゲストハウスで、表通りから奥まった玄関前の車寄せには、ときどき送迎の高級車が入っている。

「誰か覗いてきたんですか」久保が周りを見渡すと、「今、お隣から聞こえてきたわけ」と、同じ一課担の栗山裕一が隣のボックスとの仕切り壁を拳でこんこん叩いてみせた。その拳の下では、もう一人の一課担の近藤と、二・四課担当の牧、金井が鳴り続ける電話の受話器を取っていた。すでに配置表を作って動き出している社会部の遊軍から、「資料室の資料を全部複写して送った」「データベースで引き出した日之出関連の記事を送った」といった連絡や、「何か取れたか」「動きはないか」というネタの催促だった。

いつの間にか電話を終えた菅野キャップの声が、「おい、みんな」とボックスに流れ、久保たちの耳は一斉に緊張した。

「予定稿は、社長の身柄を無事救出出来た場合と、最悪の事態になった場合の両方を用意する。身柄が確保された時点で、犯人像や動機が明らかになっていない場合は、最初の原稿は、拉致から救出までの状況をタイムテーブル式に埋めて、そこから手堅く疑問点を浮き彫りにするやり方でいこう。凶悪事犯としての側面を、まずきっちり押さえたい。これは、久保んとこでやれよ」

「はい」

「牧、金井、挑井は、総会屋と右翼の動きだ。田沢と小川は検問関係と、レンタカー会社に車両の手配が入っていないかどうかを探れ。方面は三交代で、協定解除まで日之出本社、東京支社、日之出クラブの近くで張り番。幹部や秘匿車両の出入りを見張れ。日之出は企業防衛の面では手ごわいと思うから、無理はするな。香川は、方面の配置表を作って」

「はい」

「方面は、配置表が出来たら順次出かけてくれ。みんな、日之出の資料には目を通しとけよ。最後に、このヤマ、長引くかも知れんから、全員そのつもりで。俺からは以上」

　菅野の話はそこまでだった。いつも具体的な指示しかないが、久保の知る限り、菅野が判断を誤ったことは、これまで一度もなかった。

　そうしてまた櫛を取り出した菅野は、久保には及びもつかない情報網を持っているのだった。誰もがその前では黙ってしまうしかない、その恐るべき財産を、菅野はいったい、どのような手管と時間と努力の末に築いてきたのかと感嘆するたびに、複雑な羨望と疑念がやって来て、久保は新聞記者としての能力ということを考えざるを得なかった。

　今もまた、菅野の弁をあれこれ反芻しながら、久保は、結局のところ地下金融絡みの右翼の動きを睨んで公安が動き出しており、その公安の情報を菅野は摑んでいるのだなと想像した。右翼とくれば上は政治家、下は暴力団と総会屋。自分のネタ元の顔ぶれをざっと思い浮かべてみたが、そちらの方面のネタが入りそうな人物は一人もいなかった。

　そんなことを考えていると、隣から「はい、日之出ウーロン茶」という栗山の声がして、目の前に缶入りウーロン茶が出てきた。二秒考えて、久保はやっと、自分の左手がつまんでいる月餅に気づき、驚いた。

　知らない間に食っていたらしい月餅は、すでに三日月状態だった。多分、机の上にあったのだろうが、手が伸びたのも覚えていない。自分の胃が空腹を訴えたという記憶もなく、これでまた、焼魚定食で我慢した昼飯の努力がパアだと思いながら、仕方なくウーロン茶で月餅の残りを流し込んで、久保はそそくさと自分のワープロの電源を入れた。

　すかさず、栗山が「一回目の要旨です。キャップからの聞き書き」と記者会見のメモを差し出してきた。よく気がつくというか、余裕があるというか、栗山はまだ一課担一年目の三十歳だが、肌はつやつや、笑顔はぴかぴかで、〈懲役〉だと言われる警視庁詰めも、本人の気持ちの持ち方や才覚一つで、こんなふうに飄々と泳いでいけるのだという新型事件記者の見本だった。しかも、それなりにネタ元を持ち、記事も書けるし、久保の目には少し詰めが甘いのが気になるが、それも許容範囲に収まっている。栗山を見るにつけ、またぞろ自分との差はどこにあるのだろうと思いながら、久保は「どうも」とメモを受け取った。

午前零時十五分にあったという第一回目の記者発表の内容は、『城山恭介（58）山王二─一六。／22：05社用車で帰宅。運転手山崎達夫（60）雑司が谷二─一─三。／山崎、城山が門扉をくぐるのを見届け、発車。／22：50一一〇番受理。当主帰らない。／23：16事件と認知。門扉から玄関までの間で略取、連れ去り。／玄関アプローチ脇植え込みで、メモ発見。丸めた便箋様の紙一枚。白。手書き、片仮名。〈社長ヲアズカッタ〉。／逮捕監禁と判断。／委細不明。／次回、二時』とあった。

「刑事部長、手が震えてたそうです」と栗山が言う。

「へえ……」

「さっき、刑事総務の広田さんが怒鳴りまくってましたしね」

「へえ……」

先般の毒ガステロの一報のときも沈着だった温厚な広田課長が、今夜どんな声を出していたのか、久保には想像がつかなかった。もう一度メモを睨み、午前一時二十五分という時刻をたしかめてから、三十五分後に迫った第二回目の記者会見に備えて、気がついた点を書き出し始めた。

帰宅の道順はいつも通りか。運転手が見届けたのは正確にどこまでか。家人は物音は聞いていないのか。一一〇番通報まで四十五分かかった理由は何か。家人の様子。社長の当日の行動。服装。発見されたメモの文字の様態。犯人からの連絡の有無。不審者、車両の目撃証言の有無。鑑識作業の進展状況。靴痕跡。遺留品。

『大胆な犯行。手際がいい。プロか？』

久保がワープロの上に屈んでいる後ろでは、資料をやり取りする仲間の手が行き来し、香川サブの作った配置表に従って、方面記者が次々にボックスをあとにしていた。電話は鳴り続け、「何もない」「まだ」「そっちは」と短い話し声が飛ぶ。菅野キャップは、誰をどこへと協定解除後の配置を電話で話していた。久保はさらに一行、『日之出に対する恐喝、脅迫、いやがらせ等は事前にあったのか否か』と書き足しながら、手元の机に置いてある日之出ウーロン茶の缶を見た。

普段、ゆっくり眺めたこともなかった金色の鳳凰の商標をあらためて目でなぞると、やっと、大変な事件が起こったのだという実感がじわりと湧いてきた。

＊

午前零時半過ぎには、現場で立ち番をしている二名と、応援に出ていった鑑識三名と、刑事課長と課長代理を除いた刑事課二十三名が大森署三階の刑事部屋に揃ったが、本庁からの指示で、全紙大の現場付近見取り図と、被害者宅の敷地を含む現況図を作ったあとは、やることがなくなった。裏庭には一〇三（多重無線車）が入っており、中に二人ほど陣取っているが、現場でどんな動きがあるのか、どこで誰が何をしているのか、捜査メガに乗ってくる情報は少なく、三階では現場の状況はほとんど摑めなかった。それは署長や副署長も同じで、袴田刑事課長と土肥課長代理は、ひたすら当惑げな顔をして署長室と刑事部屋と通信室を行ったり来たりだった。

午前零時四十分段階で、目撃者なし、不審車両なし、遺留品なし、犯人の動きなし、連絡なし。

合田は初めに、現場に一番に臨場した者としてみんなに状況の説明をしたが、そんなものは五分とかからなかった。続いて、知能犯担当の安西係長が、戸棚のすみから前年度分の日之出ビールの有価証券報告書総覧をひっぱり出してきて、会社の概況が載っている一ページ目からざっとかいつまんで読み上げ始めたが、十二工場十五支社と研究所などを列挙した事業所別設備の概況まで進んだところで、「要は、資産も売上も経常利益も自己資本も、この辺りの事業所とは三桁違うと思えばいい」と括って、冊子を投げ出してしまった。

その冊子を誰かが手にとってぱらぱらめくり、数人の手に渡ったが、いつの間にかそれも途切れ、無駄口の一つも聞こえないまま、沈黙がぶり返した。誰もが、明日一日の仕事を考えて少しでも寝ていたいという気持ちが半分、よりにもよって自分たちの管内で要人が誘拐された不運にげっそりする気持ちが半分の、憂鬱な顔をしていた。

刑事部屋は、もともと全員が揃ったときのことなど考えて設けられてはいない。椅子さえ足りず、身を置く自分の場所というのもない。窓際に課長席と課長代理の席があるほかは、誰のものでもないスチール机が四列、五個ずつくっつけて並べてあり、壁際は同じくスチールのファイルキャビネットと戸棚と黒板、雑多な貼り紙で埋まっている。そこに二十三人からの大の男が入ると、ほとんど馬券売場と変わらない狭苦しさと陰気さだった。日々、捜査書類だけは山ほど書かなければならない職場にこの環境はないと合田は思うが、見いだした解決方法は今も昔も、出来るだけ外に出ることと、書類はあいている調べ室で書くことだけだった。

スチール机には、警電八本と加入電話四本、照会センターとつながった端末が四台、汚れて変色しているワープロが二台置いてある。紐付きの警視庁電話番号簿が数冊。ぼろぼろのハローページ。ボールペンに鉛筆。通達などの書類や新聞のチラシを裏返したメモ用紙。灰皿。茶しぶのこびりついた湯飲みがいくつか。

合田は、出入口に近い場所に、壁を背にして座り込んでいた。懐には、署に入る前に大森駅前派出所で仕入れてきた、事件発生前の警らの細かい記録が入っていたが、分単位で記録された一一〇番通報や署からの指令の一つ一つが何かを指し示しているという直感は、まだはっきりした形もなかった。その直感の周りを、現場に臨場したばかりの鈍い興奮がゆるゆると回っていた。狙われたのは個人か、企業か。なぜ日之出ビールなのか。日之出の内部に、犯行を誘うようなトラブルがあったのか。総会屋や暴力団とのつながりは、あるのかないのか。電話で話した副社長の、語気の強さと慎重さのアンバランスは少し耳にひっかかったが、そもそも日之出には、今夜の事態に思い当たるふしが、あるのかないのか。

そして、動機は何か。仮に犯行グループの最終的な目的が金だとすると、なぜ、誘拐というリスクの大きい手段を選んだのか。たんに金が目的なら、ほかの役員を狙っても結果は大差ないはずだが、なぜ社長なのか。

合田は一応、所轄の指定捜査員ではあったが、本庁から横滑りで所轄に飛ばされた者にはこの一年、一度も捜査本部への呼集はかからなかった。今回、もし人手が足りずに声がかかるようなことがあっても、回ってくるのはせいぜい地どりか、ブツの捜査か。そう思いつつ、それでも有報の冊子を一ページずつめくり始め、日之出がどういう企業なのか、機械的にせよ頭に入れておこうとしたのは、もはや個人の性分だった。

まず主要な経営指標の数字。平成五年度の売上高一兆三五〇〇億。連結では一兆六〇〇〇億近い。経常利益が七七〇億。純利益がその約半分。総資産が一兆二〇〇〇億。自己資本比率、四七パーセント。一株当たりの配当が一〇円。従業員数、八千二百人。どの数字も、〈巨大〉〈超優良〉を物語っていたが、高率の酒税のかかった一缶二百円そこそこのビールを売って一兆三五〇〇億というのは、にわかにはぴんと来なかった。しかも、これは一昨年の数字だから、現在はさらに膨らんでいるはずだった。

次に、創業百五年になる企業の沿革。戦前にすでに四工場を持ち、戦後は堅実に工場と支店営業所を拡張しながら、医薬事業、バイオテクノロジーや先端医療、情報システム分野などの技術開発事業を積極的に推し進めて、多角化を目指している企業の輪郭が見えてくる。

次に、株式の状況をざっと見ると、大株主には東栄をはじめとする大手都銀数行と生保が順当に名を連ね、その合計が発行済み株式の二七パーセント。株価自体は、バブル崩壊後も安定しており、配当性向も二五パーセントの高率を維持している。

役員の状況。社長以下、三十五人いる役員の氏名と、ビール事業本部長や開発事業本部長などの兼職の肩書をざっと頭に入れる。筆頭の城山恭介は、東大法学部卒で昭和三十四年の入社以来、仙台支店長、大阪支社長を経てビール事業本部長になった経歴からみて、ずっと営業畑を歩いてきた人物のようだった。物を売るという仕事は刑事には一番遠い世界で、城山恭介の名前一つを眺めながら、どんな人なのだろうと合田はしばらく思いを巡らせた。自宅の様子や、妻と息子の印象から推量するに、かなり地味な人ではないか、という気はした。

一方、電話で話した倉田誠吾という副社長も、兼職はビール事業本部長とあるので、城山と倉田は、取締役会の中で一番近い関係にあるのは間違いなかった。つつくなら倉田かなと思いながら、電話で聞いた一筋縄でいきそうにない男の声をちらりと思い浮かべた。

続いて、事業の内容の項目に移ると、最初に、経営組織図があった。株主総会の下に取締役会と監査役会があり、その下に社長、経営会議。総務、人事、経理、広報、システム開発などの各部と企画室、秘書室、消費者相談室などが並ぶ組織は、しごく一般的なもので、事業本体はビール事業本部、医薬事業本部、事業開発本部、研究開発本部などを立てた事業本部制になっている。しかし、主要事業部門別ウェイトの数字を見るの堅調と、原材料の価格安定や流通の合理化努力によって、平成五年度の経常利益は前期比微増を維持した、とあった。ちなみに、一年間に売ったビールの総量は三百四十五万キロリットル。量的に見当がつかず、後ろの黒板に手を伸ばして、大瓶換算で何本になるのか、ちょっと割算をしてみると、五十四億五千万本と出て、余計に訳が分からなくなった。

い。それでも日之出は、ラガーとスープレムの二本柱激化、ライムライトの本格参入など格段に厳しいらし社横並びの値上げに加えて、量販店での値引き販売のた。酒類販売の現状は、去年の酒税増税を受けての各ている銘柄の名が並び、各々の販売成績が記されてい

実際、今期の営業状況の報告のページには、毎日見で応え、合田はそれ以上は無視した。

相手は、「あんた、ビールは飲まないだろ」と鼻先

ー……」

レム、スープレム・ドラフト、ライムライト・ダイナと返事をした。「日之出ラガービール、日之出スープ

合田は「毎日飲んでるビールの名前が出てくるし」この恨みは百年消えるものか、という顔だった。へ出払っていたために、山王への一番乗りを逃した。があったとき、たまたま大森南で発生した強盗の現場に向けていた。長内は今夜の当直で、山王からの一報捜査の長内という係長が、うっとうしげな目をこちらいか」と近くから声がかかった。顔を上げると、盗犯

数ページ飛ばして営業の内容を見ていると、「面白依然、九六パーセントにもなるらしい。

と、多角化を進めているといっても、ビールの売上は

黒板拭きでその数字を消し、合田は辛抱強くページをめくり続けた。販売実績の項目には、特約店の一次卸、二次卸を経て小売店へ、そこから特飲店と消費者へ商品が流れる流通経路の図表があった。そこで〈特飲店〉という語句に目が留まり、そうそう、業務用が総販売量に占める比率はどのぐらいなのかと思い、前後のページを繰り始めたところで、刑事部屋のドアが開いた。

課長代理の土肥勝彦が、開いたドアの外から首だけ中に入れてきたかと思うと、そのぎょろ目は近くにいた合田に留まった。合田は午前零時五十分という時刻だけ確認し、全員の注視する中、有報の冊子を置いて廊下に出た。

土肥は、合田をつかまえるやいなや「今、特殊班の何とやらが二人、下に来てる。君、本庁にいたんだから、奴らの面、知ってるだろう。幹部がいつ、こっち

へ来るのか、聞いてこい」と言い出した。
土肥は、来年の定年を控えて今春警部に昇進し、盗犯捜査の係長から課長代理になった。真面目一徹だが総じてぱっとしなかった警察人生の苦楽を全部ぶちこんだような複雑、且つ平板な顔をしており、何もないときは、どうせあと一年だから怖いものなしだと豪放に笑ってみせるが、いざとなると、長年の習性のように上司の顔色うかがいが始まる。今もまた、情報不足に気をもんでいる署長と刑事課長のために、何か一つでもニュースを届けたいと気をきかせた結果がこれだった。

合田は「はい」と返事をして下へ降り、誰もいない裏口から外へ出て深呼吸をすると、そのまま三階へ戻って、土肥には「分からないそうです」と告げた。

課長代理の顔が一つ増えた部屋はさらに息苦しくなり、大半は腕組みをして目を閉じ、何人かは受令機のイヤホンを耳に入れたまま新聞や雑誌を開き、合田は元の椅子で有報の冊子をめくり続けた。今夜に限って警電は一つも鳴らず、ときおり第一京浜と産業道路を駆け抜けるパトカーや救急車のサイレンが、遠い世界の物音のように響いてきた。

合田は、損益計算書の売上原価とやらの項目に移り、当期の製造原価三五〇〇億、酒税七〇〇〇億といった数字を一つ一つ追った。ときどき時計を見、ふと、外のコンクリートに落ちる雨の音を聞くと、今ごろ郊外や山間部は雪だなと思い、どこかで被害者や犯人が感じているだろう寒さを想像したりしたが、時間の経過とともに、初めにあった事件の皮膚感覚は、少しずつあいまいになりかけていた。

午前一時半になって、捜査メガを聞いていた者たちが、「車を見たという目撃者がいたみたいだな……」と新聞から顔を上げた。寝ていた者も、合田も、課長代理も、いっせいに耳をそばだてて「場所、どこ?」と尋ね、誰かが地図を開いた。

「二一番の袋小路。ササキカツイチ、七十六歳……」

「ここだ、ここ」と地図を広げた者たちが声を上げ、「赤丸付けて、黒板に貼れ!」と土肥がひとりで怒鳴り、住宅地図が黒板にセロテープで貼り出された。

「目撃時刻、午後十時ごろ。自宅の二階の窓から見た。色は紺か黒。ワゴン車、もしくはRV。車種不明、ナンバー不明……」

無線からの情報はそこまでで、しばし色めき立った二十四人はまた、椅子に沈み込んだ。車が目撃されたときの詳細は不明だが、直接の手配につながるような内容ではなかった。しかし、二一番は一六番の北側に隣接しているし、事件発生時刻の直前に袋小路にひそんでいた車がいたというのが事実なら、それが事件と結びつく確率は、半分ぐらいはあるだろうか。合田はそう思い、膨らんだ期待は半分ほど萎んだまま宙づりになった。

そのとき同時に、懐に入っている派出所の出動記録の明細を合田は再度思い浮かべたのだが、警らの単車が十時前後に通った道筋を、本人の記憶がたしかなうちに分刻みで正確に割り出す必要があると確信して、それもしばし宙づりになった。

時計の針は、午前二時の手前を指していた。合田は損益計算書の次の項目、〈販売費及び一般管理費〉の明細に戻った。その中の、広告費の二五〇億という数字を見たとき、ふと思い出したのは、珍妙な怪獣が月夜にガムラン・ダンスを踊る日之出レモンサワーのCMだった。

＊

午前二時二分。本庁九階の記者会見場に現れた寺岡剛刑事部長は、集まった報道十七社、六十数人の記者を前に軽く黙礼をし、手元のノートの上に頭を垂れた。

「残念ながら、午前二時現在、犯人からの連絡はありません。状況は変わりません」

その第一声とともに、記者たちの不信の沈黙がまず、ずしりと会見場に張り詰めた。

続いて「このたびは報道協定にご協力いただき、誠にありがとうございます」という型通りの挨拶があった。

「現状では、逮捕監禁事件と認識しておりますが、被害者はきわめて危険な状況に置かれていると考えられます。警察の総力をあげて鋭意捜査に当たるとともに、協定の精神に鑑みて、以後誠意をもって報道対応をして参りますので、よろしくお願いいたします」

寺岡刑事部長の声は、聞いている限りでは普段と変わらない硬さ、単調さで、記者の目を見ることなく、手元のノートだけを粛々と読み上げていった。

「被害者宅の見取り図は、各社にお配りした資料の通りです。被害者はその×印の付近で連れ去られ、門扉から外へ連れ出されたものと思われます。現在のところ、分かっているのはそこまでです。門扉Aは、セコム社製のオートロックになっており、外からは暗証番号で開錠し、内側からはスイッチ操作で開錠する形式のものです。被害者は毎晩、帰宅後に自分の手で夜間用警報システムの作動ボタンを《ON》にしていたとのことであり、従って、事件発生時刻と見られる二十四日午後十時五分ごろには、警報システムは解除されておりました。現在、植え込みの付近、及び塀の内側の数カ所で靴痕跡を数個採取し、分析中であります。〇印の地点で回収したメモについても現在、指紋、インク等の鑑定を急いでおります。午前二時現在、目撃者等の発見には至っておりません。以上」

刑事部長の声が途切れたとたん、威勢のいい民放の記者から「塀から入って、門から出たってことですか！」「犯人像は！」と質問が飛び出した。すかさず、寺岡の脇に控えている広報課長が「質問は一人ずつお願いします」と睨みをきかせ、また一瞬声は絶えた。沈黙が戻った中、暑くもないのに寺岡刑事部長の額から流れ落ちる汗の粒が、最前列に陣取っている久保晴久の目にくっきりと見えた。

時間を置かず、前列に陣取っている七社会の仕切りの面々から順次、質問は始まった。どの質問も短く、応えも短く、矢継ぎ早だった。メモを取りながら頭を整理し、要・不要をその場で判断しなければならない。ボールペンを握る手に、たちまち汗が滲んだ。

「まず、事件発生当時に、被害者宅にいた家人を挙げて下さい」

「妻、城山怜子、五十八歳」

「奥さんは、昨夜午後十時前後に、家の中のどこで何をしてたんですか」

「一階の居間で読書をしていた、とのことです」

「奥さんは普段、門扉の閉まる音は聞いているんですか、それとも聞こえないんですか」

「聞こえるときもあるし、聞こえないときもある、とのことです」

「昨夜、運転手が通った道順は、いつも通りだったんですか」

「そうです」

「普段、帰宅時刻はだいたい決まってるんですか」

「日によって違うが、午後十時前後の帰宅が多い、とのことです」

「一一〇番が十時五十分とのことですが、家人がその時刻になって一一〇番が必要だと判断した経緯は」

「午後十時二十八分ごろ、会社から社長宅に電話が入り、まだ帰宅していないという家人の返事を受けた会社が、運転手に問い合わせた結果、これはおかしい、という話になったようです」

「会社から電話を入れた人の氏名は」

「現時点では判断出来ません」

「被害者個人を狙った犯行の可能性は」

「現時点では、何とも申し上げられません」

「一連の企業テロの流れだという認識は」

「現時点では、把握しておりません」

「事前に、日之出に対するいやがらせや、脅迫などはあったのかなかったのか。警察で把握している事案はあるんですか」

「現時点では、犯人の目的はまったく分かりません」

「企業恐喝の線は」

「現時点では何とも言えません」

「事件認定は逮捕監禁、ということですが、身代金目的の誘拐に発展する可能性は」

「まだ検討の段階ではありません」

「そのメモの公開はありますか」

「八文字のみ、です」

「『社長ヲアズカッタ』というメモですが、その八文字以外に何か書いてあることは？」

「そういう報告は来ておりません」

「情報は、あることはあるんですか」

「現在のところ、確かな目撃情報は得られておりません」

「人ひとりを連れ去るのに、車なしの犯行は考えられない。そっちの方の情報はどうなってるんです」

「バーバリー社製のアタッシェケース。色は茶色」

「カバンは」

「着ていません」

「コートは」

「濃紺のスーツ。黒のウールのベスト。青と銀のネクタイ。靴は黒」

「被害者の服装を」

「現時点では、そうであるともないとも、どちらとも言えません」

「ホシは、事前に塀から侵入して、植え込みで待ち伏せしていたということですか」

「そういうことは、現時点では分かりません」

「大の男を取り押さえて、物音を立てずに外へ連れ出すのは、一人じゃ出来ませんよ。複数犯だと思うが、どうですか」

「現時点では、お応え出来ません」

「複数ってことでしょう」

「分析中なので、お応え出来ません」

「現場で採取された靴痕跡は何種類ですか」

「申し上げられません」

「犯人像について、どう認識しておられるんですか」

「現在のところ、何も言えません」

「素人には出来ない犯行だと思うが、暴力団などのプロの線は」

「現時点で、捜査の方はそうした判断には至っておりません」

「素人は、玄関と目と鼻の先の庭で待ち伏せなんかやらんでしょうが」

「犯人に聞いてみなければ分かりません」

「今後の捜査の見通しは」

「鋭意努力はしております。それ以上は申し上げられません」


そこまで応えたところで、寺岡刑事部長は青筋の浮いた額に汗を光らせて、ノートを閉じてしまった。

「これで終わります。次回は四時」という広報課長の一声を待たずに、寺岡は会場に現れたときよりさらに頑迷になった顔を真正面に据えて、足早に出ていった。続いて記者たちも無言で引き揚げたが、目ぼしいネタは一つもなかったので、誰の動作ものろかった。重要事件が起こると、記者発表は例外なく「言えない」「分からない」「把握していない」の連発になるが、同じ「ない」でもそのつどニュアンスが微妙に違う。今しがたの寺岡は、終始じりじりして苦しげだった上に、「分かりません」を繰り返しながら、どこかうわのそらだったと久保は感じた。日之出ビールの現社長が連れ去られて、すでに四時間半。この段階で何の糸口もないとなると、菅野キャップの予想通り、解決は長引くかも知れないと久保は思った。

*

午前三時になって一課長から、捜査本部に吸い上げる刑事課十名防犯課二名の指名と、それ以外は一旦散会という指示があった。まとまった数の捜査員を動かすに足るネタが出ず、犯人の動きも夜明けまではないという判断の末に出た指示だと、合田たちは理解したが、発生直後から待機させられて用済みになった者には、たんにやり切れなさと寝不足の疲労感を残しただけだった。散会といっても自宅へ戻るための電車もなく、本部から外れた何人かは朝まで四階の道場で横になるために部屋を出ていき、何人かはいずこともなく姿を消した。

刑事部屋に残ったのは強行係の合田、知能係の安西憲明、マル暴の斎藤隆文、盗犯係の長内卓也の警部補四人と、各係の巡査部長六名、それから自称連絡調整役の課長代理の土肥警部の十一人となり、土肥と安西を除く者は、いつ招集になるか分からない捜査会議を待ちながら、それぞれ仮眠の続きに戻った。

安西係長といえば、捜査本部に上げられそうだと分かったとたん目が覚めたらしく、机に突っ伏したばかりの合田の肩をつついて、「日之出の財務内容を見ることになるんだろうか……」と囁きかけてきた。合田は、すぐにはそんな話にはならないと思ったが、安西の婉曲な物言いにはなにがしかの期待の臭いも感じられ、「さあ……」とあいまいな返事を返した。

安西は、勤続三十三年の大半を知能犯専門で過ごし、五、六年毎の異動で所轄を転々としてきたが、大がかりな贈収賄事件、商法違反事件などには一度も恵まれなかったと合田は聞いていた。公認会計士の資格を持ちながら一度も本庁勤務がなかった理由は知らないが、ともかく安西が営々と扱ってきたのが、不動産取引に絡む登記や売買契約の不正、手形詐欺、取込み詐欺、民事との区別も定かでない雑多な告訴・告発事件の処理、ビラを貼ったの貼ってないだのといった小さな選挙違反ばかりだったというのは、合田にも想像はついた。この一年、合田の目に見えた範囲でも、事案の多くは訪問販売のトラブルや変造テレホンカード、カード不正使用に街金のトラブルに、相手に夜逃げされた債権者の駆け込みだった。しかも大半が立件に至らないか、微罪処分か、当事者の話し合いで解決させるような話だから、ほとんどよろず相談員と変わらない。

合田の傍らで、安西は先に放り出した日之出の有報を手にとっていた。「寝ておかれた方がいいですよ」と合田が声をかけると、安西は「君には分からんだろうな」と呟いて歪んだ小さな笑みを見せた。「困ったもんだ。銭の勘定といったって、これまでの俺のネタは十桁どまりだったからな。いきなり十三桁のエサを目の前にぶら下げられたら、猿にバナナみたいなもんだ」

そんなことを囁いて、安西は机に広げた有報の上に頭を垂れた。年齢と経験から言って、そろそろ警部昇進もありうる安西だが、手柄を立てて、所轄の課長代理ではなく本庁勤務を狙うとしたら、今回が最後のチャンスだと気がはやるのだろう。それは合田にも分からないことはなかった。

合田とて、捜査本部に引き上げられただけでもほっとしたというのが本心だった。ほんとうを言えば、痴話げんかで包丁を振り回しただの、酔っぱらいのケンカだの、浮浪者の行路死体だのはもうたくさんだ。何でもいいから大きな事件に当たりたかったのだと思いながら、合田は腕枕の上で目を閉じた。事件が欲しかったと思う、その反動のように、被害者の妻や息子の顔が脳裏を走った。課長代理の席では、土肥が「幕の内弁当三十個。領収書の宛て名は大森署警務課で」などと、すぐ近くのセブン‐イレブンに電話を入れていた。

捜査メガはうんともすんとも言わない。午前四時前には、庁舎や幹線道路のアスファルトを叩く雨の音も絶え、未明の静けさと手足がしびれるほどの冷え込みが刑事部屋を満たした。ダウンジャケットの襟をかき寄せながら合田はひとときの深い眠りに落ち込み、何かの夢の淵に手が届いたとたん、短い警電の呼出し音で覚醒へ引き戻され、条件反射で腕時計を覗く。

午前四時半。電話に出た土肥が、受話器を置いて「捜査会議の招集は午前七時。本部の名称は、日之出ビール社長逮捕監禁事件特別捜査本部」と告げた。それだけ聞いて合田たちはまた眠り、土肥はひとり、黙々とB４のコピー用紙を縦に四枚セロテープで貼りつけて、決まったばかりの戒名を墨汁で筆書きする作業に取りかかった。土肥は顔に似合わず達筆で、『整理整頓』『電話は丁寧に』『指さし点検』といった壁の貼り紙はみな、土肥の筆だ。

次に裏庭に入った車両の物音などで目が覚めたのは、午前六時前だった。警務の当直がやって来て、椅子を運ぶのを手伝ってくれと言う。二階の大会議室に降りると、捜査指揮本部の準備のために、本庁の通信部が通信機器の設置や警電の増設工事に来ていた。本庁からは百名前後になるという報告が入っているということで、署員総出で折り畳みのテーブルと椅子をかき集めて詰め込んだら、債権者集会の会場みたいな出来上がりになった。入口の外には、土肥が書いた本部の貼り紙がすでに貼り出されていた。

それから、合田たちは三階へ戻って洗顔をし、髭を剃って、セブン‐イレブンの幕の内弁当を食った。腹がくちくなると眠くなる性分の合田は、半分だけ食って折り箱を片付け、本部に出ない強行係の部下のために引継ぎ簿を書いた。残るのは、平井という腰痛持ちの巡査部長と、ろくに捜査書類も書けない紺野、井沢の二人組だ。

弁当を全部平らげたマル暴の斎藤隆文が、楊枝をくわえて「頭が冷えやがる」と呟いていた。斎藤は、以前本庁の四課にいたころ、稲川会系の組員と格闘になって十針縫ったという丸刈りの頭を撫でながら、自分でわざわざブラインドを上げにいき、「うへぇ……」と声を上げた。外は薄灰色の春の雪だった。

午前七時、大会議室の正面黒板には、被害者の顔写真と、被害者宅の全紙大の見取り図が貼り出された。未明に呼び出されて早朝の電車で参集したのは、まず、本庁一課の第一特殊から一係、二係と、第二特殊四係。被害者宅と中継車両に詰めている者を除く、三十五名の特殊班が揃うという大がかりな態勢だった。その中には、捕捉専門の秘匿捜査員も含まれている。

日之出ビールという大企業を相手にした事案だから、何人かは出向してくるだろうと予想出来た本庁二課からは、贈収賄や汚職専門の第四知能の三係十名が丸ごと出てきており、これには合田は少し驚いた。さらに、捜査四課からは商法違反・総会屋専門の特殊暴力捜査一係が、これも丸ごと八名。ほかに、一課からは第三強行捜査九係が十名。顔見知りの何人かが目をよこしたので、合田は軽く会釈だけ返した。それから、第一機動捜査隊の八つの分駐所から十七名と、隊本部班長。所轄の刑事課からは合田たち十名。防犯課から警部補と巡査部長。現場鑑識と所轄の刑事課鑑識が六名。その九十九名が本体だった。

幹部は、神崎秀嗣捜査一課長を筆頭に、鑑識課長、第一、第二特殊と第三強行、第四知能、特殊暴力の各管理官と、一機捜副隊長、大森署の飛田署長が正面席に並び、その脇に各係の係長と隊本部班長が控え、一番端に署の袴田刑事課長が身をすくめるようにして座っていた。

「起立！」という号令がかかり、全員が直立不動の姿勢で立つ中、足早に大股で入室した神崎秀嗣は、その朝も、自分の存在が警視庁の全刑事にとって絶対的な権威と畏怖の対象であることを、否定も肯定もしないといった無機的な顔つきだった。中肉中背の体軀も目鼻だちも、それ自体は通勤電車に揺られている中年サラリーマンと大差ないが、その口から一言、「早朝からご苦労さまです」と短く発せられるやいなや、居並ぶ捜査員全員の背筋に定規が入ったかのようだった。スラックスの縫い目に当てて揃えた両手の指が伸び、会議室の空気が一斉に震える気配がした。

合田が本庁にいたころ、神崎は鑑識課長だったが、そのころから《効率》が歩いていると言われた人物だった。挨拶や物言いから、人間関係、捜査指揮の手法まで、すべてが正確、迅速、鋭利に回転している感じがする。刑事向け部内報の『第一線』に載った今春の一課長就任時の挨拶の言葉は、《凶悪化する犯罪の脅威にさらされている市民の不安と被害者の無念と、刑事警察の果たすべき責務を思えば、犯罪捜査における組織の身内の論理、妥協、言い訳などは一切無用である》だった。

合田は、組織における強固な意思とは何なのかと自問しながらそれを読んだものだが、神崎の強固な意思は、官僚組織で出世するために不可欠の、複雑怪奇な免震構造のバネも同時に備えているようなものなのだろう。ふとそんなことを思い出していたために、合田は普段着のままのチノクロスパンツの両脇に揃えた自分の指先を、ぴしりと伸ばすことはなかった。

神崎一課長は、黒板正面の席に着くなりノートを開き、微動もしない目線を捜査員に据えた。

「昨日二十四日午後十時五分ごろ、日之出ビール社長城山恭介五十八歳が、山王二丁目の自宅前庭から何者かに連れ去られた事案について、諸君はまず、犯人の動機の如何にかかわらず、本件がわが国の市民生活と経済活動を決定的に脅かす、きわめて重大な犯罪であるという認識をもっていただきたい」という前置きで、神崎の訓示は始まった。もともと声の小さい人物で、マイクを通してもまだ、ぼそぼそ、ぶつぶつと聞こえるが、言葉の一つ一つは硬く、鋭かった。

「犯人は略取現場に『社長ヲアズカッタ』というメモを残したのみで、現在時に至るまで一切の連絡を絶っている。よって、現時点では逮捕監禁と判断せざるを得ないが、事案はいずれ、犯人側からのなにがしかの具体的要求が届くか、何も届かないか、のどちらかになる。両方の場合に備えて、可能な限りの即応体制を整える一方、犯人と犯行目的の早急な絞り込みに全力を尽くす必要がある。また本件は、メモを一枚残して連絡を絶つという計画的かつ周到な手口を見ても、事件師集団に酷似した略取の手口を見ても、暴力事犯と知能事犯の両面を兼ね備えており、捜査に当たってはあらゆる予断を排さなければならない。当面の捜査の方針であるが、被害者の早期救出を目指し、何よりも犯人の割り出しを急ぐことを第一にする。地どり、聞き込みによる足取り捜査、犯行に使われた車両の割り出し、犯人との接点の確保のほか、敷鑑においては、日之出ビールに対して必要十分な資料の提供を求め、関係者から詳しく事情を聞き、精細な情報収集と分析を急ぐ。最後に、被害者の身の安全が懸念される現状であるから、本事案については保秘を徹底するため、報告や連絡事項はすべて、報告連絡担当者を通して行うこととする。私からは以上」

神崎の事件認識は、相当慎重な印象だった。裏返せば、現時点で特定の道筋は見えていないということだったが、捜査二課や四課の特殊暴力が早々と出てきている以上、幹部の関心は、合田たち末端には分からないそれなりの事由があって、総会屋関連のトラブルに向いているのは明らかだった。

続いて、第一特殊の管理官が、黒板に貼り出された見取り図を使って、事件発生時からの状況を説明した。そこでは最初に臨場した合田が見た以上の話は出ず、ノートを読み上げる管理官の声は「現在は、被害者対策系と脅迫電話専用系の二系統の通信系統を確保し、被害者宅に、婦警を含む特殊班二名が三交代で張り込み、中継拠点には同じく二名が……」と続いた。それを聞きながら、合田は黒板近くのテーブルに設置された通信機器を眺め、またふと、懐に入っている警らの出動記録を思い出した。

犯人が、いつ現れるか分からない警らの目を避けて、拉致を実行出来たのはなぜか。現場で最初にひっかかり、輪郭も見えないまま、もやもやとし続けていたものの正体が、そのとき初めてひらりと脳裏をかすめていった。

〈無線〉か。

しかし、それは合田自身がはっきり捉えきれなかったほどの、一瞬の直感に過ぎず、テーブルに並んだ捜査一系、被害者対策系のDG（発信機）、各系統相互間の三種類の無線系統を眺めるうちに、またすぐに形がなくなった。

発表は鑑識課長に移った。被害者宅のアプローチ脇の植え込み付近、及び塀の内側で、合計十個の不完全なズック痕を採取。左足四個、右足六個で、二種類。サイズはどちらも二十六センチ。ゴム底の模様は不鮮明ながら、どちらも照合可能ということだった。おそらく今日中にもメーカーが割り出されて銘柄や品番が特定され、製造時期が分かり、全国の数千数万の販売店に卸された数万、数十万足のうちの二足、ということになる。塀の鉄平石から採取されたという繊維片は、白の木綿。門扉の電子錠のスイッチから出たという手袋痕は、繊維の織り目の並び方から、軍手らしい。それもズックと同じで、生産量が数十万組という話になる。

現場で回収されたメモ用紙はコクヨの便箋で、商品番号が「ヒ─51」。日本中の家庭に一冊ぐらいはある、黄色い表紙のついた百枚綴り二百五十円の、いわゆる

「書翰箋」。指紋はなし。その他、微物の付着なし。ボールペンのインクは鑑定中。

次に、一機捜の隊本部班長から、現場臨場後に行った聞き込みの結果が報告された。被害者宅に近い三世帯で、犯行時刻の前後に被害者宅付近で車の発進音を聞いた者二名、スライド式の車のドアの開閉音を聞いた者一名、それぞれ氏名と住所地番が読み上げられた。車のドアの開閉音を聞いた一名は、ちょうどそのとき電話をかけようとして時計を見たために「十時七分」と正確に証言した。

次いで、被害者宅の北側にある二一番地の袋小路に住む住人が、「十時ごろ」に二階の窓から路地に止まっている車の屋根を見たという一件も、詳しく報告された。目撃者は七十六歳の男性で、二階のトイレの小窓が開いていたため、閉めようとしたときに、建物から一メートル離れた塀と植え込み越しに、路地に止まっている車の屋根を見下ろした。ライトは消えており、上から見下ろしたため、中に人がいるかどうかは見えなかった。

車体の色は紺か黒。街灯のない路地なので、濃い緑の可能性もある。車種は、ワゴン車もしくはロングボディのRV車。袋小路にあるほかの四軒では、この車に気づいた者はいない。その目撃者の隣に住むOLが、午後十時十五分に帰宅しているが、そのときは路地に車はなかった。また、目撃者の男性は、路地から車が発進した音は聞いていない。

車を見たという男性は夫婦二人暮らしで、毎晩九時には家中の電気を消して就寝する。並びの四軒のうち、三軒は同じく高齢者の世帯で夜間の出入りはない。隣の一軒は夫婦二人と二十八歳のOLの娘が住んでおり、OLはたいてい午後八時までには帰宅するが、前夜はたまたま残業で遅くなった、ということだった。その路地で見かけられたワゴン車が事件に関係しているのなら、犯人は相当の下見を重ねていたことになる。

最後に、第一特殊の管理官が、その場にいない特殊班も含めた総勢百五名の配置表を読み上げた。まず被害者対策班は、被害者宅詰めの第一班が特殊班六名で三交代。鑑の第二班は企業聴取で、特殊班と二課第四知能、四課特殊暴力から四組八名と班長一名。鑑の第三班は、日之出ビールの支社支店、子会社、関連会社、特約店担当で、同じく特殊班と二課第四知能と四課特殊暴力に、所轄の安西憲明を加えて十二組二十四名と班長一名。鑑第四班は、被害者の家族親族、知人友人担当で、特殊班から四組八名。鑑第五班は総会屋関連で、四課特殊暴力と強行九係と特殊班から八名、所轄から刑事課の斎藤隆文と防犯課の警部補一人を加えて五組十名。斎藤も、もう一人の警部補も元四課だ。

次に通信中継拠点班は、第一班が被害者宅詰め、第二班が一〇三詰めで、特殊班が三交代で各六名ずつ。地どり・聞き込み班は機捜三名、強行九係五名と所轄から二名が出て、五組十名と班長一名。遺留品・車両捜査班は機捜十四名と、所轄から長内、合田のほか七名が指名された。班長は強行九係の主任だった。今のところ遺留品がないため、みんなで車捜しになる。

自分の名が呼ばれたとき、合田はちょっとぞっとしたが、物言わぬ車相手の作業は悪くないという気持ちも、ないことはなかった。まず盗難車、次にレンタカー、と機械的に頭に並べ、〈忍耐、忍耐、忍耐〉と三回口の中で唱えてから、合田は雑念をばっさり切り捨てた。その間に、第一特殊犯捜査の管理官は連絡報告責任者を指名しており、遺留品・車両捜査の報告先は、第三強行犯捜査の三好管理官になった。五年ぐらい前、三好が品川署の刑事課長だったころ、徘徊老人がゴルフクラブで殴り殺された事件の捜査本部で会ったことがある。同じたたき上げでも、土肥のようなタイプとは違う矜持の持ち方で、爪の垢まで警察色に染まった人物という印象だった。

午前七時半、初回の捜査会議はそうして終わり、各班に分かれて短いミーティングに入った。特殊班の大半はあっという間に姿を消し、続いて地どり・聞き込み班が出ていき、敷鑑のうち企業聴取班はすぐに姿を消したが、残りの三班はひと抱えもある資料の束を前に、二課第四知能の管理官と四課特殊暴力の管理官の指示が、低い声で続いていた。

その集団から離れた一角に合田たちの班は集まり、強行九係の阿部という主任が三好管理官に「まず、盗難車とレンタカーの線でいきますから」と短く伝えると、三好は「それでいい」とうなずき、ミーティングは五秒で終わってしまった。

それから、C号(贓品手配)で照会したワゴン車とRV車の一覧のファックスが届くのを待ちながら、手分けして各レンタカー会社の営業所に電話をかけ、昨日の各営業所の貸出簿の提出を依頼し、大森署長名で各営業所宛てに捜査関係事項照会書を書き、署長印を押して営業所宛てにファックスを入れる流れ作業に取りかかった。事件に関係した車両の、車種もナンバーも分からない以上、七十六歳の男性一人が見たという色と形を頼りに、盗難届の出ている車両や都内で貸し出されたレンタカーを一つ一つ潰していくしかない。何も出てこなければ、近隣各県へ、関東へ、全国へ、網を広げていくだけだ。それでも出てこなければ、都内のすべての駐車場を足で回り、それでもだめなら、陸運局に登録されている数十万台か、数百万台のすべてのワゴン車を当たることになる。

午前七時四十分。被害者宅や中継拠点とつながっている相互間の無線は沈黙したままで、神崎一課長をはじめ管理官たちは雛壇の置物になり、書類を書き続ける合田の頭の上の窓辺に、雪が薄く積もり始めていた。

*

午前八時、警視庁が行った五回目の記者発表は依然、『犯人からの連絡なし。状況に変化なし』だった。

東邦新聞社会部はその時刻、通常の夕刊番の席に着いた村井デスクが「そろそろ行くかあ」と一声発したところだった。三月二十五日土曜日の夕刊は、最終締切りの午後一時半までに日之出ビール社長の救出などの事態の急展開がない限り、通常通りの紙面作りとなる。村井は事件の一報を受けて、午前三時ごろにすでに社に入っていたが、配達前の朝刊各紙に目を通して抜かれたネタがないことを確認した後は、雑然渾然にもめげずにソファで寝てしまい、八時前に起き出してみんなと一緒に警視庁からの記者発表の結果を聞き、「仕方ない」ということでデスクワープロの前にどしんと腰を据えて引継ぎ簿を開いたのだった。「仕方ない」とおうむ返しにして、番のサブデスクも隣の席に着いた。

その村井からは、遊軍席で寝惚けている根来の方へも、「今日はこのままいくとスカスカだから、二信組関連と都知事候補関連を長めにして。全候補者の自薦の弁を入れてもいいな」とすぐに原稿の指示が飛んできた。根来は「はい」と応えはしたが、すぐにワープロの電源を入れることはせず、洗面所へ立って、洗顔や髭剃りに十分ほど費やした。

編集局の窓の外は、雲の中につっこんでいるかのような薄灰色一色で、眼下の千鳥ヶ淵に止めどなくぼたん雪が落ちていた。その窓辺に並んだソファでは、事件の一報を受けて未明に呼び出された記者たちの何人かが横になっていた。残りは、大森と山王の前線本部詰め、もしくは協定違反を気にしながらの朝駆けだ。

一方、午前七時半過ぎから、編集局長、局次長、社会・政治・経済・整理の各部長はミーティングに入っていた。日之出ビール社長逮捕監禁の状況は当分動かない、犯人像は警察も絞りきれていない、という警視庁の菅野キャップの判断を受けて、このまま長期化した場合の社会面の紙面立てをどうするかといった話し合いだ。

政治、経済の方は、統一地方選挙が二週間後に迫っており、協定解除が選挙直前にずれ込んだ場合、報道が日之出ビール社長誘拐一色になると、投票率に大きく響くことから、事態の見通しがどうなるのかを真剣に気にしていた。場合によっては、選挙の当落地図をかなり塗り替えることになるだろうし、選挙の結果待ちの為替相場や株価も、影響は小さくない。

片や社会部の方は、続報記事の欠かせない重大事件がたまっているために、こんな状況が長引くと、取材班のやりくりをどうするかという問題があった。しかも、実兄が日之出ビール本社の人事部の課長だという八王子支局長から、日之出は去年暮れから、危機管理システムの具体的なマニュアルをマル秘扱いで各支社支店の幹部に配付しているという情報も入ってきており、今後の日之出に対する取材はかなり難しそうだった。

日之出では、去年秋にオンラインのシステム変更があり、アクセス管理やフィードバックシステムが導入され、システム監査の強化もやっているということだ。また、部長以上の幹部の自宅の住所電話番号が、秋以降、社内名簿やコンピューターのファイルから削除されたらしい。これは日之出が、日本ではまだ一般的ではないリスクマネジメントのシステムを、おそらく外資系保険会社の系列の専門会社と契約して導入していることを示しているが、その手の契約の有無や内容は、完全な企業秘密であって、決して外に漏れることはない。その話を根来が警視庁クラブの菅野に伝えると、『ライムライトとの合弁交渉がCIAに筒抜けだったという話もあったし、日之出は相当懲りたんだろう』というふうな感想だった。

幹部のミーティングに入る前、社会部長の前田徹は、恰幅のいい腹を撫でて「難物だなあ……」という一言を残していったが、遊軍席の根来の目に見えた前田の顔には、難物だが筋は悪くない、といった高揚感が溢れていた。

前田は、午前二時過ぎに本社へ入ったとき、開口一番「総会屋の線だな」と言ったのだった。その直後に、裁判所クラブの地検担当の夜回りの記者から、地検特捜部の一部に今朝の午前七時の呼集がかかっているという情報が入り、さらに午前六時前には、警視庁クラブの朝駆けに出た担当記者から、大森署に立つ特捜本部に総会屋担当の四課が招集されるようだという話も入ってきた。前田の読み通り、社会部は明け方に配置表を一部手直しして、総会屋や企業舎弟を当たれる記者をかき集めて、送り出したばかりだ。

総会屋とくれば暴力団。場合によっては右翼、政治家の流れにもなる。酒税の関係で、日之出ビールと政界のつながりは戦前からの歴史があり、戦後は、控えめにしろ、五五年体制とともに出来上がった政官財の三角形に組み込まれた企業の一端であったのは間違いない。現政界とのパイプは、パーティ券の購入実績から、民守党幹事長の酒田泰一代議士とその派閥であることも間違いない。その酒田と日之出の関係自体には今のところ問題は見当たらないが、かの小倉運輸・中日相銀疑惑で浮かんだ「Sメモ」は酒田メモだし、中日相銀潰しで暗躍した右翼の田丸善三の下には岡田経友会という総会屋・仕手筋・街金を抱えるグループがあり、岡田の後ろには広域暴力団誠和会が控えている。企業のトップが誘拐された以上、どこでどうつながっているか分からない因縁の糸に、捜査当局が重大な関心を寄せていないはずはなかった。

そんな想像をしながら、根来は自分の席に戻り、遊軍の机で欠伸を連発している記者に「コーヒー飲んでこいよ」と声をかけた。「その前にほら、都知事候補の選挙事務所探訪記。昨日ボツになったやつ。あれのコメントだけ使うから、ちょっと見せて」

「よかったら、オフレコの大放言集ってのもありますけど」などと言って、前夜まで選挙取材班だった記者はレポート数枚を根来の方へ滑らせ、席を立っていった。

根来はワープロの電源を入れ、レポートの一行目に目をやった。しかし、目はすぐにそこから逸れてしまい、仕事開始の前にさらに数分の道草を食うことになった。おしなべて事件との距離の置き方が年々大きくなり、被害者の痛みの響き方も年々鈍くなってはいるが、根来なりに目先の事件の臭いからはどうしても離れられないのだった。根来はワープロをそのままにして、外線電話の受話器に手を伸ばし、八桁の番号を押して呼出し音を聞きながら、窓の外の虚空へ目をやった。

電話は、東邦本社からあまり遠くない法務検察合同庁舎の八階にある、特捜部の検事席の一つにかかるはずだった。そのデスクの主は、根来の想像が間違っていなければ、最近は二信組の不正融資事件の担当で、連れの事務官と一緒に押収資料の山に埋まって、午前八時から深夜まで伝票めくりに追われている。三年前、根来が裁判所クラブのキャップだった時期に親しくなった人物だが、知り合ったのは神田の古本屋街だった。実に清廉な感じのする読書家で、特捜部内では珍しく縦横の閥にも関係がなく、自分をエリートだと思っていないのも珍しい、まだ若い検事だった。

三回呼出し音が続いて、電話はつながった。相手は多分、デスクワークについているということは、日之出ビールの件で臨時招集がかかったという特捜検事の中には入っていないということだが、元からほとんど仕事抜きの付き合いなので、根来には失望する理由もなかった。

「神田の三省堂ですが」と、根来はいつもの符牒で名乗った。《先月、振り込みましたけど》という返事があり、続けて検事は《そちら、大変でしょう？　泊まりですか》と軽く尋ねてきた。

「ええ、まあ。そちらは？」

《私は、どうやら関係なさそうですが》

「そろそろ季節だし、花見酒に誘ってもいいってことですか、それは」

《雪が止んでから誘って下さい》と相手はきさくに応じた。

「ところで、下心もないことはないんですが、義理の弟さん、今は大森署でしょう……」

根来がそう切り出すと、電話の向こうで苦笑いする気配があった。

《あれは、ご存じの通りの堅物ですから。ここのところ、彼も少し人間が変わりましたが、本質的には三児の魂百までで。それに本人も、なかなか難しいところに差しかかっているようで……》

検事は、義弟の話をするとき、普段の淡泊さとは少し感じの違う個人的な感情を覗かせ、その口調もいくらかあいまいになる。義弟の合田雄一郎という人物は、根来が知る限り、この独身の検事のささやかな私生活を窺わせる唯一の人間であり、検事がそうして誰かのことを語る唯一の人間でもあった。

去年、その合田という刑事が本庁の捜査一課から所轄へ異動になったとき、何かの事件の捜査で不始末をして飛ばされたという話が流れたが、そのころ根来は、この検事が「男の三十代半ばは難しいですね」と漏らすのを聞いた。そう言った検事本人も、合田とは同い年のはずだから、検事はあるいは自分自身のことを言ったのかも知れない。

ともあれ、根来は三年前、ちょっとした経緯で合田に会ったことがあり、そのときちょうど、ある事件の捜査の真っ只中にいた捜査一課の切れ者の、人のことなど眼中にない鬼気迫るような目つきを鮮明に覚えていた。それが今、どんなふうに人間が変わったのか知らないが、そういえば当時も、冷徹な鬼の目の端々から覗いていた生身の脆さや若さの片鱗の方が印象的だったと思い出すと、下心はともかく、一度会いたいという思いが膨らんだ。

「仕事の話は抜きでいいです、一度一緒に呑みましょう。ぼくは三年ぶりに合田さんに会いたい。何というか、引力のある目をしていましたよ、彼は」

根来がそう言うと、電話の向こうで検事はまた、軽い苦笑いを漏らし、次いで微かなため息が聞こえた。

《時期をみて、電話下さい。本人がうんと言うかどうか分からないが、あれも、ちょっと外の世界の空気を吸う方がいいんです。若輩者ですが、ぜひ付き合ってやって下さい》

「こちらこそ。電話します」

《ではまた。失礼します》

受話器を置いて、根来は折り目正しさが付け足しではない特捜検事の端正な顔一つを瞼から振り払った。次いで、三年前に見た合田刑事の、傲岸で繊細そうな細面の顔も脇へ押しやり、レポートの二行目に戻って都知事候補のコメントを拾い始めた。

2

城山恭介は、突然無明の虚空に放り出された後、密につまった泥のような重力におののきながら、失神した。次に再び息苦しい重さが甦ったときには、泥が上下に揺れており、何かの唸りを聞き、またほんの短い覚醒があって、再度どこかに沈み込んだ。

どのぐらいの時間が経ったのか、三たび泥の底からわずかに浮き上がったとき、城山は今度はいきなりどす黒い赤色のしみを見た。その赤は泥を染めて燃え出し、異臭と熱をともなう火の姿になったかと思うと、耳がちぎれるような喧騒が湧き出してきた。空を切って唸る焼夷弾の落下音と、サイレンと号鐘と警防団の怒号に混じったいくつもの声が聞こえた。

おい、君らはどこの子だ、親はどこだ、何してる、早く退避しないか!

ぼくと妹は、品川の城山医院の院長の子供です。両親は医院に行っています。

品川は燃えとる！　早く退避しろ、誰か、この子らを連れていってくれ！

あんたたち、親御さん、いないの？　おばさんたちと一緒においで、急いで、ほら！

おじさん、品川駅の西口の城山医院を知りませんか。赤いレンガの内科医院なんですけれど。おばさん、城山医院を知りませんか。ぼくと妹は、城山医院の子供なんです。誰か、品川の城山医院を知りませんか。

この子たちの親御さんはいるかあ！　親はいないのかあ！

あんたたち、おいくつ？　八つと四つ？　お医者さんのお家の子なら、お腹空いてないでしょ？　うちも、お嬢ちゃんにあげるお白湯、ないのよ、ごめんね。

妹は大丈夫です。どうもありがとう。

城山は夢の中で、がらがらした喉の渇きを覚えた。八歳の子供は、知らない小母さんに抱かれた幼児の哺乳瓶を恨めしげに睨みながら背中をちぢこめ、泣き止まない妹の口をふさいでうずくまる。八歳の城山恭介はしかし、あまり怯えた顔はしておらず、上等の羅紗地のジャケットをしっかり着込んでいるので寒いはずもなく、飢えてもいないのだ。妹の晴子はまだ幼くて泣いてばかりだが、恭介は、医者の父母が患者の手当てに夜も昼もなく立ち働いている事情を理解している。ときどき山王の家に戻ってくる母が「ご近所には絶対に言ってはだめ」と言いふくめて台所の戸棚の奥に置いていく特需の缶詰や乾パンを、腹が減ったら取り出して妹と二人で食べ、空き缶はきちんと潰して庭のすみに埋めることも出来る。近所の遊び友だちにも分けてやりたいと思うが、一度それをしてしまうとお終いだから、それは出来ないのだと自分なりに知恵を巡らす頭もある。そして、父母の医院のある品川駅周辺には操車場を狙う敵機が押し寄せること、早晩焼けてしまうだろうこと、父母が死ぬかもしれないことも、おそらく理解しているはずで、城山が今、夢うつつに見ている子供の顔は、その通りの道理の分かり過ぎた大人びた表情をしていた。

防空壕のすみで焼夷弾の地響きを聞きながら、八歳の頭は思案し続ける。父母が死んだら、自分と妹は孤児の施設に収容されるだろう。恐ろしげな監守の目にさらされ、一挙手一投足を監視され、汚い寝床に寝かされ、泣いたらぶたれ、返事の仕方が悪いとぶたれるだろう。本やオモチャがないのは我慢出来るが、ぶたれるのは我慢出来ないから、逃げ出して浮浪児になった方がましだろうか。そのときは、家にある父母の本や着物を持ち出して売ればいい。

城山は八歳の子供の周到な述懐に耳をそばだて、その奇妙に醒めたかたくなな顔を覗き込み、苦い当惑の塊に押しやられながら、四度目の深い泥に落ち込んだ。

意識が戻ったとき、城山はまず、身体中にのしかかる鈍痛に身悶えし、手足の自由が利かないと分かったとたん心臓が跳ね、頭の血管という血管の中で血が波立った。前後の判断も感覚も何もないパニックの中で、数秒か、数十秒か、激しい動悸や頭痛に悲鳴を上げた。実際には声は出せなかったのだが、筋肉や細胞の絶叫が振動になり、身体中がぶるぶる震えた。

その後、一転して、急激な静けさが訪れたかと思うと、一瞬の驚愕が走り抜け、城山は〈死ぬのだな〉と思った。この世のものでない冷気に全身を包まれながら、この冷気は昔、空襲のさなかに自分をいつも覆っていたものだと思い出した。混乱し、戸惑いながら再度〈死ぬのだな〉と思い、摩訶不思議さと、形の定かでない恐怖と悲しさに、あらためてじわじわと全身を締めつけられた。死というのは、いきなり驚愕とともに訪れ、ほんの少し余分な待ち時間があると恐怖がそれに伴い、さらに余分な時間があると、深々とした悲しさがついてくるもののようだった。なるほど、これが死ぬということか。

城山は、一つ一つの形も見分けられない巨大な悲嘆の塊の中から、大急ぎで何か一つでも拾いだそうとして途方にくれ、さめざめ泣いた。光明と祥子は、幼いころの顔と成人した顔が混乱してまとまらず、古女房は朝の出掛けに見たはずの顔を思い出せず、いつの時代のものか分からない、怜子なのかどうかも定かでないぼやけた顔一つをやっとたぐり寄せただけだった。申し訳ないと古女房に詫び、生命保険と貯金と山王の不動産で何とか暮らしてくれたら、と思う。その狭間に、四月一日発売の新商品《日之出マイスター》の瑠璃色のラベルが翻り、約三年かけて作り上げた第二の日之出ラガーの、琥珀色の気泡がふつふつ飛び跳ねた。

かと思うと、一瞬、新商品発表会の晴れやかな喧騒が横切って城山は放心し、本社の会議室に並んだ役員たちが株主総会で発表する半期の配当を六円にするか七円にするかと話している声が聞こえ、ぼくはここだ、おい、ぼくはここにいる、と虚しく呼びかけてはまた涙が出た。

　そうした錯乱の後、新たな疼痛が身体中に広がって、城山は苦痛のおかげでさらにしっかり覚醒したのだった。徐々に判断力が動きだしたと同時に、ようやく、自分がいったいどうなっているのか知ろうと試みた。ぴくりとも動かない口にはガムテープのようなものが貼られており、目は何かで目隠しをされ、さらに頭全部を覆っているらしいざらざらした粗布が、耳や頬の地肌に触れている。その布ごと、下を向いた顔はがさがさするビニールシートのようなものの上に押しつけられており、そのシートの下は硬く、ガソリンの臭いがし、ガタガタ、ブルブル唸りを上げて上下していた。走っている車の中だと、城山はやっと結論を一つ出す。

　両手は後ろへ回って縛られており、足首も縛られ、膝は少し折れているが、背中や膝や頭の先が常にどこかに押しつけられており、ひどく狭い場所、おそらく後部座席の下だということが分かる。伏している上半身の上には、かなり重量のある何かが載っており、城山はしばらく考え続けて、ダンボール箱か布団袋のようだと感じた。

　一方、足首と膝の辺りにも何か載っているが、それは箱や石といった無機物ではなく、人間が履いている靴だった。城山が動かそうとすると、強く押さえつけてくる。誰か座席に座っており、その者が、座席の下に横たわっている自分の脚の上に、靴底を載せているのだろう。しかし、聞こえる物音はエンジンの騒音ばかりで、人声はまったくなかった。

　節々の痛みを和らげることが出来ないかと、城山は数センチずつ身体を動かし続け、疲労困憊した。靄が垂れるように鈍ってくる頭に、〈誘拐〉の一語が浮かんでは消え、その周りに〈死〉が頼りなげに浮いていた。現に自分の身に起こっている事態について、ここまで何も考えられないものかと驚き、人間というのはせいぜいこの程度のものかと納得しながら、再三もうどうでもいいという諦めに駆られた。

　まだ生きている身体が痛み続け、頭だけがもうろうとなった状態が途切れたのは、いきなり車が大きく跳ね出したときだ。車体と一緒に跳ねる身体を持て余しながら、いったいどこを走っているのか、今は何時ごろなのかと城山は虚しく考えた。しかし、それは長くは続かず、突然振動が止まると、響き続けていたエンジン音が絶えて、旅は終わったのだった。

　すぐに前後の座席で人の動く気配がし、前後のドアが開く音がした。身体の上に載っていた重量物が取り除かれた直後、急に軽くなった脇腹を抱えられて引きずられると、いったん宙に浮いた城山の身体は二つ折りになって、人の肩に担ぎ上げられた。

襟足や袖口から滑り込んだ冷気が、肌に痛かった。外気にはまったく物音がなく、いくつかの足が踏みつける地面も音がなく、かすかにキュッキュッと軋んでいた。次いで、ザザッ、サラサラと木の枝か葉がこすれる音がし、担がれたまま運ばれる城山の襟首に冷たいものが降りかかった。雪か。雪が降り積もった山の中なのか、と城山は逆さになった頭で思った。

運ばれた距離は短く、靴底の下で雪が鳴る音はすぐに石か何かを踏む足音に変わって、蝶番のかすかな音が立った。城山は担がれたままの姿勢で、靴を引き剝がされ、さらに数歩移動した後、下ろされた。畳の匂いはしなかったが、身体の受けた感触は畳のものだった。

周りで二人、あるいは三人の人間が動き回る気配があり、畳に下ろされていくらも経たないうちに城山は脇腹と足を抱えられ、次に下ろされたのは布団か何かの上だった。横たわるように押さえつけられ、すぐに上から毛布や布団がばっさり覆いかぶさってきた。

その直後、城山は初めて、頭の上から降ってくる男の声を聞いた。

「危害は加えない。用を足したいときだけ、身体を起こせ。それ以外は、この姿勢でじっとしてろ」

それは、特別に高くも低くもない、無機質な声だった。回転数をわざと下げたような不自然にゆっくりとしたテンポで、訛りも抑揚もなかった。危害を加えない、というのは本当か。命は助けてくれるのか。城山は息を殺して次の言葉が聞こえるのを待ったが、声はそれだけで途切れ、今か今かと待つ己の身の方が、硬直して痺れてしまっただけだった。そして、やがて遠くで車のエンジンのかかるかすかな物音が響き、それが遠ざかった後は、一切の物音が絶えた。そばに見張りがいるのは気配で分かるのだが、誰ひとり音を立てず、タバコなどの臭いもなかった。

布団や毛布は少し湿りけがあり、カビ臭さと樟脳の臭いがした。気持ち悪さなど感じる余裕はなく、後ろ手に縛られている手首の痛みと、初めに殴りつけられたに違いないみぞおちの鈍痛などに神経の大半を奪われたまま、城山はしばらくの間、考えるのを拒否し続けている頭や、鈍麻しそうになる感覚と戦った。

城山の頭が拒否していたのは、誘拐という事態について考えることの一切だった。今この瞬間も、心労でまんじりともしていないだろう家族。社長の誘拐という事態に右往左往しているだろう会社。身代金の要求や、それに伴う脅迫。どれほどのものになるのか想像もつかない被害。事態収拾のために会社が払うことになる犠牲。どれもこれも、今の今、あまりに渾然としていた。

今は考えられない、今夜はもう疲れたと城山は独りごち、温まってくる布団の中で目を閉じた。

夜が明けているのは、鋭い鳥の一声のさえざえとした響きで分かった。外は凍っているようで、布団から出ている耳がきりりと痛んだ。相変わらず話し声も物音もなく、起き抜けの無防備さでふと〈見張りはいるのか〉と思い、身体を起こそうともがいたとたん、どこからか伸びてきた手に身体をつかまれ、抱き起こされた。

「トイレの間、紐をとくから、手は上へ上げるな」

それが、二度目に聞いた声だった。昨夜聞いた最初の声とは別人のもので、今度は間違いなく若い声だった。しかし、どちらも不用意に発したものではない抑揚がきき、ほとんど白々しいほどの落ちつき方は同じだった。

城山は腕を取られて数歩歩かされた。ドアが開く気配がし、手首を引っ張られるままに、自分の手で便器の縁に触れ、どこにあるのかを確かめさせられた。見張りの男は、一言もなくすぐ後ろに立っていた。寒さと屈辱感にちぢみ上がった自分の手で、城山は用を足した。便器の辺りから吹き上がってくる冷気と汚物の臭気の下へ、しょぼしょぼと自分の小水の落ちる音がした。

元の畳の場所へ連れ戻されると、同じ男の声が「何か飲むか」と言った。城山がうなずくと、続けて「騒いだら、殺す」と、少し離れたところから昨夜の声が聞こえ、すぐに軍手の手が頰に触れたかと思うと一気にガムテープが引き剝がされて、口まわりが急に楽になった。しかし、押さえつけられたまま痺れていた顔の筋肉を冷気に撫でられるのがやっと分かったぐらいで、ほとんど感覚などなく、とりあえずは声を出すどころではなかった。喉は涸れ、一晩じゅう閉じていた口の中は粘ついていた。

すぐに紙パックを手に握らされた。ストローが差し込んであり、城山は自分の手でパックを口許にもっていき、ストローを啜った。ウーロン茶だった。一口冷たい水分が喉を伝わると、一晩異常事態だった身体中の神経がわなないて緩み、目隠しの布で押さえられた瞼の内側に涙が溜まった。二口目からは一気で、城山はたちまち二百ミリリットルの一パックを飲み干した。その直後、やっと声が出ると感じたとたん、抑える間もなく城山は「目的は金か……」と呟いていた。嗄れて掠れた、小さい声になった。

「そのうち分かる」という返事が、少し離れたところから返ってきたが、それ以上の言葉はなかった。代わりに、そばにいるらしい男の手元で薄いフィルムかセロハンを破る軽い物音が聞こえたかと思うと、城山の手には新たに何かが載った。

「朝飯」と、男は言った。

口許に近づけると海苔の匂いがし、城山は市販の握り飯だと思った。空腹感はなかったし、頑として動かない頭が何をどう判断したのかも分からなかったが、命じられるままに城山は手の感触だけでそうと分かるひと塊の握り飯を口にした。飯粒は喉にひっかかり、ひっかかり、それでも一応通過して、しかるべきところに収まった。食ってしまってから、よく食えたものだと城山は自分で驚いたが、すぐにまた両手はまた後ろ手に縛り直され、口に新たなガムテープが貼られ、横になるよう押さえられて、布団が被さってきた。

寝ては目覚め、寝ては目覚めの時間が始まった。悶々としてはうたた寝に陥り、目覚めてはまた悶々とする。初めのころ、軽いモーターの唸りにチリチリする雑音が混じった音が聞こえた。そして、あれは何の音かと考え、男の一人がシェーバーを使っているのだと納得するまでその音を聞き続けた。シェーバーの音が絶えてしばらくすると、布団から少し離れたところで、微かにシャンシャン鳴る音が聞こえ始めたが、どうやらウォークマンのようだった。しかし、男たちはそれ以外の物音をまったく立てず、私語もない。

朝に一度だけ聞こえた鳥の声は絶え、戸外もまたまったくの無音だった。車が行き交う道路の低周波や建物の立てる空調設備の騒音に慣れた耳には、鼓膜を圧する静けさだった。木の枝であれ、風であれ、何かが動く気配すらなかった。何度か、寝ては覚めをくり返すうちに、最初に鳥の声を聞いて目覚めたときに朝だと思ったのもあやふやになり、時間の感覚はたちまち失われていった。

そうして数時間毎に、城山は生理的な欲求に促されるままに用を足し、そのつど手の束縛を解かれてはまた括られ、紙パックのフルーツ牛乳やオレンジジュースやウーロン茶を与えられた。食い物は握り飯のほか、あんパン、クリームパン、缶詰のポークビーンズ、マッチ箱ほどの大きさのプロセスチーズ、バナナ、ミカンなどだった。

飲み食いのためにガムテープを外されるとき、城山には少しずつ口をきく機会があった。「目的は金か」と二度尋ね、「いくら欲しいのか」とも尋ねたが、いずれも返事はなかった。「ここはどこか」「いつ終わるのか」という問いにも、応答はなかった。ただ、「今日は何日で、今は何時なのだ」と尋ねたときだけ、「三月二十五日。午後十時二十四分」という機械のような返事が返ってきた。その男の声を聞いたとき、城山は久々に通じた無機質な言葉一つの喜びに身震いし、同時に、もう丸一日経ったのかと思い、昨日の朝、山王の自宅の玄関に立っていた女房の小さい肩一つを、そのとき女房が着ていたカーディガンの色を、突然鮮明に思い出して絶句した。

自分を誘拐して監禁しているのは、いったいどういう人種なのか。何度となく考えようとしたが、どうしても見当がつかなかった。企業に恨みがあるのか、自分に恨みがあるのか。あるいはもっとほかの深謀遠慮か。考えの枝を伸ばして探り当てようとすると、自分の中に自動的に遮断される回路があるのか、どこへも抜け出すことが出来ないまま、考えるのに疲れ果てた。

一応は食い物を与えられているために飢餓感はなく、身体を脅かす暴行もない状態が続くうちに、城山の心身は屈辱に慣れ、当初の圧倒的な恐怖の塊は、より具体的な煩悶や疑念や当惑などに分化した。それは果てしない内省や妄想の時間になって、耐えがたい静けさとともに襲いかかってきた。

城山は、逃げ場のない窒息感を味わいながら、寝ても覚めても、布団の中で自分の胸中を抉り続けることになった。中でも、数十年ぶりに呼び戻された戦中の記憶には手こずった。さまざまに絡み合った条件が、鮮やかであるはずの恐怖の記憶を濁らせ、もう何が核心であったのか、捉えることが出来ない。誰もが飢えていたはずだが城山は飢えてはいなかったし、疎開の年齢に達しない子供たちが味わったはずの悲惨は城山にはなく、幼い妹を抱えて防空壕にひそみながら、きわめて淡々と父母の死を考え続けたあげくに、家族揃って無事に終戦を迎えた日に子供の胸に残ったのは、言いようのない当惑と痛恨の塊だった。そのことはついに誰にも言わずじまいだった、と城山は思う。

なぜ医学部へ進まないのかと父に執拗に尋ねられたとき、十八歳になった城山は、自分には興味がないとしか応えず、本心は語らなかった。法学部在籍中、ゼミの仲間はみな司法試験を受けたが、城山は法律の道にも進まないと早くから決めていた。卒業して企業に入ったとき、二十二歳の若造は何を考えていたか。人間に対する深い慈愛がなければ務まらない医師や弁護士は、自分にはその資格がないが、物を売って対価を得る資本主義経済の一端なら担えるだろうし、誰にはばかることもない。そんなふうな恐ろしく浅薄な考えで、社会人の一歩を踏み出したのだということは、自分以外の誰も知らない真実だった。

売上至上、営利追求の企業社会は城山の肌に合い、放っておいても販売量が伸び続けた高度成長期の幸運と、ビールといえば日之出ラガーだった時代の圧倒的シェアと商品力に恵まれた営業人生は、おしなべて順風満帆だった。熱心に得意先へ足を運び、特約店の社員と一緒に小売店や料飲店を回り、雑用から相談まで小まめに応対し、慢心を排するべく毎日の数字に細心の注意を傾けておれば、人より確実に営業成績は上がった時代だった。真の営業力や、創意、発想などが問われることはなく、辣腕や才覚や強烈な個性すらなく、商売の何たるかも分かっていない営業マシンがエスカレーター式に昇進して、人事や管理の現実に戸惑い、振り回されながら、気がつけば営業部長、支社長、ビール事業本部長、取締役だった。

物を作り、売る、企業行為とは何なのか。商品力、営業力とは何なのかを真剣に考え始めたのは、やっと四十を過ぎたころだったろうか。二度の石油ショックとプラザ合意がさすがに効いて、日本経済の行く末と社会のありうべき変化、その中でのビール事業の未来図を描きかね、密かに自信を失い始めたのもそのころだった。しかしそれも、昭和五十年代を通して、ビールの販売量が好景気と市民生活の膨張に支えられて伸び続けていたから、そんな悠長な迷いに甘んじていられたのだ。

企業にとっては一銭の価値もない個人的な反省を、今だからこそ城山はしていた。消費動向に即応出来ず、新商品開発競争に出遅れ、組織の改編に出遅れた結果、シェアが落ち始めたときに、ビール事業本部のトップだった自分はいったい何をしていたか。手をつけるべき課題はすべて分かっていながら、目先の数字に追われ、組織を動かす行動力を欠き、危機意識を欠いていたのだ。そんな男が、ビール事業のてこ入れのための人事刷新で今度は社長になったとき、肝に銘じたのは、現在と将来の株主の利益と社員の生活を保証するという、単純明快な経営者としての義務と責任だった。自分に欠如している独創性や行動力を、たとえば義務という発想で補わなければ、社長なんかになれたものではなかった。

そして、ともかく現在と将来の利益を確保する義務を果たすために、何をしなければならないかと考えると、おのずと答えは出た。すなわち一つは、大企業の硬直した組織と生産と流通の抜本改革であり、一つは屋台骨を強化するための基幹商品の開発だった。ビール事業本体の将来は横ばい安定、しかも国内製造業の淘汰が進むに違いない来世紀に日之出の資産を残す道は、多角化しかない。その多角化を実現するための資本を、味噌・醬油のように安定して稼ぎ出す基幹商品をあと一つ作ること、第二の日之出ラガーを世に送り出すこと、それが、社長就任と同時に城山が懐いた夢だった。

『ビールの味に限界があると思う人は、試作品作りに加わるな』

城山がそんな大仰な檄を飛ばしたのは、三年前の新年、ビール事業本部の全技術者、研究者と、商品企画部の幹部を集めた新商品開発部会での挨拶の中だった。第二の日之出ラガーを目指して、早速、それまで積み上げてきた膨大なマーケティング・リサーチの結果分析からコンセプトの絞り込みが始まった。当時は、他社が揃って、ホップの苦みを抑え、麦の殻の渋みを取り除いた透明感と、炭酸ガス濃度を高めた切れ味の鋭さを売り物にしたビールを売り出していたときだ。淡泊で鋭い《ドライ》なビールが当面の流行になると、マーケティングの結果も端的に示していたが、第二の日之出ラガーを作る趣旨から言って、流行に左右されずに長く飲み継がれるものでなければならない。

結局、『ビールの中のビール』という百年来の日之出の本物志向に、時代の嗜好の変化を加味して絞り込まれた新商品のコンセプトは、飲むことが楽しい至福感という意味での《悦び》、気分がぱっと明るくなるような《華やぎ》、重くなく鋭すぎず透明すぎない喉ごしの《晴朗さ》の三つに決まった。

次に、《悦び》《華やぎ》《晴朗さ》を、軽い・苦いといった具体的な味と芳香のチャートにする作業が始まり、チャートをさらに具体化するための官能検査や味覚検査を繰り返して、作り出すべき風味のイメージを技術化するのに半年が費やされた。そこから試作が始まったのだが、ビール麦の選択や、仕込み方法、麦汁の処理、酵母の選択、発酵条件など、すべてゼロからの検討を城山は命じた。酵母にしても数百種類もあり、そこから最適な酵母一つを選び、次々に条件を変えて発酵させて出来上がりを見るという試作の作業は、広大なアフリカ大陸から誰も見たことのない一角獣を一頭探してくるというのに近い雲をつかむような話だ。一年半の間、城山は週に一度は試作用プラントに足を運び、開発チームの一人一人の話に耳を傾け、試作品が上がってくるたびに商品企画部や営業部の幹部たちと一緒に試飲をし、意見を聞いた。

城山の務めは、そうして専従技術者三十八人、商品企画部の専従部員十五人の営々とした挑戦を見守り、信じ、全面的に任せ、ひたすら待つことだった。あえて今現在の主流を外して、長期的な展望の開けないビール事業の先行きと、日本社会の将来の構造転換を睨んだ長期戦略のための商品であったから、今の市場にどう受け入れられるかについては、胸のうちに不安はあった。しかも新製品の路線は、必ずしも役員会の総意であったわけでもない。それでも、半世紀にわたって飲みつがれるビールを来世紀の日之出のために残したいという、強い意思だけが城山の支えだった。

去年の二月、ようやく一角獣に近いビールが出来たのではないかと開発チームが試作品を上げてきたとき、城山は役員はもとより、企画部と営業部の全員を集めて試飲をさせた。そのときは、「重くなく、軽くなく、柔らかいコクがあり、清々しい喉ごし」という声で一致したものの、《華やぎ》というコンセプトに沿う芳香の面で、まだ改良の余地があるということになった。その時点で、城山は「完成の期限は九月」と明確な期限をもうけて開発チームにハッパをかけ、事業本部長の倉田誠吾には、初年度五千万ケースの販売戦略に取りかかるよう指示をし、ネーミングの開発、販促計画、販売計画の立案作業に取りかかった。

九月に入ってすぐ、約束通り完成品のビールが、ラベルのない茶色の瓶詰めで役員会議室に届けられた。全員で試飲した後、城山は役員たちに「どうですか」と尋ねた。初めに数人がうなずき、白井誠一が「美味い」と口火を切ると、続けて「穏やかなふくいくとした味だ」「芳香が素晴らしい」といった声が次々に上がった。全員の表情や口調を慎重に見極めた城山は、その場で試作用プラントのある神奈川工場へ電話を入れ、開発チームの技術者たちに「ありがとう」を連発した。

それから、ビール事業本部挙げての販売準備に追われてきたこの半年だった。ネーミングは十一月には決定していたのだが、何しろ新商品の発表は最大の企業秘密だから、名前も伏せたまま、年末に全国六百の特約店に試飲用の大瓶を抱えた営業マンが走った。反応は悪くなかった。年明けに、全国各地で開かれる恒例の特約店新年会でも、試飲と根回しが行われ、四月一日の全国一斉発売に向けた宣伝販促態勢の規模を宣伝した。通常なら、特約店会で新商品の発表をやって、一気に販売に入るのだが、今回はそうした秘密めかした段階を踏んで逆に内外の注視を煽る戦略を取ったのだ。そうして四月一日に向けて雰囲気を盛り上げていく間、城山は間もなく出てくる数字を黙々と待ち続けた。

事業本部は日毎に受注計画を立て直していき、一月末に一斉に受注を開始すると、数字は予想をさらに超えて、四月六百万ケースの目標の二〇パーセント増に積み上がった。そのときには、城山は自分の執務室でひとり、万歳をしたものだ。

夏場の需要期に備えて、二月半ばには各工場の新商品生産ラインを増やすことも決めた。ラインの組み替えと同時に、地ビールと対抗する地域限定商品の廃止や、その代替えとしての委託生産を進めて、合理化と多品種化の両立を図る中期計画の先鞭もつけた。それはいわば、社長就任前に決定していた多品種戦略の放棄の下準備だった。将来的に日之出本体は、ラガー・スープレム・新商品を三本柱に、枝葉を削ぎ落とした幹にならなければならない。その未来図の、ほんの一歩を踏み出した実感を、やっとわずかに嚙みしめたこ数日だった。

そうして、社長就任以来の夢だった第二のラガー、《日之出マイスター》のことを思うと、城山の煩悶はしばし薄れ、温かいものが胸を満たした。

『二十一世紀の日本のビールです。日之出マイスター誕生』

明日、二十六日日曜日の全国紙の紙面を、いっせいに飾るはずの全面広告のキャッチはこうだった。これまで金色一色だった商標の鳳凰は今回、仄かな華やぎを表す瑠璃色に彩られ、『日之出マイスター』の文字は、堂々としているが優しい丸みのある手書きの毛筆書体で、色は藍色。地の紙は、少し凹凸のある手漉きふうの生成色だ。缶ビールのデザインも同じ。

もう自分は見ることがないかも知れないが、自分がいなくても総額五〇億円をかけた宣伝キャンペーンは動き出す。社長の不在は不測の社内事情であって、動き出した商品を止めるものは何もない。やることはやった、企業の明日のために自分に出来ることはやった、と再三自分に言い聞かせてみた後、城山はまたぞろ〈しかし……〉と思い始めた。

社長誘拐という不測の事態が、業務にどんな影響を与えるのか、城山には想像がつかなかった。この事態が世間の知るところとなったとき、会社が受ける有形無形の損害は、どのぐらいのものになるのか。発売を開始したばかりの《日之出マイスター》の売れ行きに、どんな影響が出るのか。

ああ、もうすぐ株主総会が来る……。そう思い出したとたん、城山は短いパニックに陥った。いや、さしあたり自分の代わりに二人の副社長のどちらを代表に立てるのか、役員たちは今、そういう話もしているだろう。事業開発本部長の白井誠一が立つか、ビール事業本部長の倉田誠吾が立つかは、社内的には重大な問題だが、企業の将来という大局から眺めると、城山にはどちらでもいい、という気はした。日之出の長期的な道筋はすでについており、それは誰がトップに就こうが、劇的に変わることはないという思いが半分。一方で、自分と違って独創的個性のある人間がトップに就いたら、日之出の巨体を左右出来るのかも知れない、という期待や懐疑が半分。

結局のところ、自分は義務を果たしたのか、果たさなかったのか、と城山は自問した。年度毎の義務については、実績が示している通り達成してきたのは事実だが、さて、長期的な経営基盤の安定強化という義務は、どうだったろうか。

城山には自信はなかった。《日之出マイスター》が当面の目標をクリアする自信はあるが、それがほんとうに来世紀の企業の屋台骨になるのかどうか、誰が知っているだろう。失敗は半年後にははっきりするが、成功は半世紀後の人間が知ることだ。

そんなふうに考えてみると、今の今、自分という個人の中には大したものは残っていないなと城山は思い、ことさら悔いることもないが満足するにはほど遠い企業人生だったと結論を出した。さらに人間としての成長云々を言われたら、二十二のころの小生意気な世界観からいくらも抜け出しておらず、八歳で身につけてしまった自己不信の原罪は未だに悔い改めてもいないのだった。

さて、そう思い開くのはいいが、いい歳をぶらさげてまんまと誘拐されたお前は、これからどうするのだ。

この様子だと命はありそうだが、身代金を支払って解放されたあかつきに、いったいどんな顔をして世間に戻るのだ。無事に解放されても、この社会にもうお前の居場所はないのだと思い至ると、せっかく積み上げた内省を押しつぶして、城山はまた混乱に陥った。

城山は突然起こされた。布団が剝がされ、畳の上に直に座らせられると、身の周りで男たちの動き回る物音が立ち始めた。布団や毛布の類をばさばさ叩く音。掃除機らしいモーターの唸り。畳を行ったり来たりする足音。ゴミ袋に紙屑などを詰める音。片付けが始まったのだと思った。

しばらく後、まだ掃除機の音が続く中、男の一人が城山の前に座り直した。

「今は、三月二十七日月曜日の午前二時十六分だ。もうすぐ解放する」と、年上の男の声は何かをゆっくり読み上げるように喋り始めた。

「今から順に要点を並べる。よく聞いて、しっかり頭に入れろ。まず、こちらの要求は二〇億だ。聞こえたか？　古い一万円札紙幣で二〇億。現金だ」

二〇億という額は、いろいろな意味でとっさにはぴんと来なかった。二〇億と脳裏で繰り返しながら、城山はやっと、これは身代金なのだと自分に言い聞かせた。

「一カ月以内に裏金を作って、こちらからの連絡を待て」と男の声は続いた。「貴方は解放する。率先して裏金作りをしろ。取締役会の同意を取り付けるための猶予は一カ月」

解放の一語は、重い疑念を引きずって城山の心身をわずかに跳ねさせたのみだった。人質を解放してから金を要求するという相手の腹も、とっさには読めなかった。

「しかし、警察には違ったことを言うんだ。犯人は六億要求し、受渡し方法は追って連絡すると言った、とな。いいか、六億だ。なぜ二〇億でなくて六億なのかは、そのうち分かる。警察には、とにかく六億要求されたと言え。次に、解放の経緯については、警察には、犯人は初め六億要求していたが、突然、自分を置き去りにして姿を消した、ということで通せ。それが身のためだ」

男は、城山に反芻する時間を与えるように間を置いた。二〇億と言ったり、六億と言ったり、警察に嘘を言えと言ったりでは、城山は混乱するほかなかったが、今ここにあるのが、安易な思いつきの犯行でないことだけは、疑う余地がなかった。それだけに、余計に不気味な感じがした。

男は少しうつむいているのか、何かを読み上げる声はゆっくり続いた。

「貴方は社長なんだから、警察の捜査に協力して企業を潰すか、裏金を支払って企業を守るか、じっくり考えることだ。こちらは、二〇億を手に入れたら、それ以外の要求は一切しないことを約束する。人質は、三百五十万キロリットルのビールだ。金が支払われない場合、人質は死ぬ。頭に入れたか？　ゴールデンウィークに入る前までに、連絡をする。話は以上だ」

城山は、この自分がなぜ誘拐されたのかを、ようやくぼんやりと理解した。これは、個人では払えない額の金を企業に出させる誘拐であり、誘拐されたのは社長である城山個人というよりは、日之出ビール本体なのだ、と。城山は要求を確実に伝えるために拘束されただけで、だから解放されるのだ、と。この犯人たちは、いつでもどこでも誰でも買えるビールを人質に取って、要求が聞き入れられない場合は、商品攻撃をする気だ。そう思ったとたん、発売を控えた《日之出マイスター》の瑠璃色の鳳凰にどす黒い膜がかかった。目も口も塞がれたまま、知らぬ間に震え出した歯を鳴らして、城山はほとんど悶絶しかけた。

城山は、足首の緊縛が解かれたのもしばらくは気づかなかった。続いて、手首の紐が解かれ、ガムテープで縛り直された。さらに、男の手がベストの胸や背中に触れたが、何をされたのかは城山には分からなかった。引きずり上げられてもすぐには歩けず、ほとんど抱えられて運ばれ、足に靴が履かされた。その直後、一斉に軋むような音を立てて戸外の冷気が広がった。

運び込まれたときと同じように、木々の枝葉から雪が落ち、ザクザクした氷か土を踏む足音が立った。運び込まれたときと違って、今度はしばらくの間、歩行は続いた。足元は平坦ではなく、凹凸に足を取られてつまずくたびに、両脇から引きずり上げられた。四方で雪の落ちる重たげな音が響き続け、そこに凍った土や雪や草を踏む物音が重なる。どのぐらい歩いたのかも分からなかったが、やがて未明の行軍が終わったとき、城山の靴底は平らな路面の上にあった。そこで腕を取られてどこかの方向を向かされた後、年長の男の声が聞こえた。

「ここで解放する。アタッシェケースは踵の後ろにある。手首のガムテープと目隠しの布は、自分で取れ。

布を取ったら、目が慣れるまで見えないだろうが、慌てるな。時間がたてば見えるようになる。それまで、絶対にこの足の位置を動かすな。貴方が立っているのは道路の上だ。爪先の向いている方向へ歩いていったら、右側に消防署がある。もし反対方向へ歩いたら、人家はない。この爪先の向いている方向へ歩くんだぞ。いいな？」

最後に、城山はこんな言葉を聞いた。

「上着の内ポケットに写真が一枚入っている。歩き出す前に、忘れずにそれを見ろ。消防署に駆け込む前に、考えることがいろいろあるはずだ」

一瞬の間を置いて、男二人の足音が駆け出した。それは城山の爪先とは反対の方向へ遠ざかっていき、車のドアの開閉音とエンジンの音が小さく響いて城山の耳に届いた。

そうした物音はすぐに絶え、無音に近い静寂の圧力が襲ってきたとたん、城山は砕けた膝とともにその場にへたり込んだ。後ろ手に回された手首を激しく動かしてガムテープを引き剥がすと、自由になった手で目隠しの布を輪になったまま頭から抜き去り、ガムテープとともに無意識にポケットに突っ込んだ。初めて手を触れたその布がどんな代物なのか、たしかめる余裕もなかった。

二日以上締めつけられていた目の周りの筋肉は激しく痛み、目は開いたが、異常な圧力をかけられ続けていた眼球は、しばらく空気の刺激に耐えられなかった。開けたり閉じたりを繰り返す瞼から、苦痛を和らげる涙と鼻水が垂れ続ける間に、城山は口を塞いでいたガムテープも剥がした。凍った手が触れた顎や頬は伸びた髭でざらざらし、その指先はさらに、自分の顔だとも思えない深い頰の窪みに触れ、逆立って指も通らない髪に触れておののいた。

間もなく網膜にかかっていたどろどろした膜が薄れてきたとき、城山が最初に見たのは黒一色だった。やがてその黒は斑になって、それらが次第に分かれ始めると地面と樹影と空になった。残雪の積もった路肩の線が藍色に光っており、雪のない路面は濡れた黒い艶を放ち、道路の両脇に覆いかぶさる木々は漆黒で、その上に広がる空はわずかに明るい藍色だった。道路にはガードレールも標識もなく、木々の重なりはひたすら深かった。

踵の後ろには、アタッシェケースが置いてあった。ともかくそれを拾い、がくがくする脚で立ち上がったときには、城山はいくらか理性を取り戻していた。そ城山は、自分が誘拐された理由について、先般考えたことを訂正した。犯人たちは、要求を効果的に伝えるために社長である城山を選んだのではなく、要求を確実に実行せざるを得ない負い目を持っている人間を選んだのだ、と。

こんなことが、よもや自分の人生に起こるとは想像もしなかった事実を前に、城山はしばし立ち尽くした。身内の醜聞を犯行グループに握られ、企業の命である三百五十万キロリットルのビールを人質に取られて、二〇億円を要求された自分は、社会に居場所がないどころではなかった。この身一つが間もなく無事に帰還したとき、自分は企業に謂われのない金を支出させて損害を与えるか、姪の親子を生命の危険にさらすかのどちらかになるのだ。

いや。もしも、この自分さえ戻らなければ。

城山は、頭上に張り出している裸の木の枝を見上げ、突然耐えがたいほどに心臓が波うち始める中で、お前は死ぬのか、と自問した。この先、背負い込む苦しみの大きさや多方面に及ぼす災厄を考えるなら、それしかないと自答する端から、己の首を吊るという生々しい恐怖に心臓は荒れ狂った。城山は数分の間、激しい緊張と戦ったあげくに、自分には到底そんな勇気はなかったと思い出して上着の内ポケットを探り、写真一枚を取り出して雪明かりにかざした。サービスサイズのそれは、初めはよく分からなかったが、しばらく見つめていると、闇に慣れた目に小さい人間の顔二つが見分けられた。城山は目を近づけ、その二つの顔に見入り、目を疑ってさらに目を近づけた。

姪の佳子。二歳になったばかりのおちびさんの哲史。

それだけ確認して、城山は直ちに写真を内ポケットに戻し、歩きだした。再び茫々としてきた頭に、〈ああ、あのことか〉と思い当たる四年半前の出来事が一陣の突風のように押し寄せ、退いていった。

身の周りに起こっている事態とは裏腹に、少しずつ身体には血が通ってきていたし、寒さも感じた。心臓は破裂する代わりに黙々と打ち続け、城山は公私にわたる無数の頭の引出しを開けたり閉めたりしながら、これから先のことを考え続けた。

どのぐらい歩いたときだったか、城山は足を止めて内ポケットの写真を再び取り出すと、それを手で細かく裂いた。紙片を落とさないように気をつけながら、何度も何度も引き裂いて細かくした後、それを掌に握りしめて路肩から木立の中に分け入り、少しずつ、靴先で掘り返した草深い地面に埋めて回った。

いという結論を出したが、同時に、その言い訳のように、〈お前は会社のために死ぬのか〉という新たな自問もした。

これで会社が潰れて八千人の社員が路頭に迷うならともかく、現実問題として二〇億ぐらいの裏金は何ということもない会社のために、お前は死ぬのか。それほどに、お前は会社と一心同体だったか。いや、そもそもお前が死ぬことで二〇億の損失を出さずに済んだからといって、会社はその恩を感じるか。

答えはすべて《ノー》だった。城山は、そうして速やかに自殺の衝動を退けた後、会社に二〇億を出させるしかないという、漠然とした結論を出した。佳子と哲史の命には換えられないのはもちろん、いくら三十六年間勤めてきたからといえども所詮、会社は会社。そのためにこの人生を終えるほどのものかという声が、今は俄然強くなっていた。

城山は道路に戻り、再び歩き出した。今こうして解放されたとはいえ、これはほんの始まりなのだと自分に言い聞かせながら、足を運んだ。誘拐される前の城山恭介はもうおらず、今いるのは、何はともあれ会社から二〇億を支出させようとしている何者かだった。その一方では、社員の不安や動揺を一日も早く解消して会社の業務を平常に戻し、当面は《日之出マイスター》を成功させて、諸々の改革の地盤を固めるのが自分の義務だと、今なお考えている何者かでもあった。さらに、会社のためになど死ねるものかとうそぶいている何者かでもあった。どれが真意なのか、もはや自分でも判然としないまま、やがて城山の頭は、『ゴールデンウィークに入る前までに』と区切られた期限の間に、しなければならないことが山ほどある、という現実問題に切り替わった。まずは警察をどうあしらうのか。取締役会にどう説明するのか。二〇億を支出する合意をどう作るのか。

そうしていろいろ考え始めたために、城山は腕時計を見るのを失念し、結局、自分がどのぐらいの距離を歩いたのか、まったく覚えていなかった。気がついたときには、道路の左右に覆いかぶさる樹影の厚みが減ってきて、行く手に何かの灯火が一つ見えた。そこまで近づくと、自分の歩いてきた一本道とT字型に交わる別の道路が走っているのだと分かり、その右側の角に小さいコンクリート造りの家屋が建っていた。ガレージに入っている小型のポンプ車が一台、わずかに白み始めた薄明に照らされて、はにかむように赤かった。

*

警視庁九階の廊下を、「皆さん、集まって下さぁい！」という広報課員の声が走っていた。靴音と一緒に、その声は七社会のボックスに近づいてきて、各社のボックスの前の通路を行き来した。「刑事部長会見です！　会見やりますから！」

ボックスの長椅子から飛び起きた久保晴久の頭の上に、続けて壁のスピーカーから《全社、至急記者会見場へ集まって下さい！　七時五分から刑事部長会見を始めます！》とがなりたてる声が降ってきた。二段ベッドで寝ていた者、机に突っ伏していた者たちも飛び起きた。ボックスの片隅から、「刑事部長が出てくるとなると、社長発見か……」という菅野キャップの呟きが上がり、壁の向こうや通路でも、「社長発見か」「犯人捕まったか」という短い声が飛び交っていた。

「久保、栗山、行け！　残りは本社へ連絡！　近藤は方面の張り番のポケ鳴らせ！」と、菅野の指示が飛んだ。久保がノートをつかんで飛び出すと、今までどこで寝ていたのか、後輩の栗山裕一が先に立っていて「協定解除かな」と目をぎらつかせていた。

情報なし、進展なしのクラブ詰めで疲労困憊していいる重い身体を運びながら、久保も条件反射で胃がきりきりした。事件発生以来、二時間毎に行われてきた記者発表の、二十九回目。取材競争の始まりだった。ついに身代金要求が届かないまま、社長発見か。五体無事か。発見場所はどこだ。犯人はどうなった。

記者会見場に、我先に在庁の新聞、放送記者やカメラマンがなだれ込んでいく。テレビの撮影OKなら、間違いなく社長救出か最悪の事態の一報だった。報道全社の記者とカメラの放列で満席になった会見場に、広報課長が足早に入室してきた。一時間前には目の下にくまを作って声も嗄れていたその人物が、「皆さん、よろしいですか」と生まれ変わったような声を張り上げ、続いて二回目からずっと記者会見に臨んできた刑事総務課長に代わって、久々に寺岡刑事部長の登場になった。相変わらず表情は窺えないが、肩の辺りに力が入っているのは見れば分かった。

「では、始めます！」と広報課長が告げた。

重大発表のときには初めに必ず出る「えぇー……」で、寺岡部長の発表は始まった。一斉に響き始めたカメラのシャッター音がそれに重なった。筆記用具を握りしめる記者たちのじりじりした熱気が、見えない波になって部長の方へ押し寄せていた。

「ええ――……先程、午前六時二十八分、山梨県警察本部より警視庁に、本件の被害者城山恭介氏五十八歳を保護したとの連絡が入り、現在、詳細を確認中であります。連絡の内容は次の通りです。本日、三月二十七日午前五時五十分、山梨県南都留郡鳴沢村の消防署、正しくは河口湖消防署西部出張所に一人で保護を求めてきた男性について……」

そこまで聞いた時点で、まず放送記者が各社一人ずつ、メモしたばかりの地名を手に駆け足で会見場を飛び出していった。現在時刻、午前七時七分。放送中のニュースに早速臨時ニュースを入れるためだ。

久保の方はボールペンを握る手が、早くも汗でべたついた。南都留郡鳴沢村と聞いて、最初に瞼に浮かんだのは雪深い富士山麓の姿だったが、続いて「一人で保護を求めてきた」という意外な一言に驚き、続きの言葉に耳をそばだてた。

「……消防署から通報を受けた県警富士吉田署署員が、現場に出向いて男性の住所氏名等を確認したところ、城山恭介氏五十八歳、日之出ビール社長本人であることが判明したため、午前六時二十分、これを保護した、とのことです。城山氏は疲労が激しいようだが、比較的落ちついており、言葉もはっきりしており、目立った外傷はない、との連絡を受けております。なお、先程六時五十五分、城山氏は富士吉田署に入ったということです。また、すでに捜査本部から数名が現地に向かっており、八時ごろには到着する予定です。発表は以上です」

前出しはそこまでだった。寺岡部長が発表文の最後の一行を読み終わる前に、今度は新聞各社から一人ずつ、会見場を飛び出していく。東邦は、栗山がその役目だった。何はともあれ現場が分かったら、他社より一分でも早く自社の記者をそこへ遣るのも競争だった。

あわただしく席を外す記者たちを尻目に、残った各紙の仕切りは直ちに質問に移った。まだ残っているカメラに向かって、「撮影はここまででお願いします!」と広報課長の制止が飛び、それをかき消して、記者の声が上がった。

「城山氏が一人で保護を求めてきたというのは、犯人から解放されたのか、犯人から逃げてきたのか、どっちです」

「それはまだ分かりません」

「しかし、それぐらいのことは、最初に駆け込んだときに消防署員に言ってるでしょう」

「細かい経緯については、現時点では分かりません」

「細かくないですよ、一番肝心な点じゃないですか」

という記者の抗議は無視され、別の記者が「城山氏はこの五十六時間、どこにいたと言ってますか」と質問を振り替えた。

「現時点では、まだ把握しておりません」

「保護を求めてきたときの城山氏の服装は」

「濃紺のスーツ。革靴。ネクタイはなし。茶色のバーバリー社製アタッシェケースを持っている、とのことです」

「アタッシェケースの中身とか財布とか、何か奪われたものはあるんですか」

「確認出来ておりません」

「消防署に駆け込んだときの、城山氏の第一声は」

「正確な点は分かりません。現在入っている県警の一報では、城山氏は自分の氏名を名乗り、警察へ連絡をしてほしいと消防署の当直員に頼んだ、ということです」

「その様子が落ちついていた、ということですか」

「県警の判断の詳細については、現時点でこちらでは把握しておりません」

「城山氏は、犯人から何か要求されたとか、そういう話はしてませんか」

「現時点では、そういう細かい話は分かりません」

「河口湖周辺という地理は、捜査の範囲に入っていたのか否か。その辺はどうです」

「捜査内容に関わる点なので、お答え出来ません」

「犯人の人相とか年齢とか、城山氏の口から何か出てないんですか」

「現時点では、把握しておりません」

そうしたやり取りの間、寺岡部長はずっと下を向いたままだった。事件発生以来、捜査がほとんど進展していなかったところへ、いきなり他県から被害者保護の通報が入ったとあっては無理もないと久保は同情したが、それにしても、肝心の点は何ひとつはっきりしなかった。これでは記事が書けない。

「結局身代金要求がなかった、ということは、今後の捜査の方向に影響が出るのか、出ないのか、どっちです」と久保は質問を投げた。

「現時点ではそういう判断には至っておりません」という素っ気ない返事が返ってきた。

「金目当てでない逮捕監禁事件だというんですか。何かあるんじゃないですか」

「ないものはない、としか申し上げられません」

「城山氏から事情を聴くのは、どこで、何時にやるんですか！」と、民放の誰かが怒鳴った。

「富士吉田署でまず、医師の診察を受けてもらい、東京までの移動に耐えられる健康状態かどうかを判断してからです」

「次の発表は何時ですか！」

*

特捜本部の警電が鳴り出して、交換台経由で山梨県警から被害者発見保護の一報が入ってきたのは、半時間前の午前六時二十八分だった。署内のあちこちで仮眠していた七十人余りの捜査員が会議室に集まり、県警からの報告内容が口頭で伝えられた。それから、その場で特殊班の四名がすぐに現場急行を指示されたほか、鑑識と地どり班から六名が急遽、現場検証に振り替えられて同じく現場派遣になった。一方、被害者対策班も日之出本社や現場待機班などとの連絡に忙しくなったが、遺留品捜査の班には新たな指示はなかった。保護された被害者から本格的な供述が取れるまで、まだ数時間はあり、何かブツが出るとしても、それからの話になる。

合田雄一郎は一度にざわめき始めた会議室を出て、三階の洗面所に入った。被害者発見と聞いたとき、考える前に足が駆け出しそうになったが、とっさにそれを抑え込んだもう一人の自分の方が、今はたしかに優勢だった。合田は使い捨て剃刀でていねいに髭を剃りながら雑念を払いのけ、石鹼で二回顔を洗い直して、捲りあげていたシャツの袖を下ろした。金曜の夜から着たきり雀の袖口が、少し汚れかけていた。

洗面所を出るとき、三日ぶりに同僚の安西係長と入れ違いになり、ちょっと遠慮しつつ、合田の方から「何か出てます？」と声をかけた。捜査会議では、企業関係や総会屋の話は一切聞こえてこず、日之出関連の周辺がどうなっているのか、末端にはとんと分からない。そちらの方の捜査に回っている人間は誰であれ、合田にとっては、逆さ吊りにしてネタを吐かせたいほどだというのが、正直なところだった。

安西は苦笑いをして「国税庁の監査の資料、見てるんだが」と囁いた。「とにかく本庁は、ものすごい量の情報を持ってるよ。今のところ、どれもヒットはないけどな」

「問題のある支出は見つからないんですか」

「連結になっていない子会社か関連会社……、いや、海外法人を使って処理しているんだろうな。そうなると、もう分かりっこない」

「小倉運輸と中日相銀の事件のときも、毎日ビールが摘発されたときも、日之出と岡田経友会のつながりは、ずいぶん噂になりましたがね」

「ネタが出ないんだ、日之出は。あそこは、総務部を通さない形で、幹部の誰かが個人的に岡田との接点を持ってるらしい。もちろん会社ぐるみだが、財務の方の処理も徹底しているし、内部告発でもない限り、これからも何も出んだろう」

「日之出と岡田の間に、トラブルがあったというふうな話はないんですか」

「あっても会社は言わんよ。それに、どうも今度の逮捕監禁は、その筋ではないって話もあるし」

「総会屋絡みの線ではないんですか……」

「少なくとも、関東の二十五団体、関西の七団体はシロだという話だ。四課から聞いたが、誠和会の会長が昨日、関東二十日会の理事会宛てに、事件に関与している筋がないかどうか、質問状を回したらしい。それはそれで、何か狙いもあるんだろうが」

「へえ……」

「要は、今のところ手がかりなし。誰にも言うなよ」

そう言って、安西はいそいそと洗面所に消えてしまった。声をかけたのは自分の方だが、それにしてもと、ふと合田は思った。安西は長年、巷の知能犯ばかり相手にしてきて、事件に対する感覚が鈍っているのか。保秘が第一の特捜本部で、この口の軽さは危ない。この男に探りを入れるのはまずいと、合田はその場で一つ、沈着な結論を出した。事件にその筋が絡んでいないというのは、〈へえ〉というところだった。

会議室に戻ると、NHKの七時のニュースが始まっていて、テレビの前に人の輪が出来ていた。合田も、人垣の一番後ろから首を伸ばした。早口で原稿を読み上げるアナウンサーの後ろに、被害者の顔写真が出ていた。いかにも品のいい初老の目鼻だちだが、一度や二度見たぐらいでは、人となりが思い浮かばない固い殻も感じさせられた。

《……繰り返します。三月二十四日金曜日午後十時五分ごろ、日之出ビール社長城山恭介氏五十八歳が、大田区山王の自宅前から何者かに連れ去られる事件があり、先ほど午前六時二十八分、山梨県南都留郡鳴沢村の河口湖バイパス沿いの消防署に城山氏本人が一人で助けを求めてきたところを無事、山梨県警富士吉田署の署員に保護されました。……この時間はニュースの内容を一部変更して、日之出ビール社長逮捕監禁事件

についてお伝えしています》

テレビの前で私語を吐く者もなかった。捜査陣容が大規模になればなるほど、捜査員一人一人に行き渡らない事件の全姿を知りたいと思えば、テレビや新聞の報道に頼るしかなくなってくる。合田も、生きている被害者の顔や表情を一目見たいという思いから、まだ時間的に無理かなと気づくまで、ぽかんと画面に見入った。

《……繰り返します。三月二十四日金曜日午後十時五分ごろ、日之出ビール社長城山恭介氏五十八歳が、大田区山王の自宅前から何者かに連れ去られ、先ほど五十六時間ぶりに、山梨県南都留郡鳴沢村で無事発見、保護されました。なおＮＨＫでは、城山氏の安全のためにこれまで事件の報道を控えておりました。それでは、品川区北品川の日之出ビール本社前と、大田区山王の城山氏の自宅前から中継でお伝えいたします》

切り替わった画面には、四十階建ての日之出ビル前の路上が映し出された。普段何げなく見てきたビルだが、ああこんなふうだったなとあらためて合田は目を引かれた。早くも鈴なりの報道陣の姿を背に、勢いこんだ顔の取材記者が《まだ時刻が早いせいか、出社する社員の姿はありません。五十六時間前の金曜日、午後九時四十八分に、あそこに見えます地下駐車場の出入口を出た城山社長の社用車は、十七分後の十時五分に大田区山王の自宅前に到着し、何者かに拉致されました……》と喋り始めた。風は冷たそうだが、空は快晴だった。

続いて、画面は山王の自宅前の路地に移ったが、そこもすでに取材陣の人だかりだった。記者発表から一分と置かずに、近くに潜んでいた報道各社の記者たちが取り囲んでしまった門扉の前で、制服警官が通せんぼをしていた。早朝の日差しを浴びた木々は、合田が金曜の深夜に見たのとは別もののような輝きだった。

《ごらんの通りの閑静な住宅街の中です。金曜の夜十時五分に、城山社長の乗った車は、あの門の前に着き……》というテレビの声を聞きながら、合田はまた少し、当夜に付近を巡回していた警らの動きを頭に描いた。

一昨日の土曜日の深夜、合田は捜査会議が終わった後に適当な理由をつけて署を抜け出し、城山宅からはだいぶん離れた山王一丁目の路地を二時間ほど自転車で走りながら、通りかかる警らの単車がどのぐらいのスピードで走っているのかを確認したのだった。そして昨日の夜は、勤務明けの大森駅前派出所の沢口巡査長をこっそり誘い出して寿司を奢り、金曜夜の午後十時前後に、指令センターからの出動要請に沿って沢口が現場へ走るために行き来した道順と通過時刻を、細かく聞き出した。

そうして分刻みで割り出した警らのバイクの位置を自分の地図に書き入れると、犯人が警らの目に触れずに被害者の拉致を実行したことが裏付けられ、それは同時に、なぜ犯人がまったく不規則な警らの道順を計算出来たのか、という当初の疑問をさらに固めることになった。

やはり、無線だ。警らが常時聞いている署活系の無線を、犯人は聞いていたのだと、合田は今はほぼ確信していた。しかも、通常のデジタル信号にさらにスクランブルをかけている警察無線の傍受は、一般人には不可能なことを考えると、当夜犯行のために無線を聞いていた者は、一人しかいなかった。どこかの現職警察官一人しか。

警察官。

その一語は、事件発生直後に臨場した際、頭に満ちた靄の中に含まれていた何ものかが、論理のフィルターを通って形になっただけではあった。しかし、形になったとたん、合田の頭をそこで停止させてしまうことにもなり、気分的には知らない方がよかったというところだった。

実際、合田は今もまた考えるのを止め、自分に割り当てられている仕事の方に、慎重に頭を切り換えた。不本意な現場で不本意なミスをしでかして、これ以上組織の中で自分を貶めるのは、自尊心が許さなかった。だいいち、四月には三十六になる男一人、刑事をやめて、ほかに何が出来るというのか。

合田はテレビの前から離れて、会議室の一角に出来上がっている遺留品捜査班の陣地に移動した。テーブルには、都内と近隣他県の各レンタカー会社営業所から回収した貸出簿のコピーと、C号照会で上がってきた盗難車のリストが積んであった。レンタカーは昨日までに全部潰したが、盗難車の方は、一台一台盗難届の書類を当たる作業で、盗まれたときの状況などが不備なものについては、持主に当たって再度聴き取りをやっているところだった。三月二十四日現在で届出の出ている盗難車の数は、一月からの三カ月分だけで約三百五十台。

合田が自分の組に割り当てられた分のリストを手に

取ると、班長の強行九係の主任が「車種や色が特定されるかも知れないから、社長の聴取を待ってからにしよう」と声をかけてきた。

たしかにその通りだと思い、合田はいったん取り上げたコンピューター用紙をテーブルに戻した。被害者が無事に戻ってきた今、車の割り出しが一刻を争うようなものでなくなったのは事実だった。

「金曜の夜にかっさらって、月曜の朝には身代金の要求もよこさないで解放か。いい加減にしてほしいな……」という、誰かのけだるい声がしていた。

「実行犯の奴ら、週休二日の勤め人だろう」とまた別の誰かが言い、「土日に誘拐をやる余力があるんなら、よっぽどひまな職場だ」と笑う声があった。

合田は、仲間うちの無駄話から逃げて椅子に腰を下ろしながら、〈違う。犯行グループの中には週休二日でない奴もいたはずだ〉と自分に呟き、また少し無線の件を考えた。事件当夜、署活系の無線を聞きながら、山王二丁目の警らの動きを略取の実行犯たちに教えた何者かは、そのとき夜勤に就いていた可能性が高い。三月二十四日夜の、大森署を含む二方面九署の夜勤者の数は、せいぜい四百。そのうち、署活系のエスタボ(SW―101型無線機)を携帯している警ら、通信室の当直、PCに乗っていた者、無線機を携帯して張り番や行確に出ていた刑事の中に、共犯がいるのだとしたら、絞り込みは容易だ。鑑の方も、おそらくすでにその線を洗い始めているに違いない。

そう思うと、合田は出番のないまま終わりそうな自分のネタを、失意が来る前に再び胸のうちから追い出して、所在なく朝刊を開いた。

そういえば、昨日の日曜の全国紙には日之出ビールの全面広告が出ていた。『二十一世紀の日本のビールです。日之出マイスター誕生』とあった。社長は無事に戻ってきたが、事件そのものが何らかの形で長引くなら、すでに始まっている夏商戦に影響が出るだろう。合田は、土曜日の未明に刑事部屋で呼集がかかるのを待ちながら目を通した有報の中から、ひまに任せて、ビールの年間販売量三百五十万キロリットルという数字一つを手繰り寄せてみた。そうか、社長を解放してもビールという人質が残っているのだと、ふと考えた。

それから、合田の頭はそのまま数時間ほど遡り、当直に呼び出されて山王の現場に出かける前、自分が何をしていたのか思い出そうとしたが、それは無駄な努力に終わった。代わりに、金曜日の夜から空けたままの自宅に義兄が立ち寄ったかも知れないと思うと、合田はその場でちょっと自分の携帯電話を取り出して、自宅の留守番電話の録音テープを確認した。案の定、義兄は電話を入れてきていた。《今は、二十六日の午後十時だ。当分君は帰れないだろうと思って、今日は家を覗いておいた。月末の支払いは立て替えておく。落ちついたら、電話をくれ》

何のことはない、今日には帰れそうだと思いながら携帯電話をしまい、窓の外へ目をやると、外は七時過ぎから溢れ出した報道陣の靴音や話し声の渦だった。

＊

城山は、今は富士吉田署の一室に座っていた。

消防署で保護されたときから、入れかわり立ちかわり、違う人間が現れて、「どこから歩いて来ましたか。一緒にいた人間はいますか。二人、いたんですか。男ですか。人相、体型は分かりますか。二人の男と一緒にいた場所はどこですか。いつ、一人になったんですか」と似たような質問を繰り返し、城山が分からないと応えると、今度は地図を広げて「歩いてきたのはこの道路ですか。この道路のどの辺ですか。どのぐらい歩きましたか」と始まった。

その間、「何か食べたいものはありますか」と尋ねられたので、城山は熱いお茶を一杯だけもらった。空腹感はなく、肩や肘の痛みも自分の身体だという感覚はなかった。署に移されてすぐに簡単な身体検査を受けたとき、ベストの腹や背中、スラックスの腰に五枚も六枚も簡易カイロが貼りついているのを見てびっくりしたが、それについては、事実の通り、解放される直前に犯人の男たちが貼りつけたのだと言っておいた。また上着のポケットからは、ネクタイとガムテープの切れ端と目隠しの布が出てきた。よく見ると、布は自分のハンカチだった。

城山は洗顔をさせてほしいと頼み、洗面所で何十時間ぶりかに顔を洗ったが、鏡に映した自分の姿の変わりようには、しばし声を失った。歳のわりに豊かだった髪の、灰色の筋はもういくらも残っておらず、ほとんど白一色と化していた。眼窩も頰も水が溜まりそうなほど落ち込み、目尻や口周りの皺の数も倍ほどに増えて、これはどこの年寄りかと思わず目を疑った。しかし、何より強く胸を打ったのは、自分の目の陰鬱さだった。誘拐犯から解放された安堵や喜びがちらりとも窺えないその目を見ると、いったい自分は何者なのかと思った。

城山は毛布一枚を被り、足元に電気ストーブを置いてもらっていた。部屋にはパイプ椅子が三つと机が二つあり、窓には鉄格子がはまっていて、スリ硝子の外は見えなかった。

城山は犯罪者ではなかったが、今の心情はそれに近かった。消防署の前に立ったときから、警察に何をどう話せばいいのかと迷ったあげくに、とりあえず「大丈夫です。どこも悪くない。一人で歩けます。けがはありません」とかたくなに言い張り、五十六時間の経緯についてはほとんど、「分かりません」「覚えていません」と言葉を濁して逃げてきたのだった。実際、会社の方へ犯人側から何らかの要求が届いているのかいないのか。もし届いているのなら会社はどういう対応をしているのか。会社は警察に何をどう話しているのか。そうしたことも分からない時点では、何も言えないのは当然のことだった。さらに、解放されたときに犯人から渡された写真一枚は、今や犯行グループが岡田経友会につながっている可能性を暗示しており、城山としては、出来ることなら貝になりたい心境だった。しかし、こうしていられるのも、あと数時間。本格的な事情聴取が始まったら、何か言わなければならない。

城山が再三考えたのは、自分がどのみち警察にも会社にも嘘をつくことになるという一点だ。その上で、双方に対して身内の醜聞を隠し通し、犯人の要求を呑む方向で何とか事態の収拾を図ることを、城山は繰り返し自分に再確認した。というのも、こうして解放されて温かいストーブの前に座っていると、ふと、警察にすべてを話した方が楽だという思いがやって来るからで、そのつど城山は、岡田経友会が絡んでいるのなら、警察にはなおさら何も期待出来ないと自分に言い聞かせ、落ちつけ、気を強く持てと自分を叱咤することになった。もうすぐ到着するという警視庁の捜査員を待ちながら、城山はいっときの猶予の時間を、そうして過ごしたのだ。

午前八時半、「警視庁の者です」と名乗って、男が四人現れた。城山は「このたびはご迷惑をおかけしました」と会釈を返したが、そのとき捜査員たちが早速自分の表情や物言いを窺っているのに気づき、思わずぞっとして目を逸らさなければならなかった。

それからまた身元の確認になり、城山は本籍、住所氏名、年齢、職業を繰り返した。城山の方からは、家族の安否を尋ねるだけで精一杯だった。家族には被害はないという。

続けて、東京へ移動する前に医師の診察を受けてほしいと言われ、「大丈夫ですから」と城山が断ると、「念のために」と押し切られた。そのときも、捜査員たちの射るような目線を感じた。職業柄身についている目線なのかとも思う一方、城山は、自分が警察から何らかの疑いをかけられているのだろうかと疑心暗鬼になり、しばらくの間、その理由の詮索や必要以上の用心に落ち込むことになった。

医師には目と口腔を調べられ、聴診器を当てられ、血圧を測られた。とくに問題はないということで医師が去ると、捜査員の一人はようやく「このたびは、大変な目に遇われましたね」という一言で、事件に触れた。あまりに判で押したような事務的な声だったので、ねぎらいの一言だという感じもなかった。

「早速ですが、犯人たちに心当たりは」と捜査員は尋ねてきた。

「いいえ」と城山は応えた。

「ずっと目隠しをされていたということですが、犯人たちの姿はまったくご覧にならなかったのですか」

「見ませんでした」

「捜査本部であらためて詳細にお伺いしますが、現時点で犯人側からの連絡が一切ないという状況です。しかし、相当に計画的な犯行であることは間違いないので、金目当てにしろ、何らかの怨恨にしろ、どこかに御社と接点をもつ者の犯行の線で、捜査を進めております」

会社との接点という一言を聞きながら、城山は自分の不在の間に、警察はそれこそ根掘り葉掘り会社に探りを入れてきたのだろうと想像した。去年秋に導入したリスクマネジメントのシステムによって、日之出は他社に比べても保秘の壁は強固になっており、そんな点でも、警察はおそらく苛立ちをつのらせているに違いなかった。

「ところで、山中を歩いて、道路まで犯人たちに連れてこられたということですが、犯人たちは貴方を置き去りにして逃げる際、『解放してやる』とはっきり言ったんですか」

「そうです」

「解放する理由は言いましたか」

「いいえ」

「貴方は目隠しをされていて見えなかったが、男二人が駆け出した直後、道路で車が発進する音が聞こえたんですね？　だとすれば、今日の未明に貴方を解放するのは計画のうちだったとも考えられますな……」

計画のうちであればどうだというのか、城山には憶測するすべもなかったが、ともかく警察が、解放の経緯に不審を持っているらしい様子は、ひしひしと感じられた。大々的に誘拐された人間が、二日後には無傷で戻ってきたのだから、それも当然だろう。城山としては、犯人の要求を呑むと決めた以上、とりあえずその指示通りに応えたまでだった。《犯人は、理由も言わずに人質を解放して逃げた》のだ、と。そして、被害者である自分がそう供述し続ける限り、警察は当面、それを否定する理由はないはずだとも考えた。

長い間を置いて、「ところで、犯人は貴方を逮捕監禁した理由を言いましたか」と捜査員はさらに尋ねてきた。

「いいえ」と城山が応えると、「具体的に、金の要求はありませんでしたか」と、鋭く畳みかけられた。

答えはイエスかノーしかなく、城山は、返事に時間をかけては不自然だというとっさの判断を優先して、「ありました」と応えた。

「いくら、要求されましたか」

「……六億です」

「受渡し方法等の指示はありましたか」

「追って連絡する、と……。申し訳ないが、会社がどうなっているか、そのことで頭がいっぱいです。まず会社の人間に会って、業務に支障の出ていないことを確認させて下さい。話はそれからにしていただきたい」

城山はそうして、それ以上の質問を何とか防ぎ、代わりに、今自分が喋った内容を脳裏に火がつく思いで検証した。犯人の指示通り、《要求金額は六億》《受渡し方法は追って連絡する》と警察に言ったことは、ほんとうに正しい判断だったのか否か。犯人が六億要求したという話はいずれ報道され、日之出が要求通りに事を進めていると犯人が判断する材料になるだろう。しかしそれで事態が確実に収拾するという保証はあるのか。保証などなかった。

結局のところ、解放されたばかりの今、警察や報道に必要以上の悪印象を与えないためにも、犯人の今後の出方を見極めるためにも、会社としての対策を固める時間を確保するためにも、とりあえず犯人の要求通りに言うしかなかったのではないかという結論に達して、城山はやっと少し自分を慰めることに成功したのだった。

午前九時前に、捜査員に招き入れられて姿を現したのは、赤い目をして眼窩を落ちくぼませた倉田誠吾だった。スーツもネクタイも、金曜の夜に見たのと同じで、手に風呂敷包みを二つと、スーツ用のキャリングケースを携えていた。

「このたびは大変お世話になりました。取り急ぎ、城山社長の奥様に揃えていただいた着替えを持参いたしました」

倉田はそうしてまず捜査員に慇懃な一礼をし、それから城山の方へは、「ご無事で何よりです」と深々と頭を下げた。

城山も機械的に椅子を立ち、「この通り無事です。ご心配をおかけして申し訳ない」と頭を下げた。

捜査員たちの注視する中、顔を上げた倉田は、安堵と苦渋が激しく入り交じる目を一瞬、密かに城山の顔に据えた。城山もそれに応えて、〈分かります〉と目だけで精一杯の思いを伝えた。

城山が拉致されたとき、倉田がどんな思いで事態を受け止め、何を考え、何を案じたかは、想像するまでもなかった。一昨年、和解の形で関係を絶ったはずの岡田経友会顧問、田丸善三が、今年になって突然、群馬県の山林を購入するよう、しつこく持ちかけてきている件で、その交渉の矢面に立って断固、拒否し続けてきたのが倉田だった。城山自身は、監禁されていた間、たしかにその件に思い当たりはした。しかし、今や政財界にしっかり根を下ろしている岡田経友会が、いくらなんでもここまで荒っぽい手段に出ることはないだろうと考え、姪の写真を見せられるまでは、岡田の関与の可能性を退けてきたのだが、今となっては、やはり群馬県の土地の件かと思ったし、倉田がどんな気持ちで今、ここに立っているか、痛いほど分かると思った。

もっとも倉田は、捜査員の前でそつなく振る舞うだけの理性も失ってはいなかった。

「さぞ、ご心配でしたでしょう。ご家族は皆さんご無事です。業務の方もまったく平常ですから、ご安心下さい。今朝の受注も支障なく入ってきていますので」

「そうですか。ほんとうにありがとう」と、城山もそつなく応えた。

「では、着替えをどうぞ」と捜査員に促されて、倉田は風呂敷包みを開き始めた。捜査員たちは席を外そうとはせず、風呂敷包みの中身をじっと見ていた。倉田はまず、歯ブラシやシェーバー、石鹼、タオル、櫛などの洗面具を城山に手渡し、「先にこちらの方を済ませられた方が……」と言った。すると捜査員の一人がすかさず「洗面所はこちらです」と先に立ち、城山は結局、捜査員の見張り付きで洗面所に入ることになった。そこまで来て、城山はようやく、警察は自分と社の人間を二人きりにさせないようにしているのだと気づいたものだった。

実際、洗面所に入ってすぐ、城山はそれも無理はないと納得するはめになった。旅行用の携帯歯ブラシの容器には、そのサイズに合わせて折り畳んだ紙が入っていた。それをそっと左手の掌に握りしめて、城山は歯磨きを済ませ、さらにシェーバーで髭を当たった。それから、大用のトイレに入って掌の紙を開いたら、B5判の薄い和紙に、ボールペンの細かい走り書きの文字が並んでいた。

冒頭に『城山社長殿』。末尾に『小谷』。小谷は、リスクマネジメント会社の代表者の氏名だった。

『警察の聴取に際しましては、以下の点にご留意下さい。

一、全面的に捜査に協力する意志を表明すること。

一、代わりに、報道への情報漏れの防止を強く依頼すること。

一、犯人の金品の要求に応じる必要が生じた場合に備えて、犯人の真意にかかわらず、脅迫対象はあくまで企業であることを印象づけること。個人に対する脅迫に企業が金を支出することは、背任に当たる恐れがあります。

一、今後の展開が予想出来ない現時点では、初回の事情聴取での踏み込んだ供述は避けた方が賢明です。

一、なお、読み終えられましたら、この紙は処分して下さい』

その文面の余白には、倉田の筆跡で『《岡田》を当たっていますが、今のところ確証は得られず。しかし、彼らが事件に乗じてくる可能性は大。ご留意を』と書かれていた。万が一、実行犯が岡田絡みではない可能性もあるが、結果は同じ。城山はそう、冷静に判断した。

城山は、その一枚の紙をトイレットペーパーと一緒に流し去って、トイレを出た。その後、洗顔をし、逆立った白髪に櫛を入れたら、二日半前とは別人のようでも、ともかく何とか見られる姿になった。

それから城山は元の部屋に戻り、捜査員たちの目の前で身づくろいをした。屈辱も我慢の限界だったが、しかしそうした緊張のせいで、真新しいワイシャツに袖を通すころには、城山の頭には事務的な懸案をいくつか、規則正しく思い浮かべる余裕も生まれてはいた。ボタンをかけながら、城山は倉田に向かってたて続けに伝言を並べた。

「まず、全支社支店、工場、関連会社の責任者宛てに、ご心配をおかけしたが社長は無事戻ったので云々の文書をファックスで送って下さい。それから、今日中に、株主と取引先宛ての挨拶状を社長名で送付すること。大手の本社支店には、役員と支社支店長が手分けして挨拶に行って下さい。ところで、社としての記者会見はどうなってますか」

「社長のご様子を私が伺ってからということで、午前十時に予定しています」

「私自身は明日じゅうに記者会見をやると伝えて下さい。それから、月曜の定例事項は各部とも滞りなくやって、報告を上げるように。取締役会は、ちょっと遅くなるかも知れませんが、今日中に開きますから、そのつもりで。本社詰めの専務、常務だけで開きます。秘書室の野崎さんには、遅くなるようだったら待たなくていいからと言ってあげて下さい」

「承知しました」

「それから、うちの者に、帰りは少し遅くなるかも知れないと……」

「お伝えします。ご安心下さい」

城山は新しいネクタイを結び、上着に袖を通した。そうして身だしなみを整えると、生き返ったような心地とまではいかなかったが、この三時間ほどの間に紆余曲折したさまざまな思いをやっと、整理することが出来たような気がした。城山が脱いだものは、付着物の検査をするという理由で押収され、捜査員が『白ワイシャツ一点、ウールベスト一点』などと書類に記した。アタッシェケースも、指紋採取のためにと取り上げられ、最後に住所氏名を自署して拇印を押すように言われた。見ると、《提出者処分意見》とやらの欄に、いつの間にか『返却して下さい』と書いてあった。

「では、よろしいですか」という捜査員の一言で、城山は捜査員たちに付き添われて部屋を出た。後ろで、倉田が「カメラがいますから……！」と叫んだ意味は、玄関前のガラス戸の前に出たときに分かった。車寄せの周囲はテレビカメラや新聞記者で取り囲まれ、城山の一歩が報道関係者の十歩になる勢いで迫ってきた。

多少、署員の制止はあったが、そんなものは城山の目にはないに等しかった。押し寄せてくる人垣を眺めて城山は数秒呆然と立ちすくみ、一つ一つの無機質な顔を見た。男もいれば女もいる。それらの顔が何を求めているのか、しばし理解出来ず、そのとき後ろから「テレビです、頭下げて……」と囁く倉田の声が聞こえてやっと、我に返った。

城山はとりあえず報道陣に向かって一礼し、捜査員に促されるままに車に乗り込んだが、ドアが閉まる直前になってやっと、いくつかの叫び声を聞き分けた。「今のお気持ちは！」「監禁中に何を考えておられましたか！」「日之出ビールが狙われたことについてのご感想を！」

今の気持ち。監禁中に考えたこと。日之出が標的になったことについての感想……？

今やまた、何も分からなくなったと思いながら、城山は乗用車の後部座席に身を埋めて頭を垂れた。分かっていたのは、この自分の状況はたしかに犯罪者のようなものだということと、目の前の報道陣も含めて、拉致される間には想像もしていなかった何かのるつぼに自分は投げ込まれたのだという、漠とした実感だけだった。

*

夕刊の早版各紙の一面はどれも、端から端までぶち抜いた大凸版の大見出しだった。東邦は、『日之出ビール社長五十六時間ぶり解放』の大見出しに、『深夜のら致監禁』と縦見出しを付け、四段扱いの自宅全景の写真を載せた。各紙とも、早版の段階では記事の中身は記者発表の内容そのままで、勝負はこれからだったが、いずれにしろ、二版と三版は一面と社会面の大半、最終四版は紙面の大半が日之出事件関連の記事と写真で埋まることになる。

時刻は、午前十時前だった。編集局のフロアじゅうのテレビで、中継を続ける民放の画面が躍っていた。ヘリコプターの爆音に混じって、《城山社長を乗せた車は今、相模湖インターを通過しました。捜査本部の置かれている大森署まで、あと四十分ぐらいでしょうか！》とわめく女性レポーターのきんきん声が降ってくる。

警視庁クラブとの直通電話の受話器を置いた事件担当デスクの田部が、「次の記者会見は正午！」と大声で告げていた。「整理さぁん！　一面、二段あけといて。ドキュメントが入るから。岡村君、識者談話、まとまったか。根来君！　社会面にあと一つ、関連の原稿が欲しい。今、そこに何がある？」

「企業テロの年表、社長プロフィール、各界の社長人物評、逮捕監禁事件の検挙例、日之出ビール関連の訴訟一覧、ビール業界の商環境、事件当日の新商品発表会、就職人気度に見る日之出の企業イメージ……」根来は、机に積み上がった原稿を左手でめくりながら無作為に並べ立てた。右手は、八王子支局の記者から入っている電話を保留にし、目の半分はメモを取りかけているワープロ画面の上だった。

「その、社長プロフィールと人物評の原稿、見せて」と田部は言い、根来は左手で摑み出した原稿を「これ、デスクに」と近くの記者へ手渡し、電話に戻った。

「すみません、どうぞ続けて」

　電話の記者は《……で、その用地買収の話があったのは昭和十五年の初めごろで、地主と覚書が交わされたらしいんですが、それが昭和十八年に白紙撤回になって、その件で地主の方が訴訟を起こしたということです。そのあと、和解が成立したそうですから、日之出側がいくらか払ったんでしょう。まあ、そういう話です》と言った。

　社会部の柱時計は午前九時五十五分を指していた。二版の締切りまで、あと半時間。

　根来は電話を聞き取りながらキーボードを叩き、『訴訟関連⑽——埼玉県。昭和十五年工場用地買収で覚書。十八年白紙撤回。地主が訴訟、和解。（＊）被差別部落。しこり、残る？』と短いメモを作成した。八王子の記者は以前浦和支局にいた男で、今朝のテレビニュースで日之出ビール社長逮捕監禁の事件を知った知り合いの埼玉出身の解同関係者から、たまたま半世紀以上前の地元の出来事を聞き及んだからと電話を入れてきたのだった。《今ごろ取り上げるネタでもないでしょうが、一応続報は入れますから》と言って、八王子からの短い電話は切れた。

　工場用地取得に絡んで地主と訴訟沙汰。小作地を失う被差別部落の住民の抵抗。糾弾。

　根来はほんの数秒、入ったばかりのネタの要点を反芻した。実際のところ、一つの企業について、平生の企業活動から派生する問題を一つ一つ拾い始めたら、いろいろ出てきて当たり前だが、最近の話ならともかく、戦前のその一件と現在の日之出を結びつける必然性は小さい。そうは思ったが、意味があってもなくても情報は情報。根来の手は機械的に動き、取ったばかりのメモを訴訟関連のファイルに落とした。その手元に、今しがたデスクに回したばかりの原稿が戻ってきたかと思うと、「社長プロフィールで行くから」と田部の声が飛んできた。「それ、五十行に絞って」「はい」と根来は片手を挙げて応え、当の原稿を書いた遊軍の記者を目で探したが、いない。仕方なく戻ってきた原稿をひったくって自分で朱を入れ始めたら、頭の上のテレビが《日之出ビールの記者会見が始まる模様です、中継を日之出本社に切り換えます！》とがなり立てた。

根来は手を止めて顔を上げた。何本ものマイクを前に、机に額がつくほど深々と頭を下げている日之出ビールの役員が二人、画面に映し出された。頭頂の白髪がキツツキのように立っている痩身の男が、《副社長の白井でございます。報道の皆様にはわざわざお集まりいただき、恐縮に存じます》と目線を下げて原稿を読み上げ始めた。

《去る二十四日夜、弊社代表取締役社長城山恭介が、自宅前から何者かに連れ去られ、監禁されるという不測の事態が発生いたしましたが、本日早朝警察より、城山を山梨県内で無事保護したとの連絡を頂戴いたしました。このたびは、何より株主の皆様、お得意様の皆様、そして市民の皆様に多大なご心配をおかけいたしまして、まことにお詫びの言葉もございません。このような事件に巻き込まれまして、弊社といたしましてはまったく心当たりもなく、当惑するのみでございますが、一日も早く捜査が進展し、犯人が逮捕されることを願っております》

挨拶先の筆頭が株主というのは、ちょっと耳に止まったが、この手の会見としてはとくに新味はなかった。根来は原稿に戻り、各界のコメントを足したり引いたりして、日之出ビール社長城山恭介の人となりを五十行にまとめる作業を急いだ。周りで飛び交う声は止まず、談話取りの電話の話し声はざわざわ波うち続け、クラブの直通電話はリン、ガシャン、リン、ガシャンだった。報道協定解除の直後から、クラブはもちろん、事件の周辺取材に飛び出した記者たちからは引きも切らずに電話が入ってくる。さらに、それに手を加えて掲載を待つ関連雑観、訂正のために回されてくる原稿、出番があるのかないのか分からないままに積み上がっていく原稿の処理に追われて、根来の手は休みなく動き続けていた。それでも頭の方は、長年の習性で、一つ一つのネタに出来るだけの注意を払い、整理し、要点を摑もうとするのだが、なかなか追いつかない。どこかにあるのかも知れない事の核心を、確実に拾うすべはあるのか、ないのか。根来には自信はなかった。

「総会屋の線、当たりがないらしいですね」と漏らして、遊軍の若手が近くの席に着いた。片手にタバコ、片手に紙コップのコーヒーだ。目と鼻の先でぽとりと机に落ちた灰を、根来は片手でぱっぱっとはたいた。

「誰に聞いたの?」

「デスクがクラブと電話で話してました」

　鳴り続ける電話の狭間で、「場所、分かった！　樹海だ、県道鳴沢富士宮線！」と誰かが叫んでいた。即座に「地図！　バイパスからの距離は。現場検証の入っている位置、分かるか」と田部の大声が上がる。それに重なるように、また「クラブから。検証は別荘地みたいです。樹海内に二カ所、ある……」の報告。

「通信部から訂正。消防署員の名前、字が間違ってる。コウノのコウは甲乙のコウです」という声。「整理さん！　社会面、ちょっと待って！」と田部が怒鳴る。

「あと五分！」と整理部から返事が返ってくる。「田部さぁん、社会面の見出し、横凸版、『牙をむく企業テロ』でいくから。一面の見出しはそのまま！」

　そのバタバタの最中、突然「あ！」と一声発したサブデスクがテレビの方へすっ飛んでいったかと思うと、画面にはいつの間にか、山王二丁目の社長宅の玄関前に立つ家族が映っていた。「メモ、メモ」と何人かが紙とボールペンをひったくった。

　カメラとマイクに取り囲まれてのけぞっている若い男は、緊張や当惑にちょっと怒りの色を混ぜた感じの顔つきだった。《城山の息子です。皆様には……このたびは大変なご心配をおかけいたしまして……父は無事との連絡をいただき、家族全員ほっとして……》

「岡村！　談話二つ削って、この息子の談話、入れて。整理さん！　社会面、あと五分待って。根来君、プロフィール！」

　頭上のテレビでは、かしましい声が折り重なっていた。《五十六時間のご家族のお気持ちを一言で言うと、どうでしたか》《企業幹部を狙うテロが多発していますが、社長はご家族にそういう話をなさったことは》《無事保護の一報が入ったとき、何しておられました?》《奥様のご様子を一言!》

　根来の赤えんぴつはプロフィールの原稿の上を機械的に往復し、削除と差換えと訂正で真っ赤になった原稿の行数をざっと数え直す。「これ、デスクに」と後ろの記者に手渡してから、根来はテレビへ目を戻し、城山の息子の顔に見入った。《いえ……あの……》と重い口を開いている息子が一瞬、こめかみを震わせ、報道陣を睨みつけるのを根来は見つめた。

《ご近所にご迷惑がかかりますので、どうかこの辺でご勘弁を……》そう言って、息子は口許を歪めるやいなや、その自分の顔を隠すかのように、上体を四十五度に折るお辞儀をした。

＊

電車の車窓から差し込む朝の日差しが背に当たっていた。いったん捜査本部を出ると、事件の臭いは急速に遠のき、不快な眠気ばかりつきまとう。

「社長が大森に着くのは十時半過ぎだったな……。テレビに映るな、きっと」

合田がそう言うと、連れの防犯課の係長は「え？」と聞き返してきた。

「日之出ビール社長の顔」と合田は言い添えた。

「顔がどうした」

「一度ぐらい、素の顔を見ておかないと」

「なんで」

なんでと尋ねられて、合田はちょっと返答に窮した。時間が経てば経つほど、被害者は対外的な防備を固め、知恵をつけ、顔を作るようになる。これからも、記者会見などで城山恭介の顔を見る機会はあるだろうが、そのときはすでに別人の顔になっている可能性がある。事件に巻き込まれた被害者の、山のような思いが変形しないうちにその素顔を見ることが出来る機会といえば、富士吉田から東京へ戻ってきた辺りが限度だった。大森署に入るときの顔を逃したら、もうチャンスはない。ブツの捜査には関係ないし、ちょっとは励みになる、といった次元の話でもないが、ただ見たいだけだった。

「一兆円企業の社長の顔なんか、そうそう拝む機会はないし」と適当に応えて、合田は話を打ち切った。

午前十時三十二分だった。合田は相方の係長と一緒に西武新宿線の田無駅に降り立つと、向かうべきバス停とは反対方向の南口へ先に立って走り出した。駅でも喫茶店でもテレビは事件一色だが、盗難車両の聞き込みのために始終移動している身では、なかなか目当ての中継にうまく遭遇することもない。合田は、駅からほんの五十メートルほどのところにある個人病院に駆け込み、待合室のテレビの前に立った。

民放の画面は期待した通り、大森署の玄関前に鈴なりの報道陣を映していた。社長はまだ到着していない。玄関から入るのなら、確実に顔は見えると思うとほっして、合田は空いているベンチに腰を下ろし、画面の方へ首を突き出した。遅れて隣に座った相方が、口の端を歪めて嗤った。「あんたなあ、惨めだと思わんか。こんなところでテレビにかじりついて」

「テレビがなきゃ、もっと惨めだ」

「あ、そう」

相方は黙り込み、合田は画面に見入った。

見慣れた高架とその谷間の第一京浜やオフィスビルの連なりが作る風景は、合田には端的に《窒息》という記号だった。脚立を並べて路上を埋めている報道陣も、カメラというカメラが注視している第一京浜の車の流れも、そのときとくに目に入っていたわけではなく、窒息感の傍らで神妙に動き続ける自分の心臓を訝りながら、自分という個体は何のために生まれてきたのかなと、実りのない自問に陥っていただけだった。

しかし一方では、《窒息》の底には一部に熱をもった鬱屈の溶岩が溜まっていて、間を置いてはどこからともなく噴き出してくる。考えるなと自分に言い聞かせては考え、期待していないつもりなのに期待し、勝手に足は動き、勝手に苛立ち、突然どうしても被害者の顔を拝まずにいられなくなったりする。その衝動は、本庁にいたころには想像もつかなかった激烈さで、自分でも怖くなることがあった。

数分待っていると、庁舎の玄関前を取り囲んだ報道陣の山が一斉にうごめき出して、中継のカメラは警察署前交差点に現れた先導のPCと、それに続く黒塗りのクラウンを捉えた。一斉にフラッシュが飛ぶ。画像が揺れる。画面の半分は整理の警官の制服で遮られ、玄関前に止まった車はほとんど屋根しか見えない。

車のドアが開く。私服の頭が三つ、四つ右へ左へ動き、それに囲まれるようにして白髪の頭が現れる。意外に上背があり、頭は小さい。その頭が軽い会釈をするように左右に振れながら、ほんの数メートルの歩道を移動し始めると、その横顔と上半身は何度か人垣の隙間を横切って現れたが、城山恭介は見るからに仕立ての良さそうな濃いグレーの上着に金茶色系のネクタイを締め、真新しいワイシャツの襟の白さも眩しかった。短めの七三に分けられた髪も櫛が入っている。

早々と事件の臭いをぬぐい去ったその身だしなみと同じく、何度か見えた顔の方も、五十六時間の監禁から解放された被害者の表情をかなりの部分、洗い落としてしまっているようだった。写真よりはかなり頰が落ち、顎は尖っているが、それは犯罪の被害者が通常余儀なくされる怯えや憔悴といった心身の傷とは少し様子が違う、と合田は思った。何らかの具体的な思念に頭を占領されているゆえの放心や堅さか。少なくとも監禁中の身体的な恐怖は小さかったのか。

全部合わせてもほんの十秒足らずの間だったが、合田は城山恭介の顔一つに見入り、凶悪事犯の被害者には見えない整然とした外見や、誠実にもしたたかにも見えるその表情を追った。中でも、取り囲む報道陣や警察に城山が投げかける表情の堅固さは目を引き、合田はふと、ときどき金融事件などで捕まる企業人たちの顔はこれだな、とも思った。企業人たちは、とりあえずは企業論理と市民感覚と個人の三つの鎧で身を固めて、司法組織と対峙してくる。城山は今は被害者の立場だが、この先、いずれは捜査と企業の双方の利害が対立することを予想しているのか、警察に対して全面的に依存するような顔はしていなかった。

報道陣のカメラが追う中、城山は刑事たちに脇を固められてあっという間に玄関に消えてしまい、合田はベンチを立った。早速、「社長の顔を拝んだ感想は」と相方は尋ねてきた。

「ガードが固そうだ」と合田は返事をした。

「裏取引をしてるぜ、あの顔は」と相方は言ったが、合田の頭は、そんな判断をする以前のところで止まっており、イエスともノーとも応えられなかった。日本人の大多数が生きている企業社会についてほとんど何も知らない自分の目に、日之出ビールという大企業の社長その人の表情が、どの程度、的確に捉えられたというのか、あらためて考えると、合田には自信はなかった。そうして、わざわざ行きずりの病院に立ち寄って、逮捕監禁事件の被害者の顔一つを見た結果、自分自身の人生の狭さに新たな窒息感を覚えた、というのがほんとうの感想だった。

合田は連れと一緒に駅の北口のバス停に戻り、バスを待った。午前中の聞き込み先は、連絡の取れないひばりが丘団地の住人一名。一カ月前にその住人から車両盗難届があったワゴン車のナンバープレートが、二週間前に北区内で放置車両として記録されていた別メーカーのワゴン車についていたという一件だった。所轄がプレートを付け替えられたその放置車両一台の持主を割り出せずにいる間に、そのワゴン車はまた消え失せてしまい、今はどこに行ったのか分からない。しかし、それら二台の車体の色は、山王の事件現場近くの路地で目撃されたという濃い色ではなく、どちらも白だった。

「ところで、合田さん。三階のトイレの前で安西のおっさんと密会か」

突然、連れはそんなことを呟き、合田はだめ押しの苛立ちを感じながら、「密会？　……ああ、密会だ」と吐き捨てた。

連れは続けて、「本庁の二課の奴らが階段口から見てた。福島で弁護士をやってる安西の実兄は、日共だって話だから」などと囁いた。

そうと聞けば、警察という反共組織の中での、安西係長の下積み人生もいくらか説明はつくが、合田が今ちらりと用心を働かせたのは、安西ではなく、日本共産党どうこうという話をどこで摑んだのか分からない、連れ合いに対してだった。

合田は連れの顔を見、「何やってるんだろうな、俺たちの組織は……」と苦笑いを作った。「まあ、たしかに」と連れは首をすくめ、同じく作り笑いを返して欠伸をした。

合田は目を逸らせ、残り少ない忍耐をふり絞って、いったい誰が悪いのだろうと思った。今ごろ捜査の中心にいる特殊班や二課の何人かは、事件の全容を突きとめようと全神経を尖らせており、その動きが見えない末端の自分たちは欠伸をしており、また別のところでは、誰かが事件に関係のない内通ごっこにかまけているというのは。

＊

ピピピと鳴り出した腰のポケットベルを左手で止めて、久保晴久はまず、午前十一時五十一分という時刻を腕時計で確認し、次いでポケットベルの液晶標示の相手先番号を見た。相手は私用の携帯電話からかけていた。両隣の顔が、ちらりとこちらを窺った。

久保は書きかけの三版用の原稿を置き、長くても一分で済ませたいと思いながら、外線電話の受話器を取った。つながった電話に「竹内さん？　久保です」と言うと、《そっちも大変だね》と丸の内署勤務の相手はいくらか悠長な声で応えた。

警察記者とネタ元が立っている地平の違いは、いつでも多少の波長の違いになり、その差が埋まったことはないのだが、それでも、ネタ元から入る電話には無条件に反応するのが、警察記者の性だった。

時計を睨みながら久保はちょっと苛立ち、ちょっと浮足立って「ええ、まあ」と応え、「連絡すみません。

今、どちらですか?」と努めて平静な声を出した。

《外回り》と相手は言った。《朝、テレビ見ててさ……。久保さん、土曜の夜の電話で、企業関連で何かないかって言ってたでしょう。俺の後輩で、二年前まで品川署の刑事課で記録やってた奴がいるんだが……》

「それは是非、お願いします。先方のご都合に合わせさせていただきますんで、是非」

《名前は北川。今は深川署にいる警部補だ。何年か前、日之出絡みで何かあったという話を、ほかで聞いたことがあって……》

日之出絡み、と聞いただけで「それはもう是非……」と応える声がうわずった。

《まあ、役に立つかどうか分からんが、そっち、早い方がいいんでしょ? こっちから北川に連絡取って、午後にもう一度電話入れるから。電話は二時以降がいいんだっけ?》

「ええ。重ね重ねすみません。お電話お待ちしています」

《じゃあ、また後で》

記者には、この段階ではとりあえず、ネタ元の情報の中身を云々する余裕も権利もない。地平の違いは往々にして焦点の差にもなるが、中身は手にしてから判断すればいいことで、それ以前の段階では電話一本、目配せ一つ、呼吸一つ、何でも食らいついてとにかく手にすることが先決だった。

「あ、山田だ、ほら、うちの山田……」と、後ろの机から香川サブキャップの声が上がった。民放のテレビ中継は、いつの間にか、被害者の監禁場所の捜索が続く樹海道路の途中に集まった報道陣の映像に切り替わっていた。久保もちらりとテレビへ目をやった。山田という遊軍記者が、通行止めのロープ前で背中を丸めて足踏みをしているのが映っていた。足元は、解けた雪がぐしゃぐしゃのみぞれ状態だ。

「間に合うかな……」横目でテレビを見やった菅野キャップの声がした。

地元の富士吉田署と警視庁の捜査員が四十数名、監禁場所とおぼしき別荘地の捜索に入って二時間。樹海道路から入ることの出来る別荘地は二つあり、どちらも百万坪以上の原野に細い道路を切り開いて、そこに大小の別荘が点在しているらしい。この季節、ほとんど人影もないが、現地に入っている記者の話では、三日前の雪はいったん解けて車両の轍は消えてしまい、昨夜の雪が新たに凍っているというから、足痕跡やタイヤ痕の捜索に手間取っているのかも知れなかった。見つかるのは時間の問題だが、夕刊の最終版の締切りに間に合うかどうか。久保の書いた予定稿では、『監禁場所を○○別荘地○番の一軒と特定、現場検証に入った』と書き、『現場は……』と続く状況説明に四行空けてある。

午前十一時五十三分。久保は中断した原稿に戻り、最後の段の行数を数え直した。

『……犯人の目的や動機が分からないまま被害者が無事保護されるという展開を受けて、捜査本部は捜査員を三百名に増員し、徹底した聞き込み捜査と目撃情報収集に当たっている。また、日之出ビールは午前十時に本社ビルで記者会見を行い、白井誠一副社長がほっとした表情で事件の経緯を報告、思いがけない凶悪事件の被害者となった困惑と、犯人に対する強い憤りを訴えた』

これで、二版に十三行追加。久保は、『犯人の目的や動機が分からないまま……』の表現に迷った。書き過ぎか。解放の経緯が納得出来ないという私情が出てしまっているか。エイッと削って、その段を『城山社長、無事保護の一報を受けて……』と書き直す。『犯人に対する強い憤り』。記者会見に臨んだ副社長の口調は、それほど強い憤りだったかなと思い返し、どっちでもいいと思いながら『強い』の一語も削り取った。

一時間半前に出稿した二版は、何とか事実関係だけを流し込んで記事の体裁を整えたが、このままでは三版も大した追加は出来そうになく、久保は、自分で書きながらも苛々した。この二日半、十人ほどいるネタ元に電話をかけ続けてきたが、今回は普段にもまして、特捜本部にいるネタ元の口は堅いのだった。一方、保秘が徹底しているために、本部に関係のないネタ元には捜査情報はまったく入らず、その結果久保にもネタが入らない、という状況が続いていた。

あと三分で始まる正午の記者会見で、何が出てくるか。拉致から解放までの経過。監禁の間の様子。犯人グループの言動。現金要求の有無。犯人像に結びつくような一言。それだけあれば、三版と最終版は何とか埋まるが、問題は次の朝刊以降だった。何でもいいから、ネタを仕入れなければ、いったい明日はどうするんだと焦りながら、久保は時計を見、空白を残したままの原稿をいったん置いて、席を立った。隣では、栗山がさっさとドキュメントの時刻だけ割りつけて、本文のあちこちを白紙にしたまま、外線電話で誰かと話し込んでおり、さらにその隣では、考える前に走り出したが勝ちの取材競争が性格的に合わない後輩の近藤が、泣き出しそうな顔で、やはり黙々と電話の番号ボタンを押し続けていた。その二人と菅野キャップに、「会見に行ってきます」と声をかけて、久保はボックスを出た。

後輩のフォローをしてやればいいのだろうが、気持ちとは裏腹に、久保にはいつも余裕がなかった。仙台支局から警視庁詰めになって二年、久保自身が三百六十五日、他紙に一歩も二歩も後れを取っているのではないかという強迫観念に追い立てられていた。いや、要は始末に負えない万年興奮状態だった。

徒歩で十数秒の記者会見場へ向かう間も、久保は、今さらながらに自分がふわふわと興奮しているのを感じ、少し居心地の悪さに浸った。ネタがないならないで、焦りながら興奮し、あっちへ走りこっちへ走りしている自分に興奮して、最後には自分が何をやっているのか分からなくなってくる。そんな頭で、昼も夜もネタのことを考えているのだ。

実際、本来なら被害者の無事保護の一報は、これまで公表されなかったいろいろな捜査情報の放出につながるはずだが、今回はそうはなりそうになかった。五十六時間の監禁の後に、突然人質が解放されたのは、密かに身代金が支払われたか、裏取引があったかのどちらかだと見るべきだったが、その手の話になると、まず裏が取れることはない。しかも、捜査が長引くのは必至で、企業の口も警察の口も、ますます堅くなることが予想されるだけだった。

こうなったら、どんな小さなネタでも拾わなければ、他紙に抜かれると思うと、久保はさらに焦りながら、最終版出稿後の今日の取材の予定を頭に並べていた。まずは、今からある記者会見の内容次第で取材先を決め、いくつかのネタ元に電話を入れること。さらに、午後二時過ぎに入る丸の内署のネタ元の電話。時間があれば、警視庁から歩いて五分の距離にある東邦本社の社会部に寄って、雑談がてら何か仕入れ、夜はネタ元の接待兼取材。夜回り。

そこまで考えたところで、久保は通路のすみに寄ってそっと財布を取り出し、十万ほど入っているのを確かめた。ネタ元によっては、キャッシュカードの使えない店で飲むこともあるからだった。その財布をもう一度懐にしまって、久保は記者会見場へ飛び込んだ。

＊

「六億！　六億！」と、受話器片手の田部デスクが大声を上げた。「犯人、六億要求！」

編集局のフロアはしばしどよめき、「六億か、六億で間違いないな？　一面の見出し、六億要求で行くよ！」と整理部から確認の声が飛んできた。

「それ、払ったの、払ってないの！」と誰かが叫んでいた。「犯人は六億を要求。追って連絡する、と言ったまま、社長を解放……」と田部の声が重なる。

根来は、原稿に直しを入れる手を止めて、午後一時十五分を指している壁掛け時計を見上げると、即座に、手元にあふれかえっている社会面の原稿をざっと手でかきまわして、文面の差換えが必要なものを探し始めた。犯人が一銭も要求しなかったはずはないというのは、おおかた織り込み済みだったが、金銭の要求の有無が明らかになるのとならないのとでは、多くの記事のニュアンスが違ってくる。裏取引の疑惑はともかく、記事本体の中で《犯人の目的がまったく分からない凶悪事犯に対する戸惑い》といったニュアンスのあるものは、削除か、差換えをしなければならなかった。

まず、企業テロ年譜の中の、今回の『日之出ビール社長逮捕監禁事件』の一語を、『身代金目的の誘拐事件』に変更。次に、経済界や同業他社、酒販業界、識者などのコメントの文言のチェック、差換え。ボツにしにくいものは、その辺にいる遊軍記者たちに原稿を回し、取材先への再確認の電話を入れさせて、次に、日之出ビール関連の事件略年表はＯＫ。社長のプロフィールもＯＫ。『言葉も表情もしっかりしていたので、日之出ビールの社長です、警察へ知らせて下さいと言われたときには、にわかには信じられなかった、まさか何十時間もこの山中に監禁されていた人だとは思わなかった』という感想を取材陣に語った富士山麓の消防署員の弁は、ＯＫ。

そうして根来が原稿をあらため、それぞれの記事を書いた記者に確認の電話を入れたり、自分で直しを入れたりしている間にも、クラブから届く続報が机の上を飛び交い、出先の記者たちからの電話が鳴り続け、時間がないために、それぞれ受話器を肩と耳の間にはさんで、勧進帳で送られてくる原稿を打ち込んでいく遊軍席やデスク席の記者たちの指だけが動き続けた。時刻は一時二十五分。

「簡易カイロの数は五個じゃない、六個だ。訂正して」「口はガムテープ。目隠しの布はハンカチ、社長本人のハンカチ！」といった声が渦巻く端で、「これ、チェック」とサブキャップから回ってきた原稿に根来は目を通した。『隠れ家で与えられた食物は、握り飯六個、菓子パン四個、バナナ二本、みかん三個、プロセスチーズ二個。ポークビーンズ缶詰二個。ほかに紙パックのウーロン茶、オレンジジュース、フルーツ牛乳も与えた……』とあった。

「隠れ家、見つかった！」と大声が上がる。

「富士ヴィレッジの一二番地、別荘、建坪約十五坪、平屋、所有者笹本武次。荒れ放題、何年も使ってない様子。電気、ガス、水道、みな止まってる。警察犬が臭いで発見。指紋や靴痕跡はこれから……」

「松岡！　原稿に追加。山根は持主に連絡。整理さん、社会面ちょっと待って！　根来君、それ早く！」

「早くしてくれ！」と毎度の催促が整理の方から返ってくる。

なるほど、雪に閉ざされて人っ子ひとりいない荒れた別荘か。根来はほんの一瞬、隠れ家の姿を思い浮かべたものの、目は『オレンジジュース、フルーツ牛乳も与えた』という字句の上を走り、手は勝手に動いて『与えた』を『与えられた』に訂正するやいなや、「これ、デスクに」と原稿を回した。そうして渡してしまってから、やっと簡易カイロ六個や、食い物の明細と、消防署に駆け込んだときに落ちついていたという被害者の様子や、富士吉田署で食べたい物はないかと尋ねられたときに被害者が求めたのはお茶一杯だったことなどが頭の中でつながったが、もう遅かった。

それから根来は、遊軍席の仲間たちに目を走らせ、机に残っている原稿がないか、紙の山をあらため、ほんの一足先にほっと一息ついて椅子の上で一つ深呼吸をした。壁掛け時計の針は一時三十二分だった。

出稿を終えた記者たちがそれぞれ伸びをし、言葉少なにばらばらと席を立ち始めるのと入れ違いに、「五十五分から五分間、ミーティング！」とデスクが告げていた。根来は自販機で買ってきた今日三本目のウーロン茶に口をつけ、引出しに常備している酢コンブを一枚、噛み始めた。事件発生以来、座りっ放しの根来の腰は重く、気分転換の散歩もままならなかったが、若い連中は、寸暇を惜しんで個人的な電話取材や休憩のために消えてしまい、遊軍席は空っぽになった。

オレンジジュースだの、フルーツ牛乳だのといった細かいネタで記事を埋められるのも、出稿したばかりの夕刊が最後だった。明日の朝刊からは、事件の真相へ焦点を絞っていく紙面作りにしなければならない。何といっても、犯人グループが六億要求しながら、突然人質を解放した謎がある。もうすぐ始まるミーティングでは、『で、根来君はどう思う？』と部長に尋ねられることになるが、さて、何と応えるか。

今のところ、日之出ビールという企業を狙った犯行であるのは確実なので、軟派の方としてはまず、被害者となった日之出本体と関係者の反応や肉声を、幅広く集めることだった。直接の被害者である城山恭介についての、公私にわたる続報も欠かせない。一応、被害者が無事に戻っているので、捜査の進展状況と相談しながら、企画物で事件の周辺を固める手もある。たとえば、上、中、下の三回のシリーズで、『なぜ企業トップは狙われたか』。第一回は、欧米の企業トップ誘拐事件の事例。第二回は、景気低迷と産業構造の行き詰まりを背景にしたさまざまな企業リスクを、日本の企業がどう捉え、どう対応しているか、等々。

犯人が、数多の大企業の中から日之出を選んだ理由はどこかにあるはずだが、それが明らかになるまで、企業をネタに組める企画は多くはなかった。裏取引はあったに違いないが、当人は認めるはずがないし、警察もまず発表はしないとなれば、結局は書けない。ここは、犯人像が少しでも見えてくるのを待つしかない、というのが社会面を作る側の本音だった。何も見えてこなければ、選挙も近いことだし、とりあえず事件関連の記事は削られて、仕切り直し。

そんなことを考えながら、二枚目の酢コンブを噛んでいたときだった。外線電話の着信ランプが点いているのが見え、根来は受話器に手を伸ばして「はい、社会部です」と応えた。目に入った壁掛け時計の針は、一時三十九分を指していた。

続いて耳に飛び込んできた男の声は、いきなり《キクチタケシさん、いる？》と言った。歳の頃五、六十代の、くぐもっただみ声に関西訛りがあった。根来はそのとき、さびつきかけている事件記者の直感をかろうじて働かせ、受話器を耳に押しつけたものだった。

「失礼ですが、どちら様でしょうか」

《戸田いうもんや。菊池さんと話がしたいんや。呼んでくれ》

いろいろな意味で根気のなくなっている人生。社会を見限っているか、根っから信用していないか、どちらかの理由で、自分の吐く言葉の語尾にまで神経を遣うのを拒否している傲慢、あるいは絶望、開き直りの人生。根来は条件反射でそんな想像をした。しかし、受話器から聞こえてくる物言いが、微妙な語調の違いからその筋でないことは分かるが、では何者かというと、見当がつかなかった。

「申し訳ありませんが、菊池武史は大阪の社会部の方です。よろしければ、代わりにご用件を承りますが。私は社会部の根来と申します」

《菊池さんがおらんのやったら、お宅で、例の小倉運輸と中日相銀疑惑の記事書いた責任者は誰や。その人、出してくれ》

小倉運輸。中日相銀。その二つの名前を聞いて、根来の耳は個人的にそばだった。九〇年のことだったが、当時裁判所クラブにいた根来は、中日相銀の創業者一族が株を第三者に譲渡した騒動の裏に、永田町の政治家と右翼がいるという話を、地検筋から摑んだのだった。しかしその後、どうしてもウラが取れないまま一年が経った九一年、大手都銀の東栄銀行が中日相銀を吸収合併するという発表が出た。そのとき、根来はもう担当を離れていたが、同じ頃、元大蔵大臣が中日相銀の救済を約束したという『Sメモ』疑惑を地検がリークして明るみに出、ついに、大物右翼を仲介にした元大蔵大臣と大手都銀の犯罪に捜査のメスが入るかと思われた。結果は、仕手グループと小倉運輸幹部の背任事件で幕引きになったが、その間の報道合戦の際は、根来自身も取材チームにいたので、大して突っ込めなかった悔恨の記憶は鮮やかだった。

とっさに返答の言葉を探しながら、根来は〈しかし〉と素早く記憶を辿った。今、東邦社会部に電話を入れてきている戸田某が、その件で菊池武史と接触したはずはなかった。菊池はもともと東邦大阪本社の人間で、八〇年代の後半に一時、東京社会部に異動になっていたが、九〇年には大阪へ戻ったので、翌年の小倉運輸・中日相銀疑惑の取材チームには、菊池はいなかったのだ。

菊池との接点は、もっと以前の別の件だったか、あるいは、根来自身がそうであったように、菊池も早い時期に東京で小倉・中日のネタを嗅ぎつけ、探りを入れていたかだが、個人的に付き合いのなかった菊池のことは、根来はその場では判断をしかねた。

「責任者と言いましても、当番デスクが日替わりで担当してましたので……」と根来はとりあえず嘘をついた。「小倉運輸と中日相銀の件でしたら、私も取材チームにおりましたので、お話を承ることは出来ますが」

そう言うと、受話器の向こうでほんの一秒か二秒、ためらう気配があった。

《はっきり断っとくが、金目当てのタレ込みやないから》と男は言い、続いて思いがけない一言が漏れてきた。《日之出の話や》と。

「はい……」

《日之出がどういう企業か、教えてやる。お宅も取材チームにおったんなら知ってるやろうが、中日相銀が第三者の手に渡った株の買戻しに奔走しとった九〇年に、中日の秋田いう頭取が、日之出に大口預金を頼みに行っとるんや。それが九〇年の一月十日。しかし、日之出は首を縦に振らんかった。そして、例のSメモの日付は二月十七日。そのメモを取り付けて、二月末には、秋田は大蔵省に再建は可能やて文書を送っとる。ところで、Sメモの前日の十六日に、東栄の寺田頭取と日之出の鈴木会長と、民守党のSがホテルオークラで会うとるんや。その十六日の会合は、特捜部も知ってる》

「はい……」

　知らぬ間にひっつかんだボールペンを走らせながら、根来はとりあえず、九〇年二月十六日のホテルオークラの件は、自分の取材ノートになかったことを記憶の中で確認した。

《その十六日の会合では、日之出が小倉運輸を吸収して、中日相銀の抱えている小倉運輸の不良債権の一部を債務保証するいう約束が交わされた。要は、Sメモの前提として、中日に日銀の特融を回して自立再建を助けるためには、不良債権を少しでも減らす必要があるという、形ばかりの条件交渉があったいうことや》

「日之出側は、中日の自立再建を信じて交渉に臨んだのか、それとも違うのですか」

《日之出もグルやったかどうかは知らん。しかし、Sの顔を立てて、小倉運輸への中日の不正融資をもっともらしく見せるためには、日之出は約束通り、小倉運輸の救済に乗り出す恰好だけでもつけとく必要があったんや。ところが、結局日之出は約束を反故にして、仲介に立った右翼の田丸善三の顔が潰れた。日之出の社長がさらわれた理由がそれやとは言わんが、日之出はそういう企業や。Sの顔を潰して小倉への資本参加を蹴ったのも、岡田経友会を切ったのも、日之出の現経営陣。その筆頭が城山恭介》

「失礼ですが、お宅はどういう経緯で、小倉・中日や日之出の件をお調べになったのか、教えていただけませんか」

《出発点は日之出、とでも言うとこか。この国には、日之出の社長がさらわれて、ざまあみろと思うた人間が、総会屋を除いても三桁はおる。ぼくもその一人やが、広告主の日之出に気ぃつこうて、仮面を剝がす勇気のある全国紙は一つもあらへん。そのことを一言いいたかったから、電話したんや》

そこで、電話は一方的に切れた。

根来の手は、無意識に古い取材ノートを引っ張り出そうと引出しに伸び、その手は途中で止まって、代わりに取ったばかりのメモをつかんだ。そのまま浮きかけた腰をもう一度椅子に下ろして、根来はあらためてメモを見た。

個人的に目を引いたのはただ一点。事があるたびに浮かんでくる政財界の相関図に、一度も名前の出たことがない日之出関係者の名が、真偽は別にして、こうして外部に漏れる形で出てきたことだった。しかし、今回の社長誘拐については、どうやら右翼や総会屋の線ではないような感触だから、仮に小倉・中日疑惑に絡んで、日之出が岡田経友会の顔を潰したのが事実だとしても、そのことが事件の引き金になった可能性は低かった。

戸田某は要するに、日之出には一般に知られていない背景がいろいろあるということを言ったのだろうが、日之出に恨みをもつ者が三桁いる、というのは、どんなものだろう。取材チームがこれだけ奔走して、なにがしかの恨みにつながるような日之出の裏面など、未だに一つも上がってきていないというのに。

いたずらかな、と思いながら、根来は機械的に外線電話に手を伸ばしていた。大阪社会部につながった電話に「ご苦労さまです。東京の根来です」と名乗ると、《おお、あんたの声聞いたら、淀屋の塩昆布思い出した。贈ったげる言うて、そのままでしたなあ》と旧知のデスクの威勢のいい声が聞こえた。年初の大震災から一カ月間は、毎日電話で聞いていた声だった。

《で、何ですか》

「菊池武史さん、います？」

《今頃、何を。とっくの昔に辞めましたで、あの株屋》

「え、そうでしたか」

《あれは半分、株屋のやくざでしたからな。おとなしい面して、目がね、据わってましたやろ？　バブルの頃に仕手戦で億の金儲けて、自分で投資顧問会社作って。で、菊池がどないかしましたか》

「連絡を取りたいという人から、うちに電話がありまして。連絡先、分かりますか」

本人が退職時に置いていった名刺があるとかで、しばらく待たされた後、〇三〇で始まる携帯電話の番号と、(株)ジーエスシーという会社の名前が分かり、根来は「どうも」と電話を切った。肝心の菊池の顔もはっきり思い出せないまま、すぐに、携帯電話の番号に電話をかけ始めた。

「菊池さん？　東邦の根来です。ご無沙汰してます」

《東邦の……？　これはこれは、お久しぶりです》と、そつなく応えた男の声も、やはりもう記憶になかった。この不景気では株もさんざんのはずだが、実際、今かかっている電話番号が、会社のものなのかどうかは定かではなかった。男の声は、穏やかだが暗く、たしかに少し、その筋かと思わせる調子もあった。

《そちらも今、大変でしょう。毒ガスに、選挙に、日之出ビール。で、ご用件は》

「早速ですが、戸田という人物をご存じですか。関西弁を話す、年配の……」

《関西弁の戸田……？　ああ、戸田の爺さんかな》と、いきなり反応があった。

「お知り合いですか。今、こちらに貴方宛ての電話をかけてきたんですが」

《へえ》

「よろしければ、どういう人物なのか、ちょっと教えていただけませんかね」

《これ、取材？》

「ええ、まあ」

受話器の向こうで、相手は机を筆記具か何かでカチ、カチ、とゆっくり叩いていた。

《左翼系の大阪のジャーナリスト……ですかね、一応は。二十年ぐらい前まで、その手の小さい機関紙を発行していて、それが潰れてからフリーになって、大阪の釜ヶ崎で日雇いで食ってましたよ。ぼくが戸田に会ったのは、八六年のほら、大阪市の職員が医療扶助をピンはねしたあいりん汚職の取材です。そのとき、労働センターで議論をふっかけてきた爺さんがいて、それが戸田》

「その後のお付き合いは」

《いえ。その戸田、そちらへ何か言ってきたんですか》

「ええ、まあ。日之出に恨みをもつ人間は三桁いるとか、そういう話でしたが」

《もう八十近い年寄りだし、真面目に受け取る必要はありませんよ。昔から、何かあると体制批判の……》

「ほう」

《要は、被差別部落の関係で。そういえば、たしか戦前に日之出にいたんですよ、彼は。そうだ、ちらりとそういう話をしてました。今思い出しましたが》

被差別部落。メモ用紙の上にぐるぐる線を描いていた根来のボールペンは、知らぬ間に〈?〉マークを一つ、描いていた。とっさに、三時間前に八王子支局の記者から入った、工場用地買収に絡む戦前の訴訟話を思い浮かべ、さらにもう一つ〈?〉。

「その人、戦前に日之出のどこにいた人ですか」

《ええと……伏見かな。日之出の京都工場。そうそう、終戦直後に二・一ゼネストというのがあったでしょう。あの前後に旗振って、解雇されたと言ってましたね。調べたわけじゃないから、真偽のほどは知りませんが》

『一九四七。二・一ゼネスト。日之出京都工場。労働争議。解雇者。被差別部落』と根来は書きつけた。

「その戸田という人、組織か、団体に入ってます?」

《解同とか?　いやあ……その辺はちょっと分からない》

「戸田のフルネームは」

《調べたら分かりますよ。今夜でも、電話しましょうか》

「是非お願いします。すみません、突然に」

《いえ。じゃあまた》

無駄な時間を断ち切るように、電話は切れた。思えば、元職場からの電話に何の懐かしさも戸惑いも見せない、ずいぶん素っ気ない応対だった。

昔、このフロアのどこかにいたはずの菊池の顔を、根来はやはりぼんやりとしか思い出せなかったが、代わりに今電話で声を聞いた人物の相貌は、何となく想像することが出来た。街を歩けば五万とある、得体の知れない名前をかかげたビルの一室は、中を覗けば机に電話が一つ。株の専門紙やチャートブックを乱雑に積み上げた傍らで、ロレックスの腕時計をはめ、電話片手に滑らかに数千万、数億の金の話をする目はうつろに鈍い。夜は、高級クラブの一角でだらしなく足を投げ出して水割りを傾け、帰りのタクシーにはぽんと一万円札を渡して「釣りは要らん」と言う。数ある金融、証券の世界の中でも、菊池が身を沈めたのは、かなり冷え冷えとした世界の方かも知れない。菊池というのは、元新聞記者の臭いなど、みじんも残していない何者かだ。

そうして受話器を置いてしまってから、根来はあらためて、変な電話だったなと思った。九年前に大阪で戸田某が出会った菊池は、東邦大阪本社社会部を名乗ったはずだが、戸田はなぜ、東京へ電話をかけてきたのか。日之出の事件が東京扱いだから東京へかけてきたのなら、わざわざ大阪社会部の記者の名を出すのはおかしい。大阪であいりん汚職とやらの取材をしていた記者に、九年も経ってから、いきなり日之出の話をするために電話をかけてくるというのも、筋は通らない。

中日相銀が資金繰りに奔走していたころの経緯を、釜ヶ崎の日雇い労働者が詳しく知っている理由も腑に落ちないが、根来は今、かつて日之出にいたという元労働運動家崩れの戸田某よりも、菊池武史の方にあいまいな後味の悪さを感じた。かつての同僚の変身もさることながら、何より今しがたの電話の端々には大いに耳がざわついた。突然昔の職場からかかってきた電話に声も弾ませず、話にも大して乗ってこなかったにしては、九年も前に取材の途中で一度出会っただけの日雇い労働者についての話しぶりが、不釣り合いに鮮明過ぎるのだ。

根来は思いつくままに、自分の手帳に一行、『菊池武史。どの仕手筋か』と書きつけた。たかが新聞記者の財力で仕手戦に手を出せるはずもないから、資金を借りたか、預かったか、仕手グループを手伝っていたかのいずれかだが、資金源を辿っていけばどこかでその筋か、金融機関にぶつかる。小倉・中日疑惑のときにいやというほどその世界を探り回った根来には、調べればすぐに割り出せる当てはあったし、ひょっとしたら、という思いもあった。

ひょっとしたら、小倉運輸株を買い占めた仕手グループ《竹光》の代表、新井公浩と接点はないか。地下で回る金を動かす人間たちは、あっちでつながり、こっちでつながりしているので、単純な確率の話として、可能性はゼロではなかった。もし、そんな接点が出てきたなら、小倉・中日相銀の裏を知っているのは戸田某ではなくて、菊池本人だという可能性も出てくる。菊池本人が、なにがしかの理由で戸田に情報を与えた可能性も。

悪い癖がまた始まったと思いながら、根来は手帳をしまった。新聞記者になって、物事を悪く考える癖がつき、人間不信に拍車がかかった。人を信じられないのなら、女房も信じられないのだろうと、十年前に別居した妻によく皮肉られたが、事実その通りだった。昔と違って、今は少し人の話に耳を貸す余裕もあるが、そうなったら今度は相手がいない。

そろそろミーティングの時間かと思いながら、壁掛け時計へ目をやったら、机の向こう側に、警視庁クラブの久保晴久がぬうぼうと立っていた。いつ見ても、窮屈そうなビジネススーツに、ワープロやカメラなどの取材道具を入れた黒革のデイパックを肩にひっかけた姿で、おおよそ新聞記者以外の職業を想像出来ないあか抜けしない風体の男だった。久保はよくぶらりと本社へやって来ては、何か拾えないかという下心丸出しの生真面目な表情であっちへ声をかけ、こっちへ声をかけして雑談を交わし、いつの間にかまたいなくなるのだ。

久保は、「根来さん、腰は大丈夫ですか」と、少し疲れた感じのする笑顔をなげかけてきた。根来はそれに応えて手招きをし、今しがた菊池との電話で取ったばかりのメモを、久保の方へ滑らせた。

「なあ、久保君。そういう人物が、新聞社に電話をかけてきて、日之出に恨みをもつ人間は三桁いる、と言ってきたとしたら……、君、どう思う？」

久保は「タレ込みですか」と身を乗り出してきた。今はネタなら何でも欲しいと顔に書いてあった。

「ちょっと裏がありそうな電話だった」

「この経歴だと、解同関係者ですかね」

「いや。この男が持ち出したのは、小倉・中日疑惑の話だ。知っての通り、小倉運輸の再建問題には日之出も関わっていたから、関係のない話ではないんだが」

「小倉・中日絡みというと、岡田経友会とか……」

久保という記者は、冷徹に醒めている反面、始終思い詰めているような余裕のなさを感じさせ、事件の渦中で取材に追われているときはとくに、うわのそらの目になってくる。醒めたプロ意識が充満している東邦社会部百人の中でも、特殊なが、で締めつけられている警察記者の、これが典型だろうノイローゼ寸前の目つきを、今も見せていた。

「君から一応、菅野キャップの耳に入れといて。ぼくはデスクに話すから」

「何でもいいから出てきて欲しいです」と久保はぼそりと本心を吐き、自分の手帳にメモを写して行ってしまった。内心はいろいろ複雑らしいその大柄な後ろ姿を見送って、根来の方はミーティングのために、千鳥ケ淵を見下ろす窓際の応接コーナーへ移動した。三々五々、ソファに腰を下ろした顔ぶれは、事件担当デスクの田部、夕刊の番デスクの村井、軟派のまとめキャップの根来、そして社会部長の前田徹の四人だった。

前田が口を開く前に、根来は先に自分のメモを田部に渡した。田部は軽く眉間に皺を寄せただけで、メモを前田に回した。そして前田は、ほんの二秒ほどメモに目を落とした後、村井デスクにそれを回した。とりたてて誰の表情も変わらなかった。

「根来君、ウラだけ取って。若い奴に、変に動かれても困るから」

部長の指示はそれだけで、ほかからも意見はなかった。メモの文言だけを見れば、この国にいる限りつけばどこからでも出てくる差別がらみの話だったし、部長の反応は妥当なものだった。小倉・中日疑惑との関連については、根来は当分、自分の胸のうちに収めておくつもりだった。

「要は社長が何を話すかだが」と、部長は紙面作りの話を始めた。七転び八起きの前田は、総会屋の線が外れたら外れたで、懲りるような男ではない。

「俺は、大して期待は出来ないと見てるが、どうかな、田部君」

「無事に戻った被害者が、積極的な供述をしないとなると、それはそれで書く方向はあります」

「ともかく、今日明日の読者が知りたいのは、日之出ビールの事件の話だ。発表が先細りなら、余計にしつこく書け。何でも書け。俺がほかと調整するから」

今日明日の読者。前田の毎度の台詞だが、今日の出来事をつっこみ、昨日今日の関心事を続報で引っ張ることの繰り返しが、実際に何を書いているか。紙面に並んだオレンジジュースだのフルーツ牛乳といった活字が、少なくとも、犯罪に巻き込まれた一人の企業人や一兆円企業の、影すら映していないことは、誰もが分かっていた。

＊

城山は、接客用らしい合成皮革の肘掛け椅子に座っていた。目の前にはテーブルがあり、向かい合ったソファに捜査員が二人。肘掛け椅子に一人。少し離れたところにあるデスクで、さらに一人が筆記をしていた。部屋には、窓はあるがブラインドが下ろされ、白々とした蛍光灯がついていて夜昼も分からない。警察署というのは、明らかに一般社会とは違う時間が流れ、違う言葉が話されているだけでなく、いったん入ったが最後、外からは完全に遮断され、閉じ込められたような閉塞感を覚える場所だと、城山は再々考えた。犯罪者はもちろん、被害者も、一般市民も、ここではまず謂われのない孤独感にさいなまれるように出来ているのだ。城山は、今ごろになって身体の節々が痛くなり、身体を楽にするために軽く脚を組んで、椅子の背にもたれていたが、リラックスした姿勢を取れば取るほど、そうしたさまざまな違和感は強くなった。

　聴取担当の捜査員三人は、いずれも「捜査本部の某」と名乗っただけで、肩書も部署も分からなかったが、三人とも言葉遣いは正確かつ慇懃で、さらに、人の顔から一秒たりとも目を離さないのだった。城山が目を動かすと、男たちの目も動く。どうにもその目線が不快で、城山はついに、相手の目を見ないようにするしかなかった。それでも、三対の目がじっと自分に注がれている感覚からは、逃れられなかった。

「ほんとうに食事はよろしいんですか」と二度尋ねられた。

「ええ、結構です」

「それでは、今お話しいただいた内容をいくつか確認させていただきますが……、最初に襲われたときは、アプローチの左斜め背後から何かの打撃を食らい、続いて首が絞まったため、犯人の姿は見なかった。監禁中はずっと目隠しをされており、県道脇で解放されたときは、犯人たちは手首のガムテープと目隠しをそのままにして走り去り、貴方がご自分でガムテープと目隠しを剥がしたときには、すでに犯人たちの姿はなかった。よって、貴方は最初から最後まで、まったく犯人たちの姿を見なかったので、人相や背恰好、服装などは分からない。移動に使われた車も見ていない。……そういうことですね？」

「そうです」

「何度か、抱えられたり、抱き起こされたりしたときに触れた男たちの身体は、とくに屈強な感じではなかった。また、タバコの臭いは一度もしなかった」

「そうです」

「襲われた後、乗せられた車に同乗していた犯人の数は三人で、隠れ家に着いた後、一人は去り、二人が残った。監禁中、貴方は二人の声をそれぞれ聞き分け、片方の男はもう一人の男より少し若い声のようだったが、二人とも声の年齢は四十を越えてはいないと感じた。二名とも、訛りのない標準語を話し、口調は終始、台本を読むような不自然な感じで、乱雑さや粗暴さはなく、不用意な私語はまったくなかった。そして貴方は、いずれの声にも聞き覚えはない。……そうですね？」

「そうです」

「しかし、どうでしょう」と、ふいに相手の口調は変わる。「五十時間も隠れ家におられた間、目も口もふさがれた状況で、貴方は二人の男の声をすがるような思いで聞いたと言われた。男たちは、台本通りに必要最小限の言葉しか言わない。貴方はきっと、男たちが何者なのか、声だけを頼りにずいぶんお考えになったでしょう」

「初めのうちは。しかし、心当たりはありませんでした」

「何者かは分からずとも、どういう男たちなのか、想像なさいませんでしたか」

「想像はしましたが、見当がつかなかった」

「たとえば、どういう想像をなさいましたか」

「一つ一つは思い出せません。ともかく私が生きてきた社会の範疇にはいない人間だと感じたし、見当もつかなかった」

「ご自分や会社に恨みがあるのだろうか、とか、金目当てだろうか、とか」

「当然いろいろ考えましたが、まったく分かりませんでした」ここまで根ほり葉ほり聞かれなければならないのだろうかと思いながら、城山はそう応えた。

「範疇にいないというのは、唯一お聞きになった男の声でそう判断なさったのですか」

「そうです」

「では次に……」と相手は機械的に手元のノートをめくっていく。

「貴方は隠れ家に連れ込まれた後、『危害は加えない』と告げられ、布団と毛布を与えられて、一旦寝入った。目が覚めた後、トイレで用を足し、両手の緊縛を解かれ、口のガムテープを剝がされて、ウーロン茶と握り飯を与えられた。……その間、暴力の恐怖は感じなかった、ということですが」

「そうです」

そう応えたものの、城山はまた一瞬、三対の視線に射抜かれているように感じ、この返答はまずかったのかと自分の胸に手を当てなければならなかった。

「ところで、食事のために口のガムテープを剝がされるたびに、貴方は『目的は何だ』と繰り返し尋ねたが、最初のうちは返事はなかった。やがて、年長の男が『金をもらう』と一言いい、貴方がさらに『いくらだ』と尋ねると、『現金で六億』と相手は応えた。六億と聞いて、貴方は大変な金額だと驚き、そんな金を会社が要求されているのかと思うと動転した……。正確に、今の言葉通りですね？」

「そうです」

「一つ確認させていただきますが、貴方がその場で即、会社が金を要求されていると思われたのはなぜですか」

「六億という金額を、個人に要求しているとは考えもしませんでした」

「では、会社が金を要求されているのだと判断なさったとき、犯人たちが日之出ビールを脅迫する理由は、お尋ねになりましたか」

そうだ、監禁中に自分は一度も、その点については尋ねなかったのだと城山は思い出した。犯人がなぜ日之出ビール社長である自分を選んだのか、なぜ星の数ほどある企業の中から日之出を選んだのか、喉まで出かけた疑問を口にしなかったのは、自分の深層のどこかに、四年半前の姪一家の失態がひっかかっていたということなのか。城山は、また一つ深い憂鬱の穴を覗き込みながら、返答の言葉を探し、どうにか「尋ねたが返答はなかった」と応えた。

「お尋ねになったのは、一回ですか」と、直ちに相手は尋ね返してきた。

「数回です」

「現金要求の件に戻りますが、犯人は『金をもらう』『現金で六億』と話しただけで、それ以上具体的な話はしなかった。それは、貴方がそれ以上話しかけても応えなかった、ということですか」

「そうです」

「貴方は何と話しかけられたのですか」

「なぜこんなことをするのか、とか……。六億は多過ぎる、とか……」

「相手はそれには応えなかったのですね？　ところで、犯人の一人がゴミを片付けたり、掃除機をかけたりし始めたとき、もう一人が『貴方を解放する。金の受渡し方法は追って連絡する』と貴方に言い、その直後に貴方は隠れ家から連れ出された。……そうですね？　そのときの『貴方を解放する』云々の言葉は正確ですか」

「正確です」

「ほかに、犯人は何か言いませんでしたか」

「いいえ」

「貴方からは、何か話しかけましたか」

「いいえ。口にテープを貼られていましたから」

「犯人の一人が片付けを始め、もう一人が貴方に『解放する』云々の話をしたとき、二人の男の様子や物言いに、急な変化はありましたか。慌てているとか、急いでいるとか」

「目隠しをされていたので、よく分かりません」

「急にばたばたし始めたような気配とか」

「いいえ。そういう感じはなかった」

「ところで、犯人が『金の受渡し方法は追って連絡する』と言ったとき、貴方はどう思われましたか」

「金の受渡しはまだ行われていなかったのだと知って、少しほっとしました」

「監禁中、貴方はご自分を身代金目的の誘拐の人質だと思っておられましたか」

「ええ」

「では、金の受渡しがないまま解放されることについて、犯人の行動に不信や不安を懐かれませんでしたか」

「いいえ。解放されると知って、それだけで嬉しくてぼうっとなりましたので」

「今は、いかがですか」

少し下を向いた城山の額に、三対の視線は刺さり続けていた。それらはときおり、はっきりそうと感じられる不信の針になる。その針を受け止める城山の方は、当初の違和感に嫌悪を加えながら、そういえば自分は昔から真の寛容にはほど遠い人間だったなと、場違いな自省に耽ったりもした。こうして薄氷を踏む思いで嘘に嘘を重ねていかなければならないときに、どこかで自分の頭の一部が妙に醒めているのは、不思議なことだった。

犯人の取った行動を、今どう思うか？　犯人たちの現金要求の意志は不信を懐く余地のない明白さであったし、社長である自分を監禁した理由も、解放する理由も、その後の予定も、それなりに納得するに足る単純明快さだった。おかげで、脅された側はこうして、ひたすらこれからの対応に頭を巡らせており、ある意味で迷いはないというのが今の心境だが、それは言えないのだ。

「ともかく身体だけは無事に戻ることが出来たのですから、今はまだ、犯人の行動をどうこう考える気持ちにはなれません」と城山は返事をした。

「なるほど」と相手は形ばかりの相槌を返し、すぐさま新たな触手を伸ばしてきた。

「しかし、犯行の目的が金だとすると、犯行グループの行動はきわめて特殊だと言わざるをえません。『社長ヲアズカッタ』とメモを残しておきながら、五十六時間の監禁中に留守宅や会社に何の連絡もよこしていない。その一方で、貴方には六億という金額まではっきり告げている。さらには『追って連絡する』と言って、人質である貴方を解放してしまう。ご理解いただけると思いますが、脅しのネタがあるから恐喝が起こるのと同じ理屈で、身代金の要求は人質なしには考えにくいことなんですが……」そう言いながら、捜査員は何のつもりか、薄笑いもしくは苦笑いを浮かべて城山を見た。

城山はまた一つ、この因縁含みの白々しさは官僚の接待に漂う空気そっくりだと思いつつ、これはたしかに時間の無駄だ、どちらも本音は出せない非生産的な腐れ縁だと納得して、「理解出来ます」とだけ応えた。

「しかし、犯人が『追って連絡する』と言った以上、現に要求は生きていると考えないわけにはいきません。今後、人質がいない状態で、犯人たちがほんとうに現金を要求してくるとしたら、元から人質は必要なかったことになりますが、それならばなぜ、危険を冒して貴方をいったん誘拐したのか、どうにも理解出来ない」

捜査員はまたじっと城山の目を窺い、城山は無言で応えた。

「要は、辻褄が合わんのです……。誘拐の手口から監禁の仕方、解放の手順まで、今回の犯行は一から十まで計画的なもののようです。しかも、五十六時間の監禁中に、少なくとも貴方は三番目の犯人が隠れ家に出入りしたのを確認しておられないし、現場は磁場の関係で携帯電話も使えない。貴方を見張っていた二人に外からの接触がなかったとすると、貴方の解放も計画通りに運ばれたと見るしかありませんが、そうして人質を解放した上で、犯人が今なお六億要求しているとなると、正直言いまして、私どもも犯人の真意を摑みかねるわけでして……」

「犯人はたしかに『受渡しの方法は追って連絡する』と言いました」

「そこです。犯人の目的が現金だとすると、現金を取る目的で誘拐した貴方に対して、犯人側はそれなりの用事があったと見るのが常識です。率直に申し上げて、貴方はまだ、話しておられないことがあるのでは……」

「思い出せることはすべてお話ししたつもりですが」

「申し上げにくいが、世間に知られては困るような個人的な問題、たとえば女性関係ですとか、金銭上のトラブルですとか……」

「私が個人的に脅されたのではないか、ということですか。いいえ、ありません」

「ご家族や親族の問題。三十六年間のお勤めの間にあった業務上のトラブル……」

「いいえ」

「九二年の衆院選挙の前後に、御社の広島工場の従業員が就業規則違反を理由に会社側から退職を促された件で、某宗教団体から相当な抗議があったとのことですが」

　城山はまず絶句し、廃品の山から古いメモ用紙一枚を拾い出すような思いで、すでに詳細は記憶にない出来事一つを思い出し、首を横に振った。おおかた報道で事件を知った当人かその周辺が、警察に何事か言ってきたのだろうと思うと、事件が直接間接にもたらす影響の広がりにあらためてぞっとした。

「九三年に名古屋支社で、営業二課の当時四十歳の課長が、営業車で人身事故を起こした一件がありましたね？　被害者の男性は某広域暴力団の組員」

「その件なら承知していますが……」

「その事故で、保険会社が昨年末までに支払ったのは二年分の治療費の全額と休業補償で約三〇〇〇万、相手方の外車に対する対物賠償で三〇〇万。御社が見舞金として五〇〇万。むちうち症に対する補償としては、異例の高額と言わざるを得ませんが、一説には御社が支払った見舞金は一〇〇〇万だという話もあるのですが」

「事後処理については、当時の県警本部長とも相談させていただいた上で、適切に行ったものと承知しています」

「御社の井出総務部長にその件で確認させていただいたところでは、名古屋新工場の建設に絡んで、被害者の所属団体から数回いやがらせがあった、とのことでしたが……」

「その件は、所轄署の署長名で相手方に対して、暴対法に基づく中止命令を出していただいたはずです。それ以降、問題があったとは聞いていません」

「まあ、日之出ビールほどの大企業でなくとも、いったん何か起こりますと、こぼれた砂糖に蟻が群がるように、あることないこと噂されるものだと思って下さい。報道各社の取材合戦も相当なものですし。ただし御社は、危機管理がしっかりしておられるようだから、社内の水漏れはないかと思いますが」

　揺さぶりの次は厭味。城山は聞き流した。

「どうでしょうか、城山さん。貴方がお話しになったことのほかに、まだ何かあったのではありませんか。特定の事柄をさしての攻撃、脅迫、暴行……」

「いいえ」

「貴方はまったく心当たりがないと言われるが、犯人側は五万とある上場企業の中から日之出ビールを選んでいるのです。金だけが目当ての誘拐ならば、本社取締役三十五人のうちの誰でもいいようなものだが、狙われたのは貴方です。たんに狙いやすさで言うと、貴方の身辺の状況はかなり難しい。正直に申しまして、ほかの役員の方がもっと誘拐はしやすかったはずです。しかし、犯人は危険を冒して貴方を誘拐した。すなわち、犯人は日之出ビールを狙い、ほかの誰でもない貴方を狙ったと考えられるのですが……」

「そうは言われましても」

「城山さん。警察には、あったことのすべてを正確に話していただきませんと」

「思い出せることはすべて話しました」

「幼児の誘拐ならいざ知らず、大の男が誘拐されて無事戻ってきたというのに、犯人について何ひとつ明らかにならなかったというのでは、誰も納得しません。しかも貴方は、自宅前から暴力的な方法で連れ去られて、五十六時間も監禁されていたのに、傷一つなく一人で戻って来られたんです。犯人は、貴方が凍えないように簡易カイロまで与えて解放しているし……。このままでは、貴方も日之出ビールも、必要以上の疑惑の目を向けられることになりかねませんよ」

「疑惑といいますと」

「犯人側と何らかの取引があったのではないか、とか、誘拐そのものが自作自演だったのではないか、とか……」

そうした疑念のあることは、消防署に助けを求めた直後からひしひしと感じたし、東京に戻る頃には周囲はすでに不信一色だった。思えば、自分の接した犯人たちは、気味が悪いほど何の手出しもしなかったが、現金要求の説明をし、警察に対する受け答えの指示をしたその頭には、自分たちの行動や指示が世に伝えられたときに引き起こされる世間の反応もまた、当然入っていたのではないか。解放後、被害者と企業が立たされる疑惑まみれの苦境を計算した上での、拉致監禁と解放だったのではないか。そう思うと、こうして座っている自分が犯人たちの掌に乗せられているのをはっきり感じもした。しかし今は、ほかに選択の道があったとも思わなかった。

「私としても、犯人は逮捕していただきたいが、そのためにこの私に出来ることは、これ以上はありません」

「そうですか……。ところで、この件はいかがでしょう」そう言って、捜査員の一人は茶封筒から一枚のコピー用紙を取り出し、差し出してきた。城山は、受け取ったその用紙の冒頭にある『告訴状』の一語と、続く告訴人の住所と『日之出麦酒株式会社』の名と、文末の『一九九〇年十一月十三日』の日付を見た。それだけで十分だった。

目を上げると、こちらを見つめている捜査員たちの目線とぶつかった。

「その件、二十日に告訴が取り下げられていますが、どういう経緯だったのでしょうか」

いきなりそう尋ねられて、城山はもう一度文面に目を戻すふりをしなければならなかった。ワープロで打たれた文字が二重、三重に重なった。

「たしかにこの件は承知していますが……」

「社長ご自身は、いつ、どういう形で、そのテープの件をお聞きになったのですか」

「正確な日付は日誌に書いてあります。今ここでは思い出せません。その日の始業前に、当時人事部長だった塚本という男と、その塚本から相談を受けた白井副社長の二人が尋ねてきまして。そういうテープが届いたので処置をどうしようかと相談を受けました」

「テープの内容はお聞きになりましたか」

「そのとき、テープを起こしたものを渡されたのですが、何しろ分量が多かったものですから、きちんと目を通す時間がなかったと記憶しています」

「それでは、告訴という判断をなさったのはどなたですか」

「白井が提案し、私が了承したと思います。テープより先に、同一人物と見られる差出人から二通、中傷めいた手紙が届いていることを塚本から聞いたものですから」

「役員会に諮られなかった理由は」

「そういう性格の事案ではないし、本来なら人事の方で処理すべき事柄です」

「しかし、告訴理由となった手紙もテープも、内容は相当に微妙なものですが」

「私はテープを起こしたものに逐一目を通したわけではありませんが、ともかく偽名を騙った手紙や、差出人を明記していない意味不明のテープは、その時点では、内容以前の問題だと判断したのです」

「塚本さんご本人にも話を伺いましたが、九〇年の十月十日、秦野孝之という学生が御社の入社試験の面接を中座したそうですね？　その後、その学生は大学のゼミを無断欠席し続けて、五日後の深夜に首都高で事故を起こして死亡している。二回にわたって御社に手紙を送り、テープを送った人物は、その学生の父親でしょう？　その父親も、十一月十七日の深夜に、飛び込み自殺をした。……事情の如何にかかわらず、これは一企業にとって、かなり大きな信用問題ではないかと思うのですが」

城山は、捜査員の話を一つ一つ耳に留めながら、突然、警察は秦野の親族にも話を聞いて回ったのではないかと思い至った。死んだ学生の母親は、葬式の後で霊前にお参りに来た息子の女友達とその父親のことを忘れてはいまい。ひょっとしたら、警察にこんなこともあったと、経緯を話しているのではないか、と。

「城山さん。これは就職差別の……」

「失礼。今なんと……」

「自殺した歯科医が問題にしていたのは、息子に対する就職差別の有無ですね？」

「そうだろうと思います。しかし企業としては、そういう意識はまったくなかったし、過去にあったこともありません。親御さんのお気持ちは、汲めるものなら汲みたかったが、ああいう手紙やテープを送られても、こちらとしては……」

「確認したいのですが、告訴という対処をお決めになった直接の理由は」

「新工場のプロジェクトが進んでいたときでしたので、神経質にならざるを得ませんでした。謂われのない妨害には、処置を講じておくべきだと考えた結果です」

「ところで、テープの内容は、ざっとは聞いておられるのですね？」

「聞いています」

「たしかに意図をつかみかねるテープでしたが、中身は要するに《岡村清二》とやらが昭和二十二年に御社の神奈川工場に宛てた手紙の内容そのまま、と受け取られます。塚本さんにお聞きしたところ、その《岡村清二》が実在の元日之出社員だったことは、旧東北帝大の方の名簿で確かめられたが、昭和二十二年の手紙が実在したかどうかは確認出来なかった、ということでした。そうですね？」

「そう聞いたと思います」

「こちらで当時神奈川工場にいた人や、本社にいた人を探して当たっているところですが、その手紙が昭和二十二年に工場宛てに届いたという確証は、今のところ得られていません。ですから、これは仮定の話になりますが、もしそういう手紙があったのだとしたら、その手紙は明らかに日之出ビールの占有物です。しかも、内容からして社内で軽々しく扱われたはずもないと考えられますが、その手紙の内容そのままのテープが外部から送られてきたことについて、御社の方ではどう思われたのですか」

「どうと言われても……。そのときはただ、送り主の意図が分からないという点だけ、話し合ったと記憶しています」

「日之出に宛てられた手紙が外部に流れた、という認識はなかったですか」

「そう言われればそうですが……。なにしろ終戦直後の話のようでしたし、そういう手紙が実在したのかどうかも確認出来ない、ということでしたから」

「話が前後しますが、御社では、秦野という学生の身元調査はなさいましたか」

「いいえ。日之出では、そういうことはやっていません」

「父親から二度の手紙と変なテープが送られてきた後は、いかがですか」

「いいえ」

少し間を置いて、「そんなはずはないと思いますが」と捜査員は呟き、どういう意味なのか理解出来ないまま、城山は息を詰めて次の言葉を待った。ついに学生の恋人だった姪の名が出てくるかと思ったが、出てきたのは、さらにややこしい話だった。

「《岡村清二》は、その学生の母親の伯父に当たる人物ですね?」

「たしか、遠縁だと……」

「そうお聞きになったのですね? 塚本さんは、一応身元調査をなさってるんですよ」

「そうかも知れません。私が失念していました。それで……」

「秦野孝之という学生、その父親の歯科医秦野浩之、そして手紙の差出人である《岡村清二》が親戚関係にあるとなれば、この種の因縁なり誤解なりが生じることもないとは言えませんが……、事実はもう少しややこしくて、秦野浩之は自殺する直前まで、《岡村清二》なる人物を知らなかったようなのです。九〇年の十一月五日、すなわち秦野がテープを投函した前の日ですが、秦野は深夜に別居していた妻に電話をかけて、《岡村清二》という人物を知っているかと尋ねています。しかし、妻は知らなかったので、知らないと応えた。その同じ夜、秦野は妻の実家に電話をかけて、《岡村清二》の弟に当たる人物、これは妻の父親ですが、その人に同じく《岡村清二》は誰かと尋ね、その父親は、自分が生まれる前に他家に養子に行った兄だと応えた。その人も、《岡村清二》とは戦前に数回会っただけで、家族にも話したことはなかったらしい。要するに、秦野浩之は、そのときまで名前も知らなかった《岡村清二》の手紙を、テープに吹き込んで御社へ送ったことになります」

「その岡村という人は今……」

「去年の夏に、都下の老人ホームで亡くなりました。春に、その弟に当たる人が興信所に頼んで所在を探し出して、ときどき見舞ってたそうですが、痴呆症だったそうです」

その弟という人物が、秦野の妻の父親に当たるのなら、孫が生前に付き合っていた婚約者の話をやはりどこかで聞いているのではないだろうか。そんなことを考えながら、城山は茫然と話を聞いていた。

「そういうわけで、昭和二十二年に御社の神奈川工場に宛てられたはずの《岡村清二》の手紙、もしくは複写したものが、なぜ秦野の手にあったのかは、今のところはっきりした事情は分かりません。しかし、現に秦野が持っていたということは、結果的に御社から流出したということでしょう」

「そうなりますが、その手紙が実在したのかどうかも、今は……」

「捏造された可能性はもちろんあります。しかし、秦野の生前の学会論文や学生時代の作文を見ますと、まあそこそこのものでして、あの雄弁な文章を書くのは到底無理だと、私どもは見ています。手紙文の文体も、戦前の高等教育を受けた、当時三十代か四十代の男性が書いたものだという専門家の意見です」

「それで……」

「最初に申し上げた通り、私どもは現時点で、日之出ビールとその社長を狙った犯行グループの、少なくとも一人は、日之出と何らかの接点を持っている人物だと見ています。当然、日之出に対して強い敵意か因縁を持っている者です。一昨日、総務部の方から過去二十年間の退職者の名簿を提出していただいたのも、そのためですが……」

「分かります。それで……」

「現時点で一切こうだと特定する材料はありませんが、たとえば、その《岡村清二》の手紙を最初に流出させたのは、日之出内部の人ですし、その人は何らかの悪意を持っていたと考えられますから、そうした候補者の一人になります」

「そういう話なら、理解出来ます」

「もちろん、自殺した秦野浩之が手紙の写し等を入手した相手も、日之出に対して何らかの作為を持っていたと考えざるを得ません」

そう言いつつ、捜査員の目つきと声色がまた少し変化するのを城山は見つめ、自動的にあらたな寒けを覚えた。相手の口から何が出てくるのかと息を詰めるのも、次第に限界に近くなってきていた。

「実は、その相手は目星がついてまして。当人はもちろん認めていませんが、時期を見て別件で引っ張ります」

「その人物は……」

「東一産業という誠和会系のフロント企業の幹部で、一応は総会屋です。当人が一人で動いたとは考えにくいので、背後にはもう少し大きな組織があったのではないかと見ていますが……。どうですか、城山さん。告訴をお考えになった時点で、その辺の認識は、当然御社にもおありになったのではありませんか」

「どういう認識でしょうか。よく分かりません」

「そうですか……。ええまあ、結構です。総会屋については、ここではお尋ねはしません。私どもの関心は、日之出に何らかの接点を持ち、且つ因縁を持っている人物を捜すこと、その一点です。その意味で、九〇年の怪テープの一件に関心を持っているだけです。どうか、そうご理解下さい」そう言って、捜査員は意味不明の微笑みを見せたが、城山は応える気もなかった。

捜査員の言葉は続いた。

「その上で聞いていただきたいのですが、その怪テープの一件が、今回の事件に結びつくという感触は、今のところはあるともないとも言えません。しかし、事故にしろ自殺にしろ、人が二人死んでいる話ですし、秦野の親族も健在なことですし、この手の話は早晩、世間に漏れ出しますよ。尾ヒレがついて、あることないこと、一斉に噴き出してくると思って間違いありません」

ついに脅しが出た、と思いながら城山は聞いていた。入社試験の二次面接を中座した学生の話や、姪の佳子とその学生の交際話に尾ヒレがついて、週刊誌などのどぎつい見出しになる様が、次々に脳裏にちらついた。

「報道各社、何百人という記者が血まなこで走り回っていますしね。一般市民である秦野の近親者の口を封じることは、警察にも出来ません」

「分かります」

「そうして余計な波風が立つことで、私どもの捜査も難しくなりますし、何より、企業活動や御社のネームブランドが受けるダメージは甚大でしょう。犯人を喜ばすだけのそんな事態は、私どももどうしても避けたい。そのためには、一刻も早い犯人の逮捕しかないのです。お分かりいただけますか」

「分かります」

「そのためには、犯人と唯一接触している貴方が、すべてを話して下さいませんと」

「何度も申し上げたように、思い出せることはすべてお話ししました」

「もう一度お尋ねしますが、六億要求する、追って連絡する、という二点のほかに、犯人たちが貴方に伝えたことはありませんか」

「ありません。それだけです」

「しかし、人質なし、ネタなしで、ただ現金を要求されて、誰が払いますか。もし明日、犯人が現金受渡しの指示をよこしたら、御社は六億を払うのですか」

「払いません」

「では、なぜ犯行グループは貴方を解放したのですか。『受渡しの方法は追って連絡する』という文言は、常識的には、しかるべき取引を前提にした文言です。その点はどう認識しておられますか」

「私は、実際にあったことのすべてをお話ししました。事態をどう認識するかは、そちらの仕事です」

「では、もし明日、犯人が現金を要求してきたら、御社はどう対応なさるおつもりですか」

「警察に届けます」

「こちらは、同じことをお聞きするだけです」

「こちらも同じことしか応えられません」

「……分かりました。『受渡しの方法は追って連絡する』と犯人は言ったのですね？　その後に、もう一言ありませんでしたか？　要求を呑まなければ、かくかく然々だという但し書はありませんでしたか」

その一瞬、城山はいっそ、ビールが人質だと、この場で言ってしまったらどうなのかという思案に迫られた。それで警察は納得するのか否か。その方がいいのか否か。何度も考えたことだったが、そのつど結論は出なかった。ビールが人質だと分かった時点で、警察が工場などの警備強化を指導してきたり、巡回を増やしたりしたら、そうした動きは全社に伝わり、特約店に伝わり、業界や市場に伝わって、確実に売上に影響する。それでも、あえてそうして公に警備を強化した方がいいのか。警備を強化したら、犯人の手出しをどこまで防げるのか。出荷までは何とか目配り出来ても、日本中の路上にある自販機はどうなる。

考え出すと結局、ビール会社の生命線を警察に預ける決断はつけかねた。警察が無能だとは思わなかったが、警察と企業が立っている地平の差が縮まるという希望は、城山には、その時点ではやはり見えなかった。

「いいえ。何も」と城山は応えた。

「そうですか……。実際、長い時間監禁された直後ですから、社長もお疲れでしょう。今晩ゆっくりお休みになって、よく考えて下さい。明朝九時に、私どもが御社の方へ出向きますので、もう一度お話を伺わせていただきます」

「朝は片付けなければならない仕事がありますので、十時にしていただけませんか」

「私どもとしては、出来るなら夜明けと同時に、始めたいぐらいです。マスコミも今は必死ですから、場合によっては、御社にとって取返しのつかないダメージになる話題も出てくるかも知れません」

警察が、秦野孝之と姪の佳子の一件を仄めかしているのは、もはや疑うべくもなかった。警察は九〇年の怪テープの一件を早々と把握した結果、犯行グループとまったく同じ手口で、城山に圧力をかけているのだった。城山は限りない敗北感を味わいながらも、無駄なことは何ひとつ口にしなかった犯人たち以上に、今は警察に対する激しい嫌悪を新たにした。

「では、九時十五分にして下さい」とだけ、城山は応えた。

「では、九時十五分に。本日はどうもご苦労さまでした」

「お世話になりました」

そうして城山は、午後四時四十分に六時間近く座り続けた椅子を立ち、部屋を出た。自分が、五十六時間の監禁から無事解放された被害者の顔をしていないことは重々分かっており、事実、そんな感慨はみじんもなかった。

玄関ホールに降りたとき、そこには秘書室の男子社員三人が迎えに来ていたが、その三つの頭が一斉にお辞儀をした、その向こうのガラス戸の外はまた、報道陣のカメラの放列だった。次いで、その玄関の脇にある緑色の公衆電話が目に入ったとき、ふと家族の声を聞きたいという思いがよぎったが、それもたちまちあいまいに流れ去った。残ったのは、今こうして被害者の外面をして玄関に立っている自分自身と、玄関の外で垣根を作って自分を待ち構えている世間の双方に対する嫌悪の渦だった。

迎えの車は、三日前まで毎日乗っていた専用車だったが、これまではついていなかったカーテンがフロントガラスを除く車窓を覆っており、運転手も長年一緒だった山崎達夫ではなかった。自分が不在だったほんの三日足らずの間に、会社本体でもいろいろなことが起こったのだと、あらためて思い知らされながら、城山は大森署から北品川の本社ビルまでほんの十分ほどの移動をし、本社前を埋めた報道陣を避けるようにして地下駐車場へ運ばれたのだった。駐車場に車が入ると、後ろでシャッターが降り、すぐさま薄暗い通路に警備会社の警備員二人が飛び出してきて、非常事態だとでもいうふうな硬い表情で車に向かって一礼をした。どちらも見たことのない顔だった。

地下駐車場には、会長をはじめ役員全員と各部の部長次長クラス、同じビル内に同居している子会社関連会社の幹部ら、百人ほどが待ちかまえており、城山が車から降り立つとまず、拍手が起こり、続いて「よかった、よかった」「お帰りなさい」「ご無事で何よりでした」といった声の渦になった。

それはもちろん、己の不注意で誘拐されて会社に多大の迷惑をかけた男一人を出迎えるにふさわしい光景ではなかったし、ましてや、会社に嘘をつき、二〇億の金を支出させようとしている男を出迎える光景でもなかった。誰も真相は知らないとはいえ、いったい誰がこんな大仰な出迎えを企画し、誰が不満を唱え、誰がOKしたのかと訝ると、城山はまた一つ疑心暗鬼に包まれ、孤立感を味わった。

城山は、とっさにすべての顔ぶれを見渡すことは出来なかったが、最前列に並んでいる本社役員たちの顔を見分け、かけられる言葉に自動的にうなずき、頭を下げ、求められる握手に応じたりしながら一歩一歩、これは儀礼なのだと自分に言い聞かせた。その間、杉原武郎の緊張を隠しきれない無粋な顔を見、事後の対応に頭をフル回転させているらしい白井誠一の顔を見、早くも個人的な表情は消してしまった倉田誠吾の顔を見、腹の底では何を考えているのか分からない何人かの役員たちの顔を見、何はともあれ喜色満面の優しい顔をいくつも見、男性たちの後ろから顔を覗かせている秘書の野崎女史の、控えめな微笑みを見た。

城山は、これだけは心底から出たものに違いない野崎女史の笑顔に新たな苦痛を覚えながら、女史を呼んだ。女史は、普段通りの泰然とした様子で「ご無事で何よりでございました」と一礼し、早速「ご用件は」と尋ねてきた。

「ご心配をおかけしましたね。私は今から四十分ほど各フロアを回って、皆さんに一言挨拶をして、それから私の部屋で急ぎの用件を処理して、六時半から取締役会です。そのつもりで段取りをして下さい。それから、簡単なものでいいですから、部屋で食べられる軽食を六時十分前にお願いします」

「承知しました」

「少し休まれた方が」「社員への挨拶は明日になさったら」といくつか声がかかったが、城山は「いいんです、いいんです、この通り元気ですから」と作り笑いを振りまいて、先に立ってエレベーターに乗り込んだ。同乗したのは、城山自身がほんの短い目線で一緒に乗るように促した杉原武郎と、鈴木敬三会長と、「取締役会の件でちょっと……」と断って自分で乗ってきた秘書室長兼総務担当常務の榊原宏と、井出肇総務部長の四人だった。そうして扉が閉まるやいなや、言いたいことが山ほどあったかのように鈴木会長がまず、喋り出した。

「貴方にもご家族にも、ほんとうに申し訳なくてねえ……。今朝、無事保護されたという一報が入るまで、生きた心地がしなかったよ。少し会社をオープンにし過ぎたのではないかと、皆が反省しているところだ。警察は、うちの危機管理マニュアルが不愉快らしいが、うちに言わせたらまだまだ足りないぐらいだよ」

榊原の用件は、取締役会の進行についてだった。

「お疲れのところ早速ですが、取締役会の前に十分ほど、コンサルタントの方から対策の内容説明と現況報告をしてもらい、ついでに井出君の方から警察当局とのやり取りの報告をしてもらう、ということでよろしいですか。それとも、コンサルタントの方は明朝に回した方が……」

そう尋ねながら、榊原は城山の顔をちらりと窺ってきた。なるほど、今夜の取締役会では、自分の口からもっと微妙な話題が出るのではないか、外部のリスクマネジメント会社の話など聞いているひまはないのではないかと、誰もが構えているのだろう。城山はそう理解し、あらためて役員たちの緊張や思惑の絡み合いを覚悟し直して、「いえ、今日伺いますから」と応えた。

井出総務部長は、「ご不在の間に、警察にいろいろ尋ねられたことがございまして、その件をまとめて文書にしたものを後ほどお届けいたします」と報告した。

榊原と井出は十二階で降り、再びエレベーターの扉が閉まると、鈴木がまた、「何かあると、人それぞれ本音が出てくるものだ」と軽く切り出した。「去年導入した危機管理も、役員の総意で決まったはずだが、いざとなると不満の声もある。無用の長物だとか、やぶへびだとか。外部の人間が作ったマニュアルの責任を、誰が取るんだとか……」

「言い出しっぺが誘拐されたのですから、無理もありません」と、城山は苦笑いで受け流し、鈴木の気遣いに対する感謝は目で返した。

鈴木が、会長という立場とそうした言葉を借りて仄めかしたのは、端的に、自分が不在だった二日半の間に、取締役会の不協和音がいくらか表立ってきたということだと、城山は理解した。しかし、取締役会の総意といっても、もともとは個々の妥協と自制と保身を集約した総意に過ぎない以上、社長が誘拐されるという状況下での微妙な状況判断を強いられた中で、不協和音が起こらない方がおかしい。今も一応は経営陣のトップを名乗っている者として、不協和音の舵取りは習い性になっている者として、城山は大したショックもなく、鈴木の忠言を聞いたのだった。

「ところで城山君。フロアを回るのはいいが、まさか一人で……」と鈴木が言いかけると、「私が同行させていただきますので」と、即座に杉原武郎が応えた。

城山は杉原を伴って、ビール事業本部のある二十九階でエレベーターを降りた。三十階まで行く会長に一礼した後、扉が閉まるのを待って、城山は杉原を見た。

杉原は、やっと言い出す機会が訪れたとばかりに上体を二つ折りにして、「このたびは、ほんとうに申し訳ない、お詫びの言葉もない……」と低く呻いた。杉原もやはり警察に呼ばれ、九〇年の告訴状の顚末を問い詰められたのは、これで明らかだと城山は思った。

「人に見られたらどうする。頭を上げなさい」

城山は突然、個人的にやり場のない苛立ちに襲われ、同時にエレベーターホールに人が現れてはと気遣いながら、杉原の頭を上げさせた。娘の醜聞を企業恐喝のネタにされ、警察に握られ、さらにマスコミに暴かれるのも時間の問題である今、杉原の置かれている立場は察するまでもなかった。

しかし、企業利益を最優先させるなら、杉原の役員としての道義的責任は、今や俎上に載せるには大き過ぎ、杉原の家族の安全のためにも、それを問うことは出来ない状況だということを、この男は分かっているのか。分かっているのなら、頭を下げるにしてももっと違う下げ方があるだろう。個人の苦渋をぶちまけるより先に、するべきことがあるだろう。敗北するときには敗北するしかないにしても、敗北の仕方というのがある。

杉原に、というより、ほとんど自分自身に、城山はそう言い聞かせたが、そういう自分がひどく醒めているのは、痛烈に自覚していた。実の妹の伴侶である男に対して、決して悪い感情は持っていないが、身内の情と言えるほどのものは初めから持てるはずもなく、城山に出来たのは今も昔も、最大限に公正に相対することだけだった。そうして相対した杉原は、根っからの育ちの良さが、五十を過ぎて立ち回りの鈍さに転じ、押し出しの弱さが守りの姿勢を生み、守りの姿勢が己の足場を弱くするという悪循環の中にいて、今やビール事業本部長のポストは望むべくもなかった。社長として、早晩、子会社への出向を考えなければならない役員の一人が杉原武郎であり、今はそこに私情をはさむと、この場で杉原を罵倒しかねない気分で、城山はあらためて感情の蛇口を締め直さなければならなかった。

「杉原さん。警察は例のテープの話を役員全員に確認したのかどうか、その辺は分かりますか」

「最初に倉田さんが警察に呼ばれて、そのときに指摘されたと聞きました。そのとき、倉田さんは、テープの件を知っているのは自分と白井さんと、城山さんと私と、当時の人事部長と総務部長の六人だと供述なさったそうです」

「ほかの役員には、その話は漏れていないのですね？」

「そのはずです」

「杉原さん。取締役会できちんと話しますが、犯行グループが要求しているのは金です。九〇年のテープの件は関係ない。今は唯一、会社に損害を与えない対策を考えるのが私たちの務めです。家族の話は一切切り離してほしい」

「マスコミに漏れるかも知れません……」

「そうなっても、ともかくその話は、会社とは一切関係はない。よろしいですか？　役員としての貴方の仕事は山ほどあるはずだ。副本部長として、ビール事業本部を預かっていることを、くれぐれも忘れないように」

「それは承知しているつもりです」

「杉原さん。身内として言うが、私は貴方の味方だ。佳子ちゃんの一家を渦中に巻き込みたくないのは、私も同じだ。……さあ、時間がない。行きましょう」

城山は時刻をたしかめ、先に立って早足で歩き出した。二十九階のビール事業本部から順に十六、七階分のフロアを回り、各部屋を覗いて一言「皆さん、どうも」と会釈をして歩くだけのことだった。そうして足を動かし、声を出し、普段通りの表情を社内に見せて回りながら、城山は、結果的にはこの会社とこの社員たちを守ることになるのだと自分に言い聞かせ続けた。この先、個人的にも対外的にも重ねることになるだろう嘘や欺瞞や策謀も、紛糾するのは必至の取締役会の不協和音も、そう思わなければ乗り切ることなどおぼつかなかった。

城山は予定通り、五時四十五分には三十階の自分の執務室に戻った。これまでと同じように、すぐさま野崎女史が追いかけてきて、「すみませんが、これだけ、先にご確認を」と日程表を差し出し、城山は立ったままそれを見た。今日一日、こなすはずだった来客の応対や会議、取材、訪問先などの項目が並び、すべて赤線で消されたその余白に《キャンセル》《延期》《後日要連絡》《代替え日要指定》などと但し書が付けられていた。二、三枚目は明日、明後日の分。

「本日分では、その高崎工場建設の現地説明会だけは至急、代替え日をお決めになるか、医薬事業部のみの出席になさるか、どちらにいたしましょう」

遺伝子組み換え技術を応用した免疫抑制剤製造プラントの建設は、当面地元住民の同意を得るのが急務で、これは遅延出来ない。「今週末から来週早々の範囲で、先方との日程の調整をして下さい」と城山は応えた。

「承知しました。あとは、通商問題懇談会と経団連の方は委任状をお届けしておきました。トミオカの新社屋落成式は、名代で白井副社長がお出になりましたが、社長名の挨拶状をお忘れになって。明日お届けするのなら、文面を少し変えられた方が」

「発送する前に、変えたものを見せて下さい。目を通しますから」

「お電話はどうなさいますか」

「今日はもう、用件だけ聞いておいて」

「承知しました。では、とりあえず明日と明後日の分で、キャンセルなさるものをチェックして下さい」という女史の求めに応じて、城山は立ったままデスクの上で日程表に直しを入れた。明日分はまず、午前九時に予定されている月例の事業本部会議を消して、『幹部社員、朝礼。5F中ホール』と書き込む。九時十五分からは警察の聴取。何時間かかるか分からないが、とりあえず午前中の来客と会議はキャンセル。正午からプレス用の記者会見を三十分。零時半からの株主総会のリハーサルはそのまま。午後からの外出先は、ざっと見渡してその場で二つに絞り、残りはキャンセル。

明後日の分は、どうしても抜けられないと判断した大手特約店会の経営者懇談会と、ライムライト・ジャパンの新社長就任式と、神奈川工場で行われる技術研修課程の修了式のほかは、外出はすべてキャンセルにした。そうして日程表に直しを入れて、ふと顔を上げると、デスクの上に置かれた花瓶に生けられた、淡い赤の斑入りの、見事な大振りの白のチューリップが五本、目に入った。わずかに縮れつつ開きかけた花弁の陶磁器のような艶は、まるでヤン・ブルーヘルやハンス・ボロンヒヤの静物画のようで、思わず見惚れた。野崎女史がポケットマネーで買った花だ。

城山は日程表を返して、「これは高かったでしょうに」と声をかけた。野崎女史はちらっとにんまりし、とくに何も言わなかった。

「ところで、運転手の山崎さんは今日は休みですか」

「いえ、警察の聴取が二、三日は続くとかで、今は代わりの人が」

「ああ、そうですか」

「ちょうどお時間ですから、軽食をお持ちしてよろしいですか？　少しだけ、お飲みになりますか？　日之出マイスターが冷えてますから」

女史はさっと執務室を出ていき、一人になった城山は自分のデスクを眺めた。今日一日不在にしていた間に溜まったものが、キヨスクの店頭のようにあれもこれもと並び、積み上がっていた。端からまず、日経や日経流通、食品産業新聞などの業界紙と、必要記事の切り抜きのバインダー。折り畳まれた全国紙の紙面の一部に、『五十六時間監禁』『日之出ビール社長ら致』『六億要求！』といった黒々とした見出しが見えた。

新聞は、事件をどんなふうに書いているのだろう。城山は思わず手を夕刊に伸ばしかけたが、今はこれ以上気持ちを乱されたくないと思い直し、その手を引っ込めた。

新聞の隣には、毎月曜日の朝に届けられる業務報告書一式と、月末の月次財務諸表一式。城山はちらりと業務報告書をめくって、すでに先週金曜日に報告は受けてはいたが、先週末での新商品の受注額の累計が目標の一九パーセント増に達しているのを、あらためて数字で確認した。

それらの隣には、今朝の報道で仰天したに違いない取引先や官庁、同業他社からの見舞いの電報の山。きちんと積み上げられたその上には、野崎女史が整理した送り主のリストが添えられ、礼状を送付する先と、城山自身が電話を入れるべき先がきちんと分けられていて、さらに礼状の文面と印刷に使われる書体や社用箋と封筒のサンプルが、クリップでまとめて留められていた。その隣には朝、富士吉田署で倉田に指示した得意先用の挨拶状のサンプルと、送り先のリスト。直接に幹部が挨拶に出向いた先と、出向いた者の氏名のリスト。続いて、これも倉田に指示した通り、通常通りに今日行われた各部各事業部の定例事項の報告書の束。城山は、ぱらぱらとそれをめくり、総務部から出ている株主総会の打合せ事項の書類を、とりあえず一番上に載せ直した。

その隣には、二十通ばかりの手紙の束。さらに、今日一日に野崎女史が取り次いだ外線・内線電話の相手先と用件の一覧表。後日城山の方から電話を入れなければならない相手には赤で下線が引いてあり、そこには株主である銀行や生保をはじめ、官庁、経済団体、都議会などの見舞いの電話のほか、いずれも符牒で記された政治家数名、さらに政治団体や右翼団体の名が含まれている。下線はついていないが、城山はそれらの名前の中から《岩見清》という肩書なしの名前一つを拾いだした。東大法学部の同窓生で、年に数回は公私の席で顔を合わせる人物だが、その男が今日、桜田門の警察庁長官室からどんな顔をして電話を入れてきたのかと思うと、一瞬、城山の手は受話器に伸びかけた。しかし、そのまま思い留まって、一覧表をデスクに返す。

そして最後に、バインダーに畳み込まれたファックス用紙を一枚開くと、拙い走り書きで『ともかく今日、帰ります。今夜は母上と兄上と一緒に、どうかゆっくりお休み下さい。祥子』とあった。モルガン銀行でトレーダーの仕事をしている娘が、ロンドンから送ってきたのだった。週末ならともかく、市場の開く月曜に持場を離れていいのかと戸惑いながら、急いで娘からのファックスを畳み直したら、ノックの音がして、野崎女史が軽食の盆を手に現れた。

盆には、軽食の皿のほかに、特飲店向けの日之出マイスターの小瓶と、ピルスナーグラスが一つ載っていた。女史が一口でもアルコールを嗜む人なら、あなたも一杯と勧めるところだったが、女史はビール会社に二十年もいて、ビールを舐めることも出来ない。

「総料理長がよろしくとのことでした」

女史は去り、城山はサイドデスクに置かれた盆を眺め下ろした。軽食は、四十階にあるビヤレストランから取ったもので、城山が好きな一品だった。もともとは、ザワークラウトと男爵イモを骨付きの塩豚の塊とともに白ワインで煮込んだものだが、城山のために豚の塊は抜いてあり、ネズの実入りの真っ白なザワークラウトが小ぶりの一山、ほくほくに煮上がって粉をふいたジャガイモが一つ、バター煮のサヤインゲンが少々、熱々の湯気を立ててマイセンの皿に載っていた。いつもの盛りつけ、いつもの量だった。

城山はグラスに冷えた日之出マイスターを注いだ。初めに少し勢いよく注いで泡を立て、次いでその泡を持ち上げるようにゆっくり注ぎ足して、絵に描いたような三センチの泡を琥珀色のビールに被せてみた後、ちょっとそれを眺めた。城山はそのとき、これが人質だとことさらに思ったわけではなかったが、結局グラスには手が伸びず、ザワークラウトの方を食い始めた。

それから、ほんの一口ジャガイモを口に入れたところで、インターコムを通した野崎女史の声が、白井と倉田が取締役会の前に打合せをしたい旨、問い合わせてきていると告げた。二人の副社長が一緒に来るというのなら、自分のためにも無駄にはならないと思い、OKだと応えると、二分ほどで二人は現れた。

「どうぞどうぞ、食事はそのまま続けて下さい。構えてする話でなし」そう言いながら、白井は普段通りせかせかと部屋に入って来たが、城山としては一応腰を上げ、あらためて「いろいろご迷惑をおかけしました」と、二人に一礼をしなければならなかった。

「いや、まず十分腹ごしらえをして下さい。ぼくらは勝手に座らせてもらうから」

その言葉通り白井は自分で椅子を運び、倉田もそれに倣った。

「そういえば、それ、貴方の好物でしたね」と白井は余裕のあるところを見せ、倉田もまた、朝一番に富士吉田署で覗かせた苦悩の目をどこへしまい込んだのか、今は腹に何があるのか普段にもまして分からない、奇妙に白けた表情をしていた。城山はそれもまた気になったが、自分とて被害者の顔はしていないのだと思うと、お互いさまだと受け入れるほかはなかった。

「城山さん。この三日間、役員の受け止め方は実にいろいろだったが、ぼくは、これは取締役会を引き締めるいい機会だと思ってます」

白井がそう切り出すと、その端から倉田は「その前に、それぞれの役員が言ったことを披露してはどうですか」と言い出した。

倉田には表情こそなかったが、唐突に飛び出した一言に、城山は思わずフォークの手を止めた。皮肉なのか形を変えた私憤なのか、とっさに判断もつかなかったが、魚雷の口には相応しくない、聞いたこともない物言いだった。

さすがの白井も、ちらりと神経に触った目を見せたが、すぐさま「それぞれが言ったこと？　ぼくはチクショウと言ったし、貴方はクソと言った」という軽口で受け流し、ひび割れを素早くつくろった。一方倉田は、一瞬噴き出すような短い笑い声を立てて応じ、城山は再度びくっとさせられた。それも、城山は初めて聞く笑い声だったが、自分の耳がおかしいのかと思う間もなく、倉田はたった今噴き出させた声や表情を、たちまち消し去ってしまった。

「いや城山さん、今だから言えるが、ぼくらは貴方がこんなに早く戻ってこられるとは思っていなかったし、身代金の要求が届いたら、上限いくらまでなら払おうとか、万一の場合、社葬をどうしようとか、そんな話までしたものだから。そりゃあ、貴方がお聞きになったら、卒倒なさるような話もいろいろと……」

白井はそんな軽口を披露して、からからと笑った。白井流の毒をまぶしてあるが、もちろん、やり切れない事実をはぐらかして和らげるための、それなりの気配りであり、城山の反応を窺って本題を切り出すタイミングを計るための、周到な計算でもあった。城山は苦笑いだけ返して、フォークで潰したジャガイモを口に運び続けた。

その一方で、城山は、なぜか突然別人のように見え始めた倉田誠吾の、当年五十五歳にしては男ぶりもなかなかの無表情な顔を見つめた。城山としてはとりあえず、この三日間の緊張が解けた直後の放心状態か、もしくは何らかの心境の変化かと想像したが、頼るべき柱の姿が急に見えなくなったような戸惑いの中、ふと、三十年前の倉田の顔が瞼をかすめていった。

昭和四十年、城山が横浜支店の営業一課の係長になったとき、そこで出会った三年後輩の倉田誠吾は、当時市場を完全に独占していた日之出の商品力を、すでに屁とも思っていなかった男だった。自社の商品が一万ケース売れていると同僚が言うと、他社の商品が五千ケース売れていると言い返し、その上に、なぜ五千ケース売れるのかという分析が付く。やることも人並み外れていて、毎月の売上のためには、リベートの率を上げて特約店に多めに突っ込み、商品をはかせるために特約店の社員と酒販店や特飲店を回り、販売の店頭に立ち、それでも売れ残ったら、在庫のきかないビールをトラックで引き取って、販売網の薄い地方都市へ運び、実績の少ない小規模特約店へ一ケースずつ試供品として配った後に、残りをバッタ屋に流して、ともかくトラックを空にして帰ってくる。

そのころ倉田はまだ二十代だったが、学生結婚の果てに生まれた幼子を二人抱えていた。ある夏の日、三人目の子供が生まれる奥さんが、出産のために病院へ行ったとかで、その二人の子供と、売れ残った特約店のビールを積んだトラックを自分で運転して、「それでは行ってきます」と出ていったのだが、三日たっても帰ってこない。四日目にやっと電話が入ってきて曰く、酒類販売免許はあるが、先頃当主が死んだので営業をやめようかと話している日本酒問屋の若主人に出会って、日之出の特約店になるよう話をつけたという。そして、日之出の福井支店とも、正式に特約店契約を結ばせることで話をすませたから、とりあえず自分のトラックに残っていた五十ケースを卸してきたと、事もなげに言ったのは忘れもしなかった。

倉田というのはそういう男だった。売るためには手段を選ばず、売った分の落とし前はつけ、さらに、個人の成績にこだわらない幅広さで営業を捉え、販路を広げ、売上を伸ばしていく、そういう倉田の力を誰もが認めてはいたが、日之出の古い体質の中では、人事面での評価はむしろ低かった。早くから、業務上のトラブルやクレームの対応に率先して当たってきた経歴が、不当に作用した面もあっただろう。その倉田の力を生かし、利用し、助けられ、評価し、引き上げてきたのは、自分が最初だったという自覚が、城山にはあった。

自分が昇進するときは次席に必ず倉田を推薦し、転勤のときには後任に推し、周囲との和を図りながら、陰に陽に倉田を立ててきたのは、倉田の営業力を評価しないのは企業の損失だと信じたからだった。そうして共に管理職になってみれば、倉田が期待を裏切ったことは一度もなく、次第に周囲が認めるようになったときには、城山・倉田ラインの天下が来ていたのだ。

しかし、時代は変わる。城山自身と比べても倉田の企業観は保守的であり、それは製造業が製造業であり続ける限り、仕方のない面もあるが、白井誠一などと対比すると、経営者としての能力の差は今や歴然としていた。倉田の頭は今なお月々の売上高を積み上げることに占領されているが、白井の方は早い時期に、株主資本利益率から企業の収益性を評価していた男で、装置産業の未来は低成長だと言いきって多角化の先鋒に立ってきた。将来的には、ビールを自社工場で製造し流通させる製造業の在り方そのものが変わっていくに違いない今、明日の日之出にとって、どちらの企業観が主導権を取るべきかは、もはや明白だ。白井には五十九歳という年齢の壁はあるが、まだ数年は十分やっていける。

もちろん、そうは言っても今日の利益をあげる者がいなければ、明日の変革もないわけで、ビール事業が将来的にも根幹であることには変わりはなく、順調に業績を伸ばし続けている倉田の支配力は依然絶大であり、だからこそほかの事業部には、些細な私的な感情がたえず生まれてもいるのだった。城山自身はこの五年、十分にバランスを取ってはきたが、本来物事に中間というのはないし、一つ決断を下すたびに、取締役会に私憤の種を少しずつ蒔くことになるのも自覚してきたつもりだった。その種が今、どのぐらい育っているのかは知らないが、不満の芽は当然のことながら、城山の直系である倉田にも向かっていく。今回のように、ひょっとしたら企業を揺るがしかねない不測の事態が起こったとき、社内の不安や懸念が一斉に倉田に向かっただろうことは、城山には痛いほど分かってはいたが、しかしだった。この倉田はいったいどうしたことか。

これまでの倉田であれば、造反しそうな役員の動きをいち早く封じてそ知らぬ顔をしているか、造反させておいて、それを理由にさっさと潰してやはりそ知らぬ顔をしているか、あるいは馬耳東風をきめこんで賢くやり過ごすか、といったところで、決してそうした波風を城山の耳に入れることはなかった。代わりに様々な波風は自分の身体で阻止して、城山には「貴方は余計なことにとらわれず、経営のことだけ考えて下さい」と言い切ってきた、その男が今夜、白井に向かって、城山が不在の間に役員たちがいろいろ言ったことを披露したらどうかと言ったのだ。

およそ変節などということは、城山には考えられなかったが、三十年間に亘って、城山が全幅の信頼を置いてきた倉田の会社に対する献身と、それを支えている愛社精神にも、ここへ来ていくらか制度疲労が来ているのだということを、城山は今、考えざるを得なかった。

とくに、こと総会屋との付き合いにおいては、誰もが無能をさらした結果、倉田が仕方なく一人で営々と岡田経友会の窓口を務めてきたのだが、それも実は、総務を通さないことで、いざというときに司法の追及が及ぶ幹部を個人に留めるという、会社の非情な論理が作ってきた暗黙の既成事実だった。それを一人で背負ってきた倉田の真意は、城山には会社一筋の献身という言葉でしか言い表せなかったが、献身といっても限界があるだろう。

今回、社長の拉致監禁という事態を受けて、誰もが岡田経友会の手を想像し、その結果、お前は何をやってきたのだという非難が倉田に集中したのは、想像に難くなかった。一昨年、一〇億という手切れ金で関係解消をしたはずのその筋が、今年に入って群馬県の山林を買えと圧力をかけてきていることは、今のところ城山と倉田、白井の三人しか知らないが、社長が誘拐されるという事態に、誰よりも一番ショックを受けたのは倉田だろう。長年、闇社会との付き合いに割いてきた時間と労力を、倉田が今、悔やんでも悔やみきれない思いでいることは、富士吉田署で見せたその表情からも十分に読み取れた。しかも、いざとなると、会社は倉田の長年の労をねぎらうどころか、責任の所在という名目のもとに、個人に非難の矛先を向けるしか能がないのだ。

倉田に今、会社への献身に距離を置く気持ちが芽生えているとしても、何の不思議もない話だったし、そんなふうに思う城山自身、犯人たちから姪の写真を渡されたとき、早々に、会社のために死ねるかと思った人間だった。とはいえ、三十年の伴侶の変身を見つめながら、城山は、自分の足元がふわりと崩れていくような一瞬の感覚を味わい、今また新たに思いがけない発見をしたように、密かな敗北感に満たされた。拉致されて以来、さんざん物を考えてきたつもりだったが、それでも及びもつかなかった、一つの発見だった。いや、あの夏の日に、小さい子供二人をトラックに乗せて出ていったとき、虚空を見つめていた倉田の苛立った横顔を思い浮かべると、当時から、自分の知らないもう一人の倉田がいたのかも知れない、とも思った。

日之出における自分の三十年を支えてきた土台が今、わずかに足元からずれ始めているのを感じながら、城山はあらためて、裏取引だけでは済まない事件の広がりに思いを馳せた。城山としては、この倉田が自分を裏切ることはないと信じるほかなかったが、それにしても、将来的にはこの男は分からないという唐突な予感を胸のうちに収めると、また一つ孤立感を新たにすることになった。

城山はフォークを置き、そのままにしてあったグラスを取って、日之出マイスターを一口呷った。日之出マイスターの開発に当たっては、取締役会にはラガーの沈下を加速するだけではないかという意見が三分の一はあった。それを最終的には押さえて自分が決断した新商品を、どんな理由があろうと口に出来ない方がおかしいと自分を鼓舞してから、城山は二人の副社長に向かい合った。

「さっき会長から、大変そうだという話は伺ったから、覚悟はしています。お二人にはほかの皆さんより先に、事実を話しますから是非、取締役会での采配をお願いしたい」

「倉田君もぼくもそのつもりで来てます。ところで城山さん、六億とか、夕刊に出ているが……」と、白井は単刀直入に本題に入ってきた。

「六億という額は、正しくはない。犯行グループが要求しているのは二〇億です」

二〇億と聞いた二人の目がそれぞれに見開かれるのを見ながら、城山は自分の口がためらいを感じる前に話をすませようと、先を急いだ。「理由は分からないが、警察には六億要求されたと言うように、犯行グループの事前の指示があったのです」

「六億ならまあまあかと思っていたが、二〇億となると大きいですね」と白井は呟いた。

「警察には言っていないが、犯行グループが私を解放したのは、要求を正確に伝えるためと、金の支払い準備をさせるためです。彼らは、人質は三百五十万キロリットルのビールだと、そう言いました……」

「ビール……?」

白井と倉田は、同時に小さな驚愕の一声を上げ、同時に城山のサイドデスクに載っている日之出マイスターの小瓶へ目をやった。次いで、白井の方は感想の言葉もないというふうに首をすくめ、倉田は、今度は分かりやすい憤激の表情を作った。眉間に皺を刻んだ倉田は、

「城山さん。率直に伺いますが、犯人が金を要求しているのは貴方個人か、日之出ビールか、どちらです」

「日之出ビールです。それは疑う余地はない」

「犯人は、日之出を狙った理由を言いましたか」

「いいえ。犯人たちは二〇億要求するということと、五月の連休前までに連絡するということ以外、一切何も言わなかったし、こちらの質問にも応えなかった。まったく取りつく島がなかった。ほんとうです」

「では、例の秦野という学生と貴方の姪ごさんの話は、話題にならなかったということですね？」

「ええ」

「群馬県の別荘の件も？」

「一切、そういう話は出ませんでした」

「そうですか……。倉田君も、岡田や誠和会は関係ないようだと言うんだが、それでは日之出が狙われた理由は、今の時点では分からないということですな」

「そうなります」

「ともかく、ビールが人質だというのなら、取締役会が決断しなければならないことは、一つしかない」と、倉田が口を開いた。「取引に応じるのか否かを役員に判断させる材料を、こちらから示しましょう」

「倉田君、待ちなさい。役員の危機意識はまちまちだから、いきなり取引の話にもっていっては、拒否反応しか起こらない。まずは、ビールが人質だという事態を、誤解の生じないように全員に間違いなく認識してもらうのが先決です。城山さん、出来れば貴方の口で説いていただくのがいい。ビールが人質だということになれば、商品に対する攻撃を当然想定しなければならないわけですし」

「賛成です。私としても、意を尽くして説明し、皆さんの理解を求めるしかない」

「その上で、どうせ紛糾するだろうから、倉田君の言う通り、取引の是非をみんなに判断させる材料を、こちらから提示しましょう。倉田君、どうかな？」

「ビールは需要期に入っているし、売り出したばかりのマイスターも抱えている。万一商品に事故が発生して、商品回収というような事態になったとき、最悪の場合は売上の半減も覚悟しなければならない。ともかく急いで試算を出して、みんなには事態の深刻さを認識してもらうのが、一番早いでしょう」

「いきなり試算云々を言うと、まるで商品に被害が出るのを前提にしているように受け取られかねない。それも紛糾の元だ。今夜のところは、そういう事態も予想されるという程度の表現に留めておいた方がいい」

「犯人が連休前までにと言ったのなら、事前に備えておかなければならない事柄が山ほどあるのに、取締役会の意思統一を先送りする余裕はない」

城山は午後六時二十分になっている時計を見た。そろそろ、切り上げなければならなかった。

「倉田さん。事前の備えは、商品の被害を想定せずとも、危機管理の枠内で実施出来ると思います。取締役会の意思統一も、もう少しあいまいな文言で図るべきでしょう。ともかく私としては、日之出ビールが置かれている状況をまず、皆さんに正確に把握してもらった上で、予想される事態に企業としてどう対応するか、大枠の判断をしてもらうことにしたいと思っています。なにしろ、警察には嘘を言ったということも、了解してもらわねばなりませんし。お二人とも采配の方、よろしくお願いします」

「では、そういうことで」と白井は自分の膝をぽんと叩いた。その隣で、倉田は「白井さん、例の話、貴方から報告して下さい。私はお先に失礼します」と言うと、一礼して先に部屋を出ていってしまった。

それを見送って、「例の話って何です」と城山は白井へ目を戻した。

「九〇年の怪テープの話が役員に漏れてましてね……。名前は伏せさせてもらうが、何人かの役員に誰から聞いたのか確認したら、全員が今朝、出勤前に自宅で匿名の電話を受けていました。実は、ぼくも電話を受けた一人ですが」

「どういう内容の……」

「要は九〇年に就職差別があっただろう、という内容です。関西弁で『あったやろ』と……。ほかの役員に聞いてみたら、関西弁とか標準語とか、いろいろあるようだから、電話の主は複数でしょう。ぼくが確認出来た範囲では、電話を受けた役員は五人います。他言しないようには、きつく言っておきました」

「具体的に脅迫めいた内容はありましたか」

「いや、それはなかったが、電話では秦野孝之と秦野浩之の名前が出ました。姪ごさんの名前は出ませんでした。ともかく、どの電話も、役員の自宅へかけてきているんだから、うちと何らかの接点のある筋でしょう」

「《岡田》の可能性は……」

「何とも言えませんね。彼らが別荘地の売却を急ぐために、事件に乗じて揺さぶりをかけてきた可能性はあると、倉田は言ってたが。……ともかく、取締役会を締め直しませんと」

白井が辞去した後、二十七分を指している時計だけを確かめて、城山はもう一口日之出マイスターを呷ったが、すでに気が抜けて味も失せていた。

午後六時半、役員用会議室に顔を揃えたのは、子会社関連会社を除く本社の取締役十五名、総務部長、広報部長、そしてリスクマネジメント会社代表の小谷の十八名だった。筆記者の姿もなく、飲み物もなく、出席者が揃うと防音扉の内側から鍵がかけられて、しんと静まり返った。

部屋には昨年秋から、電子時代には似合わないホワイトボードが一つ置いてあった。リスクマネジメントの導入で一番重点が置かれたのは情報管理だが、そこには、保秘の観点から社内で取り交わされる様々な書類を、徹底的に減らすことも含まれていた。たいがいの用件は電子メールですませ、保存の必要なものは、ネットワークのサーバーで一括管理される。社内の会議でも、それまでは山ほど配られていた書類が減り、文字が必要ならその場でホワイトボードに板書して、終わればそれを消すのだが、それは取締役会も例外ではない。どうしても必要な資料などは、コピーして配付されるときに、一枚一枚配付する相手の社員ＩＤ番号が打たれ、紛失や流出を防止している。

そうした改革の提案をし、取締役会の承認を得て、具体的なシステム作りをしてきたのが小谷だった。導入にあたっては、取締役会に相当の抵抗があり、そのときは倉田が総会屋を念頭においた企業防衛の面から、白井は産業スパイやコンピューター犯罪対策の面から、揃って強く推したために実現したが、役員の半分ぐらいは未だに、コストの面での文句を口にするというのが現状だった。

実際、ネットワークのセキュリティシステムの設計費、サーバーの増設、電話を含めた全通信機器のデジタル回線化、ネットワークを強化するための人員の配置替え、管理職対象の研修費用など、情報管理の面だけでも導入にかかった初期費用は二〇億近かった。

さらに、防犯面では全支社全工場を含めての監視カメラの増設や、夜間用赤外線警報装置の増設、数種類の危機管理マニュアルの作成費に、全社員の社員証の磁気カード化の費用。ついでに今年に入って、年初に阪神淡路大震災が起こったのを機に、防災面での貯水槽や自家発電装置の耐震性強化工事費と、バックアップ用ディスクの保存を専門会社に委託する費用が、そこに追加されることになった。それらの一つ一つの項目について、いちいち紛糾した結果、城山が「この際、安全はただではないと思いましょう」と押し切ってきたのだ。その本人が誘拐されたのだから、何をかいわんやで、小谷を迎えた会議室には、最初から冷え冷えとした空気が流れていた。

小谷というのは、アメリカの日之出の現地法人が契約している大手損保の日本支社長だった人物で、その損保の紹介があって、日之出とコンサルタント契約を結ぶに至った。ハーバード出身のヤッピーを絵に描いたような印象はともかく、物腰や所作の端々がちょっと日本人の感覚とずれていて、今も、しんとした会議室でひとり、おもむろに音高く鼻をかみ、居並ぶ役員の眉をひそめさせた。

そのとき、「今年はスギ花粉の飛散が多いそうですな」と小谷に声をかける余裕を見せたのは白井だけだった。

そうして報告に取りかかった小谷は、今回の事態をシステムの欠陥と捉えてはいないばかりか、今こそリスクマネジメントの有効性が実証されるときだと、したたかに強調した。

城山はその場で初めて知ることになったが、この三日間、昨秋に作られたマニュアルに従って、オペラホールの地下倉庫の一室に社内外と遮断された特別対策室が極秘に設置され、機能してきたということだった。明日からは、マスコミ向けの広報の窓口もそこに直結させ、なお一層の情報管理の徹底を図るべしと小谷は言った。

「要は、社内外を問わず、対策室専従の社員以外は、事件関係の情報に一切触れさせないことが肝要です」ということで、たとえば捜査関係者の出入りは地下駐車場から対策室へ直行するように限るとか、対策室と取締役会の連絡や指示は、文書でなく口頭で行うこと等々、対策の内容は実に細かいものだった。

小谷には、事態についての個別の情報は知らせていないので、あくまで一般論を述べていたはずだが、対策の細部は、企業側に公に出来ない何らかの事情があることや、犯人が今後現金要求の行動に出てくることを念頭に置いたものになっていた。

小谷は最後に、「今後、事態の展開につれて、警察との距離の取り方が重要な問題になって参ります。捜査関係者の御社社員に対する事情聴取は、必ず対策室を経由し、常に情報の出入りを御社が把握していることが重要です。基本的に、捜査側に話した事柄は、何らかの形で外部に漏れるものと思って、慎重に対応なさるようにお勧めします」と言い、役員の発言は一つもないまま、報告は十分足らずで終わった。

小谷が辞去して再び錠が下ろされた後、「あの男に犯人との交渉をやらせるわけ？」という無駄話が一つ聞こえたが、誰も応えず、続いて井出総務部長の報告に移った。

井出はまず、今朝からの社内外での対応を説明し、取引先や業界各社からはとくに社として留意すべき問い合わせは入っていないことを強調した。社内対応では今朝の部課長会議で、顧客から事件についての話題が出た場合の受け答えのマニュアルを全社員に徹底する旨を申し合わせ、午前中に即実施したという。ほかには今朝、大阪支社の前の路上で民放のテレビカメラにつかまった社員がいて、ひと言喋ったらしい。その件で、直ちに支社長から本社へ電話があり、本人に厳重注意したと報告があったようだった。

続いて、秘書室長兼総務担当の榊原常務が、警察の要請に従って提出した資料の内訳を読み上げた。それによれば、まず今期株主総会の配付資料一式。本社各部各事業本部、及び全工場支社支店営業所の機構図と各分掌表。昭和三十年から去年までの季刊社内報『ひので』と、創業百年を記念して編纂された『日之出麦酒百年史』上下巻。昭和四十年から去年までの退職者名簿、及び本年度の社員名簿。全特約店と全納入業者の名簿。

一方、提出拒否をしたものは、取締役会の議事録。社長以下取締役の日誌。人事考課の資料。本年一月からの総務部宛ての電話相手先一覧と、ファックスの送受信記録。契約保険内容と保険会社一覧。現預金の通帳。元帳一式。

次に、広報部長の香山からは、次長一名を対策室専従に回しているが、マスコミ各社の追及が厳しいので、あいまいな対応で社のイメージを落とすよりも、いっそ取材拒否で通す方がいいのではないかと提案があった。すると、即座に広報担当の田沢常務から、「何を言ってるんだ、貴方は」と叱責の声が飛んだ。「その前にまず、マスコミ対応に回した人選が適当だったかどうかを検討しなさい。話はそれからだ。もういい、話はそこまで」

田沢の一言を受けて、「報告はこの辺にして、本題に入りましょう」「そうですね」と待ちかねたような声が上がった後、白井の目配せで二人の部長は足早に退室し、三たび封鎖された会議室には十五人の取締役だけが残った。

楕円テーブルの上座に城山は座っており、両側に白井と倉田。それ以外の席順は決まっているわけではないが、白井の列に着く者、倉田の列に着く者がいつも自然に分かれ、それはそのまま二つの派閥を成してもいた。城山は普段、会議の前に上座から左右の列を一望し、全員の表情を見てとりながら、一人一人と目を合わせていくのだが、今は、倉田の隣にいる杉原武郎を含めて五人ほどの役員が城山と目を合わせるのを避け、残りの者も、寝不足の目が赤かったり、ひたすら困惑を訴えていたりだった。予想をしていたことではあるが、ともかく、社長の無事にひとまずほっとしたという空気は、半日を過ぎてすでにみじんも残ってはいなかった。

「皆さんには、ほんとうにご心労をおかけしました。自宅の玄関前で誘拐されるとは、誠に面目なく、この場をお借りして、あらためてお詫びを申し上げます」と、城山は最初の一言を簡単な謝罪に当てた。次は、疑念の払拭だった。

「このたびは、内外にさまざまな憶測が流れているのではないかと案じております。しかし、誘拐された本人が言うのですが、犯行グループの素性は、今もまったく見当がつきません。このことは警察にも言いましたが、犯人たちは私を監禁している間、ほとんど口をきかなかったし、わが社に対する恨みを並べるとか、個別のトラブルに触れるといったことも、一切ありませんでした。彼らが口にしたのは、現金の要求のみです」

城山の弁を受けて、白井が事前の打ち合わせ通り、役員を代表しての質問を引き受けてくれた。

「総会屋絡みの発言はなかったということですか」

「まったくありませんでした」

「九〇年の入社試験で、受験した学生の親から就職差別があったのではないかという中傷の手紙や録音テープが届いたことがありましたが、そういう話もなかったのですね？」

「何もありませんでした」

そこで、少しざわめき始めた役員たちを前に、今度は倉田が素早く補足をした。

「経緯をご存じない方のためにご説明します。学生の親は被差別部落の出身者でして、たしかに、人事部宛てにそうした手紙やテープを送りつけてきたことがありました。私と白井さんが、当時の人事部長から相談を受けて検討した結果、中傷の程度が過ぎると判断し、警察に届けましたが、当の学生が自動車事故で死亡し、父親もノイローゼで自殺したため、捜査は終了しました。わが社には何の落ち度もなかったが、そういう一件があったことを一応、お含みおき下さい」

そうして、倉田と白井が、役員たちが懐いているに違いない当面の疑心暗鬼の一つをさっさと封じ込めた結果、楕円テーブルを囲む面々からは、とりあえず異論は上がらなかった。

「では、本題に進みます。思案に思案を重ねた結果、私は警察には正確な話はしておりません。犯行グループが要求した金額は、二〇億です」

城山が二〇億と告げた瞬間、白井と倉田を除くすべての目が城山の方を見た。二〇億という金額に反応したのか、夕刊で報じられた六億という数字との相違に反応したのか、どの目もびっくりしたというよりは、頼りなげだった。

「警察には六億と言いました。警察には六億と言え、五月の連休までに連絡をする、というのが犯人たちの指示です。二〇億を要求しておきながら、なぜ警察には六億と言うのか、その理由も不明ですが、私は思案した末にとりあえず、犯人の要求通りにしました。そう判断したのは、犯人たちがふざけているようには感じられなかったことと……、彼らが、人質はビールだと言ったためです。このことは警察には話していません」

二度目の衝撃波が楕円テーブルを伝って広がったのは、予想した通りだった。今度は、言葉になったりならなかったりの呻き声がいくつも折り重なって、ちょっとかしましいほどのざわめきになった。

「人質がビールというのは、要求を呑まなければ、ビールに毒でも入れるということですか」

「犯人は、人質はビールだと言っただけですけれども、個人的には、あらゆる事態を想定しておかなければと思っています」

「失礼だが、貴方は本気でそんなことをおっしゃっているのか。ほんとうに、ビールを人質に取られたというのですか。貴方は要求を呑んだということですか。取引をしたということですか……」

「私は要求を呑んではいないし、いかなる取引もしていません。口にテープを貼られていて、何も喋れなかったのですから、一切の返事はしていません」そう応えながら、城山は醒めた思いで、自分に向けられた不信や狼狽や不安の目を一つ一つ眺め、その中でもいささか個人的な感情にとらわれている目、忍耐に乏しい目、早くも保身のための知恵が走り始めている目などを冷静に見分けた。役員も十人十色の性格があり、押したり引いたりの駆け引きのタイミングがそれぞれ違うからだった。

「城山さん。警察に嘘をつかれた時点で、犯人の要求を一部呑んだのと同じではありませんか。警察に全面協力するのは私も反対だが、二〇億を六億と言ったり、人質の件を伏せたりしては、全面対決になる」という厳しい意見が上がった。

「世間ではすでに日之出が金を払ったとか、裏取引があったとか言われてます」「警察自体がそういう疑いを持っている」といった声がそれに続いた。

「重々承知しています」と城山は応えた。

「人質がビールだと聞いたので、警察には犯人の指示通りに話したと言われたが、それはちょっと筋が違うのではありませんか。ビールが人質だということになると、警察の力を借りなければ企業だけでとても守りきれるものではないでしょう」

「いいえ。警察にビールが人質だと話して、もし新聞にでも漏れたら、そのときは取返しがつかない。自社の商品は、自社で守るほかありません。私たちは今は、夏商戦の真っ只中ですし、特約店や消費者を刺激しない形で対策を講じなければならないのです」

「城山さんは、犯人が早晩捕まる可能性はないと思っておられるわけですか……」

「そうではありませんが、警察が今現在、犯行グループの目星もつけられないでいるのは、私が正確な金額を伏せたからではないし、犯人が早い時期に捕まる保証はない以上、私としては今は、犯人たちの脅迫に備えながら、その時々に一番適切な判断をしていくしかないと思っているだけです。犯人の要求を呑んだつもりはありません」

「城山さんは、犯人たちの連絡はほんとうにある、と……」

「ただ犯人たちの言葉の雰囲気だけで感じたことですが、連絡はあると思います」

そこで言葉が途絶えると、「しかし、また何という……」「どうして日之出が……」といった恨み言が呟かれ、また少し沈黙になった。

「皆さん。お考えのところはこの場ではっきり出していただきたい」と白井が促した。

「裏取引の噂をそのままにして、株主総会を乗り切れるのでしょうか」「いや。総会では詳細に言及する必要はないと思いますが」

「しかし万一、商品に毒でも入れられたらどうしますか。こうなったら、二〇億を支払うことも……」「いや、この段階で結論を出すのは早過ぎる」「いや、要求を拒否するのなら、初めから警察に全面的に頼らなけれぱ」

「しかし、犯人逮捕の見込みがないとなれば……」

「ともかく、需要期の受注に響いては、絶対に困る」

という声は、倉田ラインの役員から上がった。

差し当たりどの面々も、個別の議論に終始し、全体を見渡して大枠から決めていく発想に乏しいのはいつものことだったが、方向を定められないヨットが回転し続けるのをじっと眺めている間、城山の頭は一切の判断を停止していた。何者かがビールを人質に金を要求しているという事態を前にして、危機感よりも城山体制の次を睨んだ思惑がちらついているこの場のまとまりのなさを、どうこう思う立場でもなかった。城山は、二〇億を不正に支出させるための嘘を一つ抱いて、取締役会の真ん中に座っていただけだが、そうしている間にも、自分の周りから一つ一つ実感が失われていき、ここに至った経緯のすべてが分からなくなってきた。誘拐されたこと。懸命にあれこれ考え、迷い、決断したこと。世間と会社を欺いていること。社長であること。今ここに座っていること。

だいいち、嘘と言っても、三百五十万キロリットルのビールと比べるまでもない小さな嘘に、どれほどの意味があるのか。姪一家のためというが、佳子と哲史は自分にとって何者なのか。自分が戻って来たのは、会社のためか、家族のためか。

最後の問いだけは答えを知ってる、と城山は思った。誰のためでもなく、たんに死ぬ勇気がなかったのだ。

「皆さん。今夜は社長もお疲れだから、そろそろまとめましょう」という倉田の声が上がった。

「私がやります」と城山は応えた。

「皆さん、簡潔に申します。今、私たちが問われているのは、こうした暴力の危機を企業としていかに乗り切るか、いかに損害を最小に留めるか、いかに業務に支障を出さないか、です。その前提に立って、私は今日のところは、万一の場合に備えて警察にすべてを話すことはせず、犯行グループとの交渉の余地を残しておきました。まず、その点について、ご了承いただきたいのですが。ご異存のある方は、どうぞ挙手を」

手は上がらなかった。

「では次に、犯行グループの今後の動きにどう対応すべきかは、捜査の進展状況を一週間程度見た上で、もう一度話し合い、判断したいと思うのですが。ご異存は？　……では、ご了承いただいたものとします。次に、これを機に社として危機管理を一層進め、全般的な警備態勢の強化を図るべきか否か、です。その点について、小谷氏と警備会社と各保安責任者の方で、生産・流通・卸の各段階での必要な対策案とコストを至急に出してもらい、その資料をもとに、来週初めに併せて検討するということでよろしいでしょうか」

そのとき、「最後に一つ、念のために確認をさせて下さい」と言い出したのは、医薬事業本部長の大谷健治常務だった。最初に城山と目を合わせるのを拒否した五人のうちの一人で、新薬開発に抜群の指導力を発揮して医薬事業を引っ張っている男だが、挫折を知らない秀才の頭は、研究分野以外では通用しないというのがほんとうのところだった。

大谷は、事前に会った白井は別にして、ほかの役員が全員口を慎んで尋ねてこなかったことを、ずばり尋ねてきた。「城山さん。犯行グループが脅迫しているのは正確に、日之出ビールなのですか」

「そうです」と城山は簡潔に応えた。

「ほかにご質問があれば、おっしゃって下さい。なければ、私の方からは以上です。重ね重ねのご理解を感謝いたします」

城山がそう締めくくった後、白井が「では皆さん。今夜の話は、くれぐれも内々に」と念を押し、午後八時十五分に散会になった。

城山が執務室に戻ったとき、食べ残した軽食の皿やビールグラスはすでに片付けられ、野崎女史が帰り間際に残したメモが一枚、スタンドの明かりの下で、『お疲れさまです。お帰りの際、念のため秘書室の者が同行いたしますので、内線二一〇二へお申しつけ下さい』と告げていた。

城山は椅子に腰を下ろし、デスクに並んだ書類やメモなどの上にかかったスタンドの明かりを眺め、自分が自分でないようだと感じながら、一向に静まらない気分や、頭の蓋を破って滲み出し続ける不毛な思案を持て余して放心した。ある日突然誘拐され、二〇億という巨額な金を要求されている事実。不当な要求を呑み、会社と世間に対して真実を偽っていることの是非。ここに至った経緯のすべてに対する懐疑。

この心身のどこにも、それらを収める場所はなかった。見慣れた自分の部屋に座っていながら、まるで周りの空気という空気がふつふつと泡立ち、煮え立っているような逼迫した感覚に襲われるやいなや、城山は知らぬ間に受話器に手を伸ばして、手当たり次第に電話をかけ始めていた。最初にかけたのは、二十九階のビール事業本部長室だった。

「倉田さん？　城山です。三日間、ほんとうにご心労をおかけしました。貴方のご尽力は、十分察しているつもりです。今日はゆっくり話をするひまも取れず、ほんとうに申し訳ないことをしました」

《いえ。私の方こそ、そちらへ伺った際は不用意なことを申しました》

「どうか、今後ともよろしくお願いします。くれぐれも、貴方一人で何もかも背負いこまないように。何かある場合は、必ず私に言って下さい。お願いします」

《城山さんこそ、どうかそんなご心配はなさらずに、今夜はゆっくりお休み下さい》

「それでは、また明日」

《お電話、痛み入ります》

互いに社交辞令だけの、無用な言葉と虚しい時間をほんの一分ほど浪費して、城山は受話器を置いた。この三日間の間に、やはりなにがしかの心境の変化を迎えたのか、二時間前と同じように、少し身を退いて構えているように感じられた、倉田の対応だった。

それにしても、自分はいったい何を期待していたというのだろう。人間に対して。社会に対して。企業に対して。

あらためてそう自問しながら、窓の外の夜景に見入ったとき、城山は、そういえばあの秦野という学生について初めて姪と電話で話をした夜も、これと同じ夜景を見たのだと思った。そのとき考えた人生の不確かさは今、不確かどころではない真っ黒な空洞と化して足元に横たわっていた。三日前の金曜日の夜、自宅の玄関アプローチの脇から黒い大きな塊が飛び出してきた瞬間と、今をつなぐ七十時間の中に、具体的な形のあるものは一枚の写真を除いて何もないという真っ黒な空洞だった。それをはさんで、自分の人生は完全に分断され、今ここに座っている自分は、七十時間前には想像もしなかった形で、人生の脈絡を失ってしまった腑抜けだと感じた。ふと、息子の交通事故死を知らされた歯科医も、こんなふうだったのではないかと初めて考えたが、九〇年秋のその出来事も、もはや空洞の向こう側にあり、あまりはっきりした後悔にはならなかった。

城山は、今度は外線電話をかけ始めた。

「山崎さん？　城山です」

受話器の向こうで、運転手の山崎達夫はただ、《どうも、ほんとにどうも……》とくり返した。「いろいろありましたが、ともかくこうして無事に戻ってきましたから、貴方もどうかあまり心配しないで。警察の聴取が片づいたら、またよろしくお願いします」と城山は言い、そうして気になっていた人物への電話を一つ片づけた。

続けて自宅へも電話を入れた。応えたのは息子の光明で、《あ、父さん!》と言ったかと思うと、《母さん、母さん! 父さんからだ!》と大声を出し、廊下をぱたぱた走る音が聞こえた。

怜子はほんとうに小さい声を出し、《ほんとうにお疲れさまでございました……》と言ったきり、涙ぐんだか言葉に詰まったか、声がなくなった。そうなると城山の方も言葉に窮し、結局は「そっちこそ大変だったろう? みんな、変わりないね? ぼくは十時ごろには帰るから」と、せわしない物言いになってしまった。

《こちらは、ええ大丈夫ですとも。あ、お風呂が沸いてますから。そうそう、祥子が明日帰ってきますよ。光明も今夜は泊まると言ってますし。あ、佳子ちゃんのご夫婦から、ぜひぜひ、あなたのお声を聞きたいから、お帰りになったら、お電話下さいねって》

「うん。あと少しで帰るから」

息子や妻の優しい声に耳を撫でられている間、城山は、いずれ家族にも及んでいくだろう事件の様々な広がりを考えたが、受話器を置いたときには、なすすべもなく突然、いっそ無人島に行きたいという思い一つに揺すられた。

次いで、この二時間半ほどの間、胸のすみに漂い続けていた誘惑に任せて、もう一本電話をかけた。相手は、城山と同じく宴席嫌いで通っている中央官僚だった。経験上、少なくともこの時間に外で飲んでいることはないだろうという予想通り、岩見清は警察庁の長官室にいた。

「岩見さん? 日之出の城山です」

《あ、城山さん! いや、ほっとしました。貴方が無事に帰ってこられて、こちらも首がつながったようなものだから。お身体の方は、ほんとうに大丈夫ですか》

「おかげさまで元気にしております。早々とお電話を頂戴して恐縮です」

《いえ、とんでもない。五十六時間、警察は何も出来なかったに等しいし、ほんとうに面目ない。さぞお辛かったことだろうとお察しします。私も、事件の一報を受けてからというもの、ずっとここに詰めて、捜査状況の報告を受けておりました》

岩見の物言いは、官僚にありがちな威圧感を覗かせたお愛想はなく、かといって権力機構の四角四面さもなく、どんな意も感情も表していない一種独特の淡泊さで、聞く者に警察という権力を感じさせる。

岩見の学生時代は、黙々と図書館通いをしているだけのガリ勉タイプで、警察庁へ入った後は、ゼミの同窓会などで大蔵省や建設省に入省した仲間に愛想よく酒をついで回る太鼓持ちを演じていたが、目が笑っているのは見たことがなかった。そのうち、あいつは公安の出世頭だからいずれ局長だと誰かから聞いたが、そのときは、あの小さい絶壁頭の中に、どれほどの人間不信と、国家権力に対する信奉と、官僚機構を泳ぐ処世術が詰まっているのかと思ったものだ。警備局長を経て去年、次長から長官になったとき、内輪の祝いの席で久しぶりに会ってみると、往年の白々しいそつのなさから生臭さが抜けて、今や飄々としており、「警察の親玉といいますのは、双六の上がりみたいなものでして。上がりがないと、振り出した書類の最終的な行き場がないわけです」などと笑っていたが、城山が強く感じたのは〈ロボットの出来上がり〉だった。ほかの官僚組や企業組が年々俗にまみれ、苦悩を深くしていくのに比べて、岩見が歩いてきた警察という組織は、出世階段を登れば登るほど整然と機能出来る構造になっているらしい。

「いえ、警察のご尽力には感謝しております。これ以上を望んだらばちが当たるというものでしょう。ところで、岩見さん。私は、日之出ビールは完全な被害者だと思っているんですが、警察の見方は違うのでしょうかね……?」

《何をおっしゃいます。ひょっとして、捜査員の行き過ぎがありましたか》

「私は、警察は初体験ですから、何が行き過ぎか分からないけれども、本人がこうだとお話ししたことを、その通りに受け取っていただけないのでは、供述する意味がない」

《いや、それは誤解です。お話しいただいたことは、その通りに供述調書に書きますし、捺印の前に、間違いがないか目を通していただくわけですから。どうか安心していただきたい。警察が、新聞などの報道に左右されるようなことは決してありません》

「そうですか。是非、そうしていただきませんと、私ども企業の間にも、こういう事件に巻き込まれたときの警察の対応に、どこまで信頼を置いていいのかという戸惑いが広がりかねません」

《城山さん。何かお気づきの点があれば、いつでもこ

の岩見に申しつけて下さい。出来る限り、ご不便をおかけしないよう取り計らいますので》

「お心遣い、感謝いたします。これからもどうかよろしく」

城山は受話器を置き、最後の忍耐を費やしてつくづく考えた。この数分の間に聞いたどの声も、家族の声すらも、ひたすら遠く感じられたのは要するに、これが犯罪の被害者になるということなのだ、と。犯人の声を聞き、三百五十万キロリットルのビールが人質だと耳に吹き込まれた自分と、自分以外のすべての世界との間に出来た距離が、いたるところに口をあけているのだ、と。

なるほど、これが被害者になるということなのか。長い長い紆余曲折の後、そんな他愛もない結論に落ちついたところで、城山はようやく、明朝の幹部社員向けの朝礼に使う原稿を書くために、社用箋と万年筆を取り出したのだった。

城山は、デスクの上に背を丸めて、半時間ほどで『企業に向けられた暴力に動じることなく、企業を守るのは社員一人一人だという自覚をもって……』という、可もなし不可もなしの朝礼用の原稿を仕上げた。経営者の務めは具体論を語ることではないし、社員に具体論を持たせるのが務めなのだと、いつもながらの述懐をして筆を置き、社用箋を片づけた。午後九時半を指している時計を見ながら、ああ疲れた、死ぬほど疲れた、と思った。

十分か十五分、指一本動かす気力もなくぼんやりした後、城山はやっと、野崎女史の書き置き通り秘書室に電話を入れたが、地下駐車場に降りると、社用車の傍で待っていたのは、運転手と男子社員三名の大人数だった。困惑顔の社員曰く、山王の自宅前は早朝から百人以上の報道陣が張り込みを続けており、家族も一歩も外に出られないような状況だから、ガードなしには車から降りることも出来ない、ということだった。

*

丸の内署の竹内というネタ元と、竹内が連れてきた深川署の警部補は、午後七時半に船橋の小さな割烹の二階座敷に現れた。

まず襖を開けて顔を出した竹内が「どうも」と頭を軽く下げて控えめににっと照れ笑いし、後ろへ「おい」と声をかけると、連れの初対面の刑事が顔を出して、同じように「どうも」と会釈をした。先に来て待っていた久保晴久は、畳に正座して念の入った挨拶をし、場馴れしている竹内は「いや、こっちこそ」と愛想よくそれを遮ると、「まあ、座れよ」と連れを促して、そそくさと上座に胡座をかいた。続いて、向き合った久保と刑事二人の間には、おしぼりを手にした二秒か三秒の奇妙な間があいたが、そこへ仲居が入ってきて「まあ、おビールをどうぞ」と各自のグラスについで回り、「今、お料理お持ちしますので」と告げて仲居が出ていくのを待って、やっと「冷えますね」といった軽い世間話が出た。

久保の経験の範囲では、どういうわけか、ネタ元との密会の場はほぼ例外なく、こんな雰囲気になるのだった。久保にとっては、今夜ネタが入らなければ自分はもうだめだといった気分が胃にたまり続ける数時間の始まりだった。

「なんか、いろいろ出てるね。《追って連絡する》とか……」と、付き合いも三年になる竹内は、ビール一杯で早くもくつろいだ様子になり、人のいい心遣いで先に切り出してきた。

「ええ、まあ。警察の発表ですから、その通り書かないわけにもいきませんし。あ、どうぞ……」と、久保は竹内の連れのグラスにビールを注ぎ足した。選んだ

「今年の花見はどこですか」といった軽い世間話が

わけでもないが、ビールは日之出スープレムだった。相手は、おそらくこうした席は初めてらしい様子だったが、不器用な仕種で隣の竹内を見習い、自分のグラスを差し出して、「どうも」と小さく頭を下げた。

「まあ、世間はいろいろ言うだろうけど、被害者の供述は供述だし、そこが難しいんだが……」と、竹内が慎重に言葉を濁したところで、仲居が料理を運んできた。「今年は、桜の開花が遅れるらしいですね」と久保は話題を逸らし、「久保さん、花見へ行くの？そんなヒマないでしょ？」と竹内は笑う。

付きだしを並べた仲居が消えた後、久保は「まあ、どうぞ」と二人に箸をつけるようすすめた。竹内は「じゃあ、お言葉に甘えて」と先に割り箸を取り、連れもそれに従った。そうしてひとしきり鯛の刺し身をつついた後、これが会食のお返しだと心得ている竹内は「久保さん、この北川だけど……」と話を本題へ向けてくれた。

「北川です」と、初対面の刑事はぼそっと応えた。品川署の刑事課で記録をしていたというが、歳のころは四十前後というところで、おとなしそうな思慮深げな目をし、色白の頬がぽっと赤い、仙台以北の出身に違いない朴訥な印象だった。

「この北川、電話でも話した通り、品川署で扱った事案はみな覚えているって。やっぱり九〇年に日之出関係で何かあったみたいだ。なあ……？」

竹内に促されて、北川は「九〇年の十一月です。事案は信用毀損業務妨害。差出人不詳の手紙やテープが会社に届いたとかで、日之出が告訴状を出してきて」と簡潔に応えた。

「日之出を中傷するような手紙やテープだったわけですか」

「私は実物を見てないですが、手紙の方は解同を騙っていて、日之出で就職差別があった云々という内容だと聞きました。テープの方は、終戦直後に日之出宛てに出した誰かの手紙を、そっくりそのまま読み上げているとかで……。それもやっぱり同和の話です」

「久保さん、電話で話したでしょう」と竹内が口をはさんだ。「俺の知り合いで、当時品川署にいた奴が、このくそ忙しいときに今どき差別がどうした、とかぶつぶつ言ってたんだが、それがその話ですよ」

すると、「それ、高橋係長？」と北川は竹内に尋ね、竹内は「いや、山下」と応えた。

「山下……？　高橋と一緒にやってたの、半田じゃなかったかな……。ああ、そうだった。半田のあとに、山下が回されたんだっけ」

高橋、半田、山下といった、品川署の刑事たちの名前を耳に刻み、久保の方は慎重に「それで北川さん、捜査の方は」と話を促した。

「一応、テープの差出人は分かっていましたんで、事情だけ聞いておけという署長命令でした。あれは、十一月の中旬だったと思いますが、朝一番に知能係の高橋って係長と、もう一人、強行の方から回された半田って奴が出かけていったんです。で、夕方に帰ってきて、明日その差出人を署へ呼んで供述調書を作るからということだったんですが、その夜に当の被疑者が自殺してしまいまして」

「自殺した被疑者の名前と職業は……」

「成城の歯医者。名前は、九〇年の世田谷区の電話帳で、ハタノ歯科医院というのを探したら、載ってます。息子を一カ月前に自動車事故で亡くして、生前に息子が日之出の入社試験で就職差別を受けたと思い込んで……。それで、ノイローゼ気味だったとか聞きました。告訴の方は、しばらくして日之出が取り下げたはずです」

「そのテープですが、終戦直後に日之出に宛てた手紙というのは、いったい誰の手紙なんです」

「さあ、それが、ちょっと……」そう応えた北川がほんの少し言葉を濁し始めたのを、久保は見て取り、「調書には載っていたと思いますが」とすかさず畳みかけた。

「ですから、被疑者死亡で、正式な調書は取ってないんですが……」そう言いかけた北川は「これ、言っていいのかな……」と竹内の方へ目をやった。

「久保さんは大丈夫だって」竹内は、甘エビに箸をつけながらそう言い、北川は少し低くした声で先を続けた。

「その高橋って係長が、告訴が取り下げられた後で、被疑者に一回だけ事情を聞いたときの内容を調書の用紙に書き込んで、私はそれを、簿冊に綴じておいたんです。で、今回の誘拐事件でふと思い出して、品川署の知り合いに、簿冊を見てくれと言ったら、そんなもの、早々と本庁が持っていったということでした」

「では、捜査本部も、九〇年の件は念頭に置いてると……」

「それは分かりませんが」

「北川さん、その高橋って人が書いた調書の内容は、覚えておられます？」

「覚えてますが、それはちょっと勘弁して下さい」

「山下は、差別の話だって簡単に言ってたけど」と、竹内の助け船が入った。

「手紙やテープは、そうですけど。だから、ほら……、久保さんがおっしゃる通り、終戦直後に日之出宛てに出された手紙を、歯医者が持ってるわけがないんで」

「入手先が問題なわけ？」

「ええ、まあ」

「同和の関係？」竹内は軽い探りを入れ、北川の方は苦笑まじりに首を横に振った後、「先輩の担当です」と早口で付け足した。

「なんだ、そうか……。久保さん、総会屋だ」

「なるほど……。そうなると、今回捜査本部が早々と記録を持ち出していったのも、分かりますね」と久保は相槌を返したが、頭の中は、広げた風呂敷を包み直せないような混乱状態だった。昼間、先輩の根来に聞いたタレ込み電話の内容も、終戦直後の日之出の労働争議に絡む差別の話ではなかったか。九〇年にテープに吹き込まれたという何者かの手紙は、それと何らかの関係があるのではないか。

　ともかく、解同関係者は九〇年の件には関係しておらず、歯医者がその手紙を入手した先が総会屋だということになると、九〇年に日之出がなにがしかの強請を受けていたか、もしくは総会屋の方にそういう動きがあったことは、一つ確かになった。総会屋というのは当然、岡田経友会に関係のある舎弟。

しかし、日之出ビール社長の誘拐の方は、この三日間に固まってきた感触では、その筋は絡んでいないと言われており、そうなると、九〇年の告訴状の話は空振りになるが、それにしても、日之出ビールという企業に何かしら差別問題の影がちらついているのは気になった。

そんなことを考えながら、久保は二人のグラスに日之出スープレムを注ぎ続けた。自分のグラスは、やっと半分ほど減っただけだった。

「しかし、先輩。考えてみれば、私でも知ってるんだから、九〇年の件を知っている人間は、警察の中にはかなりいるでしょうね。高橋は去年死んだが、ほかにも、当時品川の刑事課にいた人間はみな知ってるだろうし……」北川はそんな話をしていた。

「事情を正確に知っているのは、少ないんじゃないか？　少なくとも山下は理解してなかった」と竹内が言う。

「まあ、そうかも知れないですね。知っているのは、高橋と私と……」

「その半田ってのは？　俺、面識ないけど」

「ええと……いや、そいつも分かってないですよ、そういえば。強行の方からそっちへ回されて、最初に高橋と一緒に担当したんですが、ほら、法律の方は全然だめで。高橋が相方を代えてくれって課長に言って、それで山下が……」

「強行の奴に、商法を読めと言ったって」

「ハハ……」と北川が笑う。

内輪のやり取りがちょっと途切れたところで、北川はビール瓶を取り、「どうぞ」と久保のグラスにビールを注ぎ足した。そうして律儀にも、「今話していた通り、九〇年の話は、ひょっとしたらよその新聞社も摑んでるかも知れませんが……。もしそうだったら、そちらには申し訳ないです」と言った。

「いえ、そんなお気づかいは無用です。それに、微妙な話ですから、ウラも取らないといけませんし、すぐには書けないかも知れない。そのことは、こちらこそあらかじめお伝えしておかなきゃならないんですけど」と、久保も言い訳をしなければならなかった。

「ええ、それは構いません。別に私の手柄じゃないんだから、書く書かないで、悩まれることはないですよ」

北川は、もともと確かにそんな思いもなかったのか、いかにも悠長にそう応え、ひたすら美味そうに近海ものの鯛の刺し身を口に運んだ。久保の方はそっと腕時計を覗き、朝刊の締切り時刻やクラブへ戻る時間を計算して、何時までと頭に入れた。

「さあ、竹内さん。そろそろ鍋にしましょうか」

「ああ、いいですね。これだけ冷えると、まだまだ鍋が美味い」

久保は仲居を呼び、座机にはすぐに、霜降りの神戸牛の大皿や、湯を張った鍋が用意された。竹内のために、燗をつけた日本酒も取り、北川はビールがいいと言うので、ビールも追加した。久保自身は、やっとグラス一杯のビールを空け、刺し身を二切れ口にし、鍋に備えて胃のウォーミングアップをした。

用意が整うと、第二ラウンドの始まりだった。久保は手際よく材料を鍋に入れ、煮えたところで「どうぞ」と相手に勧めるかたわら、酒やビールを注ぎ、自分も食い、口に任せて他愛ない雑談を仕掛けた。相手が一番乗ってくるのは、警察内部の噂話。次に、そのときどきに紙面を賑わしている事件の、ネタ元たちが知らないこぼれ話。次に、本人の家族の話。それらを織りまぜながら、話を運び、相手が乗ってくれば身を乗り出して聴き手に回る。

その夜、竹内は自分のヤマが二信組事件の絡みで地検に潰されそうだという恨み言を漏らし、北川の方は、初対面ということで控えめではあったが、刑事課から防犯に回されて、今は『夜道は右見て、左見て』『女性の敵はそこにいる』といった痴漢防止キャンペーンの標語を作っているのだと、笑ってみせた。

密会は午後十時前にお開きになり、二人にそれぞれタクシー券を渡してタクシーに乗せた後、久保も待たせてあったハイヤーに乗った。腹の方は、ビール二杯と、鍋の後の雑炊でたぷたぷと満足していたが、頭の方は、和らいだのか濁ったのか分からないもやもやだった。終戦直後から尾を引いているらしい日之出ビールと差別の問題に、食らいつくのか否か。九〇年当時、総会屋が日之出に圧力をかけていたらしい事実は、探る価値があるのか否か。今回の誘拐犯はその筋ではないという話を、もう一度洗い直すのか否か。

ほかの新聞社も摑んでいるかも知れない、だと?

「あ、桜が咲いてますよ、ほら……」という運転手の声が聞こえ、久保は車窓の外へ目をやったが、桜の木など目に留まらなかった。ひとまず九〇年のトラブルの感触をもう少し探るために、久保は携帯電話を取り出すと、早速何人かのネタ元へ電話を入れ始めた。

＊

約束通り、菊池武史が電話を入れてきたのは、根来史彰が仮眠から起き出したばかりの、夕刻の早い時刻だった。そうだ、この物言いだと、起き抜けの頭にもすぐにぴんと来た独特のぞんざいな調子で、菊池は《根来さん？　例の件》と言った。

《戸田のフルネーム、調べましたから。よろしいですか？　戸田義則。義理の義と、法則の則。大正五年、埼玉県生まれ。七十九歳》

根来が礼を言うと、菊池は《しかし、調べて得することはないと思いますよ》と、いかようにも取れる謎めいた一言を吐き、さっさと電話を切ってしまった。ネタに関して、得するとかしないといった言い方は、新聞記者はしない。数年前まで現役の新聞記者だった男が、自然に口にする言葉ではないと、根来はひとまず考えた。菊池がどういうつもりか知らないが、要用心の直感が点滅し、同時に、新聞記者の虫が騒いでぐっと後ろ髪を引かれる思いがした。

取ったばかりのメモに、『大正五年、埼玉県』とあった。根来はまず、八王子支局へ電話をかけ、昭和十五年に埼玉県であったという訴訟沙汰について、午前中に本社に電話を入れてきた矢部という記者をポケットベルで呼んで、自分宛てに電話をくれるよう伝言をした。

その後、矢部からの電話を待ちながら、根来は資料室で昭和二十一、二年の新聞の縮刷版を開き、《争議》の一語が登場しなかった日はない旧字の紙面を繰って、日之出の名を探してみた。同時に、資料の書架から労働運動史の関係図書や全国麦酒労連の資料も引っ張り出したが、二・一ゼネストの前後、ビール会社各社については、少なくとも全国紙の紙面で扱われるような大規模な労使対立があったという記録はなかった。むしろ、当時のビール会社各社は労使紛争どころではなく、GHQの指導による過度経済力集中排除法案の国会審議を巡って、日之出麦酒をはじめ法案が成立すれば分割整理されるのは必至の大会社ばかり、どの会社も存亡の危機に立っていたというのが実態のようだ。やっと二十二年十一月某日の紙面に見つけた日之出麦酒の名も、同法案についての衆議院の参考人質疑で、当時の日之出麦酒社長が反対意見の陳述をした、というベタ記事の中だった。

根来は、ちょっとそのベタ記事に見入った。集排法という一語は、根来には個人的に馴染みがあった。昭和二十五年生まれの根来が物心ついたころ、父親は当時の富士製鉄の人事部に勤めていたが、二十二年十二月に成立したその集排法のおかげで三年後に四社に分割された日本製鉄から、かろうじて富士製鉄に移籍した一人だった。父は、その二十年後にはまた、八幡製鉄と合併した新日本製鉄に移って、なんとか定年まで勤め上げたのだが、齢七十八で惚けかけている今でも、その頭には、戦後間もない混乱期に何の才覚もない事務職の男一人、腹の大きい連れ合いを抱えて、明日は解雇かと途方にくれた記憶がしみついている。そのとき、母の腹に入っていたのが根来だ。

法案が成立した後、持株会社整理委員会が分割対象に指定した三百社を超える大企業の中には、もちろん日之出も入っていたが、実際には中華人民共和国の誕生や米ソ関係の悪化という国外の事情で、当面の国力低下を招く集排法の適用基準は大幅に緩和され、最終的に分割されたのは十数社に留まった。日之出は、そこには含まれていない。

資料が語っているところでは、日之出麦酒は、市民生活も産業も混乱を極めていた終戦直後の数年、統制のおかげでほとんど冬眠状態を保って体力を温存し、国際情勢の変化のおかげで分割を逃れ、工場閉鎖もなく、統制撤廃で自由競争の時代に入ったときには、回復を始めた産業経済の波に乗っていたという、恵まれた歴史を生きてきた企業だった。そうした日之出の歩みを眺めると、そもそも労働運動のもとになる生活不安や雇用不安が日之出にはなかったか、もしくは小さかったと考えられるが、そこで〈旗を振って日之出を解雇された〉という戸田義則の存在は、やはりひっかかってくる。調べる必要がある、というのが根来の結論だった。

内堀通りに車のヘッドライトが連なる時刻になってから、八王子支局の矢部は、やっと出先から電話を入れてきた。

「ほら、埼玉の工場用地買収の話。その土地の地主や小作農家や、訴訟に関わった住民の名前を、分かるだけ掘り出してくれませんか」

《その線、何か出そうですか……》と相手は市外電話の向こうで訝しげな声を出した。

「戦中に、埼玉県の被差別部落出身者が日之出の工場にいた、という話が一つ入ってるんですが。当時の日之出は、工場の方でもなかなか就職は難しい名門でしたから。もしその話が事実なら、何か経緯があったのかも知れない。その程度の話で、申し訳ないが」

《その人の名前は？》と、相手は急に勢い込んで尋ねてきた。

「戸田義則。大正五年生まれ」

根来は午後六時前、各部の番デスクが集まって早版前の編集会議をしているテーブルの横を通り抜け、顔を上げた田部に〈ちょっと行ってきます〉と目で断って、編集局を出た。タレ込みのウラだけ取ってこいという部長の指示とはいえ、宵の口のそんな時刻に取材のために社屋を出るのは、もう一年ぶりぐらいだった。自動ドアが後ろで閉まったとたん、檻から出た猿の気分で、久々の外気にちょっと鼻孔がうごめき、足が浮き立った。

根来はまず、社会部の机からはかけられなかった電話を何本かかけるために、社屋に近い電話ボックスに入り、古い手帳を繰って電話をかけ始めた。最初に四件続けてかけた相手先の番号は、いずれも現在使われていないというテープが流れてつながらなかったが、それは予想の範囲内だった。

五件目の番号は、兜町の証券取引所近くのドブ川沿いに建つ証券業界紙の本社ビル三階の編集部のものだった。その手の新聞は、三時に市場が閉まった後、四時ぐらいまでには翌朝の最終版までの出稿を終え、五時には早版の出荷が終わって、この時刻には編集部はからっぽになっている。しかし、その片隅のソファに横になって、今ごろはおそらく缶ビールと煎餅片手に本を読んでいる男が一人いるのは、分かっていた。

つながった電話に「東邦の根来です」と名乗ると、男は《お悔やみならまだ早いわ》と捨てぜりふを吐いた。《株価が一万五千円を割ったら、俺はこの窓から飛び降りるけど。まだしばらくもちそうだし。そういうわけで金、ちょっと待って》

「もういいよ。あんたの香典代わりだ」と根来は応えた。

男は五、六年前のバブルの最後の時期、小倉・中日疑惑が明るみに出る少し前、根来が投資グループに食い込むきっかけを作ってくれた人物だが、当時はその男も含めて、証券業界紙の連中の多くは自ら株をやり、他人から集めた金を動かして、景気のいいころはたかが記者稼業とうそぶきつつ、百万単位の現金をスーツの内ポケットに突っ込んでいたのだった。電話の男もまた、デスクの肩書など名ばかりで、日の高いうちは路地裏の地場証券のカウンターや取引所周辺の喫茶店にたむろし、夜は銀座。半時間ほど人と会う間も、耳にイヤホン、手を伸ばせば電話がある場所を離れないという狂い方だった。そうした日々の末、案の定、何千万かの穴をあけて自宅のマンションを手放したと聞いたが、八九年夏に『絶対、いけるから』と男に薦められて、根来がボーナスをつぎ込んだ店頭株も、今や紙クズに近かった。

「それより、浜崎の電話、通じないんだけど」

《シンガポールにいるって話だ》

「篠田は」

《暮れに茅場町で会ったきり。そのうち勉強会を始めるとか言ってたが、その筋との決着が付いたって話は聞かんから、まだ逃げてるんだろう》

「江崎グループは誰が残ってるの」

《安井卓二と、越野和己ぐらいかな。まあ、今年後半からぼつぼつ復活しそうな奴は何人かいるけど、肝心の相場がこれじゃあ……》

「復活と言ったってな……」

《そろそろ底値だから、やるなら今しかないって程度の話だ。力ずくで買いに入ったって、商い自体が薄いから、本格的に資金が入る余地はない》

「分かってるんならいいよ。安井の連絡先、分かる?」

《最近、会ってないから。銀座か新橋の店、何軒か覗いてみたら? それより、あんたこそ、今どき仕手筋でもないだろうに》

「そんな話じゃない。じゃあまた」

ガラスの向こうの内堀通りに連なるラッシュの車のライトを眺めながら、根来は一方的に受話器を置き、あらためて、兜町のドブ川沿いや路地に漂う泥のような空気そのままの電話の声だったと思った。バブル崩壊後の不景気のせいばかりではない、証券会社のカウンターというカウンターで札束が唸っていた時代もそうだったのだ。

ともかく根来は、その短い電話で、自分のもっている投資グループのネタ元たちが今どうなっているのかをざっと理解した。業界紙のデスクを相手に、菊池武史や(株)ジーエスシーという会社の素性を尋ねる気は初めからなかった。同じ新聞業界である以上、どこでどう元東邦記者の名が取り沙汰されるかも分からない。尋ねるのなら、安井か越野あたりだと見当をつけた。

電話ボックスを出ると、ちょうど午後六時だった。経験上、新橋や銀座へ行くにはちょっと早過ぎる時刻だったので、先にもう一件のネタ元を片づけることに決めた。根来は、少し猫背気味の背を屈め、交通事故以来、昔のようにはさっさと歩けなくなった脚で、湿った生臭い水の臭いが上がってくる千鳥ケ淵をゆっくり渡った。日の落ちた北の丸公園はもう人影もなく、皇居の黒い樹影をそうろうと横切っていく中年男一人を、警らの苛立った目がずっと見送っていた。

根来は、半時間後には神田界隈にたどり着き、内神田のたて込んだ路地に連なる小さいビルの階段を上がった。表札の出ている鉄のドアを開けると、スチールの事務机から顔を上げた女子事務員が、「あ、東邦の……」と愛想のいい笑顔を見せた。「今、社長いないんですよ」

「あ、そう。……松田先生は最近、お見えになる?」

「ええ、ほとんど毎日。このごろ、あんまり原稿書いてらっしゃらないみたいで。今日も、ついさっきまで、ここでうちの新刊本にさんざんケチつけて、お茶二杯飲んで。ついでだから、蕎麦でも食べて帰るかって。ほら、外語学院の近くの店、今日はサービスデーだから。あ、お入り下さいよ。お茶入れますから」

「いや、お気づかいなく。この新刊本の案内、一枚いただいていきますよ。社長には、また寄りますからって、お伝え下さい」

社員四人の小さな出版社の新刊案内は、《人権》《憲法》《民主主義》といった字句の並ぶワープロ打ちのザラ紙一枚だった。読む気もない書籍の題名をざっと眺め、ザラ紙をポケットに入れると、しばらく忘れていたある種の違和感が一緒に忍び込んできて、根来はちょっと苛立った。

根源も論理も必然も欠いたまま、天皇とか、民主主義とか、差別といったそれぞれの塊は今や、車の排気ガスやカラオケの騒音に混じって、時代の只なかに不可視の綿埃のように漂っている、と根来は思う。その上をJRの電車のまばゆい明かりが走り、彼方の夜空には、東証株価の一万六千円台の乱高下や、日之出ビール社長誘拐犯六億要求を伝える広告塔の電光ニュースがぴかぴか光り、高架橋の下を行く雑踏の蹴散らした綿埃は、その辺で吹き溜まりを作っているのだった。成長も消滅もせず、誰も取り除かず、誰かが関わりをもっているのだが、すでに社会的合理性を失い、言葉の喚起力を失って、それでも現にたしかに在るのは間違いない民主主義の綿埃に、根来はなすすべもなく苛立つのだ。

目星をつけて足を運んだ外語学院の近くの蕎麦屋の

引き戸には、『サービスデー』の貼り紙が出ていた。カウンターとテーブル席が四つ、五つあるその店には、遊軍になりたてのころ、常連客の松田という弁護士崩れの評論家と、その周りに集まってくるシンパに会うために、しばしば顔を出していた時期があった。

「お、遊軍長！」という声を上げた松田一彦は、白髪の猿が背を丸めたような恰好で、ちんまりとカウンターに屈んでいた。片側に連れらしい男が二人。カウンターに出ているのは、ビールと枝豆と小鉢が一つ、二つ。その辺りだけ、いわゆる内輪の、ちょっと隠微な影が差しているように見えたのは、いつものことだった。十年前も昨日も今日も同じ、といったふうに「ほら、座んなさいよ」という松田をはさんで、根来は目だけで連れの二人に会釈をし、相手は少し迷惑そうな表情で小さく会釈を返してきた。

「なあ、根来君。こういうことを、どうして新聞は書かんのかなあ」と、松田はいきなり声のトーンを上げた。自分の影響力を誇示するというのでもないが、長年の評論家人生で身についたらしい、いつもの物言いだった。根来は黙って聞いた。

「この二人は今、ある先生の都議選の応援で走り回っているんだが、今回、その先生が党の公認を辞退して無所属で出たもんだから、いろいろな支持団体とのバランスが難しくなっているらしい。しかし、あんた、生え抜きの大衆組織が、今どき一党支持で政党と心中する時代でもなし」松田は左隣に座った根来に向かって、そんな話をすると、続いて右隣の当人たちに首を振り向けた。「政界再編の流れを作っているのは結局、有権者の社会意識の変化なんだから。君らも、少し対応が遅いよ。まず政党ありきなんて考えは、君らがまだまだ集票力を笠にきている証拠だろう。あ、ビールもう一本」

　松田の向こうで、連れの二人は新聞記者の前で不用意なことは言わないでくれといった困惑顔をしていたが、案の定、話が途切れたところで、「ともかく先生、原稿をよろしくお願いします」と言って腰を上げた。松田は気にする様子もなく、新たに出てきたビール瓶を取って、自分と根来のグラスにビールを注ぎ始めており、根来の方が気を遣って、「すみません」と辞去する二人に一言詫びた。それからやっと、「もう帰るの？」と松田は振り返ったが、二人は「いや、私らも急いでますんで」と当たり障りない返事をして、店を出て行ってしまった。

「松田先生。今の、どこの支部の人……」

「それを言うと、候補者の名前が分かってしまうだろう」

「機関紙に何かお書きになるんですか」

「いや。ぼくはあんた、人権なんてものは、法律が定める物事の関係の一つに過ぎないという意味で、初めから政治的なものだと思っている人間だから。おおかたの人権団体とは、もともとそこのところですれ違っている。なに、書くのは、例の先生の演説会の原稿だが、個人的な知り合いだし、請け負っただけ」

「はあ……」

相手の話を聞き流しながら、根来は大したものは並んでいない品書きを眺め、「ねえ先生、初鰹のたたきが入ってるみたいですよ。これ、取りましょうか」と声をかけた。「君、高給取りだものね、たまには奢ってもらおう」と松田は言う。根来は鰹のたたきと、炊き合わせと、天麩羅を注文した。

根来が警視庁クラブから遊軍へ移って間もなくのころ、憲法特集班で護憲派、改憲派それぞれの識者数人に寄稿を依頼したことがあり、根来はくじ引きで、当時は人権派弁護士としての舌鋒も鋭かった松田の原稿取りに当たった、それが最初の出会いだ。しかし、松田に限らず、Aを批判しBを提案しCという結果を予測する政治ジャーナリズムには、場当たり的な論旨の明快さはあるが、懐疑というのがないのだった。物事を直線的に思考出来ない自分の頭にはこれは向いていないと、根来は三十代初めにして悟ったが、個人的には、明快であることが常に正しいのかという疑問は、今もあった。

松田は弁護士業のかたわら、今でも月刊誌、週刊誌をはじめ、特定の政党や団体や組合の機関紙に雑文を書いているが、ちょっとした人権問題の実名報道を巡ってもめて以来、東邦新聞の紙面とは疎遠になって久しかった。それでも、根来がときどきこの蕎麦屋に足を運んできたのは、松田が持っている朝鮮総聯や部落解放同盟といった団体や労働組合の人脈の中に、貴重なものがいくつかあったという単純な理由だった。

「すれ違うと言ったって、先生……」と、根来は軽く茶化し、松田のコップに日之出ラガーを注いだ。そういえば、昨日の朝刊に全面広告の出ていた日之出マイスターとやらは、いつから発売だったか。

「評論家だって考えは変わるよ。考えが変わったということを白状せんだけだ。しかし、君とこんな話をしてもね」と松田は肩をゆすって嗤い、「へえ、初鰹か……」と話題を逸らせた。根来も苦笑いで応えておいた。

松田は人権が物事の関係の一つであると言うが、この十数年、このカウンターにあったのは、物事の関係ではなく、物そのものだったと根来は思う。自問も懐疑もなく、成長も消滅もせず、ビール瓶のように、コップのように、おしぼりのようにここに在り、店の外では綿埃のように在り、毎夜ビールをコップに注ぎ、飲み干すように消費されてきた憲法、民主主義、人権だ。

複数の情報源から聞いている限りでは、松田には一時期、朝鮮半島から金が流れていたようだが、根来がそれとなく仄めかしても、何を慢心しているのか、肝心の松田に、弱みを握られているという意識も、隠微なビジネスをやっているという意識もないのは、知識人特有のおめでたさというところだった。

鰹は、品書きには〈初入荷〉とあるが、季節がまだ少し早いのか、脂の乗りは今ひとつだった。物の味に頓着しない松田でも、あまり美味くないのではないかと気づかいながら、根来はまた少しビールを注いだ。

「根来君、身体の具合は」

「ええ、まあ。こう忙しいと、生きているありがたみもそこそこで」

「年寄りのヒマと交換しようか」

「演説の原稿をお書きになるんでしょう」

「いやな男だよ、あんたは」

「まあ、そうおっしゃらずに。生姜、入れます？」

揚げたての天麩羅が出てきたので、根来は天つゆに薬味の大根おろしと生姜を入れ、目の前に置かないと箸をつけない松田のために、付け皿を手元に押しやった。

「ねえ、先生。日之出ビールの話、解同の方で何かお聞きになったことはありませんか」と、根来は話題を移した。

「そういや、今朝のニュースを見たが。あれ、差別の話なの……？」

「いえ、全然。だから誤解されると困るんですが、あの誘拐とはまったく別の件で、ちょっとこれを当たっていただけませんか」

根来は割り箸の袋に、自分のボールペンで『一九四六〜七。争議。日之出京都工場』と書きつけ、隣へ滑らせた。松田はそれを見、「また懐かしい話を……」と呟いた。「ぼくらみんな、脱脂粉乳飲まされて、頭からＤＤＴを振りかけられて、あらゆる抑圧から解放されたと錯覚した時代だ。で、この京都工場の何を」

「二・一ゼネストの前後に、争議にしろ何にしろ、とにかくその京都工場を解雇された者の全員の氏名を調べていただければ」

「被差別部落の関係？」

「多分」

「だったら、京都に資料はあるだろう。ところでさ、ぼくの京都の知り合い、相撲が好きでさ……」

「五月場所の切符、取りましょうか？」

「じゃあ二枚、頼むよ。ただで手伝ってくれというのも、なんだしね」と言って、松田は箸の袋をポケットに入れた。


それからしばらく、根来は松田が日之出ビールを含めたお決まりの大企業批判を繰り広げるのを聞き、勘定を先に済ませて午後八時過ぎに一足先に蕎麦屋を出た。

誰かに会ったあとはいつも、済ませたばかりのやり取りに不備はなかったか、成果はあったか、ネタの信憑性はどうか、漏洩はないか、といった事務的な思案に追われるが、そのとき根来が感じていたものは、初めに出版社のザラ紙一枚をポケットに入れたときの漠とした苛立ちから一歩も出ていなかった。物心ついたときには満開の桜のように頭上に民主主義の虹がかかっていた世代の男一人、四十も半ばを迎えて、人生の初っ端から騙されてきたという積年の思いに、いくらか焦りが伴うようになってきたということだ。

タクシーを拾う前に、滋養強壮剤を一本買うために薬局へ立ち寄ったとき、同年輩の先客に「これ、効きますよ」と薦められた一本を買うと、ラベルの効能書には《弱った胃、疲れた肝臓、血行不良、肩こり、腰痛、慢性疲労、精力減退》とあった。これに《睡眠不足》と《人間不信》を付け加えたら完璧だと思いながら、その場で一本を空けた。

午後八時半、根来はJR新橋駅のガード下でタクシーを降り、ニュー新橋ビルの裏辺りから順に、かつて足を運んだ店を回り始めた。景気のよかった時代、証券関係者や大口投資家、金融業者が群れていた銀座には、根来はルートを持てず、せいぜい赤坂の韓国クラブに知り合いがいたぐらいだった。自分のネタ元である地場証券の営業マンや、自称金融アナリスト、投資グループ、ノンバンクの営業マン、街金業者などを誘ったのは築地か新橋の目立たない店だったが、それでも給料では足りずに、信用組合から金を借りて飲み代を支払ったりした。しかし、そうして築いてきた情報網も相場と一緒に総崩れになって、もうほとんど誰も残っておらず、根来にとっては、今はどこも空っぽ同然の街だった。

だんだん重くなってくる足で一時間ほど歩き回り、ウィスキーを一口ずつ啜って四軒の店を渡り歩いた後、五軒目のスナックの戸口で誰かとすれ違ったときだった。相手の方が先に「やあ、お久しぶりです」と声を上げ、岡部という名前を思い出して、根来も会釈を返した。

今は何をやっているのか分からないが、少なくとも四年前までは、某大手証券の日本橋支店にいた男だった。手ぶらで戻るぐらいならと、とっさに下心が出て、根来は「一杯やりません？」と先に声をかけた。相手は「ネタないけど」と苦笑いした後、「ラーメン食って帰るところだから、そこで一杯だけ」と応えて、ガード下を銀座方向へ歩き出した。

「まだ、前のところ？」と根来は話しかけた。

「なんとか、ね」

「今も公社債の売買やってるんですか」

「いや、そっちの方はクビ。個人相手ですよ、今は。今月は震災の復興株がこけましたから、今もこの近くの客の家へ行って、頭下げまくってきて」

「へえ……。でも、今は個人投資家の現物買いはいいんでしょう」

「安値の株を拾って、店頭株を拾って？　投機じゃないですよ、こんなもの」

「大口の方は」

「利回り優先で、動きは鈍いですね。先物も、ひたすらリスクヘッジだけで動いている」

「今日の日之出ビールの事件。株、どうでした？」

「そういえば、朝一番のニュースでびっくりしましたが……。社長無事発見だから、今日のところは別に。日之出株は、新商品発表で先高感が強い。四月に入って販売が始まったから、買い気配ですね。……ああ、なるほど。新聞社はしばらく日之出一色ですな。犯人逮捕の可能性は？」

「すぐには難しいでしょう」

「へえ……」と呟いた岡部の横顔に、株価の先行きを読む一瞬の表情が走り、消えた。

新橋駅北側の首都高の高架下に出ると、路地裏にさがっている赤いのれんが一つあり、岡部は先に立ってそれをくぐっていった。五年前に根来が知り合ったときは、大口顧客相手の営業一課の課長の肩書だったが、三年前に支店が損失補塡で告発されて以降、内部で配置換えがあったに違いない。サラリーマン色の強い大手証券マンの中では、岡部というのは少し相場師の風情があって、昔から平気で数百万もするオーデマ・ピゲの腕時計をはめていた男だが、今、ラーメン屋の引き戸を開けた手の手首にも、昔見たのと同じ時計があった。

安っぽいビニールクロスのかかったテーブルの一つに着いて、岡部はビールを注文し、スーツのポケットから、潰れかけたラークの赤い箱と百円ライターを無造作にテーブルに放り出した。その手つきも、顔つきも、五年前と大きく変わったところはなかった。経済情勢や金融市場の質がどんなに変わっても、金を動かす人間の中身は変わらないということだ。

「岡部さん。最近、仕手株の動きはどうです」

「仕手性のある銘柄は、ないことはないけど……。所詮は裁定売買に引っ張られた動きだから。そのおかげで現物の相場がこう上下するんじゃあ、一般投資家には買いづらいだけですね、今は。最近はもう、資金のあるところは上から下まで、日経225や債券先物で積極的に利ざやを取ることを考えてますよ。もちろんヘッジしながらですが。とにかく金を動かさないことには益も出ませんから。……相場で、何かあるんですか？」

「いや、岡部さんに会ったら、ちょっと知り合いの顔を思い出しただけです。三、四年前、久しぶりに電話がかかってきて、聞いたら投資顧問会社をやってるとかいうことでしたが、それから連絡が取れなくなりましてね」

「へえ……。私らの会社にも何人かいましたよ、顧客をかっさらって独立していったのが。いい時代でしたね、夢を見られたという意味では。……私、ラーメン食べるけど、根来さんは？」

「じゃあ、私も」

「チャーシュー麵を二つ」と手を挙げた岡部の肩ごしに、たった今、店の引き戸を開けて中を覗いた男二人の顔が見えた。店には根来たちのほかに客はおらず、男二人は根来の方をちらりと見て首を引っ込め、引き戸は閉まった。

肴もなく、冷たいだけのビールを一口二口流し込み、疲労を感じながら、根来はさらに少し突っ込むつもりで、自分から適当に話を仕掛けた。「私の知り合いの場合、最後はどうやら客の債券を担保に金を借りていたらしくて」

「独立するとまあ、いろいろあるでしょう。その点、私なんか、損失出しても、小口のお客なら頭を下げるだけ。そして、次は取り戻しましょう、って言う……」岡部はけだるそうに肩を揺すり、小さく嗤った。「何をおっしゃる。日本橋に貴方のファンクラブがあったの、知ってますよ」

「だから頭下げ回ってるんですよ、今は」

「ねえ、岡部さん。ジーエスシーという会社の名前をお聞きになったことはありませんか」

「その、貴方のお知り合いの会社？　いや、知りませんね。まさかGSCグループではないでしょう？」

そう言って岡部は笑い出し、根来も「まさか」と苦笑いを返した。

GSCは、誠和会の企業舎弟が集まった企業グループの一つで、Generality・Service・Confidence（幅広さ・サービス・信用）の頭文字を取ったと言われている。金融機関から借り入れた資金は、GSC系列のノンバンク、街金、投資グループ、不動産会社等々、実態の分からない網の目に吸い込まれ、回りに回ってどこかへ消えていく。小倉運輸株を買い占めた新井公浩の資金源も、GSCのどこかを経由したものだったし、今夜探していた旧江崎グループの安井卓二も、GSCファイナンス系列のノンバンクの役員をやっていた時期がある。いわば岡田経友会が顔をつなぎ、GSCに金が流れるという地下経済の車の両輪だった。

それにしても、菊池武史の株式会社ジーエスシーというのは冗談かというところで、根来は「いやはや」と言葉を濁すほかなく、一方岡部は、「ああ、美味そうだ」と出てきたラーメンの器を手に取った。岡部は相当空腹だったらしい。テーブルの箸立てから割り箸をとってさっさと食べ始めると、しばらくは無言になった。

少し下を向いて麺を啜る男の口許は、前歯が一本欠けていた。治す暇もないのか、そんな気がないのか、人ごとながら根来にはちょっと気になった。もっとも、自分を振り返れば歯こそ揃っているが、白髪の目立ち始めた髪はハリネズミで、スーツも靴も腕時計も、岡部の方が見るからに上等なのだ。一緒にラーメンを啜っている男二人の間にある共通点は、なにがしかの無頓着だなと、根来は思ってみた。

岡部は、胃袋が落ちついてくるとまた頭が働き出したようで、ずるずると麺を啜りながら「そういえば」と自分から話しかけてきた。「ほら、そのGSCの系統だろうと言われている投資グループがありましてね。そこも、やっぱり株価指数の先物ですよ。委託を受けているのはうちではないけど、毎日電話で注文が入るんだそうです。証拠金を五千万、六千万と積むんだから、個人投資家としては相当なもんでしょう?」

「へえ……。資金のあるやくざが、合法的な錬金術に乗り出したってところですか」

「リスクさえ覚悟したら、濡れ手に粟のゲームですからね。まさに、やくざ向きですよ」

引き戸の開く音で顔を上げると、戸口にまたさっきの男二人の顔があり、今度は店の奥にいる根来の方を三秒見つめてきた。ダスターコートの襟の下から、普通の勤め人は着ない色物のシャツと、派手なネクタイを覗かせている男たちだった。自分の知らない顔だということを見届けて根来は目を逸らせ、すぐにまた引き戸は閉まった。戸口に背を向けている岡部は気づいておらず、早々とラーメンの鉢を置いて、爪楊枝をくわえていた。

「ところで根来さん、日之出ビールの株、どうしたもんですかねえ」

「それが分かったら、私も買いますよ」

「しかし、社長が無事解放されたってことは、日之出も何らかの弱みを抱えて、犯人と裏取引をしたってことでしょう? この先の展開次第では、株価に影響が出るかも知れませんよ」

岡部の単刀直入な言葉を聞きながら、根来は突然、〈その通りだ〉と考えた。

誰も事件の先が読めないというが、少なくとも犯行グループは、事件がいつ、どのように展開し、どういう結果になるかを正確に知っている。六億程度の金を要求している犯行グループ単体ではあり得ないが、もしも、背後にそれなりの組織がある場合、その組織にそこそこの頭と資金力があるなら、何を考えるか。いつでも事件を展開させることが出来、いつ日之出株が値を下げるかを正確に知っている者がいるのなら、考えることは一つ。

「ねえ、岡部さん。私も情報が入ったら教えるから、貴方もちょっと日之出株の信用取引の動きを見ていてくれませんか?」

「へえ……。値が上下しそうなネタがあるんですか」

「いや、それは分かりませんが。しかし、値下がりを予想して、どこかでカラ売りをかけている筋がないかどうか……」

「やっぱりきな臭い、と思った。何となく勘ですよ、これは」岡部はそう言い、自分の嗅覚に対する満足や、早速自分もそれなりに頭を巡らせ始めたような抜け目なさを覗かせて、にやりとした。根来は「内緒にお願いしますね」と念を押した。

　ラーメン屋を出、タクシー券を渡して岡部と別れた後、根来はしばらくガード下の歩道に立っていた。ラーメンを食っている間に、戸口から覗いていった見知らぬ男二人の異臭は、おぼろげだが十分に鼻をつくものだった。それがまだ、その辺に残っているような気がし、根来は誰もいない後ろを振り返った。

　それから自分の脚を見下ろし、この脚ではどのみち逃げられないと思うと、根来はあいまいに自分を納得させて、ほんの数十歩先に見えている電話ボックスへ向かって歩き出した。

　電話ボックスで、根来はまず、社会部へかけた電話に「今、新橋です。半時間で帰りますから」と一言伝えた。次に、大阪社会部へ電話を入れ、今日の夕刊の番デスクだった男の自宅の電話番号を聞き、さらに《06》で始まるその番号のボタンを押し始めた。

　すぐにつながった電話からは、いきなり《あほ、ばか、まぬけ!》と叫ぶ子供の笑い声が聞こえ、《すみません、子供がいたずらして》という女性の声に代わり、さらに取次ぎを頼んだデスク本人が出てくるまでに、子供を呼ぶ女性の声、逃げる子供の足音、ファミコンの騒音などが折り重なった。

　それを聞き流しながら、根来は、電話ボックスから十メートルほど離れた路上に三たび現れた男二人の姿を、ぼんやり眺めた。二人は、歩道に立ったまま肩や脚を揺すり、こちらへ据えた目を動かさずにタバコを吸っていた。四年前、根来が旧中日相銀の創業者一族の持株譲渡先を追っていたころに、昼夜付きまとった男らと、同じスタイルだった。あの世界の人間はじっとしているのが苦手のようで、いつも身体のどこかを所在なげに動かしている、と根来は思った。

《やあ、根来さん? 子供らがうるさくてすみませんなあ》という大阪のデスクの声が聞こえた。

「こちらこそ、お休みのところすみません。一つ、お聞きしたかっただけなんですが、菊池武史が付き合っていた仕手筋、ご存じないですかね」

《旧江崎グープの、安井何とか……》

「安井卓二」

《それそれ。大証に安井の一派が手を出してきた時期に、取材で知り合ったんですよ、たしか》

　歩道の男らはタバコを投げ捨てて踵を返すと、銀座方向へ立ち去ろうとしていた。それを見送りながら、根来は機械的に判断した。今夜のところは威嚇。この次は襲われる、と。

《根来さん……?》

「いや、すみません。私も歳で、最近耳がちょっと……。どうも失礼しました」

根来は電話を切り、その場で、そっと腫れ物に触るように自分の頭を整理した。今夜、自分が新橋辺りにいることを直接に知っているのは、業界紙のデスクしかいないはずだった。そのデスクが、何かの拍子で根来からの電話の話を誰かに漏らし、それがさらにどこかへ流れたか。あるいは、スナックを四軒回っている間に、店にいた誰かのアンテナに引っかかったか。しかし何よりも、四年前と同じ脅しが今夜、突然始まった理由が問題だった。

根来は、自分が今現在、その筋の目を引くような取材には関わっていないことを考えた。取材目的でない個人的な何かをしたといえば今日、菊池武史と電話で接触したことのみ。

昼間にあった戸田某のタレ込み電話は、仮に別の記者が出たとしても、戸田が《小倉・中日疑惑の話が分かる記者》と指定した時点で、どのみち自分に回ってきていたと考えられた。とすれば、最初から話を聞くのは自分だという前提で、かけられた電話だった可能性があることに、根来は思い至った。

さらにその電話の冒頭、不自然な形で菊池武史の名前が出た結果、根来は菊池の現況を確かめ、本人に電話まで入れるという行動に出た。そのとき、おかしな電話だということで放っておくことも出来たのだが、根来はそうはしなかった。敵はあるいは、自分が動くか否かを試したのか。そのためのタレ込み電話だったのかと、根来はさらに考えを進めた。

では、なぜ、この自分なのか。戸田のタレ込み電話でも語られた小倉・中日疑惑しか、根来には理由は考えられなかった。

未だ疑惑の影もなかった八八年の夏、赤坂プリンスの旧館の玄関で取材相手を待っていた根来は、偶然、玄関脇の階段を急ぎ足で降りてきた三人の男とすれ違った。一人はSメモの主役である酒田代議士の秘書だとすぐ分かったが、あとの二人の素性は当時は知る由もなかった。そのとき、面識のある酒田の秘書が慌てたようにこちらを凝視した、その顔は今も根来の瞼に鮮明に焼きついていた。

後に、あとの二人はそれぞれ、旧中日相銀の創業者一族の専務と、相銀株の譲渡の受皿になった右翼の男だったと知ったが、相銀潰しの計画はすでにそのときに始まっていたということだろう。ともかく九一年になって新聞各社がいっせいに疑惑を報じ始めたとき、根来一人に威嚇の手が伸びたのは、赤坂プリンスで遭遇した三人が何かを誤解した結果だと根来は考えてきた。その小倉・中日疑惑はすでに過去のものだが、今夜突然やってきた脅しは、日之出ビールの社長が誘拐されたどさくさに紛れて、どこかでまた同じ人脈が動き出していることを暗示していた。

　そして、その何かに菊池武史がつながっている可能性は大。大阪のデスクの言う通り、菊池が旧江崎グループの安井の傘下なら、誠和会やGSCの息がかかっているのに等しく、現に菊池は今日、他人を使ったタレ込み電話で根来を引っかけたのだと言えなくもなかった。

　未だに顔貌もおぼろな元同僚の電話の声を思い浮かべ、こちらを見ていた男たちの目を思い浮かべながら、根来は電話ボックスの中でひとり、夜の街の深い澱みに沈んでいた。

　四年前、根来は自宅前で轢き逃げに遭い、盗難車だった車は見つかったが、犯人はついに特定されなかった。根来は、路肩に止まっていた車がいきなり発進して、自分をめがけて突っ込んできたのを見たと言い続けたが、警察は故意を裏付ける証拠がないという理由で、轢き逃げの看板は最後まで下ろさなかった。そして、入院中も種々の圧力は続いた結果、根来は最後には沈黙する道を選んだが、沈黙と一緒にやって来たのは、自分自身や時代や社会の立てている悪臭を、じっと吸い続けるだけの時間だったのだ。

　根来は機械的にテレホンカードを入れ直し、予定外だった電話を一本、かけ始めた。

「金曜の夜は、電話をありがとうございました。おかげで、うちが一番早かったですよ」

《いや、こんな事態になるとは思わなかった。参ったよ》と、狛江の自宅に帰っている世田谷署の刑事課長は言った。

「ところで私、また尾行がついたみたいでして……」

《相手は……？》と相手の声色は一変し、《顔は見た？　場所はどこ》と畳みかけてきた。

「新橋です。十メートルまで近づいてきた。知らない顔だから、どこが動いているのかは分かりません。多分、一人は外国人だと思います。整髪の仕方が変だった」

《根来さん。明日、うちの者に顔写真を持っていかせるから、面割りをやってほしい。どの筋か分かったら探りを入れられる。明日朝、八時半に電話するから》

根来は返事に間を置き、相手は《根来さん？》と苛立った声を上げた。

四年前に轢き逃げに遇ったとき、この親しい刑事課長もまた、「もう忘れた方がいい」と言った一人だったことを、根来は思い出していた。警察という組織の無力、被害者の無力、新聞の無力、日本という国の無力などにあらためて思いを馳せながら、根来は「お世話になります。どうもすみません」と適当な言葉を返し、電話を切った。

続けて、さらにテレホンカードを入れ直して新たな相手先の番号を押し、つながった電話に「神田の三省堂です」と告げると、特捜検事は即座に《今日は二度目ですよ。どうかなさいました？》と囁いた。

「いや、朝、言い忘れたので……。しばらくは自宅には帰れないと思いますんで、連絡は千鳥ケ淵の方へ入れて下さい。今日明日とは言いませんから、近いうちに会う時間を作って下さい。合田さんにも是非よろしく。夜分、失礼しました」

検事の言葉を待たずに根来は電話を切り、電話ボックスを出た。

さて、菊池を追うのかと、根来は自問した。答えはなかなか出てこなかった。

脅され、車で轢き殺されかけた経験を境にして、根来は、自分が社会部記者としての情熱を一気に失ったことは知っていた。代わりに、上はこの国の存立から下はインスタントラーメンの味まで、いったいこの国はどうしてこうなのかという、どうでもいい懐疑に取りつかれて、袋小路に迷い込んだのだ。懐疑の中には、二十三年間の記者生活の中で、自分が何を書いてきたかということももちろん入っていたが、それ以上に、右も左も上も下も、物と喧騒と欲望で溢れかえったこの社会と時代に対して、自分の心が動かなくなったことが、今ある一番大きな懐疑かも知れなかった。

タクシーを拾うために、不自由な足でそろそろと外堀通りへ歩きながら、根来は菊池を追うのかと自問を続けたが、やはり自分の心が昔のようには動かないのを感じた。十分予想していたことだったが、さすがに少し自己嫌悪を味わい、新たな物思いにも陥った。悪で腐るのと、嫌悪と懐疑で腐るのとでは、はて、結果に差があるのか否か。時代と社会を汚して終える一生と、それを嫌悪しながら終える一生との間に、どんな差があるのか、等々。

それから根来は、すでに午後十時四十分を指している腕時計を見て驚き、タクシーを探して車道へ身を乗り出したときにはもう、朝刊十三版の締切り時刻のことを考えていた。

3

三月二十八日、火曜日。午前三時半、リンという電話のベルで、久保晴久は自動的にボックスのソファから飛び起き、受話器に手を伸ばした。

「はい、警視庁です」

《朝刊、今から送りますけど。抜かれてまっせ》

毎日、未明のこの時刻に、大阪社会部はその日の朝刊各紙を、紙面チェックのためにいち早くファックスで東京へ送ってくる。そこに電話が加わるのは、《抜かれてまっせ》の一言を付け加えるときだった。

抜かれてまっせ。

警察詰めになって二年、その一言に怯えて日夜取材競争に走ってきたが、抜かれるのが運不運なのか、能力の不足なのか、久保は未だに分からなかった。いや、そんなことを考える頭を葬り去り、代わりに条件反射で『記者失格』の四文字を思い浮かべて青ざめるよう、否応なしに仕立て上げられるのが警察記者だった。

久保は呆然自失の頭で、ファックスから吐き出されてきた用紙を手に取った。一枚目の社会面の縦見出しに『怨恨か。九〇年に不審なテープ』とあった。

二枚目。『日之出宛てに謎のテープ』の横凸版。

三枚目。『九〇年にトラブルか』。

全国紙六紙のうち三紙に抜かれたら、中身によってはクビだというのは、冷静な判断だった。久保は、自分が昨夜ネタ元から聞いた内容以外に他紙が何を書いているのか、目を皿にして記事の点検をした。

三紙の内容はほぼ同じだった。九〇年十一月に、日之出ビールの入社試験に就職差別があったという〈某団体〉名義の抗議の手紙と、日之出を中傷する内容の差出人不詳のテープが日之出ビールに届き、日之出側が被疑者不詳のまま、信用毀損業務妨害で告訴。しかし、手紙を出したとされる〈当該の団体〉は当時、問題の手紙の直後に日之出本社や警察からの問い合わせに対して、関与を否定。また、問題のテープは〈昭和二十二年六月〉に〈元日之出ビール社員〉が〈日之出ビール神奈川工場〉へ宛てた手紙を、何者かがそのままテープに吹き込んだもので、〈手紙の入手経路や、テープに吹き込んだ目的など不審な点が多い〉。最後は各紙とも、〈捜査当局も関心をもっており、すでに関係者の事情聴取を行っている〉と締めくくられていた。

久保は、メモ用紙に機械的に〈昭和二十二年六月〉〈元日之出社員〉〈神奈川工場〉と書きつけ、遊軍長の根来から聞いたタレ込み電話の話を思い浮かべたが、その場はともかく、目先の疑心暗鬼だけで頭はいっぱいだった。三紙は、テープ起こしのコピーを入手しているのか。どこから入手したのか。警察か、世田谷の歯医者の遺族か。自分に、コピーの入手手段はあるか。

そこへ直通電話が入って、社会部の泊まりのデスクが《すごい特オチ、やってくれたなあ》と言ってきた。《九〇年のテープって、そっち知らなかったのか》

ばかやろうと口の中で呟き、久保は「今、忙しいので」の一言で電話を切った。

ボックスにある二段ベッドからアンダーシャツ一枚の恰好で起き出してきた栗山が、「朝刊、どうですか……」と言いながら、まだ目をしょぼつかせたままファックス用紙を手に取り、「おお……」と一声上げた。「派手に書きましたねえ、よそは……。しかし昨日、この件はもう少し待てと言ったのは、キャップですからね」

「だからって、知らせないわけにはいかんだろ」

久保は抜かれた紙面をファックスにかけて、菅野キャップの自宅へ転送し、ついでに電話も入れた。未明に鳴り響く電話を取るときには、菅野も用件は分かっている。

「久保です。すみません、今ファックス送りました。抜かれました」

《今、ファックスを見てる……》と断って菅野は数秒待たせ、続いて《俺の意見は変わらん。気にするな》と言った。

「しかし、後追いはどうしますか」

《本筋の原稿では要らない。社会面をどうするかは、なかと相談してから。じゃあ、後で》

何を考えているのか、電話のこちら側には何ひとつ想像のつかない素っ気なさで、菅野は電話を切ってしまった。今は書かなくていいと言った本人に、抜かれたからといって叱られる筋合いは元からなかったが、それにしても、結論しかない菅野の物言いには、聞いている方が苛々させられた。菅野は間違いなく、今はまだ書かなくていいと判断する根拠を、どこからか得ているのだが、考えてみれば、それも自分たち一線の記者には居心地の悪いものだった。

「キャップ、何と言ってました？」

「一面での後追いは要らないって」

「要らんと言ったって、テープ起こしのコピーぐらい、探さないわけにはいかんでしょ？　とにかく、私はもうひと寝入りします。今日も長いし」

栗山はそう言って、早々と再び二段ベッドに消えた。一時間でも寝ておかなければという焦りだけに背を押されて、久保も午前五時にセットした目覚ましを手に、ソファに横になった。

久保は、自分が生意気な方だということは分かっていたが、一応三十面を下げて記者をやっている以上、「後追いは要らない」というのなら、せめてその理由ぐらい、説明がほしいと思った。菅野というキャップは、もういやというほど現場を歩いて来て、今や後輩にいちいち説明をするだけの忍耐もなくなっているのか、私見を言わない、自分を見せない、要点を逸らす、指示だけは出す、という公安方式でこの小さいボックスに君臨してきた。その男を前にして、久保は個人的には、たえず超えられない壁で阻まれ、見えない力で押さえつけられているように感じ、ときどきそれが爆発しそうになるのだった。

たしかに、昨夜の時点で久保もすぐに記事にする気はなかったが、ウラさえ取れたら当然書くつもりにしていた。社長誘拐に関係があろうとなかろうと、書くのが当たり前だった。就職差別の有無も、それに便乗したらしい総会屋の関与も、社会的な意味は小さくないし、何よりも終戦直後に日之出宛てに出された何者かの手紙が、ひとりで出てきて、ひとりでテープになったわけではなし。そんなテープが存在したということ自体が、事件ではないか。自分がキャップならきっと、ウラを取って書けと言う。そう思うと、釈然としない敗北感が今日もまたやって来て、やけ食いでもしなければ収まりそうにないと腹が疼いた。

*

何年ぶりかで畳の部屋に布団を三組敷き、家族が並んで寝た一晩、女房も息子もよく眠っていて、朝まで一度も目覚めなかったようだった。城山自身はあまり眠れず、自分がまだ隠れ家に捕らわれているような錯覚に襲われては目が覚め、家族の布団を眺めて安心し、少し寝入ると、また取りとめない恐怖が胸にのしかかってきて目が開いてしまうことを繰り返した。そのうち、早起きの女房の方が起き出してしまい、城山はしばらく寝ているふりをしなければならなかった。

女房は障子の薄明かりだけで、器用に髪を直し、音も立てずにすっと部屋を出ていってしまうと、それからしばらくして、食堂の方で軽く動き回る物音が立ち始めた。枕のすぐ横には健康な睡眠をむさぼっている息子の寝息があり、頭の上の方では庭の木々のどこかで朝一番のスズメの声が鋭くチュンと響いた。閉ざされた障子の隙間から微かに流れてくる外気の湿りけを嗅ぐと、すぐにも外へ飛び出したいような息苦しさが迫ってきて、城山は枕の上で頭の位置を変えた。

話し声を立てずとも、人間の気配というのは数が集まればものすごいもので、敷地の外に張り込んでいる報道陣の動きは一晩中、枕元まで伝わってきた。しかも、三日ぶりに帰宅した昨夜は、それまで山ほど出入りしていたに違いない外部の人間の気配が家の中に残っており、さらに家中の電話が、警察の取り付けていった録音機の配線で外部とつながっているのだと聞かされた。女房は「取って食われるわけでもないでしょうし」とさりげなく振る舞っているが、男の方は自分の生活圏を侵されていることに対する怒りが先に立った。昨夜は結局、女房を休ませてから息子の光明と二人でウォッカを呷り、口下手同士、少し話をして、アルコールの勢いで床に就いたのだった。

女房は昨夜からずっと、久しぶりに娘が戻ってくるのに、買物に出られないから何もご馳走を作ってやれないと心配をしていて、昨夜の話では、光明が勤め帰りに買物をしてくることになったようだった。結婚して三十三年、家の雑事の話は決して口にしなかった女房だが、事件を機に、近くに住んでいるのに滅多に帰ってこない息子が帰ってきたり、独立独歩でハガキ一枚よこさない娘が帰ってきたりで、長年にわたって築かれてきた家族の生活様式が、物理的にも内面的にも、突然違った姿を見せ始めるのを、城山は昨夜から目の当たりにしていた。当主が誘拐されなければ、こんなふうな形で個々の絆が戻ることは多分なかったに違いない。これが自分の築いてきた家庭の、偽るところのない実像だと考えさせられながら、城山はもう一度枕の上で頭を反転させた。

長閑に口を半開きにして寝ほうけている光明は、もうかれこれ三十二歳の、いい歳だった。四月一日から、茨城の方の税務署長らしい。これから数年はそうして地方を転々とし、東京へ戻ってきたら主計局に入り、もし何もなければ主査、主計官と出世していくコースはもう定まっている。

二つ下の祥子もそうだったが、どちらも小さいころから出来がよく、親を困らせることもなく、ばかを言って甘えることもなく、いつの間にか自分で自分の進路を決めて、独立していった。城山には親としての意見も少しはあったが、口にする機会もないまま、相手の方が早々と一人前以上になってしまい、結局、たまに会うときに、今はどんな仕事をしているのかとぽつぽつ尋ねてみるのが、精一杯なのだった。

一方、自分自身の仕事についても、なかなか息子に話す機会はなかったのだが、城山は昨夜、自分がその機会を当分失ったことを考えたものだった。経営者としてあるまじき背任の道を選ぶに至った諸々の心のうちは、いつか息子に話すことはあるかも知れないが、そんな日がいつ来るのか想像もつかず、それどころか当面は、事件の成り行きや城山自身の身の振り方によっては、大蔵省での息子の立場にも響くことを心配しなければならなかった。

城山は目覚まし時計の針が午前六時十五分を指すまで、そんなことを考えて過ごし、それから隣の布団を軽く揺すって「さあ、起きよう」と声をかけた。城山には、自分の代わりに息子に新聞を取ってこさせようという下心もあった。

朝食は、大根とワカメの味噌汁と半熟卵と煮浸しの簡素なもので、五日ぶりとは言っても、食卓に着いてみればその光景も気分も味も、普段とほんとうに変わりはなかった。女房も息子も、もともと口数が多い方ではないし、取り入れたばかりの朝刊はそのままにして、食事の間はもっぱら、二年ぶりの帰国になる祥子の話と、明後日には茨城へ赴任する光明の引っ越しの話になった。光明は予想外の事件のせいで荷物をまとめる時間がなかったらしく、「しばらく身一つで行くよ」と言っていた。その間、女房が光明に「今夜は祥子の明太子を忘れないでね。日本橋の三越の地下に売場があるから」と念を押すのを聞いて、城山は娘の好物が明太子らしいと知ったが、娘がそんなものを好きだったというのは、今初めて聞いたような気もした。

光明は、一足早く午前七時二十分に出勤していき、食堂に残された夫婦二人でとくに話すこともなく二杯目の煎茶を啜った後、女房は心なしか機嫌のよさそうな顔つきでそそくさと食器の片付けに立った。城山はその傍らで朝刊を開き、一面から順に見出しと前文だけを拾って、ほんの十分ほどでそれを畳み直した。社会面の見出しに『日之出宛てに謎のテープ』とあるのを見たときは、一瞬心臓がおののいたが、すぐに事務的な懸案を額に並べることで不安を抑え込んだ。まず、社内外に対する説明の仕方。次に、こうした記事が消費者意識に与える影響のリサーチ。そして、昭和二十二年六月の日付がついていた、あの《岡村清二》の手紙の調査。

これまで思いつかなかったが、岡村某が神奈川工場に宛てたという手紙の微妙な内容から考えて、もしそうした手紙が実在したのなら、当時の取締役会に報告されなかったはずはない。さらに、どのような形で処理されたにしろ、半世紀近くも昔の手紙が、今日外部の者の手に渡っていたというのは、調査の必要がある話だった。当時の取締役会の議事録を探してみなければならなかった。

「あなた、そろそろ、用意なさいませんと。今日は忘れずにコートをお持ちになって下さいよ。今日も一日、肌寒いそうですから」

エプロンで手を拭きながら、忙しげにばたばたと台所から出てきた女房の傍らで、迎えの車が着いたというインターホンが鳴った。

＊

「武道場へ集合！」という号令がかかった。大会議室に待機していた捜査員が一斉に席を立つ中、つきっ放しのテレビの声につられて、合田雄一郎は画面の方へ目をやった。

《城山社長です、今、城山社長が自宅玄関から出てきました！　解放から一夜明けた城山社長の表情は、すっきりして心持ち晴れやかに見えます》門扉の前に詰め寄る人垣を、社員らしい男三人と制服警官二人が押し止めようとしてもみあう中、城山恭介はうつむき加減のまま、内側から五十センチほど開いた門扉をすり抜けて外に出てくる。今日のスーツの色は光沢のある濃紺。ネクタイは萌葱色の混じった渋い銀色。片手に黒のブリーフケースとダスターコート。

《昨夜は、よくお休みになられましたか》《今朝のご気分はいかがですか》眼前へ突き出されたマイクに、《おかげさまで。ありがとうございます》と軽く頭をさげた城山恭介の声は、顔貌と同じく淡泊だった。

《犯人が逃げ続けているわけですが……》《犯人への思いを一言》《今朝の新聞はご覧になりましたか》と覆いかぶさってくる人垣の向こうで、城山は《皆さん、少し下がっていただけませんか》というきっぱりした言葉を発して、控えめな笑みを作った。周囲を見渡した城山の、強い意志に礼儀の覆いをかけた目が、テレビカメラと出会い、ブラウン管のこちら側にいる合田と出会った。

目が少し赤い。解放直後の夜は精神的な興奮状態で眠れなかったのかと、合田は想像した。昨夜は義兄と電話で話し、城山をどう思うかと尋ねてみたら、人を見るのが仕事の現職検事は、《口は開いても心は開かない、確信犯のタイプに見える》と言った。へえ、というところだったが、ともかく、大企業のトップになるだけの能力を備えているのは間違いない一人の男を眺めながら、合田は今も知らぬ間に、民間企業とはどんなところだろう、などと考えていた。警察と民間の差が、自分たち刑事の想像以上に大きいのを感じるたびに、合田はこの窓の外で、普通の勤め人はどんなことを考えているのかと、当てもなく思い巡らせるのだが、所轄に移ってから、そういう機会はとくに多くなった。

「遅れるぞ」と相方に呼ばれて、合田はテレビの前を離れた。捜査本部は、今日からまた増員と入れ替えで、新たに呼集のかかった各署の刑事や機捜がどっと集まってきており、そのために大会議室では間に合わなくなって、今朝からは一課長の訓示は武道場に詰め込まれて、立ったまま行われることになっていた。

被害者が無事戻ったことで、捜査の比重は地どりや聞き込みとブツの捜査へ移り、今朝からは頭数を揃えてのローラー作戦が始まるのだが、捜査の全体など、誰も分かっていなかった。特殊班と二・四課を中心にした企業関連と暴力団関連の鑑捜査の専従班の方は、最初から別の部屋を使っているために動きは伝わってこないし、朝晩の会議で報告も上がってはこない。朝刊には、九〇年十一月に日之出宛てに謎のテープが送られていたという、寝耳に水の話が出ていたが、実際のところ、犯人の痕跡を追う現場の作業に影響があるとも思えなかった。

武道場のある四階までぞろぞろと階段に連なった行列は、武道場の狭い入口の前で乱れて渦を巻いた。渋滞になった通路で、合田は偶然、数歩先にいる一人の刑事の後頭部を見、どこかで見た頭だと思った。針が密生しているような濃い髪と頭頂部の長い楕円形の頭の形は、なぜかタワシを思わせる。武道場に入ってから、もう一度その後頭部が目に入り、名前を思い出したと同時に、相手の方がこちらへ振り向いた。

去年、蒲田駅の近くで会ったとき、たしか、今は蒲田署にいると言っていた。半田という名前だった。九〇年秋の品川の老人殺しの本部に、所轄から出てきていた巡査部長だが、人物、相貌ともに目立たない男で、そのときはあまり記憶には残らなかった。わざわざあらためて会釈を交わすほどの関係でもなかったが、そのとき、半田の方から軽く頭を下げてきたので、合田も会釈を返した。それから、半田の姿は武道場いっぱいに並んでいく捜査員の列に紛れ込んでしまい、合田も後続の群れに押しやられて、いったん忘れてしまった。

「気をつけ!」と号令が飛び、ムカデの足が動くように二百人ほどの列がぞろりと整列した。後ろの方に並んだ合田には、前がどうなっているのか見えなかったが、管理官らが揃い、神崎一課長が入室してきたのは、「相互に礼!」という号令で分かった。

続いて「おはようございます」と、マイクを通した神崎の一声が板張りの床に反響した。朝一番に聞くその声も、もう五回目だった。

「諸君はもう十分ご承知の通り、犯行グループによる被害者の解放、無事生還という事態によって、事件は予想外の展開となっている。しかしもちろん、被害者の解放は、次の犯罪行為へのステップと見なければならない。繰り返し言うが、この犯行は高度に計画的であり、異様に周到である」神崎の声は、毎回テンションが上がってきていて、語尾は今や静かな怒号といったところだった。「被害者の解放に当たって犯行グループが現金六億を要求したことは、次の犯行があることを意味していると同時に、彼ら犯人が、被害者である日之出ビールに対して何らかの弱みを握っていることも意味している。しかし、被害者である企業が何か隠しているのではないかといった疑念は、本末転倒である。今朝、一部の新聞に、九〇年に日之出に宛てられた手紙やテープの件が報じられたが、この手の報道は一切無視してもらいたい。警察の使命は、犯人を検挙し、次なる犯行を未然に防止すること以外にはない」

続いて、出て当然の言葉が出た。「事件発生五日目で、目撃情報の一つも挙がっていないのは尋常ではない。目撃情報の収集、犯行に使われた車両と逃走経路の割り出しは、何よりも急務であるから、本日から捜査に加わる者はもちろん、諸君の一層の奮起を望みたい。私からは以上」

訓示は三分で終わり、特殊班や二、四課の鑑が出ていった後には、地どり・聞き込み班、遺留品捜査班、車両捜査班と、新参者あわせて百五十名ほどが残った。ただちに新たな班分けが始まり、しばらくの間、第三強行犯捜査の三好管理官の点呼と、「はい」という返事のエンドレステープになった。

合田がやってきた車両捜査の方は、昨日夕方までに、この三カ月以内に届けの出ている盗難車三百五十台について、盗難時の状況については全部調べ終わり、山王以西の十数カ所のNシステムが事件発生時刻の前後に記録した盗難車両三台も潰していた。交通部から提供を受けた首都高と中央道の速度監視カメラのフィルムを見て、不審車両を一台一台チェックする作業は半分ぐらい進んでいる。高速道路の各料金所から回収したダンボール箱数箱分の通行券の、指紋照合作業はこれからだ。

一方、被害者は移動中、意識が戻った後も料金所の声を聞いていないということで、犯人グループがあらかじめ慎重に逃走経路を選び、Nシステムにひっかからない道路を選んで都内を抜け、高速道路を使わずに河口湖バイパスへ出た可能性も、考えなければならなくなっていた。

車両捜査班では捜査範囲を広げて、とりあえず山王から河口湖までの複数のルートを想定し、ポイント地点をいくつか決めた。そして、それぞれ信号機の数や交通量を計算に入れながら、平均時速四、五十キロで走ったと仮定したときのポイント通過推定時刻を出して、その前後に不審な車両が目撃されていないかを探す作業は、今日から一斉に取りかかることになっていた。具体的には、地元の警察に依頼して道路沿いに看板を立ててもらうための事務手続きと、現場での動態捜査と聞き込みの二つの作業になる。

富士方面に向かうために最終的に通らざるを得ないルートの起点は、青梅の軍畑駅入口交差点、五日市町の十里木交差点、八王子の川原宿交差点、甲州街道の上野原高校入口交差点、国道四一三号線の神奈川県藤野町梶野交差点、御殿場へ抜ける二四六号線の樋口橋交差点の合計六カ所。その各交差点から富士方向へは、どれもほとんど一本道になる上、深夜の通行量がきわめて少ない道路ばかりだから、もしや事件当夜に不審なヴァンとすれちがった車がいた場合、記憶に残っている確率は高い。そこで、道路沿いに立て看板というわけだった。

名前を読み上げられた捜査員が一人、また一人と車両捜査班の列に入ってきており、その端では、班長の強行九係の主任が地図を配っていて、合田の組にも一枚、回ってきた。もらったのは、青梅の軍畑駅入口交差点を含む青梅街道の道路地図で、交差点には×印と

《23：30±15》という通過推定時刻が出ていた。ほかに、そこから十キロほど西へ進んだところにある氷川交差点と、山梨県との県境に近い一三九号線との分岐点にも×印。その三カ所に立て看板を立てる手配をし、ついでに聞き込みと動態捜査をすることになる。

「こいつはもう、ほとんど落人だな」と相方の防犯係長はぶつくさ言ったが、合田の方はとくに文句はなかった。河口湖までの距離や道路条件を考えると、二十四日深夜の雪の中、犯人たちの車が青梅街道から、比較的道路のいい大菩薩峠を越えていった可能性は、ほかのルートよりはかなり高かったし、奥多摩はそろそろ桜も咲き始めるいい時期だった。

車両捜査班は結局、元の三倍の三十六名十八組に増え、うち十二組が六ルートの動態捜査、Nシステムやオービスのフィルム調べと通行券調べに三組ずつ、という割り振りになって、十分足らずで、早々と散会の指示が出た。増員の半分が回された地どり・聞き込み班の方は、まだ幹部の指示や班分けが続いており、同じく大量増員された遺留品捜査班の方も、被害者が監禁中に食べた食品の購入先を特定する作業を控えて、まだ指示は続いていた。その遺留品捜査班の人垣の中に、再び半田の姿を見ることになったのは、偶然ではなかった。突然、向こうがこちらを見たのだ。

全員がメモを取るために下を向いている中、一つの頭が上がり、周囲を見回すようにゆっくり振り向いたかと思うと、その視線は合田の方へ向かってきた。またたく間にそれは逸れていったが、その一瞬の視線は、まさに臓腑に突き刺さったような感じだった。

なぜだ。いや、気のせいか。いや、たしかに見たとその場で自問しながら、合田は同時に、九〇年秋の品川署の捜査本部にいた半田の、おぼろな姿を記憶の中から引きずり出した。

朝晩の会議ではじっと下を向いており、同僚と雑談をしている姿もあまり見かけたことがない地味な刑事だったが、ときどき青物横丁駅のホームで見かけるときは、いつも競馬専門紙を開いていた。去年、蒲田駅の前で偶然会ったときもたしか、片手に競馬専門紙だった。きっと、かなり競馬をやるのだろう。

思い浮かぶ人物像は、せいぜいその程度だったが、もう一つ、合田が覚えている出来事があった。徘徊老人が殺されたあの事件では、半田はネタの出ない担当区域を脱線し、捜査を逸脱したとして本部をクビになったのだが、ちょうどその日の朝、品川署の階段で本人とすれ違ったとき、向こうから急に摑みかかってきたのだった。

あれはいったい何が原因だったのか、合田は思い出そうとしたが、出来なかった。そうして、何かしら激昂していた男の形相一つが、あいまいに記憶の周りに漂っているのを感じながら、合田は結局、〈今のは気のせいだろう〉と自分に言い聞かせたが、生理的な違和感は肌に残り、頭の方もすっきりしなかった。冷静に考えても、五年前の階段での一件も、蒲田駅前で出会ったときも、そして今日も、自分を見る半田の目が少し執拗すぎると感じたし、もしかして偏執狂なのかとも思ったが、だとすれば余計に気分が悪かった。

そして、その後もほぼ半日、散漫に半田の目を思い出し続けたあげくに、合田は、神経がおかしくなっているのは自分の方だと、再度思い直すに至った。

五年前には目の前で青筋を立てている人間の顔すらほとんど目に入らなかった男が、今は、人の所作や感情や考えていることを過敏なほど感じ、あれこれ気を回すようになった理由は、自分でも分からなかった。しかもいったん考え出すと、頭から離れなくなる一方で、ぼんやりしていることも多い。いつごろからこうなったのかも分からなかったが、自分の神経がたしかにいくらか変調をきたしていることを、合田はそのときも再確認することになって、〈大丈夫だ。捜査に打ち込んでおれば治る〉と自分に呟いた。

＊

東邦社会部は、朝からひとしきり、三社に抜かれた特オチのネタを巡って大騒ぎをし、編集局長がわざわざやって来て「大丈夫か、君んとこは」と一言、社会部長の前田徹に声をかけていった。前田は「大丈夫です、大丈夫です」と威勢のいい声で応えて、手でシッシッと局長を追い払うと、「ミーティング、やるよ！」とデスクたちに手招きをした。

窓際のソファ席には、いつの間にか警視庁キャップの菅野哲夫も姿を現し、今朝のところは渦中の人物ということになるが、顔色は普段と変わらず、「どうも」という挨拶もそこそこに、さっさといつもの櫛を取り出した。根来も末席に加わったが、根来の方は、他紙に出ていた『昭和二十二年六月』『元日之出社員』『日之出神奈川工場』といった文字が、頭の澱みに落ち込んでもがいているような、少し息苦しい気分だった。

「みんな、いるね？　じゃあまず、菅野君、この九〇年テープの件、君んとこは知ってたというじゃないか。なんで書かなかったんだ」と、前田のせわしい舌が回り出した。

「うちはテープの中身を入手していませんし、誘拐との接点も、確認出来ていない段階ですので」

「しかし、日之出ビールの話だし、そこへ就職差別が絡んで、さらに終戦直後の謎の手紙とくれば、事件との接点云々を言ってる場合じゃないだろう」

「いえ、まずテープの中身を確認しないことには、これは書けません。その点が一つと……」

前田と菅野は水と油で、そのやり取りはいつも、ウサギとカメほどにテンポがずれたまま、接点が見つかることはまずないのだった。

「このテープの話は、三紙が偶然に揃って抜けるようなネタではありません。ネタ元は、警察ではないってことです。そうなると、漏洩元が問題になりますし」

「書くのはやばい、ということか」

「ええ、まあ」

「後追いはどうする」

「事実関係のウラを固めてから。一面の方は、私が責任持ちます」

そこで短気な前田は匙を投げ、事件担当デスクの田部の方へ「社会面、どうする」と矛先を向けた。田部は難しいといった顔を作って見せた。

「まず、ほんとうに九〇年に日之出で就職差別があったかどうかを、死んだ学生の遺族に当たってみて、それからです。しかし、仮に突っ込んでも、差別の話なら、事件絡みの原稿としてはちょっと……」田部はそう言って、「根来君、昨日のタレ込みのウラは、取れそうなんだろう？」とお鉢を回してきた。

「戸田義則にタレ込みをさせた筋がありそうな感触ですが、事件との関連は不明です」

「その戸田とやらを探しに、誰かを大阪へ遣ってよ」と前田がせわしげに口をはさみ、根来は一応「時期を見て」と応えた。

「つまり、一面も社会面も、積極的にこの件を追うことはしない、ということかな？」

「今大事なのは『追って六億要求する』と言ってる犯人の動きの方でしょう」と、百戦錬磨の田部がやっと本心を吐いた。「現金要求の動きは、これまでの例から言っても、外にはなかなか漏れてきません。事件関連原稿としては多少地味になっても、今は、いずれ犯人が動く瞬間を見逃さないよう、警察や日之出幹部の動きを徹底的に見張る方にシフトしてはどうでしょうかね。菅野さん、どう思う？」

「この犯人、必ず動くというのは同意見」菅野は相変わらず、ワンテンポ遅れて返事をした。「うちは、日之出本社と幹部宅に、方面の記者を三交代で張り込ませてます。そっちからもう少し人員を回してくれたら、ありがたい」

「よし、分かった」と、切替えの早い前田がパンと膝を叩き、後追い対策のミーティングは十分で終わった。田部や菅野の言う通り、事件報道の立場に立てば、今大事なのは犯人の動きであり、いずれあるに違いない現金要求の瞬間をキャッチすることに全力を注ぐのは、当然のことだった。過去の例を見ても、とくに企業恐喝の場合、警察が発表しない限り、関係者の動きはほぼ一〇〇パーセント、闇の中になる。

それは十分納得しながら、根来はひとり、事件の隅の隅のまた隅にちらつくタレ込み屋や、株屋や暴力団の姿をあらためて思い、今度もまた、そうした地下にうごめく影の方は遠からずあいまいになっていくのを予感した。それはそれでよかった。この国の上から下まで、どこをめくっても出てくる地下茎の一つなどどうでもいいが、現にちらちらしている異物について、とりあえずそれが何であるかを知る役目は、誰が負う？

戸田とやらを探せと部長は言う。戸田に連なって菊池武史の名が出てきたら、今度は菊池のウラを取り、GSCグループの動きを探り、誠和会から岡田経友会へ、政治家へと探りを入れていくことになる。そうして異物の正体を知っていく自動運動を支えているのは、書けないけれども知っておかなければという、新聞の奇妙な使命感だったが、その役回りを引き受けるのは、当然のことながら、日々の紙面を飾るネタを求めて奔走している第一線の記者ではあり得なかった。とりあえず今日の紙面を埋めるという、社会部記者の本題から常に外れてきた番外の自分が、今度もまたその役回りを負うのは、いくらかは自然な成り行きだと根来は思った。小倉・中日疑惑のときも、多方面にアンテナを伸ばして探り回ったものの、本筋の原稿に結びついたネタは、いくらもなかったのだ。

戸田とやらを探しに、誰かを大阪へ遣れ？　背後に何があるか分からない上に、取材しても書けない話のために、第一線にいる多忙な遊軍記者を遣ることなど問題外であり、週刊誌と手を組むか、自分が大阪へ行くか、どちらかしかないと、根来はとりあえず結論を出した。

腕時計を見、夕刊二版の出稿までまだしばらく時間があることを確かめた根来の足は、編集局のフロアを横切って通路に出、エレベーターの前に立った。すると、「どこへ行くの」と声をかけてきたのは菅野で、根来が「ちょっと冷たいものでも」と言うと、菅野は「だったら、ぼくも一杯やっていくか」と呟き、一緒に三階の喫茶室へ降りることになった。

喫茶室は春めいた日差しでぽかぽかしており、冷たいトマトジュースを取ったのは正解だった。菅野は、運ばれてきたトマトジュースを一口啜ると、いきなりジャケットのポケットからウォッカのミニチュア瓶を取り出して栓を開け、中身をトマトジュースのグラスに注いで、空いた瓶をまたポケットに突っ込んだ。

根来は見なかった振りをしたが、無性に笑いたくなって、結局笑ってしまった。「ストレスだよ」と言い訳をして、菅野もにやにやした。

片や公安筋、片や溝さらいで、もう二十年、つかず離れず一緒に事件を追ってきた仲だから、どちらも相手のストレスの正体はよく見えるのだった。他紙も認める菅野の公安情報網の堅固さは、裏を返せばその網に完全に組み込まれて身動きならないということであり、表向きはずいぶん違うが、根来が縛られている見えない糸も、どうにもならない巨大な力という意味では、警察組織と差があるわけではなかった。差があるどころか、この社会の大きな円環の中で、たしかにつながっていた。

「史ちゃん。昨日、新橋で何してた」

「ブラディマリーの味は？」

「日之出株、動きそうなの？」

「事件の展開次第。ところで、九〇年テープのネタの出所、誠和会の筋ですか」

「証拠はないが、多分。その筋が、日之出を揺さぶっているんだろう……」

「株の方も、要注意です」

「うん」

根来は、喉元まで出かけた菊池武史の名は言わずにおいた。菅野の地獄耳は重々承知の上でも、『昨日、新橋で』の一言を耳にしては、さすがに制御弁が働いた。根来は頭を切り替え、行きそびれたバラ展を惜しみながら、目の前の一輪挿しに生けられた淡いピンクのバラ一本を眺めた。花は、花弁の先がわずかに縮れており、ねじれ合うように折り重なって開きかけながら、かろうじて紡錘形を留めていた。根来は数秒、自分の心が微動でもしないかと待ってみたが、結局諦め、目を逸らした。

「史ちゃん。動くときは、ぼくに一言いってくれ。出来るだけ情報を集めるから」

「ええ。相談します」

「しばらく、外泊だな」

「まあ、適当に」

菅野はウォッカ入りトマトジュースをすうっと飲み干して、「じゃあ、また」と先に席を立っていった。

＊

警察の聴取は午前九時十五分という約束だった。幹部社員の朝礼を、昨夜書いた原稿を読み上げるだけで五分で済ませた後、城山は九時六分にいったん自分の執務室に取って返し、待たせてあった総務部長と人事部長を前に、椅子に座る間も惜しんで老眼鏡を取り出した。朝刊の記事を受けて、正午の記者会見に備えて大急ぎで揃えさせた資料に目を走らせ、落胆し、城山は顔を上げた。

「要するに、岡村清二の手紙について、まったく記録は残っていないということですか」

「神奈川工場の方は、警察の要請で徹底的に調べた結果です。本社の方は、新社屋移転のときに、古い書類はかなり処分していますし」

「分かりました。時間がないから、次。……秦野孝之の入社試験の資料もなし？」

「不合格者の答案や面接資料は、毎年度末にシュレッダーにかけて廃棄しております」

「世間ではなく、この私が、差別はなかったと確信出来る資料は、何かないのですか。九〇年当時の採用内規は？」

「ございます」

「それ、持ってきて下さい」

一礼して足早に退室していった人事部長に代わって、城山は、九時十分を指している時計を見ながら、今度は総務部長に向き直った。

「連絡は取れましたか」

「取れましたが、痴呆症のようで……」という部長の返事だった。昭和二十二年六月当時に総務部長をしていた桑田という人物が、九十六歳で存命していることが分かり、連絡を取るよう指示していたのだ。四十八年前の日之出幹部たちは、桑田のほかには全員すでに他界している。

九〇年に問題が起こったときに対処しておかなかったことを再三後悔しながら、城山はしかし、諦めなかった。知らなければならないのは、昭和二十二年六月、最終的に誰が岡村の手紙を取り扱ったかだった。それが分かれば、漏洩元も分かるだろう。

「幹部は亡くなっていても、当時まだ若かった人を一人でも二人でも探して下さい。誰かの記憶に残っているかも知れないから。で、取締役会の議事録は……」

「デスクの上に」

「中、見ました？　手紙の件、出ていました？」

「いいえ。それより、実は八月分が欠落しておりまして……」

「もともと八月分はあったのですか」

「そう思います。九月分の議事録から察するに、八月に取締役会は二回開かれていたようなのですが、その二回分の議事録が見つかりませんで」

九時十三分を指している時計に半分気を取られたまま、城山は「ともかくご苦労さま」と総務部長を退室させた。自分の頭が混乱していると自覚しながら、城山はデスクに置いてある黒い簿冊に目をやった。

四十八年前のそれは黴の臭いがし、表紙は触れば剥がれ落ちそうなほど腐食していた。終戦直後で、それほど取締役会も開かれなかったのか、今のものと比べるとはるかに薄い。城山は、その薄い簿冊を綴じている綴じ紐の、結び目の近くに残った変色の跡を見た。その跡が何であるか考えるまでもなく、四十八年前の結び目が、ごく最近何者かの手で結び直されたのは明らかだった。

その議事録を開いて、たしかに七月の日付の次に九月の日付が来ているのを確認した後、インターコムに手を伸ばしたら、先に野崎女史の声が《お時間です》と告げた。城山は、今すぐ白井を呼ぶように伝え、警察の方は十分待ってもらうよう連絡を頼んだ。

城山が「今すぐ」と滅多にしない念の押し方をしたせいで、白井は二分ほどで忙しげに現れたが、まずは「いいお天気で。私、今から仙台へ発ちますが、ほら、東北大との産学協同プロジェクト、やっぱり県を引きずり込んでインフラ整備費を出させた方が」などとはぐらかしてきた。

「白井さん、この議事録の中から八月分を抜いた者を探すように。見つかったら、知らせてほしい」

白井は、城山が渡した簿冊を手に三秒ぐらい黙っていた。それから、わざとらしい笑みを浮かべ、「貴方、今日から暴君になるおつもりですかな？」と呟いた。

「泥棒を探すのが暴君ですか」

「泥棒は探しますが、処置は私に任せるという条件で。貴方は、そ知らぬ顔でおられるのがよろしい」

それだけ言って、白井が再び風のように出ていってしまった後、城山は少し後悔した。白井は、外部に知られたら困る事態をまた一つ抱え込んだ城山に同情し、なおかつ人前で冷静さを欠いた城山に、敗北感を味わわせた上で、抜目なく余裕を見せて善処を約束していったが、その短い間、城山はあらためて事件の当事者の心境に追いやられただけだった。城山としては大いに不本意だったが、取締役会の議事録の盗難という事態も、人前で冷静さを失う弱者の屈辱も、会社に災厄を持ちかえってきた者が負うべき付録だろうと、自嘲半分、思い開くほかなかった。

時間がないのだと思い出して、デスクの書類を大急ぎで片付けにかかったところで、野崎女史がドアから顔を覗かせ、「もうお時間ですが、田丸氏からの急ぎのお電話が入っております」と告げた。

城山はとっさに〈群馬県の別荘地の件で、直談判に出てきたか〉と思い、いきなり新たな動揺に襲われながら、「城山です」と外線電話に応えた。

《田丸です。お久しぶりです》

「昨日はわざわざの電報を痛み入ります」

《いろいろご心労もおありでしょうに。まあ、固い話は抜きにして》

城山は二年前、倉田の尽力で岡田経友会との関係解消の話がまとまった後、最初で最後の宴席で田丸善三に会った。その風体といえば、〈スーツを着た七十代の男〉以上の何ものでもなかったが、同席した一時間ほどの間、城山はある種、背筋が薄ら寒くなるような不快な感じに襲われ続け、後で倉田から、右翼の真骨頂はいつでも相手と刺し違える気構えにあるのだと聞かされて、なるほどと納得したものだった。端的に、命の惜しい人間に対して命の惜しくない人間が物を言う、その、理屈以前の決定的な断絶を前にした薄ら寒さは、なかなかの体験だった。

その二年前の酒の席で、田丸は城山を相手に、筑豊の炭鉱街に生まれて戦後の闇ブローカーから身を起こした自分の立身伝を披露したのだが、言外に執拗に臭わせていたのは終始、自分がいかに城山とは違う世界の人間であるか、自分がいかに何も怖れていないか、ということだった。そこには、最終的には蛇がカエルを射すくめるような残忍さのほかには何もないと城山はそのとき感じたが、長年のフィクサー人生の根底にあったのが、結局は征服欲を含めた歪んだ人間性なのだというのは、一つの発見だった。

しかし冷静に見れば、田丸の才覚にはまったく疑いの余地はない。田丸が国粋主義を身につけたのは戦前の政界の黒幕、辻嘉六の影響下だというが、終戦直後にもっとも感銘を受けたのは、民主主義の世の中になってもやっぱり、政治家と金は一心同体という事実だったと田丸は言った。田丸はまた、昭和二十二年の総選挙の際、政治献金疑惑で命運を絶たれた辻嘉六のケースを教訓とし、戦前のように右翼が顔一つで影響力を大々的に行使する時代は去ったこと、財閥解体で金の流れが変わること、さらに、これからは金は地下へ潜るということを見極めたという。

そして田丸は、屑鉄で一財を築いて海運業と港湾業へ進出し、光産業グループを作り上げて株価をつり上げるやいなや、丸ごとグループを売却して資金を作り、誠和会の前身である自由誠和会という右翼団体を作った。続いて、金は地下へ潜るという自説に従って、昭和三十四年に舎弟に誠和会をのれん分けし、さらに岡田朋治という右腕に岡田経友会を作らせて自分は背後に退き、そこからがフィクサー業の始まりになったということだった。

それ以来、どのぐらいの裏金の仲介に立ったのかは知らないが、日之出については、昭和三十七年ごろに、陸運業の子会社の認可をめぐって永田町とのパイプ役を田丸がかって出たのが始まりだと城山は聞いていた。以来、どこにでもある関係の一つとはいえ、田丸の一本の電話、呼出し一つ、料亭での一席などが、常に無言の脅しとたかり以外の何ものでもなかったことは、そのとき同席した倉田の目が語っていた。その席で、城山は初めて倉田が長年その半身を沈めてきた世界の何たるかをおぼろげに知り、倉田の心中を痛いほど分かったと思ったのだが、今にして思えば、どれほど分かったというのか、大いに疑問ではあった。

城山はその二年前の席で、倉田に教えられた通り、礼儀だけは通して「お世話になりました」と何度か頭を下げたが、相手が最後に残していったのは、「これは協議離婚のようなものですからな」という一言だった。慰謝料を支払って関係を解消しても、感情的なしこりは今後も残るという意味だったのだろう。そのときの田丸の蛇の目を鮮明に思い出しながら、城山は「今日はまた、どのようなご用向きで」と、慎重に尋ねた。

《なに、今朝の新聞を見たものですから。知らない仲でなし、一言申し上げておかねばと思いまして。お困りのことがあったら、この田丸がお力になれます》

「それはお心遣いをどうも」

《私の予想は外れたことがないんですよ、城山さん。

ひょっとしてご一族の問題ならば、タイミングを逃さないうちに、強力に報道を押さえ込む手だても必要になってきます。案ずるより産むが易し、です》

「新聞報道の件は、まったく根も葉もない誤解ですので、心配はしておりません」

《ならば、よろしいが。ともかく、いつでもご一報を》

電話はそれだけだった。田丸が、暗に姪の佳子の一件を言ったのは間違いなかった。

田丸はどこから姪の話を摑んだのか、と城山はとっさに自問した。九〇年の時点で、入社試験のトラブルだけでなく、死んだ学生の女友だちの話まで摑んでいたのなら、話の出所は学生の遺族か。

目的は何か。これははっきりしていた。頓挫している別荘地購入話を進めるための圧力だろう。しかし、こんな時期にこれほど見え透いた圧力をかけてくるということは、ほかに下心でもあるのか。

佳子の一件を《岡田》に摑まれている。電話の最中に胸のうちにざわめき立った驚愕はしかし、猛スピードで駆け去り、残ったのは、解放された時点で自分はこういうことも考えておかなければならなかったのだという反省だった。しかし、もし考えていたら、自分にはほかの選択肢があったのか。警察にすべて話す決断をしていただろうか。そう自分に問いただすと、いや、今さら内外に向かって、これまで言ったことは嘘だったとは言えないという結論が出てきて、城山は納得出来るような出来ないような、複雑な着地をした。

昨夜、電話で声を聞いた佳子は、もちろん四年半前の秦野孝之とのトラブルが取り沙汰されていることなど知る由もなく、ただただ伯父の無事を喜んでいただけだった。その晴れやかな声を聞きながら、城山自身はしかし、この娘は自分にとって何だったのかという再三の自問に駆られたために、終始あいまいな受け答えしか出来なかった。

昔から、親に似て感情を表に出さない実の娘よりも、お茶目で明るい佳子の方が可愛いほどだったが、それは佳子個人に対する愛情というより、自分自身の目と心の保養のようなものだったに違いない。昨夜はそんなことを考え、複雑な胸中だったが、しかしともかく、一度公言した内容を覆すことは出来ないとなれば、佳子と哲史を守ると決めた自分の決断に、あれこれ懐疑を懐くのは虚しいというのが、今は一番の正解だと言えた。それに、田丸の今日の一言については、それこそ倉田に相談しなければ、現実に城山には手も足も出ない話だった。

そういう結論を出した後、城山は予定より十五分遅れた午後九時三十分、地下倉庫の一室に設けられた対策室に入り、警察の第二回目の聴取を受けた。

その日はまず、テーブルにあんパン十個、クリームパン五個、紙パックの飲料三十個、缶詰四個などが並べられ、監禁中に城山が食べた食品を一つ一つ特定する作業から始まった。捜査員はとくに、ポークビーンズの缶詰と、フルーツ牛乳に執着しているように感じられたが、その理由は不明だった。

*

午前十一時の定例記者会見に現れた神崎一課長は、誰もが予想した通り、冒頭から「朝刊で九〇年テープの件を書いた三紙は、猛省して下さい」と切り出した。

「三紙の記事は、被害者である日之出ビールに対する不当な攻撃に当たるだけでなく、結果的に日之出を恐喝している犯人を利することになりかねない。さらに、事件に無関係の九〇年テープの関係者、とくにすでに死亡している人々とその遺族に対する配慮も欠いている。三紙とも、重々お分かりでしょうから、これ以上は言いません」

久保晴久をはじめ、各紙の記者たちがびっくりしたのは、その次だった。

「とは言っても、どうせ皆さん、取材を止めないでしょうから、日之出ビールの了解を得て、当該の九〇年テープからテープ起こししたものを、今から各社にお配りします。一切、元のテープからの削除はしていません。ただし、個人名については人権への配慮から黒塗りにしてあります」

予想外の警察の先手だった。狭い一課長室が一斉にざわざわし始める中、広報課員の手で各社一部ずつ、コピー用紙の束が配られた。久保の手にも回ってきたそれは、A4判で二十枚あり、冒頭の一行は『日之出ビール株式会社神奈川工場各位殿』だった。続いて、『小生、不肖[redacted]は、去る二月末日をもって日之出神奈川工場を退職した四十名の一人であります。今日なお思うことといろいろあり……』と本文は始まっていた。最後のページの日付は『昭和二十二年六月』。

とりあえず中身は置いて、『社長ヲアズカッタ』という犯行グループのメモの公開さえない段階での、この大盤振る舞いは、これが事件の本筋に関係のない捨て資料であることも物語っていたが、それ以上に、警察の対応が早過ぎることに、久保の神経は逆立った。この対応の背景は何か。意図は何か。

「謎のテープと騒ぐ価値のある内容かどうか、各社一読して下さい」と神崎のそっけない声は続いた。「なお、手紙の主の元日之出社員も、手紙の中で触れられている被差別部落出身者の同僚も、すでに死亡しています。また、その手紙が、昭和二十二年にたしかに日之出神奈川工場へ届いたという事実の確認は出来ていません。日之出側に資料は残っておらず、手紙の件を記憶している元社員も見つかっていません」

その言葉が終わるのを待って、「この手紙を今日、公開した理由を教えて下さい」と久保は真っ先に手を挙げた。

「取材の行き過ぎによる関係者への被害を防ぎたいという捜査本部の判断です。一読していただいたら分かるが、テープの内容は被差別部落に言及しており、取り沙汰された相手は有形無形の被害を被るのは必至です。新たな恐喝の要因にもなりかねない。捜査上の問題がない以上、この件には触れないでいただきたい、ということです」

「新聞はたしかに触れないかも知れませんが、こんな資料を公開したら、週刊誌などは逆に取材攻勢が強まると思いますが」

「週刊誌が興味を持つような内容ではないと考えています」

到底そうは思えなかったし、神崎の腹には口の堅い日之出を間接的に揺さぶる計算もあるのではないかと、久保は勘繰った。あるいは、こういった資料の漏出によってなにがしかの利益を得る筋との、ぎりぎりの駆け引きか。

久保がそんなことを考えている間に、他紙はここぞとばかりに質問を飛ばしていた。「捜査上の問題はないというが、この手紙、総会屋が流したという話もありますが」と声を荒らげているのは、朝刊で『謎のテープ』とぶち上げた社の仕切りだった。

「そういう事実があったという裏付けは得ていません」と、神崎一課長は言い抜けた。

「総会屋とエセ同和が日之出をゆすってたんでしょう?」

「告訴状の被害事実は、あくまで、企業を中傷する内容の、差出人不詳のテープが送られてきたというものです」

「九〇年テープと今回の社長誘拐は無関係。そう判断した上での、手紙の公開ですか」

「警察は関知していない、ということです」

虚しいやり取りを耳にしながら、久保は、さて自分はどうするのかと自問した。捨て資料ではあっても、いったんは告訴騒ぎにまでなった九〇年テープを、まったく無視してしまっていいのか、どうか。久保は手元の二十枚のコピー用紙に目を移し、馴染みのない地名や固有名詞の並ぶくだりに、知らぬ間に引き込まれていた。

手紙の主は、東北の貧農の生まれらしい。『小生は大正四年、青森県戸来村に生まれました。生家は同村田茂代地区で畑五反を小作する他、立分けで地主から牝馬一頭を借り受けて飼育し、生計を立てて居りました……』というふうに始まる手紙の主の告白を読み始めると、昭和三十八年生まれの久保の頭は、たちまち疑問符だらけになった。

4

四月二十八日金曜日。城山恭介は、事件発生から三十六日目の朝を、倉田誠吾からの一本の電話で迎えた。倉田は、あらかじめ決められていた符牒を使って《朝からお邪魔いたします。飯田商会の方から、先般の契約の件でそちらにお電話が入るかも知れません》と言った。

犯人からの連絡が来た、という一報だった。警察の設置した録音機につながっている自宅の電話では、これが精一杯だった。いつ、どこへ、どのような手段で、どのような内容の連絡があったのか、詳しいことは符牒では分からなかった。

この一カ月の間、『連休前までに連絡する』と言った犯人が、必ず連絡をしてくるという城山の確信は、揺らいだことはなかった。不測の事態が起こらないかという恐れは常にあったが、取締役会はすでに、いざというときは犯人の要求に応じることで議決しており、少なくとも社内的には、対応に苦慮するという事態はないはずだった。

倉田の声を耳に、城山の心臓は〈ついに来たか〉という思いでひと跳ねしたが、おしなべて冷静に「分かりました。では後ほど」と応えて受話器を置いた。今日か明日かと待つ日はこれで終わった、これからは対処に回ればよいのだという声が、頭のどこかで小さく弾んだ。

もっとも、微妙な感触を云々すれば、岡田経友会の田丸が事件直後から暗黙の脅しをかけてきていることで、倉田が今後の対処全般についてかなり慎重になっているという事実もあったし、役員も社員も、総じて喉もと過ぎればの安穏としたムードが漂い始めている今、この時期ではあった。不安材料はないとは言えないというのが正確なところだったが、とりあえず早朝の電話一本だけでは、立ち入った判断をするまでもなかった。

城山は普段通りに朝食を取った。その後、アイリスが咲いたと妻に呼ばれて庭に出、直植えの矮小なアイリスが十本ばかり、ヒマラヤ杉の下で紫の花をほころばせているのを見た。この一カ月、まったく目をやっている暇もなかった庭は、いつの間にか春の花で埋まっており、日陰のアイリスは、どうやら最後に咲いた花のようだった。

午前七時四十五分には、いつものように運転手の山崎が迎えの車を玄関先に着け、「今日は大井阪急の方を回って行きましょうか」という山崎の提案に、「それで結構」と城山は応えた。実はかなり迷った末の返事だったが、もしもの場合には、世間や警察に異変を気づかれないよう、普段の生活時間は変えない方がいいと、コンサルタントの小谷にも言われていた。そうして城山は、約束通り犯人が連絡をよこした四月最後の金曜日の朝のひとときを、毎朝恒例の社用車での市中探検に費やし、午前八時二十分には、本社ビル前に辿り着いた。

新社屋を建設するとき、建物を道路から二十メートル後退させて設けられた緑地帯のクスノキやケヤキは、新社屋完成から八年目を迎えて見事に育ち、ゴールデンウィーク前のこの季節には、新芽の緑が白い御影石の敷石を染め上げるほどに鮮やかになる。その新緑のプロムナードにあるベンチに、その朝もまた、若い男が一人座っていて、城山は車中から軽く会釈をした。すると、向こうもちょっと腰を上げて会釈を返してきた。

東邦新聞らしいが、事件からこのかた一日も欠かさず、二十四時間三交代で本社ビルの玄関に近い場所に一人、南側の地下駐車場の入口付近に一人、記者が張り込んでいる。新聞は事件がそのうち必ず動くと見ているようだが、報道にかける執念は大したものだと言わざるを得なかった。

世間の関心は事件から一週間ほどで早くも薄れ、自宅前の報道陣も姿を消し、日之出の名が新聞社会面に出ることはなくなった。週刊誌の特集記事の方は二週間続き、〈日之出社長誘拐の奇々怪々〉〈拭えぬ裏取引説の信憑性〉〈これだけある日之出の狙われる理由〉〈日之出と闇社会の系譜〉といった予想された見出しや、城山個人をネタにした〈華麗な閨閥〉〈エリート人生〉といった俗悪な誘い文句が、電車の吊り広告に躍った。しかし、企業としてはいちいち反論する必要なしと決め、城山もそうした記事にはほとんど目も通さなかった。

一方で、自宅の電話には相変わらず録音機が付いているし、捜査も延々続いていた。四月に入って、青梅街道の方で不審車両の目撃証言が上がり、城山を乗せて犯人を走らせた車は、ナンバープレートの末尾の数字が《54》の、濃紺の日産ホーミーだった可能性が高いと捜査員に聞かされた。しかしその後、その車両は見つかっておらず、ナンバープレートが偽造であったとか、首都圏で登録されているすべての日産ホーミーを一台一台当たっているとか、そういう説明があってから、すでに十日だった。

ポークビーンズやフルーツ牛乳といった食品の購入場所の方は、結局全部の食品を同一店舗で扱っている量販店はないことが分かり、犯人は複数の店でばらばらに購入したということだ。そして、犯人については依然、相貌も、年齢も、生業も、生活も、何ひとつ分かっていない。

新聞記者の姿は、正面玄関へ移動する車の車窓から消え、ルームミラーから消え、車は定刻通りに車寄せに着いた。緑陰から窺っているに違いない記者の目を気遣いながら、城山はカバンを手に車を降り、玄関前のガードマンに「おはよう」と声をかけた。「おはようございます」と明るい挨拶が返ってくる。出勤してきた社員からも「おはようございます」と声がかかり、城山は「おはよう」「おはよう」と一つ一つに応えた。

そうして玄関ドアをくぐると、エレベーターホールのどこかで待ちわびていたらしい、対策室専従の総務部次長がすみやかに近づいてきて、「対策室で倉田さんがお待ちです」と囁き、城山をエレベーターへ促した。

「で、連絡はどういう形であったのですか」

「今朝早く、神奈川工場の正門の中に投げ込まれていた手紙を、守衛が拾いました。守衛が工場長に連絡し、工場から当直の者がこちらへ直接届けに来ました」

エレベーターは地下二階で止まり、そこからさらに、一般は立ち入れない鉄扉を通って、オペラホールの舞台の下にある対策室に入ると、思いつめた表情の倉田誠吾がまず、会釈だけよこした。

神奈川工場に投げ込まれていたという手紙は、テーブルの上に広げられていた。ありふれたB5判の書翰箋一枚で、目を近づけると、定規で引いたらしいボールペンの手書きの文字が目に飛び込んできた。

『支払ウ用意ハ出来タカ。OKナラバ、5月5日付ノ『日刊スポーツ』ニ、《恭子　許ス　父》ト、広告ヲ出セ。レディ・ジョーカー』

城山は三回か四回、くりかえし目を走らせた後、これは、金を支払う意思の有無を確認する文書なのだと、やっと理解した。それだけのことを理解するのに少々時間がかかったのは、ここへ来て急に、これまでの一切の経緯から現実感が抜け落ちてしまったように感じられたせいもあった。いや、《レディ・ジョーカー》という、意味不明の一語のせいかも知れなかった。

「それでは……、マニュアル通りに対策室で処理をするということで、よろしいですね？」

城山がそう切り出すと、倉田から返ってきたのは、当然出るだろうと予想した同意の返事ではなく、「ちょっとお話が」という一言だった。倉田は目で〈外へ〉と促し、先に立って部屋を出ていった。城山は驚きながら後に続いた。

舞台の下の暗い通路で、城山は想像もしなかった倉田の反応に出会った。倉田は、犯人からの手紙の扱いを取締役会に諮るべきだと言い出したのだ。

「私もたいへん迷った結果です。いざ犯人の要求に応じるとなると、これからは現金の支出という具体的な話になっていきます。元帳や書類の改ざんを含めて、ここで意志の再確認を図っておかなければ、どこかで破綻したときに収拾がつかなくなります」

「貴方は何を言っておられる……。今ここで取締役会に諮るようなことをしたら、三週間前の議決が水の泡になる可能性がある」

「その通りです。だからこそ申し上げているのです。ここで対策室に一任して、結果は事後承諾ということになると、心証を害する人が出てくる。榊原、大谷、吉川、篠崎、井坂……」と、倉田は本社役員の名前を並べた。続けてさらに「山本、坪井、高坂、森脇……」と、支社長、工場長クラスの役員の名前が挙がった。

先の議決の際、さまざまな見地から犯人の要求に応じることに反対した本社役員たち。さらに、来世紀に備えた分社化の布石に対して、製造部門の切捨てにつながると危機感を抱く各事業部の役員たち。この五年間、城山が推し進めてきたさまざまな構造改革を、頭では理解しつつ感情的に受け入れられない役員たち。たんに白井派・倉田派といった色分けを超えて利害と感情と理性が複雑に絡み合った取締役会の現状が、単純な票読みを許さないのは、城山もいやというほど分かっていた。しかし、だからこそ三週間前に議決をし、犯人の要求に応じることで意思統一を図ったのではないか。

ビールに被害が及ぶのを誰よりも危惧し、万一の場合の損失を綿密に試算して、取締役会を強力に指導した本人が、今は逆のことを言い出している、その真意を推し量ろうとして、城山は虚しく頭を巡らせた。

倉田は続けた。「このまま犯人の要求を呑むと、いずれ岡田の要求も呑まざるを得なくなります。田丸は例の別荘地は四〇億と言っている……」

「いつ、そんな金額が出たのですか……」

「二月です。私が交渉に応じないものだから、田丸は貴方に直談判を仕掛けてくる可能性もあります。私は何とかして防ぐつもりにはしていますが、それにしても犯人の要求を丸飲みにしたという経緯を指摘されたら、交渉は不利になる。犯人の要求額とあわせて、六〇億もの金を支出するような事態だけは、何としても避けなければ」

「田丸の話とこの犯人の要求は、分けて考えましょう。犯人の要求を拒否して、万一商品に被害が出たときの損失は、十二桁の数字になると言ったのは貴方だ。ここで、あえて取締役会の意思を危うくする意味は、どこにあるのですか」

「私は、犯人の要求を呑むなと言ってるのではありません。最終的に呑むにしても、犯人の言いなりになったという印象を役員に与えるのはまずいから、取締役会に諮るべきだと言っているのです」

「しかし、手紙の扱いを諮るのであれば、イエスかノーをむしかえすだけです」

「役員に意見を出させた上で、ここは慎重な判断をしたいので、まず警察に通報し、対応を相談することで判断の時間を稼ぐことにしてはどうかと、そう提案するのが一番いい。うるさい役員も、それならば納得する。貴方の立場も守られる。是非、そうしていただきたい。取締役会の采配は私が責任を持ちます」

逡巡の余地のない語気の強さだった。城山は押し返すだけの気力も、事の是非を判断する能力も自分にはないと認めた。自分の中でそれなりに筋道をつけてきた事柄が一気に揺らぎ始め、ただ不安な気分に押しやられた勢いで、「そうですね」と応えた。

それを見透かしたのか、倉田は城山の不安を受け止めるように、少し微笑して見せた。

「城山さん。私は全面的に貴方と同じ意見です。この私が、たとえば五月・六月分の四千九百万ケースの受注分を出荷出来ないような事態を作ることはあり得ません」

「そうですね」

「警察は犯人を動かしたいでしょうから、必ず要求に応じたふりをしろと言ってきます。そうなると、こちらも渡りに舟です。犯人の要求通りに動くことで、裏取引の交渉も可能になりますから」

そうして、結局倉田の提案通り、今日中に取締役会を招集することを申し合わせて、その場は別れたが、城山は一人になってから、つくづく何という微妙な話だろうとため息が出た。

城山と倉田が渡らなければならない橋は、両端を《レディ・ジョーカー》を名乗る恐喝犯と、岡田経友会にふさがれており、今はとりあえず岡田を牽制しながら、恐喝犯の方へ進んでいこうとしているが、そこへ辿り着くためには、取締役会というあやふやな関所を常にくぐっていかなければならないのだ。その行程も微妙なら、関所のくぐり方自体も実に微妙だった。倉田が提案した内容を要約すると、要は役員をいかに騙しつつ、総意の形成を図るかということだが、それは万一の場合の追及をかわすための布石というよりは、九〇年の醜聞を抱えた微妙な状況判断の中で、あくまで最終的に恐喝犯の要求を呑み、同時に、岡田経友会との交渉のフリーハンドを確保しておくための布石の一つ一つなのだった。

さらに、そうした布石を敷く倉田自身も微妙で、城山の目には、倉田が今、岡田との全面対決か妥協かの間で、揺れているのがよく見えた。その詳しい心境までは分からないが、たとえば倉田が、こういう形で城山に手のうちを見せること自体、これまではなかったことで、そういうところにも倉田自身の変化は如実に現れていた。一カ月前、城山が解放された夜に、唐突に気づいたことだったが、倉田がいくらかは以前の倉田でないのは確実な今、それでも全面的に信頼するほかない城山自身の心境も、微妙この上なかった。

城山はその日も一日所用に追われたが、午前中に白井と電話で話し、犯人からの手紙の扱いを取締役会に諮ることについての意見を求めた。すると、白井は即座に《倉田君に動かされましたか》と言った。

「よくご存じで」と城山は応えた。「要は、私自身も先が見えないのです。貴方は、議事録泥棒の名前を言わないし」

《その件は、いずれ本人が貴方に言うと思います。それより、倉田君の辛い立場は、よく分かります。ぼくも含めて役員の大半は、まさかほんとうに手紙が来るとは思ってなかったというのが本心だし、岡田の件もあるし、株の方もちょっと問題含みだし……》

「株がどうかしましたか」

《倉田君が神経質になっているんだが、これから証券会社の人間に会うんで、後でご報告します。ともかく、ここは倉田君の采配に期待しましょう。ぼくも出来るだけ、皆の白紙委任状を取り付けますから》

白井とはそんなやり取りをしたが、白井は白井なりに状況判断に迷った結果、倉田に下駄を預けて、自分はうまく場外見物を決め込んだなと城山は察した。これが一番賢い身の振り方なのは間違いなかった。

その夜、午後七時に三十階の会議室を閉め切って行われた臨時の取締役会は、支社長・工場長を含めた二十八名の社内役員のうち、白井を含めた十五名が白紙委任で欠席し、十三名の出席で開かれた。杉原の姿はなかった。ともかくその場は、城山と倉田を除く全員が、今ひとつぴんと来ない表情をしていたことだけは確かで、おそらく《レディ・ジョーカー》という名前が深刻さを削いだのだろうが、はた迷惑ないたずらに付き合わさせられている、といった雰囲気だった。

城山は最初に、前回の決議に付けられた但し書に基づいて、警察に届けることなく犯人の要求する広告を出してよいかどうかを諮りたい旨の前置きをしたが、その言葉が終わらないうちから、楕円テーブルを囲む役員たちの目に落ちつきがなくなった。そして、すぐさま秘書室長兼総務担当の榊原常務の手が挙がると、「前回の議決から三週間経って、日之出を取り巻く状況も変わってきていますので、ここでもう一度、状況判断の見直しが必要なのでは」という発言があり、「同意見です」という声がいくつか、それに続いた。

榊原は曰く、「この一カ月の間に世間に浸透してしまった風評では、日之出は闇社会とつながりがあり、犯人と裏取引をして、すでに金を支払ったということになっています。実際、そう受け取られても仕方のない対応だったことは事実です。ここでさらに、犯人の要求に応じて、それが世間の知るところとなった場合、日之出ブランドの受けるダメージは計り知れない」ということだった。

企業イメージの市場効果について言えば、前回の議決の際に、犯人の要求に応じなかった場合のプラスより、商品に被害が出た場合のマイナスの方が大きいという評価が出ていた。さらに、商品に被害が出た場合に発生する損失の方は、どういうケースを想定しても一〇〇〇億円を超えるという試算結果で、三週間前には否応なく犯人の要求には応じるべしという結論でまとまったのだが、一カ月の平和はこうして人の意識を元のレベルへ引き戻してしまうのだ。

城山は「私は、前回の試算結果を尊重する立場です」とだけ応えた。

代わって、医薬事業本部の大谷常務が提示したのは、もっと根本的な疑義だった。

「そもそも、この《レディ・ジョーカー》とやらの話は、私たちがこんなふうに集まって取扱いを協議する価値があるのかどうか。こんな要求は、白紙手形と同じではありませんか。まったく話にならない」

城山は、要求金額は二〇億だとあらためて応えたが、大谷は「金額を明示せずに、支払う用意は出来たかというのは、納得がいかない」と受け付けなかった。

たしかにその通りだと、城山も認めざるを得なかった。短い文面に、二〇億の一語を書かなかった《レディ・ジョーカー》を恨みながら、城山はしかし、「犯人は私に、二〇億とたしかに言ったのですから、ここはそう理解していただきたい」と重ねて言うしかなく、楕円テーブルは是でも非でもない困惑げな沈黙になった。

こうして事件から一カ月が過ぎた今、事件後に新聞に書かれた九〇年テープの経緯について、役員の間では、入社試験を中座した学生が杉原武郎の娘と懇意だったという話がそれとなく囁かれており、さらに昭和二十二年の取締役会の議事録の一部が盗まれた話も流れているのが実情だった。そうして事件の周囲に張りついた身内の醜聞が、《レディ・ジョーカー》という奇妙な名前以上に、皆の気持ちをあいまいにしているのは確かだった。

そして、実にそのあいまいさを逆利用する形で、倉田は予定通り、「では、いったん手紙を警察に届けるということでいかがですか」と提案をした。

皆は虚をつかれた表情だったが、倉田の読み通り、最終的には警察に届けて様子を見、判断を先送りするということで、急転直下の結論を見た。

散会した後、城山は退室する前に倉田に「今日はどうも」と礼を言い、ついでに臼井から聞いた株の件を質してみた。城山としては、どんな小さなことも気になる心境だったからだ。

「四月に入って、株価が高めですし、CBのパリティも上がっているし、信用取引の方でも買い残が毎週十万株ぐらいずつ増えているので……」

「それは私も知っていますが」

「昨日の速報値では、買い残が二百万株を超えていたんで、手口を調べさせたら、各証券会社がまんべんなく買いに入ってるということでした。どうも、うちが秋口にコンビニエンスストアのどこかを系列に入れるという風説が流れていることも分かったんですが、その出所が、ひょっとしたら……」

　倉田は、言いかけたことを後悔するように口をつぐみ、沈鬱なため息をついた。城山は「それで」と促さなければならなかった。

「噂ですが、誠和会の傘下の投資顧問会社の名前が挙がっているのです。GSCグループの中の一つです」

「岡田と関係のある話ですか」

「分かりません。たしかに二百万株ぐらい、全体から見れば大した量ではありませんが、こういう時期ですから、投機的な動きは警戒した方が」

　城山はその時点で、倉田の懸念の中身を十分に理解したとは言えなかったが、裏の社会を覗いてきた者にしか分からない直感もあるのだろうと思うと、不安だけはまた一つ、確実に積み上がった。

*

　翌四月二十九日土曜日の午前中、役員のほとんどが恒例の日之出関東コンペのために松尾ゴルフ倶楽部に出かけている間、メーデーまでの三連休で空っぽの本社ビルに、東京電力の保守員に化けた捜査員が入り、《レディ・ジョーカー》から届いた手紙を受け取っていった。そのときのやり取りの詳細は、五月二日火曜日の朝、出勤した城山の耳に届いたが、警察は手紙が届いたことを含めて、従来通り一切世間には公表せずに対処していく方針を説明していったということだった。

　さらに二日の午前中、城山の元に捜査本部のいつもの捜査員から電話が入り、妙にしゃちこばっていると思ったら、電話は神崎という捜査一課長に代わって、直々にご相談したいことがあるとの申し入れがあった。時間が取れないと城山が断ると、神崎は、何をおいてもこちらを優先してほしいと言い、城山は結局、昼食時ならということで応諾した。

＊

正午前、警視庁七社会の東邦ボックスは、一週間前に逮捕されたカルト教団幹部の続報も一段落して、夕刊早版の一面の見出しが『さわやか五月』、房総半島のカラー写真付きといった長閑さだった。三版の出稿前になっても差換えの原稿はほとんどなく、直通電話も少なく、暇に任せてノートを整理し始めた久保の隣では、せめて気分だけでもとうそぶいて、栗山が旅行雑誌をめくっていた。外線電話から、《日之出前の山根です！》と方面記者の威勢のいい声が聞こえてきたのは、ちょうどそういうときで、久保はいっぺんに目が覚めたと同時に、久々の日之出の一語に慌ててしまった。

《今、地下駐車場へ一課長の車が入って行きました。声かける暇はなかったんですが、どうしましょう》と記者は言う。

「駐車場の入口で見張ってて。今すぐ行くから。もし、ぼくが間に合わなかったら、駐車場から出てくる車をともかく止めろ。挨拶でも何でもいいから声かけて、相手の表情を見逃すな。何かあるときは、相手の目を見ない人だから。分かった？」

受話器を置いたときには、久保はもう自分のディパックをひっ掴んでいた。「キャップ、一課長が日之出本社へ入ったそうです。事件、動くかも知れません」

そう言うが早いか、ここ数日の退屈から解放された勢いで久保はボックスを飛び出した。日之出本社のある北品川まで、車を飛ばして半時間。四月は、初旬に二日しか碑文谷の公舎に帰らなかった神崎だが、今ごろ日之出にご機嫌伺いに行くほど暇なはずがない。ひょっとしたら犯人の要求が来たか。きっとそうだ、犯人が動いたと、どこから来るのか分からない直感がわめき立てた。

＊

城山は、本社ビル四十階にあるビアレストランの個室で、捜査一課長の神崎秀嗣を迎えた。午前中の電話で、警察の用件を推し量れなかったために「昼食をご一緒に」と誘いをかけてみると、神崎はあっさりと《それはどうも》と応えたのだ。

神崎は、身なりこそ平凡だが、短く刈り上げた灰色の頭と、その下の日焼けした頑健そうな額と、さらにあまり動かない小さい眼球を合わせた印象は、昔見た陸軍の下士官のようで、なるほど警察庁の岩見とはだいぶん違う、実戦部隊の指揮官の顔だと、城山は会うたびに納得するのだった。

神崎は開口一番、「このたびのご協力に感謝します」と一礼し、気取りのない素振りで席に着くと、「素晴らしい眺めですね」とこれもさばさばした調子で言った。そう口にするとき、神崎はたしかに四十階の窓の彼方へ目をきちんとやっており、捜査員たちのように口だけが上滑りするということはなかった。

「ところで社長は、体調はいかがですか」

「おかげさまで。料理は、肉と魚のどちらがお好みですか」

「では、私は魚を」

「ビールは」

「いえ、せっかくですが勤務中ですので」

ウェイターが去ってから、神崎は「ご相談の第一は」と速やかに切り出した。ビジネスもこうであればと城山は感心もしたが、少し聞いていると、相談といえども常に一方的で基本的に相手の立場を慮る必要のない官庁の臭いはやはり濃厚だった。さらに、一言毎に個人の顔が消え、代わりに警察組織の顔が現れてくるような鍛え上げられた無個性は、間違いなく一種の威圧感にもなっていた。

「捜査本部としては、捜査の進展を図るためにも、ぜひとも《レディ・ジョーカー》を動かしたいと考えています。犯人が動けば、包囲の道も開けます。つきましては、五月五日の指定日に、御社の方で日刊スポーツに広告を出していただいて、犯人からの次の指示を待ちたいのですが」

「次の指示が来たら、そのあとは」

「次の指示は、おそらく現金受渡しの指示になると思われます。その指示にも従っていただきたい。もちろん、警察が完全に包囲していますから、もし犯人が現れるなら、取り逃がすことはないとお考えいただいて結構です。実際、警視庁では、過去にこういうケースで犯人を取り逃がした例はありません」

「要するに、犯人の要求に応じたふりをしろということですか」

「その通りです」

「捜査にとって何が最善なのか、私の判断することではありませんから、そちらがそうおっしゃるなら、ご指示には従います。正式には、対策室の方からお返事させます」

「ところで、今回の犯人の手紙は、こちらにご連絡いただいたのが入手の翌日でしたが、何か特別なご事情でも……」

「いえ、そうではありません。役員がみな多忙にしているものですから、集まって対処の方法を話し合うにしても、なかなか時間が取れませんで」

料理が運ばれてきたために話は少し中断し、神崎は、バターライス添えのラングスティーヌのソース・アメリケーヌ風を、「これはまた、めっぽう美味いですね」と評して食べ始めた。城山は、ビアレストランの厨房で毎日十キロの伊勢エビを潰して煮込んでいるソース・アメリケーヌは、東京でも一、二の味だと説明した。

「なるほど……。社長が、トマト煮の豆を召し上がって、ポークビーンズという名前がすぐに浮かぶ理由がよく分かりました。普通はせいぜい、ケチャップ味の煮豆といったところですから」と、神崎は生真面目な受け答えをした。「そういえば、問屋がポークビーンズの缶詰を卸している先は、百貨店・量販店のほかに、給食会社、自衛隊、一部の自治体といったところだそうです。自治体は災害備蓄用に」

そんな説明をした後、神崎は「ところで」と速やかに本題へ戻った。

「二つめのご相談ですが、犯人たちを動かすに当たって、ぜひとも社長に警護の刑事を一人、付けさせていただきたい」

「ボディガードという意味でしょうか」

「短銃と、特殊警棒を携帯したボディガードです」

「しかし困りましたね……。急にそんな話を伺いましても」

「警察にとっても御社にとっても、失敗は許されないことですから、申し上げております」

「わが社は今、ガードマンも増やしておりますし」

「毎日あちこちへ外出なさるのに、お付きが運転手一人というのは無防備過ぎます」

「民間では、それが普通です」

「警察の責任を回避するつもりはありませんが、去年の東栄銀行常務の射殺事件も、ほかの企業幹部の襲撃事件も、被害者の方にあと少しの備えがあれば、起こらなかった事件です。今回は、そういう事例と比べても、御社の事態は格段に差し迫っています。社長を誘拐した犯人は、六億入手の確信をもって貴方を解放したはずですから、これが適えられないとなると、予想される危険はかなりのものでしょう」

警察はやはり、被害者である自分の身辺に犯人の筋があると見ているのだろう。そう察しながら、城山は「そちらは今、現金授受の指示があった場合、こちらがそれに従うふりをすることで、犯人を包囲出来るとおっしゃった」と食い下がった。

「実行犯は包囲出来ますが、背後まではその段階では手が届きません」と神崎は言う。

「要は、ともかく危険だと……」

「危険でない事件などありません」

「犯人検挙のために、ボディガードが必要だというほどの危険に、私自身が身をさらさなければならないというのであれば、こちらも少し考え直しませんと」と、城山はささやかな抵抗を試みたが、神崎の返答は揺らぎもしなかった。

「犯人検挙は、この国の治安と企業社会全体の問題です。日之出一社の問題ではありません。御社には、不当な企業テロに屈しない手本を日本中の企業に示していただきたいし、そのために警察も最大限の努力をし、警護も提供しようというだけのことです」

城山は、この話題について自分に勝ち目がないことはよく分かっていた。一応は被害者である身として、現実には警察に従うしかなく、警察が危険だからSPを付けるというのなら、それも従うしかなかった。企業には、何がどれほど危険だと具体的に想像する能力はなく、想像出来ないものに対処する能力もなく、対処の費用を出すことも出来ない以上、刑事を付けてくれるという警察の申し出を拒否する理由はなかった。個人的に受け入れかねたのはただ、こうした危険や不自由が個人の身辺に派生することを取締役会が想像出来ず、城山自身も想像出来なかったという、大きな当惑のせいだった。

結局、「少し、考えさせて下さい」と城山は応えた。

「最終的には、対策室を通してお返事します」

「こちらとしましても、社長ご自身や周囲の皆さんの日常に差し支えることのないよう、人選は十分に考えさせていただきます」

「出来れば、本庁より地元の刑事さんの方を望みます」

「それはまた、どのような理由で」

「私には家族もあります。私に及ぶ危険は、家族の危険です。地元に気配り出来る人ならば、ありがたい」

＊

《来ますよ》と、地下駐車場のガードマンがよこしてくれた目配せを合図に、久保は方面記者の山根、古川の二人を従えて、地上の入口からスロープを駆け降りた。三人で両手を振り回しながら、地下から上がってくる一課長の公用車の前に飛び出すと、スロープの中ほどで公用車は止まり、後部座席のウィンドーが開いた。すかさず駆け寄って「すみません！　偶然お見かけしたもんで」と久保は声をかけた。

「久保さんとこ、ずっと張り番だね」そう言いながら、車窓から顔を覗かせた神崎一課長の目は、久保の顔に一秒も留まることなく、すっと逃れていった。これだ、この目だととっさに見て取った久保は、「日之出へのご用件は？」と突っ込んだ。

「事件発生四十日目の挨拶。状況報告と取ってくれても結構」と返事があった。

「訪問はどちらの希望で？」

「私から頼みました」

「城山社長は追う価値あり、ですか」

「そんなことは言ってません」

「一課長。ホシの動き、あったんじゃありませんか」

「ないでしょう、そんなものは。今日は、四十階でランチをご馳走になっただけです」

「昼間に会食なさるのは、珍しいじゃないですか」

「郷に入っては郷に従え、ですよ。じゃあ、私はこれで」

今日のところは、神崎はあくまで仄めかす気はなし。「どうもお邪魔しました」と久保はひとまず撤退したが、駐車場を出ていく公用車を見送りながら、久々に自分の全身がむらむらと熱をもってくるのを実感した。絶対当たりだと確信したとたん、どこから探りを入れるかという思案で頭はいっぱいになった。神崎の捜査本部は、企業関係は完全に隠密行動だし、聞き込みやブツ捜査の方は今や人数を絞りに絞って、とくに口の堅い刑事ばかりを集めているため、なかなか接近出来なかったのだが、犯人が動いたら特殊班と機捜が動く。今度こそ、突破口が開けるかも知れなかった。

その後、久保はクラブへ電話を入れたが、四版も差換えはないというので、山根たちに昼飯を奢ってやり、桜田門には午後二時前に帰り着いた。警視庁の正面入口前でタクシーを降りたとき、内堀通りの散策道をひょこひょこ歩いてくる根来の姿が見え、久保が会釈をしようと思ったら、三十メートル先から根来が先に手招きをよこした。

久保が交差点を渡っていくと、根来はすでに散策道の途中で歩くのを止めて手すりにもたれ、照れくさそうに笑っていた。千鳥ケ淵の東邦本社から警視庁までの、ほんの一・五キロのリハビリをかねた散歩も、足の調子でときどき果たせない日があるようだった。

「今日は天気もいいし、いけると思ったんだが……」

「ちょっと電話かけて下さったら、こっちから行きますのに」

「君こそ、どこかへ出かけてたのか」

「ええ。一課長が日之出に現れたんで、追っかけたんですが、収穫はなし」

「へえ……。しかし、そろそろ犯人が動いてもおかしくないよ」

久保の目には、根来というのはいつも、社会部を覗いたときに、ともすれば居るのに気がつかないこともある影の薄い記者の一人だったが、ときたまその薄い目の奥に、トカゲかヤモリを思わせる静寂な眼球がじっと座っているのを見ることがある。今もまた、そんな眼球がちらりと覗いた。

「今からキャップに会いに行こうと思ってたんだが、久保君、代わりに伝えといて。まず、あの戸田義則の死亡は、週刊誌が確認したそうだ。さっき編集長から連絡があった」

「ああ、やっぱり……」

事件後に捜査本部が公開した九〇年テープのテープ起こしの内容について、社会部は昭和二十二年に書かれたという手紙に登場する全部の人間の氏名を間もなく割り出したが、四月初めの時点での生存者は、筆者の親族以外は、大正五年埼玉県生まれで、終戦直後に日之出京都工場を解雇された戸田義則ただ一人だった。それから、週刊東邦の方で戸田の行方を追ってきたのだが、先週には、大阪西成区の行路死亡者のリストの中にそれらしい人物がいるという話が入ってきていた。それが今日、戸田本人であることが確認された、ということだった。

戸田は、事件後に社会部宛てにタレ込み電話をかけてきた戸田と同一人物である可能性が高いが、もはや確かめるすべはない。ともかくこれで、昭和二十二年の手紙は〈そして誰もいなくなった〉ということだった。

「遺品は何もないらしい。それから、これをキャップに」そう言って、根来は無造作に分厚い茶封筒一つを久保に手渡した。「知り合いからもらった。四月三日から二十八日までの各証券会社の、日之出株の売買の手口。各社ともほぼ毎日、買いを入れている。どうやら、日之出がどこかのコンビニエンスストアを吸収するという風説が流れているらしい。キャップにそう伝えて」

「ここのところ、買い残が膨らんでいるのは日経で見てますが……」

「四月二十日ごろから、売り残も増えてきた。昨日の時点で、ほとんど拮抗している。売買の規模は小さいが、ともかくこういう時期だから、こういう形で日之出株が投資家の注意を引いているのは、ちょっと気になる。何かあったら、過剰反応する下地作りが進んでいるような感じだ。風説の出どころを調べてみるけれど」

根来はそれだけ言って、「じゃあ」と片手を上げて先に引き返していったが、久保が交差点を渡る前に振り返ると、根来は元の位置から大して進んでいない散策道の端で、腰をさすりながらお堀を覗き込んでいた。

*

五月五日金曜日も、進展なく終わった。夜、大森署二階の大会議室の片隅には、滋養強壮剤の入ったダンボール箱が二つ置いてあり、それぞれ『神崎捜査一課長より差し入れ』『袴田刑事課長より差し入れ』と、毛筆書きの紙が貼ってあった。署の土肥課長代理が書いたのは一目瞭然の、仰々しい書体を見たとたん、ふと、三階の連中はちゃんとやっているんだろうかと思い出しながら、合田はダンボール箱から一本取った。先週刑事部屋を覗いたときは、検事から追捜査を命じられた事案がたまっているとかで、土肥が「こっちは残飯整理だ」とぼやいていた。その翌日には、ちょっと袴田課長に呼ばれて三階へ上がると、「一応、君の判子が要るんで」と言われて渡されたのが、井沢・紺野の二人組が提出した始末書だった。聞けば、強盗未遂の現場から押収した証拠品の点数が、書類に記された点数と一致しなかったという体たらくだった。

その場で滋養強壮剤の一本を空け、空き瓶をクズかごに捨てたら、隣で蒲田署の半田が同じようにダンボール箱に手を伸ばしていたので、合田は「ご苦労さま」と声をかけた。半田も「お疲れさまです」と返事をした。一日出歩いた後では、誰しも口を開くのも大儀なものだが、半田は律儀な態度を崩さない。あの品川署の階段での一件について、何が原因だったのか依然思い出せないまま、合田は近ごろ、この律儀さは作り物だろうと思い始めていたが、日に日に釈然としない気分が重なっていくので、最近はときどき自分から声をかけてみたりするのだった。取るに足らない話だが、気になり出すとうっとうしかった。

捜査本部は、四月の三週目にまた改編があり、四週目の終わりにまた改編されて、五月五日のその夜、大会議室に上がってきた地どり班とブツ捜査班の数は、ほんの三十名に満たなかった。鑑や企業関連の捜査班は四月半ばから別枠になっていて姿もなく、事件発生からしばらくの間、常時百名以上が出入りしていた部屋は今や、場末の邦画専門館といった感じで、未だにかろうじて互いの名前を知っている程度の寄せ集めの三十名が、雑談さえなく、午後八時の会議の始まりを黙然と待っていた。

残っている顔ぶれは、本庁から出ている強行九係の十名を除いて、全員が刑事経験十年以上。大半が目立たない叩き上げタイプで、そこに、本庁から所轄への横滑り組と、定年前の昇進に手が届くか届かないかの万年巡査部長、万年警部補の大ベテランが少し混じっているという具合だった。少数精鋭と言えば聞こえはいいが、合田のひがみ目には、このままずっと歩き続けて刑事人生を全うするよう運命付けられた者ばかりが、恣意的に集められたようにも見えた。一カ月間、一緒に歩いてきた相方の防犯係長も四月末に去っていき、本部に残っている大森署の同僚はもう、鑑の方へ回されている知能係の安西係長しかいなかった。

もっとも、地どりやブツ捜査の縮小は、すでにある程度まで捜査範囲が絞り込まれた結果の縮小であって、いつ犯人の要求が来るか分からない状況に変わりはなかった。事件の展開次第では、この会議室がまたいっぱいになる日が来るやも知れず、そのときに備えて、合田たち車両捜査班は、ひたすら車一台を捜し歩いているのだった。

事件車両捜しの状況は、陸運局に登録されている首都圏の日産ホーミーのうち、色が濃紺の七十数台を全部当たったが、不審な持主は見つからず、事件当夜に所在が不明だった車両もない、という結果だった。今のところ、それらの車両のうち、工務店などの営業車として民間の駐車場に置いてあった十台余りをマークしているが、事件当夜に持主がキーをかけ忘れた車はなく、キーをいじった痕跡がある車もなく、週明けにガソリンが減っていたとか、走行距離が増えていたといった車の異変に気づいた持主もいない。

しかし、五万キロも六万キロも走っている営業車なら、持主はいちいち走行距離など見ていないし、週休二日の事業所が金曜の夜に駐車場に置いていた日産ホーミーを犯人が持ち出した可能性は、消えてはいなかった。また、その場合、犯人が車のキーを複製する技術を持っているということで、それも犯人像の新たな条件の一つに加わっていた。

犯人像といえば、合田の手帳には《高度の運転技術もしくは運転慣れ》という一行もある。事件当夜、大菩薩峠の片側一車線の凍結した下り坂で、ガードレールと接触して立ち往生していた軽自動車があり、その運転者は通りかかった日産ホーミーに助けを求めたが、相手は停止せずに猛スピードで走り去った。カーブの多いアイスバーン状態の道路を、チェーンも付けずに時速六十キロぐらいで走り去った人物の、運転技術は並ではない。また犯行グループの中には、事件が起こったら警察が高速道路のオービスや通行券を調べることを計算に入れて、逃走路を選んだ者が含まれている。

《フルーツ牛乳——子供》という一行は、これは疑問符付きの合田の直感だった。犯人たちが監禁中の被害者に与えた食物のうち、フルーツ牛乳、クリームパン、ベビーチーズ、みかん、バナナといった取り合わせについて、これは何だろうと考え続けていたら、あるとき、ひと昔前の子供の軽食だと思いついた。犯人の一人には今は大きくなっている子供がおり、その子供に対して何らかのこだわりがあるのかも知れないと、ふと思ったのだ。フルーツ牛乳とかクリームパンなどは、犯人自身が食べつけているのではなく、犯人の子供が食べているか、かつて食べていたものだ、と。

手帳には、事件直後に書きつけた《無線——》の一語も残っていた。事件発生時に、犯行グループの中に警察無線を聞いていた者がいたという思いは、以来収めるところもなく、ずっと宙づりのままだった。自分には越えることの出来ない《担当外》という名の川の向こうに、ぼんやり警察官の姿が見えているというだけのことだが、ともかくそれは二方面のどこかの署におり、三月二十四日夜に当直勤務についており、受令機かエスタボを携帯していた何者かだ。

手帳を繰りながら、合田は、組織の秩序への順応と反発の針が、自分の中で何とか折り合おうとしてあがいているのを感じた。その針は、今は微妙なところでかろうじて止まっていた。

事件のたびに新しくおろす手帳は、わずか一カ月でほとんどページを使い果たしたが、その九九パーセントは『3/27　11：15　田無市ひばりが丘団地152　大野勝志　多摩54ら412×　トヨタカリブ　白。本人不在。』といった調子で、無駄足になった数百の訪問先の一つ一つの記録だった。字は一つも乱れておらず、一行一行の末尾には、ぎゅっと力を入れて描かれた句点のマルが付いている。そのマルの中には、刑事生活十三年の習性で、今回もまた無条件に、〈いつか犯人の顔を拝む〉という単純な思いが詰まっていた。

しかし今回は、〈いつか犯人の顔を拝む〉のも、間接的な話になるのは間違いなかった。日産ホーミーや、フルーツ牛乳といったブツの先にいる何者かが仮に割れたとしても、そのAやBをホシと特定する動機や鑑などは川の向こうにあり、実際にAやBを逮捕する行為も、川の向こうだった。逮捕後の調べも然り。これが組織捜査だと十分に納得はしていたが、車一台を捜して歩きながら、自分の気持ちを積極的に何かで埋め合わせていくのは、現実にはなかなか難しい話で、これこそ自分自身の絶えざる課題だと、合田は少し真剣に考えざるを得なかった。

午後八時、号令がかかって、合田は手帳をしまい、三十名足らずの捜査員と一緒に起立した。戸口から、ここしばらく姿を見せなかった神崎一課長と特殊班の管理官が現れたときには、空席の目立つ会議室にちょっとあたふたとした緊張が走り、緊張が期待に変わり、全員の首が伸びたものだ。

予感の通り、一課長の第一声は「ホシが動いた」だった。それから、四月二十八日金曜日に日之出神奈川工場に投げ入れられていたという手紙が「支払ウ用意ハ出来タカ。OKナラバ、五月五日付ノ『日刊スポーツ』ニ、《恭子　許ス　父》ト、広告ヲ出セ。レディ・ジョーカー」と読み上げられた。「なお、《レディ・ジョーカー》が犯行グループの名前であるのかどうかは、不明です」

続いて、手紙の指示通り、日之出が今日、五日付の日刊スポーツに広告を出したと報告されて、すかさず捜査員の誰かが日刊スポーツを開き、手渡しで回覧された。

そうした数分間、合田は《レディ・ジョーカー》という不可解な名前一つを機械的に反芻しながら、突然、未だ見ぬ犯人たちの影絵が次々に溢れ出してくるのを止められなかった。名前一つで理由もなく興奮しながら、犯人たちもまた、手紙にその名前を記しながら興奮したのだ、と合田は感じた。犯人たちが犯罪を楽しんでいる、と感じた。

『支払ウ用意ハ出来タカ』と問う犯人たちは、事務的というより、残忍さを知っている。いくら、という金額を知らせずに被害者の一層の不安を煽り、《レディ・ジョーカー》という奇怪な仮面を被って冷ややかにとりすまし、犯罪の目的遂行を急がず、犯罪行為そのものの倒錯した快感に浸っている。一応、金を要求してはいるが、金そのものより、金を搾り取る行為自体に執着がある。企業社会に憎悪と反感を持ち、経済活動一般に関心と批判があり、一兆円企業を屈伏させる自信に溢れている。そうした直感が次々に押し寄せてくるのも、久々のことだった。

「本日の広告を受けて、ホシは次に現金授受の指示を出してくると考えられる。ついては、いよいよ犯人逮捕に向けた動きになるが、言うまでもなく、被害者の信頼を裏切ることがないよう、慎重の上にも慎重を期して保秘を徹底しなければならない。報道に知られたが最後、犯人は動かない。絶対に報道には漏らさないという条件の上で、日之出は警察に全面協力している。そのことを念頭に入れて、諸君のなお一層の奮起を望みたい。諸君の努力が報われる日は近い」と、神崎一課長の訓示はあった。

　しかし、現実には捜査が急展開しているという実感は、この会議室には届きようもなく、合田は『支払ウ用意ハ出来タカ』という犯人の文言を頭に刻むことで、やっとの思いで「保秘を徹底し」「なお一層の奮起を」といった決まり文句を聞いたのだった。

　その後、地どり班やブツ捜査班の責任者である第三強行班捜査の三好管理官が「各班の明日の捜査項目は、変更なし」と告げ、早々と散会になった。それと同時に、《レディ・ジョーカー》の一語の周りで氾濫した合田の直感は、収める場所もないまま霧散してしまった。

　幹部が出ていった後、私語一つ交わすでなく、三十名足らずの捜査員はそれぞれ席を立った。合田も、早く帰って風呂に入り、少しヴァイオリンを弾き、少しウィスキーを啜り、少し読みかけの本を読んで、と思いながら会議室を出たが、そこへいきなり土肥課長代理の顔が現れたかと思うと、「一課長が呼んでおられる。応接室へ行け」と耳打ちされた。

　土肥は数秒、警戒と疑念と好奇心と諦めをごった煮にした目で合田を見ていた。合田は合田で、ふいに眼前の顔一つをコンクリートブロックで殴りつけたい衝動を覚えながら、それを睨み返した。

　何が、と特定出来ない隠微な不安が警察組織のすみずみに満ちている。それが緊張の空気をつくり、ときにヒステリーやノイローゼになって噴き出す仕組みは、こんなふうに出来ているのだった。土肥は状況が把握出来ず、合田も自分が一課長に呼ばれる理由が分からず、やり場のない不安や不快がちょうど手頃な相手を見つけたら、互いにこんな目になる。その場は結局土肥が退き、「事後報告しろ」と言い残して三階へ上がってしまい、合田は同じ階段を下へ降りて、一分後には一階の警務の奥にある応接室のドアを叩いていた。


　合田が入室したとき、神崎秀嗣はひとりで部屋の真ん中に立っており、その目線の高さで合田の全身を物差しで測るように一瞥した後、「本庁にいたころより、ひと回り小さくなった」と言った。

　いきなり虚をつかれた思いで、合田は「筋肉が落ちました」と応えた。

「それはいけませんね。しかし、今回は周囲に威圧感を与えないという意味で、貴方ぐらいの体格がちょうどいいと思います。合田さん、急な話だが、八日月曜日から貴方、城山社長の警護をやって下さい」

「はい」と、合田は機械的に応えたが、自分が何を了解したのかは、その場で考える必要もなかった。「否」という言葉は警察にはないから、「はい」と応えただけだった。

「日之出本社及び社長本人には、万一の危険に備えてということで了解をもらってます。しかし、なにぶん一般企業の日常業務に差し支えない形が望ましいので、表面上はカバン持ちです」

「はい」

「勤務は朝、社長が自宅を出てから、夜自宅に戻るまで。社長の執務、会議、懇談、宴席などの場は立ち入らないが、ドアのすぐそばに控えていること。貴方には日之出の社員章と写真入りの通行証が渡される。名義は偽名です。貴方は、常に社長の斜め後ろ一メートルの距離に付き、私語は厳禁。これは社長の要望です」

「はい」

「本庁ではなく地元署の刑事を付けてほしいというのも、社長の要望です」

「はい」

　神崎は、捜査員の前では、目や顔の筋肉がほとんど動かない、生きた壁そのものだった。壁には口がついていて、そこから命令が聞こえてくるが、壁の内側は覗くことも出来ない。いや、内側云々の発想自体、組織の下の方では持つこともないのが普通だった。

「ところで、貴方の任務は一つ、社長の身辺警護。一特殊班の指定する番号へ、ファックスを入れること」

「はい」

「ともかく、日之出の裏取引は、何がなんでも阻止しなければならない……」神崎は、相手の反応を窺うためであるかのように一語一語念を入れ、合田を見た。

「この犯行グループは、現行犯逮捕でなければ検挙は難しいと私は考えているが、合田さんはどう思いますか。遠慮はいりません。貴方が考えている犯人像を述べてみなさい」

直感の針が微かに揺れたと同時に、合田は「分かりません」と応えた。これまで保身には無頓着な方だったとはいえ、内側に何があるのか分からない壁に向かって私見を述べるほど、無防備にはなれなかった。

「三月二十四日の事件発生直後、及び二十六日夜、貴方は地域課の沢口巡査長に会って、大森駅前派出所の出動記録をチェックしましたね？」

「はい」

「何か、考えがあってのことですか」

「城山社長宅は重点警戒区域であったにもかかわらず、当夜に限って、事件発生時刻に警らのバイクが付近にいなかった理由を確認しただけです」

「結果は」

「はい」

「報告は、その日一日の城山社長の行動を軸にして、貴方が見聞きしたことを細大漏らさず記録し、毎晩、ことが、貴方の最大の任務です」

「はい」

「毎日、朝から晩まで社長のそばに付いていることで、状況の変化の察知は可能になるし、犯人との裏取引の動きは、社内のどこかに現れる。社内の人の動き。スケジュールの小さな変更。臨時の会合。誰と誰が会ったか。幹部の表情。目。物言い……。それを察知することが、貴方の最大の任務です」

「はい」

「貴方は十分理解していると思うが、企業恐喝の捜査では、企業と警察の間に微妙な温度差が生じがちになる。過去の例を見ても、企業は常に、裏取引に傾く可能性を孕んでいる。それを、どうしても事前に阻止しなければならない。そのための観察です」

合田は耳をすませ、聞き取った言葉を反芻し、要は警護というより、スパイだと察した。具体的に何も想像出来ないまま、臓腑がちょっとねじれるように痙攣した。返事が一瞬遅れたために、神崎の目がすっと動き、合田は機械的に「はい」と応えた。

「……つ、社長の観察。一つ、社内の動きの観察……」と、神崎は並べた。

「当夜はたまたま出動要請が重なり、警らが付近にいなかったものと判明しました」

そう応える合田の顔を、神崎は物でも見るような無機質な目で見ていたが、やがてふいと背を向け、部屋を行ったり来たりし始めた。

「その点については、私も非常に関心を持っています。が、その件は厳重に保秘するように」

「はい」

「犯人たちが何者であれ、日之出が裏取引さえしなければ、現金奪取が目的である以上、必ず動く。現行犯逮捕ならば文句はない」

犯行グループに身内が含まれている場合、現行犯逮捕ならば上層部からの文句も出まいという意味かも知れなかったが、ともかく一捜査員には聞く必要がなく、判断する必要もない神崎の独り言だった。合田はあえて、その口から漏れる言葉をすべて聞き流した。

「ところで」と神崎は足を止め、まったく事務的に次の用件に移った。「明日は、午前八時に本庁六階の会議室に来るように。第一特殊の担当者が、日之出本社の幹部の氏名、顔写真を含めて、機構図や業務の流れの説明をし、カバン持ちの立ち振る舞いの基本を教えます。明日はスーツを着てくるように。スニーカーはいけません」

「はい」

「これから必要になるので、夏のスーツを二着、支給します。警察の名誉がかかっているから、身だしなみはきちんとしてほしい」

「はい」

「それから、肝心の城山恭介という人物ですが……。城山は、私の印象では、経済四団体に名を連ねている、いわゆる財界人とはだいぶん様子が違う。社長三期目で五十八歳だから、上場企業の社長の平均年齢よりかなり若いが、ビジネスはビジネスとして割り切っているというか、虚心坦懐というか、ともかくこれといった顔がない人物です、その分、考えていることが分かりにくいとも言えます」

合田は、何度かテレビで見た城山恭介の、政治家とやくざ以外なら何にでもなれそうな、上品で平坦な顔を瞼に浮かべ、なるほど、経営者として威風辺りを払うといった感じはなかったと思った。カバン持ちとしては、その方がもちろんありがたかった。

「城山の企業理念や経営手腕などの詳細は明日、特殊班から説明があります。また、事件関連では、城山社長は必ずしもすべてを警察に話しているわけではない。

犯行グループがわざわざ社長を誘拐し、無事解放した理由も、未だ判明していない。しかし、社長の沈黙の理由は当然、社長個人の鑑に関係があるためだと考えられます。従って今後、犯行グループが社長個人をゆすってくる可能性は大です。そのための観察です」

「はい」

「城山社長は、性格的には、かなり潔癖で神経質です。その一方で、強情で気が強いところもある。喜怒哀楽や人情味には乏しく、人付き合いは下手。私生活はきわめて質素。遊興は無縁。基本的に、ぼっちゃん育ちの正統派の常識人だと思って間違いないと思います。手段は問わないから、城山社長の信頼を勝ち取り、懐に入ることです」

信頼を勝ち取る、懐に入る、といった言葉にまったく実感も持てないまま、合田は「はい」と応えた。ほとんど、もうどうでもいいという気持ちだった。

「質問は？」

「職務に就いている間、私は世間に対して合田のままですか、それとも別人になり切るのですか」

「別人になってもらいます。犯人の目を欺かなければならないのだから、世間に気づかれるようでは意味がない。その辺は、特殊班がしっかり変装の指導をします。私が壇上から見ている限り、目鼻だち、体格、雰囲気ともに貴方が一番目立たない。調髪の仕方を少し変えて、眼鏡をかけたら大丈夫だと特殊班の人間も言っています」

「私が一課長に呼ばれたので、上司が心配しているのですが」

「刑事課長は承知している。ほかに質問は」

「ありません」

「では、詳細は明日に。日曜日は休んでよろしい」

応接室を辞去したとき、合田には捜査の現場から外されたことについての、はっきりした失意はなかった。派出所の出動記録を調べたことが、一課長の耳に届くほど内部で取り沙汰されたのなら、その線はおそらく捜査の本命だという反証であり、その点では、自分のために小さな満足も覚えた。もっとも、自分の手にはもう何も残っておらず、月曜日からはカバン持ちという現実に実感もなく、かろうじて、月曜日からいったいどうするのかという漠然とした不安だけが見えていたというのが、合田のそのときの心境だった。

自分の十三年間の刑事生活を云々する気持ちは、合田にはなかった。たんに事件と聞けば自動的に身体が動き、現場に立ったとたん頭が回転し始めるよう慣らされてきただけの刑事一人、ともかくそれで給料をもらっている以上、やれと言われたら何でもやるだけのことだった。しかし、そうして物心両面で、充足とはほど遠いどこかへ自分がまた一歩追いやられていくように感じると、不安の隣にはたしかに、殺伐とした気分が張りついてはいた。合田は、〈仕事に打ち込んだら忘れる〉〈気の持ちようだ〉とそのときもまた自分に言い聞かせ、たとえば明日に備えて今夜はスーツを揃え、靴を磨いて、などと考えてみた。日之出に通うようになったら、毎日ワイシャツを替えなければならないから、アイロンがけの楽な形状記憶繊維のワイシャツを買って、抗菌処理の靴下を買って、日曜日は散髪をして、爪を磨いて。

そして、そんなことを考える頭の一角には、人生の岐路だという思いも、初めてそうと分かる形になって浮き沈みしていた。警察という組織の中で、自分が常に、全体と嚙み合わない歯車であり続けてきたことは自分が一番よく知っていたし、今度こそ、この警察組織の秩序や価値観に自分を合わせることが出来るのかどうかを、真剣に考えてみなければならないと思った。警察に残って何とか生きていく道を見つけるのか、それとも退職して新しい自分になるのか。

警察を辞めるという選択肢は、実際にはあまり現実味はなかったが、そういう選択肢を一つ持つことで、気持ちに余裕が出来、少し楽になったような気がした。合田は刑事部屋には上がらず、そのまま署の裏口へ出て、自転車を漕ぎ出した。午後九時過ぎにはすでに事務所ビルの明かりも絶える大森界隈の闇は、その夜は、この先自分が乗り出していく海のように見えたものだった。今夜、捜査本部から外されて放り出された先には何ひとつ見えず、何の当てもなかったが、考えてみれば、あれほど知りたいと思ってきた外の世界の海へ出ていくのだ。きっと豊かな海だろう、自分の知らないことがたくさん待っているだろうと思うと、控えめな解放感もやって来た。

そうしてデニーズの前で道路を渡り、第一京浜沿いに百メートルほど走ったときのことだったが、前方十メートルほどのところでタクシーを降りた男一人の姿が目に留まり、合田は無意識にブレーキをかけて、歩道の端に寄って自転車を止めた。それは、ここ一カ月近く姿を見なかった署の同僚の安西憲明だったが、なぜ署から百メートルも離れたところでタクシーを降りるのか。合田はそのとき、ただそれだけの疑念にとらわれて、本人が近づいてくるのを待ち、「安西さん」

と声をかけたのだった。

安西は「あ、君か」と、さして驚いた様子もなく合田の方へ顔を振り向けた。実直そのものの平板な五十面には、いくらか脂じみた疲労の色と、何かに憑かれたような興奮が混ざっていたかも知れないが、夜道の立ち話ではそれも確かではなかった。

「ここのところ忙しくて。今夜はやっと、置き傘を取りに来たんだが」

「今は、どちらに」

「兜町。俺には専門外だから、まあ、都落ちといったところだ」

「日之出株ですか……」

「俺にもよく分からんよ。上の指示で、ネタを拾ってるだけ。君のところは？」

「相変わらず日産ホーミーです」

「捜査って、こんなものなのかな……？　前線がどこにあるのか分からないゲリラ戦みたいだ」

そんな言葉を残して安西は立ち去り、合田も再び自転車を漕ぎ出したが、少し経ってから、ひょっとして、安西をタクシーに乗せた何者かがいるのかなと思った。相手は新聞記者か、株屋か、暴力団か。以前、署の洗面所で会ったときに、口の軽い安西はそのうちカモになると感じたが、やはり現実になったか、と。

しかし、先輩の刑事一人が脱線していくのを、合田は当分の間、見ないですむのだった。土肥課長代理の欲求不満の捌け口になることもないし、盗犯の長内や、マル暴の斎藤といった反りの合わない同僚たちの顔を見ることもない。刑事部屋の汚い事務机を見ることもない。そう思うと、また別の解放感も味わった。

帰宅した後、合田はいつものようにヴァイオリンを持って公園に出た。何の余裕があったというのか、その夜はきちんと教則本を持参して、苦手なオクターブ奏法と、スプリング・ボウ・アルペジオの練習をした。思うように弓が跳ねず、ときどきカエルの合唱のような音を出しながら、一時間ほど無心に弾き続けていた間、頭は相変わらずどこかへ飛んでいきがちだった。何か忘れているような、何か足りないような、何か考えなければならないことがあるような、ないような。

そしてまた、合田は知らぬ間に公園を横切っていく人影を眺めており、この前義兄が来たのはいつだったかと考えていた。火曜日か、水曜日か。車を買ったと言っていたのは先週だったか。

自宅に戻って、合田は自分の方からかけることは少ない電話をかけた。義兄は自宅におり、義弟からだと知ると、何事かというふうに《何かあったのか》と言った。
「別に。今日は早く戻ったから」
《俺は今日はゴルフだった。新記録だ。ボールを一ダース無くした》
特捜部の上司がゴルフをやるとかで、義兄もゴルフを始めて一年になるが、話を聞くたびに何かしら〈新記録〉を樹立しているのだった。義兄にはまったく向いていないのは間違いないが、そろそろ高検への異動もある立場になって、最近の義兄はそれなりに組織内の身過ぎ世過ぎをこなし、安定し、順調だった。
「新車、買ったんだっけ」
《ああ》
「いつか、ショールームで見たやつか」
《君と一緒に見たのはプジョーだ。あれと同じクラスで、買ったのはワーゲンの方。諸経費込みで、ちょっと安かったから》
「へえ」
《ところで、人に会う時間はないのか》と義兄は言い、合田は以前から義兄に言われていた東邦新聞の記者のことだと思い出した。何か忘れているような気がしたのは、これかも知れなかった。
「日曜の午後なら」と合田は応えた。
《七日？　捜査本部の方は》
「休みが出た」
《へえ。久しぶりの休みだな。昼間その人に会って、夜は何か美味いものを食おうか》
「二月に行った、あの山の上ホテルの……」
《天麩羅？　よし、分かった。先方と連絡を取って、また電話する》
他愛ない電話を終えるともう、やることは何も残っていなかった。戸外で鳴り続ける海風の音を聞きながら、百五十グラムのウィスキーを空け、日経サイエンスの五月号をめくりながら、寝た。

＊

久保晴久は、畳の上に揃えた膝をずずっと滑らせ、「ねえ」と詰め寄った。一機捜の蒲田分駐所の警部補は三合ほどの酒で赤く染まった顔をにやにやさせ、ひょいと身を引く仕種をして、「そんなに迫らないでくれ」と笑った。

「ねえ。私の目を見て下さい。私、今夜こそ真剣なんです。ほんとなんですってば。絶対に、日之出のホシは動き出している」

「ホシが動いたら、真っ先にうちで分かるけど、今のところは……」

「近々、ホシは絶対に動きますから。ねえ、動いたら一番に教えて下さいね、お願いしますよ、ね？」

久保は銚子を手にまたずずっと詰め寄り、相手の杯に酒を注ぎ、「お願いします」と念を押した。ホシは動く。必ず動くとキャップにも言ってしまった以上、絶対に現金授受のスクープを逃すわけにはいかず、いつ来るか分からないその瞬間まで、久保は自分でもぎらついているのは分かっている目で、ネタ元に食いついたら離れないスッポンをやり続けるだけだった。

「さあ、飲んで飲んで。この後、カラオケ一軒行きましょうよ」と久保はさらに銚子を傾け、カラオケが大好きな警部補は「お、いいね」と乗ってきた。

＊

連休最後の七日日曜日、根来史彰は午前一時半に朝刊を出稿した後、未明に築地本願寺に近い旧知の旅館に戻り、自宅から唯一持ち出してきたシモーヌ・ヴェーユ著作集五冊のうち、適当な一冊を手に布団に入った。学生時代に手に取ったとき、〈無人島に持っていく十冊〉の半分はこれだと思った五冊だったが、四半世紀経った今、あまり迷うことなくその五冊を選び、隠れ家の友にしていた。中身は、一九三〇年代の欧州を覆った共産主義の熱気の中で、労働の意味、革命の意味、宗教の意味を思索した一人の女性の残した手紙、哲学論考、創作などの寄せ集めだ。マルクス主義思想の中身は根来には受け入れられない点も多いが、言葉の一つ一つ、ページの一行一行から溢れ出る一人の人間の、とてつもない息吹、信念、情熱、優しさ、脆さ、危うさ、美しさに打たれ、人間が物を考えることの偉大さに触れ、生きていてよかったと思わせる悦びに満ちているのだった。だから、開くのはどのページでもよく、ストライキの話であれ、神の話であれ、自分に書き送られてきた手紙のようにして数ページを読み、その真剣な眼差しを受け取って心が洗われ、半世紀も前に死んだ一人の女性に感謝しつつ、それではおやすみと本を閉じるのだ。

そうして起き出したら、すでに午前十時過ぎで、今日あたり宿を引き払おうと思っていたのも面倒になり、女将にもう一週間泊まるからと言って前払いの四万円と洗濯物を預け、散髪に出た。

根来は、昼前にはさっぱりした頭でがら空きの京浜東北線の電車に乗り、蒲田で目蒲線に乗り換えて多摩川園まで行った。人と待ち合わせている場所まで、初夏の色の濃い多摩堤を二キロほどゆっくり歩いていく間、いっぺんに浴びた日差しのせいか、つい半日前に出稿した記事の一つも思い出せず、住所不定の生活で抱えている現実的な不便は腰痛の隣にひっかかっている程度で、一歩一歩、自分の現在が何ものでもなくなっていくような感じだった。こうして人間が無意識へ沈んでいくのを、シモーヌ・ヴェーユは恐れていたっけなと思いながら、しかし貴女、この国ではほとんど誰も飢えていないんだ、そこそこ食える生活の蔓延がこの温んだ日向水のような穏やかさだ、と根来は独りごちた。

誰も飢えていないところへ流れるニュースに、痛みは伴わない。旗を振るような人類共通の関心事などこの世にはなく、全人類を包括するような万能の思想も体制もない。あるのは、人間の小さな群れとそれぞれの生活と、どうでもいいシステムと、物を作って消費する自動運動だけだ。そうして、地震のひと揺れで六千人が死んだ日も、地下鉄に撒かれた毒ガスで五千人が死傷した日も、この多摩堤はジョギングやテニスを楽しむ人で溢れていたのだが、この穏やかな無意識に自らを沈めるなと言うならば、一人一人の個人はかなり孤独な精神のひとり相撲を強いられる。

根来は自分を振り返り、小倉・中日疑惑で裏金を搾り取った者どもや、今度は日之出ビールをゆすろうとしている者どもの面など、そこそこ食える自分自身にとってはどうでもいい他者の面だが、それでも追うのをやめないことが、ほんの少し、無意識へ沈むのを防いでいると言えるかな、と思ってみた。

待ち合わせていた地検特捜部の加納祐介という検事とその義弟は、堤の土手に繁る葉桜の下にいた。根来の逃亡生活を知らない検事が、根来の足を気づかって、すぐ近くにある根来のマンションから楽に歩いて来られるその場所を選んだのだが、なるほど、河川敷の緑を一望出来る緑陰は、木漏れ日がなかなか心地良さそうだった。

そういえば、検事から日曜の午後に義弟を連れていくと電話があった後、念のために警視庁クラブの久保に、捜査本部は日曜の休みが出たのかと確認したら、久保は受話器の向こうでぴりぴりした声を出し、出ていないはずだと応えた。久保は、犯人が動いていると いう確信をもっており、何とか捜査関係者の尻尾をつかめないかと全身が地震計になっている真っ最中だ。

久保の言う通りならば、昨日まで捜査本部にいたはずの刑事が、日曜の午後の多摩堤でピクニックをしている理由は不明だった。

草の上から立ち上がった二人は、いかにも休日らしいコットンのパンツとセーターにスニーカーといった爽やかな軽装で、飲みかけの赤ワインのボトルを手にしていた。三年前に一度会っただけの義弟の方は、実は根来の記憶にある男の顔とはかなり違っていたが、「合田です。その節はたいへんお世話になりました」と自分から先に会釈した丁重な物腰も、別人のような落ちつき方だった。なるほど、所轄へ飛ばされて人生勉強をしたか。いや、これは以前にもまして固い殻を被ってしまった顔だろうか。いや、少し大きくなった器の中に、己を完全に包み込んで、外には何も漏らさなくなったということだろう、などと根来は詮索し、男が社会で生きていくについては、たしかにこういう身の処し方もあるなと思った。

それが第一印象だったが、すぐに続いてその目に出会うと、以前にもまして何が詰まっているのか分からない複雑な陰影は健在で、そこに今は、少し空虚も交錯しているのか、醒めているような生々しいような、実に微妙な感じがした。多分、外側を覆っている無味乾燥な殻と、この不安定そうな目のアンバランスが、何とも抗しがたい引力になっているのだろうと根来は分析したが、ともかく、こんな微妙な目に見つめられたら、理屈抜きに殴りつけたくなるか、魅入られるかどちらかだ。なるほど、義兄である検事は魅入られた口かなと、初めてそんなことも考えた。

加納という検事も、その意味では、表向きの淡泊な表情の下に、なかなか複雑な内面を窺わせている人物ではあった。検事としては法解釈や運用面での慎重さと、敗訴を恐れない攻撃性が理想的な形で共存しているタイプだが、被疑者を落とす手練手管はピカ一の策士で、特捜部内の派閥に一線を引いていられるのも、日々の状況判断や処世術の巧みさだろうが、その分、腹のうちを明かさない難物だという司法クラブ記者の話も聞く。

一方、この検事が私人として本の話を始めると、検事という職業とは折り合わない詩人の夢想や、はたまた経験主義的な懐疑論が顔を出すのは、根来自身がよく知っていた。また、連日遅くまで庁舎にいることから見ても私生活がほとんどないのは確かだが、それでも、ごくわずかなやり取りの中に義弟に対する親密な情を覗かせるとき、この検事はたしかに生身の何者かになるのだった。無意識に人を庇護する立場に立ちたい男の本能。あるいは生来の世話好きな性向。あるいは、人知れず積み重なってきた人間関係の歴史。あるいは、ひょっとしたらそんなこともあるのかも知れない、一人の男に対する《ほ》の字。

どれが真相なのかは知らないが、いずれにしろ自分にはもはや遠いものばかりだと思うと、根来は自分のために苦笑いを漏らし、人間に対する残り少ない興味をちょっとかき立てられて、二人の男を眺めた。

「五月晴れの休日に、飲むしかないというのも何ですが」と言いつつ、検事は手ずから新しい一本のコルク栓を抜いて「はい、どうぞ」と根来に手渡し、根来も草の上でのラッパ飲みに加わることになった。検事曰く、二子玉川の高島屋の地下で二千円均一セールをやっていたのでワインを三本買い、ついでに焼き立てのバゲット一本とフレッシュチーズを買ってきて、昼めしを兼ねて義弟と二人で飲んでいたのだという。しかし、葉桜の下で昼間からアルコールを食らっているだけだといっても、その怠惰も、無頓着も、河川敷のグラウンドでスポーツに興じる健全な人々の群れを前にすると、かなり刺激的ではあった。だいいち、二千円均一のバーゲン品だろうが、フルボディの濃厚な赤はかなり効いた。

根来は初めから、九割がた取材をするつもりはなかったが、ワインのおかげで残りの一割も早々に捨て去って、当たり障りのない雑談に終始した。差し当たって秋までに経営が破綻するのは確実な東京のK、大阪のKやHといった金融機関を手始めに、今年後半から金融不安に後押しされる形で不良債権の処理問題が表面化するのではないかという話になり、「検察の正念場だ」と根来が誘い水を向けると、「不良債権化した融資から出資法違反に問えるものを見つけて、責任者を起訴して、裁判して、執行猶予付きで家に帰すわけですか?」と検事ははぐらかして笑った。

「しかし加納さん。この何十兆円もの借金は、回収の努力を怠った貸し手と、返済の努力をしなかった借り手の責任を問えるでしょう」

「責任問題なら、まずは借り手、貸し手の当事者同士で訴訟を起こすのが筋です」

「処理を完全な市場原理にゆだねるコンセンサスがないと、訴訟をやっても無駄ですよ」

「いずれこの国の金融システムは立ち行かなくなります。改革をする能力は、政治にも行政にもない。そうなると自然淘汰が起こるでしょうから、ゆっくり待ちましょう」と検事は長閑なことを言い、それなりに刑事訴追を念頭に置いて内偵に入っているはずの地検特捜部の焦点には、触れもしなかった。

それから、衆議院の解散を睨んだ与党旧酒田派の政策研究会の復活に話は飛び、景気回復の見込みがないまま薄商いが続く証券市場の先行きの話に移り、再び、不良債権の実態を隠してきた迂回融資や飛ばしの手口を、何とか帳簿上で摘発する方法はないのかという話に戻ったりして、雑談は続いた。合田はそれには加わってこなかったが、どんな話題にもそこそこ関心があるらしい素振りで聞き耳を立てていた。

検事は、一カ月前に根来が会いたいと言い出した真意が何なのか、少し気にしていたのはたしかで、折に触れて「根来さんの方は今、何か取材しておられるのですか」と、話を振り向けるのも忘れなかった。

「取材というほどのものではないですが、兜町でまたちょっと、まとまった金が動いているような気配があるもんですから」と根来は応えた。

「日之出ビール絡みで?」

「それも含めて」

「雄一郎、そうなのか?」と検事は義弟に声をかけ、合田はワインを呷る手を止めて、「兜町に捜査の関心がまったく向いていないということはないと思う」と簡潔な返事をした。

日之出株の周辺で金が動くとなると、たんなる仕手筋というよりは、岡田経友会絡みの人脈を即、想像するだけの長年の経緯は検事も承知しており、微妙な話だとその場で理解して「根来さんの出番ですかね」というあいまいな一言で話を収束させた。根来も「ええ、まあ」と応えておいた。

その後、合田の方から「よろしかったら、もう少し兜町の話を聞かせていただけませんか」という控えめな声が上がって、また軽い世間話になった。合田は、去年秋に大森のビジネスホテルで証券マンがピストル自殺をした事件で、若い刑事が聞き込みに通っているうちに、ネタどころか怪しげな儲け話を吹き込まれてきたという笑い話をし、兜町の聞き込みは刑事には並大抵ではないと感想を漏らした。合田は、知らない世界の話を聞きたいという以外に何の裏もないらしい、淡泊な物腰だったが、礼儀を欠かない程度に終始どこか上の空でもあり、少し暗い微妙な陰影に満ちた目は、根来と義兄の顔から顔へ、草はらへと、散漫にうつろい続けていた。

しかしそのうち、根来がふと気づくと、合田の目はいつの間にか自分のスニーカーに這い上がってきた体長十五センチほどのトカゲの上に留まっており、一瞬陰影が消えて透明なガラス玉になったその目の先で、トカゲは尻尾をつまみ上げられるやいなや、ひょいと放り投げられ、草むらに消えた。それだけのことだったが、トカゲを見ていた男の目に現れた何かの濃密な凝集を見たとき、根来の額に浮かんだのはただ一つ、《刑事》という言葉だった。

そして根来は目を戻し、中断した話の続きに戻ろうとしたら、今度は検事がかすかに目尻の表情を厳しくして、これも一瞬、何かの思いにとらわれたように義弟の顔を見ていた。

*

五月八日、月曜日の朝だった。午前六時過ぎに本社の総務部次長から電話が入り、京都工場の門扉の中に、犯人からの新たな手紙が投げ入れられていたと伝えてきた。現金六億を要求する内容、とのことだった。城山は報道の目を避けるために、普段通りに出社すると応えた。

夫婦二人の簡素な朝食を済ませた後、城山はひとりになるために居間へ移り、朝刊を開こうとしたときに偶然、窓の外の前庭の芝生に落ちている異物を発見した。たかだか十メートルほどの距離だったから、それが事務封筒であることは一目で分かった。

城山は下駄をつっかけて玄関から庭へ出、朝露で湿った封筒を拾った。表裏とも無地の、ありふれた茶封筒は封もされておらず、手の中で厚みのない紙がしなった。その場で封筒から三つ折りにされた便箋一枚を取り出し、開くと、四月二十八日に神奈川工場へ届いた手紙と同じ書体の文字列が目に飛び込んできた。

定規で引いた片仮名で、四行。《京都工場ニ手紙ヲ届ケタ。警察へ通報シ、指示ニ従エ。但シ、六億ハ必ズ用意シ、当分社内ニ保管スルコト。人質ヲ死ナセタクナケレバ、コノ手紙ハ、警察ニ知ラセルナ。レディ・ジョーカー》とあった。

今回は、前回の手紙を見たときにはやって来なかったある実感を城山は持った。三百五十万キロリットルのビールを人質に取っている《レディ・ジョーカー》の冷気が、足元の大地に刺さるような、重く冷たい実感になった。

そうして芝生の真ん中で手紙を開いていたのは数秒のことだったが、城山はその間完全に我を忘れており、手紙を封筒へしまいながらはっと気づくと、十メートル離れた門扉の外に濃紺のスーツを着た長身の男が一人立っていたのだった。一瞬〈見られた〉と思い、〈何者だ〉と思い、立ちすくんだとたん、男はすっきりとした立ち居で四十五度のお辞儀をよこした。

「どなた」

「合田と申します」

「ああ……。しかし、まだ時間が早い」

「ご近所の様子を見ておこうと思いまして、少し早く参りました。お邪魔して申し訳ありません」

そう応えて、警護の刑事は再度軽く頭を下げると、すっと門扉の前から消えてしまった。

(下巻へつづく)

レディ・ジョーカー　上巻

1997年12月5日　第1刷
1997年12月15日　第2刷

著　者　　高村　薫
編集人　　光田　烈
発行人　　山本　進
発行所　　毎日新聞社
〒100-8051　東京都千代田区一ツ橋
〒530-8251　大阪市北区梅田
〒802-8651　北九州市小倉北区紺屋町
〒450-8651　名古屋市中村区名駅
出版営業部03(3212)3257
第一図書編集部03(3212)3239
本文印刷　精興社
表紙・カバー印刷　三興印刷
製本　大口製本

ISBN 4-620-10579-1

あでやかな落日

逢坂剛　著

大手家電メーカーの極秘プロジェクトが、業界紙にすっぱ抜かれた――華やかな新製品キャンペーンの舞台裏に、しなやかな女たちとしたたかな男たちの策謀と欲望が交錯する。広告業界の苛烈な闘いに翻弄される新人女性ギタリストの運命は？つややかで小粋な都会の匂いに満ちた、極上の岡坂神策シリーズ。

◉本体価格　１９００円

Z

梁石日《ヤン・ソギル》　著

血にまみれた虐殺者Zを追え！——日本敗戦後の朝鮮半島。残忍な刃が次々と解放戦士を血祭りにあげる。マッカーサーの指令によって朝鮮戦争に参戦した旧日本軍兵士三千人はどこへ消えたのか？　秘密組織Yの目的とは？　闇から闇へ葬り去られた戦後史を描破する、戦慄のアジアン・ハードボイルド。

◉本体価格　1845円

かくも短き眠り　船戸与一 著

ベルリンの壁は崩れたが、世界はいまだ眠らない――東欧ルーマニアを訪れた日本人の〈わたし〉。遠い日に革命を語り合ったかつての同志の影がちらつく。そして、行く先々に死体を積み上げてゆく謎の殺戮集団。彼らの目的は何か？　時代の闇を抉りつつ、クライマックスに興奮一直線のハードボイルド巨編！

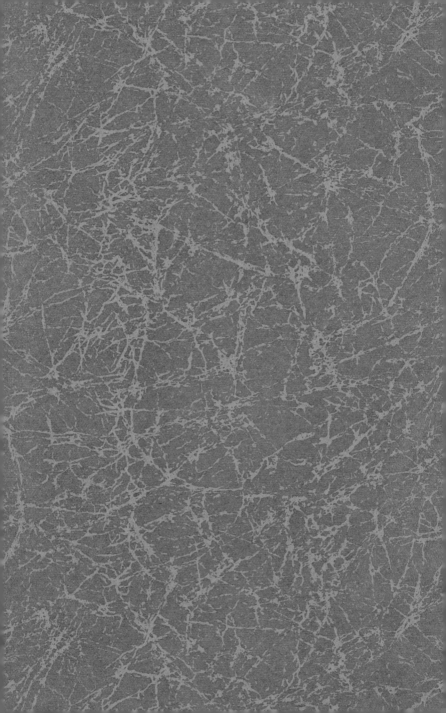

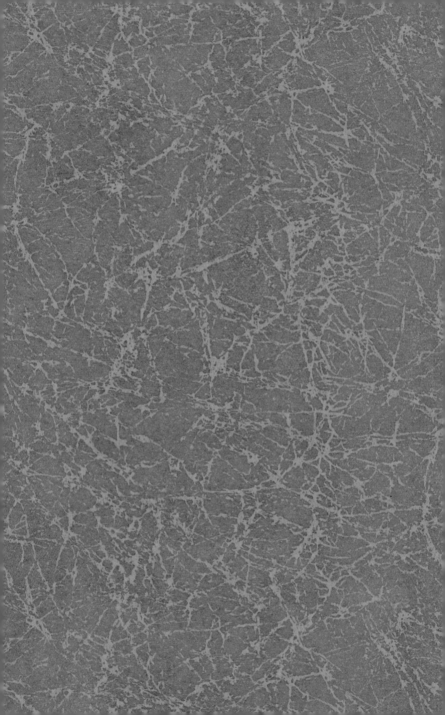